파우스트 박사 2

Doktor Faustus

*Das Leben des deutschen Tonsetzers Adrian
Leverkühn, erzählt von einem Freunde*

Thomas Mann

대신세계문학총서 153

파우스트 박사 2

한 친구가 전하는 독일 작곡가 아드리안 레버퀸의 삶

Doktor Faustus
Das Leben des deutschen Tonsetzers Adrian Leverkühn,
erzählt von einem Freunde

토마스 만 지음 ─ 김륜옥 옮김

문학과지성사

대산세계문학총서 153_소설

파우스트 박사 2

지은이 토마스 만
옮긴이 김륜옥
펴낸이 이광호
주간 이근혜
편집 김은주
펴낸곳 ㈜**문학과지성사**
등록번호 제1993-000098호
주소 04034 서울 마포구 잔다리로7길 18(서교동 377-20)
전화 02) 338-7224
팩스 02) 323-4180(편집) 02) 338-7221(영업)
전자우편 moonji@moonji.com
홈페이지 www.moonji.com

제1판 제1쇄 2019년 3월 25일

ISBN 978-89-320-3508-6 04850
ISBN 978-89-320-3506-2(전 2권)
ISBN 978-89-320-1246-9 (세트)

이 도서의 국립중앙도서관 출판예정도서목록(CIP)은 서지정보유통지원시스템 홈페이지(http://seoji.nl.go.kr)와
국가자료공통목록시스템(http://www.nl.go.kr/kolisnet)에서 이용하실 수 있습니다.
(CIP제어번호: CIP2018042706)

이 책은 대산문화재단의 외국문학 번역지원사업을 통해 발간되었습니다.
대산문화재단은 大山 愼鏞虎 선생의 뜻에 따라 교보생명의 출연으로 창립되어
우리 문학의 창달과 세계화를 위해 다양한 공익문화사업을 펼치고 있습니다.

차례

파우스트 박사 1

일러두기

1. 이 책은 Thomas Mann의 *Doktor Faustus. Das Leben des deutschen Tonsetzers Adrian Leverkühn, erzählt von einem Freunde*(Frankfurt a. M., 1974)를 우리말로 옮긴 것이다.
2. 본문의 주는 모두 옮긴이의 것이다.
3. 강조하기 위해 원서에서 이탤릭체로 표기한 것을 본문에서는 고딕체로 표기했다.
4. 원서에 라틴어, 프랑스어 등 독일어가 아닌 외국어로 쓰인 부분은 독자의 이해를 돕기 위해 한국어로 번역한 뒤 원어를 병기했다.

XXVI

앞 장의 엄청난 양은 그레최미르의 강연을 다룬 장의 거정스러울 만큼 많은 쪽수마저 훌쩍 넘어버렸지만, 나는 독자가 그것을 내 탓으로 돌리면 안 된다고 스스로 말할 수 있어서 위안이 된다. 그런 지적이 암시하는 부당한 요구는 작가가 책임질 일은 아니어서 나로서는 신경 쓸 필요가 없다. 아드리안이 적어놓은 글을, 아무 편집부에나 맡겨버리는 것은 어떤 경우에라도 용납할 수 없는 일이었다. 그것은 결국 "둘 사이의 대화"(이 단어에 항의의 표시로 붙인 따옴표에 주의하라. 그런 표시가 물론 이 단어에 내재된 전율의 오직 한 부분만을 완화시킬 뿐이라는 점을 감추지는 않겠지만 말이다), 다시 말해 그런 대화를 각 번호로 나눈 단락으로 해체하는 일을 의미하는 것이다. 따라서 쉽게 지치는 독자의 수용 능력을 내가 아무리 고려하고자 해도, 아드리안의 대화를 함부로 나누어버릴 수는 없는 노릇이었다. 비통하고 경건한 심정으로 나는 내게 주어진 문서를 인용해야 했고, 그래서 그것을 아드리안의 악보에서 나의 원고로 옮겨 적어야만 했다. 그리고 이때 단어만 하나씩 옮긴 것이 아니라, 나는 당당하게 말할 수 있건대, 철자를 있는 그대로 일일이 옮겨 적었다. 그러면서 자주 펜대를 내려놓기도 하고, 또 자주 휴식을 취하기 위해 하던 일을 중단하기도 하며 생각에 젖어 서재를 가로질러 걷는가 하면, 양손을 이마에 포개고 소파 위로 몸을 던지기도 했다. 이런 말이 어떻게 들릴지 모르겠지만, 그래서 내가 베껴 쓰기만 하면 되는 장이 시시때때로 떨리곤 하던 내 손을 거치는 바람에 실제로 그전에 내가 직접 구성했던 다른 어떤 장보다 더 빨리 써지지 않았다.

많은 의미 있는 생각을 불러일으키는 베껴 쓰기는 사실(최소한 내게는 그랬거니와, 힌터푀르트너 사제도 이 점에서 내게 동의했다) 자신의 생각을 적는 일만큼 집중력과 많은 시간이 필요한 작업이다. 그런데 어쩌면 독자는 내가 고인이 된 내 친구의 전기에 지금까지 바쳤던 나날들의 숫자를 앞에서도 크게 주의하지 않았듯이, 지금도 내가 이 문장들을 쓰고 있는 시점보다 뒤처진 시점을 상상하며 글을 읽어가고 있을 것이다. 독자는 나의 꼼꼼함을 보며 웃을지도 모르겠지만, 나는 내가 이 기록을 시작한 이후 이미 거의 일 년이 흘렀고, 최근에 쓴 장들을 마치면서 1944년 4월이 다가왔다는 사실을 독자에게 알리는 것이 옳다고 생각한다.

물론 이 날짜는 나 자신이 일을 하고 있는 때를 말한다. 그러니까 내 이야기 속의 사건이 진행된 시점, 즉 제1차 세계대전이 발발하기 24개월 전인 1912년 가을이 아니라는 것이다. 그 당시에 아드리안은 뤼디거 실트크납과 함께 팔레스트리나에서 뮌헨으로 돌아와, 자신은 일단 슈바빙의 여관(기젤라 여관)에서 거처할 곳을 얻었다. 나는 이런 이중의 시간 계산이 왜 나의 주의를 끌고, 그래서 독자에게도 그 시간에 대해 주의를 환기시키고 싶은지 모르겠다. 개인적인 시간과 객관적인 시간, 서술자가 활동하고 있는 시간과 서술된 사건이 진행되는 시간 말이다. 이것은 시간의 경과가 아주 독특하게 교차된 경우로서, 말이 나온 김에 덧붙이면, 세번째 시간과도 연결되어 있다. 앞으로 언젠가 독자가 이 이야기를 기꺼이 수용하기 위해 들이는 시간 말이다. 이렇게 하여 독자는 결국 세 가지의 시간 배열과 관계하게 된다. 독자 자신의 시간, 전기 저자의 시간, 그리고 사건 속의 역사적인 시간이 그 세 가지이다.

나 자신이 보기에도 어느 정도 흥분된 상태에서 여유를 부리는 것 같은 이런 사변적인 궁리에 더 이상 빠지지 않겠다. 단지 내가 덧붙이고 싶은 말은, "역사적인"이라는 표현이 내가 글 **속에서** 다루고 있는 시간보다, 내가 지금 **마주하며** 쓰고 있는 시간에 훨씬 더 음울한 분위기를 띠며 딱 들어맞는다는 점이다. 최근 며칠산에는 오데사를 둘러싼 전투가 격렬하게 벌어졌다. 그것은 흑해 연안의 그 유명한 도시가 결국 러시아인들의 손에 떨어지는 것으로 끝이 남으로써 손실이 컸던 싸움이었다. 물론 적군은 우리 군대의 교체 작전을 방해하지는 못했다. 적군은 세바스토폴에서도 분명 그럴 만한 능력이 없을 것이다. 그곳은 아군이 아직 적군을 압박할 수 있는 또 다른 한 곳인데, 이제 분명 유리한 위치에 있는 적군이 우리한테서 빼앗아갈 작정인 것 같다. 그러는 가운데 지금까지 든든한 요새였던 우리 유럽 대륙에 거의 매일 가해지는 공중 폭격의 참상은 엄청난 규모로 커졌다. 그만큼 점점 더 강력한 파괴력을 가진 폭탄을 쏟아붓는 괴물 같은 폭격기들 중 상당수가 우리의 영웅적인 저항에 희생된다 하여, 그것이 무슨 소용이 있겠는가? 대담하게 하나로 뭉친 대륙의 하늘을 수천 대의 폭격기가 새카맣게 덮었고, 우리 도시들 중에서 점점 더 많은 곳이 폐허 속에 무너졌다. 레버퀸의 성장 과정, 그의 인생의 비극적인 이야기에서 매우 중요한 역할을 하는 라이프치히가 최근에 어마어마한 규모의 폭격을 맞았다. 나는 그곳에 있는 유명한 출판사 지역이 이젠 폐허 더미에 불과하고, 참으로 교육적이고 유용한 문학적 재산이 파괴되어 사라져버렸다는 소식을 듣고 있을 도리밖에 없었다. 그것은 우리 독일 사람들뿐만 아니라 교양을 위해 애쓰는 세계의 모든 사람들에게 너무나 심각한 손실이었다. 하지만 이 사람들은 현혹이 되어서 그런지, 혹은 그게 옳은 건지,—내가 여기서 감히 결론을 내리지는 않겠지만—그 엄청난 손실을 받아들이려는 것처럼 보인다.

그렇다. 이러다가 우리가 결국 패망으로 내몰리지 않을까 걱정스럽다. 불길한 기운에 고무되었던 정치에 이끌려 우리가 하필 가장 인구가 많고 혁명적으로 한껏 고양된 강대국, 또 생산 능력에서 가장 강력한 나라와 동시에 벌이기 시작한 갈등의 결과로 말이다. 미국은 자국의 생산 기구를 본격적으로 가동시키지 않고도 모든 전세를 압도하는 양의 전쟁 도구를 만들어낼 수 있는 것 같다. 게다가 신경이 바짝 예민해진 민주국가들이 이렇게 끔찍한 도구들을 이용할 줄 안다는 사실은 예상 밖이며, 정신이 번쩍 들게 하는 경험이다. 이런 경험을 하고 있노라면, 우리는 매일 지금까지의 착각을 점점 바로잡게 된다. 마치 전쟁은 독일의 특권인 양 생각하고, 폭력을 쓰는 기술에서 다른 나라 사람들은 서투르기 짝이 없기 때문에 무능한 존재로 드러날 것이 분명하다고 믿는 착각 말이다. 우리는 앵글로색슨인들이 전쟁 기술을 동원해 모든 가능한 공격을 가할 것이라고 생각하기 시작했고(이 점에서 힌터푀르트너 사제와 나는 예외적인 경우가 아니다), 그들 쪽에서 공략하기 시작할 거라는 판단에 긴장감이 커졌다. 우리의 유럽 요새를—혹은 우리의 감옥이라고 해야 할까? 우리의 정신병원이라고 해야 할까?—사방에서 공격해 들어오리라고, 우월한 물자와 수백만의 군인들을 동원해 쳐들어오리라고 **기대**되었다. 그리고 적군의 상륙에 대비한 그럴듯한 대비책, 우리와 유럽 대륙이 우리의 현 총통을 잃게 되지 않도록 방어하기 위한 대책을 가장 인상 깊게 제시하는 것만이 다가오는 공격에 대한 일반적인 공포에 맞서 정신적인 균형 감각을 유지하도록 할 수 있었다.

분명한 것은, 내가 글을 쓰고 있는 시대는 내가 글 속에서 다루고 있는 시대, 즉 아드리안의 시대보다 훨씬 더 강력하게 역사적인 충격과 변화 속에 휩쓸려 있다는 사실이다. 그의 시대는 기껏 그를 우리의 믿을 수 없이 불안한 시대가 시작되는 지점까지 데려왔을 뿐이다. 이제 나는 우리가 그에게, 아니, 우리가 모든 사람들에게, 즉 더 이상 지금 우리와 함께 있지 않고, 그를 우리 시대로 데려오기 시작하던 때에 이미 더 이상 우리와 함께 있지 않았던 그 모든 이들을 향해 "그대들에게 평안을!" "고이 안식하라!"는 진심 어린 말을 외쳐야 할 것 같은 느낌이 든다. 내겐 아드리안을 우리의 일상으로부터 보호하는 일이 소중하다. 나는 그 일을 명예롭게 생각하고, 내가 아드리안을 보호해도 된다는 자부심의 대가로 나 자신이 머물고 있는 시대의 공포를 기꺼이 감수하고 있다. 나는 마치 내가 그 친구를 대신해 그를 대변하고 그의 삶을 사는 것 같은 느낌, 그가 다행히 짊어지지 않아도 된 짐을 내가 지고 있는 것 같은 느낌이 든다. 한마디로 말해, 내가 그에게 살아가는 일을 덜어줌으로써 그에 대한 나의 애정을 증명해 보이는 것 같다. 그리고 이런 상상은, 그것이 아무리 착각이고, 심지어 바보스럽다 하더라도 내 마음을 편하게 해준다. 그에게 헌신하고, 그를 도와주며 보호해주고 싶은 평소의 소망을 그 상상이 충족시키기 때문이다. 친구의 생전에는 단지 미미하게만 채워질 수 있었던 그 소망과 욕구를 말이다.

*

아드리안이 슈바빙의 여관에 머문 기간이 며칠밖에 되지 않은데다, 그가 그 도시에서 오래 거주하기에 적당한 집을 구해보려고 하지 않았다는 사실은 내게 주목할 만한 점으로 남아 있다. 실트크납은 이미 이탈리아에서 아말리아 거리의 예전 하숙집 주인들에게 편지를 보내 자신에게 익숙한 숙소를 다시 확보해놓았던 터였다. 하지만 아드리안은 가령 로데 시정부위원 부인 집에 다시 방을 얻을 생각을 하지 않았을 뿐더러 뮌헨에 머물 생각 자체를 하지 않았다. 그의 결정은 이미 오래전부터 아무 말 없이 내려진 듯했다. 그는 방을 다시 둘러보고 세부 사항을 논의하기 위해 일단 한번 발츠후트 근교의 파이퍼링으로 차를 타고 나간 것이 아니라, 그냥 전화 통화로만, 더욱이 아주 간결한 말로만 모든 일을 처리하는 방법을 택했던 것이다. 그는 기젤라 여관에서 슈바이게슈틸의 집에 전화를 걸었다. 그리고 그의 전화를 직접 받은 사람은 어머니 엘제였다. 그는 자신이 예전에 한번 자전거를 타고 가다가 그녀의 집 안과 마당을 구경할 수 있었던 두 사람 중 한 사람이라고 소개한 뒤, 2층에 침실 한 개와 낮 시간 동안 머물 수 있는 1층의 수도원장 방을 자신에게 빌려줄 수 있는지, 그리고 방세는 얼마면 되는지 문의했다. 나중에 아주 저렴한 것으로 드러난 하숙비와 봉사료를 포함한 방세에 대해서 슈바이게슈틸 부인은 그 시점에는 아직 언급하지 않았다. 그녀는 우선 예전에 왔던 두 사람 중 어떤 사람인지, 작가인지 혹은 음악가인지 물었다. 그러면서 당시에 자신이 받았던 인상을 확인하는 것 같은 분위기를 확연히 풍기더니, 전화를 건 사람이 음악가라는 사실을 알아차렸다. 그리고 나서 오직 손님의 이익을 위해, 그리고 손님의 관점에서 보건대 그가 선택을 잘하고 있는 건지 우려스럽다고 말했다. 덧붙여 말하면, 이런 우려도, 어떤 선택이 자신에게 이로울지는 자신이 가장 잘 알아야 할 것이라고 말하는 방식으로 표현되었다. 자기 식구들, 즉 슈바이게슈틸 가족은 영업을 목적으로 방을 빌려주는 사람들이 아니고, 그냥 이따금씩 기회가 되면, 말하자면 그때그때 경우에 따라 세입자와 하숙인을 받는다는 것이었다. 이런 사실은 예전에 두 신사분이 왔을 때도 그녀가 전한 말에서 곧바로 알아차렸을 것이라고 덧붙였다. 그리고 전화를 건 분이 바로 그런 기회와 그런 경우에 해당하는지는, 그녀로서는 본인의 판단에 맡겨둘 수밖에 없다고 했다. 그가 자기네 집에서 지내면, 그저 조용하고 단조로운 것밖에 없을 거라면서, 말이 나온 김에, 안락함 면에서는 그 집에 별것이 없다고도 했다. 목욕실, 수세식 화장실 같은 것도 없으며, 그 대신 집 바깥에 농가 방식으로 만들어 놓은 게 있다고 말했다. 그리고 자기가 제대로 이해했다면, 아직 서른도 안 된 젊은 양반이, 순수 예술 중 한 분야에서 활동하시는 분이 문화가 있는 곳에서 떨어져, 그러니까 시골에서 숙소를 마련하려는 게 그녀로서는 의아하다고, 아니, "의아하다"는 말은 사실 적당한 표현은 아니라고 했다. 뭔가 의아해하는 것은 그녀나 그녀 남편의 방식이 아니기 때문이라는 것이었다. 하기야 뭐, 대개 사람들은 의아하게 생각하는 것이 많으니까, 아무튼 손님이 찾는 것이 바로 그 방이라면 그냥 자기 집으로 오라고 그녀가 말했다. 하지만 잘 생각해보기는 해야 할 것이라고 덧붙이기도 했다. 왜냐하면 막스, 그러니까 자기 남편과 그녀 자신도 중요하게 생각하는 것은, 그렇게 방을 내주는 일을 그냥 기분 내키는 대로 하거나, 시험 삼아 잠시 살아보다가 해약할 수 있다는 식으로 생각하는 것이 아니고, 처음부터 확실한 기간 동안 방을 쓸 수 있도록 해주는 일이라는 것이었다. 그러니까 손님 입장에서 말이지요, 안 그래요? 등과 같은 말이 이어졌다.

아드리안은 자기가 오랫동안 그곳에 살고자 한다고 대답했다. 그리고 이런 생각을 하게 된 것은 벌써 오래되었다고도 했다. 자신에게 주어진 생활 방식을 마음속으로 검토한 결과 괜찮은 일로 여겨져서 결정한 것이라고 했다. 월 120마르크의 하숙비에 대해서도 동의하는 것은 물론이고, 위층에서 어떤 방을 침실로 쓸 것인지는 그녀에게 맡기며, 수도원장의 방을 얻게 되어 기쁘다면서 사흘 후에 이사를 하겠다고 전했다.

그리고 그는 사흘 뒤에 이사를 했다. 아드리안은 도시에서 짧은 기간 동안 머물면서, 추천받은(나는 크레췌마르가 추천했다고 생각한다) 필경사와 약속한 일만 했다. 차펜슈퇴서 오케스트라의 파곳 연주자로서 그리펜케를이라는 이름으로 불리던 그 사람은 그런 부업으로 약간의 돈을 벌고 있었다. 아드리안은 「사랑의 헛수고」 총보의 일부를 이미 그의 손에 맡겨두었다. 그는 팔레스트리나에서 자신의 작품을 완성하지는 못했다. 아직 마지막 두 개의 막을 관현악용으로 계속 편곡하는 중이었고, 또 소나타 형식의 서곡도 여전히 마무리되지 않았다. 그 곡의 원래 구상은 예의 저 놀라운 그리고 오페라 자체에도 매우 낯선 부주제의 도입으로 인해 매우 많이 변해 있었다. 부주제는 반복 부분과 끝 부분의 알레그로에서 매우 깊은 사상과 독창성을 발휘하는 역할을 해내고 있었던 것이다. 그 밖에도 그는 작곡을 하는 동안 긴 부분에 걸쳐 기재하지 않고 두었던 연주법 표시와 박자표를 추가로 기입하느라 애를 썼다. 덧붙여 말하면, 그가 이탈리아 체류를 끝내면서 작품도 함께 마치지 못한 것이 우연이 아니었음을 나는 알고 있었다. 설사 그가 의식적으로 이 두 가지를 함께 마치려고 노력했다 하더라도, 그것은 내밀한 의도 때문에 애초에 성사되지 않을 일이었다. 그는 도무지 변함이 없는 (Semper idem) 남자였기 때문에 삶의 현장을 바꿀 때 그 전 상황에서 하던 일을 마무리하는 데 큰 의미를 부여하지 않았고, 주어진 상황들보다 자신의 생각에 따르는 인물이었기 때문이다. 내적인 지속성을 유지하기 위해서는 그 전 상황에서 하던 일의 나머지 부분을 새로운 상황으로 가지고 오는 것이 더 낫다고 그는 스스로에게 말했다. 그리고 외적으로 새로웠던 것이 지루하게 되풀이되기만 하는 때에야 비로소 내적으로 새로운 것을 계획하는 것이 낫다는 것이었다.

결코 부서운 석이 없던 손가방, 즉 총보기 담긴 서류집과 이탈리아에서 욕조 대신 쓰던 고무 용기가 전부인 짐을 든 채 그는 슈타른베르크 역에서 열차를 타고 목적지로 향했다. 그것은 발츠후트에서만 서는 것이 아니라 10분 뒤에 파이퍼링에도 정차하는 열차였다. 책과 여러 용구가 담긴 상자 두 개는 화물칸에 맡겼다. 10월이 끝나가고 있었고, 아직 건조한 날씨는 벌써 차가운 바람을 몰고 다니며 음산한 분위기를 만들었다. 나뭇잎도 낙엽이 되어 떨어지고 있었다. 슈바이게슈틸 집안의 아들 게레온은 거름 뿌리는 신형 기계를 직접 도입한 젊은 농부로 무뚝뚝하고 퉁명스러운 편이었지만 자기가 하는 일에는 분명 자부심을 느끼는 젊은이였는데, 작은 역사 앞에서 차대가 높고 충격 방지용 스프링장치가 있는 사륜마차(Char à bancs)의 마부석에 앉아 손님을 기다리고 있었다. 짐꾼이 손가방을 싣는 동안, 그는 수레를 끄는 말, 즉 근육이 잘 발달한 두 마리 밤색 말의 등 위에다 채찍 줄을 늘어뜨려놓고 있었다. 마차를 타고 가는 도중에 별말이 오고 가지는 않았다. 나무 화관이 있는 롬뷔엘, 집게 연못의 희미한 수면을 아드리안은 조금 전에 기차를 타고 오면서 이미 다시 볼 수 있었다. 그리고 이제 그의 눈은 바로 곁에 있는 연못의 모습에 머물러 있었다. 얼마 가지 않아 슈바이게슈틸 가의 옛 수도원 바로크 집이 시야에 들어왔다. 마차는 사방으로 탁 트인 뜰에서 길을 막고 선 늙은 느릅나무를 빙 돌았다. 느릅나무 잎은 나무를 둘러싸고 있는 둥근 벤치 위에 벌써 상당히 많이 떨어져 있었다.

슈바이게슈틸 부인은 클레멘티네, 즉 갈색 눈의 시골 아가씨로 정숙한 농가의 전통 복장을 갖춰 입은 딸과 함께 종교적 문장(紋章)이 보이는 집 출입문 앞에 서 있었다. 그녀의 인사말은 사슬에 묶여 있던 개가 짓는 소리에 묻혀버렸다. 개는 너무나 흥분한 나머지 제 밥그릇을 밟아버렸고, 짚이 깔린 제 집을 그 자리에서 거의 무너뜨릴 기세였다. 어머니나 딸, 또 발에는 거름을 묻힌 채 짐 내리는 일을 돕던 외양간 하녀(발트푸르기스)가 개에게 "저리 가, 카슈페를, 조용히 해(stat)!"라고 소리쳤으나 아무 소용이 없었다(그녀의 사투리 "stat"에 남아 있는 고고 독일어 "stâti", 중고 독일어 "Staete", 그리고 "stet"라는 말은 "조용한" "움직이지 않는"이라는 뜻이다). 개는 계속해서 날뛰었고, 아드리안은 미소를 띠며 잠시 건너다보고는 개에게 다가갔다. "주조, 주조"라며, 그는 목소리를 높이지도 않고, 새삼 뭘 그러냐는 듯이 주의를 주는 강한 억양으로 말했다. 그러자 놀랍게도 개는 정말 그냥 달래듯이 중얼거린 소리의 영향을 받고 거의 아무런 변화의 과정도 없이 곧바로 조용해졌다. 또 그 마법사 같은 사람이 손을 내밀어도 가만히 있다가, 예전에 싸움으로 흉터가 남은 두개관(冠)을 부드럽게 쓰다듬어도 그냥 내버려두었다. 그러면서 누런 눈을 들어 아주 진지한 표정으로 그를 올려다볼 뿐이었던 것이다.

"용기 있으시네요, 대단하시오!" 아드리안이 뜰로 통하는 대문으로 돌아오자 엘제 부인이 말했다. "대부분의 사람들은 그 녀석 앞에서 모두 겁을 집어먹거든요. 하기야 그녀석이 바로 지금처럼만 처신하면, 아무도 나무랄 수 없지요. 예전에 우리 마을에서 애들을 가르치던 젊은 선생은,—아이고, 그 양반이야 그냥 쪼끄만 촌샌님이었는데요—늘 하던 말이, '이 개는 무서워요, 슈바이게슈틸 부인!' 이랬거든요"

"아, 예!" 아드리안은 고개를 끄덕이며 웃었다. 그리고 그들은 집 안으로, 고급 담배 맛이 감도는 곳으로 들어가 위층으로 올라갔다. 그곳에서 그녀는 희고 퀴퀴한 냄새가 나는 통로에 붙은 그의 침실로 그를 데리고 들어갔다. 방에는 좁다란 옷장이 있고, 높은 침대가 있었다. 그밖에도 조금 신경을 써서 빈두색 필걸이의자를 들여다 놓았는데, 그 앞에 발이 닿는 부분에는 가문비나무 바닥 위에 조각 천으로 된 깔개가 놓여 있었다. 게레온과 발트푸르기스가 손님의 손가방을 그곳에 세워 두었다.

이미 이곳 침실에서, 그리고 다시 계단을 내려가는 도중에 손님 시중과 생활 규칙에 대한 협의가 시작되었다. 그 대화는 아래층의 수도원장 방, 즉 아드리안이 이미 오래전부터 혼자서 자기 방으로 생각했던 개성 있고 고풍스러운 그곳에서도 계속되다가 결론에 이르렀다. 그것은 아침에 큰 항아리에 담긴 뜨거운 물, 침실에서 마실 진한 커피, 식사 시간에 대한 것들이었다. 아드리안은 식사를 가족들과 함께 하지 않게 되었다. 그 집에서 그런 것을 기대하지도 않았거니와, 그에게도 식사 시간이 너무 일렀다. 그래서 오후 1시 반과 8시에 그를 위해 식탁이 차려지게 되었다. 식사하기 가장 좋은 곳은 앞쪽 큰 방(니케 상과 타펠클라비어가 있는 농가 홀)이라고 슈바이게슈틸 부인이 말했다. 어차피 그 방은 그가 필요하면 언제라도 쓸 수 있다고 했다. 그리고 점심으로 그녀는 가벼운 음식, 우유, 계란, 살짝 구운 빵, 야채수프, 시금치를 곁들인 맛있는 비프스테이크, 또 그 후에는 사과잼이 든 간단한 오믈렛을 약속했다. 한마디로, 그런 것들은 영양이 풍부하면서도 아드리안처럼 위장이 예민한 사람에게도 좋은 음식이었다.

"위장 문제란 건, 젊은이, 그게 대개는 위장 문제가 전혀 아니야요. 그건 머리 때문이라니까요. 까탈스럽고 긴장된 머리 말이야요. 머리가 위장에 그렇게 엄청 영향을 끼친다니까요. 위장 자체는 멀쩡해도 그래요." 뱃멀미도 그렇고, 편두통도 마찬가지고…… 아참, 편두통을 가끔 앓으시지, 그것도 심하게? 진작 그런 짐작이 들었다,라고 그녀가 말했다. 아까 침실에서 그가 창문 덮개와 커튼 같은 것을 아주 세심하게 살피는 것을 보고, 그런 생각이 들었다는 것이다. 왜냐하면 그 몹쓸 증세가 지속되는 동안에는 어둠 속에, 어두운 방에 누워 있는 것, 말하자면 밤이나 캄캄한 상태가 도움이 되는데, 어쨌든 아무 빛도 눈에 들어오지 않도록 하는 게 제일 상책이라는 것이었다. 그리고 진한 차에다 레몬을 많이 넣어서 아주 시게 마시는 게 좋다고 그녀가 말했다. 슈바이게슈틸 부인은 편두통이 낯설지 않았다. 그녀 자신은 편두통을 앓은 적이 한 번도 없지만, 그녀의 남편 막스가 예전에 주기적으로 편두통에 시달렸던 것이다. 그런데 세월이 흐르면서 남편의 경우에는 그 불쾌한 증세가 없어졌다고 했다. 이 말을 들은 아드리안이 자신이 허약해서, 즉 자신이 하숙생으로 들어오게 됨으로써 말하자면 주기적으로 앓는 환자를 집에 몰래 들여온 셈이 되었으니 미안하다고 하자, 여주인은 말을 막으며 "원, 참 별소리를!" 하고 대꾸했다. 그런 사정은 누구나 금방 짐작

18

할 수 있다는 것이었다. 왜냐하면 아드리안 같은 사람이 문화의 중심지인 도시에서 파이퍼링으로 물러나올 땐, 다 나름대로 이유가 있기 마련이라는 것이었다. 그리고 보아하니 충분히 이해받을 상황인데 뭘 그러느냐면서 "안 그래요, 레버퀸 선생?" 하고 물었다. 그곳은 문화의 장소는 아닐지라도 이해의 장소이기 때문이라는 것이었다. 이와 같은 말들을 그 순박한 여인은 한참 동안 더 이어갔다.

그 당시 그녀와 아드리안 사이에는 선 채로, 혹은 걷는 도중에 협의가 이루어졌고, 그 일은 어쩌면 두 사람 모두가 예상하지 못했겠지만 이후 18년간 그의 삶의 외형적인 틀을 정한 셈이었다. 그리고 마을의 목공이 불려와 수도원장 방의 출입문 쪽 공간을 측량하며 일을 시작했다. 아드리안의 책 수납용 서가를 만들기 위해서였는데, 가죽 벽지 밑에 예전에 나무로 넣어씌웠던 부분보다는 높지 않게 할 생각이었다. 아직 양초 토막이 꽂혀 있던 샹들리에를 전기 장치로 교체하는 일도 곧바로 협의되었다. 그 밖에도 그의 방에는 시간이 지나면서 이런저런 변화가 있었다. 지금까지 거의 비공개 상태로 보관되어 있어 일반인들이 미처 감동을 맛보지 못한 아주 많은 대작들이 탄생될 그 방 말이다. 곧 대부분의 면적을 꽉 채우는 양탄자가 세월에 손상된 마룻바닥을 덮게 되었는데, 그것은 겨울에 반드시 필요한 물건이었다. 또 며칠 후에는 작업대 앞에 있던 사보나롤라 안락의자를 제외하면 유일하게 앉을 자리였던 구석의 ㄱ자 벤치 옆에 벌써 독서용 내지 휴식용으로 아주 깊은 의자가 추가되었다. 그 의자에는 아드리안의 관심 밖이었던 요란한 양식적 장식은 없었다. 단지 회색 비로드로 씌워진 의자는 뮌헨의 베른하이머 가게에서 구입한 훌륭한 물건이었다. 그것은 발을 올려놓았다가 원하면 몸체 쪽으로 밀어붙일 수 있는 부분, 즉 방석을 댄 상사 모양의 보조 의자가 딸려 있어서 보통의 낮은 안락의자라기보다는 '간이침대'라는 이름이 더 잘 어울렸고, 이후 주인인 아드리안이 거의 20년간 잘 쓰게 된 가구였다.

막시밀리안 광장의 고급 실내 설비 가게에서 산 물건들(양탄자와 의자)을 내가 언급하는 부분적인 이유는, 한 가지 분명히 해두고 싶은 것이 있기 때문이다. 그곳은 한 시간도 걸리지 않는 고속열차를 포함해 많은 열차편 덕분에 도시와 교통이 원활한 편이어서, 슈바이게슈틸 부인의 표현에서 짐작될지도 모를 사정과 달리 아드리안이 파이퍼링에 머문다고 해서 '문화생활'과 완전히 단절한 채 살았던 것은 아니었다는 사실이다. 아카데미 연주회나 차펜슈퇴서 관현악단의 연주회, 오페라 공연이나 사교모임—그런 모임도 있었다—같은 저녁 행사에 참석할 때에도, 그는 밤 11시에 집에 돌아가는 기차를 탈 수 있었다. 물론 그런 날에는 슈바이게슈틸가의 마차가 역까지 마중 나와 있기를 기대할 수는 없었다. 그런 경우에는 발츠후트의 운송업체와 맺은 합의 사항이 적용되었다. 덧붙여 말하자면, 사실 그는 맑은 겨울밤에 연못을 따라 길을 걸으며, 모두가 단잠을 자고 있는 슈바이게슈틸 농가까지 걸어가는 것을 좋아했다. 그러면서 그 시간대에는 줄을 매지 않은 카슈페를 혹은 주조에게 멀리서 신호를 보냄으로써 개가 요란스럽게 짓지 않도록 할 수도 있었다. 그는 나사 장치를 이용해 음높이를 바꿀 수 있는 금속 호각을 가지고 그렇게 했다. 호각의 가장 높은 소리는 극단적으로 높은 주파수 때문에 사람의 귀로는 아주 가까이에서도 거의 들을 수가 없었던 것이다. 반면에 아주 다르게 생긴 개의 고막에는 그 소리가 매우 강하게, 그리고 놀랍도록 먼 거리에서도 영향을 주었다. 그렇게 카슈페를은 자기 외에는 어느 누구도 듣지 못하는 비밀스러운 소리가 밤공기를 뚫고 자기 귀에 와 닿게 되면, 곧장 쥐 죽은 듯 조용해졌다.

냉담하게 내향적인데다 오만하면서도 수줍어하는 내 친구의 인품이 많은 사람들에게 영향을 주어, 거꾸로 도시에서 이런저런 사람이 곧 그의 은신처로 찾아오게 된 것은 호기심 때문이기도 했지만 사람을 끄는 그의 매력 때문이기도 했다. 나는 실트크납이 실제로 가지고 있던 우선권을 인정하며 그의 경우를 먼저 이야기하겠다. 당연히 그는 그곳을 찾아온 첫번째 인물이었다. 아드리안이 예전에 자신과 함께 찾아낸 곳에서 무엇을 하고 지내는지 보기 위해서였다. 그리고 이후, 특히 여름에 다시 그곳을 찾아올 때 그는 자주 파이퍼링의 친구 집에서 주말을 보내곤 했다. 칭크와 슈펭글러는 자전거를 타고 잠시 들르기도 했다. 아드리안이 도시에 물건을 사러 갔다가 람베르크 거리의 로데 가족을 다시 방문했는데, 그 화가 친구들이 그 집 딸들로부터 그가 돌아왔다는 소식과 함께 머물고 있는 곳을 알게 되었던 것이다. 충분히 짐작되건대, 파이퍼링을 방문하자는 의견은 슈펭글러가 먼저 말한 것 같다. 왜냐하면 칭크는 화가로서 슈펭글러보다 더 재능이 있고 적극적이기는 했지만, 인간적으로는 훨씬 섬세하지 못해서 아드리안의 본질에 대한 감각이 전혀 없었고, 슈펭글러와는 서로 떨어질 수 없는 사람이었기에 그냥 함께 갔던 게 분명하다. 그는 오스트리아 식으로 아첨하느라, "손키스를 보내오" 같은 말이나, 자신에게 보여주는 모든 것을 보며 "히야, 굉장해요"라는 거짓 감탄을 남발하지만, 근본적으로는 상대방에게 적개심이 있었다. 그의 광대짓, 즉 긴 코와 양미간이 좁은 눈으로 여자들에게 어처구니없게 최면이라도 거는 것 같은 익살스러운 효과가 아드리안에게는 전혀 통하지 않았다. 보통은 아드리안이 희극적인 것을 매우 깊이 이해하고 수용했는데도 말이다. 말하자던 희극적인 것이 자만심에 눌려 효력을 잃어버린 것이다. 그리고 호색적인 칭크는 대화 중에 한 마디 한 마디마다 성적으로 이중적인 의미를 부여해야 하는 것이 아닌지 신경을 쓰고, 그런 의미에 끼어들며 거드는 지루하기 짝이 없는 버릇이 있었다. 거의 집착에 가까운 이런 버릇은, 아마 칭크도 눈치챘듯이, 아드리안의 마음에 들지 않았다.

이런 경우 슈펭글러는 눈을 깜박거리며 볼에는 보조개까지 드러낸 채 뭐라고 중얼대면서 진심으로 웃어댔다. 성적인 것은 문학적인 의미로 그를 즐겁게 해주었다. 그는 성과 정신이 아주 밀접한 관계에 있다고 보았던 것이다. 이것은 사실 틀린 생각은 아니다. 그의 교양(우린 이것을 잘 알고 있다)과 세련된 감각, 기지와 비판 정신은 성적인 영역에 대한 자신의 우연하고 불행한 관계에 기반을 두고 있었다. 말하자면 그가 성적인 영역에 육체적으로 고정되어버린 상태에 근거한 것인데, 그렇게 되어버린 것은 순전히 운이 없었기 때문이지 그의 체질이나 이 방면의 그의 열정을 전혀 특징짓지 않았다. 아무튼 그는 미소를 머금고 수다를 떨어댔다. 그것은 예술계와 문학계는 물론 독서 모임의 사람들에 대해 이러쿵저러쿵 떠들어대는 유미적 문화 시대에나 유행하던 것으로, 오늘날엔 이미 한물간 것이었다. 그런 식으로 그는 뮌헨에서 떠도는 소문을 전하는가 하면, 또 바이마르 대공과 극작가 리하르트 포스*가 함께 이탈리아의 아브루치 산맥으로 여행을 하는 도중에 진짜 도적단의 습격을 받은 이야기를 매우 익살스럽게 전했다. 그 습격은 분명 포스가 미리 꾸민 사건이었다는 것이다. 아드리안에게는 스스로 구입해 피아노로 연주해본 브렌타노 가곡집에 대해 분별력 있게 점잖은 말을 건넸

---

* Richard Voß(1851~1918): 독일의 작가.

다. 당시 그는 브렌타노 노래를 다루는 일이 명백히, 그리고 거의 위험할 정도로 **까다로운 버릇**을 키운다는 의미라고 말했다. 왜냐하면 그다음부터는 그 장르의 다른 곡이 마음에 들기 쉽지 않기 때문이라는 것이었다. 슈펭글러는 계속 이른바 '까다로운 버릇'에 대해 좋은 의미의 말을 덧붙였다. 누구보다 많은 것을 요구하는 예술가 자신이 일단 그런 버릇에 빠져들게 되는데, 그것이 그에게 매우 위험할 수 있다는 것이었다. 왜냐하면 매번 작품이 완성될 때마다 그는 살기 힘들어질 터이고, 아마도 마침내 살 수 없게 될 것이기 때문이라고 했다. 왜냐하면 비범한 것에만 관심을 갖고 그 밖의 모든 것에 대해서는 취향을 망가뜨림으로써 스스로에게 '까다로운 버릇'을 들이게 되면, 결국 융화를 하지 못하게 되고, 그래서 실현 가능성이 없고 더 이상 성취할 수 없는 것을 시도하도록 스스로를 계속 몰아갈 수밖에 없기 때문이라고 말이다. 지극히 재능이 뛰어난 예술가의 문제는, 계속되는 '까다로운 버릇'과 더불어 커져가는 혐오감에도 불구하고 실현 가능한 것을 어떻게 여전히 잘해낼 것인가,라는 점이라는 말도 덧붙였다.

슈펭글러는 이처럼 분별력이 있었다. 그가 늘 눈을 깜빡대며 불평하는 것이 암시하는 바와 같이, 그런 분별력은 성적인 영역에 육체적으로 특수하게 고정되어버린 그의 특성 때문일 뿐이었다. 이 두 사람에 이어 자네트 쇼이를과 루디 슈베르트페거가 아드리안이 어떻게 사는지 보려고 왔다가 함께 차를 마셨다.

자네트와 슈베르트페거는 가끔 함께 음악 연주를 했는데, 쇼이를 노부인의 손님들 앞에서나 개인적인 자리에서도 연주했다. 그래서 또 파이퍼링으로 함께 가자고 약속을 했던 것이고, 파이퍼링에 전화로 미리 연락하는 일은 루돌프가 맡았다. 방문 제안도 그가 했었는지, 아니면 자네트가 먼저 했는지는 밝혀지지 않았다. 게다가 그들은 아드리안 앞에서 그 점에 대해 다투기까지 하며, 친구를 방문함으로써 관심을 보여줄 수 있었던 것이 서로 상대방 덕분이라고 했다. 자네트가 익살스럽고 충동적인 행동을 잘한다는 점에서 보면, 그녀가 먼저 방문 제안을 했을 가능성도 있었다. 하지만 또 루디의 놀라울 만큼 뛰어난 친밀감과도 그런 발상은 상당히 일치했다. 그는 자신이 두 해 전에 아드리안과 친하게 말을 트고 지냈다고 생각하는 것 같았다. 하지만 사실은 아주 간혹 카니발 중에, 그것도 아주 일방적으로 루디 쪽에서만 그렇게 말을 텄다. 이제 그는 천진난만하게도 다시 그런 말투로 이야기를 하다가, 아드리안이 벌써 두세 번이나 그런 말투를 받아들이지 않자 비로소—참고로, 예민한 반응은 전혀 없이—말투를 바꿨다. 그의 붙임성이 실패한 것에 대해 쇼이를이 숨기지 않고 재미있어해도, 그는 전혀 아랑곳하지 않았다. 그의 푸른 눈에는 혼란스러운 흔적이라곤 전혀 나타나지 않았고, 뭔가 분별력이 있고 학식이 있거나 교양이 있는 말을 하는 사람의 눈을 지극히 순진한 표정으로 뚫어지게 살펴볼 뿐이었다. 나는 지금도 슈베르트페거에 대해 곰곰이 생각을 해보며, 그가 과연 얼마나 아드리안의 고독, 또 그런 고독에서 느끼는 허전함과 유혹에 빠질 가능성을 이해했는지, 그리고 그런 상황에서 자신의 매력적인, 혹은 좀 거칠게 표현하자면, 감언이설로 꾀어내는 재주를 보여주고 싶었는지 묻게 된다. 그는 남의 호감을 사고, 남의 마음을 얻어내기에 적절한 천성을 타고난 인물이 분명했다. 하지만 내가 그를 단지 그런 면으로만 본다면, 그에게 부당한 일을 하는 것은 아닐지 우려해야 할 것이다. 그도 역시 좋은 사내였고 예술가였다. 그리고 아드리안과 그가 나중에는 실제로 서로 말을 터놓고 지내며 서로를 이름으로 불렀다는 사실을, 나는

남의 마음에 들고 싶어 하는 슈베르트페거의 끊임없는 욕구가 무례하
게도 성공했기 때문이라고 평가하고 싶지 않다. 그보다는 그가 비범한
존재의 가치를 솔직하게 느끼고, 그런 존재를 진심으로 좋아하며, 이로
써 놀라울 만큼의 확고한 입장을 견지함으로써 마침내 멜랑콜리의 냉
정함을 넘어서는 승리를—참고로, 불행한 것으로 드러날 승리를—획
득했기 때문이라고 생각하고 싶다. 하지만 지금 나는 좋지 못한 오랜
습관대로 또 앞서가며 이야기를 꺼내고 있다.

　자네트 쇼이를은 고운 면사포가 모자 가장자리에서부터 코끝으로
드리워진 커다란 모자를 쓰고 슈바이게슈틸 농가 응접실에서 타펠클라
비어로 모차르트를 연주했다. 그녀의 연주에 맞춰 루디 슈베르트페거
는 어리석을 만큼 즐겁고 완벽한 기교로 휘파람을 불었다. 나중에 나는
로데 가족이나 슐라긴하우펜 가족의 집에서도 그의 휘파람 소리를 들
은 적이 있다. 그에게서 들은 바로는 자기가 아주 어렸을 때, 바이올린
수업을 받기도 전에 이미 휘파람 부는 기술을 익히기 시작했고, 들려오
는 곡들을 순전히 휘파람으로 따라 불면서 어디에서나 연습했으며, 나
중에도 자기가 익힌 곡으로 계속 그 기술을 발전시켰다고 했다. 실제로
그의 휘파람은 훌륭했다. 1인 예술 공연 무대에 올려도 될 만한 완벽함
은 그의 바이올린 연주보다 더 깊은 인상을 남겼다. 그는 운 좋게도 신
체적으로 그런 재능에 특히 소질이 있었던 게 분명했다. 플루트 성격을
띤다기보다 바이올린의 성격을 띤 가창풍의 선율은 듣기에 아주 편안
했고, 분절법은 탁월했으며, 작은 음표들이 스타카토나 서로 이어지는
음을 내며 거의 실패하는 법 없이 유쾌하게 정확함을 자랑했다. 한마디
로, 대단히 탁월했다. 그리고 그런 기술이 또 어쩔 수 없이 풍기는 아마
추어 재수選의 인상에다 예술석으로 신시하게 볼 수 있는 요소를 결합

하는 일은 특별히 유쾌한 분위기를 자아냈다. 사람들은 자기도 모르게 크게 웃으며 박수를 쳤고, 슈베르트페거도 소년처럼 웃으며 어깨를 옷 속에서 추스르며 움직이는가 하면, 입언저리로는 특유의 짧게 찡그리는 표정을 지어 보였다.

이와 같은 인물들이 파이퍼링을 찾아온 아드리안의 첫번째 손님들이었다. 그리고 나 자신도 곧 그곳으로 가게 되었고, 일요일에 그와 함께 걸으며 호숫가를 돌고 롬뷔엘을 올라갔다. 그가 이탈리아에서 돌아온 후 나는 겨울 동안만 그와 떨어져 지냈다. 나는 1913년 부활절에 프라이징 김나지움에 부임하게 되었는데, 그때 우리 가족의 가톨릭 신앙이 내게 유리하게 작용했다. 나는 카이저스아셰른을 떠나 아내와 아이를 데리고 이자르 강변으로 거처를 옮겼다. 위엄 있는 장소이자 수백 년간 주교의 거주지였던 그곳에서 나는 전쟁 중 몇 달간을 제외하고는 내내 수도 뮌헨 그리고 내 친구와 편안히 접촉하며 내 삶을 살았고, 애정에 찬 충격 속에 그의 삶의 비극을 체험했다.

XXVII

　파곳 연주자 그리펜케를은 「사랑의 헛수고」 총보의 사본을 완성함으로써 매우 인정받을 만한 일을 해냈다. 아드리안이 나와 다시 만나게 되었을 때 내게 거의 처음으로 꺼낸 말은 완벽한 것이나 다름없이 오류가 없는 저 사본과 자신의 기쁜 심정에 관한 것이었다. 그는 또 그리펜케를이 꼼꼼하게 일을 하면서 자신에게 보내온 편지를 내게 보여주었다. 글 속에는 그리펜케를이 노고를 쏟는 대상에 대한 일종의 염려에 찬 열광이 지적으로 표현되어 있었다. 자기는 그 작품이 비범함과 착상의 새로움에서 얼마나 자신을 사로잡는지 이루 말로 다 할 수 없다고 작곡가에게 알려왔다. 악곡 구성의 섬세함, 리듬의 숙련됨에 대해서는 아무리 감탄을 해도 모자란다는 것이었다. 기악곡으로 만드는 기술도 마찬가지인데, 흔히 복잡한 음의 조직이 그 기술에 의해 완벽하게 분명해진다면서, 특히 작곡 구성의 상상력은 이미 주어진 것을 변화시키며 여러 형태의 변주곡으로 나타난다고 했다. 가령 로절라인 역에 속하고,

혹은 그녀에 대한 비론의 절망적인 기분을 표현하는, 멋지면서도 어느 정도는 희극적인 음악의 사용이 그러하다고 했다. 마지막 막에서 셋으로 나누어진 부레Bourrée, 즉 옛 프랑스의 춤 형식을 다시 재미있게 만든 중간 부분에 나타나도록 사용한 것은 최상의 의미로 매우 깊은 사상과 재치를 드러낸다고 할 수 있다고도 했다. 또 이런 부레 무도곡은 사회적으로 매여 있는 관습의 경쾌하고 고풍스러운 요소로서는 적잖이 특징적이라고 덧붙였다. 그렇다 보니 아주 매력적이면서도 도전적으로 "현대적인" 것, 자유롭되 지나치게 자유롭거나 반항적이며 조성적인 결합을 거부하는 작품 부분과 대조를 이루고 있다는 것이었다. 총보의 이런 부분들이 너무나 친숙하지 않은 특성을 띠고 또 강하게 대립하는 이단성을 드러냄으로써, 결국 경건하고 엄격한 부분들보다 훨씬 더 접근을 어렵게 할까 봐 자신은 걱정이 될 수밖에 없다고 그는 말했다. 거기서는 악보 형태로 경직된, 즉 예술적이라기보다는 사상적인 사색의 양상을 띠어서 음악적으로 거의 효력도 없고, 듣기용이라기보다는 읽기용으로 만들어진 것 같은 음향 모자이크의 양상을 자주 드러내게 된다고 말이다.

우리는 크게 웃었다.

"듣는다는 게 뭔지!" 아드리안이 말했다. "내 생각으로는, 뭐든 **한 번** 들렸다면, 그것으로 충분해. 말하자면 작곡가가 그것을 생각해낼 때 들은 것 말이지."

잠시 후에 그가 덧붙였다.

"바로 그 순간 무엇이 들렸는지 사람들은 마치 들은 적이 있기라도 한 것처럼 군단 말이야. 작곡을 한다는 것은 차펜슈퇴서 오케스트라에게 천사의 합창을 연주해보라고 주문하는 것과 같지. 말이 나온 김에,

나는 천사들의 합창이란 건 지극히 사변적으로 궁리하는 성격을 띤다
고 생각해."

　내 입장에서는 그리펜케를이 작품의 "고풍적인" 요소와 "현대적
인" 요소를 구별하는 방식을 옳다고 할 수 없었다. 나는 그런 것들은
서로 섞이고, 서로 배어드는 것이라고 말했다. 아드리안은 내 말을 반
박하지 않았지만, 이미 마무리된 작품에 대해 자세히 논할 의향은 없어
보였고, 그 작품은 그냥 끝난 것으로 여기고 더 이상 관심을 두지 않으
려는 것 같았다. 가령 그는 그 작품을 가지고 무엇을 할지, 그것을 어
디로 보낼지, 그것을 누구에게 보여줄지에 대해 곰곰이 생각해보는 일
은 내게 맡겼다. 그에게는 벤델 크레취마르가 총보를 읽게 하는 일이
중요했다. 그래서 그는 뤼베크에 있는 크레취마르에게 총보를 보냈다.
그 말더듬이 남자가 아직 그곳에서 일을 하고 있었던 것이다. 크레취
마르는 실제로 이 작품을 일 년 후에, 즉 이미 전쟁이 시작되고 난 뒤
에 뤼베크에서 나도 참여했던 독일어 판으로 공연했다. 굳이 성과라고
하자면, 공연이 진행되는 동안 관객의 3분의 2가 극장을 떠나버린 정
도였다. 여섯 해 전 뮌헨에서 드뷔시의 「펠레아스와 멜리상드Pelléas et
Mélisande」 초연 때 일어났던 일과 똑같은 상황이었다. 공연은 단 2회에
그쳤고, 작품은 일단 트라베 강변의 한자 도시 뤼베크를 넘어 퍼져갈
수 없게 되었다. 지역 비평가들도 거의 한 목소리로 일반 청중들의 평
가에 동조했고, 크레취마르 씨가 보살피는 "치명적인 음악"을 은근히
비꼬았다. 다만 지머탈이라는 이름의, 이제는 분명히 작고한 지도 오래
되었을 어떤 노 음악 교수만이 『뤼베크 증권 신문』에 기고한 글을 통해
그런 식의 비평은 잘못된 것이며, 앞으로 시대가 바로잡게 될 것이라
고 썼다. 노인은 괴팍스러운 옛 프랑켄 지방의 언어를 쓰면서, 그 오페

라가 심오한 음악으로 가득한 미래를 내포하고 있다고 단언하고, 작곡가는 아마도 세태를 풍자하는 경향이 있는 사람일 테지만 "신적인 정신의 인물"일 것이라고 주장했다. 이와 같이 내가 그 전에는 들어본 적도 없고 읽어본 적도 없을뿐더러 이후에도 두 번 다시 체험하지 못한 감동적인 표현은 내게 독특한 인상을 남겼다. 그리고 그런 표현을 썼던 학식 있는 그 기인의 말을 내가 결코 잊어버린 적이 없듯이, 나는 그 표현이 후세에 의해 그 노인의 명성을 높이는 쪽으로 평가될 것이라고 생각한다. 혹평을 하며 맥 빠지고 둔감한 모습만 드러냈던 동료 비평가들과 달리 그가 증인으로 미리 내세웠던 후세 말이다.

내가 프라이징으로 왔을 당시에 아드리안은 독일어와 외국어, 즉 영어로 된 몇몇 가곡과 노래들을 작곡하고 있었다. 우선 그는 다시 윌리엄 블레이크로 돌아와서, 자신이 매우 좋아하는 이 시인의 매우 진기한 시 「고요하고, 고요한 밤Silent, silent night」에다 곡을 붙였다. 전체 네 개의 연에서 각 연이 세 개의 동일한 운의 시행으로 이루어진 시의 마지막 연은 기이하기 짝이 없다.

> 하지만 진실한 기쁨은
> 스스로를 무너뜨린다네
> 어떤 창녀를 위해 수줍게.
> But an honest joy
> Does itself destroy
> For a harlot coy

이와 같이 신비스럽도록 자극적인 시행에 작곡가는 매우 간단한 화음을 부여했다. 그런데 그 화음은 전체 곡조와 비교해 지극히 과감한 긴장보다도 '더욱 올바르지 않게', 말하자면 더 염세적이고 더 섬뜩한 효과를 냈고, 실제로 3화음이 기괴한 느낌을 불러일으키도록 했다. 「고요하고, 고요한 밤」이 피아노와 노랫소리를 위해 만들어진 것과 달리, 아드리안은 키츠의 두 송가, 즉 여덟 개의 연으로 된 「나이팅게일을 위한 송가Ode to a nightingale」와 이보다 조금 더 짧은 「멜랑콜리에 부친 송가Ode on Melancholy」에 현악 4중주의 반주를 덧붙였다. 물론 그것은 반주라는 개념의 전래적인 의미와는 너무나 무관한 독자적 의미의 반주였다. 왜냐하면 실제로는 그것이 지극히 예술적으로 다듬어 변형된 형식이었고, 이런 형식 속에서는 노랫소리와 네 개의 악기가 내는 어떤 음도 주제에 적합하지 않은 것이 없었기 때문이다. 성부들 사이에서는 가장 밀접한 관계가 끊임없이 유지되고 있었고, 그렇기 때문에 그 관계는 멜로디와 반주의 관계가 아니라 매우 엄격하고 지속적으로 교대하는 주성부와 보조성부의 관계가 되었던 것이다.

이런 것들은 대단히 훌륭한 곡들이다. 하지만 언어 탓에 오늘날에 이르기까지 거의 불린 적이 없이 남아 있다. 그러나 여기서 미소가 떠오를 만큼 이상했던 점은, 우리의 작곡가가 「나이팅게일을 위한 송가」에서 남국적인 삶의 달콤함에 대한 갈망을 다룰 때 드러나는 깊은 표현력이다. 그런 갈망은 "불사조(immortal bird)"의 노래가 시인의 영혼 속에서 불러일으키고 있다. 하지만 이탈리아에서 아드리안은 햇빛으로 넘치는 세계가 그냥 모든 걸 잊으라며 위로해주는 분위기에 크게 열광하고 감사하는 모습을 보인 적이 결코 없었다. "피곤함, 열, 그리고 흥분. 여기 사람들이 앉아 서로의 신음 소리를 듣고 있도다(The weariness, the fever, and the fret – Here, where men sit and hear each other groan)." 분명 음악적으로 가장 가치 있고, 가장 예술적으로 완성된 곳은 끝 부분에서 꿈이 해체되고 흩날려버리는 순간이다.

안녕! 환상은 잘 속이지 못한다네,
알려진 것만큼도 못한다네. 기만의 요정이여.
안녕! 안녕! 너의 슬픈 송가는 희미해지네.

－－－－－－－－－－－－－－－－－－－－－－－－

음악은 사라져버렸네.—나는 깨어 있는가, 잠자고 있는가?

Adieu! the fancy cannot cheat so well
As she is fame'd to do, deceiving elf
Adieu! adieu! thy plaintive anthem fades

－－－－－－－－－－－－－－－－－－－－－－－

Fled is that music: - Do I wake or sleep?

이런 송시들의 지극히 청아한 아름다움을 음악으로 옮기도록 자극했던 충동을 난 잘 이해할 수 있다. 말하자면 그것은 송시를 화환으로 장식하기 위한 것이었다. 송시를 완벽하게 만들기 위해서가 아니라— 이미 완벽하니까—자긍심에 차고 우울함으로 가득한 기품을 더욱 강하게 표현하고 부각시키며, 각각의 소중한 순간을 그 속삭여진 말에 허락된 것 이상으로 완전하게 지속시키기 위해서였다. 가령 「멜랑콜리에 부친 송가」의 제3연에서 드러나듯이, 황홀경의 사원에서 베일에 가려진 우수 자체의 "최고 성소(聖所, sovran shrine)"를 표현한 부분처럼 조형적인 특성이 매우 두드러지는 순간들을 말이다. 물론 대담한 혓바닥으로 욕망의 포도송이를 부드러운 미각기관에 터뜨릴 줄 아는 자 외에는 어느 누구도 보지 못한 성스러운 것을 말이다. 그것은 한마디로 말해 기가 막히게 뛰어나기 때문에, 음악은 더 이상 뭔가를 덧붙일 게 없다. 음악은 단지 속도를 늦추며 시를 함께 말함으로써 예의 저 혓바닥을 다치게 하지 않을 수 있으리라. 시가 훌륭한 노래가 되려면 너무 훌륭하면 안 된다,라는 말을 나는 자주 들었다. 음악이 평범한 것을 미화해야 하는 과제에 훨씬 더 적합하다는 말이다. 가령 거장다운 연기 예술은 오히려 형편없는 작품 속에서 가장 밝게 빛나는 법이다. 그러나 아드리안이 어둠 속에서 자신의 재능을 빛나게 하고 싶은 마음을 느끼기에는 예술에 대한 그의 관계가 너무 자긍심에 차 있었고, 너무나 비판적이었다. 그가 자신이 음악가로서 일을 하고 싶다고 느끼는 상황이 되려면, 정말 정신적으로 존중하는 마음이 있어야 했다. 그래서 그가 창작을 하며 몰두하는 독일 시도 최고 수준의 것이었다. 비록 그것이 키츠의 서정시가 가진 지적인 고귀함을 갖추지는 못했지만 말이다. 이와 같이 문학적으로 정선된 경향을 위해 여기서 더 기념비적인 것, 즉 종교적이고 찬미가다운 찬송의 유쾌한 열정과 도취에 들뜬 격정이 나타났다. 이런 격정은 음악의 장엄함과 부드러움을 간구하고 묘사함으로써 저 영국적으로 구성한 작품이 풍기는 그리스풍의 품위보다 오히려 더 많은 것을 보여주었고, 음악에 대해 훨씬 더 천진난만하게 호의적이었다.

레버퀸이 원문을 약간 줄여 바리톤과 오르간, 현악 오케스트라를 위해 작곡한 것이 바로 클롭슈토크*의 송시 「봄의 제전」, 즉 "양동이 가에 묻은 물방울"에 대한 유명한 노래였다. 레버퀸의 작품은 충격적이었

---

* Friedrich Gottlieb Klopstock(1724~1803): 독일의 감상주의 서정시인. 특히 「송시」 (1771)는 격조 높은 음악적 언어로 조국, 신앙, 사랑을 노래한 대표적인 작품으로 괴테를 비롯해 후대의 많은 시인들에게 영향을 주었다.

다. 그것은 독일의 첫 세계대전과 그 후 몇 년 동안 독일의 음악 중심지뿐만 아니라 스위스에서도 소수의 열광적인 호응을 얻으며, 물론 악의에 찬 저속한 무리의 반발에 부딪치기도 하면서, 새로운 음악에 우호적이고 용감한 지휘자들에 의해 연주되었다. 이 작품은 1920년대가 저물기 전에 내 친구의 이름에 비교(秘敎)적 명성의 신비로운 후광을 입히는 데 상당히 기여했다. 여기서 내가 말하고 싶은 것은 다음과 같다. 이 작품에서처럼 종교적인 감정이 분출되는 것에 대해 내가—사실 놀랍지는 않았지만—매우 깊이 감동을 받은 만큼, 그런 분출은 값싼 수단을 삼감으로써 더욱더 순수하고 경건한 효과를 냈다는 점이다(원문대로라면 반드시 있어야 할 하프의 울림도 없었고, 신의 뇌성을 재현하기 위한 북소리도 없었다). 또한 낡은 음향 회화로는 결코 얻지 못했던 확실한 아름다움, 혹은 송가의 위대한 진실들이 내 가슴에 매우 깊이 다가왔다. 이를테면 검은 구름이 부담스러울 만큼 느리게 변화하는 것, "엄청나게 진동하는 숲에서 김이 피어오를" 때(이것은 매우 힘찬 구절이다) 들려오는 "여호와시여!"라는 두 번의 뇌성 같은 외침, 또 마지막 부분에서 신성이 더 이상 뇌우 속에서가 아니라 고요한 속삭임 속에서 나타나고, 그러는 가운데 "평화의 무지개가 나타날" 때 오르간의 높은 음전(音栓)과 현들이 함께 만들어내는 매우 새롭고 성스러운 화음이 그랬다. 하지만 그럼에도 불구하고 당시에 나는 그 작품을 그 참된 영적 의미대로, 그 가장 비밀스러운 곤경과 의도대로 이해하지 않았고, 찬미하며 은총을 구하는 불안의 측면에서 이해하지 못했다. 이제는 내 독자들도 알고 있는 문서지만, 석조 홀에서 오가던 그 "대화"의 기록을 내가 그 당시에 어찌 알았겠는가? 단지 제한적으로만 나는 스스로를, 「멜랑콜리에 부친 송가」에서 나오는 말처럼, "네 슬픔 속 신비의 동반자(a partner in your sorrow's mysteries)"라고 부를 수 있었을 것이다. 말하자면 이미 소년 시절부터 그의 영혼의 구원을 위해 막연히 염려할 권한이 있었다는 입장으로만 그렇게 부르는 것이지, 구원의 문제가 어떤 상태에 처해 있었는지 실제로 알았기 때문이 아니었다. 나중에야 비로소 나는 「봄의 제전」의 작곡을 실제 그대로, 신에게 간구하는 속죄의 제물로 이해할 수 있게 되었다. 이제 내가 전율하면서 추측하건대, 가상으로 존재하는 예의 저 방문자의 위협을 받으며 창작된 참회의 작품으로 말이다.

그러나 또 다른 의미에서 당시 나는 클롭슈토크의 시에 바탕을 둔 이 작품의 개인적이고 정신적인 배경을 이해하지 못했다. 그 시절에 내가 이 작품을 아드리안과 나눈 대화와 관련시켰어야 했는데, 그렇게 하지 못했던 것이다. 혹은 오히려 그가 나와 나눈 대화라고 하는 것이 적절하겠다. 그는 나의 호기심이나 내 방식의 학문적 의미와는 언제나 완전히 동떨어진 연구와 탐구에 관해 그야말로 생기 넘치고 간절하게 내게 이야기했던 것이다. 그것은 자연과 우주에 관한 그의 지식이 흥미진진하게 확장되는 모습이었고, 이때 나는 아드리안의 아버지와 함께 "자연의 원소를 궁리해보는" 그의 명상벽을 다시 떠올리게 되었다.

말하자면 「봄의 제전」의 작곡가에게는, "우주의 대양 속으로 뛰어들려" 하지 않고 오로지 "양동이 가에 묻은 물방울" 주변, 대지의 주변을 떠돌며 경배하겠다,라는 시인의 진술이 맞지 않았다. 물론 작곡가는 천체물리학이 측정하고자 애쓰지만 사실 측량할 수 없는 것 속으로 뛰어들었다. 오로지 인간의 오성과는 더 이상 무관해져버린 척도와 숫자와 수열을 얻어내기 위해서 말이다. 이런 것들은 이론적이고 추상적인 것, 그리고 불합리한 것이라는 표현을 피하자면, 완전히 비감각적인 것 속에서만 머물고 있다. 말이 나온 김에 잊지 않고 덧붙이고 싶은 것은, "물방울"을 중심으로 작곡이 시작됐다는 점이다. "물방울"이란 주로 물로, 바닷물로 이루어져 있으므로, 또 천지가 창조될 때 "전능한 신의 손에서도 흘러나왔기" 때문에 그렇게 불리는 것이 옳다. 다시 말해, 물방울과 그 어두운 비밀에 관해 질문함으로써 작곡이 시작되었다는 말이다. 심해의 경이로움, 햇빛이 전혀 닿지 않는 저 아래의 생명이 저지르는 어리석은 짓들에 관한 것이 바로 아드리안이 내게 처음으로 이야기했던 것이다. 들어보면 재미있으면서도 동시에 당혹스럽게 하여 특이하고도 경이로운 방식으로, 말하자면 마치 자신이 직접 관찰하고 체험한 것 같은 어조로 말이다.

물론 아드리안은 그런 것들에 관해 읽었을 뿐이었다. 그와 관련된 책들을 구입해, 책으로 자신의 환상을 키웠던 것이다. 하지만 그가 그 일에 너무나 몰두한 나머지 그 이미지들을 너무나 분명히 잘 알고 있었기 때문이든, 아니면 어떤 즉흥적인 기분 때문이었든, 그는 세인트조지에서 동쪽으로 몇 마일 떨어진 버뮤다제도 지역에서 마치 자기가 직접 심해로 내려갔던 것처럼 이야기했다. 또 이때 함께 동행했던 어떤 인물을 통해 자신이 자연스럽고 환상적인 심해의 광경들을 소개받았다고도 말했다. 아드리안은 그를 캐퍼케일지라는 미국 학자라고 소개하고, 그 사람과 함께 자기가 심층 탐사 신기록을 세웠다는 말까지 했다.

나는 이런 말들을 매우 생생하게 기억하고 있다. 유쾌한 심정으로 그의 이야기를 들은 건 내가 파이퍼링에서 보낸 어느 주말의 일이었다. 클레멘티네 슈바이게슈틸이 피아노가 있는 커다란 방에서 우리에게 간단한 저녁 식사를 차려준 뒤였다. 그리고 늘 매우 단정하게 옷을 차려입고 있던 그 처녀는 우리에게 각각 반 리터짜리 질그릇 잔에 담긴 맥주 한 잔씩을 수도원장 방으로 친절하게 날라다 주었다. 우리는 가볍고 좋은 체히바우어 담배를 피우면서 그곳에 앉아 있었다. 주조, 즉 '그 개', 그러니까 카슈페를은 이미 고삐에서 풀려나 자유롭게 뜰을 어슬렁거리던 시간이었다.

바로 그때 아드리안은 농담하는 기분에 휩쓸려, 어떻게 자기가 미스터 캐퍼케일지와 함께 직경이 1.2미터밖에 되지 않는, 그리고 대략 성층권의 기구처럼 꾸며진 공 모양의 잠수 기구를 탔는지, 또 어떻게 그와 함께 그 안에 탄 채 호위선에 장치된 기중기의 도움으로 무시무시하게 깊은 바다 밑으로 가라앉게 되었는지 너무나 그럴듯하게 들려주었다. 그의 이야기는 흥미진진한 것 이상이었다. 적어도 아드리안에게는 그랬다. 비록 그가 이 같은 체험을 하자고 요구했다는 그의 멘토 내지 여행 안내원에게는 흥미롭지 않았지만 말이다. 그의 안내원에게는 그것이 첫 잠수가 아니었기 때문에 상대적으로 담담했던 것이다. 2톤이나 되는 공의 협소한 내부에 들어가 있던 그들의 상황은 결코 편안하지는 않았지만, 그 대신 그 공간은 절대 안전하다는 의식이 불편함을 보상해주었다. 실제로 그 공간은 완전하게 방수 상태로 만들어졌고, 아주 강한 압력에도 끄떡없었으며, 풍부한 산소도 저장되어 있었을뿐더러 전화와 강전류 탐조등, 그리고 사방을 둘러볼 수 있는 석영 유리창도 갖추고 있었다. 그들은 그것을 타고 총 세 시간 남짓 수면 아래에 머물렀다. 그들에게 모종의 세계를 보여주던 여러 형상과 광경 덕분에 시간은 쏜살같이 지나갔다. 그 고요하고 어처구니없는 낯설음은 우리의 세계와 원래부터 접촉이 없었던 까닭에 당연했고, 그런 접촉이 없었기에 낯선 것이라고 어느 정도 해명된 세계 말이다.

아무튼, 어느 날 아침 9시에 400파운드나 되는 육중한 철갑문이 그들 뒤에서 잠기고, 그들이 탄 잠수 기구가 호위선에서 하강한 뒤 본래의 활동 영역 속으로 잠기던 순간은 심장을 잠시 멎게 만드는 기이한 순간이었다. 처음에는 수정같이 맑고 햇빛으로 가득한 물이 그들을 감쌌다. 그러나 위에서 내려온 빛으로 우리의 "양동이 가에 묻은 물방울"의 내부를 밝히는 것은 해저 약 57미터까지만 가능하다. 그다음엔 모든 것이 끝난다. 더 정확히 말하면, 그 무엇과도 연관이 없고 더 이상 고향의 세계와 무관한 하나의 새로운 세계가 시작된다. 아드리안은 그의 안내원과 함께 그 깊이의 거의 열네 배가 되는 760여 미터 정도를 하강해 예의 저 세계 속으로 들어갔으며, 그곳에서는 50만 톤의 압력이 그들의 선실을 내리누르고 있다는 사실을 거의 매 순간 떠올리며 30분 정도 머물렀다고 했다.

그곳으로 내려가는 도중에 물은 점차 회색을 띠기 시작했다. 말하자면 아직은 몇 줄기의 힘찬 빛이 섞여 있는 어둠의 색이었다. 계속 내려가도 이 빛은 쉽게 떨어져 나가지 않았다. 하긴 밝게 비추는 것이 빛의 본질이요 의지였다. 빛은 지치고 뒤처지는 그다음의 단계를 오히려 그전보다 더 알록달록하게 만들면서 지극히 밝게 비추었다. 이제 여행자들은 석영 유리창을 통해 바깥의 이루 형언하기 어려운 감청색을 내다보았다. 그것은 푄이 불 때 맑은 하늘의 경계에서 볼 수 있는 음산함과 가장 흡사하다고 할 수 있었다. 물론 그런 다음에는, 즉 수심계가 750미터, 765미터까지 가리키기 훨씬 전에 이미 주변은 칠흑 같이 완벽한 어둠에 휩싸였다. 그것은 언제라고 할 수도 없이 오래전부터 어떤 작고 희미한 태양 광선도 도달하지 못한 항성 간의 공간에 퍼져 있을 어둠이었고, 영원히 적막에 싸인 순결한 밤이었다. 이제 그 밤은, 상부 세계로부터 왔으나 우주적인 근원을 갖지 못한 강력한 인공 광선에 의해 두루 비춰지고 꿰뚫어 보이게 되는 것을 감수할 수밖에 없었다.

아드리안은 '인식의 갈망'이라는 말을 했다. 그것은 보인 적이 없는 것, 볼 수 없는 것, 보이리라고 기대하지 않은 것을 눈앞에 드러내는 일이 야기하는 인식의 쾌감이라는 말이었다. 이와 결부된 무례함의 느낌, 더욱이 죄의식은 학문의 열정에 의해, 즉 그 익살에 주어진 만큼 깊이 밀고 들어가는 것이 허용되어 있을 학문의 파토스에 의해 완전히 진정되거나 상쇄되지 않았다. 여기에 너무나 명백한 사실이 존재했다. 한편 소름끼치고, 또 한편 우스꽝스럽게 자연과 생명이 벌여놓은 믿기지 않게 기이한 것들, 그리고 지상과는 전혀 무관하고 다른 어떤 행성에 속한 것처럼 보이는 형태들과 인상들이, 영원한 암흑에 에워싸여 있기를 고집하는 은밀한 세계의 산물이었다는 점이다. 그렇기에 인간의 우주 신기 와싱, 혹은 디 니온 에로 영원히 태양을 등진 수성의 반구에 도착하는 경우, 그 사건이 이렇게 "가까운" 행성들의 이른바 주민들에게 일으킬 소동은 캐퍼케일지의 종 모양의 잠수 기구가 여기 아래에 출현함으로써 야기하는 소동에 비하면 별나지도 않을 것이다. 심연에 존재하는 그 이해하기 힘든 피조물들이 손님들의 집 주위로 떼를 지어 밀어닥치면서 보여준 순박한 호기심은 이루 형언하기 어려웠다. 또 뭐라고 표현할 수 없는 것은, 유기체의 희한하고 흉측하게 생긴 얼굴, 흉측하게 생긴 주둥이, 노골적으로 드러낸 이빨, 망원경 눈, 그리고 조개낙지들, 또 위로 치켜세워진 눈과 용골(龍骨) 혹은 지느러미 같은 발을 가진 데다 길이가 2미터나 되는 은도끼처럼 생긴 놈들이 어수선하게 마구 선실의 창을 쏜살같이 스쳐가는 광경이었다. 게다가 되는대로 물결에 몸을 맡기고 떠다니는, 촉수를 가진 점액질의 괴물들, 가령 해파리나 히드라나 스키포메두사 해파리조차도 경련을 일으키며 꿈지락거리는 홍분에 사로잡혀 있는 것 같았다.

참고로, 심해의 이 모든 "원주민들"은 자신들에게로 탐조등을 비추며 내려온 손님을 단지 크기만 부풀린 자신들의 변종으로 여겼을지 모른다. 왜냐하면 그 손님이 할 수 있었던 것, 즉 스스로의 힘으로 빛을 발산하는 일을 그들 대부분도 할 수 있었으니까 말이다. 방문객들이 동력 광선을 끄기만 해도, 다른 진기한 종류의 구경거리가 그들 앞에 펼쳐질 수 있었을 거라고 아드리안이 이야기했다. 그랬더라면 빙글빙글 돌며 돌진해가는 도깨비불, 즉 물고기들의 자체 발광에 의해 바다의 어둠은 멀리까지 뻗어가는 번쩍이는 섬광으로 환해졌을 것이기 때문이라고 말이다. 상당수의 물고기들이 스스로 빛을 발하는 재능을 갖고 있었는데, 더구나 어떤 것은 온몸에서 인광을 발하기도 하고, 또 어떤 것은 최소한 발광 기관, 즉 전등을 갖추고 있어서, 아마 이런 등을 이용해 영원한 밤 속의 길을 밝힐 뿐 아니라 또한 먹이를 유인하거나 구애를 한다는 것이었다. 몸집이 조금 더 큰 어떤 물고기들은 실제로 강렬한 백색광을 쏟아내는 바람에 관찰자들의 눈이 부실 정도였다고 한다. 그리고 그들 중 상당수가 관 모양으로 뻗은 자루 끝에 달린 눈을 가지고 있었는데, 그런 눈은 아마 최대한 멀리에서 아주 희미한 빛만 어른거려도 그것이 경고나 유혹의 의미라고 알아차릴 수 있도록 만들어진 것이라고 했다.

이와 같은 온갖 것들을 보고하는 아드리안은 심해의 유충들 중에서 몇몇, 적어도 극히 생소한 놈들만이라도 잡아서 땅 위로 가져올 생각은 할 수 없었다며 아쉬워했다. 그렇게 하자면, 끌어올 때 그놈들에게 익숙하고 적응된 무시무시한 대기압을 그 몸에 맞게 유지시킬 장비가 무엇보다도 필요했을 것이라고 했다. 선실의 벽을 무겁게 짓눌렀던, 생각만 해도 가슴이 죄어오는 바로 그 대기압을 말이다. 놈들은 역시 높은 장력으로, 몸 조직과 체내 동공의 강한 내부 장력을 이용해 그런 대기압을 완화시키기 때문에 만약 압력이 느슨해지면 몸이 터져버릴 수밖에 없다고 했다. 애석하게도 몇몇 놈들은 위에서 내려온 선체와 마주치면서 벌써 그런 일을 겪었다는 것이다. 가령 유별나게 크고 살색을 띠며, 거의 고상하다고 할 정도의 몸매를 지닌 물의 요정을 보았는데, 이 요정은 선체와 단지 가볍게 부딪쳤을 뿐인데 수천 조각으로 파열되고 말았다고······

아드리안은 담배를 피워 물고 이런 식으로, 마치 자기도 함께 직접 해저 여행을 다녀왔고 그 모든 것을 목격한 것처럼 이야기했다. 하지만 그가 농담 같은 이런 이야기 형식을 단지 반쯤 미소를 지으면서 너무나 일관성 있게 이끌어갔기 때문에 나는 웃음과 호기심을 잃지 않으면서도 약간은 놀라 그를 살펴보지 않을 수 없었다. 그의 미소는 아마도 자신의 이야기에 대해 내가 느낀 모종의 반감을 조소하며 즐기고 있다는 표현이기도 했을 것이다. 나의 반감을 그가 알아차리지 못했을 리가 없었다. 왜냐하면 그는 내가 자연적인 것이 지닌 바보짓과 비밀에 대해, 아니 '자연' 자체에 대해 거의 반감을 지닌 채 무관심하다는 사실, 그리고 언어와 인문학의 영역에만 매달리고 있다는 사실을 알고 있었으니까. 보아하니 특히 그것을 알았기 때문에 그는 그날 저녁 내내 자신의 탐색 이야기로, 혹은 무시무시하게 인간 외적인 영역에서 이른바 직접 겪었다는 체험 이야기로 나를 계속 어리둥절한 기분으로 몰아붙이면서도, 결국 나도 함께 잡아채며 "모두 우주의 대양 속으로 뛰어들었던" 것이다.

그가 먼저 서술했던 이야기가 있기 때문에 _J_에게는 그렇게 뛰어드는 과정이 쉬워졌다. 더 이상 우리가 사는 지구에 포함되지 않는 것 같은 심해 속 삶의 기괴하고 낯선 특성은 하나의 실마리였다. 두번째 실마리는 "양동이 가에 묻은 물방울"이라는 클롭슈토크의 표현이었다. 이런 표현은 그 겸허한 감탄으로 정당성을 얻고 있었다. 태양계가 속하는 은하 소용돌이, 이른바 '우리의' 은하 안에서 지구는 물론이고 우리의 전체 행성계, 즉 일곱 개의 위성을 가진 태양계조차 지극히 미미한 존재로서 어느 한 구석쯤에 위치하고 있다는 사실, 말하자면 대상이 워낙 하찮아서 크게 보는 시선에는 거의 눈에 띄지도 않는 실정으로 인해 정당성을 얻은 것이다. 그 외 수백만 개의 은하에 대해서는 언급하지 않고라도 말이다. '우리의' 은하라는 표현은, 그 말이 염두에 두고 있는 거대함에 모종의 친밀한 분위기를 부여한다. 그런 말은 고향 같은 개념을 우스꽝스럽게 확장하다가 아예 감각을 마비시킬 지경이다. 우리는 그렇게 확장된 것의 주민, 겸손하지만 확실히 자리를 차지한 주민으로서 스스로를 느낄 수 있건대 말이다. 이와 같이 안전하게 보호받고 있는 느낌, 매우 내적인 느낌에서 자연의 성향은 천체적인 특성으로까지 관철되는 듯하다. 바로 이 점에 아드리안은 우주에 관한 자신의 세번째 설명을 연결시켰다. 그가 이 점을 생각하게 된 부분적인 이유는 속이 빈 공, 즉 자신이 몇 시간 동안 머물렀다고 주장한 캐퍼케일지의 심해 잠수 기구에서 체류했던 기이한 경험 때문이었다. 속이 빈 공 안에서 우리 모두가 하루하루 살아오고 있다,라고 그가 들었던 것이다. 왜냐하면 은하계, 즉 그중 어느 구석엔가 티끌처럼 작은 자리가 우리에게 주어진 그 은하계는 다음과 같은 형편이기 때문이라는 것이었다.

은하계라는 것은 대략 평평한 회중시계처럼 생겼다고 그는 설명했다. 다시 말해 둥글고 광대한 것에 비해서는 그다지 두껍지 않다는 것이다. 별들, 별의 군집과 무더기 같은 이른바 성단(星團)들, 그리고 타원형의 궤도를 서로 돌며 곡선을 그리는 이중성(二重星)들, 또 성운(星雲), 빛을 내는 운무, 둥근 고리 모양의 운무, 성운의 중심별 등이 밀집되어 있고, 물론 무한하지는 않지만 엄청난 소용돌이 원판을 이루고 있다는 것이다. 그런데 바로 이 원판은 오렌지 중간을 자를 때 생기는 평평한 원 모양의 단면과 같은데, 왜냐하면 이 원판은, 또 무한하지는 않지만 엄청나게 높은 거듭제곱수로 표시될 다른 별들의 운무층에 의해 둘러싸여 있기 때문이다. 그런 성운층의 공간들, 주로 비어 있는 공간들 안에는 기존의 대상들이 나누어져서 전체 구조가 하나의 공 모양을 이루고 있다고 그가 말했다. 그러니까 이렇게 극단적으로 넓고 속이 비어 있는 공 모양은 밀집된 세계가 뒤섞인 채 만들어진 원판에 속하는데, 그 내부 깊은 곳에는 항성이 그냥 별것도 아닌 듯이, 쉽게 찾아지지도 않고 거의 언급할 가치도 없는 듯이 존재한다고도 했다. 그리고 이 항성 주위를 지구와 작은 달이 크고 작은 여러 이웃 별들과 함께 조용히 움직이고 있다는 것이다. 여성 명사 '태양'이 바로 그 항성인데, 사실 어떤 특정한 성의 관사도 붙일 근거가 없다,라고도 평했다. 그것은 직경이 대략 150만 킬로미터이고, 표면 온도가 6천 도인 가스 덩어리 모양을 하고 있으며, 은하계 내부 원반의 중심으로부터 그 원반의 두께만큼, 즉 3만 광년이나 떨어져 있다는 것이었다.

　내가 익힌 상식으로 나는 '광년'이라는 말을 들으면 대략적인 개념을 떠올릴 수 있었다. 물론 그것은 공간적인 개념이었고, 빛이 한 해 내내 달리는 거리를 말했다. 나는 그것을 막연하게 상상할 수 있을 뿐이었지만, 아드리안은 빛 고유의 속도가 정확하게 초속 29만 7,600킬로미터라고 기억하고 있었다. 이로써 1광년이란 것은 대략 9조 5천억 킬로

미터가 되는 것이고, 따라서 우리 태양계의 편심(偏心)은 그것의 3만 배에 이르며, 은하계의 속이 빈 상태의 구가 지닌 전체 직경은 20만 광년이 되는 것이다.

그렇다. 그 전체 직경은 측정할 수 없는 것이 아니라, 그렇게 측정될 수 있는 문제였다. 하지만 인간 오성에 대한 그런 식의 공격에 대해 뭐라고 말해야 하랴? 나는 명백한 이해가 불가능하고 감탄의 경지를 넘어서는 것에 대해 그냥 포기하고, 하지만 또한 약간 무시하는 심정으로 어깨를 한번 들썩해 보이고 마는 종류의 사람이라고 고백하겠다. 거대함에 감탄하는 것, 거대함에 대한 열광, 게다가 그것에 압도당하는 체험은 분명 정신적으로 누릴 수 있는 즐거움이거니와, 이해가 가능하고 현세적이며 인간적인 상황에서만 있을 수 있는 것이다. 피라미드도 위대하고, 몽블랑과 베드로 성당의 내부도 위대하다. 이런 부가어를 도덕적이고 정신적인 세계에만, 마음과 사상의 숭고함에만 쓰려 하지 않는다면 말이다. 우주 창조의 자료들은 숫자로 우리의 지적 능력을 견딜 수 없을 만큼 마구 폭격해대는 일에 불과하다. 마치 척도나 오성과 어떻게든 여전히 관계가 있다는 듯이 수십 개의 0으로 이루어진 혜성 꼬리를 드러내면서 말이다. 나 같은 사람이 자비, 아름다움, 위대함이라고 거론할 수 있는 것은 그런 엄청난 존재 내에서는 아무것도 아니다. 어떤 모종의 심성을 가진 사람들이 지구물리학의 의미에서 이른바 '신(神)의 작품'이라고 하는 것을 통해 체험해보는 '호산나'* 분위기를 나는 절대 이해하지 않을 것이다. '그래서, 뭐?'라는 반문을 '호산

---

* Hosianna: 예수가 예루살렘에 입성할 때 군중들이 기쁨과 환영의 의미로 '호산나'를 외쳤다. 원래 '지금 구원하소서'라는 의미의 이 말은 신의 자비와 도움을 구하는 기도였고, 훗날 찬양의 표현으로 쓰이게 되었다.

나'라는 찬양만큼 할 수 있는 어떤 일을 대체 신의 작품이라고 부를 수 있는가? 내가 보기에는, 1이든 혹은 7이든 결국 아무런 차이도 없는 그런 숫자 뒤에 수십 개의 0이 따라 나오는 상황에 대한 대답으로는 '그래서, 뭐?'라는 반문이 '호산나'라는 찬양보다 더 맞는 반응일 것 같다. 그리고 100만의 다섯 제곱 앞에서 찬양과 함께 먼지라도 일으키며 납작 엎드려야 하는 어떤 이유가 있는지 나는 모르겠다.

   마찬가지로 특징적인 것은, 기분이 한껏 고조된 시인 클롭슈토크가 이 세상의 것, 즉 "양동이 가에 묻은 물방울"에 한정해 자신의 열광적인 경외감을 표현하고 또 야기하고자 하면서 100만의 다섯 제곱을 도외시했다는 점이다. 그의 송시를 작곡한 내 친구 아드리안은, 이미 말했듯이 100만의 다섯 제곱에 완전히 빠져 있었다. 하지만 그가 일종의 감동이나 강조의 의미도 그렇게 빠져 있었다는 인상을 불러일으킨다면, 내가 잘못 전달한 것이다. 그가 그렇게 황당한 숫자들을 다루는 방식은 냉정하고 태만했으며, 내가 노골적으로 싫어하는 모습을 보고 재미있어하는 분위기도 살짝 보였다. 하지만 그와 같은 숫자들과 관련된 상황에 대해 모종의 준비된 익숙함도 드러냈다. 그가 알고 있는 것이 우연한 독서를 통해 얻은 것이 아니라, 마치 개인적인 전승, 가르침, 구체적 실증과 체험을 통해 알게 된 사실인 양 허구적인 속성을 끈질기게 드러내 보인다는 것이다. 가령 앞에서 언급했던 그의 후견인, 즉 그와 함께 심해의 밤 속으로 내려가기만 했던 것이 아니라 별자리까지도 갔다 왔다는 캐퍼케일지 교수의 도움을 받아 얻은 지식이라는 허구 말이다…… 그는 자신이 아는 것을 교수로부터 얻은 듯이 행동한 것이나 다름없었다. 말하자면 포괄적이고 또한 가장 먼 의미도 포함하는 의미에서 자연적인 우주가 끝이 있다고도 할 수 없고, 없다고도 할 수 없다는 견해를 통해 많든 적든 얻은 게 있는 것처럼 말이다. 왜냐하면 그 두 표현이 모두 뭔가 정적인 상태를 지칭한 데 비해, 실제 상황은 철저히 역동적인 성격을 띠고 있었기 때문이라는 것이다. 우주는 최소한 오래 전부터, 더 자세히 말하면, 19억 년 전부터 계속 질주하며 **팽창하는**, 즉 폭발하는 상태에 있다고 했다. 이것은 별빛의 스펙트럼이 파장이 긴 적색 쪽으로 쏠리는 현상에서 확실하게 드러난다는 것이었다. 기껏해야 우리가 있는 곳에서 얼마나 떨어져 있는지 정도만 알려져 있는 수많은 은하계에서 우리에게 와 닿는 빛 말이다. 우리로부터 이런 성운이 더 멀리 떨어져 있을수록, 빛의 색깔은 스펙트럼에서 붉은색 끝 쪽으로 더욱 강하게 변해간다고도 했다. 분명히 성운은 우리로부터 멀어지려는 경향을 띠고 있다는 것이었다. 그리고 가장 멀리, 즉 약 1억 5천만 광년 정도 떨어진 성운에 이르면, 예의 저 성운에서 나타나는 속도는 방사능 물질의 알파 미립자가 만들어내는 속도와 일치한다고도 했다. 그 속도는 초속 2만 5천 킬로미터인데, 이에 비해 폭발하는 수류탄의 파편이 날아가는 속도는 달팽이가 기어가는 속도에 불과하다고 했다. 따라서 모든 은하계가 지극히 과장된 시간의 척도로 서로 떨어져나간다면, 우주를 설명하는 모델의 현 상황과 우주 팽창 상태의 종류를 표시하기 위해서는 '폭발'이라는 단어는 더 이상 충분하지 않다고도 했다. 우주의 팽창은 예전에는 한때 정적인 양상을 띠었고, 직경이 그냥 10억 광년이었을 수 있다는 말도 했다. 그런데 오늘날의 상황으로 보건대, 팽창이라는 말은 할 수 있어도, 어떤 종류든 고정적으로 팽창된 것, 즉 '유한'하다거나 '무한'하다는 말은 할 수 없다고도 했다. 보아하니 결국 캐퍼케일지가 계속 질문을 던지는 친구에게 보증할 수 있었던 것으로는, 지금 형성되어 있는 모든 은하계의 총합이 천억 개 정도의 규모이고, 그

중 오늘날 우리의 망원경으로 볼 수 있는 것은 불과 100만 개쯤 된다는 것이 전부였다.

이런 이야기들은 아드리안이 담배를 피우거나 웃으면서 한 말이었다. 그 이야기를 모두 들은 나는 그의 양심에 호소하며, 무(無)를 향해 돌진하는 이 모든 요란스러운 숫자 놀음이 신의 장엄함을 느껴보도록 자극할 수도 없고, 도덕적인 행복감이라곤 전혀 선사할 수도 없다는 점을 시인하라고 요구했다. 이 모든 것은 오히려 악마의 장난으로 보인다고 말이다.

"인정하라고"라고 내가 그에게 말했다. "물리학적인 피조물의 터무니없는 것들이 어떤 방식으로도 종교적으로 생산적이지 못하다는 것을 말이야. 폭발하는 우주 같은 지극히 황당한 말에 대한 상상에서 어떤 경외가, 그리고 경외에서 유래하는 어떤 정서의 교화가 나올 수 있겠나? 절대 아무것도 안 나오지. 경건함, 경외감, 영혼의 평온, 신앙은 오로지 인간을 통해, 인간에 의해, 현세적이고 인간적인 것에 한정하는 가운데 가능하단 말이야. 그런 것들의 결실은 종교적으로 채색된 인문주의여야 할 것이고, 그렇게 될 수 있고, 또 그렇게 될 거야. 그런 것들은 인간이 지닌 초월적인 비밀에 대한 감각에 의해 정해졌고, 인간이 단순히 생물학적인 존재가 아니라 그 본질의 결정적인 부분으로서 정신적인 세계에 속한다는 자긍심에 찬 의식에 의해 정해진 것이야. 인간에게는 절대적인 것이, 진리와 자유와 정의의 사상이 주어져 있다는 의식, 완벽한 것에 접근해야 하는 책임이 부과되어 있다는 의식 말이야. 자신에 대한 인간의 이런 열정, 이런 책임, 이런 경외감 속에 신이 존재하는 거지. 난 천억 개의 은하수 속에서는 신을 찾아낼 수가 없어."

"그래서 자네는 창의적인 작품들에 반대하는 입상인 거야." 그가 대답했다. "그리고 인간이 유래했고, 이로써 인간의 정신적인 것이 유래한 물리적 자연에 반대하는 것이지. 결국엔 역시 우주의 다른 곳에 있을 그 정신적인 것 말일세. 물리적 창조, 말하자면 자네 마음에는 들지 않게 터무니없는 우주의 현상은 논쟁의 여지없이 도덕적인 것의 전제 조건이지. 그런 조건이 없으면 도덕적인 것은 아마 바탕이 없는 셈일걸. 그리고 우린 어쩌면 선한 것을 악한 것이 꽃으로 피어난 것이라고 불러야 할지도 몰라. 악의 꽃(une fleur du mal)이지. 자네가 말하는 신의 인간(Homo Dei)이란 것은 결국, 아니 '결국'은 아니고, 미안하네, 하지만 특히 한때 잠재적인 정신화가 거의 보장되지 않은 고약한 자연의 일부분이지 뭔가. 말이 나온 김에, 자네의 인문주의가, 그리고 아마 모든 인문주의가 그러하건대, 어찌나 중세적이고 지구 중심적인 것에 애착을 가지는지를 보면 재미있다니까. 어쩔 수 없이 그렇게 기우는 것이 분명해. 통속적으로는 인문주의를 학문 친화적이라고 여기지. 하지만 인문주의가 학문 친화적일 리가 없어. 학문 자체를 악마의 작품 같은 것이라고 보지 않으면서, 학문의 대상을 악마의 작품이라고 간주할 수는 없으니까 말이지. 이런 것은 중세란 말일세. 중세는 지구 중심적이었고, 인간 중심적이었어. 중세는 교회 속에서 살아남았는데, 교회가 인문주의 정신으로 천문학의 인식에 저항했지. 인간의 명예를 지키기 위해 천문학의 인식이 사악하고 위험하다고 낙인찍으며 금지한 거야. 인간애 때문에 무지함을 고집한 거지. 그것 보게, 자네의 인문주의는 순전한 중세를 의미하지 않는가 말이지. 중세의 관심사는 편협한 카이저스아셰른의 교회탑 우주론이야. 그런 우주론은 점성술로 이어지고, 혹성들의 상태, 별의 위치, 그런 위치의 운 좋은, 혹은 아주 부정적인 결과를 알리는 일로 이어지고 말이야. 아주 자연스럽고 정당한 것이지. 왜냐하면 우리 태양계처럼 우주 한구석에서 매우 긴밀하게 연결된 별들이 서로 내밀한 종속성을 띤다는 점, 그렇게 내적이고 친근하게 상호관계를 맺고 있다는 점은 누가 봐도 분명하지 않은가."

"점성술의 상황에 대해서는 우리가 이미 한번 얘기한 적이 있지." 내가 그의 말에 끼어들었다. "오래된 이야긴데, 우린 소구유 연못 주변을 산책하고 있었어. 그때 우린 음악에 관해 이야기를 나누고 있었지. 그 당시엔 자네가 별들의 위치를 옹호했었어."

"난 지금도 옹호하고 있네." 그가 대답했다. "점성술의 시대들은 많은 것을 알고 있었어. 오늘날 가장 확대된 학문이 다시 사로잡히게 되는 것들을 이미 알았거나, 혹은 짐작하고 있었지. 병, 유행병, 전염병 같은 것들이 별들의 상황과 관련이 있다는 점을 옛날 그 시대는 직관적으로 확실하게 알아차렸단 말일세. 그런데 오늘날은 병원체, 박테리아, 또 말하자면 지구에서 유행성 감기를 유발하는 생물체가 다른 혹성에서, 화성, 목성 혹은 금성에서 온 것이 아닌가,라고 논쟁을 벌이는 단계에 이르른 거야."

전염성이 있는 병, 페스트, 이른바 흑사병 같은 유행성 질환들은 우리 별에서 생긴 것이 아닐 것이라는 주장이었다. 더구나 거의 확실하건대, 생명 자체가 그 근원을 지구에 두고 있는 것이 아니라 외부로부터 온 것이기 때문이라는 것이다. 자기는 생명이 이웃 별들에서 생겨난 것이라는 사실을 아주 믿을 만한 소식통을 통해 알고 있다고 그가 말했다. 그런 별들은 생명에 훨씬 더 유리한, 많은 메탄과 암모니아를 포함하고 있는 환경에 싸여 있는데, 목성, 화성, 금성이 그런 별들이라고 했다. 그런 별들로부터, 혹은 그런 별들 중에서 어떤 별로부터였는지는 내가 선택하도록 맡기건대, 어쨌든 언젠가 생명이 우주의 발사체에 의해, 혹은 그냥 간단히 광선의 압력을 통해 불임 상태이자 순결한 편이었던 우리의 혹성들에 도달하게 되었다는 것이다. 따라서 나의 인본주의가 주장하는 신의 인간(Homo Dei), 모든 생명체의 정점을 뜻한다는 이 존재는, 정신적인 것에 대해 지고 있는 책임과 함께 아마도 어떤 이웃 별의 비옥한 메탄가스가 낳은 생산물이라고……

"악의 꽃이라." 나는 고개를 끄덕이며 반복했다.

"대개는 악의에 차서 피는 꽃이지." 그가 덧붙였다.

이런 식으로 그는 나를 조롱했다. 나의 호의적인 세계관을 조롱한 것만이 아니라, 대화가 진행되는 동안 망상적이고 일시적인 생각으로 일관되게 속이면서 조롱했던 것이다. 하늘과 땅의 상황에 대해 자기편에서 일종의 특별한, 개인적으로 직접 쌓은 견문이 많다고 그럴싸하게 내세우는 속임수 말이다. 그런 모든 것이 결국 하나의 작품과, 다시 말해 당시 그가 새로운 가곡 에피소드 이후에 계획하고 있던 우주의 음악과 연관되어 있었다는 사실을 나는 알지 못했는데, 사실 그런 연관성을 나 자신에게 말할 수 있었을 텐데도 하지 못했다는 생각이 든다. 그것은 1악장으로만 된 놀라운 교향곡, 혹은 오케스트라 환상곡이었다. 그는 이 곡을 1913년의 마지막 몇 달과 1914년이 시작되는 몇 달 동안 다듬었고, '우주의 경이로움'이라는 제목을 붙였다. 그것은 내가 원하고 제안했던 것과는 아주 다른 제목이었다. 나는 예의 저 제목에서 풍기는 경박함이 싫어서 '우주 교향곡(Symphonia cosmologica)'이라는 이름을 권했던 것이다. 그러나 아드리안은 웃음을 터뜨리며, 겉보기만 격정적이지 사실은 반어적인 자신의 제목을 고집했다. 물론 이런 제목은 모든 것을 알고 있는 친구에게 유리한 점이 있다. 흔히 엄격하고 엄숙하며 수학적이고 격식만 차리는 방식으로 기괴하기는 하지만, 아무튼 엄청난 것을 설명하는 지극히 괴상하고 기괴한 특성에 그를 더 잘 준비시킨다는 것이다. '우주의 경이로움'은 어떤 의미에서는 이런 준비의 의미를 띠기도 했던 「봄의 제전」이 지닌 정신, 겸허하게 찬미하는 정신과는 아무런 관련이 없다. 음악적인 필체에서 드러나는 분명히 개인적인 특징이 동일한 작가임을 지적하지 않았다면, 같은 영혼이 두 작품을 모두 만들어냈다고는 거의 믿기 어려웠을 것이다. 약 반 시간 동안 지속되며 오케스트라를 통해 세계를 그려내는 악곡의 본질과 핵심은 비웃음이다. 내가 대화 중에 주장했던 의견, 즉 지나치게 인간과 동떨어진 것에 관심을 가지고 몰두하는 일은 경건함을 키우는 데 전혀 유익하지 않다는 견해를 확실하게 보증해주는 비웃음이다. 타락한 천사장 루시퍼의 냉소, 대상을 풍자적으로 우스꽝스럽게 만드는 장난꾼의 찬양이다. 그리고 이런 찬양은 우주를 구성하고 있는 끔찍한 시계의 기계 장치에만 해당하는 것이 아니라, 그것이 나타나는, 게다가 반복되는 바탕이자 매개체로서의 음악, 즉 소리의 우주에도 해당되는 것 같다. 또한 그런 찬양은, 예술가로서 내 친구의 속성이 교묘하게 반예술적인 사상, 불경, 허무주의적인 모독 행위와 상통한다는 비난을 불러일으키는 데 적잖이 기여했다.

하지만 이런 문제에 대해서는 이 정도 이야기하는 것으로 충분하다. 나는 다음 두 개의 장에서는, 1913년에서 1914년으로 해가 바뀌고 시대가 바뀌는 예의 저 시기에, 즉 전쟁이 발발하기 전 뮌헨에서 보낸 마지막 사육제 동안에 내가 아드리안 레버퀸과 함께 나누었던 몇몇 사교적 체험을 서술할 생각이다.

XXVIII

    나는 슈바이게슈틸 가족의 하숙인이 카슈페를-주조가 지켜주는 수도원 같은 적막함 속에 완전히 빠져버렸던 것이 아니라, 드물고 또 삼가는 모습을 띠기는 했어도 몇몇 도시의 사교 모임과 계속 교류를 유지했다고 이미 말했다. 그러나 여전히 유효하고 모든 사람들에게도 알려진 대로 일찍 자리에서 일어나야 하는 필연성, 즉 11시 밤기차 시간에 매여 있는 사정이 물론 그의 마음에 들뿐더러 기분을 안정시키는 것 같았다. 어쨌든 우리는 람베르크 거리에 있던 로데 집에서 모였다. 그래서 나는 그 모임, 즉 크뇌터리히 부부, 크라니히 박사, 칭크와 슈펭글러, 바이올리니스트이자 휘파람을 잘 불던 슈베르트페거와 매우 친근한 관계를 맺게 되었다. 그 밖에도 슐라긴하우펜 집에서, 또 퓌르스트 거리에 살고 있던 실트크납의 출판인 라트브루흐 집에서, 제지 사업가 (참고로, 라인 지역 출신의) 불링어가 사는 우아한 2층에서도 만났는데, 불링어의 집에도 역시 뤼디거가 우리를 데리고 갔다.

로데 집안에서와 마찬가지로 슐라긴하우펜 집의 기둥이 있는 살롱에서도 사람들은 나의 비올라 다모레 연주를 즐겨 들었다. 물론 그 연주는, 평범한 학자이자 학교 선생으로서 대화에 활기 있게 참여하지 못했던 내가 나름대로 특별히 사교 모임에 기여하는 방법이었다. 람베르크 거리의 로데 집에서 내게 연주를 하라고 채근했던 사람은 특히 천식을 앓는 크라니히 박사와 밥티스트 슈펭글러였다. 한 사람은 동전학 및 골동품과 관련된 관심에서 그랬고(그는 듣기 좋은 발음에다 정확하게 구사하는 말투로 바이올린 계보의 역사적 형태에 대해 나와 대화를 나누는 것을 즐겼다), 다른 한 사람은 일상적이지 않은 것, 게다가 별난 것에 대한 전반적인 호감에서 그랬다. 하지만 나는 그 집에서, 코로 씩씩거리며 첼로를 켜고 싶어 하는 콘라트 크뇌터리히의 욕구를 고려해야만 했다. 또한 슈베르트페서의 매혹적인 비이올린 연주에 대해 당연히 특별한 관심을 가졌던 소수의 청중도 생각해야 했다. 그럴수록 더욱 나의 자만심을 부추겼던 것이 있었다(난 그것을 전혀 부정하지 않는다). 폰 플라우지히 집안 출신의 슐라긴하우펜 박사 부인이 자신을 위해, 그리고 슈바벤 사투리를 쓰는 데다 귀가 매우 어두운 남편을 위해 비교적 규모가 크고 고상한 모임을 주도하곤 했는데, 그 모임에서 취미에 불과했던 나의 연주를 듣고 싶다고 해서 내가 거의 매번 악기를 가지고 브리에너 거리의 슐라긴하우펜 집으로 갈 수밖에 없었다는 것이다. 그곳에서 나는 17세기에서 유래한 샤콘*이나 사라반드,** 또한 18세기의 「사랑의 기

---

* Chaconne: 바로크 시대에 유행한 기악곡 형식으로, 프랑스 남부와 스페인에서 유행한 춤곡에서 유래했다. 느린 3박자가 특징이며 기악곡에서 변주곡 형태로 많이 작곡되었다.
** Sarabande: 바로크 시대에 유행한 완만한 속도의 춤곡.

쁨Plaisir d'Amour」* 같은 곡을 사람들에게 들려주었고, 혹은 헨델의 친구였던 아리오스티**의 소나타나, 하이든이 원래 비올라 디 보르도네를 위해 썼지만 비올라 다모레로도 충분히 연주가 가능한 작품들 중에서 한 곡을 연주하기도 했다.

모임에서는 자네트 쇼이를만 분위기 띄우기를 즐겼던 것이 아니라, 극장 총감독이었던 폰 리데젤 각하도 한몫을 했다. 물론 옛날 악기와 음악에 대한 그의 후견인 정신은, 크라니히가 학자로서 골동품을 좋아하던 성향과 달리 순전히 보수적인 취향 때문이었다. 여기에는 물론 큰 차이가 있다. 궁신(宮臣)으로서 전직 기마대 대령이었던 그가 현재 지위에 오르게 된 유일한 이유가 피아노를 약간 칠 줄 알아서였다고 알려져 있었기 때문이다(귀족 신분이면서 피아노를 약간 치기 때문에 왕립 극장 총감독이 되던 시대는 오늘날로서는 수백 년 전의 이야기인 듯이 보인다!). 그러니까 리데젤 남작은 오래되고 역사적인 모든 것에서 근대적이고 혁명적인 것에 반대하는 일종의 든든하고 봉건적인 논박거리를 찾아냈다. 그래서 그는 사실 오래되고 역사적인 것에 대해 뭔가를 이해하지도 못하면서, 이런 봉건적인 신조로 그것을 지원했다. 하지만 전통을 잘 알지 못하면 신생의 새로운 것을 이해하지 못하는 것처럼, 역사적인 필연성으로 인해 옛것에서 나올 수밖에 없는 새로운 것을 받아들이지 않는다면 옛것에 대한 애정 역시 가짜이고 생식력이 없는 채로 남을 수밖에 없는 것이다. 가령 리데젤은 발레가 '우아'해서 그것을 높이 평가하고 후원했다. 그에게 '우아하다'는 말은 현대적이고 선동적

---

* 독일-프랑스 작곡가 장 폴 마르티니(Jean Paul Egide Martini, 1741~1816)가 1785년에 발표한 사랑의 노래.
** Attilio Ariosti(1666~1729): 이탈리아의 작곡가.

인 것에 반대하는 보수적인 암호 같은 의미를 지녔다. 예컨대 차이콥스키, 라벨, 스트라빈스키가 대변하는 러시아-프랑스 발레의 예술적 전통 세계에 대해서 그는 전혀 아는 것이 없었고, 마지막으로 언급된 러시아 음악가가 후에 고전 발레에 대해 표현했던 사상에서 한참 멀리 떨어져 있었다. 스트라빈스키는 발레란 방황하는 감정을 극복하기 위한 적절한 계획의 승리, 우연을 극복하는 질서의 승리, 아폴로*처럼 절도 있게 의식적으로 행하는 행위의 표본, 예술의 모범이라고 표현했다. 하지만 그런 것보다 리데젤이 상상했던 것은 그냥 거즈로 만든 짧은 치마와 발끝으로 총총걸음하기, 그리고 머리 위로 '우아하게' 굽힌 팔 같은 것들에 불과했던 것이다. '이상적인 것'을 주장하며, 추하고 문제 있는 것을 경멸하는 특별관람석의 궁궐 나리들, 그리고 일등관람석의 잘 제어된 시민 계층의 시선을 받으면서 말이다.

　물론 슐라긴하우펜 집안 모임에서는 바그너의 음악이 많이 등장했다. 왜냐하면 극적인 소프라노 여가수로서 힘이 좋은 여인 타냐 오를란다, 그리고 바그너 악극의 주인공 역에 맞는 테너 하랄트 쾨엘룬트, 벌써 코안경을 걸친 데다 쩌렁쩌렁한 목소리를 내는 이 뚱뚱한 남자가 자주 손님으로 와 있었기 때문이다. 그런데 바그너의 작품이 없이는 폰 리데젤 남작의 궁전 극장도 존재할 수 없었기에, 그는 시끄럽고 격렬했던 그런 작품을 다소간 봉건적으로 '우아한' 영역에 포함시키며 바그너에게 경의를 표했다. 그리고 더욱 새로운 작품, 즉 바그너를 이미 넘어서는 음악이 나타날수록 더욱 기꺼이 바그너를 받아들였다. 그렇게 하여 더욱 새로운 음악을 거부하고, 그런 음악에 반대로 바그너 음악

---

* Apollo: 그리스-로마 신화에 나오는 빛, 이성, 봄, 도덕, 예언, 예술 등의 신.

을 보수적인 음악이라고 주장할 수 있었던 것이다. 그래서 심지어 남작이 직접 가수들에게 피아노로 반주까지 해주는 일도 있었으며, 가수들은 이를 상당히 뿌듯하게 생각했다. 비록 피아노 연주를 하는 그의 예술성이 피아노 편곡을 소화하기에는 모자랐고, 여러 번 가수들의 음악적 효과를 위태롭게 했지만 말이다. 나는 궁정 가수 쾨엘룬트가 「지크프리트」*의 끝없고 매우 지루한 대장간 노래를 목청껏 불러 젖히는 바람에, 꽃병이나 공예 유리잔처럼 비교적 민감한 살롱 장식품들이 흥분한 듯 함께 울리고 윙윙 소리를 내기 시작하는 것을 전혀 좋아하지 않았다. 하지만 그 당시 오를란다의 목소리처럼 영웅적인 여자 목소리를 들으면 느끼게 되는 깊은 감동을 나도 쉽게 뿌리칠 수 없노라고 고백한다. 이 인물의 무게, 발성기관의 힘, 극적인 강조의 노련함은 제왕처럼 당당한 여자의 영혼에 대한 매우 감동 깊은 환상을 우리에게 불러일으킨다. 가령 이졸데**가 「그대는 민네 부인을 모르는가?」를 부르고 난 뒤, 열광적으로 「횃불, 그것이 내 삶의 빛이라 할지라도, 나는 웃으며 주저 없이 그 불을 꺼버리리라」를 부르기까지(이때 여가수는 팔을 힘차게 내려치는 동작으로 극적인 행위를 돋보이게 했다) 나는 눈에 눈물을 머금은 채, 그 쏟아지는 박수갈채 속에 개가를 올리며 미소 짓는 여인 앞에서 하마터면 무릎을 꿇을 뻔했다. 덧붙여 말하면, 그때 그녀의 노래에 반주를 맡았던 사람은 아드리안이었다. 그가 피아노 의자에서 일어나서, 눈물이 날 만큼 감동을 받은 나의 표정을 슬쩍 보고는 역시 입가에 살짝 웃음기를 띠었다.

　아무튼 그런 인상을 받으며, 모임에 참석한 사람들에게 예술적인

---

　* 바그너의 오페라 「니벨룽엔의 반지」 중 3부.
　** 바그너의 오페라 「트리스탄과 이졸데」(1865)의 여주인공.

즐거움을 안겨다주는 일에 스스로 기여할 수 있다는 것은 기분 좋은 일이다. 예컨대 그 후에 곧 폰 리데젤 남작이 다리가 길고 품위 있는 여주인의 보조를 받으며, 남부 독일어가 섞이기는 했으나 장교답게 늠름하면서 잘 다듬은 목소리로 나에게 밀랑드르*의 「안단테와 미뉴에트」(1770)를, 즉 내가 이미 그 즈음에 일곱 줄의 내 악기를 가지고 최선을 다해 연주한 바 있던 곡을 다시 연주해보라고 용기를 주었을 때, 그의 말은 나를 감동시켰다. 인간이란 참 얼마나 나약한 존재인지! 나는 그가 고마웠다. 그리고 그의 미끈하고 공허한, 심지어 결코 멈출 줄 모르는 파렴치한 행태로 인해 어느 정도 뚜렷한 귀족의 인상, 즉 면도를 한 둥근 볼 앞에 손으로 비벼 꼰 금발의 콧수염이 보이고, 희끗희끗한 눈썹 밑의 눈에서 외쪽짜리 안경이 번쩍이는 그의 얼굴에 대한 나의 거부감은 완전히 잊어버렸다. 내가 잘 알건대, 아드리안에게 이 기사 양반은 말하자면 어떤 평가와도 무관하여 증오와 멸시를 넘어서는 영역에 속할뿐더러 큰 웃음거리도 안 되는 세계에 속하는 인물이었다. 그런 인물은 아드리안에게 어깨를 한번 들썩일 가치조차 없었고, 사실 나도 그렇게 느끼고 있었다. 하지만 예의 저 순간에는, 모임의 사람들이 성공적이고 혁명적인 것의 돌진에서 벗어나 뭔가 '우아한 것'을 들으면서 심신을 회복할 수 있도록 음악을 적극 베풀어보라고 그가 내게 권할 때면, 나는 그에게 호감을 갖지 않을 수가 없었다.

그러나 폰 리데젤의 보수주의가 또 다른 보수주의에 부딪히면 상황이 아주 이상해져서, 한편으로는 불쾌하고, 다른 한편으로는 우스꽝스러웠다. 또 다른 보수주의란 '아직도 여전히'에 내포된 속성뿐만 아

---

* Louis-Toussaint Milandre(18세기 초중반): 프랑스 작곡가로 특히 비올라 다모레를 위한 곡을 많이 작곡했다.

니라 '벌써 다시'의 속성을 띤 혁명 후의 보수주의이자 반혁명적인 보수주의였다. 시민적이자 자유주의적인 가치관을 또 다른 편에서 강력하게 반대하던 그런 보수주의는 '그 전'이 아니라 '그 후'의 입장이었던 것이다. 이렇게까지 복잡하지 않은 예전의 보수주의에게는 고무적이면서도 어이가 없는 두 보수주의의 만남에는 그야말로 시대정신이 기회를 제공하게 되는 법이다. 바로 슐라긴하우펜 부인이 명예심을 가지고 가능한 한 다양한 색깔로 구성한 살롱에서도 그런 기회가 제공되었다. 그리고 바로 재야학자 하임 브라이자허 박사가 한몫을 했다. 지극히 경탄스럽고 정신적으로 앞선, 게다가 기가 막히게 추한 모습으로 돌출 행동을 하는 유형의 이 사람은 그곳에서 분명 모종의 악의에 찬 재미를 즐기며, 다른 사람들의 심리를 자극하는 이물질 같은 역할을 했다. 여주인은 그의 궤변적인 말재간, 참고로 덧붙이건대, 팔츠 사투리가 심하게 섞인 말재간을 높이 평가해 그의 역설적인 어법을 인정했다. 그런 역설을 들으면 모임의 부인네들도 마치 정숙하게 환호라도 하는 듯한 표정과 함께 감탄으로 말문이 막힌다는 시늉을 하며 두 손을 머리 위에서 포개곤 했다. 브라이자허 자신으로 말할 것 같으면, 그는 신사연하는 속물근성 때문에 그런 모임을 좋아했을 것이다. 또 문인들끼리의 단골 모임에서라면 이목을 끌지도 못했을 생각들로 다른 곳에 와서 세련되지만 단순한 사람들을 놀래주고 싶은 욕구도 작용했을 것이다. 나는 그를 전혀 좋아하지 않았다. 항상 그가 지성을 내세우는 훼방꾼이라고 보았고, 아드리안에게도 거부감을 주고 있다고 확신했다. 비록 내게 확실하지는 않은 이유에서 우리가 한 번도 브라이자허에 대해 좀더 자세히 이야기를 나누어본 적은 없지만 말이다. 그러나 그 시대의 정신적인 움직임에 대해 브라이자허가 예감하며 드러내는 감각, 최근의 시대적 결의가 의미하는 바에 대한 그의 감각을 나는 결코 부정하지 않았다. 그런 것들은 그의 개인적인 특성에서나 그가 살롱에서 관여하는 대화에서 가장 잘 드러났다.

그는 모든 것에 관해 말할 줄 알고, 무엇이든 다룰 줄 아는 박식한 사람이었다. 문화철학자라고 할 수 있을 테지만, 문화의 역사 전체가 몰락의 과정일 뿐이라고 주장한다는 점에서 그의 신조는 문화에 **반대하는** 편을 향해 있었다. 그가 입에 담는 가장 경멸하는 어휘는 '진보'라는 단어였다. 이 단어를 발음하는 그의 말투 자체가 독설에 가까웠다. 그는 진보에 대해 드러내는 자신의 보수적인 조소야말로 저 사교 모임에 섞일 수 있는 자신의 진정한 권리를 보증하고 사교 능력을 보여주는 것이라고 이해했으며, 이것을 누구든 느낄 수 있도록 했다. 하지만 그의 말이 정신적 깊이를 내포하더라도, 그것이 정말 호감이 가는 정신은 아니었다. 가령 그가 아주 기초 단계의 평범한 묘사에서 원근법을 이용한 묘사로 옮겨간 회화의 진보를 비웃을 때 그런 정신이 드러났다. 원근법 이전의 예술을 고집하며 원근법의 눈속임을 거부하는 것을 무능력이라고 평가하고, 그냥 어쩔 줄 모르는 자들의 어설픈 원초주의라고 하며, 심지어 동정하듯이 어깨를 한번 들썩해 보이는 태도를 그는 어리석은 현대의 오만이 극치에 이른 것이라고 선언했다. 거부, 포기, 무시는 무능력이나 무식함이 아니고 부족함을 증명하는 보증서도 아니라는 것이었다. 그런데도 마치 환상이 오히려 가장 저속하고 천박한 인간의 눈높이에 맞춘 예술 원칙이 아닌 듯이, 그리고 예술이 뭔지 전혀 알려고 하지 않는 입장이 정말 고결한 취향의 표시가 아닌 듯이 오만을 떠는 거라고 했다! 모종의 것들에 대해 아무것도 알려고 하지 않는 능력은 지혜에 매우 가깝거나 오히려 지혜의 일부분인데, 이런 지혜가 유감스럽게도 사라져버렸다는 것이다. 그러고는 상스럽고 주제넘은 오만이 진보라고 불리는 지경이라는 것이었다.

처녀 시절의 성이 폰 플라우지히였던 여주인의 살롱에 모인 손님들은 이런 견해를 듣고 어쩐지 마음이 편안해지는 느낌을 받았다. 내가 보기에는, 그녀는 그들이 이런 견해에 박수를 칠 적절한 사람들이 아닐지도 모른다는 느낌보다, 브라이자허가 그들을 대변하기에 그다지 적절한 인물이 아니라는 느낌이 더 강했다.

단성악곡에서 다성으로, 즉 화음으로 음악이 넘어간 역사도 이와 비슷하다,라고 브라이자허는 말했다. 흔히 그런 과정을 문화적 진보라고 즐겨 말하지만, 그것이야말로 오히려 야만을 받아들인 것이라고 했다.

"그 말씀은…… 실례지만…… 야만을요?" 폰 리데젤 남작이 흥분해서 새된 목소리로 말했다. 그는 야만이라는 것을 비록 체면에 약간 손상을 주기는 해도 보수적인 것의 한 형태로 보는 데 익숙해져 있었던 것 같았다.

"물론입니다, 각하. 다성 음악의 근원들, 즉 5도 음정이나 4도 음정의 협화음으로 이루어진 노래는 음악적 문명의 중심지, 다시 말해 로마와 거리가 멉니다. 로마는 아름다운 목소리의 고향이자 그런 목소리를 기리는 곳이지요. 다성 음악의 근원은 목소리가 거친 북쪽에 있는데, 아마 거친 목청을 보충하려는 의도였던 것 같습니다. 그것은 잉글랜드, 프랑스, 그리고 물론 특히 미개한 브리튼에 있습니다. 심지어 브리튼은 3도 음정을 가장 먼저 화음에 수용했으니까요. 이른바 더 많은 발전, 더 복잡하게 만드는 것, 진보라는 것들은 야만이 거둔 성과인 경우가 많은 겁니다. 이런 야만을 성과 때문에 칭송해야 하는지 어떤지는, 각자의 재량에 맡겨야지요……"

　그가 동시에 보수적인 말투로 사람들의 환심을 사려고 알랑거림으로써 이른바 각하와 모임 전체를 꾀어 우롱하고 있었던 것이 아주 분명하게 드러났다. 그는 자신이 뭘 어떻게 생각하는 것이 본인에게 유리한지를 누군가 꿰뚫어보고 있는 한, 마음이 편치 않은 것이 분명했다. 다성 성악에서 화성과 화음의 원칙으로, 그럼으로써 최근 2세기 동안 기악으로 역사적 변천이 이루어졌다는 말에 이르자, 다성 성악, 즉 진보적인 야만의 이런 착상은 당연히 그가 보수주의의 보호자로서 다루어야 하는 주제가 된 셈이었다. 그래서 바로 **이런** 음악이 몰락 현상이었다고 말했다. 위대하고 유일하게 진정한 대위법 예술이 몰락하고, 숫자들을 냉철하게 다루는 성스러운 유희가 몰락했다는 것이다. 다행히도 이런 유희가 아직은 감정을 매춘하듯이 팔아버리고 방자하게 나대는 움직임과는 상관이 없다고도 했다. 그리고 바로 이 몰락에서 아이제나흐 출신의 위대한 바흐, 즉 괴테가 너무나 정당하게 화음의 대가라고 불렀던 바흐는 이미 그 중간 과정에 속한다는 것이었다. 모르는 것 없이 뭐든 알았던 바이마르의 저 대문호가 부여한 엄격한 명칭을 바흐는 그냥 얻은 게 아니라고 했다. 그런 의미로 바흐는 평균율 피아노의 발명가, **즉** 모든 음을 다의적으로 이해하고 서로 다른 이름의 동음으로 혼동할 가능성, **즉** 현대적 화음의 변조 낭만주의를 만들어낸 인물이었다는 것이다. 화음의 대위법이라? 그런 것은 없다고 그는 말했다. 그런 것은 고기도 아니고 물고기도 아니라고 했다. 예전의 진짜 다성 음악, 여러 다른 소리가 서로 맞물리며 울리는 것으로 느껴졌던 다성 음악을 화성과 화음으로 이루어진 음악으로 완화하고 부드럽게 만들며, 날조하고 새로 해석하는 일은 이미 16세기에 시작되었다는 것이나. 그리고 팔레스트리나, 두 사람의 가브리엘리,* 또 우리의 성실한 오를란도 디 라소** 같은 사람들은 이와 관련해 일찍이 그런 일에 가담했다는 욕을 먹어야 할 것이라고도 했다. 이런 인물들은 성악적 다성 예술의 개념을 우리에게 '인간적으로' 가장 가까이 가져다주었고,—오, 그렇다 마다요—그래서 우리에게는 그들이 이런 양식의 가장 위대한 대가들로 보인다는 것이었다. 이런 일이 생기게 된 이유는 단순한데, 그들이 상당 부분 이미 순전히 화음으로만 된 악곡 양식을 즐겼고, 또 다성 양식을 취급하는 그들의 방식이 협화음을 고려하고, 협화음과 불협화음의 관계를 고려하다가 이미 아주 형편없이 물렁해졌기 때문이라는 것이다.

모든 사람들이 의외라는 표정으로 유쾌해져서 무릎을 치고 있는 동안, 나는 이런 언짢은 연설을 들으면서 아드리안과 눈을 맞추려고 애썼다. 하지만 그는 내게 눈길을 주지 않았다. 폰 리데젤로 말할 것 같으면, 그는 완전히 혼란에 빠진 희생자였다.

"실례지만" 하고 그가 말했다. "하지만…… 바흐, 팔레스트리나는……"

그에게 이런 이름들은 보수적인 권위의 후광을 띠고 있었는데, 어느새 모더니즘적인 질서 파괴의 영역으로 넘겨져버린 것이다. 그는 일단 공감을 보였다. 하지만 동시에 감정이 너무나 엄청나게 동요한 나머지 외눈 안경까지 눈에서 떼었고, 그 바람에 그의 얼굴에는 지성이라고

---

* 르네상스 시대 이탈리아의 작곡가인 안드레아 가브리엘리(Andrea Gabrieli, 1532/33~1585)와 그의 조카이자 제자인 작곡가 조반니 가브리엘리(Giovanni Gabrieli, 1557~1612)를 가리킨다.
** Orlando di lasso(1532?~1594): 벨기에의 작곡가.

는 흔적조차 없어져버렸다. 브라이자허의 문화 비판적인 열변이 『구약성서』와 관련된 이야기로 접어들었을 때, 말하자면 그의 개인적인 근원의 영역, 유대인 혈통 혹은 민족과 그 정신사를 다루게 되었을 때, 그리고 여기서도 지극히 애매할뿐더러 터무니없고 악의에 찬 보수주의를 드러낼 때에도 남작의 사정은 나아지지 않았다. 브라이자허의 연설을 듣고 있으면, 몰락과 우롱, 그리고 옛것과 순수한 것에 대한 모든 느낌의 상실 등은 누구든 꿈에도 생각하지 못했을 만큼 너무나 빨리 그리고 너무나 인상 깊은 부분에서 등장했다. 나는 그 모든 상황이 전체적으로 기가 막히게 우스꽝스러웠다는 말밖에는 할 말이 없다. 브라이자허에게는 모든 기독교 자녀에게 신성한 성서의 인물들, 가령 다윗 왕과 솔로몬, 또 하늘에 계신 사랑의 하나님에 대해 점잔을 빼며 이야기하는 네인가들은 이미 퇴색한 후기 신학의 타락한 대변자들이었다. 그런 신학은 민족의 엘로힘 야훼*가 예전에 진짜 히브리 방식으로 실재했던 점에 대해서는 더 이상 아무것도 아는 게 없고, 또 진정한 민족성의 시대에 그 국가적인 신을 모시기 위해 쓰인, 혹은 오히려 그에게 육신의 모습으로 나타나라고 강요하는 데 이용된 종교 의식을 단순히 "태고 시대의 수수께끼"라고만 생각했다는 것이다. 그는 특히 "현명한" 솔로몬을 매우 증오했고, 그를 너무나 함부로 다루는 바람에 모임의 신사들이 치아 사이로 휘파람 소리를 내는가 하면, 숙녀들은 놀라움에 찬 환성을 내뱉었다.

"실례지만!" 하고 폰 리데젤이 말했다. "제가 완곡하게 표현하자면…… 그 훌륭한 솔로몬 왕이…… 선생은 좀 삼가……"

---

* Elohim 및 Jahwe: 히브리인 내지 이스라엘인 신의 이름.

"물론입니다, 각하. 저는 좀 삼가야겠지요." 브라이자허가 대답했다. "그런데 그 남자는 육감적인 향락에 빠져 신경이 쇠약해진 미학자였고, 종교적으로는 진보적인 멍청이였습니다. 영향력을 발휘하며 현존하는 국가적인 신(神), 즉 형이상학적인 민족이 지닌 힘의 이런 화신을 기리는 종교 의식에서 나아가 하늘의 어떤 추상적이고 보편적인 신이라고 설교하는 단계로 퇴화할 때, 다시 말해 민족 종교에서 전 세계적인 종교로 퇴화할 때 드러나는 전형적인 모습입니다. 그 증거로 우리는 솔로몬이 첫번째 사원을 다 짓고 나서 했던 터무니없는 연설을 읽어보기만 하면 됩니다. 거기서 그는 이렇게 묻습니다. '하나님께서 이 땅의 인간들 사이에서 거하시리이까?'라고 말입니다. 마치 이스라엘의 유일한 과제가, 신에게 집을, 천막을 만들어주고, 온갖 방법으로 그가 끊임없이 현존하도록 하는 일이 아닌 듯이 묻는 겁니다. 뻔뻔하게도 솔로몬은 감히 이렇게 읊어대기도 하지요. '하늘과 하늘들의 하늘이라도 주를 붙잡지 못하거늘, 하물며 내가 건축한 이 성전이오리이까!'* 이런 건 허튼소리이고, 파멸의 시작입니다. 말하자면 신을 이미 하늘에다 완전히 추방해버린 「시편」 작자들이 신에 대해 타락한 상상을 하기 시작했다는 겁니다. 이런 작자들은 하늘에 계신 하나님을 끊임없이 노래하지요. '모세 오경'**은 전혀 하늘을 신성의 거주지로 보지 않는데 말입니다. '모세 오경'에서 엘로힘은 불기둥의 형상으로 민중보다 앞서가고, 민중 가운데 살고자 하며, 민중 가운데서 이리저리 돌아다니려 하고, 자신의 **도살대**를 가지려고 합니다. '제단'이라는 싱겁기 짝이 없고 인류와 관련된 후기 용어를 쓰지 않으려면 말씀이지요. 「시편」 작자는 하나

---

* 『구약성서』 「열왕기상」 8장 27절.
** 『구약성서』 「창세기」 「출애굽기」 「레위기」 「민수기」 「신명기」.

님이, '내가 황소들의 고기를 먹고, 숫염소들의 피를 마시기라도 한단 말이냐?'라고 묻는다고 하는데, 이게 가당한 얘깁니까? 그런 말 따위를 신의 입에 올리는 짓 자체가 있을 수 없는 겁니다. 파렴치한 계몽주의가 '모세 오경'의 따귀를 내려치는 격이지요. '모세 오경'은 제물을 분명히 '빵'이라고, 그러니까 야훼의 진짜 음식이라고 표시하고 있습니다. 저런 질문에서, 또 벌써 현명한 솔로몬의 표현법에서 마이모니데스,* 이른바 중세의 가장 위대한 유대 율법학자에 이르기까지는 단지 한 걸음밖에 안 되지요. 사실 아리스토텔레스학파에 동화되었던 이 작자는 신이 민족의 이교도적인 본능을 허가한 것이 바로 제물이라고 **밝혀내는** 일까지 해냈지 뭡니까. 하하! 좋습니다. 피와 기름으로 이루어졌던 제물, 한때는 소금으로 간이 맞추어져 있었고, 자극적인 냄새로 양념되어 신에게 공급되었으며, 신에게 몸을 만들어주었고, 신을 현존하도록 해주었던 그 제물이 「시편」 작자들에게는 그저 '상징'에 불과한 지경이 되어버린 겁니다." (내게는 브라이자허 박사가 이 단어를 말할 때 썼던 형언할 수 없는 경멸의 억양이 아직도 들린다.) "더 이상 짐승을 도살하지 않아요. 참 믿기 어렵지만, 그 대신 감사와 겸허함을 도살해 제물로 바치는 셈입니다. 이제는, '감사를 도살하는 자는, 나를 경외하는 것이다'라고 말하게 된 겁니다. 또 이런 말도 있지요. '하나님에게 도살하여 바치는 제물은 회개하는 마음이니라'고요. 한마디로 말해, 이건 이미 오래전부터 민족과 피와 종교적 실체가 아니라, 인간적인 것 운운하면서 희멀겋게 희석시킨 수프에 불과하지요……"

이상은 브라이자허가 지극히 보수적인 심경을 토로하는 하나의 사

---

* Moses Maimonides(1135/38~1204): 스페인에서 태어나 북아프리카에서 활동한 유대 철학자, 의사.

레일 뿐이다. 그것은 재미도 있었지만 불쾌하기도 했다. 그는 진짜 종교 의식, 즉 추상적으로 일반적이 아니라 실제적인, 그렇기 때문에 '전능'하거나 '편재'하지도 않는 민족 신의 숭배를 마법의 기술이라고, 또 역동적인 것을 육체적으로 해롭게 조작하는 짓이라고 평가하고, 또 이렇게 조작하는 중에 실수와 실책으로 인해 쉽게 불행한 사건 내지 파국의 장애가 생길 수 있다고 주장하기에 여념이 없었다. 아론*의 아들들은 "이질적인 불"을 끄집어들였기 때문에 죽었다는 것이다. 가령 그런 것은 기술적인 문제 때문에 일어난 불행한 사건으로, 실수에 따른 당연한 결과였던 것이다. 우자라고 불리는 어떤 사람은 이른바 유대 율법을 모셔 넣어둔 궤가 이동할 때, 마차에서 미끄러지려고 하자 상자를 손으로 잡았다가 곧바로 쓰러져 죽었다. 그것 역시 선험적이고 역동적인 폭발로서, 태만으로 인해, 하프를 너무 쳐대는 다윗 왕의 태만 때문에 발생했다. 말하자면 다윗도 이미 아무것도 이해하지 못했고, 속물적인 이방인처럼 소견 좁게도 상자를 마차로 나르게 함으로써, '모세 오경'에 매우 명확한 근거와 함께 정해져 있던 규정대로 짐 나르는 막대를 사용하도록 하지 않았던 것이다. 이미 다윗은 근원에 낯설어졌고 우둔해졌다. 솔로몬처럼 거칠고 잔인하게 되었다,라는 말을 피하자면 말이다. 가령 인구 조사의 역동적인 위험에 대해서 그는 아무것도 모르게 되었고, 그런 행사를 통해 심각한 생물학적 타격, 즉 유행병, 죽음을 초래했다. 민족의 형이상학적인 힘의 예상 가능한 반응으로서 말이다. 왜냐하면 순수한 민족은 그처럼 기계적인 등록, 즉 역동적인 전체를 동종의 개체로 해체하며 숫자를 매기는 짓을 견디지 못했던 것이다……

---

* Aaron: 『구약성서』에 나오는 모세의 형. 그의 네 아들 중 첫째와 둘째는 신이 정해준 예식 절차를 어기고 임의로 예식을 올리다가 죽었다(「레위기」 10:1).

자기는 인구 조사가 그런 죄가 되는 줄 전혀 몰랐다고, 어떤 숙녀가 끼어들며 말하자 브라이자허는 기분이 좋았다.

"죄라니요??" 그는 과장하여 묻는 투로 대꾸했다. 아니요, 진짜 민족의 진짜 종교에서는 단순히 도덕적인 인과율 관계의 '죄'와 '벌'이라는 맥 빠진 신학적 개념은 없다고 그가 대답했다. 중요한 문제는, 실수와 작업상 일어난 사고의 인과 관계라고 했다. 종교와 도덕이란, 도덕이 종교의 몰락을 나타내는 한에서만 어느 정도 서로 관련이 있다는 것이었다. 그의 말로, 모든 종교적인 것은 종교 의식적인 것을 '순전히 정신적으로' 오해한 것이었다. '순전히 정신적인 것'보다 더 신에게 버림받아 비참한 것이 있었는가? 특성 없는 세계 종교에 정해져 있는 것은, '기도'를, 실례를 무릅쓰고 말하자면(sit venia verbo), 구걸, 즉 자비의 청원으로, '아아, 하나님' '하나님이시여, 불쌍히 여기소서' '도와주소서' '주소서' '자비로우소서'라는 식의 구호로 만들어버리는 것이라고 그가 주장했다. 이른바 기도라는 것은……

"실례하오만!" 하고 폰 리데젤이 이번에는 정말 강조하며 말했다. "확실히 그렇기는 하지만, 그러나 '기도할 때는 철모를 벗고!'라는 말은 내겐 항상……"

"기도라는 것은" 하고 브라이자허 박사는 하려던 말을 가차 없이 이어갔다. "아주 단호한 것, 능동적인 것, 강한 것, 말하자면 마술적 주술, 신적인 강제성을 통속화하고 이성에만 따르도록 약화시킨 후기 형태입니다."

나는 남작이 정말로 안됐다는 생각이 들었다. 자신의 귀족적인 보수주의가 원시적인 것의 감당할 수 없이 영특한 언변에, 즉 옛 가치를 무조건 보존하며 지키려는 극단주의에 철저히 압도되는 경험은 그를 영혼 깊숙이까지 혼란시켰을 것이 틀림없었다. 그런 극단주의는 귀족적인 부분은 더 이상 없고, 오히려 뭔가 혁명적인 요소를 드러내면서 어떤 자유주의보다도 더 해체적인 느낌을 자아내는 동시에 또 경멸이나 하려는 듯 신통하게 보수주의적인 요구를 드러냈던 것이다. 나는 이런 것 때문에 남작이 잠 못 이루는 밤을 맞게 되리라는 상상을 했지만, 내가 동정심에서 어쩌면 너무 지나친 생각을 했을 수도 있다. 어쨌든 브라이자허의 연설에서 모든 것이 옳지는 않았다. 그의 말은 쉽게 반박될 수 있었다. 가령 제물을 영적으로 무시하는 것은 예언자들에게 와서야 찾아볼 수 있는 것이 아니라 이미 '모세 오경' 자체에서도 찾아볼 수 있다는 점을 그에게 가르쳐줄 수 있었을 것이다. 예컨대 모세는 제물을 부수적인 것이라고 대놓고 말하고, 모든 비중을 신에 대한 순종에, 신의 계명을 지키는 데 두고 있다. 하지만 더 부드러운 감정을 지닌 사람은 남의 말을 방해하는 일을 싫어하는 법이다. 기왕에 나름대로 고안해낸 사고체계에 논리적으로든 역사적으로든 반대로 기억하고 있는 내용을 가지고 끼어드는 것은 즐거운 일이 아니다. 그리고 반(反)정신적인 것 속에도 분명히 잠재된 정신적인 요소를 인정하고 관대하게 봐주는 편이 낫다. 물론 이런 관대함과 경의를 지나칠 만큼 대범하게 실행했던 것이 우리 문명의 과오였다는 점은 오늘날 우리가 목도하고 있는 바이다. 상대편에서는 그런 관대함에 노골적으로 뻔뻔하고 철저히 비관용적인 행태를 드러냈는데도 너무나 대범하기만 했으니 말이다.

내가 이런 모든 것을 생각했던 시점은 이미 오래전이었다. 나는 이 회고록 초반에서 유대인들에 대한 나의 친근감을 고백하고, 다만 내게도 그들의 천성이 정말 불쾌하게 드러난 예도 있었다며 내 친근감에 선을 그은 적이 있다. 그리고 바로 그때 재야학자 브라이자허의 이름이 너무 일찍 펜 끝에서 흘러나왔던 것이다. 말이 나온 김에 덧붙이건대, 다가오는 것, 새로운 것을 잘 알아듣고 수용하는 유대인의 정신력이 복잡한 상황에서조차, 즉 전위적인 것과 반동적인 것이 뒤섞인 상황에서도 입증된다고 해서 유대 정신을 원망할 수 있는가? 어쨌든 나는 나의 선량한 심성으로 인해 전혀 알지 못했던 반(反)인간성의 새로운 세계를 당시 슐라긴하우펜의 집에서 바로 이 브라이자허를 통해 처음으로 느끼게 되었다.

XXIX

1914년 뮌헨의 사육제 때, 사람들의 뺨이 축제의 열기로 달아오르고 모두가 자유분방하며 화기애애한 분위기 속에서 그리스도 공현제*와 성회(聖灰) 수요일** 사이의 기간을 즐기던 그 몇 주간에는 공적으로나 사적으로 여러 행사가 열렸다. 나는 프라이징 출신의 아직 젊은 김나지움 교수로서 독자적으로 또는 아드리안과 함께 행사에 참여했는데, 그해 사육제가 내게는 생생하게, 아니 숙명적인 불행과 함께 기억 속에 남아 있다. 그것은 4년간의 전쟁이 시작되기 전에 열렸던 마지막 사육제였던 데다, 그 전쟁은 지금 우리의 역사적인 시각으로 보면 우리가 매일 겪고 있는 참혹함과 더불어 **하나의** 시대를 이루고 있다. 이자르 강가의 도시 뮌헨이 지녔던 미학적 삶의 순진함, 이런 표현을 써도 될

---

 * Epiphanias: 그리스도의 영광이 세상에 나타난 것을 기념하는 날. 동방박사들이 아기 예수의 탄생을 축하하고 예물을 바친 것은 그런 현현과 관련이 있다.
** 사순절이 시작되는 날.

지 모르겠지만, '디오니소스적인 안락함'을 영원히 끝내버렸던 이른바 제1차 세계대전 말이다. 당시는 우리의 지인들 가운데 각자가 겪던 운명적인 상황들이 내 눈앞에서 긴장된 분위기 속에 전개되던 때이기도 했다. 그 운명은 물론 더 넓은 세상으로부터는 거의 관심을 받지 않았지만 여러 파국을 야기했고, 또 이 책에서 거론되어야만 한다. 왜냐하면 그런 파국들이 부분적으로는 나의 주인공인 아드리안 레버퀸의 삶과 운명에 가까이 닿아 있었기 때문이고, 게다가 내가 확실히 알고 있건대, 그가 그중 하나의 파국에 불가사의하고 치명적인 방식으로 직접 연루되어 있었기 때문이다.

그것은 클라리사 로데, 자부심에 차고 조소적이며 죽음과 허무를 거론하며 섬뜩하게 농담을 하는 그 금발 여인의 운명을 말하는 것이 아니다. 당시에 그녀는 아직 우리와 함께 지내고 있었고 어머니의 집에 살면서 사육제 축제에도 참여했지만, 그녀의 선생이었던 왕립극장의 원로 배우가 그녀에게 주선해준 지방 극단에서 젊은 연인 배역을 맡기 위해 이미 뮌헨을 떠날 준비를 하고 있었다. 그것이 불행한 일이었음은 곧 드러나게 될 텐데, 자일러라는 이름의 그 노련한 무대 후원자에게는 그 사건에 대한 어떤 책임도 지게 할 수 없다. 그는 어느 날 로데 부인에게 편지를 써서, 자신의 학생이 매우 지적이고 연극에 대한 열광으로 가득 차 있기는 하지만, 그녀의 타고난 재능이 성공적인 무대 이력을 보장할 만큼 충분하지는 않다고 설명했다. 그녀에게는 연극과 관련된 모든 예술성의 원초적인 기본 바탕, 배우의 천성, 말하자면 타고난 무대 체질이라고 부르는 것이 부족하다는 것이었다. 그래서 자신은 그녀가 그 길을 계속 가는 것을 양심적으로 말릴 수밖에 없다고 했다. 그 편지는 클라리사에게 걷잡을 수 없는 눈물과 절망을 안겨다주있다. 이런 일이 어머니의 마음을 너무나 아프게 했고, 문제의 편지로써 스스로를 엄호했던 왕립극장 배우 자일러가 자신의 인맥을 이용해 그 젊은 아가씨가 배우 수업을 끝낸 뒤 초보 자리를 얻을 수 있도록 도와주는 쪽으로 마음을 먹게 했다.

클라리사가 비운의 삶을 마감한 지 벌써 스물두 해가 지났다. 나는 이와 관련된 사건을 그 시간적인 진행 순서대로 서술하겠다. 우선 나는 그녀의 여리고 비통에 찬 언니, 과거의 삶과 고통을 가슴에 품고 사는 이네스의 운명을 떠올리고 있다. 그 밖에도 불쌍한 루디 슈베르트페거의 운명을 염두에 두고 있는데, 문제의 사건이 진행되는 과정에 고독한 아드리안 레버퀸이 끼어 있다는 점을 지금 언급하지 않을 수 없게 되자, 나는 몸서리를 치며 슈베르트페거의 운명을 생각하게 된 것이다. 독자는 내가 어떤 이야기를 이런 식으로 미리 꺼내는 데 이미 익숙해져 있을 테지만, 이 점에서 작가가 무절제하고 정신이 혼란하다고 해석하지 않기를 바란다. 사실 나는 나중에 어느 땐가는 이야기하게 될 어떤 일들을 두려움과 걱정스러운 마음으로, 더욱이 몸서리를 치며 미리 준비하는 것일 뿐이다. 그 일들이 내게 엄청난 압박을 가하며 자꾸만 의식되고, 그래서 나는 그것을 미리 암시로, 물론 나 자신에게만 이해되는 방식으로 언급하게 되는 것이다. 말하자면 그 부담스러운 기억이 보관되어 있는 자루에서 그것을 미리 조금씩 꺼내놓으면서 엄청난 중압감을 좀 흩트려버리고자 하는 것이다. 그렇게 해서 나중에 그 일을 이야기할 때 느끼게 될 부담감을 조금이나마 덜어보고 싶고, 기억 속에 묻어둔 경악의 고통을 줄이며 섬뜩함을 희석시켜보고 싶은 것이다. 지금까지의 언급은 '결점이 있는' 서술 기법에 대한 변명이자 내가 처한 난처한 상황에 대해 이해를 구하는 말이었다. 아무튼 아드리안이 지금

이 자리에서 이야기될 사건들의 시작에서 아주 멀리 떨어져 있었고, 그런 사건에는 거의 관심도 없었으며, 다만 나 때문에, 즉 사회적인 호기심 혹은 인간적인 동정심이라고 할까, 그런 면모가 그보다 훨씬 더 많은 나를 통해 어느 정도 그 문제를 돌아보게 되었다는 사실을 여기서 구태여 말할 필요는 없을 것이다. 사건의 내용은 다음과 같다.

이미 앞에서 암시되었듯이, 로데 집의 두 자매 클라리사와 이네스는 모두 어머니인 시정부위원 부인과 그다지 다정한 사이는 아니었다. 딸들은 어머니가 마련한 살롱의 온건하고 약간 호색적인 반(半)보헤미안의 분위기, 비록 명문가의 시민성이 남아 있는 가구로 꾸며놓기는 했지만 과거의 정신적인 기반을 잃어버린 생활 방식이 그들의 신경에 거슬린다는 사실을 드러낸 적이 한두 번이 아니었다. 두 딸은 모두 이렇게 뒤죽박죽이 된 환경에서 빠져나와 각자 서로 다른 방향으로 떠나려고 애썼다. 자존심이 강했던 클라리사는 확고한 예술가의 삶을 향해 떠나고자 했다. 하지만 그녀를 키워주던 극장장이 얼마간 지켜보던 끝에 결론을 내릴 수밖에 없었던 바와 같이, 그녀에게는 정작 필요한 천부적인 기질이 부족했다. 이에 비해 섬세하고 우울증이 있으며 근본적으로 삶에 대한 두려움이 있던 이네스는 피난처가 필요해 안전한 시민 계급의 정신적 보호막 속으로 되돌아가고자 했다. 그러기 위해서는 어쩌면 사랑 때문에, 아니면 사랑은 없다 하더라도 신의 보살핌 속에서 성사된 훌륭한 결혼이 해결책이었다. 이네스는 물론 어머니의 아주 다정다감한 동의를 얻어 그 길을 갔고, 동생이 그녀의 길에서 실패한 것처럼 자신의 길에서 실패하고 말았다. 이네스가 바랐던 이상적인 삶은 사실 그녀 개인에게 부여되어 있지도 않았었고, 모든 것을 바꾸고 파괴해버리는 시대가 그런 이상이 이루어지는 것을 허락하지 않았다는 점이 비극적이게도 드러났던 것이다.

당시에 헬무트 인스티토리스 박사라는 인물이 그녀에게 접근해왔다. 그는 미학자이자 미술사학자로 공과대학 전임강사였다. 그는 대학 강의실에서 학생들에게 여러 사진을 돌려보게 하면서 미학 이론과 르네상스 건축술에 대해 강연했고, 언젠가는 종합대학교에도 임용되어 교수, 정교수, 아카데미 회원 등이 될 전망도 충분히 있었다. 특히 뷔르츠부르크의 부유한 집안 출신으로 미혼이자 꽤 큰 유산의 예비 상속자였던 그가 집 안에 사교계를 불러 모을 정도의 가정을 이룸으로써 자기 존재의 위엄을 높인다면, 그런 전망은 더 밝아질 일이었다. 그래서 그는 신붓감을 찾고 있던 중이었고, 자기가 선택한 아가씨의 재정 형편에 대해 신경을 쓸 필요가 없었다. 오히려 그 반대로, 그는 결혼 생활에서 오직 혼자 경제권을 쥐고, 부인은 자신에게 완전히 종속되기를 바라는 남자에 속했다.

그렇다고 그런 사고방식이 그의 강한 자의식을 증명하는 건 아니었다. 실제로 인스티토리스는 강한 남자가 아니었다. 그것은 그가 강한 것과 망설임 없이 생동하는 모든 것에 대해 품었던 탐미적 경탄에서도 드러났다. 그는 금발에 머리 골격이 길었고, 키가 작은 편이었지만 매우 세련되었으며, 머리는 가르마를 타서 반듯이 넘기고 다녔다. 입 위로는 금발의 콧수염이 살짝 덮고 있었으며, 금테 안경 너머로 파란 눈이 부드럽고 기품 있는 시선을 던지고 있었다. 그 표정은 그가 야수성을 높이 평가한다는 사실, 물론 그 야수성이 아름다운 외형을 띨 때만 그랬지만, 어쨌든 그런 사실을 참 이해하기 어렵게—혹은 어쩌면 가까스로 이해할 수 있게—했다. 그는 그 시대가 만들어낸 인간, 즉 언젠가 밥티스트 슈펭글러가 적절한 말로 표현했던 유형에 속했다. "폐결핵 때문에 광대뼈가 뜨겁게 달아오르는데도 '삶은 어쩌면 이렇게 강하고 아름다울까!'라고 끊임없이 소리치는" 유형 말이다.

글쎄 뭐, 인스티토리스가 그렇게 소리를 친 것은 아니다. 그는 이탈리아의 르네상스를 "피와 아름다움을 풍기고 살던" 시대라고 선언하면서도 오히려 조용하게 속삭이듯 말했다. 또 그는 폐결핵을 앓지도 않았으며, 거의 모든 사람들처럼 기껏해야 청소년기가 시작될 무렵에 약한 결핵 증세를 겪은 적이 있을 따름이었다. 하지만 그는 부드럽고 신경이 과민했으며, 교감신경계, 즉 복강신경조직에 이상이 있었는데, 그 때문에 너무 많은 걱정과 죽음에 대해 쓸데없이 이른 감각을 키워가게 되었다. 그리고 그는 메란*에서 부자들이 이용하는 요양소의 단골 고객이었다. 그는 분명히 스스로에게—그리고 의사들이 그에게—안정적이고 균형 잡힌 결혼 생활을 통해 건강도 강화시킬 수 있기를 기대했다.

1913에서 1914년에 걸친 겨울에 그는 우리의 이네스 로데에게 접근했는데, 그의 태도는 자신이 약혼을 염두에 두고 있음을 눈치채도록 했다. 하지만 약혼은 꽤 오랫동안, 즉 전쟁이 일어난 첫해에 들어설 때까지 성사되지 않았다. 쌍방 간에 모두 소심함과 양심적인 성향에 떠밀려서, 정말로 서로 잘 맞을까,라는 의문에 대해 조금 더 오랫동안 신중하게 검토를 해보게 되었던 것이다. 하지만 바로 이 의문을 그들은 직접 터놓고, 혹은 은근한 대화로 풀어내는 것 같았다. 인스티토리스가 예의 바른 인상으로 나타났던 시정부위원 부인의 살롱에서든, 혹은 공적인 축하연에서든 대개는 가벼운 대화를 위해 별도로 마련된 구석에서 그 '참한 한 쌍이' 함께 있는 장면들이 눈에 띈 것이었다. 그 장면을

---

* Meran: 이탈리아 북부의 알프스 산악 지역에 있는 남티롤의 도시.

관찰하고 있던 박애주의자라면 예비 약혼식 같은 것을 떠올리며, 그들 상호간의 해명에 내적으로나마 동참해야 한다는 느낌이 저절로 들었다.

헬무트가 하필 이네스에게 눈길을 주었다는 점에 대해 의아하게 생각할지 모르겠지만, 따지고 보면 충분히 납득이 되는 일이었다. 물론 그녀는 르네상스풍의 여자가 아니었다. 그녀의 정신적인 허약함을 보아서도 전혀 아니었고, 또 매우 고상한 슬픔이 어린 처연한 시선은 물론이고 비스듬히 앞으로 내밀고 있는 작은 목덜미와 너무나 약하고 불안정한 장난기로 모아진 입을 보아서도 마찬가지였다. 하지만 그녀의 구애자 역시 자신의 심미적 이상형과 함께 살아갈 수는 도무지 없었을 것이다. 그렇게 살고자 했다면 남자로서 갖는 그의 우월감이 완전히 불리하게 되었을 테니까 말이다. 그 사람이 오를란다처럼 우렁차고 당당한 인간 옆에 있는 것을 상상해보기만 하면, 그런 점에 대해 유머에 찬 확신을 갖게 될 정도였다. 이네스도 여성적인 매력이 없지 않았다. 신붓감을 찾으려고 주위를 살펴보는 남자가 그녀의 숱 많은 머리에, 오목하고 조그마한 손에, 그리고 품위 있게 체면을 지키는 그녀의 젊음에 마음을 빼앗기는 것은 충분히 이해가 되었다. 그녀는 그가 필요로 했던 무엇을 가진 존재였을지 모른다. 그녀의 여러 상황이 그의 마음을 끌었다. 우선 그녀가 강조하며 드러내던 명문가 출신 배경이 그랬다. 게다가 그녀의 출신은 현실적인 형편 탓에, 즉 고향을 떠날 수밖에 없었다는 일종의 계급적 영락으로 인해 약간 흠집이 났기 때문에 그의 우월감에 위협이 되지 않았다. 오히려 그는 자신이 그녀를 아내로 맞이함으로써 그녀를 치켜세워준다는, 그녀의 명예를 회복시킨다는 느낌을 가질 수 있었다. 과부로서 반쯤은 가난에 빠진 데다 약간은 유흥에 사로잡힌 어머니, 연극무대로 떠난 여동생, 다소 집시 같은 교제 집단 등과 같은 형편들은 그가 자신의 존엄성을 지키는 데 조금도 거슬리지 않았다. 특히 그는 그 혼인으로 인해 사회적으로도 전혀 자신의 품위를 해치지 않고, 자신의 사회적 경력을 해치지도 않으며, 또한 이네스가 시정부위원 부인으로부터 빈틈없고 정감이 넘치도록 리넨 제품은 물론이고 어쩌면 은으로 된 혼수품까지 받게 되어 흠잡을 데 없이 체면을 지키는 그의 아내가 될 것이라고 확신할 수 있었기 때문이다.

인스티토리스 박사의 편에서 보자면, 내게는 여러 상황이 그렇게 보였다. 그러나 내가 신부가 될 아가씨의 눈으로 그를 바라보자면, 사정이 좀 달라지기는 했다. 내 상상력을 아무리 다 동원해봐도, 매우 소견이 좁고 자신만 걱정하며, 세련되고 훌륭하게 교양을 쌓기는 했으나 신체적으로는 전혀 탁월하지 못한 그 남자가(참고로, 그는 채신없게도 총총걸음으로 걸어 다녔다) 이성에게 매력 있게 보일 것이라고 간주할 수는 없었다. 반면, 나는 이네스가 비록 매우 폐쇄적으로 처녀 시절을 보냈지만, 근본적으로는 남성적인 매력을 바랐을 것이라고 느꼈다. 거기다가 두 사람의 철학적 견해의 차이, 말하자면 이론적인 삶의 분위기의 차이가 보태졌는데, 그 차이는 극과 극이어서 그야말로 전형적이라고 할 수 있었다. 아주 간략하게 표현하자면, 미학과 도덕 사이에 존재하는 극도의 대립이었다. 그런 대립은 상당한 정도로 당시의 문화적 대립성을 결정하고 있었는데, 이 두 젊은이를 통해 체현되어 나타난 셈이었다. 한편 자랑스럽게 과시되고 확실한 모습을 띤 '삶'의 규범적인 찬미, 다른 한편 깊이와 지식을 지닌 고뇌에 대한 염세적 숭배가 서로 충돌한 것이다. 이런 대립은 그 창조적인 근원에서는 개인적으로 독특한 난일성을 형성하고 있다가, 그 당시에야 비로소 호전적으로 와해되었던 것이라고 할 수 있다. 인스티토리스 박사는, 맙소사!라고 덧붙여 말해야 할 만큼 속속들이 르네상스풍의 인간이었고, 이네스 로데는 철저히 염세적인 도덕주의의 후예였다. 그녀는 "피와 아름다움을 풍기고 살던" 세상에 대해 전혀 호감이 없었다. '삶'과 관련해 말할 것 같으면, 그녀는 엄격하게 시민적이고 고상하며 경제적으로 풍부한, 가능하면 어떤 충격이라도 막을 수 있는 결혼 생활을 하면서 '삶'을 피할 보호소를 구하고 있었다. 그녀에게 그런 도피처를 제공하려는 듯이 보이는 남자, 혹은 그 작은 남자가 아름다운 야비함과 이탈리아 식의 독살에 그렇게 열광했다는 사실은 아이러니였다.

나는 그 두 사람이 단둘이 있을 때면 세계관과 관련된 논쟁을 벌였다고 생각하지 않는다. 그들은 아마 더 합당한 점들에 대해 이야기를 나누었을 터이고, 서로 약혼을 하게 되면 어떨까, 하고 그저 시험을 해보았을 것이다. 철학은 조금 더 고차원의 사교적인 대담의 소재였다. 하지만 나는 더 많은 사람들이 모인 자리에서, 무도회가 열리는 홀의 아치형 복도에 놓인 후식과 포도주 테이블에서, 그들의 신조가 대화 중에 서로 부딪혔던 여러 경우도 기억한다. 가령 강력하고 잔인한 성향의 인간만이 위대한 업적을 남긴다고 인스티토리스가 주장하면, 이에 대항해 이네스가 보통 예술 분야에서 중요한 것은 지극히 기독교적이고 양심에 따르며 고뇌로 인해 섬세해지고 삶에 대해서는 우울한 심신 상태를 갖는 사람들에 의해 만들어졌다며 반박하던 때도 있었다. 내가 보기에 그런 반명제들은 쓸데없고, 시대적인 조류와 결부된 것 같았다. 그런 것들은 실제의 문제, 즉 넘치는 활력과 심각한 허약함을 조화시키기에는 도무지 부적절한 것 같았다. 어쩌면 간혹 이루어지더라도 물론 항상 불안정한 그 조화, 하지만 천재적인 능력의 본질을 이루는 것이 틀림없는 그런 조화 말이다. 그 두 사람의 경우, 한쪽은 자신의 **내적 상**

태, 즉 삶에 대한 허약함을 대변하고 있었고, 다른 한쪽은 그가 **숭배하던 것**, 즉 힘을 대변하고 있었다. 그러니 그들을 그냥 내버려두는 도리밖에 없었다.

내가 기억하기로는 언젠가 우리가 함께 모여 앉아 있을 때(크뇌터리히 부부, 칭크, 슈펭글러, 실트크납과 그의 작품을 맡고 있던 출판인 라트브루흐도 그 자리에 있었다) 우정 어린 논쟁이 벌어졌는데, '연인'이라고 불러도 될 무렵의 그 두 사람 사이에서 벌어진 것이 아니라, 우습게도 인스티토리스와 루디 슈베르트페거 사이에서 벌어진 것이나 다를 바 없었다. 슈베르트페거는 아주 상냥하게 젊은 사냥꾼처럼 차려입고 우리 모임에 와 있던 중이었다. 그때 무슨 이야기가 오가고 있었는지는 이제 정말이지 확실하게 모르겠지만, 슈베르트페거가 별 생각 없이, 혹은 아무 생각도 없이 뱉은 아주 순진한 말인이 발단이 되어 서로 다른 의견이 드러났다. 내가 알기로는, '업적', 쟁취한 것, 노력해 얻어낸 것, 의지력의 집중과 자기 극복을 통해 이룩한 것에 관한 발언이었다. 먼저 이야기되고 있던 어떤 일을 진심으로 칭찬하며 그것이 큰 업적이라고 말했던 루돌프는, 왜 인스티토리스가 자기 말을 반박하며, 땀 흘려 한 일을 업적으로 인정하려 들지 않는지 도무지 이해할 수가 없었다. 반면, 인스티토리스는 미의 관점에서 보아 의지를 긍정적으로 평가할 수는 없고 탁월한 재능을 칭찬해야 하며, 재능만이 공로가 있는 것으로 인정해야 한다고 말했다. 고생스러운 노력이란 비천하며, 유일하게 고결한 것, 따라서 역시 유일하게 공로가 큰 것은 천성적 직관에서 우러나오는 것, 무의식적으로 쉽게 일어나는 것이라는 주장이었다. 그런데 사람 좋은 **루디**는 전혀 영웅도 아니었고 극기의 인물도 아니었다. 사실 그는 평생 쉽게 생각되지 않은 일은 해본 적이 없었나. 예를 들면,

주로 뛰어난 솜씨의 바이올린 연주가 그랬다. 하지만 인스티토리스가 하는 말은 그의 마음에 거슬렸다. 그는 뭔가 '고차원의', 자신은 접근할 수 없는 그것 나름대로의 뭔가가 있다는 것을 어렴풋이 느끼기는 했지만, 그대로 넘기려 하지 않았다. 격분하여 입을 삐죽 내민 채 그는 인스티토리스의 얼굴을 마주하고, 푸른 눈으로 그의 오른쪽 눈과 왼쪽 눈을 번갈아가며 뚫어지게 쳐다보았다.

"아니, 그럴 리가 없어요. 그건 쓸데없는 소리야." 그는 낮고 억제된 소리로 말했다. 그 말 속에는 그가 그다지 자신이 없다는 것이 내비쳤다. "업적은 업적인 것이지, 재능이 업적은 아니라고요, 박사 양반. 당신은 맨날 아름다움을 거론하지만, 자신의 재능을 극복하고 천성적으로 주어진 것보다 더 잘한다면, 그게 아주 아름다운 거요. 이네스, 당신 생각은 어때?" 그는 이네스에게 도움을 구하며 말했다. 그 질문 속에는 또다시 순진하기 짝이 없는 그의 성향이 묻어 나왔다. 왜냐하면 이네스가 그런 문제에서는 헬무트와 상반되는 생각을 가지고 있다는 원칙적인 사실을 그는 전혀 몰랐던 것이다.

"루돌프 말이 맞아요." 그녀는 얼굴에 섬세한 홍조를 띤 채 대답했다. "어쨌든 나는 루돌프 말이 맞다, 라고 하고 싶어요. 천부적인 재능이란 즐거운 것이죠. 하지만 '업적'이라는 말에는 천부적인 재능이나 본능적인 직감 그 어디에도 어울리지 않는 경탄이 들어 있어요."

"그것보라고!" 슈베르트페거가 승리감에 차서 소리를 지르고, 인스티토리스는 웃음으로 답했다.

"물론이죠. 당신은 물어볼 사람을 잘도 고른 거니까."

그런데 여기에 뭔가 진기한 일이 있었다. 누구나 그것을 최소한 얼핏이라도 느끼지 않을 수 없었고, 이네스의 얼굴에서 곧바로 사라지지 않은 홍조에서도 드러나는 것이었다. 그녀가 이 같은 질문 혹은 그 비슷한 질문을 받을 때 자신의 구혼자의 말이 옳다고 하지 않는 것은 전적으로 그녀의 성향과 맞았다. 그러나 그녀가 순진한 청년 루돌프의 말이 옳다고 한 것은 그녀답지 않았다. 그는 비도덕주의 같은 것이 있을 수 있다는 점을 전혀 모르는 사람이었던 것이다. 그리고 자신과 다른 주장을 전혀 이해하지 못하는, 혹은 최소한 다른 사람이 설명해주지 않으면 이해하지 못하는 사람의 말이 옳다고 선뜻 말할 수는 없는 것이다. 이네스의 판결은 논리적으로 매우 당연하고 정당한 것이기는 했지만, 그녀의 말 속에는 뭔가 의아한 점이 있었다. 더욱이 그녀의 여동생 클라리사가 슈베르트페거의 부당한 승리를 듣는 순간 터뜨린 웃음이 내게 그 의아한 점을 더욱 부각시켰다. 너무나 짧은 턱을 가졌고 자긍심이 강했던 클라리사 말이다. 우월함과는 전혀 무관한 이유로 인해 우월함이 스스로 품위를 떨어뜨리는 상황을 분명 그녀가 모를 리 없었고, 또한 우월함이 그럼으로써 스스로는 전혀 품위가 떨어지지 **않는다**고 생각했음이 틀림없었다.

"자, 그럼" 하고 그녀가 큰 소리로 말했다. "냉큼 뛰어 움직여요, 루돌프! 감사드려야죠. 일어나서 인사드리라고요, 젊은이! 당신을 구해준 여인에게 아이스크림을 가져다드리고, 그녀를 다음번 왈츠로 모셔야죠!"

클라리사는 언제나 그런 식이었다. 그녀는 아주 자랑스럽게 언니와 결속했고, 언니의 품위를 생각할 때는 항상 "냉큼 움직여요!"라고 말했다. 그녀는 구혼자 인스티토리스가 여자에게 특히 친절한 태도에서 어딘가 느리고 둔해 보이면, 그에게도 "자, 냉큼 뛰어 움직여요!"라고 말했다. 그녀는 자긍심 때문에 우월함 자체와 결속했고, 우월함을 조달했으며, 곧바로 이와 적절한 일이 일어나지 않으면 매우 의아해했다. "**저이가 너에게서 뭔가를 원하면, 너는 냉큼 뛰어 움직여야** 하는 거야"라고 그녀는 말하려는 듯했다. 나는 그녀가 언젠가 아드리안 때문에 슈베르트페거에게 또 "냉큼 뛰어 움직여요!"라고 말했던 것을 기억하고 있다. 아드리안은 차펜슈퇴서 연주회와 관련된 일에서 뭔가 원하는 바를 말했는데(자네트 쇼이를 위한 입장권 문제였던 것 같다), 슈베르트페거는 이런저런 이유를 들며 그 소망을 들어주지 않으려고 했던 것이다. "아니, 루돌프! 냉큼 뛰어 움직여요!" 그녀가 말했다. "맙소사, 대체 무슨 생각을 하는 거예요? 당신에게 꼭 강제로 재촉해야 하나요?"

"아니, 천만에. 그럴 리가요." 그가 대답했다. "난 정말…… 그냥……"

"여기선 '그냥'이란 건 없어요." 그녀는 위에서 내려다보며 무시하는 투로 대응했는데, 반은 농담으로 반은 진심으로 나무라면서 하는 말이었다. 그러면 아드리안은 슈베르트페거와 마찬가지로 크게 웃었고, 슈베르트페거는 입언저리와 어깨를 움직이며 청년다운 특유의 웃는 표정을 지어 보이면서 모든 것을 제대로 처리하겠노라고 약속했다.

클라리사는 슈베르트페거를 '냉큼 뛰어 움직여야' 하는 일종의 구혼자로 보는 듯했다. 그리고 실제로 그는 순진무구하고 붙임성이 있으며 어떤 경우에도 겁먹고 물러날 줄 모르는 방식으로 아드리안의 호의를 얻으려고 끊임없이 애썼다. 진짜 구혼자 때문에, 즉 자기 언니에게 청혼하는 사람 때문에 클라리사는 내 의견을 캐내려고 자주 나를 찾았다. 덧붙이건대, 이네스 자신도 그랬다. 조금 더 부드러운, 더 수줍은 방식으로, 말하자면 금세 다시 움찔거리며 물러나고, 마치 내 생각을 듣고 싶다는 듯이 운을 떼놓고는, 또 아무런 말도 듣고 싶지 않고 알고 싶지도 않다는 듯이 행동했다. 두 자매는 나를 신임하고 있었다. 내게 다른 사람을 평가하는 능력과 권한을 가진 사람으로서의 의미를 부여하는 것 같았다. 물론 전적으로 누구를 신임하려면 일종의 '사안 자체와 무관한 입장에 있는 상태', 흔들림 없는 중립성도 필요하겠지만 말이다. 그래서 신임을 받은 사람의 역할은 항상 기분이 좋으면서도 동시에 애석한 법이다. 왜냐하면 이 경우에 항상 자신은 제외되어 고려되지 않는다는 조건에서만 그 역할을 하기 때문이다. 하지만 나는 세상 사람들에게 신뢰감을 불러일으키는 것이 격정을 자극하는 것보다 얼마나 더 나은가! 하고 자주 혼잣말을 하곤 했다. 세상에 '아름답고 멋지게' 보이기보다는 '좋은' 사람으로 보이는 것이 얼마나 더 나은지 말이다!

이네스의 판단으로 '좋은 사람'이란 아마 세상과 순전히 도덕적인, 즉 미학적으로 자극받지 않는 관계를 맺고 있는 사람이었던 듯했다. 그래서 그녀는 내게 신뢰감을 보였던 것이다. 하지만 나는 그 두 자매를 약간 다르게 대했다고 말하지 않을 수 없다. 나는 구혼자 인스티토리스에 대한 나의 생각을 두 자매에게 각각 조금씩 다르게 말했다. 클라리사와 대화를 나눌 때면 내 속마음을 훨씬 더 많이 털어놓았다. 그의 머뭇거리는(덧붙이건대, 전혀 일방적으로 머뭇거리지는 않는) 선택의 동기에 대해 나는 심리학자의 입장에서 의견을 말했고, "야수적 직감"을 숭배하는 그 약골에 대해 그녀의 동의 아래 약간 놀리기를 주저하지 않았다. 하지만 이네스가 물어올 땐 달랐다. 그때는 내가 사실 그녀에게 있으리라고 꼭 믿지는 않았지만, 보통 이런 경우에 격식대로(pro forma) 전제하게 되는 감정을 고려했다. 여러 상황으로 미루어보아 그녀가 그와 결혼하게 될 이성적인 이유들을 오히려 더 고려했던 것이다. 그래서 나는 신중하고 존중하는 태도로 그의 착실한 특성들을 언급했고, 그의 지식, 인간적인 깔끔함, 앞날의 밝은 전망에 대해 이야기했다. 내가 하는 말에 충분하게 온정을 담으면서도 또 너무 많은 온정을 담지 않기란 까다로운 과제였다. 왜냐하면 그녀의 의혹을 더 뒷받침해주고 그녀가 원하던 피난처를 잊어버리도록 하는 것이나, 그녀가 의혹을 거두고 피난처를 택하라고 설득하는 것은 내겐 모두 책임감 있는 행동으로 보였기 때문이다. 게다가 간혹 특별한 이유에서, 그렇게 하라고 거드는 설득이 그렇게 하지 말도록 충고하는 것보다 더 책임감 있는 것으로 보였다.

왜냐하면 그녀가 대개 헬무트 인스티토리스에 대한 내 생각을 더 이상 들으려 하지 않고, 신뢰감만 더 키워나갔기 때문이다. 즉 그녀는 내가 우리 모임의 다른 사람들에 대해서도 어떤 판단을 하는지 들어보려고 함으로써 자신의 신뢰감을 일반화했다. 예를 들면 칭크와 슈펭글러, 혹은 또 한 사람의 예를 들자면, 슈베르트페거에 대해서 말이다. 그의 바이올린 연주에 대해 내가 어떻게 생각하는지 알고 싶어 했고, 그의 성격에 대한 생각도 듣고 싶어 했다. 내가 혹시 그를 존중하는지, 그렇다면 어느 정도로 존중하는지, 그 존중이 어떤 진지함이나 유머의 색을 띠는지 물었다. 나는 최대한 잘 판단해 가능한 한 공평하게, 즉 내가 바로 이 기록문에서 루돌프에 대해 이야기했던 그대로 그녀에게 대답해주었다. 그녀는 내 말을 주의 깊게 귀담아들었고, 내가 호의적으로 말한 찬사를 스스로 부언하며 보충했다. 나는 그런 부언에 대해 그저 동의할 수밖에 없었으나, 부분적으로 그녀의 말은 집요하고 강한 성격을 띠어서 내게 의아한 느낌이 들게 하기도 했다. 그것은 뭔가 참고 견디는 집요함과 강렬함이었는데, 그녀의 성격이나 삶에 대한 불신에 찬 시각으로 보아 그다지 의외라고 할 수는 없었지만, 바로 슈베르트페거라는 대상에 적용되었을 때는 뭔가 약간 의아한 기분이 들게 하는 것이 사실이었다.

　하지만 그 매력적인 젊은 청년을 나보다 훨씬 더 오랫동안 알고 지내던 그녀가 자기 여동생과 마찬가지로 그와 일종의 남매 같은 입장에서 그를 나보다 더 가까이에서 바라보았고, 내겐 신뢰감을 가지고 그에 대해 훨씬 더 자세한 이야기를 할 수 있었다는 점은 결국 놀라운 일이 아니었다. 그는 부도덕하지 않은(그녀는 이 단어를 쓰지 않고 조금 더 약한 표현을 쓰기는 했지만, 그런 의미로 말한 것은 분명했다) 사람, 순수한 사람, 그래서 붙임성이 있는 사람이라고 그녀는 말했다. 왜냐하면 순수함에는 붙임성이 있기 때문이라고 했다(그녀가 그런 말을 하는 것은 감동적이었다. 나에게는 예외적이었지만, 그녀 자신은 전혀 붙임성이 없었기 때문이다). 그는 술도 마시지 않고, 크림 없이 설탕을 조금 넣은 차만, 물론 그런 차는 하루에 세 번씩 마시며, 담배도 피우지 않는다고도 했다. 피워도 기껏해야 아주 가끔씩, 그리고 습관적인 강박감과는 아주 무관하게 피운다는 것이었다. 모든 남자들의 그런 마취제(그녀가 이런 표현을 썼던 것을 기억하고 있다고 나는 믿는다), 그러니까 예의 저 마약성 마취제 대신에 그는 연애 행각을 하는 것인데, 물론 그런 연애 행각에 몰입하고 그런 것을 위해 태어난 사람이라고 했다. 다시 말해 사랑이라든가 우정을 위해 태어난 사람이 아니라는 것이었다. 사랑이나 우정 같은 것도 그의 천성에 따라, 말하자면 저절로 연애 행각으로 바뀌고 말 것이라고도 했다. 그러면 가벼운 사람인가? 그렇기도 하고 안 그렇기도 하다, 물론 피상적인 평범함의 의미로는 안 그렇다, 가령 공장 주인 불링어와 견주어보면 불링어는 자신의 부에 대해 엄청난 자부심을 가졌지만, 조롱하듯이 다음과 같이 콧노래를 부르곤 하는 인물이라고도 했다.

즐거운 마음, 건강한 피는

돈과 재산보다 훨씬 좋은 거라네—

그런데 불링어는 단지 자신의 돈을 다른 사람들이 더욱 부러워하도
록 만들기 위해 그렇게 흥얼거린다는 것이었다. 굳이 차이를 따지자면
그렇다는 말인데, 하지만 루돌프는 상냥한 태도, 교태 섞인 언동, 사교
적인 멋 내기, 그리고 사교적인 것에 대한 자신의 기본적인 흥미를 드
러냄으로써 우리가 늘 그의 가치를 의식하기는 어렵게 만든다고 그녀
는 말했다. 사실 사교적인 것은 좀 지긋지긋한 것이라고 그녀는 덧붙
이기도 했다. 그러면서 내가 그 도시에 숱하게 많은 멋을 뽐내는 쾌활
한 예술가들, 가령 우리가 그즈음 함께 참여했던 코코첼로 클럽의 우아
한 비더마이어 축제*가 사실은 슬프고 수상쩍은 삶과 불쾌할 만큼 대조
를 이루고 있다고 생각하지 않는지도 물었다. 평균적인 '초대' 자리에
서 지속되는 정신의 공허함과 무가치함에 대한 혐오를 나도 알고 있지
않느냐는 것이었다. 그런 상태와 연관되어 포도주와 음악, 또는 사람
들 간에 흐르는 모종의 감정으로 인해 솟구치는 맹렬한 흥분과 날카롭
게 대조를 이루는 바로 그 공허함을 말하는 것이라고 그녀는 덧붙였다.
어떤 사람은 사교적인 관례를 기계적으로 유지하며 상대방과 대화를
나누면서도 이미 생각은 전혀 딴 곳에, 즉 자기가 관찰하고 있던 또 다

---

* Biedermeierfest: 비더마이어는 1815년 나폴레옹 전쟁 결과를 마무리한 빈회의부터 시
  민 혁명이 실패로 끝나는 1848년 사이의 시대를 일컬으며, 보수주의적 왕정복고 경향이
  특징인데, 훗날의 비더마이어 축제는 그러한 시대를 복장 등으로 재현하며 즐기던 축제
  이다.

른 사람에게 가 있는 경우를 가끔 두 눈으로 똑똑히 볼 수 있다는 것이
었다…… 그리고 그런 사건 현장의 몰락 상태, 계속되는 혼란, 이른바
'초대'가 끝날 무렵 사교장이 흐트러지고 말끔하지 못한 광경을 생각해
보라는 것이었다. 그녀는 자신이 사교 모임 이후에 가끔 자신의 침대에
서 한 시간 동안 운다는 사실을 고백하기도 했다……

　이와 같은 이야기를 그녀는 계속했고, 일반적인 걱정거리와 비판을
더 언급하며 루돌프는 잊어버린 듯했다. 그러나 그녀가 다시 그에 관한
말을 하게 되었을 때, 그사이에도 줄곧 그를 생각하고 있었다는 사실은
의심의 여지가 없었다. 그녀는 자기가 그의 사교적인 멋 내기에 대해
말할 땐, 그건 그냥 웃어버려도 될 만큼 전혀 별것이 아닌 것이지만, 또
가끔씩 우울한 기분이 들게 한다는 생각으로 하는 말이라고 했다. 가령
루돌프는 항상 모임에 가장 늦게 나타나는데, 그것은 자신을 기다리게
하려고, 즉 다른 사람들이 자기를 학수고대하게 만들고 싶은 욕구 때
문에 그렇게 한다는 것이었다. 그러고는 자기가 어제 여기저기에 있었
다고, 랑에비쉐인지 혹은 롤바겐인지 하는 가족과 함께 있었다고 하면
서, 그 집에는 경탄스럽게 정열적인 두 딸이 있다는 얘기로 경쟁자, 즉
좌중 여자들의 질투심을 불러일으킬 생각을 한다는 것이었다("나는 '경
탄스럽게 정열적'이라는 단어를 들으면 아주 두렵고 불안해져요"). 하지만
그는 사과하듯이, 혹은 달래듯이 그런 말을 언급하는데, 대략 "난 한
번쯤 그 집에도 얼굴을 다시 내밀어주었어야만 했어요"라는 의미였다
는 것이다. 하지만 그는 그런 말을 가는 곳마다 똑같이 했을 게 분명하
다고 그녀는 말했다. 왜냐하면 그는 모든 사람들에게 자신이 그들과 가
장 함께 있고 싶어 한다는 환상을 심어주려 하기 때문이고, 그것은 마
치 모든 사람들이 그가 정말로 그렇게 하고 싶어 한다는 점을 가장 중

시하라고 말하는 셈이라는 것이었다. 그런데 자신이 그렇게 말함으로써 누구에게나 큰 기쁨을 안겨준다고 믿는 그의 확신은 뭔가 전염성이 있는 것이라고 그녀는 덧붙였다. 그는 5시에 차를 마시러 와서, 5시 반에서 6시 사이에 다른 곳, 랑에비쉐 혹은 롤바겐 집에 가겠노라고 약속했다고 말하지만, 그것은 전혀 사실이 아니라는 것이었다. 그러고 나서 그는 6시 반까지 가지 않고 있는데, 그렇게 함으로써 자기가 이쪽에 있는 것을 더 좋아하고 완전히 매료되어 있으며, 그래서 다른 곳의 사람들은 기다려도 된다고 생각하는 것을 보여주려 했을 뿐이라는 것이다. 이와 같이 그는 자기가 가지 않고 남아 있는 것이 다른 사람을 기쁘게 할 수밖에 없을 것이라고 믿는가 하면, 어쩌면 상대방이 정말 기뻐하고 있다고 확신한다고 했다.

우리는 크게 웃었다. 그러나 나는 그녀의 두 눈썹 사이에 나타난 원망의 눈빛을 보았기 때문에 약간 조심스럽게 웃었다. 그녀는 슈베르트페거의 상냥함에 대해, 다시 말해 우리가 그의 상냥함을 너무 중시하는 것에 대해 내게 경고를 할 필요가 있다고 여기는 듯이—혹은 정말 그녀가 그럴 필요가 있다고 여겼을까?—말했다. 그런 상냥함은 아무런 의미가 없다는 것이었다. 그녀는 언젠가 우연히 조금 떨어진 곳에서 그가 하는 말을 한 마디도 빼지 않고 들은 적이 있는데, 자신이 확실하게 알기로는 그가 전혀 관심이 없는 어떤 사람에게 조금 더 모임에 있다가 가라고 청하더라는 것이다. "벌써 가시려우? 뭘, 그러슈, 쯤 더 있다 가시지!"처럼 상냥하고 친근한 사투리로 빈말을 하더라고 했다. 그렇게 함으로써 그의 설득하는 말은, 그녀도 이미 분명 들었던 말이고 나도 들을 수 있게 될 말일 텐데, 영원히 가치가 없어져버렸다는 것이다.

요컨대 그녀는 그가 진지하게 호의와 관심을 보이는 것에 대해 자신이 품고 있던 가슴 아픈 불신을 인정한 것이다. 가령 아픈 사람이 있으면 그는 좀 살펴보려고 찾아오는데, 모든 것은, 나도 직접 체험하게 될 테지만, 그냥 "상냥한 방식으로" 일어나는 것일 뿐이라는 것이었다. 그렇게 하는 것을 그가 그냥 적절하다고 생각하고, 사교적으로 알려진 예의라고 여기기 때문이지, 진심 어린 어떤 동인에 의해 행하는 것이 아니라고 했다. 그래서 그런 행동을 보고 특별한 생각을 하면 결코 안 된다고도 했다. 실제로 그가 상스러운 행동도 할 수 있다는 점을 예견해야 한다고 그녀는 말했다. 예컨대 그가 "이미 엄청나게 많은 사람들이 불행한걸요, 뭐!"라며 소리치는 불쾌한 경우처럼 말이다. 그녀는 그가 그렇게 말하는 걸 직접 들었다고 했다. 어떤 아가씨인지 혹은 어쩌면 부인이었는지, 아무튼 누군가 그에게 자기를 불행하게 하지 말라고 농담으로 말했는데, 그는 그 말을 듣고 정말 오만스럽게 "에이, 이미 엄청나게 많은 사람들이 불행한걸요, 뭐!"라고 대답했다는 것이다. 누구든 그런 말을 듣는 순간 "맙소사, 조심해야지! 그런 여자들에 속하게 되면 얼마나 수치스러울까!"라고 생각할 수밖에 없었노라고 그녀는 말했다.

그녀는 또 말이 나온 김에 하는 말이라면서, '수치'라는 말에서 드러났을지 모르겠지만 자기는 사실 너무 심한 말은 하고 싶지 않다며 내가 오해하지 않았으면 좋겠다고 했다. 루돌프의 천성에 일종의 고상한 구석이 있다는 점은 의심의 여지가 없다는 것이었다. 가끔 사교 모임 중에 낮은 목소리로 짧게 대답하거나 단 한 번의 조용하고 생소한 시선으로 그를 쳐다보게 되면, 그가 보통의 들뜬 분위기에서 벗어나, 말하자면 더 진지한 정신세계로 향하도록 할 수 있다고 했다. 오, 실제로 몇 번 그가 그렇게 진지해진 적이 있는 것 같다면서, 그녀는 사실 그가 남의 영향을 많이 받는 사람이라고 말했다. 그러면 랑에비쉐인지 롤바겐인지 하는 가족들은 그에게 그저 그림자나 허깨비처럼 관심 밖이라는 것이었다. 정말이지, 완전히 소원해지고 아무런 희망 없이 멀어지던 마음이 다시 신뢰와 상호 이해의 위치로 들어서게 되는 데에는 그가 다른 세계의 공기를 마셔보았다는 사실, 정신세계의 영향을 받아보았다는 사실만으로도 충분하다고 그녀는 말했다. 그 자신도 그것을 느끼게 되는데, 왜냐하면 그는 예민해서 후회를 하며 모든 것을 다시 좋게 만들려고 애를 쓰는 것이 드러난다는 것이었다. 그것은 웃기면서도 감동적이라고도 했다. 상대방과의 관계를 다시 살려내기 위해 그는 언젠가 상대방이 말한 적이 있는 다소 좋은 의미의 어떤 말이나 가끔 인용했던 어떤 책의 구절을 반복하곤 했다고 그녀는 말했다. 자신이 그런 것을 잊지 않았고, 고차원적인 것도 잘 안다는 점을 보여주는 표시로 그렇게 했다는 것이다. 사실 그런 일은 눈물을 쏟을 일이라고 그녀가 덧붙였다. 그리고 마침내 그날 저녁 그는 작별하는 순간에도 자신이 후회하며 행실을 개선할 준비가 되어 있음을 보이려고 했던 것 같다고 그녀는 말했다. 그는 사투리로 농담을 섞어가며 인사를 했는데, 그런 농담은 상대방에게 얼굴을 찡그리게 하고, 어쩌면 그 농담에 피곤해져 약간 괴로워하는 반응을 보이게 한다고 했다. 하지만 그는 주변의 모든 사람들과 악수를 하고 나서 다시 한 번 돌아와 간단하고 다정하게 "안녕"이라고 말한다는 것이었다. 그녀는 물론 그런 인사를 받으면 조금 더 나은 답례가 있다고도 했다. 그와 같이 해서 그는 훌륭하게 작별한 것인데, 그것은 그런 작별을 가져야만 하기 때문이라고 했다. 그러고 나서 그는 두번째 모임에 가서도 아마 다시 똑같은 일을 반복할 것이라고도 했다……

이것으로 충분한가? 이 책은 작가가 등장인물의 마음을 독자에게 간접적으로, 말하자면 어떤 장면에서 묘사하며 털어놓는 방식으로 구성된 소설이 아니다. 전기적 서술자로서 나는 분명 여러 가지 일들을 스스럼없이 직접 말하고, 내가 서술하는 삶의 줄거리에 영향을 준 정신적인 사실을 있는 대로 짚어낼 권한을 갖고 있다. 방금 앞에서 내 기억력에 따라 쓸 수밖에 없었던 특이한 발언들, 즉 특별히 강하게 집약된 내용을 내포한다고 말하고 싶은 그 발언들을 모두 전했으니, 이제 또 전달할 내용의 사실성에 대한 의혹은 있을 수 없을 것이다. 즉, 이네스 로데는 젊은 슈베르트페거를 사랑하고 있었던 것이다. 그런데 다만 여기서 두 가지 의문이 제기된다. 첫째는, 그녀가 그 사실을 알고 있었느냐는 것이고, 둘째는, 원래 남매 같고 동료처럼 생각하던 그 바이올리니스트에 대한 관계가 언제, 어떤 시점에서 그렇게 뜨겁고 고통스러운 성격을 띠게 되었느냐는 것이다.

　　첫째 질문에 대해 나는 그렇다,라고 보았다. 그녀처럼 박식하고 심리학적으로 훈련되었다고 할 수 있으며, 자신이 체험한 것을 문학적으로 살펴볼 줄 아는 아가씨는 당연히 자신의 감정이 발전해가는 과정을 인식했을 것이다. 설사 어쩌면 처음에는 그런 발전 과정이 그녀에게 놀랍게, 게다가 믿기기 않게 보였을지라도 말이다. 그녀가 내게 자신의 마음을 밝히면서 보였던 겉보기의 단순함은 본인이 사실을 알고 있었다는 점을 반박하는 증거가 전혀 되지 못했다. 왜냐하면 부분적으로는, 단순함처럼 보였던 것은 오히려 전달하고 싶은 충동을 떨칠 수 없었다는 표현이었고, 또 부분적으로는, 나에 대한 신뢰, 특이하게 위장된 신뢰의 문제였기 때문이다. 말하자면 그녀는, 이것도 일종의 신뢰일 테지만, 자기가 나를 아무것도 알아채지 못할 만큼 단순한 사람으로 여긴다고 꾸며댔던 것이다. 하지만 실제로는 내가 진실을 알아차리기를 원했고, 알아차렸다는 점도 알았다. 내게 명예로운 일이 되건대, 그녀는 자신의 비밀을 내가 아무에게도 발설하지 않으리라고 여겼던 것이다. 물론 나는 그 비밀을 결코 발설하지 않았다. 나의 인간적이고 비밀을 잘 지키는 공감력을 그녀는 확신해도 좋았다. 비록 나와 동성의 인물 때문에 감정을 불태우는 여인의 영혼과 의식 속으로 감정이입을 해보는 일이 남자인 나로서는 태생적으로 어렵게 느껴지지만 말이다. 우리와 동성의 인물 때문에 마음을 사로잡힌 이성(異性)에게 감정이입하는 일보다, 여자를 향한 남자의 감정을 따라 느껴보는 일이 우리 남자들에게는 당연히 훨씬 더 쉬운 법이다. 그녀가 자신에게는 전혀 아무런 의미가 없다 할지라도 그렇다. 사실 그것을 '이해하는' 것은 아니다. 다만 교양 있게, 자연법칙에 대한 객관적인 경의의 표현으로 받아들일 뿐인 것이다. 더 자세히 말하면, 여기서 남자의 태도는 여자의 태도보다 더 호의적이고 관대한 경향이 있다. 여자란, 동성의 누군가가 어떤 남자의 마음을 불타오르게 했다고 말해주면 대개 그녀에게 매우 비우호적인 눈길을 보내는 경향이 있기 마련이다. 비록 그 남자의 마음이 자신에게는 도무지 관심 밖이더라도 말이다.

감정이입이라는 의미에서의 이해심을 내가 자연적인 조건 때문에 많이 발휘하지 못했더라도, 이해하려는 우정에 찬 선의는 내게 부족하지 않았던 셈이다. 맙소사, 그 애송이 슈베르트페거를 사랑하다니! 얼굴 생김새는 어딘가 몹스 종 개 같은 데가 있는 것도 사실이었고, 목소리가 입천장 뒤쪽의 연한 부분에서 나던 그는 성인 남자라기보다는 소년 같은 데가 더 강했다. 예쁘고 푸른 눈, 적당한 키, 호감을 불러일으키는 바이올린 연주와 휘파람 소리, 전체적으로 풍기는 상냥한 분위기들은 기꺼이 인정할 만했다. 이렇게 하여 이네스 로데는 그를 사랑했는데, 맹목적일 정도는 아니었으나 그만큼 또 더욱 마음속 깊이 애를 태우면서 사랑했다. 나는 마음속으로 이 점에 대해, 조소적이며 이성(異性)에게 매우 콧대가 높았던 그녀의 여동생 클라리사와 같은 입장이었다. 나도 역시 슈베르트페거에게 "냉큼 뛰어 움직여요!"라고 말하고 싶었을지도 모른다. "냉큼 움직이라고, 이런 참, 뭘 생각하고 있는 거요? 냉큼 뛰어 움직이라니까!"

하지만 뛰어 움직이는 일은, 루돌프가 그렇게 해야 할 책임감을 느꼈다 하더라도 그리 쉽지가 않았다. 왜냐하면 거기에 헬무트 인스티토리스가 있었기 때문이다. 그녀의 신랑 혹은 장래의 신랑, 구혼자 인스티토리스 말이다. 이 이야기로써 나는, 대체 언제부터 남매 같은 루돌프와 이네스의 관계가 열정적인 관계로 바뀌었는가,라는 의문으로 돌아오려 한다. 나의 인간적인 예감 능력에 따르면, 헬무트 박사가 이네스에게, 즉 남자가 여자에게 접근을 하며 그녀에게 구애를 하기 시작하던 그 당시에 그렇게 바뀐 것이 틀림없었다. 이네스는 인스티토리스, 그녀의 구혼자가 그녀의 삶으로 끼어들지 않았더라면 결코 슈베르트페거에게 마음을 뺏기지 않았을 것이라고 나는 확신했고, 또 지금도 그렇게 생각하고 있다. 인스티토리스는 그녀에게 구애를 했지만, 어느 정도는 다른 남자를 위해 그렇게 한 셈이다. 왜냐하면 그 평범한 남자는 구애, 그리고 또 구애와 연관된 일련의 생각을 통해 이네스로 하여금 자신이 여자라는 의식을 일깨웠는데, 거기까지는 그의 구애가 충분했다. 그러나 그녀가 이성적인 이유에서 그의 구애를 따를 준비가 되어 있기는 했을지라도, 그는 자신에게 유리하게 그녀의 여성성을 일깨울 수는 없었는데, 거기까지는 그의 구애가 충분하지 않았다. 그렇게 일깨워진 그녀의 여성성은 곧바로 다른 남자에게로 관심을 쏟았다. 그전까지 그 남자에 대해 그녀는 단지 반쯤 남매같이 딤딤한 느낌만을 가졌었지만, 이제는 전혀 다른 느낌이 그녀 마음속에 떠올랐던 것이다. 그녀가 그를 자신에게 어울리는 제짝이라고 여겼으리라는 건 아니다. 오히려 불행으로 기울던 그녀의 우울증이 그에게 집착하도록 했던 것이다. "이미 엄청나게 많은 사람들이 불행한걸요, 뭐!"라는 말로 못마땅한 심정을 불러일으켰던 그 남자에게 말이다.

덧붙이건대, 참 기이한 일이었다! 그녀의 마음에 들지 않는 구혼자가, 정신적인 면이 없이 충동적이기만 한 '삶'에 대해 감탄하는 것은 분명 그녀의 성향에 너무나 어긋났다. 하지만 그녀는 그런 감탄을 다른 남자에게 빠져버린 자신의 마음속에 어느 정도 받아들였다. 말하자면 구혼자 자신의 사고방식으로 그를 기만한 셈이었다. 세상을 아는 그녀의 우울한 눈에는 루돌프가 바로 사랑스러운 '삶' 같은 존재가 아니었겠는가!

미에 대해 강의를 할 뿐인 인스티토리스에 비해 루돌프는 예술 자체의 강점, 즉 열정을 키우고 인간적인 것을 미화시키는 예술의 장점을 자기편에 두고 있었다. 왜냐하면 사랑을 받는 자의 인간적인 면모는 당연히 예술을 통해 드높여지기 때문이다. 또 예술에 대한 열렬한 감명이 거의 항상 그의 인간적인 면모에 대한 감명으로 연결된다면, 그에 대한 감명도 그가 예술에 의해 드높여지는 만큼 당연히 끊임없이 성장할 수 있기 때문이다. 이네스는 사실 생의 기쁨에 부푼 도시에서 미(美)를 둘러싸고 일어나는 온갖 소동을 근본적으로 경멸했다. 그녀가 그곳으로 이주해왔던 이유도 일상생활에서 누릴 수 있는 더 큰 자유에 대한 어머니의 호기심 때문이었다. 하지만 시민적인 피난처를 보장받기 위해 그녀는 하나밖에 없던 큰 예술협회의 어떤 사교적인 축제에 참가했다. 그런데 바로 그 일이 그녀가 찾던 평온함을 깨뜨릴 위험을 내포하고 있었다. 나는 그 당시의 함축적이고 염려스러운 장면들을 잘 기억하고 있다. 나는 우리가, 다시 말해 로데 자매 그리고 가령 크뇌터리히 부부와 내가 차펜슈퇴서 홀에서 열렸던 차이콥스키 교향곡의 특히 훌륭했던 공연 후에 관람석 앞줄 관중들 사이에 서서 박수를 치던 모습이 떠오른다. 지휘자는 훌륭한 연주 성과에 대한 관중의 감사 어린 박수가 오케스트라 단원들에게도 돌아가도록 하기 위해 그들을 자리에서 일어서게 했다. 슈베르트페거는 오케스트라의 제1바이올리니스트(그의 자리를 슈베르트페거가 조만간 차지하기로 되어 있었다) 왼쪽에서 그리 멀리 떨어지지 않은 곳에 자신의 악기를 팔에 안고 서 있었다. 그는 흥분되고 환한 표정으로 홀을 향해 서서, 그런 자리에서는 보통 허용되지 않는 정도의 내밀한 친근감을 드러내며 우리 쪽을 향해 고개를 끄덕여 사적인 인사까지 했다. 그사이에 내가 한번 흘끗 쳐다보지 않을 수 없었던 이네스는 머리를 살짝 앞으로 내밀고 입은 묘하고 짓궂게 삐죽거리며, 무대 위의 다른 한 곳을, 어쩌면 지휘자를, 아니 어디론가 더 멀리 하프가 있는 쪽을 쳐다보고 있었다. 또 나는 루돌프의 모습이 떠오른다. 그는 초청 연주를 하러 온 동료 예술가의 모범적인 연주에 매료되어 이미 거의 빈 홀의 전면에 선 채, 예의 저 거장이 열번째 인사를 하고 있는 지휘대를 올려다보며 열심히 손뼉을 치고 있다. 그리고 그로부터 두 걸음 떨어진 곳에, 어지럽게 밀쳐진 의자들 사이에 이네스가 서 있다. 이날 저녁 우리와 마찬가지로 루돌프와 거의 접촉할 수 없었던 그녀는 그를 쳐다보면서 그가 박수 치기를 멈추고 돌아서며 그녀를 발견하고 인사해오기를 기다린다. 하지만 그는 하던 일을 멈추지 않고, 그녀를 발견하지 못한다. 그러다가도 곁눈질로 그녀 쪽을 본다. 혹은 본다는 말이 너무 과하다면, 무대 위의 주인공을 향한 그의 푸른 두 눈이 아주 살짝 옆으로 움직였을 뿐이다. 그러니까 그의 눈은 실제로 완전히 옆으로 시선을 돌리지 않은 채 그녀가 서서 기다리고 있는 쪽을 흘낏거리지만, 그는 열광적인 갈채를 멈추지 않는다. 그녀는 단지 몇 초간 더 기다리다가 몸을 돌린다. 얼굴은 창백하고, 화가 나서 두 눈썹 사이에 주름이 잡힌 채 그녀는 그 자리를 급히 떠나버린다. 곧이어 그는 이날의 스타를 향해 보내던 갈채를 멈추고 그녀 뒤를 따른다. 문가에서 그는 그녀를 따라잡는다. 그녀는 그가 이곳에, 아니 이 세상에 있다는 것 자체에 대해 냉정하게 놀라는 시늉을 하며 그에게 손과 눈길과 말도 건네지 않고 떠나버린다.

내가 관찰했던 것들 중에서 이렇게 하찮고 부수적인 일들은 이 자리에 쓰지 말았어야 했다는 점을 나는 깨닫고 있다. 그런 일들은 책에 쓰기에 적당하지 않고, 독자의 눈에는 뭔가 쓸데없는 것으로 보일지도 모른다. 그리고 독자는 내가 그런 이야기로 독자를 성가시게 했다고 원망할지도 모르겠다. 하지만 적어도 내가 저런 일들과 비슷한 수많은 다른 일들을 마음속에만 묻어두고 있다는 점은 참작해주었으면 한다. 내가 알아차린 것 속에, 동정심에 찬 박애주의자가 감지한 것 속에, 말하자면 함께 포착되어 묻혀 있다가 축적 끝에 어떤 불행과 연결되는 바람에 내 기억에서 결코 지워질 수 없게 된 일들 말이다. 나는 일반적인 세계적 사건 가운데에서는 물론 전혀 주목받지 못할 역할을 하던 어떤 파국의 도래 과정을 여러 해 동안 관찰했고, 내가 보고 염려하던 것에 대해 누구에게나 비밀을 지켰다. 유일하게 아드리안에게만 이미 그 당시에, 처음에 한 번 파이퍼링에서 그것에 대해 말했다. 비록 사랑에 관한 일에서는 수도승처럼 냉정하게 거리를 두고 살던 그와 이런 종류의 사교적 돌발 사건에 대해 이야기를 나누는 일은 내가 일반적으로 좋아하지도 않았고, 게다가 계속해서 일종의 망설임을 느끼고 있었는데도 말이다. 그럼에도 나는 그 일을 해버렸다. 이네스 로데가 인스티토리스와 약혼할 참이기는 하지만, 내가 관찰한 바로는 심각할 만큼 죽도록 루디 슈베르트페거에게 빠져 있다고 그에게 살짝 이야기를 했던 것이다.

우리는 수도원장 방에 앉아서 체스를 두고 있던 참이었다.

"그건 처음 듣는 이야기로군!" 아드리안이 말했다. "자넨 내가 체스를 잘못 둬서 여기 이 룩을 잃게 하고 싶은 건가?"

그는 미소를 짓고 머리를 가로저으며 덧붙여 말했다.

"딱하게 됐네!"

그러고는 체스의 말을 어떻게 움직일까 계속 생각하며, 그는 한 문장을 말하고 잠깐 쉬다가 마무리했다.

"그건 그렇고, 루디에게는 장난이 아니로군. 그 친구는 그 일에서 무사히 빠져나올 수 있도록 주의해야 할걸."

XXX

1914년 8월 초의 뜨거운 여러 날이 계속되었다. 당시 나는 여행객으로 가득 찬 기차를 갈아타기도 하고, 수많은 사람들로 북적이고 일련의 수하물이 승강장을 빼곡히 채우고 있는 기차역에서 기다리기도 하면서, 프라이징에서 튀링엔의 나움부르크로 황급히 떠나고 있었다. 나움부르크에서 나는 예비역 중사로서 내가 배속될 연대와 즉시 합류하기로 되어 있었다.

전쟁이 발발했던 것이다. 너무나 오랫동안 유럽 전역을 무겁게 짓누르던 액운이 마침내 터져 나와 우리나라의 온 도시를 휩쓸었다. 예상하고 연습해두었던 모든 것이 한 치의 어긋남도 없이 '잘되어가고 있는' 것으로 미화된 채 말이다. 전쟁은 공포의 대상으로, 고양되고 부추겨진 감정으로, 고난의 비장함으로, 숙명 앞에서 감동에 휩싸인 상태로, 힘에 대한 감각으로, 또한 희생에 대한 각오로 사람들의 머리와 가슴속에 광란의 소용돌이를 불러일으켰다. 아마도 다른 곳에서는, 즉 적국에서나 게다가 동맹국에서도 이 같은 숙명의 충동적 도발을 오히려 파국이요 '끔찍한 대재앙(grand malheur)'으로 느꼈을 수 있고, 또 그렇게 느꼈으리라고 나는 기꺼이 믿는다. 우리가 전장에서 프랑스 여자들이 하던 말을 너무나 자주 들었듯이 말이다. 물론 그들은 시골에서, 자신의 방과 부엌에서 전쟁을 겪었지만, "아, 이봐요, 전쟁은 끔찍한 재앙이야!(Ah, monsieur, la guerre, quel grand malheur!)"라고 말하곤 했다. 하지만 우리 독일에서는 그 전쟁이 대체로 정신적인 고양, 역사적인 환희, 궐기의 기쁨, 일상으로부터의 탈출, 더 이상 그냥 둘 수 없었던 세계적 경제 침체로부터의 해방, 미래에 대한 열광, 의무와 남성다움에 대한 호소, 한마디로 말해 장엄한 축제로 작용했다는 것을 결코 부정할 수 없다. 내가 가르치고 있던 프라이징 고등학교의 최상급 학생들은 그 보는 것들로 인해 얼굴이 얼기로 들떴고, 두 눈은 빛이 났다. 전투에 투입되어 모험을 맛보고 싶은 청소년다운 욕구가 전시(戰時) 대입자격시험의 즉각적 면제라는 이익과 유머 있게 어울렸다. 그들은 모병(募兵) 기관으로 몰려갔으며, 나는 내가 학생들 앞에서 난로 앞에나 쭈그리고 앉아 있는 선생 역할을 할 필요가 없어서 기뻤다.

　방금 위에서 그 특성을 표현해보려고 애썼던 민족적 환희를 나 역시 완전히 함께 나눴다는 사실을 전혀 부정하지 않겠다. 비록 그런 환희에 곁들여 있는 도취의 분위기가 내 천성과는 거리가 멀었고, 은근히 으스스한 느낌마저 주었지만 말이다. 내 양심은—여기서 이 단어는 초개인적인 의미로 쓰였다—완전하게 깨끗하지는 않았다. 전쟁을 위한 그런 '동원'은 그것이 아무리 격렬하고 냉철하며 또 모든 것을 포착하고 의무에 찬 것으로 나타난다 하더라도, 제멋대로 날뛰어도 되는 방학의 시작 같은 것, 본래의 의무에 맞는 것을 팽개친 무분별함 같은 점이 있고, 학교를 빼먹는 일탈 같은 것, 고삐를 거부하는 충동을 너그럽게 봐주는 무책임함 같은 것이 항상 어느 정도 있기 마련이다. 전쟁을 위한 '동원'은 나처럼 분별 있는 사람이 편안한 마음을 갖기에는 그와 같은 점들을 너무 많이 지니고 있다. 그리고 이런 맹목적인 열광이 그 자체로부터 정말 독일 민족에게 허락될 만큼 이 민족이 지금까지 잘하기만 했는가,라는 도덕적인 의구심이 나의 개인적인 기질의 반항과 결합되었다. 하지만 희생과 함께 죽음도 마다하지 않는 결의라는 요인이 여기서 나타난다. 그런 요인은 여러 가지 점을 극복하도록 해주고, 말하자면 더 이상 어떤 항변도 허용하지 않는 최후의 결정적인 말 같은 것이다. 전쟁이 어느 정도 분명하게 전체적인 재난으로 느껴진다면, 다시 말해 각 개인이, 따라서 각 민족이 힘써 일해 스스로를 입증하고 또 자신의 약점과 죄도 포함된 시대의 약점과 죄를 자신의 피로 속죄할 준비가 되어 있는 상태의 재난으로 느껴진다면, 또 그런 감정으로, 전쟁이 인간의 원죄를 깨끗이 털고 일치단결하여 새롭고 드높은 삶을 획득하게 될 희생의 길이라고 파악된다면, 일상적인 도덕은 뒤로 밀리고 비범한 것 앞에서 침묵하게 된다. 나는 당시에 우리가 비교적 순수한 심정으로 전쟁에 참여했다는 점도 잊지 않고자 한다. 우리는 피로 얼룩진 세계적인 파국이 우리의 내적 견해의 논리적이고 불가피한 결과로 여겨져야 할 만큼 우리가 그 전에 고향 땅에서 잘못 행동했다고 생각하지 않았다. 유감스럽게도 5년 전에는 그런 결과론이 맞았을지 모르지만, 30년 전에는 달랐던 것이다. 권리와 법, 인신 보호법(Habeas corpus), 자유와 인간의 존엄성이 이 나라에서 견딜 만한 정도의 명예를 누리고 있었던 것이 사실이다. 황제 자리에 앉아 있던 인물,* 근본적으로 완전히 비전투적이고 전쟁에 부적절했던 춤꾼이자 희극배우 같은 그 인물이 통치를 한답시고 총칼을 휘둘러댄 것은 교양 있는 사람에게는 수치스러워 보이는 짓이기는 했다. 그리고 문화와 관련해 그가 자리했던 곳은 낙오된 멍청이의 자리였다. 문화에 대한 그의 영향력이라고 해봤자 아무런 힘도 없는 견책의 몸짓에 불과했던 것이다. 문화는 자유를 누리고 있었고, 당당하고 드높은 위치에 있었다. 그리고 문화가 오랫동안 국가 권력과 일절 관련을 맺지 않은 상태에 익숙해 있었다면, 앞으로 문화를 이어나갈 청년들은 이제 시작된 그 민족 대전을, 국가와 문화가 하나로 뭉쳐질 삶의 방식으로 돌파해나갈 수 있는 수단이라고 보았을 것이다. 그런데 우리나라에서 늘 있었듯이, 이때도 물론 특이한 자기 편견, 즉 철저히 어리석은 이기주의가 지배했다. 독일적인 성장 과정을(우리는 늘 '성장 중'에 있지 않은가) 위해 전 세계가, 이미 더 완성되었을뿐더러 파국의 원동력을 진어 원하지 않는 전 세계가 우리와 함께 피를 흘려야 한다는 점을 경시하는, 심지어 그런 점을 지극히 당연하게 보는 이기주의였다. 일반적으로 우리의 그런 태도는 혹평을 받고 있는데, 그것은 전혀 부당하지 않다. 왜냐하면 도덕적으로 볼 때, 자신이 속한 공동체의 삶을 더욱 높은 양식으로 끌어올리고자 돌파구를 뚫기 위해 취한 한 민족의 수단은—꼭 피를 흘려야 되는 것이라면—외부로 향한 전쟁이 아니라 내전이었어야 할 것이기 때문이다. 그런데 내전은 우리 마음에 도무지 들지 않았고, 우리는 그 점에 대해 전혀 신경을 쓰지 않았다. 오히려 그 반대로 우리의 민족 통일이—더구나 부분적이고 절충하는 방식의 통일이—세 번의 큰 전쟁을 치렀다는 점을 훌륭하다고 생각했다. 우리는 이미 너무 오랫동안 강대국이었다. 그런

---

* 빌헬름 2세(1859~1941): 프로이센의 왕이자 독일 제국(1871~1918)의 마지막 황제 (1888~1918).

상태는 이미 익숙했고, 기대만큼 우리를 기쁘게 해주지는 않았다. 강대국의 위치가 우리를 더 매력적으로 보이게 해주지 못한다는 느낌, 세계에 대한 우리의 관계를 더 좋게 해주기보다 더 나쁘게 했다는 느낌은 시인을 했든 안 했든 많은 사람들의 마음속에 자리 잡고 있었다. 그래서 새로운 돌파구가 필요한 것으로 보였다. 주도적인 세계적 강대국으로 도약하는 돌파구 말이다. 그러나 물론 그것은 도덕적인 가내수공업 같은 길을 가면서 실현시킬 수는 없었다. 그래서 전쟁밖에 없었던 것이다. 그리고 전쟁이 어쩔 수 없는 것이라면, 모든 사람들을 설득해 승리하기 위해서는 모든 사람들을 적으로 삼을 도리밖에 없었다. 전쟁이야말로 '숙명'이(이 단어, 기독교 시대 이전의 그 원초적인 소리음, 그 비극적이자 신화적인 악극의 모티프는 얼마나 '독일적'인지!) 결정한 결과물이었고, 우리가 열광하며(순전히 우리만 열광하며) 달려갔던 목표였다. 우리의 마음을 꽉 채웠던 확신은, 한 세기에 한 번 찾아오는 시간의 종이 독일을 위해 울렸다는 것, 역사가 우리의 머리 위에 손을 멈추어 축복하고 있다는 것, 스페인과 프랑스와 영국에 이어 이제 우리가 전 세계에 우리의 영향력을 과시하고 이끌어갈 차례가 되었다는 것, 20세기는 우리 차지라는 것, 120여 년 전에 시작되었던 시민 시대가 끝나고 세계는 독일인의 영향 아래, 말하자면 완전하게 정의되지 않은 군국주의적 사회주의의 영향 아래 개혁되어야 한다는 것이었다.

이와 같은, '이념'이라는 말을 구태여 피하자면, 상상은 모든 사람들의 머릿속을 꽉 채웠으며, 우리에게는 전쟁 외에는 선택의 여지가 없다는 상상과 함께 퍼져나갔다. 그리고 신성한 의무가 우리에게 그동안 물론 잘 준비되고 훈련으로 익숙해진 무기를 잡으라고 명령한다는 생각도 했거니와, 무기의 뛰어난 성능 때문에 늘 한번 써볼까 하는 숨겨진 유혹이 있었을 것이다. 그러니까 사방에서 감당할 수 없을 정도로 넘쳐흐르는 것을 두려워하기도 했고, 그런 위험으로부터 유일하게 우리를 지켜줄 수 있는 것은 우리의 엄청난 힘, 즉 전쟁을 즉시 다른 나라에서 치르는 능력이었다. 우리의 경우에는 공격과 방어가 동일한 것이었다. 그 두 가지가 어울려서 유혹, 하늘의 소명, 절호의 기회, 신성한 의무감 같은 의식을 키웠다. 저기 나라 바깥의 다른 민족들은 우리를 정의와 평화의 파괴자라고, 삶의 지긋지긋한 적대자라고 여길 수 있을 것이다. 하지만 우리는 세계를 발칵 뒤집어놓음으로써 우리에 대한 생각을 바꾸도록 하고, 우리를 경탄해 마지않을 뿐만 아니라 사랑하게 만들 능력을 지니고 있었다.

　누구든 내가 이 모든 것을 웃음거리로 삼는다고 생각하지 말라! 나는 그렇게 할 이유가 없다. 특히 내가 만인이 빠져 있던 감동의 도가니에서 나 자신을 제외했노라고 절대로 주장할 수 없기 때문이다. 나는 성실하게 그런 감동을 함께 나누었다. 학자의 자연스러운 분별력 때문에 내가 그 모든 요란스러운 환호에 함께 뛰어들지 못했을지라도, 게다가 은근히 비판적인 의구심이 잠재의식 속에서 꿈틀거렸고, 다른 모든 사람들이 생각하고 느꼈던 것을 나도 생각하고 느낀다는 점에 대한 약간 불편한 심기가 일시적으로 나를 엄습했을지라도 말이다. 우리 같은 사람은, 누구나 똑같이 하는 생각이 옳은 생각인가, 하는 문제에 대해 의구심을 가지기 마련이니까. 하지만 높은 인격을 갖춘 개인에게는 일반적인 의식 속으로 한번 철저히 빠져보는 것 또한 커다란 즐거움인데, 이 '한번'을 지금 이곳에서가 아니라면 또 언제 어디에서 찾아야 했단 말인가.

　나는 뮌헨에서 이런저런 사람들과 작별 인사를 하고 나의 장비를 세부적으로 보충하기 위해 이틀간 머물렀다. 온 도시가 엄숙한 축제 같은 분위기 속에서 들떠 있었다. 또 수돗물에 독을 넣었다는 요란한 소문이 갑자기 터지거나, 군중들 사이에서 세르비아의 스파이를 발견했다는 소문이 돌아 발작적으로 나타나는 공포와 격렬한 불안감 속에서 도시는 온통 어수선해졌다. 내가 루트비히 거리에서 마주친 브라이자허 박사는 혹시라도 스파이로 오인되어 맞아 죽지 않으려고 흑–백–적 색깔의 수없이 많은 독일 제국의 모표와 깃발로 가슴을 뒤덮고 있었다. 사람들은 전시 상황, 즉 최고 권한이 민간에서 군대로, 포고문을 공포하는 장군에게로 넘어가는 것을 느끼며 은근히 몸서리치고 있었다. 그리고 총사령관의 신분으로 여러 사령부를 옮겨 다니던 왕가의 가족들은 유능한 참모부장을 곁에 두게 되고, 그래서 왕실에 손실이 될 만한 일을 야기할 수 없다는 것은 다행스러운 소식이었다. 말하자면 쾌활한 분위기의 대중적인 인기가 그들을 따라다녔던 것이다. 나는 여러 연대가 총신에다 작은 꽃다발을 달고서 병영의 문 밖으로 행진해 나오는 것을 보았다. 손수건으로 코 밑을 누르고 있는 여자들의 배웅을 받으며 병사들이 삽시간에 모여든 시민 관중들의 환호를 받자, 영웅으로 떠받들어진 농사꾼 사내들은 우직하고 자랑스러우며 부끄러운 표정으로 미소를 지어 보였다. 나는 아주 앳된 어떤 장교가 야전 행군 장비를 갖추고 전차 뒤편의 개폐식 발판 위에 서 있는 것을 보았다. 그는 얼굴을 뒤쪽으로 향하고 있었는데, 보아하니 아직 젊은 자신의 삶에 대한 생각에 빠져서 혼자 멍한 표정을 짓고 있는 듯했다. 이어 그는 잠시 정신을 가다듬고 황급히 미소를 띠며, 혹시 누가 자신을 쳐다보고 있지 않은지 주위를 살폈다.

　나는 내가 그 젊은 장교와 같은 입장이며, 나라를 방어하는 사람들의 등 뒤에 앉아 있기만 하지 않는다는 생각으로 또 한 번 기뻤다. 사실 나는, 적어도 당분간은, 우리 지인들 중에서 유일하게 전장으로 나선 사람이었다. 우리는 까다롭게 선별하고, 문화적인 관심사를 고려해 후방에 없어서는 안 될 사람들을 두루 인정하고 나서, 젊음과 남성성에서 전적으로 쓸모 있는 상태의 사람들만 앞으로 내세울 수 있을 만큼 충분히 강했고 인구도 많았다. 우리 대다수는 어떤 종류든 건강상의 문제가 드러났는데, 그때까지 그런 문제에 대해서는 모두가 거의 아무것도 모르고 있었지만 결국 그런 문제로 인해 입대를 면제받았다. 가령 수감비어 족 같은 크뇌터리히는 결핵 증세가 약간 있었다. 또 화가 칭크는 백일해 종류의 천식 발작을 일으켰는데, 발작이 일어나면 모임에서 물러가곤 했다. 그리고 그의 친구 밥티스트 슈펭글러는 알려진 바와 같이 온몸의 곳곳이 차례로 돌아가면서 아팠다. 공장주인 불링어는 아직 젊었으나 기업가로서 고향에서 반드시 필요한 듯했다. 차펜슈되시 오게스트라는 뮌헨의 예술적인 삶에서 너무나 중요한 요소였기 때문에 그 구성원들, 따라서 루디 슈베르트페거도 역시 전투 투입에서 제외되지 않을 수 없었다. 말이 나온 김에 덧붙이자면, 루디는 예전에 수술을 받아야만 했는데, 그때 신장 한쪽을 절제했다는 사실을 이번 기회에 사람들이 알고 약간 놀라기도 했다. 갑자기 나돌던 소문대로, 그는 단지 한 개의 신장으로 살고 있었다. 그래도 그는 전혀 아무 문제없이 사는 것 같았고, 주변의 여자들은 곧 그 사실을 잊어버렸다.

나는 이와 같은 방식으로 계속 이야기를 할 수 있을 것이며, 슐라긴하우펜 가족이나 식물원 근처에 사는 쇼이를 집안의 여인들이 마련한 모임에 드나들던 사람들 중에는 참전이 내키지 않는 경우, 누군가의 보호를 받는 경우, 혹은 사려 깊음 덕분에 후방에 남겨진 경우 등을 들 수 있을 것이다. 이 모임에는 지난 전쟁과 마찬가지로 이번 전쟁 또한 근본적으로 거부하는 사람들이 없지 않았던 것이다. 다시 말해 라인동맹에 대한 기억, 프랑스인들에 대한 친근함, 프로이센에 대한 가톨릭교의 반감, 또 그와 비슷한 그 밖의 것들이 없지 않았다. 자네트 쇼이를은 너무나 불행한 마음 때문에 거의 눈물이 날 지경이었다. 그녀가 속했던 두 나라, 즉 그녀의 생각으로는 서로 싸움질이나 할 것이 아니라 상호 보완하고 살아야 할 프랑스와 독일 간에 잔인하게 불타오르는 적대적인 갈등은 그녀를 완전히 절망에 빠뜨렸다. "내 평생 두 번 다시 꼴도 보기 싫게 지긋지긋해!(J'en ai assez jusqu'à la fin de mes jours!)"라며 그녀는 분개한 채 흐느꼈다. 나는 그녀와 다른 감정을 가졌지만 그녀에게 공감하는 태도를 교양 있게 보여줄 수 있었다.

아드리안이 그 모든 것들에 개인적으로 전혀 영향을 받지 않은 것은 나에게는 이 세상에서 가장 당연한 일이었다. 나는 그에게 작별 인사를 하기 위해 차를 타고 파이퍼링으로 향했다. 그곳 농가의 아들 게레온은 이미 여러 필의 말을 끌고 지체 없이 자신이 소집된 곳으로 떠나고 없었다. 나는 거기서 뤼디거 실트크납과 마주쳤는데, 그는 아직 당분간은 자유로워서 우리의 친구 곁에서 주말(weekend)을 보내고 있었다. 그는 해군으로 병역을 마쳤으며, 그 후 징집된 적이 있지만 몇 달 뒤에 다시 제대했다. 그럼 대체 내 경우는 많이 달랐던가? 곧바로 이야기하건대, 나는 1915년 아르곤 산맥 전투 때까지 일 년 가까이 전장에 있다가 후에는 십자훈장을 받고 집으로 후송되었는데, 그 훈장은 사실 내가 단지 여러 불편함을 감수했던 점과 또 티푸스에 감염된 덕분에 받게 된 것이었다.

여기까지 미리 말해두겠다. 전쟁에 대한 판단이 자네트의 경우 자신의 프랑스 혈통에 의해 정해졌듯이, 뤼디거의 경우는 영국에 대한 경탄에 찬 그의 관계에 의해 결정되었다. 영국이 전쟁에 가담한다고 포고한 사실이 결정적으로 그를 놀라게 했고, 그의 기분을 극도로 언짢게 만들었다. 그의 의견으로는, 독일이 계약을 깨고 벨기에로 진입함으로써 영국의 전쟁 가담을 부추기지 말았어야 했다. 프랑스와 러시아, 그렇다, 꼭 필요하다면 그 두 나라와 대적할 수는 있을 것이다. 하지만 영국이라니! 그것은 엄청나게 경솔한 짓이었다. 그래서 그는 분노에 찬 사실주의 쪽으로 마음이 기울어지며, 전쟁을 오물, 악취, 사지 절단의 공포와 함께 방탕한 성 생활이 공공연히 이루어지고, 들끓는 이에 시달리는 생활 이상으로 보지 않았고, 그 허튼짓을 위대한 시대 운운하며 미화하는 이데올로기에 빠진 문예 저널리즘을 실컷 비웃었다. 아드리안은 그를 만류하지 않았고, 나는 전쟁에 대해 일반적으로 깊이 느낀 감격을 함께 나누면서도, 그의 말에 어느 성노 신실이 표현되어 있음을 기꺼이 인정했다.

우리 셋은 커다란 니케 여신의 방에서 함께 저녁을 먹었다. 나는 클레멘티네 슈바이게슈틸이 들락날락하며 친절하게 우리의 식사 시중을 들어주는 것을 보고 아드리안에게 랑엔잘차에 사는 그의 여동생 우르줄라의 안부를 물었다. 그녀는 가장 행복한 결혼 생활을 하고 있었고, 건강상으로도 1911년과 1912년 그리고 1913년에 걸쳐 세 번의 연이은 산욕 때문에 생긴 폐질환, 즉 가벼운 폐첨(肺尖) 카타르*에서 무사히 회복되었다. 당시에 그렇게 세상의 빛을 보게 된 아이들이 바로 슈나이데바인가(家)의 후손들로 로자와 에체힐과 라이문트였다. 우리가 그날 저녁 함께 앉아 있던 때로부터 매혹적인 네포무크가 태어나기까

---

* Spitzenkatarrh: 폐의 가벼운 결핵 증세.

지는 아직 9년이 더 있어야 했다.

  식사 시간과 그 후까지 우리는 수도원장 방에서 정치적이고 도덕적인 것들에 대한 이야기와 함께 민족성의 신화적인 등장에 대해서도 이야기를 나누었다. 특히 지금과 같은 역사적인 순간에 민족성이 발현한다는 이야기가 오갔는데, 나는 그런 발현에 대해 매우 감동에 찬 어조로 말했다. 그것은 전쟁을 철저히 경험적으로만 보는 실트크납의 견해에 내가 약간 균형을 맞추기 위한 것이었다. 즉, 독일의 개성이 강한 역할에 대한 이야기였는데, 가령 벨기에 침공 같은 것이었다. 벨기에 침공은 외형상 중립적인 작센에 대해 프리드리히 대제가 시행한 무력행사를 뚜렷이 상기시켰던 것이다. 그 밖에도 벨기에 침략에 항의하는 세계의 날카로운 아우성에 대한 이야기, 또 우리 제국 수상*의 철학적인 연설 이야기도 했다. 그 연설은 죄에 대한 성찰과 함께 죄를 고백하는 성격을 띠었고, 다른 언어로 번역이 불가능한 민족적인 표현으로서 "비상사태는 계명을 모른다"라는 생각을 담고 있었으며, 또한 현재 드러나는 삶의 갈망에 직면하여 신 앞에서 예전의 법전을 경시할 수밖에 없음을 주장하는 내용이었다. 우리가 그런 이야기를 하다가 웃음을 터뜨렸던 이유는 뢰디거 때문이었다. 왜냐하면 그는 어느 정도 감동에 찬 내 이야기에 흔쾌히 동의했으나, 이미 오래전에 결정된 전략적 계획을 도덕적인 시문학 분위기로 포장하던 예의 저 키 큰 사상가를 패러디함으로써 그 모든 정감 어린 잔인함, 위엄 있는 회오(悔惡), 그리고 범행을 저지를 준비가 된 충직한 모습 등을 아주 기가 막힐 만큼 우스꽝스럽게 만들어버렸기 때문이다. 그 무미건조한 출정

* Theodor von Bethmann Hollweg(1856~1921): 독일 제국의 수상(1909~1917)을 지낸 정치가.

계획을 이미 오래전에 알고 있었던 세계가 어쩔 줄 몰라서 윤리적 미덕을 들먹이며 울부짖는 것보다 더 우스꽝스럽게 말이다. 나는 우리를 낮이했던 친구가 이것을 가장 마음에 들어 하는 모습, 웃을 수 있다는 점에 대해 고마워하는 것을 보았기 때문에 기꺼이 그 쾌활한 분위기에 동조했다. 하지만 비극과 희극은 같은 바탕에서 자라며, 그 두 가지는 단지 조명 하나만 바꾸면 언제라도 뒤바뀔 수 있다는 내 의견을 빠뜨리지 않았다.

나는 막다른 골목에 몰린 독일의 절박함, 독일의 심리적 고립, 그리고 독일에 대한 공개적인 배척 문제를 바라보는 나의 생각과 심정을 전혀 위축시키지 않았다. 내가 보기에 그런 배척은 힘과 전쟁 의지 면에서 우월한 독일에 대해 일반적으로 느끼는 두려움에 불과했다(여기서 내가 인정하지 않을 수 없었던 것은, 이런 힘과 우월한 상황이 우리가 배척당한 처지에서는 우리에게 다시 강한 위로가 되었다는 점이다). 다시 말하지만, 나는 나의 애국적인 감동, 즉 다른 사람들의 감동보다 훨씬 더 주장하기가 어려웠던 나의 감동을, 특징적인 것을 재미있는 이야기로 만들어버리는 말투에 눌려 위축시키지 않고 방 안을 왔다 갔다 하며 충분히 표현했다. 그사이에 실트크납은 의자에 깊숙이 앉아서 가늘게 썬 살담배 파이프를 피웠고, 아드리안은 나지막한 중간판과 필기 및 독서용 서대가 있는 그의 옛 독일식 책상 앞에 서 있게 되었다. 희한하게도 그도 역시 가령 홀바인이 그린 에라스뮈스처럼 비스듬한 평면 위에다 대고 글씨를 썼던 것이다. 책상 위에는 책이 몇 권 놓여 있었다. 클라이스트*의 소책자에는 연극용 꼭두각시에 관한 논문에 서표(書標)가 꽂혀

---

* Heinrich von Kleist(1777~1811): 독일의 희곡 작가, 서정시인, 소설가, 평론가.

있었고, 그 밖에도 셰익스피어의 빠뜨릴 수 없는 소네트, 그리고 그 시인의 희곡이 들어 있는 책이 있었다. 이 책에는 「뜻대로 하세요」 「헛소동」, 그리고 내가 혼동하고 있는 것이 아니라면, 「베로나의 두 신사」도 들어 있었다. 또 서대 위에는 그가 당시에 만들고 있던 작품이 놓여 있었다. 그것은 묶지 않은 종이들로 다양한 진행 단계의 초안, 시작 부분, 메모, 소품곡을 적은 것이었다. 바이올린이나 목관악기를 위한 맨 윗줄과 맨 아랫줄의 베이스 부분은 대부분 채워져 있었지만, 그 사이에는 아직 하얗게 빈자리가 남아 있었다. 그리고 다른 곳에는 화음의 연결, 그 밖의 오케스트라 음도 악보화함으로써 악기를 서로 배치하는 작업도 이미 분명하게 진행되어 있었다. 입술 사이에 담배를 문 채 그는 자신의 작품 상태를 들여다보기 위해 그 앞으로 발을 옮겨놓고 있었다. 그 모습은 마치 체스를 두는 사람이 마름돌 모양으로 선이 그어진 체스판 위의 상황을 살펴보는 것과 꼭 같았는데, 실제로 그가 작곡해놓은 작품이 체스판의 상황을 그대로 상기시켰다. 그는 우리가 함께 있는 것을 전혀 신경 쓰지 않아서 마치 혼자 있는 것처럼 보였고, 심지어 연필을 집어 들고 어디엔가 클라리넷이나 호른의 음형을 첨가하기도 했다.

마인츠의 쇼트 출판사에서 브렌타노의 노래들과 동일한 조건으로 예의 저 우주와 관련된 음악의 악보가 인쇄되어 나온 뒤, 당시에 그가 무엇에 정신을 쏟고 있는지 우리는 자세히 알지 못했다. 그것은 극적인 그로테스크의 조곡(組曲)*이었다. 우리가 들은 바로, 그는 그 그로테스크에서 다룰 소재들을 익살스러운 옛이야기책인 『로마인들의 행적』에서 얻었고, 그것을 가지고 작곡을 시도해보았는데, 그것이 뭔가로 발

---

* Suite: 각기 다른 성격을 가졌으나 조가 같고 그 자체로 완결된 다수의 기악 악장들을 모아 하나의 기악곡으로 구성한 형식.

전할 수 있을지, 그리고 자신이 그것을 고수하게 될지는 아직 잘 모르고 있었다. 어쨌든 그렇게 구체화된 작품은 사람이 아니라 꼭두각시 인형을 염두에 두고 만들어졌다(그래서 클라이스트의 책이 있었다!). 「우주의 경이로움」을 두고 말할 것 같으면, 장엄하고 들뜬 그 작품은 외국 공연이 예정되어 있었는데, 이제 전쟁이 일어남으로써 허사가 되어버렸다. 우리는 식사 때 그 점에 대해 이야기를 나누었다. 단순히 브렌타노의 노래가 세상에 나와 있다는 이유 외에도, 실패로 끝난 뤼베크에서의 「사랑의 헛수고」 공연은 그 나름대로 알려져서 예술계 내에서 조심스럽기는 해도 아드리안의 이름에 일종의 밀교적(密教的)인 울림이 부여되기 시작했다. 그러나 그것은 독일의 어느 지역이나 뮌헨이 아니라 다른 곳, 말하자면 감수성이 더 예민한 지역에서 벌어진 일이다. 아드리안은 몇 주 전에 몽퇴 씨의 편지를 받았는데, 그는 파리에 있는 러시아 말레단 단장으로 예전에는 콜론 오케스트라에 소속되어 있던 사람이었다. 실험을 즐기던 그 지휘자는 편지에서 「우주의 경이로움」에다 「사랑의 헛수고」에서 뽑은 관현악곡 몇 곡을 더해 순수 연주회 형식으로 공연해보겠다는 의사를 밝혔다. 그는 이 연주를 위해 샹젤리제 극장을 빌릴 생각인데, 아드리안에게 파리로 오라고 초청하면서 자신의 작품을 직접 무대에 올려보라고 제안했다. 우리는 아드리안이 상황에 따라서는 그 초대에 응했을 것인지 물어보지는 않았다. 어쨌든 그 일에 대해 더 이상 언급할 수 없는 상황이 되었다.

나는 아직도 넓게 날개를 펼친 샹들리에, 벽에 세운 쇠 장식의 작은 장롱, 구석의 긴 의자 위에 놓인 납작한 가죽 방석, 깊은 창문 벽감 등이 있고, 널빤지 장식이 있는 오래된 방에서 마룻바닥과 양탄자 위를 오가면서 독일에 대해 열변을 토하던 내 모습을 눈앞에 떠올릴 수 있다. 그것은 어차피 내 말에 주의를 기울여주리라고 기대도 하지 않았던 아드리안을 위해서리기보다 나 자신을 위해, 혹은 기껏해야 실트크납을 위해 한 말이었다. 학생들을 가르치고 말을 많이 하는 일에 익숙했던 나는 한번 흥이 나면 연설을 꽤 하는 편이다. 게다가 나는 연설을 꺼려하지 않고, 내 뜻대로 연설할 수 있는 능력이 있다는 걸 은근히 기뻐하기도 한다. 아무튼 나는 손까지 활기차게 움직여가며, 뤼디거가 내 말을 그토록 끔찍이 싫어하던 전쟁 문예 저널리즘으로 분류하든 말든 그의 재량에 맡겼다. 하지만 역사적 시기는 보통 다양한 형태를 띠는 독일적인 본질을—감동적인 면모가 전혀 부족하지 않은—개성이 강한 인물이나 형상으로 나타나게 하는데, 그런 인물과 형상에 대한 어느 정도의 심리적인 공감은 당연히 허용되어야 한다고 나는 생각했다. 그리고 마지막까지 분석해보면, 이런 심리의 핵심은 결국 **돌파**라는 것이었다.

"우리 민족 같은 유형의 경우에는 영적인 것이 항상 가장 일차적인 것이고, 원래 무슨 일을 할 수 있도록 동기 부여를 하는 요소지"라고 내가 설명했다. "정치적 행동은 이차적인 상태, 반사작용, 표현, 도구란 말이지. 운명이 우리를 선도할 강대국으로의 돌파라는 말이 심층 심리적으로 의미하는 바는 세계로의 돌파와 같은 거야. 우리가 괴로워하며 의식하고 있는 고독에서 벗어나 나아갈 세계 말이야. 우리가 독일제국을 건설한 이래로 세계의 경제적인 분야에 아무리 단단히 연결되어 있다 해도, 그런 방식으로는 결코 없애버릴 수 없었던 외로움을 떨치고 나와서 나아갈 그곳 말이지. 다만 안타까운 점은, 사실은 세계를 향한 동경인데 현실적으로 나타날 때는 전쟁이라는 양상을 띤다는 것이거든. 사실은 세계와 하나가 되고자 하는 갈증인데 말이야……"

"신께서 그대의 연구(studia)를 축복해주시기를!" 하고 아드리안이 반쯤 낮은 목소리로 짧게 웃음을 터뜨리며 말했다. 그러면서 그는 악보에서 눈을 떼지도 않았다.

나는 걸음을 멈추고 그를 쳐다보았지만, 그는 전혀 관심을 돌리지 않았다.

"그 말에다." 하고 내가 대답했다. "자네 생각으로는 아마 이렇게 보충할 수 있겠지? '그래봤자 그대들은 아무것도 될 수 없어, 할렐루야'라고 말이야."

"그래봤자 **그것은** 아무것도 될 수 없어'라고 하는 게 더 낫겠지." 그가 대꾸했다. "미안하네. 내가 학생들이 하는 짓에 빠졌어. 자네 말투가 예전에 우리가 짚단 침상에서 벌이던 논쟁을 많이 상기시켜서 말이지. 그 청년들의 이름이 뭐였더라? 난 예전 이름이 사라지기 시작한다는 걸 느끼겠군." (그렇게 말하며 앉아 있는 그는 이제 스물아홉 살이었다). "도이치마이어였나? 둥어스레벤이었나?"

"땅딸막하고 힘 좋은 도이칠린을 말하는군." 내가 말했다. "그리고 둥어스하임이라는 친구하고. 후프마이어와 폰 토이트레벤도 있었고. 자넨 늘 이름을 잘 기억하지 못했지. 참 노력도 많이 하고 좋은 젊은이들이었어."

"기억을 못 하기는! 누군가 '샤펠러'라는 이름으로 불렸고, 또 어떤 '사회복지 의사'도 있었지. 어때, 이젠 뭐라고 하겠나? 자넨 사실 그들과 학부가 달랐잖아. 그런데 오늘 자네가 하는 말을 들으면, 꼭 그들이 말을 하고 있는 것 같단 말이지. **짚단 침상**이라는 말로 내가 하고 싶은 말은, 한번 대학생이면 영원히 대학생이라는 것일세. 대학과 관련된 것은 사람을 늘 젊고 활달하게 해주지."

"자네가 그들과 같은 학부에 다녔지." 내가 말했다. "그런데 사실은 나보다 더 청강생 같았잖아. 물론이야, 아드리. 나는 단지 한 명의 대학생이었을 뿐이고, 내가 여전히 대학생으로 남아 있다는 자네 말은 어쩌면 맞을지 몰라. 하지만 그럴수록 좋지 뭔가. 대학과 관련된 것이 젊게 해준다면 말이야. 신의와 충정을 정신으로, 자유로운 사상으로, 또 조잡한 사건도 고차원적으로 해석하는 능력으로 잘 보존해준다면……"

"지금 신의와 충정 얘기를 하는 건가?" 그가 물었다. "나는 카이저스아셰른이 세계적인 도시가 되길 바란다는 말로 이해했는데. 그런 의도는 그다지 신의와 충정을 지키는 일은 아니지."

"아니, 천만에!" 내가 그에게 소리쳤다. "자넨 전혀 그렇게 이해하지 않았어. 내가 세계로 나아가는 독일적인 돌파라고 말한 것이 무슨 의미인지 자넨 잘 이해하고 있어."

"그래도 별로 도움이 안 될 걸세." 그가 대답했다. "내가 그것을 이해한다 해도 말이지. 왜냐하면 적어도 당분간은 그 조잡한 사건이, 외부로부터 차단되어 갇혀 있는 우리 처지를 오히려 완벽하게 악화시켜버릴 테니까. 자네들 군대가 유럽적인 것 속으로 대단히 멀리까지 열광적으로 밀고 들어간다 하더라도 어쩔 수 없어. 자네가 보고 있잖나. 내가 파리로 갈 수가 없다는 것을. 나 대신 자네들이 가는 거지. 그것도 괜찮아! 우리끼리 하는 말인데, 그게 아니었어도 난 안 갔을 거야. 자네들이 나를 난처한 입장에서 구해준 셈이지……"

"전쟁은 곧 끝날 거야." 나는 억제된 목소리로 말했다. 그의 말이 내 마음을 아프게 건드렸기 때문이다. "전쟁은 결코 오래갈 수 없어. 우리는 빠른 돌파에 대한 대가를 책임으로, 스스로 인정한 책임, 우리가 보상하겠다고 공언한 책임으로 갚을 거야. 우리는 그 책임을 떠맡을 수밖에 없어……"

"그리고 자네들은 위엄 있게 그 책임을 다할 수 있을 테고." 그가 끼어들며 말했다. "독일은 건장하게 넓은 어깨를 가졌지. 제대로 성공적인 돌파는 온건한 세계가 범죄라고 불러도 될 만큼 가치가 있다는 걸 누가 부정하겠나! 자네가 짚단 침상에서 작전을 벌이는 데 쓰고 싶은 사상을 내가 하찮게 여긴다고 생각하지 말기 바라네. 이 세상에는 사실 단 **한 가지** 문제가 있을 뿐이고, 그 문제는 이렇게 말할 수 있지. '어떻게 돌파하는가? 어떻게 바깥으로 나가는가? 어떻게 번데기가 고치를 돌파하고 나비가 되는가?'라고 말이야. 전체 상황은 이런 문제로 압도되고 있어. 여기서도 **역시** 그렇고"라고 하더니 책상 위에 있는 클라이스트의 책에 꽂힌 붉은색의 작은 서표를 살짝 당겼다. "여기 이 꼭두각시 인형극에 관한 아주 뛰어난 논문에서도 돌파 문제가 다루어지고 있어. 여기 노골적으로 '세계 역사의 마지막 장(章)'이라고 이름 붙인 장에서 말야. 물론 단지 미학적인 것에 대해서만, 우아함에 대해서만 논하고 있긴 해. 원래 자유로운 고상함이란 건 꼭두각시 인형과 신에게만, 즉 무의식이나 무한한 의식에만 한정적으로 주어진 거야. 반면에 0이라는 숫자와 무한함 사이에 놓인 모든 성찰은 우아함을 죽이고 말이지. 이 작가의 생각으로는, 의식이 반드시 어떤 무한한 것을 다 지나와야 우아함이 다시 나타날 수 있다는군. 그리고 아담이 무죄의 상태로 되돌아가려면 두번째로 인식의 나무에서 과일을 따먹어야 한다는 거야."

"내가 얼마나 기쁜지 모르겠군." 나는 소리쳤다. "자네가 바로 그걸 지금 읽었다는 사실 때문에 말이야! 멋진 생각을 한 거야. 자네가 그것을 돌파라는 생각과 연관시키는 건 아주 잘하는 거지. 하지만 '단지 미학적인 것에 대해서만 논하고 있어'라고 말하지는 말게. '단지!'라고 말하지 말라는 거야. 미학적인 것 속에서 인간직인 것이 좁고 별개로 나뉜다고 보는 것은 전혀 옳지 않아. 미학적인 것이란 그 이상의 것이고, 사실 매력적이든 의구심을 불러일으키든 효과 면에서는 모든 것을 의미해. 그래서 클라이스트의 책에서도 '우아함'이라는 단어가 지극히 포괄적인 의미를 지니듯이 말이야. 미학적으로 구원을 받은 상태든, 아니면 구원을 받지 못한 상태든, 그것은 운명이야. 그것이 행복과 불행을 결정하고, 지구상에서 서로 잘 어울리며 마음 편하게 지내거나, 아니면 자긍심에 차기는 해도 구제할 길 없는 고립 상태에 빠지게 되도록 결정하는 거지. 추한 것이 증오스러운 것이라는 점을 알기 위해 반드시 어문학자일 필요는 없어. 추한 것 속에 묶이고 갇힌 상태를 돌파해 빠져나오려는 욕망, 아무튼 내가 또 짚단 침상을 타작한다고 해도 좋아. 하지만 내가 느끼고 있고, 항상 느꼈었고, 또 아주 속되게 눈에 보이는 현상에 대항하며 주장하고 싶은 말은, 그런 돌파의 욕망이 독일적인 것 그 자체(kat' exochen)라고, 지극히 독일적이며, 무엇보다 독일적인 특성에 대한, 하나의 영혼의 특성에 대한 정의라는 거야. 비록 지나친 자기 몰두, 고독의 독성(毒性), 편협하고 소심한 안목, 노이로제에 빠진 상태, 은밀한 사탄 숭배 때문에 위협을 받고 있기는 하지만……"

나는 말을 멈추었다. 아드리안이 나를 쳐다보고 있었다. 나는 그의 볼에서 핏기가 사라졌다고 생각한다. 나를 향한 그의 시선은 진짜 시선 **그 자체**였다. 나를 불행하게 만들던 그 의식적인 시선이었다. 그 시선이 향했던 사람이 나였건 혹은 다른 사람이었건, 내가 느끼는 건 같았을 것이다. 말이 없고, 은폐되었으며, 마음이 상할 만큼 냉정하게 거리를 두고 있었는데, 이어 미소가 따랐다. 이때 입은 꽉 다물었고, 콧날은 조롱하듯 경련을 일으켰다. 그러고는 몸을 돌렸다. 그는 책상을 떠나, 실트크납의 자리로 가는 것이 아니라 창문 벽감으로 다가가더니 널빤지로 장식된 벽에 걸린 성화(聖畫)를 똑바로 걸었다. 뤼디거는 이런저런 이야기를 했다. 나의 신조를 들어보건대, 내가 곧 전장으로 갈 수 있어서, 실제로 말을 타고 가게 되어 다행이라고 그가 말했다. 모름지기 전장에는 말을 타고 나가야 할 것이라고 그가 말했다. 말을 타고 갈 수 없다면 도대체 전장에는 나가지 말아야 한다는 것이었다. 그러면서 그는 말의 목을 두드리는 시늉을 해 보였다. 우리는 모두 웃었고, 내가 기차역으로 가야 할 시간이 되었을 때 우리는 쾌활하게 짧은 작별을 나누었다. 작별이 감상적이지 않았던 것은 다행이었다. 그랬다면 이상했을 것이다. 하지만 나는 아드리안의 시선을 전장에 함께 가지고 갔다. 어쩌면 나를 곧 다시 집으로, 그의 곁으로 데려온 것은 이(蝨)가 전염시킨 티푸스가 아니라 사실은 바로 예의 저 시선이었는지도 모른다.

XXXI

"나 대신 자네들이 가는 거지"라고 아드리안이 말했었다. 그러나 우리는 가지 않았다! 나는 아주 덤덤한 심정으로, 그리고 역사적 시각을 떠나서 그 점에 대해 깊은, 은밀하고 개인적인 수치심을 느꼈다고 고백해야 하는가? 몇 주 동안 우리는 퉁명스럽게, 승리에 찬 심정을 담담하고 당연하다는 듯이 가장하며, 잘난 체하느라고 일부러 간결하게 승리의 소식을 고향으로 보냈었다. 뤼티히는 이미 오래전에 끝장이 난 뒤였다. 우리는 로트링엔에서 벌인 전투에서 이겼고, 오랫동안 품어오던 뛰어난 계획에 따라 다섯 개의 군단을 이끌고 마스 강을 넘었으며, 브뤼셀, 나무르를 정복했고, 샤를루아 승리에 이어 롱위에서도 승리를 거두었는가 하면, 스당, 레텔, 생캉탱에서 벌어진 두번째 전면전에서 연거푸 승리하여 랭스를 점령했다. 그곳에 이르기까지 우리의 전진은 거침없었으며, 우리가 꿈꾸었듯이 전쟁의 신이 베푸는 총애를 받고, 운명의 긍정에 힘입어 마치 날개 위에 실려 가는 것 같았다. 이와 함께 피할 수 없는 살인과 방화를 단호하게 견뎌내는 일은 우리의 남성성이 짊어져야 할 의무였고, 우리의 영웅적인 용기를 가장 많이 요구하는 것이었다. 지금도 나는 어느 수척한 갈리아 여인의 모습을 아주 분명하고 쉽게 되살려낼 수 있다. 그녀는 우리 포병대를 둘러싸고 있던 어떤 언덕 위에 서 있었는데, 언덕 기슭에는 포탄으로 파괴된 마을의 잔해가 뭉게뭉게 연기를 피우고 있었다. 그녀는, "내가 마지막 사람이다!"라며 절망적인 몸짓으로, 독일 여자라면 상상도 못 할 동작으로 우리를 향해 소리쳤다. "내가 마지막 사람이다!(Je suis la dernière!)"라며 그녀는 주먹을 높이 쳐들고 우리 머리 위로 저주를 보내며 세 번 반복해 말했다. "이 불한당들! 불한당들! 불한당들!(Méchants! Méchants! Méchants!)"

우리는 그녀를 외면하고 다른 쪽을 바라보았다. 우리는 승리를 해야만 했고, 그것은 승리의 혹독한 부분이었던 것이다. 나는 말 위에 앉아 비참한 기분이 들었지만, 야전용 천막 아래에서 축축하게 밤을 지새우느라 생긴 지독한 기침과 관절통에 시달리자 차라리 위안이 되었다.

우리는 보호의 날개 위에 실려 빠르게 전진하며, 그 밖에 여러 마을을 더 초토화시켰다. 그러고 나서 이해할 수 없는 일, 겉으로 보기에는 어리석은 명령이 전달됐다. 그것은 후퇴하라는 명령이었다. 우리가 그것을 어떻게 이해할 수 있었겠는가? 우리는 하우젠 군대 소속이었는데, 샬롱-쉬르-마른의 남쪽에서 파리를 향해 전격적으로 쳐들어갈 참이었다. 다른 곳에 있던 폰 클루크의 군대와 마찬가지로 말이다. 우리는 어디에선가 닷새간의 전투 끝에 프랑스인들이 폰 뷜로우 부대의 우익을 손상시켰다는 사실을 알아채지 못하고 있었다. 삼촌 덕분에 총사령관 자리에 오른 뷜로우 장군의 소심함에 비추어볼 때, 그것은 작전 계획을 취소하도록 할 충분한 이유가 되었다. 우리는 연기 속에 버려두고 왔던 마을들을 다시 되돌아 지나왔고, 비극적인 여인이 서 있던 언덕도 지났다. 그녀는 더 이상 그곳에 없었다.

우리가 운명의 신이 끌어준 보호의 날개에 속은 것이다. 원래 될 만한 일이 아니었다. 전쟁은 전격적인 돌진으로 이길 수 있는 것이 아니었다. 고향에 있는 사람들과 마찬가지로 우리도 그것이 무엇을 의미하는지 이해하지 못했다. 마른 전투의 결과에 대한 세계의 열광적인 환호를 우리는 이해하지 못했고, 이로써 우리의 행운이 달려 있던 단기전이 우리가 감당하지 못할 장기전이 되어버렸다는 사실을 알아차리지 못했다. 다른 사람들에게는 우리의 패전이 이제 단지 시간과 비용의 문제였을 뿐이었다. 우리가 그런 사실을 이해했다면, 무기를 내려놓고 우리의 통솔자들을 압박해 즉각 평화를 원하도록 했을 것이다. 그러나 그들 중에서도 단지 한두 명만이 은밀하게 그런 생각을 용납했을 것이다. 지역적으로 한정할 수 있는 전쟁의 시기는 끝났다는 사실, 우리가 떠밀리듯 시작했다고 생각한 모든 진군이 점차 세계 전쟁으로 비화될 수밖에 없다는 사실을 아직 스스로도 구체적으로 파악하지 못하고 있었던 것이다. 세계 전쟁에서 우리에게 유리한 점들은 물론 있었다. 전쟁 수행을 위한 심리적 동기와 의지, 전투에 임하는 경건한 자세와 투철한 각오, 또 든든하고 강력한 권위를 지닌 국가 등은 번개처럼 빠른 승리의 기회를 보장해줄 수 있었다. 그러나 만약 그런 기회가 무산된다면—그런데 그런 기회는 무산될 수밖에 없다고 이미 정해져 있었다—우리가 몇 년이 걸리더라도 꼭 완성시키고 싶었던 것은 원칙적으로, 그리고 일찌감치 끝장이 나버린 셈이었다. 이번 전쟁에서는 물론이고, 다음번에도 그리고 영원히 말이다.

우리는 그것을 모르고 있었다. 그리고 진실은 서서히 우리의 마음속을 괴롭게 파고들었다. 전쟁은 비록 가끔씩 희망을 유예하며 기만적으로 어중간한 승리 속에서 다시 빛나기는 했지만, 썩어가고 쇠약해지며 궁핍해지던 전쟁, 반드시 **짧아야만** 한다고 나도 말했던 바로 그 전쟁은 4년간이나 지속되었다. 모든 것이 몰락하고 좌절에 빠지는 그 과정을 내가 이 자리에서 모두 자세히 기억해내야 하는가? 우리의 힘과 물적 재화가 소진되자 삶은 초라하기 짝이 없어지고 부족하지 않은 것이 없는 데다, 먹을 것은 빈약해지고, 물자가 부족해지면서 도덕은 땅에 떨어져 도둑질이 횡행하는가 하면, 그 와중에 재산을 축적한 천민이 졸렬하게 흥청대던 꼴을 어찌 다시 기억하여 여기에 적으랴? 내가 그렇게 하면, 모두 나를 비난하게 될지도 모른다. 내밀하고 전기적인 내용에 국한된 내 과제의 경계를 넘어 자제심 없이 쏟아놓을 이야기가 너무 많기 때문이다. 나는 앞에서 암시한 몰락과 좌절의 이야기를 처음부터 쓰디쓴 마지막 순간까지 고스란히 체험했다. 다시 말해 후방에서, 즉 내가 직무 면제를 받고 마침내 징병 해제 조치를 받은 뒤 프라이징의 교사 신분으로 되돌려 보내지면서 그랬던 것이다. 그것은 아라스 앞에서, 즉 보루가 있는 그 요새를 둘러싸고 1915년 5월 초부터 7월에 들어서기까지 진행되었던 두번째 전투 기간 동안에 이[蝨]를 잡는 구제 작업이 충분하지 않았던 것과 관련이 있었다. 나는 전염병에 걸려 몇 주 동안 별도의 바라크로 격리되었고, 그 후 또 한 달간 쇠약해진 군인들을 위해 타우누스 산맥에 마련된 요양소로 보내졌다. 그래서 나는 드디어 내가 조국을 위해 책무를 다했고, 이제부터는 나의 옛 직장에서 교육 제도를 유지하는 일에 봉사하는 것이 더 낫다는 견해를 거역하지 않게 된 것이다.

그렇게 하여 나는 평범한 가정집에서 다시 남편이자 아버지로 지낼 수 있었다. 그리고 어쩌면 폭탄 공격에 파괴될 운명에 내맡겨진 집의 벽과 너무나 친근한 물건들은 이제 일선에서 물러난 나의 조용하고 텅 빈 삶의 테두리를 여전히 만들어주고 있다. 자만에 차서 우쭐거리고 싶어서가 아니라 단순히 확인하는 차원에서 다시 한 번 말하고 싶은 것은, 내가 나 자신의 삶을 꼭 소홀히 한 것은 아니지만 항상 부차적으로만 신경쓰며, 말하자면 왼손으로 대충 끌어갔다는 사실, 이와 달리 내가 우선적으로 관심을 가지고 긴장하며 걱정했던 일들은 모두 어린 시절부터 아끼던 내 친구의 존재에 집중되어 있었다는 사실이다. 아무튼 당시에도 나는 그의 곁으로 되돌아가게 되어 매우 기뻤다. 이렇게 '기쁘다'라는 표현이 적절하다면 말이다. 왜냐하면 그가 창조적인 일에 몰두할수록 점점 더 커지는 그의 고독이 나를 전율에 빠뜨렸던 것이다. 그것은 걱정과 불안함에서 오는 은근하고 서늘한 전율, 그리고 안타깝게도 그에게서는 아무런 반응도 얻어내지 못하기에 느끼는 전율이었다. '그에게 애정을 가지고 주의를 기울이는 일', 즉 그의 비범하고 불가사의한 삶을 감시하고 지키는 일이 언제나 나의 삶에 본질적이고 긴급한 과제로 주어진 것 같았고, 또한 내 삶의 실질적인 내용을 이루고 있었기 때문에 나는 나의 현재 삶이 텅 비어 있다고 했던 것이다.

그의 집은 희한하게 반복되는, 어쩐지 그다지 시인할 수 없는 의미에서의 '가정집'이었지만, 그는 자신의 집을 비교적 운이 좋게 선택했다. 얼마나 다행스러운 일이랴! 몰락과 함께 지속적으로 혹독하게 괴롭히던 궁핍의 여러 해 동안 그는 자신이 머물던 소도시의 농민 슈바이게 슈틸 집에서 그저 바랄 만한 정도로 그럭저럭 식생활을 해결할 수 있었다. 그런 자세한 사정을 그는 제대로 알지도 못했고, 제대로 알아주지

도 않았다. 비록 군사적으로 여전히 앞으로 나아가기는 해도 이미 교착
상태에 빠지고 봉쇄된 나라가 전체적으로 겪고 있는 고통, 사람을 너무
나 지치게 하는 여러 변화에 그는 거의 영향을 받지 않았다. 그런 모든
상황을 그는 당연하게, 아무런 언급도 없이 받아들였다. 마치 그 모든
것이 자신의 천성 때문에 시작되기라도 한 듯이, 따라서 자신의 천성
에 잠재된 것을 당연히 받아들이기라도 하는 듯이 말이다. 말하자면 그
의 천성이 지닌 지속성과 항상 변함없는(Semper idem) 남자로 정해진
그의 천명이 외적인 상황에 대해 개인적으로 독특하게 관철되고 있었
던 셈이다. 간단한 섭생법에 따른 그의 식습관을 맞춰주는 데 슈바이게
슈틸 가정의 살림은 별문제가 없었다. 거기에다 내가 전장에서 돌아와
곧 알게 된 바와 같이, 두 명의 여인이 그를 돌봐주기도 했다. 두 여인
은 서로 아무런 관련도 없이 그에게 접근해 그의 보호자라도 되는 듯이
행세했다. 그들은 메타 나케다이와 쿠니군데 로젠슈틸이라는 숙녀들이
었다. 한 여인은 피아니스트였고, 다른 한 여인은 창자 가공 회사, 즉
소시지 껍질을 생산하는 회사의 공동 소유주였다. 그런데 참 진기한 일
이다. 대부분의 군중에게는 전혀 눈에 띄지 않은 채 밀교적인 분위기에
서 일찌감치 명성을 얻은 레버퀸의 이름이 전문적인 영역의 최고 전문
가들 사이에서는 잘 알려져 있었다. 가령 예의 저 파리에서 그를 초대
한 것이 특징적으로 잘 보여주듯이 말이다. 그러나 동시에 그의 명성은
소박하고 더 깊은 영역에서, 말하자면 가여운 영혼들의 결핍된 정서 속
에서도 반영되어 나타났던 것이다. 그런 영혼들은 뭔가 '고차원적인 노
력'이라는 것으로 변장한 모종의 고독과 고뇌의 감수성을 내세우며 스
스로 군중과 거리를 두고, 단지 더욱 완전한 희소성이 있는 존재에게만
존경심을 바침으로써 행복을 찾는다. 그런 영혼들이 여성, 게다가 노처

녀들이라는 점은 놀라운 일이 아니다. 왜냐하면 인간적인 결핍은 분명 예지적인 직관의 원천이기 때문이고, 이런 직관의 출처가 하찮다고 해서 평가를 덜 받아야 하는 것은 전혀 아니기 때문이다. 물론 여기서 천재의 개인적인 요소가 상당히, 게다가 정신적인 욕구보다 더 크게 작용했다는 점은 의문의 여지가 없었다. 어차피 그 두 여인의 경우에는 이 정신적인 속성이라는 것도 애매해서 단지 막연한 윤곽으로만, 즉 감각과 짐작으로만 알 수 있고 평가될 수 있을 뿐이었다. 하지만 쌀쌀맞고 수수께끼 같은 혼자만의 영역에 머무는 아드리안의 존재 방식에 누구보다 먼저 오성과 감성이 확실하게 빠져 있다고 말할 수 있는 내가 이 두 연인이 그의 고독에, 그의 존재가 지닌 일반인과 다른 특성에 매혹된 심정을 조롱할 자격이 조금이라도 있는가?

나케다이는 삼십대의 수줍고 소심하며, 항상 얼굴을 붉히고 매 순간 부끄러워서 어쩔 줄 몰라 하는 여자로서, 말을 할 때는 물론 남의 말을 들을 때에도 쓰고 있는 코안경 뒤로 경련하듯, 또 친절하게 눈을 깜박거리며 머리를 끄덕이면서 코를 찡그리곤 했다. 아드리안이 시내로 나온 어느 날 전차의 앞쪽 개폐식 발판 위에서 그녀는 우연히 그의 곁에 서 있었다. 그 사실을 알아차리는 순간 그녀는 정신없이 도망치며 승객으로 꽉 찬 전차 안을 뚫고 뒤쪽의 발판으로 날아가듯이 가버렸다. 그곳에서 그녀는 잠시 냉정을 되찾고 다시 돌아와 그에게 말을 걸었고, 그의 이름을 부르며 얼굴을 붉히다가 또 창백해지면서 그에게 자신의 이름을 털어놓는가 하면, 자신의 현재 상황에 대해서 뭔가 덧붙이면서, 자신은 그의 음악을 신성한 것으로 받들고 있다고 말했다. 그는 그 모든 말을 감사의 표시와 함께 들었다. 이렇게 하여 두 사람이 서로 알게 되었고, 메타는 자신이 먼저 시작한 그와의 관계를 그대로 방치하지 않았다. 그녀는 경의를 표하는 방문을 하고자 꽃을 들고 파이퍼링으로 찾아옴으로써 그와의 관계를 다시 확인했고, 이후에도 지속적으로 이어갔다. 자신과는 다른 방식으로 그와 알게 된 로젠슈틸과 자유롭지만 쌍방 간의 질투로 인해 점점 더 커지는 경쟁을 하면서 말이다.

로젠슈틸은 뼈대가 굵은 유대인으로 나케다이와 나이가 비슷했다. 다듬기 힘든 양털 같은 머리카락을 가졌으며, 갈색 눈에는 시온의 딸이 모욕당하고 그 민족이 길 잃은 무리가 되어버린 운명에 대해 매우 오랫동안 간직해온 슬픔이 뚜렷이 드러났다. 그녀는 거친 영역에(왜냐하면 소시지 껍질 공장은 명백히 거친 측면이 있기 때문이다) 종사하는 활발한 여성 사업가였지만, 말을 할 때 모든 문장을 "에이!"라는 말로 시작하는 어쩐지 구슬퍼 보이는 습관이 있었다. "에이, 예" "에이, 아니요" "에이, 제 말을 믿으세요" "에이, 왜 아니겠어요" "에이, 나는 내일 뉘른베르크로 차를 타고 갈 거예요"라며 깊고 사막같이 거칠며 하소연하는 목소리로 말했다. 심지어 "어떻게 지내세요?"라고 누가 그녀에게 물어도, "에이, 늘 정말 잘 지내요"라고 대답했다. 그러나 **글을 쓸** 때는 전혀 달랐다. 그녀는 글 쓰는 것을 유난히 좋아했다. 거의 대부분의 유대인들처럼 쿠니군데는 매우 음악적이었을 뿐만 아니라, 폭넓은 독서를 하지 않았음에도 불구하고 독일어에 대한 감각이 국민의 평균보다, 심지어 대부분의 학자들보다 훨씬 더 순수하고 섬세했다. 그녀가 스스로 늘 '우정'이라고 부르던(말이 나온 김에 덧붙이건대, 시간이 지나면서 그것은 실제로 우정이 되지 않았을까?) 아드리안과의 관계도 그녀의 아주 뛰어난 편지글로 시작되었다. 그것은 길고 짜임새 있는 문장으로 내용 면에서 꼭 경탄할 만한 글은 아니더라도 문체적으로 예전 독일 인문주의의 가장 훌륭한 모범에 따라 작성된 충정 어린 글이었다. 수신자는 그 서한을 읽으면서 분명 놀라움을 느꼈고, 그 글의 문학적인 위엄 때문에 아무런 말도 없이 무시해버릴 수가 없었다. 이후에도 그녀는 그렇게, 개인적으로 자주 방문하는 것과 무관하게 파이퍼링에 있는 그에게 종종 서한을 보냈다. 대개는 긴 글이었지만 그다지 구체적인 대상에 관한 것은 아니고, 거론되는 일로 보아 별로 흥미진진한 내용도 아니었지만, 언어적인 면에서는 성실하고 산뜻하며 읽을 만했다. 덧붙여 언급하면, 그 글은 손으로 쓴 것이 아니라 사업상의 & 표시가 찍힌 종이에 사업장용 타자기로 친 것이었다. 서신은 수신자에 대한 존경심을 드러내 보였는데, 그녀는 그 존경심의 본질을 조금 더 뚜렷이 부각하고 존경심의 근거를 제시하기에는 너무 겸손했거나 혹은 능력이 없었다. 아무튼 그녀의 존경심은 본능에 의해 정해진, 수년간의 충정 속에서 입증된 존경심이자 복종심이었다. 그런 마음씨 때문에 다른 유능함은 전혀 고려하지 않더라도 그 뛰어난 여성을 진정으로 존중하지 않을 수 없었다. 적어도 나는 그렇게 했고, 수줍고 소심한 나케다이에게 그랬듯이 내적으로 똑같이 인정하고자 애썼다. 아드리안도 원래 천성대로 늘 무관심했겠지만, 그래도 자신을 추종하는 이 여인들의 경의와 선사품을 그냥 받아들였던 것 같다. 어쨌거나 나의 운명이 그녀들의 운명과 그리 크게 다르기야 했겠는가? 나는 내가 그들에게 호의를 가지려고 신경을 썼던 점을(유치하게도 그들끼리는 서로 싫어하고, 마주치면 서로 곁눈질로 상대방을 훑어보았지만) 뿌듯하고 명예롭게 생각해도 좋다고 본다. 왜냐하면 어떤 의미에서 나는 그들과 이해 관심사가 같은 편에 속했고, 따라서 사실 아드리안에 대한 나 자신의 관계가 처녀들에 의해 낮은 수준으로 반복됨으로써 당황하여 그들을 거부할 수도 있었기 때문이다.

어쨌든 이들은 항상 양손 가득히 뭔가를 들어다 날랐다. 기아가 만연하던 여러 해 동안에도 생계 면에서 이미 보살핌을 잘 받고 있던 아드리안에게 필요할 것 같이 생각되는 것은 무엇이라도, 은밀한 통로를 이용해 취할 수 있었던 것들을 모두 가져다주었다. 그것은 설탕, 차, 커피, 초콜릿, 제과류, 통조림, 말아서 피울 수 있는 담뱃가루 같은 것들이었다. 그래서 아드리안은 그 일부를 나와 실트크납, 그리고 결코 그에게 친근감을 거두지 않았던 슈베르트페거에게도 나누어줄 수 있었고, 우리는 그렇게 보살펴주던 여자들의 이름을 거론하며 고마워했다. 담뱃잎 혹은 담배와 관련해 말하자면, 아드리안은 어쩔 수 없을 때만 담배를 포기했다. 심한 뱃멀미가 시작되듯이 편두통이 그를 엄습해오고, 빛을 차단시킨 방 안에서 그가 침대에 누워 있는 날들이면 그랬는데, 그런 일은 한 달에 두서너 번씩 일어났다. 하지만 그 밖의 경우에는 여유로운 느낌을 주는 자극제, 즉 상당히 늦게 라이프치히에서 습관을 들인 흡연을 포기할 수가 없었다. 특히 포기하기 힘든 순간은 일을 하고 있을 때였다. 그가 확언한 바에 따르면, 일을 할 때 담배를 말고 깊이 흡입하는 잠시 동안의 여유가 없었다면, 그는 그 시간을 그다지 오래 견뎌내지 못했을 것이다. 그런데 내가 다시 민간인 생활로 돌아오던 바로 그 즈음에 그는 몹시 절박하게 일에 매달렸다. 내가 받은 인상으로는, 그것은 바로 그때 하고 있던 작업, 즉「로마인들의 행적」작품 때문이 아니었고, 혹은 단지 그것 때문만은 아니었다. 그보다 그 일을 그만 끝내버리고, 새로 나타나기 시작하는 창조력의 요구를 받아들일 준비를 하고자 했기 때문이었다. 내가 확신하건대, 이미 그 당시에, 어쩌면 전쟁이 터지던 때부터 이미 그의 시야에 드러났던 것이 있었다. 전쟁은 그가 품고 있던 것과 같은 예언에 비추어 보면 의미심장한 사건이었던 것이다. 그것은 역사의 새로운 단락, 말하자면 새롭고 떠들썩하며 근본을 뒤집는, 격렬한 모험과 고통으로 가득한 역사적 시대의 개막을 의미했다. 그리고 그의 창조적인 삶의 시야에 이미 드러났던 것은 「형상으로 본 묵시록Apocalipsis cum figuris」*이었다. 그것은 그의 삶에 아찔할 정도의 추진력을 부여하게 될 작품이었고, 적어도 내가 앞뒤의 과정을 보건대, 그는 바로 이 작품을 앞두고 그 전까지 꼭두각시 인형극을 소재로 천재적인 그로테스크 작품을 손질하며 대기 시간을 보냈던 셈이었다.

아드리안은 중세 시대 대다수의 낭만적인 신화의 근원이라고 해야 할 고서적, 즉 라틴어로 된 가장 오래된 기독교 동화와 성담 모음집의 번역본을 실트크납을 통해 알게 되었다. 아드리안에게서 총애를 받았고, 그와 같은 색깔의 눈동자를 가졌던 그자에게 나는 그 공로를 인정해주고 싶다. 두 사람은 여러 날 저녁 시간에 그 책을 함께 읽었다. 그때 익살을 즐기는 아드리안의 감각, 크게 웃음을 터뜨리고 싶어 하는 그의 욕구가 유감없이 충족되었다. 심지어 눈물이 날 만큼 웃어대고 싶은 그 욕구를 약간 무미건조한 내 성격은 한 번도 제대로 불러일으킬 수가 없었다. 하지만 그 밖에도 나의 소심한 시각으로는, 내가 긴장과 두려움 속에 사랑했던 그가 터뜨리는 폭소에서 뭔가 그답지 않은 모습이 내비치는 것 같았던 까닭도 있었다. 뤼디거, 즉 아드리안과 같은 색깔의 눈동자를 가진 친구는 나의 이런 걱정을 결코 공감하지 않았다. 덧붙여 말하면, 나는 그런 걱정을 아무에게도 말하지 않고 혼자 간직하고 있었고, 어차피 일어날 일이라면 그렇게 자유분방한 분위기에 나도 허심탄회하게 참여하는 데 어려움이 없었다. 더욱이 그 슐레지엔 사

---

* 독일의 화가 알프레드 뒤러의 판화 「요한 묵시록Die heimlich offenbarung johannis」의 라틴어 제목.

람은 자기가 아드리안을 눈물이 날 정도로 웃게 만들 수 있게 되면, 마치 무슨 사명이나 임무를 완수하기라도 한 것처럼 눈에 띄게 만족스러워했다. 실제로 그는 익살스러운 이야기책과 우화집을 가지고 정말 감사를 받아 마땅한, 또 나중에 작품 창작에도 생산적으로 크게 작용하게 될 일을 해냈다.

나는 역사적으로 정확하지도 않으면서 기독교적인 신앙심을 교육시키려는 의도와 도덕적 순진함을 내포한 『로마인들의 행적』을 좋게 보려 한다. 그 책은 부모 살해, 간통, 복잡한 근친상간에 대한 이상한 궤변, 또 검증이 불가능한 로마 시대 황제들의 이야기와 더불어 지독한 감시와 머리를 짜내어 제시된 조건으로 그 딸들인 공주들의 신랑감을 구하는 이야기를 담고 있다. 다시 말해, 엄숙하게 라틴어로 옮기면서 이루 밀힐 수 없이 단순한 번역 양식으로 서술된 이 모든 이야기들은 '약속된 땅'으로 순례하는 기사들과 음란한 아내들, 꾀 많은 여자 뚜쟁이들, 악령을 불러내는 마술에 복종하는 성직자들에 관한 것으로, 흥미를 유발할 수 있음을 부정할 수 없다. 이런 이야기들은 패러디풍으로 조롱을 즐기는 아드리안의 감각을 자극하기에 가장 적합했다. 그는 이런 이야기들을 알게 된 날부터 여러 이야기들을 압축된 형태로 만들어서 인형극장 무대를 위해 음악적으로 극화할 생각을 했다. 가령 철저히 비도덕적이며 『데카메론』의 모범이 될 만한 이야기로 「노파들의 사악한 간계」를 보자. 이 이야기에는 성스러움을 가장하고 금지된 열정을 함께 나눈 악마의 여자 공범자 이야기가 들어 있다. 이 여자는 고귀하고 게다가 지극히 존경할 만한 어떤 기혼녀로 하여금 남편이 여행을 떠난 사이에 그녀를 죽도록 탐하던 어떤 청년에게 불경스럽게도 몸을 바치도록 만들었다는 것이다. 이 마녀가 보잘것없는 암캐를 이틀간 굶긴

후에 겨자 빵을 주자 그 동물의 눈에서 격렬하게 눈물이 쏟아지게 된다. 이렇게 하여 마녀는 암캐를 데리고 도덕의식이 엄격한 여인의 집으로 가는데, 다른 모든 이들이 그랬듯이 그 여인도 마녀를 성녀로 추앙하고 있었기 때문에 정중하게 맞이해 대접한다. 그 귀부인이 울고 있는 암캐를 보고 기이하게 여기며 그 이유를 묻자, 마녀는 마치 그 질문을 피하는 척하다가, 사실을 털어놓으라는 종용에 못 이기는 척 대답하게 된다. 그 작은 암캐는 원래 너무나 정숙한 자기 딸이었는데, 그 딸을 동경하며 열정에 불타오른 어떤 젊은이의 청을 완고하게 거절하는 바람에 그를 죽음으로 몰고 갔고, 그에 대한 벌로 딸은 암캐로 변했으며, 이후로 자신의 신세를 생각하며 후회의 눈물을 쏟는 것이라고 말이다. 이처럼 새빨간 거짓말을 하면서 뚜쟁이 마녀도 역시 눈물을 흘린다. 하지만 그렇게 벌을 받고 있는 딸의 경우와 자신의 경우가 유사하다는 생각을 하던 귀부인은 깜짝 놀라며 자기 때문에 고통에 빠진 예의 저 청년의 이야기를 마녀에게 털어놓게 된다. 그러자 마녀는 귀부인에게 진지하게 경고를 하며, 그녀도 암캐로 변하게 되면 그것은 어떻게든 되돌릴 수 없는 피해가 되고 말 것이라고 말한다. 이어 마녀는 애를 태우고 있는 청년을 데려오라고 꼬인 뒤에, 그가 신의 은총으로 욕망을 채울 수 있도록 주선한다. 그리하여 그 두 사람은 사악한 익살에 이끌려 지극히 감미로운 간통을 즐기게 된다.

나는 뤼디거가 수도원장 방에서 처음으로 이런 이야기를 우리 친구에게 읽어준 것을 부러워하고 있다. 물론 내가 그 일을 했더라면, 그만큼 할 수 없었으리라고 인정하지 않을 수 없다. 덧붙이건대, 훗날 태어날 아드리안의 작품을 위해 그가 도왔던 일은 바로 그 처음의 자극에서 끝났다. 인형극을 위해 작품 줄거리를 편집해서 대화체로 바꾸어야 할 때가 되자, 그는 시간이 없다는 이유로, 혹은 익히 알려진 바와 같이 무조건 자유를 누리려는 그의 반항 의식 때문에 자신을 향한 부당한 기대를 거부했다. 아드리안은 그의 거부를 나쁘게 보지 않았고, 내가 없는 동안에는 완성되지 않은 대본과 대략적인 대화를 직접 구상했다. 그러고 나서 여가 시간에 그것을 산문과 운문이 섞인 최종 형태로 재빨리 다듬은 사람은 바로 나였다. 이때 아드리안이 의도한 대로, 출연하는 인형들에게 목소리를 실어주는 성악가들의 자리가 오케스트라의 악기들 사이에 정해졌다. 아주 절제 있게 구성된 오케스트라에는 바이올린, 콘트라베이스, 클라리넷, 파곳, 트럼펫, 트롬본, 남성용 타악기, 또 종이 있었다. 그리고 성악가들과 함께 해설자가 등장해 성담곡의 증인(testi)처럼 줄거리를 서창과 서술로 요약하게 된다.

이처럼 파격적인 형식은 이 조곡(組曲)에서 사실상 핵심 부분인 다섯번째, 즉 「성열에 든 그레고리우스 교황의 탄생」 이야기*에서 가장 뛰어나게 효과를 발휘한다. 여기서 이야기는 불경스럽고 기이한 탄생으로 끝나는 것이 아니라, 주인공이 처한 그 모든 끔찍한 상황이 그가 결국 그리스도의 대리인으로 등용되는 데 전혀 장애가 되지 않을뿐더러, 오히려 신의 수수께끼 같은 자비에 따라 그런 인물이 될 수 있도록 특별히 타고났고 운명에 따라 정해진 것으로 보이도록 한다. 복잡하게 꼬인 그 이야기는 길다. 그리고 고아가 된 왕가의 남매 부부 이야기, 즉 오빠가 여동생을 지나치게 사랑한 나머지 스스로를 자제하지 못하고 동생을 난감한 상황으로 이끌게 됨으로써 결국 비상하게 아름다운 사내아이의 어머니로 만든 이야기를 내가 여기서 다시 반복할 필요

* 교황 그레고리우스 1세를 말한다. 남매간의 근친상간으로 태어난 그의 이야기를 토마스 만은 소설 『선택받은 인간Der Erwählte』(1951)에서 상세히 묘사했다.

는 없을 것이다. 모든 이야기의 중심에 있는 인물은 바로 이 사내아이, 사악한 의미의 말로, 여동생의 아이이다. 아이의 아버지가 '약속의 땅'으로 행군함으로써 속죄하고 그곳에서 죽음을 맞게 되는 사이에, 아이는 불확실한 운명으로 치닫게 된다. 왜냐하면 사실 있을 수 없는 방식으로 태어난 아이에게 어머니는 자신의 책임 아래 세례를 내리지 못하게 하려는 결심을 굳히게 된다. 그리고 군주의 품위가 드러나는 요람과 함께 아이를 속이 빈 통 안에 담고, 아이의 양육을 위해 안내가 될 만한 문자판과 금은보화를 잊지 않고 그 안에다 넣은 뒤, 파도에 띄워 보내게 되고, 또 파도는 아이를 "여섯번째 축일에" 어떤 경건한 수도원장이 이끄는 수도원 근처로 실어가게 되는 것이다. 수도원장은 아이를 발견하고, 아이에게 자신의 이름을 따서 그레고르라고 세례명을 지어주며, 아이가 교육을 받을 수 있게 해준다. 신체적으로나 지적으로 매우 뛰어난 그 아이에게 수도원장의 교육은 더할 나위 없는 효과를 발휘한다. 그러는 사이에, 죄를 지은 어머니는 앞으로 결코 결혼하지 않을 것이라고 맹세를 해서 온 나라를 시름에 빠지게 한다. 그런데 그녀가 결혼을 거부한 이유는 자신이 죄를 지어 기독교도로서 혼인할 자격이 없는 여인이라고 여기기 때문만은 분명 아니다. 다른 한편으로, 그녀는 실종된 오빠를 위해 위험스럽게 정절을 지키고 있는 것이다. 힘이 막강한 어느 공작이 청혼을 했으나, 그녀가 완강히 거절할 때처럼 말이다. 공작은 그녀가 거절하자 너무나 격노한 나머지 그녀의 나라를 온통 황폐하게 만들고, 그녀가 조용히 물러나 피신하고 있던 유일하게 안전한 도시를 제외하고 온 나라를 정복해버린다. 또 청년 그레고르가 자신의 탄생 배경을 알게 된 뒤 성지 순례를 하고자 길을 떠났다가, 도중에 우연히 어머니가 다스리는 도시에 도달하게 되는 때도 그렇다. 그곳에서

132

그는 오빠 대신 나라를 다스리고 있던 여인의 불운에 대해 듣고 그녀를 찾아가 그녀를 위해 일을 하겠노라고 하는데, 그녀는 그를 "자세히 살펴보고"서도 알아보지 못한다. 또 그가 격노한 공작을 살해하고 그녀의 나라를 해방시킴으로써 구원된 여제후에게 주변 사람들의 권유에 따라 부군으로 추천될 때도 그렇다. 이때도 그녀는 어느 정도 새침을 떨고, 생각할 시간으로 하루를—단 하루를—달라는 조건을 내세우기는 한다. 하지만 그러고 나서 그녀는 원래 맹세했던 것과는 달리 결혼 제안을 따르고 온 나라가 박수갈채와 환호를 보내는 가운데 혼인하게 된다. 그리고 죄가 낳았던 아들이 어머니와 잠자리를 같이 함으로써 아무것도 모르는 사이에 끔찍한 일이 더 늘어나고 만다. 나는 이 모든 이야기를 상세히 나열하지는 않겠다. 다만 인형극 오페라에서 너무나 기묘하고 경이롭게 빛을 발휘하는, 줄거리 중에서 격한 감정이 실린 절정 부분들만 지적하고자 한다. 이미 첫 부분에서 오빠가 여동생에게, 그녀가 왜 그렇게 창백하게 보이는지, 왜 "그녀의 눈이 검은 빛을 잃어버렸는지" 묻고, 그녀는 "이상할 것도 없어요. 난 임신을 했고, 그래서 후회를 하고 있거든요"라고 대답할 때가 그런 부분이다. 혹은 죄가 드러난 오빠의 사망 소식을 듣는 순간, 그녀가 이상한 탄식을 터뜨리는 부분도 그렇다. "나의 희망은 사라져버렸어. 나의 힘은 사라져버렸어. 나의 유일한 오빠, 또 하나의 나!"라는 탄식에 이어, 시신을 발바닥에서부터 머리끝까지 온통 입맞춤으로 뒤덮는 장면이다. 그러자 그녀 주변의 기사들이 너무 지나치게 근심하는 그녀의 모습을 보고 마음이 몹시 불편해져서 그녀를 시신에서 억지로 떼어놓는다. 또 그녀가 마침내 자신이 누구와 함께 지극히 다정한 결혼 생활을 하고 있는지 알게 된 것을 그에게 말하게 되는 부분도 마찬가지이다. "오, 나의 사랑스러운 아들아,

너는 나의 하나밖에 없는 아들이다. 너는 나의 부군이자 나의 주인이야. 너는 내 짝이고 내 오빠의 아들이야. 오, 나의 사랑하는 아이야. 하지만 오, 하느님, 왜 나를 이 세상에 태어나게 하셨나요!" 그렇다. 그녀가 부군의 밀실에서 발견했던, 예전에 그녀 자신이 썼던 작은 메모판으로 인해 자신이 누구와 잠자리 나누고 있는지를 알게 된 것이다. 그나마 다행스럽게도 아들에게는 형제이자 오빠의 손자를 낳게 되지는 않았지만 말이다. 그래서 또다시 그레고르는 속죄의 길을 떠날 생각을 하기에 이르고, 곧이어 맨발로 길을 떠난다. 그는 어떤 어부의 집에 도착하게 되는데, 어부는 "그의 사지가 매우 고운 것을 보고" 그가 단순한 여행자가 아님을 알게 된다. 그리고 방문객과 이야기를 하며, 극도의 고독만이 그에게 유일하게 도움이 될 것이라는 의견에 공감한다. 어부는 그를 배에 태워서 바다 쪽으로 25킬로미터를 나아가 파도가 부서지는 암벽으로 데려간다. 그곳에서 그레고르는 어부에게 자신의 발에 수갑을 채우게 하고 열쇠를 바닷속에다 던져버린 뒤에 17년 동안 속죄의 세월을 보낸다. 마지막에는 결국 모든 것을 압도하는, 하지만 그 자신에게는 놀라운 일이 아닌 듯이 보이는 신의 은총이 펼쳐진다. 로마에서 교황이 서거하고, 그가 죽자마자 곧 하늘에서 목소리가 내려온 것이다. "신의 선택을 받은 남자 그레고리우스를 찾아 그를 나의 대리인으로 삼으라!"라고. 그래서 전령이 서둘러 곳곳을 돌게 되고, 수년 전의 일을 기억하고 있던 예의 저 어부에게도 찾아오게 된다. 그는 고기를 한 마리 낚게 되는데, 한때 바닷속으로 가라앉았던 열쇠를 고기의 배 속에서 찾게 된다. 그리고 그는 전령을 배에 태워 속죄자의 암벽으로 데려가고, 둘은 위를 쳐다보며 큰 소리로 부른다. "오 그레고리우스, 하느님께서 선택하신 인물이여, 암벽을 내려와 우리 배를 타소서. 그대가 이 지상에서 하느님의 대리인이 되는 것이 하느님의 뜻이기 때문이오!" 그러자 그가 한 대답은 무엇인가? "하느님이 그렇게 하고 싶으시다면, 그뜻이 이루어지이다"라며 태연하게 말하는 것이다. 이어 그들이 로마로 돌아오자, 사람들이 종을 울리려는데, 누가 울려줄 때까지 기다리지 않고 종이 스스로 울린다. 그처럼 경건하고 교훈적인 교황은 일찍이 없었노라고 알기 위해서 모든 종이 자발적으로 울려 퍼진 것이다. 천복을 받은 인물의 명성은 그의 어머니에게도 전해지고, 그녀는 당연히 자신의 삶을 어느 누구보다 바로 이 선택받은 인물에게 맡겨야 한다는 생각에 이끌려 교황 앞에서 고해를 하기 위해 로마로 떠난다. 그녀의 고해를 들은 교황은 그녀를 금방 알아보고 그녀에게 말한다. "오, 사랑하는 어머니이자 누이이며 아내여. 오, 나의 친구여. 악마는 우리를 지옥으로 이끌려고 했으나, 하느님의 우세함이 그것을 막았노라"라고. 그는 그녀에게 수도원을 세워주고, 그녀는 그곳에서 수도원장으로 일하지만, 그 세월은 길지 않다. 왜냐하면 그들은 곧 자신의 영혼을 신에게 돌려주도록 허락받게 되기 때문이다.

이와 같이 엄청나게 죄 많고 단순하며 은혜로운 이야기를 만들기 위해 아드리안은 그 모든 익살과 끔찍함, 어린아이 같은 집요함, 환상적인 요소, 그리고 음악적 채색의 엄숙함을 모았다. 아마 이 작품에, 혹은 특히 바로 이 작품에 뤼베크의 노교수가 썼던 기묘한 형용사, 즉 '신적인 정신의'라는 단어를 적용할 수 있을 것이다. 이런 기억이 떠오르는 이유는, 실제로 「로마인들의 행적」이 「사랑의 헛수고」의 음악 양식으로 되돌아가는 느낌을 주었기 때문이다. 「우주의 경이로움」의 곡조는 이미 상당히 「묵시록」의, 게다가 「파우스트 박사」의 곡조를 들려주고 있었다. 이처럼 다른 곡을 선취하거나, 다른 곡과 겹치는 경우는 창조적인 사람의 삶에서 자주 일어난다. 이런 소재들에서 유래되어 내 친구에게로 전해진 예술적 자극은 내가 잘 설명할 수 있다. 그것은 정신적인 자극이었는데, 원작을 회화해 해체하는 형식과 악의가 혼합되지 않았다고 할 수 없다. 그 자극이 비판적인 반격에서 유래해, 막 끝나가는 예술 시대의 팽팽한 비장함으로 전해진 것이었기 때문이다. 그 악극은 낭만적인 전설, 중세 신화 세계에서 소재를 취했고, 그런 것들만이 음악에 어울리고 음악적 가치와 상응한다는 점을 시사했다. 이에 부응하는 작품이 이제 만들어진 것으로 보인다. 하지만 매우 파괴적인 방식으로 만들어졌다. 우스꽝스러운 것, 특히 육감적인 해학이 도덕적으로 성직자 같은 태도를 대신하고, 줄거리의 지나친 과장은 포기하며, 행위는 그 자체로 이미 익살스러운 꼭두각시 무대에 넘겨짐으로써 말이다. 이런 무대의 특수한 가능성을 연구하는 일은 레버퀸이 「로마인들의 행적」 곡들에 몰두하는 동안에 매우 중시하던 일이었다. 그가 은둔자처럼 생활하며 피했던 구교도적이고 바로크적인 민중의 연극 애호는 그에게도 그런 연구를 위한 여러 기회를 제공했다. 발츠후트 바로 근처에 잡화점 상인이 있었는데, 그는 꼭두각시를 조각해 의상을 차려 입혔고, 아드리안은 그를 자주 방문했다. 아드리안은 또 미텐발트로, 다시 말해 이자르 계곡 상부에 있는 바이올린 동네로 차를 타고 나갔는데, 그곳에서는 약사가 같은 취미에 몰두하고 있었다. 그는 아내와 재능이 많은 아들들의 보조를 받아 포치와 크리스티안 빈터의 인형극에 맞춰서 동네에서 인형극을 공연해, 그곳 주민은 물론 외부인들에게도 많은 관심을 끌었다. 레버퀸은 이런 인형극을 보았으며, 내가 알아차린 바와 같이, 자바 사람들의 매우 정교한 손 인형극 공연과 그림자 형상극 공연을 학술적으로 연구하기도 했다.

창문이 낮게 걸린 니케홀에서 아드리안이 우리에게 기묘한 자신의 총보 중 새로 쓴 부분을 타펠클라비어로 연주해 들려줄 때는 기분 좋게 흥분된 저녁 시간이었다. '우리'란 나와 실트크납, 그리고 가끔씩 기꺼이 자리를 함께 나누던 루디 슈베르트페거까지 포함해서 한 말이다. 그 총보에는 가장 압도적인 분위기의 화성과 가장 복잡하게 미로처럼 뒤엉킨 리듬이 지극히 단순하게 응용되어 있고, 그러면서 또 일종의 어린이용 트럼펫의 음악적 양식이 매우 특이한 소재로 이용되어 있었다. 여왕이 한때 오빠와 함께 낳았고, 자신의 남편이라고 껴안았으며 이제는 성스럽게 된 남자와 다시 만나는 부분은 우리의 눈물을 자아냈다. 그것은 우리가 그때까지 한 번도·흘려본 적이 없던 눈물로 폭소와 감동과 충격이 아주 독특하게 섞인 것이었다. 슈베르트페거는 제어할 수 없는 친밀감에 휩싸여 그 순간의 자유를 만끽했다. 그는 "너, 정말 멋지게 해냈어!"라는 말과 함께 아드리안을 두 팔로 안고는 그의 머리를 자기 머리에다 맞대고 눌러댔던 것이다. 나는 뤼디거가 그렇지 않아도 늘 씁쓸한 입을 비난에 찬 표정으로 삐죽거리는 것을 보았고, 나 또한 낮은 목소리로 "그만해요!" 하며 손을 뻗어, 자제력을 잃고 거리를 취할 줄 모르는 슈베르트페거를 말리지 않을 수 없었다.

그는 연주에 이어 수도원장 방에서 나눈 가벼운 대화를 제대로 이해하며 함께하기까지는 약간 힘이 들었을 것이다. 우리는 전위적인 것과 민중적인 것의 결합에 대해, 예술과 평이성, 고상하게 높은 것과 무지하고 낮은 것 사이의 틈을 없애는 문제에 대해 이야기했다. 어떤 의미에서는 한때 낭만주의 시대에 문학적으로나 음악적으로 이루어지기도 했던 것처럼 말이다. 그러나 다시금 뛰어난 것과 가벼운 것, 위엄이 있는 것과 흥미 위주의 것, 진보적인 것과 일반적으로 즐길 만한 것 사이에서 그 어느 때보다 더 깊은 분리와 소외가 예술의 운명이 되어버렸다고도 했다. 음악이—그것은 모든 것을 대변했다—점점 더 의식적으로, 예술의 위대함에 대한 경외감으로 인해 생긴 소외 상태에서 벗어나기를 갈망하고, 결속되지는 않은 채 결속을 구축하며, 마치 음악적으로 아는 바가 없는 사람도 늑대 골짜기 장면*이나 「신부 화관」**이나 바그너를 이해하듯이 누구나 이해하는 언어로 말하고 싶어 했던 것은 감상에 빠진 탓이었던가? 어쨌거나 감상적인 속성은 그런 목적을 위한 수단이 아니었다. 그보다는 반어, 냉소가 훨씬 더 효과적인 수단이었다. 시류를 정화하고, 낭만적인 것, 격정과 예견, 음에 대한 도취와 문학을 거부하면서 객관적이고 원초적인 것과 결합하여, 즉 시간을 조직화하는 음악 자체의 재발견과 결합하여 반대파를 만들어내는 냉소 말이다. 물론 그것은 지극히 힘든 새 출발이다! 왜냐하면 현혹적인 원시성, 즉 낭만적인 것이 당연히 떠오르지 않았겠는가. 그러므로 정신의 정점에 머무는 것, 모든 사람이 새것을 이해할 수 있도록 유럽의 음악 발전이 거둔 가장 정선된 성과물을 해체하여 당연하고 일반적인 것으로 만들어버리는 일, 그런 성과물을 거리낌 없이 자유롭게 쓸 수 있는 구축 재료로 이용함으로써, 그리고 전혀 아류가 아닌 것처럼 개조되어 전통이 느껴지도록 함으로써 그런 성과물을 제압할 수 있는 위치에 서는 것, 이미 매우 많이 손을 댄 작업을 전혀 눈에 띄지 않게 하는 것, 대위법과 관현악 편곡법의 모든 비결을 없애버리고 꾸밈없는 수수함의 효과로, 하지만 단순함이나 무지함과는 아주 무관하게 지적으로 탄력 있게 작

---

* 베버(Carl Maria von Weber, 1786~1826)의 오페라 「마탄의 사수Der Freischütz」 중 한 장면.
** 「마탄의 사수」에 나오는 노래.

용하는 소박함 속으로 녹여 융합시키는 일, 이러한 것들이 음악의 과제요, 음악이 열망하며 추구하는 것인 듯했다.

우리의 지지 발언을 조금씩 받기는 했지만, 계속 말을 이어가던 사람은 주로 아드리안이었다. 앞서 있었던 연주 때문에 흥분된 채, 그는 달아오른 볼과 충혈된 눈을 드러내며 약간 열기에 들떠서 이야기를 했다. 참고로 덧붙이건대, 청산유수처럼 쏟아지는 말투가 아니라 말을 툭툭 던지는 것 같은 투였다. 하지만 그러면서도 이때 너무나 큰 내적인 동요가 함께 섞여 있어서, 나는 그가 나에게나 뤼디거 앞에서 그렇게 달변으로 자신의 속을 털어놓는 모습은 한 번도 본 적이 없다는 느낌이 들었다. 실트크납은 음악의 탈낭만화에 대한 자신의 불신을 말했다. 음악은 낭만적인 것과 아주 깊이 그리고 근본적으로 연관되어 있기 때문에 낭만적인 것을 부정하게 되면, 항상 자연석인 것이 그게 손실을 입게 될 것이라고 했다. 그런 불신에 대해 아드리안은 이렇게 말했다.

"낭만적이라는 말을 감정이 따뜻하다는 의미로 쓰는 거라면, 그대 말이 옳다고 하겠소. 오늘날 음악이 기법에만 쏟은 정신성을 추종하느라 부정하고 있는 그 따뜻함 말이오. 그건 아마 자기 부정일 거요. 하지만 우리가 복잡한 것을 간단한 것으로 순화하는 일이라고 부르는 것은 활기와 감각의 힘을 다시 회복하는 일과 근본적으로 같소. 그것이 가능하기만 하다면, 누군가…… 자네는 뭐라고 하겠나?" 그는 내게 말을 건네더니 스스로 대답했다. "**돌파**라고 자넨 말하겠지. 누군가 정신적인 냉정함에서 벗어나 새로운 감성의 모험 세계로 뚫고 들어가는 **돌파**를 성공적으로 해낸다면, 그 사람을 예술의 구세주라고 불러야 할 거야. 구원이란" 하고 그가 신경질적으로 어깨를 들썩하며 계속 말했다. "낭만적인 단어요. 그리고 화성학을 하는 사람의 단어지요. 화성 음악의 카덴차*에서 드러나는 희열을 표현하는 단어 말이오. 음악이 한때 구원의 수단으로 이해되었던 것이 우습지 않소? 음악 자체가 다른 모든 예술과 마찬가지로 구원이 필요했는데 말이지. 말하자면 예술의 해방, 종교를 대체하기 위한 문화의 봉기가 거둔 결실이었던 엄숙한 고립에서 구원되는 것, '관객'이라고 불리는 교양 엘리트들과만 함께 나누는 고립에서 구원되는 것 말이오. 이런 엘리트는 이제 곧 더 이상 존재하지 않게 될 것이기 때문에, 아니 이미 존재하지 않기 때문에 예술도 곧 완전히 고립되어 소멸해버릴 정도가 되겠지요. 예술이 '민중'을 향해, 그러니까 비낭만적으로 말하자면, 평범한 사람들을 향한 길을 찾아낸다면 몰라도 말이오."

그는 단숨에 이렇게 말하고, 또 묻기도 했다. 반쯤 가라앉은 목소리로 대화하듯이, 하지만 그의 말투에는 크게 드러나지 않는 떨림이 숨어 있었다. 그런 떨림은 그가 다음의 말을 마쳤을 때에야 비로소 이해가 되었다.

"예술이 띠는 삶의 분위기는 전체적으로 바뀔 것이라는 내 말을 믿으시오. 말하자면 쾌활하고 겸손해질 거요. 이건 어쩔 수 없는 것이고, 행운이기도 해요. 예술에서 매우 우울한 분위기의 야망은 없어질 것이고, 새로운 순진함, 게다가 전혀 해롭지 않은 특성이 예술의 몫이 될 거요. 미래는 예술 속에서, 또 예술은 다시 그 자체 속에서 하나의 공동체에 봉사하는 모습을 보게 될 것이오. '교양'보다 훨씬 더 많은 것을 포괄하고, 문화를 갖지는 못했으나 어쩌면 또 하나의 문화가 될 공동체 말이오. 우린 이런 상태를 상상하기가 쉽지 않지만, 이것이 분명 존재

* 악곡이 끝나기 전에 붙이는 장식 악절.

하게 될 것이고, 자연스러운 것이 될 거요. 고통 없이 만드는 예술, 영적으로 건강하고 장엄하지 않으며, 슬프지 않고 신뢰감이 가는 예술, 인류와 친근하게 어울리는 예술……"

그는 말을 멈추었고, 우리 세 사람은 모두 감동과 충격에 휩싸여 침묵했다. 고독한 인물이 공동체에 대해, 누구든 근접하기도 어려운 사람이 친밀함에 대해 말하는 것을 듣는 일은 마음을 아프게 했고 동시에 가슴을 뛰게 했다. 아무리 감동이 커도 나는 그의 발언에 대해, 더욱이 그 자신에 대해 영혼 깊은 곳에서부터 불만을 느꼈다. 그가 말한 것은 그답지 않은 것이었다. 그것은 그의 자긍심에 어울리지 않았으며, 내가 좋아했을뿐더러 예술도 그에게 요구할 권리가 있던 그의 특성, 그의 거만함이라고도 할 그 특성에 도무지 어울리지 않았던 것이다. 예술은 정신이고, 정신은 사회 혹은 공동체에 대해 어떤 책임감을 느낄 필요가 전혀 없는 것이다. 내 생각에, 정신은 스스로의 자유를 위해, 스스로의 품위를 위해 그런 느낌을 가져서는 안 된다. '민중 속으로' 가는 예술은, 다시 말해 대중적 무리, 고루한 소시민, 속물의 욕구를 예술 자체의 욕구로 삼는 예술은 처량한 처지에 빠지고 만다. 그리고 가령 국가 때문에 대중성을 자체의 의무로 생각하는 것, 즉 하찮은 소시민이 이해하는 예술만을 허용하는 것은 최악의 속물근성이요, 정신을 살해하는 짓이다. 내가 확고하게 믿건대, 정신은 가장 모험적이고, 가장 자유로우며, 대중 집단에게는 가장 적당하지 않은 전진과 연구와 도전을 통해 분명 어떻게든 지극히 간접적인 방식으로 인간에게, 게다가 장기적으로는 인류에게 봉사할 수 있다.

아드리안 역시 이런 걸 당연하게 생각하고 있었다는 점은 의심의 여지가 없었다. 하지만 그는 그런 사실을 부정하곤 했다. 내가 그것을 그의 자부심이 부정되는 상황으로 느꼈다면, 나는 분명 상당히 착각을 하고 있었던 것이리라. 짐작건대, 그것은 오히려 사람들과 가까워지려는 시도였다. 지극히 높은 자부심 때문에 말이다. 구원받고 싶은 예술의 욕구에 대해, 인류와 나누는 친근함에 대해 그가 말할 때 그의 목소리에 예의 저 떨림만 섞여 있지 않았더라면! 그런 심적 동요는, 여러 상황에도 불구하고 내가 그의 손을 몰래 잡아주도록 유혹했다. 하지만 나는 그의 손을 잡지 않았고, 오히려 루디 슈베르트페거가 마지막에 또 다시 아드리안을 안으려고 하지 않을까 걱정하며 그에게 신경을 썼다.

XXXII

헬무트 인스티보리스 교수와 이네스 로네는 선생 초기에 결혼했다. 1915년 봄이었는데 그때는 나라가 여전히 희망에 찬 상태였고, 나 자신도 아직 전장에 있었다. 결혼은 온갖 시민적인 격식에 따라 시청 호적계에서 치르는 결혼식과 교회에서 거행되는 결혼식으로 진행되었다. 그리고 '사계절' 호텔에서 열린 피로연에 이어 신혼부부는 드레스덴과 작센 스위스*로 신혼여행을 떠났다. 결혼은 오랫동안 이어져온 쌍방 간의 시험을 마무리하는 것이었는데, 보아하니 그 시험은 두 사람이 서로 꽤 어울린다는 결론에 이른 것이었다. 독자는 내가 전혀 악의 없이 '보아하니'라는 말에 담은 반어법을 느낄 것이다. 왜냐하면 그런 식으로 내려진 결론이란 것이 사실상 없었기 때문이다. 혹은 그런 결론은 이미 처음부터 내려져 있었다. 헬무트가 시정부위원의 딸에게 먼저 접

---

* 독일 작센 주 드레스덴 시에서 남동쪽 엘베 강 양안을 따라 이어지는 산악 지대. 매우 진기한 사암절벽으로 이루어진 풍경으로 유명하다.

근한 이래 두 사람의 관계에는 하등의 발전이란 것이 애초에 주어져 있지 않았다. 서로 간에 둘의 결합을 긍정적으로 보게 했던 점은 약혼이나 결혼의 순간에도 처음 만났을 때보다 더 늘거나 더 줄지도 않았고, 새로운 것은 도무지 보태지지 않았다. 그래도, "그러므로 영원히 함께 지낼 것을 약속하는 자는 신중히 생각해보라"는 고전적인 경고는 외형상으로 충분히 고려되었다. 또 그런 생각이 오래 지속되었던 점 자체도 결국 긍정적인 답을 요구했던 것으로 보인다. 거기에다 전쟁이 초래한 일종의 결합 욕구가 보태졌다. 전쟁은 시작되자마자 그렇게 불확실하게 끌기만 하던 많은 관계들을 서둘러 무르익게 했던 것이다. 이네스가 결혼에 동의한 데에는 그녀의 정신적인, 혹은 물질적인 이유라고 말해야 할까, 그냥 이성적인 이유라고 하는 것이 좋겠거니와, 어쨌든 그런 이유에서 처음부터 다소간 준비가 되어 있기는 했다. 그런 동의에 더욱 강하게 무게를 실어준 또 다른 상황이 있었다. 클라리사가 그 전해 말쯤에 뮌헨을 떠나 알레르 강변의 첼레에서 처음으로 일을 시작했기 때문인데, 그래서 언니는 평소에 좋아하지도 않던 온건한 보헤미안 성향의 어머니와 혼자 남게 되고 말았던 것이다.

　덧붙이건대, 시정부위원 부인은 자신의 딸이 시민적인 삶에 편입되는 혼인에 대해 흥분에 찬 기쁨을 누리고 있었다. 게다가 그런 편입에 이르기까지 그녀 자신도 사교 모임을 통해, 다시 말해 자기 집을 사교장으로 운영하며 어머니로서 기여한 바 있었던 것이다. 물론 그녀가 그런 모임을 마련하며 개인적으로도 만족을 얻게 된 것이 사실이다. 그녀는 예전에는 엄두를 못 냈던 일들을 해보고자, 이제 '남부 독일식으로' 자유로워진 삶의 의욕을 사교 모임을 통해 채워갔으며, 크뇌터리히, 크라니히, 칭크, 슈펭글러, 젊은 배우 수련생 등 그녀가 초대한 남자들이 내리막길에 이른 자신의 미모에 관해 비위에 맞는 말을 건네도록 했던 것이다. 그렇다, 내가 지금, 그녀 자신도 루디 슈베르트페거와 격의 없이 농담을 주고받으며 모자간이라고도 할 관계를 짓궂게 우스꽝스러운 모습으로 바꾸어버리는 사이였다고, 그리고 그와 지내면서 그녀 특유의 귀염성 있게 키들거리는 웃음이 유난히 자주 커지게 되었다고 말한다 해도 지나친 것은 아니리라. 오히려 이제야말로 적절하게 말한 것일 뿐이다. 하긴 내가 저 앞에서 이네스의 내적인 삶의 동요에 대해 암시했던, 아니 말했던 모든 것을 생각해보면, 나는 그녀가 이렇게 시시덕거리는 어머니의 연애질을 보면서 느꼈을 복잡한 심정의 불쾌감, 수치심과 모욕감을 상상해보는 일은 독자들에게 맡겨둘 수 있다. 그렇게 시시덕거리는 장면이 벌어지는 동안 그녀가 얼굴을 붉힌 채 어머니의 사교 모임을 떠나 사신의 방으로 돌아가버린 일이 내 면선에서 일어난 적도 있었다. 이때 어쩌면 그녀가 내심 바라고 기다렸듯이, 15분 뒤에 루돌프가 그녀 방의 문을 두드리고 그녀가 사라진 이유를 물었다. 그는 분명히 그 이유를 알고 있었지만, 물론 그것을 대놓고 말할 수는 없는 노릇이었다. 또 그는 그녀가 모임에서 사라져 너무 섭섭하다고 말하고, 온갖 좋은 말로, 오빠처럼 매우 부드럽게 달래며 그녀가 돌아오도록 꾀어냈다. 그는 그녀가 그와 함께 곧바로 돌아갈 수는 없지만, 정말 그렇게까지는 못 해도, 그가 먼저 가고 나면 얼마 뒤에 그녀도 다시 모임으로 돌아가겠노라고 약속할 때까지 쉬지 않고 설득했다.

이렇게 잠시 돌발적으로 일어났던 일을 이 자리에 추가로 삽입한 것을 양해하기 바란다. 그 일은 내 기억에서 지울 수 없이 깊이 남아 있게 되었지만, 이제 이네스의 약혼과 결혼이 사실이 되자 시정부위원 부인의 기억에서는 속 편하게 지워지고 없었다. 그녀는 딸의 결혼식을 최대한 근사하게 치렀고, 지참금을 넉넉히 주지 못하는 대신 옷과 천으로 만든 제품들이나 품위 있는 은제품의 혼숫감을 준비했을 뿐만 아니라, 신혼부부가 프린츠레겐트 거리의 주택 3층에 빌린—전면에 있는 방은 영국공원 쪽을 향하고 있었다—고급스러운 집의 실내 설비에 보태기 위해 집안에서 옛날부터 내려온 여러 가구, 즉 목조 함들과 예쁘게 손질된 이런저런 작은 격자무늬 의자도 내놓았다. 게다가 사교 모임에 대한 자신의 호감, 자기 집 살롱에서 보냈던 재미있는 저녁 시간은 정말 딸들의 결혼을 생각하며 그들이 앞으로 묵을 곳을 찾기 위해 마련되었을 뿐이라는 점을 스스로에게나 다른 사람들에게 증명이라도 해보이려는 듯이, 그녀는 이제 은퇴하여 사교계를 떠나고 싶다는 뜻을 밝혔다. 그녀는 더 이상 손님을 맞이하지 않았으며, 이네스가 결혼한 지 약 1년이 지난 후에는 이미 람베르크 거리에 있던 집의 살림을 처분하고, 지금까지와는 전혀 다르게 시골에서 과부로서의 생활을 꾸려 나갔다. 그녀가 **파이퍼링**으로 이사를 갔던 것이다. 아드리안이 그 사실을 거의 알아차리지 못하고 있던 사이에 그녀는 슈바이게슈틸 농원 건너편의 빈 곳에 밤나무가 서 있는 낮은 건물의 집을 빌렸다. 그곳은 한때 발츠후트 늪에서 우울한 풍경화들을 그리던 화가가 묵었던 집이었다.

간소하고 풍취가 있는 이 시골이 각양각색의 고상한 체념과 상처입은 인간성에 끼치는 매력은 진기했다. 그런 매력은 아마 농원 주인의 성격, 특히 듬직한 여주인 엘제 슈바이게슈틸의 성격과 그녀의 '이해심' 많은 재능으로 설명해야 할 것이다. 그녀가 시정부위원 부인이 저 건너편으로 이사 올 생각이라고 적당한 기회에 아드리안에게 전할 때에도 그런 재능은 기묘한 통찰력을 발휘하며 입증되었다. "사정은 아주 감담해요"라고 그녀가 말했다(그녀는 오버바이에른 말투로 항상 n을 f에 동화시켰기 때문에 '간'의 ㄴ을 ㅁ으로 발음했다). "아주 감담하고 이해되는 일이지요, 레버퀸 선생. 난 그걸 금방 알아봤어요. 부인은 이젠 도회지나 사람들이나 사교 모임에, 신사 숙녀 여러분들한테 싫증이 나버린 거예요. 왜냐하면 바로 나이가 부인을 부끄럽게 하기 때문이에요. 그런 건, 그냥 사람마다 사정이 각각이니까요. 나이 따위는 아무렇지 않게 생각하고 그냥 적응하고 사는 사람들이 있는데, 그건 나이가 어울리기도 하는 사람들이지요. 그런 사람들은 그냥 화려하게 꾸미다가, 세월이 지나면서 보기가 안쓰러워지는 것뿐이에요. 하얗게 센 머리를 꼬아서 귀 위로 늘어뜨리고, 뭐 그런저런 게 있잖아요. 그런 사람들이 예전에는 뭘 어떻게 하고 살았는지, 당장 내보이는 위엄에서 참말로 짐작이 갈 만큼 내비치는 게 있지요. 그렇게 하는 게 생각보다 훨씬 남정네들을 오리는 법이거든요. 하시만 어떤 사람들의 경우는 그런 건 할 수도 없고 어울리지도 않아요. 뺨은 마르고, 목에는 뼈만 남은 데다 웃을 땐 이빨도 이젠 신통칠 않고, 그러면 거울 앞에 서서 수치스러워하고 한탄을 하다가 두 번 다시는 다른 사람들 앞에 나타나질 않게 돼요. 그냥 어디가 아픈 불쌍한 인간처럼 꽁꽁 숨어버리고 싶어 한다니까요. 그리고 목이나 이빨이 아니면, 또 머리카락이 문제예요. 십자가를 그으면서 창피스러워 못살게 하는 머리카락 말이에요. 시정부위원 부인은 바로 그 머리카락이 문제인 거예요. 난 금방 알아차렸다니까요. 머리 외에는 전체적으로 아직 괜찮은데, 바로 이마 위에서 머리카락이 없어지는 거지요. 그렇게 앞머리가 볼품없이 망가져버리니까, 머리 인두를 가지고 지지든 뭘 하든 그 앞쪽엔 아무것도 마음대로 되는 게 없는 거예요. 그러니까 시정부위원 부인이 절망에 빠지는 거구요. 그건 아주 마음이 아픈 거거든요, 선생님, 그걸 아셔야 해요! 그래서 부인은 세상을 그만 포기하고, 슈바이게슈틸가로 이사를 온 거예요. 아주 감담한 얘기지요."

바짝 당겨서 다듬어지고 살짝 흰머리가 보이는 가르마가 중간에서 한 줄의 하얀 머릿살을 드러내는 슈바이게슈틸가의 어머니는 그렇게 말했다. 이미 말했듯이 아드리안은 건너편에 새로 세를 들어 이사 온 부인과 거의 접촉이 없었다. 부인은 자기가 먼저 슈바이게슈틸가를 찾아왔을 때, 여주인에게 그를 잠시라도 봐야 한다며 그가 거처하는 곳으로 안내하도록 했다. 하지만 그 후에는 그가 조용히 일을 하도록 배려하며, 그가 나서지 않듯이 그녀도 나서지 않았다. 단지 한 번, 이사를 오던 당시에 곧 집에서 그와 차를 마셨다. 밤나무 뒤편에 간소하게 벽회를 칠한 몇 개의 나지막한 1층 방들이 있던 그곳에서 마주 앉게 된 것이다. 그 방들은 그녀가 아직 가지고 있던 가재도구의 시민적이고 품위 있는 나머지 물건들, 즉 팔이 여러 개 달린 촛대, 털누비 천을 씌운 안락의자, 육중한 액자에 넣어진 '황금 뿔' 만(灣) 유화, 고급 비단 덮개가 있는 피아노로 채워져서 아주 희한한 분위기를 풍겼다. 그때 이후로 그들은 동네에서나 들녘의 길에서 서로 마주치게 되면, 그냥 친절하게 인사를 나누거나, 혹은 나라의 형편에 대해, 또 도시에서 점점 더 심각해지는 양식 부족에 대해 대화를 나누며 몇 분간 서 있기도 했다. 양식 부족이 이곳에서는 훨씬 덜했기 때문에 시정부위원 부인의 칩거에 좋은 핑곗거리가 되었고, 겉보기에는 그녀가 다른 사람들을 보살피고 돌보기 위해 일부러 시골에 내려온 것처럼 보이게 되었다. 그곳 생활 덕분에 그녀가 파이퍼링에서 딸에게, 게다가 크뇌터리히 부부처럼 예전에 그녀의 집에 드나들던 지인들에게도 계란과 버터, 소시지와 밀가루 같은 식료품을 마련해줄 수 있게 되었던 것이다. 물자가 지극히 부족하던 몇 해 동안 그녀는 이와 같이 뭔가 싸주고 보내주던 일을 아예 사명처럼 생각했다.

　이제 부유하고 든든한 지위에 올랐으며 삶의 여러 상황에 대해 준비가 된 이네스 로데는 어머니의 예전 살롱 모임에 드나들던 작은 손님 그룹에서 크뇌터리히 부부를 자신이 남편과 함께 마련한 살롱 모임으로 넘겨받았다. 마찬가지로 가령 고(古)동전 수집가인 크라니히 박사, 실트크납, 루디 슈베르트페거 그리고 나 자신을 넘겨받았는데, 칭크와 슈펭글러 그리고 클라리사와 함께 연기 수업을 받던 몇몇 연극배우 지망생들은 빠져 있었다. 그들의 살롱 모임은 대학 구성원들, 즉 뮌헨의 두 개 대학교에서 근무하던 노장 혹은 소장 교수들과 그들의 부인들로 보충되었다. 게다가 이네스는 스페인풍의 이국적인 외모를 지닌 나탈리아라는 이름의 크뇌터리히 부인과는 친구처럼 정다웠을뿐더러 허물없이 지내는 사이가 되었다. 비록 매우 우아한 그 부인은 모르핀에 빠져 있다는 의심할 바 없는 평판을 듣고 있었지만 말이다. 그런 험담은 내가 관찰한 바에 따라 사실로 확인되었다. 나는 그녀가 사교 모임이 시작될 때 매력적으로 수다스러워지면서 눈이 반짝이는 모습을 보이다가, 어느 순간 가끔씩 사라지고, 다시 돌아올 때는 조금 전까지 점차 쾌활함을 잃어가던 기분이 다시 생생하게 보충되어 나타나는 것을 보았다. 보수적인 품위, 명문가의 점잖음에 매우 집착하는 이네스는 오로지 그런 동경을 만족시키기 위해서 결혼도 했거니와, 그녀가 남편 동료들의 분별력 있는 부인들, 즉 독일의 교수 부인 유형과 친분을 나누는 것보다 나탈리아와 교류하는 것을 더 선호하고, 그녀를 내밀하게 방문하는가 하면, 자기 집에서도 그녀와 단둘이 만나고 있었다는 사실은 내게 그녀의 천성에 내재된 내부 분열을 확실하게 보여주었다. 마찬가지로 그녀의 시민적인 향수가 개인적으로 정당하거나 타당한지 근본적으로는 의문스럽다는 점도 그 기회에 분명히 드러났다.

그녀가 남편을, 다시 말해 옹졸한 데다 자기 딴에는 미학적 권력 담론을 관철하려는 공명심에 심취해 우쭐대던 그 미학자를 사랑하지 않았다는 점은 내게 전혀 의심의 여지가 없었다. 그녀가 남편에게 바쳤던 것은 의도적인 예의 차원의 사랑이었다. 그리고 완벽하게 고귀한 태도를 특유의 부드럽고 까다롭게 짓궂은 표현으로 더욱 세련되게 드러내며 그녀의 신분에 맞게 똑바로 행동했던 것만큼은 사실이었다. 그녀가 남편의 살림을 돌보고, 또 그를 찾아오는 손님들을 맞을 준비를 하며 보여주는 세심함은 오히려 힘에 겨울 만큼 꼼꼼한 면이 있다고 할 만했다. 게다가 시민으로서 올바른 생활양식을 유지하는 일이 해가 갈수록 어려워지는 경제적 여건 속에서도 그렇게 했던 것이다. 빛나는 쪽매널마루 위에 페르시아 양탄자가 깔려 있는 비싸고 아름다운 집을 가꾸는 데 도움을 얻고자, 그녀는 우수한 교육을 받고 나무랄 데 없이 (comme il faut) 제복을 갖춰 입은 하녀 둘을 거느리고 있었다. 작은 모자와 풀을 먹인 앞치마 끈을 맨 그녀들 중 한 명은 안방 하녀로 이네스 곁에서 시중을 들었다. 이네스는 툭하면 초인종을 눌러 소피라는 이 하녀를 자기 방으로 불렀다. 지체 높은 신분에 걸맞게 시중받는 재미를 누리고자, 그리고 결혼의 대가로 얻은 보호와 부양의 맛을 확인하고자 하녀를 끊임없이 불러댔던 것이다. 그녀가 인스티토리스와 함께 시골로, 가령 테게른제나 베르히테스가덴*으로 떠날 때면, 설사 며칠간이라도 늘 챙겨 가는 크고 작은 수많은 가방을 싸주어야 했던 사람도 소피였다. 면밀하게 꾸며진 자신의 보금자리를 뒤에 두고 아무리 짧은 여행

---

* 테게른제Tegernsee는 뮌헨에서 남쪽으로 50킬로미터 거리에 있는 호수이고, 베르히테스가덴Berchtesgaden은 바이에른의 최동남단, 오버바이에른에 있는 요양 도시이다.

을 하더라도 일일이 가지고 다녀야 하는 산더미 같은 짐 역시 내가 보기에는 보호를 받고 싶은 그녀의 욕구와 삶에 대한 두려움의 상징이었다.

프린츠레겐트 거리에 자리를 잡고, 티끌 한 점 없이 꾸며진 방 여덟 개를 갖춘 집에 대해 이야기를 더 해야겠다. 그 집에는 살롱이 두 개 있었는데, 그중 하나는 아늑하게 꾸며져 일상적인 거실로 쓰였다. 넉넉한 식당은 조각된 참나무로 만들어졌고, 사랑방이자 흡연실은 가죽으로 편안하게 꾸며졌으며, 주인 부부용 침실의 잠자리에는 노란색으로 윤을 낸 배나무 침대 위로 커튼 같은 것이 늘어져 있는가 하면, 부인용 화장대 위에는 번쩍이는 작은 유리 향수병과 은제 화장 도기들이 정확하게 크기대로 나란히 놓여 있었다. 그 집은 독일의 문화 시민 계급이 오랫동안 기워왔던 집인 모습을 이제는 소멸해가는 시내에 몇 년간 더 버티며 유지했던 전형적인 예였다고 말하고 싶다. 특히 거실과 응접실 그리고 사랑방같이 도처에서 볼 수 있었던 '좋은 책들'이 그런 분위기를 자아냈다. 부분적으로는 체면 유지를 위해, 부분적으로는 정신적인 보호를 위해 그런 책을 구입할 때는 자극적이고 불온한 것은 피했다. 건실하게 교양에 맞는 것, 레오폴트 폰 랑케*의 역사학 방법론 서적, 그레고로비우스**의 서적들, 미술사 서적들, 독일과 프랑스 고전들 등, 한마디로 말하면 안정적이고 뭔가 유지하려는 정신이 주를 이루고 있었다. 해가 지나면서 그 집은 더욱 아름다워졌다. 혹은 한층 더 꽉 차고 다양한 색을 띠게 되었다. 인스티토리스 박사는 더욱 신중한 성향을

---

* Leopold von Ranke(1795~1886): 현대 역사학의 아버지로 인정받는 독일의 역사가이자 교육자.
** Ferdinand Gregorovius(1821~1891): 독일의 역사가.

띠는 '유리성' 전시관의 이런저런 예술가와 친분을 나누고 있었던 것이다(ㄱ의 예술적인 취향은 휘황찬란하고 난폭한 것을 이론적으로는 매우 긍정하면서도 실제로는 아주 온건했다). 특히 노테봄이라는 자와 친분이 있었는데, 이 사람은 함부르크 출신으로 기혼이었다. 움푹 들어간 뺨에 뾰족한 콧수염을 달고 익살이 넘치던 그는 배우, 동물, 악기, 그리고 교수들을 재미있게 흉내 내는 재주가 있어서, 이제는 물론 사라져가고 있는 카니발 축제에서 한때 대활약을 했다. 그는 초상화가로서 사교적인 특징을 포착하는 기술에 감각이 있었지만, 내가 보기에 예술가로서는 대수롭지 않은 평이한 그림을 그리는 남자였다고 해도 될 만한 인물이었다. 대가적으로 뛰어난 작품을 학문적으로 다루는 일에 익숙했던 인스티토리스는 대가의 작품과 그나마 능란한 수준의 평범한 작품을 구별하지 않았거나, 혹은 우정을 생각해서 그림을 주문해야 할 의무가 있다고 믿었던 것 같고, 결국 자기 집 벽에 걸어둘 그림으로 점잖고 비위에 거슬리지 않는 것, 기품 있고 위안이 되는 것을 주문했던 것으로 보인다. 이 점에서 그는 취향 때문은 아니더라도 성향에서 분명 자기 부인의 확고한 지원을 받았다. 그래서 그들은 노테봄에게 상당한 비용을 주고 자신들의 초상화를 그리도록 했는데, 아주 실물에 가깝고 내용은 없는 그림이 되어버렸다. 어쨌든 그들은 각자 따로, 또 둘이서 함께 모델로 섰으며, 후에 아이들이 태어난 뒤에도 그 유쾌한 화가는 실물 크기로 인스티토리스 가족의 그림을 그리게 되었다. 그것은 인형처럼 곱상한 가족 그림으로 꽤 넉넉한 화면에 니스 농도가 높은 유화 물감이 엄청난 양으로 낭비되는 과정을 거쳐, 고급스러운 액자에 넣어져서 아래위로 별도의 전기 조명을 받으며 응접실을 장식했다.

'아이들이 태어난 뒤'라고 나는 말했다. 아이들이 태어났으니까 말이다. 그리고 그 아이들은 무척이나 깔끔하게 보호되고 양육되었지만, 사실 거기에는 그들의 점잖고 시민적인 삶을 점점 더 흔들던 주변 상황을 너무나 끈질기게, 거의 '영웅 같은 기상으로'라고 말하고 싶은 정신으로 부정하는 노력이 내포되어 있었다. 말하자면 아이들은 앞으로 있어야 할 시대가 아니라 한때 있었던 시대를 위해서 키워졌다. 1915년 말에 이미 이네스는 남편에게 딸아이를 선사했다. 루크레치아라는 이름의 딸아이는 커튼 밑에 노란색으로 윤을 낸 침대에서, 말하자면 화장대의 유리 바닥 위에 대칭으로 나열된 은제 물건들 가까이에서 모종의 관계 후에 만들어졌다. 이네스는 곧 딸을 완벽하게 교육받은 젊은 아가씨로, 그녀가 카를스루에* 사투리가 섞인 프랑스어로 표현하기로는 '완벽한 아가씨(une jeune fille accomplie)'로 키울 생각이라고 공언했다. 뒤이어 두 해 뒤에는 쌍둥이가 태어났는데, 또나시 딸들이있나. 쌍둥이들 역시 집에서 빈틈없이 거행된 의례에 따라 초콜릿과 포트와인과 과자가 차려지고 꽃으로 장식된 은대접이 동원된 가운데 앤헨과 리크헨이라는 이름으로 세례를 받았다. 세 딸은 모두 뽀얗고 사랑스러우며 과보호를 받는 아이답게 입을 오물거리는, 그늘 밑의 작은 식물이자 사치스러운 꼬마들이었다. 아이들은 작고 고운 리본 옷 등에 일일이 신경을 쓰는 엄마의 광적인 완벽주의에 억눌리면서, 서글픈 자만심에 빠진 채 비단 커튼이 늘어지고 매우 섬세하게 만들어진 바구니 침대에서 유아기를 보냈다. 그들에게는 유모가 있었다(이네스는 주치의의 권유에 따라 아이들에게 직접 젖을 주지 않았다). 시민적인 취향에 따라 지나치게 꾸며댄 성령강림제의 소처럼 치장한 그 여인은 사실은 평민 출신이었

---

* 프랑스와 가까운 독일 중서부의 도시.

파우스트 박사2 153

는데, 지극히 세련되게 설계된 낮은 유모차에 아이들을 태우고 고무바퀴를 굴리며 프린츠레겐트 거리의 보리수나무 밑을 산책하곤 했다. 나중에 아이들을 돌보게 된 처녀는 전문 유치원 선생이었다. 아이들이 성장하는 동안 지낸 공간인 작은 침대가 놓인 밝은 방은 이네스가 가사를 돌보고 또 자신의 외모에 신경을 쓰다가 여유가 생기면 곧장 찾아오는 곳이었다. 벽을 따라 동화 모티프의 장식 띠가 둘러져 있고, 역시 동화 속에 나올 것 같은 난쟁이 가구가 즐비한 데다, 알록달록한 리놀륨 판과 테디베어와 바퀴 달린 양, 꼭두각시, 케테 크루제 인형*과 벽 선반 위의 기차 등, 잘 배열된 장난감 세계가 있던 그 방은 책 속에 그려진 이른바 아이들의 천국을 그대로 옮겨놓은 일종의 본보기 같았다.

이제 나는 이 모든 올바른 모습이 사실은 결코 올바르지 않았다고 말해야, 혹은 반복해서 말해야 할까? 그것이, '거짓'이라는 표현을 삼간다면, '꾸며낸 의도'에서 나왔고, 외부로부터 점점 더 의혹을 샀을 뿐만 아니라, 더 날카로운, 직접적인 관여를 통해 날카로워진 이네스의 시각에는 내적으로도 역시 취약했다고 말이다. 그래서 그것은 기쁨을 안겨다주지도 않았고, 심정적으로 믿어진 것도 아니거니와 진실로 의도했던 것조차 아니었다고 말이다. 내게는 행복을 완벽하게 부각시킨 이 모든 것들이 문제가 있는 걸 의식적으로 부정하고 백색 도료로 칠해 덮어버리는 것처럼 보였다. 이런 행동은 고뇌를 거의 섬긴다고 할 이네스의 평소 모습과 기이한 모순을 일으켰다. 내가 생각하기에 그녀는 너무나 똑똑했기 때문에 자신이 아이들의 존재를 지나치게 미화하며 추구

---

* 독일의 연극배우이자 인형 제작자 케테 크루제(Käthe Kruse, 1883~1968)가 제작해 세계적인 브랜드로 만든 인형으로 오늘날까지도 부유한 시민계급의 상징으로 수집되고 있다.

했던 이상적인 시민의 울타리가 의미하는 바를 제대로 평가하지 못했을 리가 없다. 그것은 그녀가 실은 아이들을 사랑하지 않았다는 사실, 그들을 자신이 여자로서 양심의 가책을 가지고 시작했고 육체적으로 저항하며 유지한 결혼 생활의 결실로 보았다는 사실을 드러냈고, 또 그런 사실을 나름대로 바로잡으려고 안간힘을 쏟아냈다는 의미를 내포했다.

맙소사, 헬무트 인스티토리스와 잠자리를 나누는 일은, 물론 어떤 여자에게도 도취에 빠질 기쁨이 아니었다! 나도 여자의 꿈과 요구에 대해서 그 정도는 이해한다. 그래서 이네스가 순전히 의무감 때문에 참으면서, 말하자면 고개를 돌린 채 그로부터 아이들을 잉태했을 거라고 늘 상상하지 않을 수 없었다. 왜냐하면 아이들은 그의 아이들이었고, 그 점에서는 세 아이 모두 어머니보다 아버지와 닮은 점이 훨씬 많다는 사실이 어떤 의혹도 허용하지 않았다. 그것은 어쩌면 그녀가 아이들을 갖게 될 때 상대방에게 마음을 너무 주지 않았기 때문이었는지도 모른다. 하지만 원칙적으로 나는 이 작은 신사의 자연적인 결혼 생활을 너무 깊이 들여다보고 싶지 않다. 그는 체구가 작았지만 물론 온전한 사내였다. 그리고 그로 인해 이네스가 성적인 욕구를 체험하게 된 것도 사실이다. 그것은 불행한 욕구였으나, 그렇게 빈약한 바탕에서도 그녀의 열정만은 자라날 수 있었던 것이다.

나는 인스티토리스가 이네스에게 구애하기 시작했을 때 사실상 다른 남자를 위해 그렇게 한 셈이었다고 말한 적이 있다. 마찬가지로 그는 이제 남편으로서도 아내에게 탈선의 욕구와 소망을 불러일으키는 사람에 불과했다. 그가 불러일으킨 반쪽에 불과했던 행복 체험, 근본적으로는 오히려 감정을 상하게 했던 행복 체험은 보충되고 확인되며 변상될 것을 요구했고, 결국 그녀가 루디 슈베르트페거 때문에 품었던 고통, 내가 그녀와 대화를 나누는 중에 기이하게 드러났던 그 고통을 열정으로 불타오르게 했다. 매우 분명한 점은, 그녀가 괴로워하면서도 구애 대상자로서 그를 떠올리기 시작했다는 사실이다. 지적인 능력이 있는 여자로서 그녀는 완전히 의식적으로, 또 완전한 감정과 정욕에 휩싸여 슈베르트페거에게 빠져버렸다. 그리고 그 젊은 청년은, 이와 같이 괴로워하면서 정신적으로도 자신을 압도하는 데다 감정적으로 감당할 수 없이 밀려드는 구애에 순종할 수밖에 없었다는 점도 의심의 여지가 없다. 나는 그가 그 감정에 순종하지 **않았**더라면 '더 좋았을' 것이라고 말할 뻔했다. 그러는 중에 그녀의 여동생이, "맙소사, 대체 무슨 생각을 하는 거예요? 냉큼 뛰어 움직이라니까!"라고 하는 말이 내 귀에 울렸다. 다시 말하거니와, 나는 소설을 쓰고 있는 것이 아니다. 모든 것을 다 아는 작가로서 세상의 눈을 벗어나 내밀하게 일어난 어떤 일의 진행이 극적인 양상을 띠는 단계를 통찰하고, 그것을 그럴듯하게 보이도록 이야기하는 게 아니라는 말이다. 하지만 분명한 것은, 루돌프가 어쩔 수 없는 상황에 몰려서 아주 본의 아니게, 그리고 '내가 뭘 어떻게 해야 하지?'라는 심정으로 예의 저 자긍심에 찬 명령에 순종했던 것은 분명하다. 여기서 나는 그가 연애 행각에 대해 가졌던 열정이, 점점 더 재미있고 흥분되는 상황에 대한 처음의 단순한 즐거움이 어쩌다 그를 모험으로까지 유혹했는지 충분히 상상할 수 있다. 불장난으로 기우는 그의 성향이 아니었더라면 피할 수 있었을지도 모를 그 모험으로 말이다.

달리 표현하면, 시민적 완전함이라는 지붕 밑에서 너무나 심각한 향수병을 앓으며 보호받기를 원했던 이네스 인스티토리스는 정신적인 성향이나 행동으로 보아 소년 같은 데다 여자들에게 인기가 있는 한 청년과 간통을 하며 살고 있었다. 보통 경솔한 여자가 진지하게 사랑을 바치는 남자에게 절망감과 고뇌를 안겨다주듯이, 그는 그녀를 절망과 고뇌에 빠지게 했다. 그리고 그의 팔에 안겼을 때, 탐탁지 않은 결혼 생활에 의해 일깨워진 그녀의 성적 욕구가 충족되었다. 그녀는 몇 년간을 그렇게 살았다. 내가 제대로 판단하는 것이라면, 결혼한 지 불과 몇 달밖에 지나지 않은 시점부터 1910년대가 끝나갈 무렵까지 그렇게 살았다. 그리고 그녀가 더 이상 그렇게 살지 않았던 이유는, 그녀가 모든 힘을 다하여 자기 곁에 두고자 애썼던 그가 그녀에게서 벗어났기 때문이었다. 모범적인 주부이자 어머니 역할을 하면서 둘의 관계를 지휘하고 조작하며 숨기던 사람은 그녀였다. 그것은 날마다 해내야 했던 쉽지 않은 일이자 이중생활로서 물론 그녀의 신경을 소모시켰고, 그녀가 가장 두려워했던 대로, 불안정하기는 했지만 귀염성이 있던 그녀의 외모를 위협했다. 예컨대 코 윗부분, 금색 양 눈썹 사이에 생긴 주름을 거의 병적으로 깊게 만들었던 것이다. 그런데 그런 외도를 사람들이 알아채지 못하도록 숨기기 위해 모든 주의력과 약삭빠름과 탁월한 세심함을 기울였음에도 불구하고, 두 사람 모두 숨기고픈 의지가 그렇게 분명하거나 확고하지도 않았다. 슈베르트페거의 경우, 적어도 그가 행운을 얻었다고 사람들이 추측하게 된다면 그런 추측이 그의 기분을 좋게 해주었을 것이기 때문이다. 심지어 그녀의 경우에는, 자신이 아무에게도 높이 평가되지 않는 남편의 애무로 만족해야 할 필요가 없다는 사실을 사람들이 알아야 한다는 점에서 은근하면서도 노골적으로 성적인 자긍심을 키웠다. 그렇기 때문에 이네스 인스티토리스의 외도가 그녀가 왕래하던 뮌헨의 모임에서 일반적으로 상당히 알려져 있었다는 나의 판단은 거의 틀림없다. 내가 아드리안 레버퀸 외에는 어느 누구와도 그 문제에 대해 한마디라도 나눈 적이 없었지만 말이다. 심지어 나는 헬무트 자신조차도 진실을 알고 있었을 가능성이 있다는 생각까지 한다. 교양 있는 관용, 머리를 흔들며 유감을 표시하는 인내심, 그리고 평화를 원하는 심정이 확연히 결합된 양상으로 나타났다는 점은 이런 생각을 뒷받침해준다. 그리고 그가 자신 외에는 아무도 그 일을 모르고 있다고 생각하는 반면에, 사람들은 남편인 그가 아무것도 눈치채지 못하는 유일한 사람이라고 여긴 적이 한두 번이 아니다. 아무튼 이상의 말은 삶을 들여다본 나이 많은 한 사람의 소견이다.

나는 이네스가 자신의 비밀을 아는 어떤 사람에게든 특별히 신경을 썼다는 인상을 받지 못했다. 그녀는 비밀이 알려지는 것을 막기 위해 최선을 다했지만, 그것은 오히려 일종의 관습적인 구색을 맞추려는 성격을 띨 뿐이었다. 자신을 방해하지만 않는다면, 기어이 알고 싶거든 알아도 좋다는 것이었다. 그녀는 누군가가 자신을 정말 방해할 것이라고 상상할 수 없을 만큼 열정의 자만에 빠져 있었다. 적어도 사랑이라는 문제에서는 그렇기 마련이다. 사랑에 빠진 감정은 이 세상의 모든 권리를 독점적으로 요구하고, 금지된 행위와 상스러운 상황을 초래하더라도 무의식적으로 다른 사람들의 이해를 기대하니까 말이다. 그게 아니라 그녀가 정말 자신의 비밀을 다른 사람들이 전혀 알아채지 못하고 있다고 여겼다면, 내가 그녀의 사정을 다 알고 있다고 어떻게 그렇게 간단히 전제할 수 있었겠는가? 그녀는 거의 가차 없이 털어놓았던 것이다. 단지 특정한 이름만 언급되지 않았을 뿐이다. 그것은(아마 1916년 가을이었을 것이다) 우리가 함께 대화를 나누던 어느 날 저녁이었는데, 그녀에게는 그 대화가 중요했던 것이 분명했다. 당시에 나는 아드리안과 달리 어쩌다 뮌헨에서 저녁 시간을 보낼 때는 파이퍼링으로 돌아가기 위해 늘 밤 11시 기차 타기를 고집하지 않고 슈바빙, 즉 개선문에서 멀지 않은 호엔촐레른 거리에 작은 방을 하나 빌려놓고 있었다. 상황에 구애받지 않고 경우에 따라 뮌헨에서 묵을 수 있는 숙소를 가지기 위해서였다. 그래서 인스티토리스 집안의 친한 친구로서 저녁 식사에 초대받았던 나는 이네스가 이미 식사 중에, 또 남편까지 거드는 가운데 내게 부탁의 말을 건넸을 때 그것을 기꺼이 받아들였다. 식사 후에 알로트리아 클럽*에서 카드 게임을 할 작정이던 헬무트가 나가고 나면 그녀의 말상대가 되어달라고 한 것이다. 그는 9시가 조금 지나자 재미있게 이야기를 나누라며 집을 나섰다. 그러고 나서 여주인과 손님인 나는 방석이 있는 등나무 가구로 꾸며진 일상용 거실에 단둘이 남게 되었다. 그곳에는 어떤 친분 있는 조각가가 설화석고로 만든 이네스의 흉상이 기둥 콘솔 위에 올려져 있었다. 그것은 실물과 매우 비슷하게 생겼고, 매우 매혹적이며, 많은 부분에서는 실물보다 비교적 작은 크기였는데, 숱이 많은 머리와 베일로 가려진 것 같은 눈, 부드럽고 비스듬하게 앞으로 내민 귀여운 목, 만만찮게 보이는 장난기와 함께 뾰족하게 내민 입 등은 매우 설득력이 있었다.

나는 또다시 친한 친구 역을 맡았다. 나는 '좋은' 사람, 말하자면 이네스가 아마 젊은이의 몸에서 나타난다고 보는 매력적인 남자의 세계와는 반대로 감정이라곤 전혀 불러일으키지 않는 남자였다. 그녀는 그런 나와 함께 매력적인 젊은이에 대해 이야기를 나누고 싶었던 것이다. 그녀가 직접 그런 말을 했다. 여러 가지 것들, 말하자면 그때 일어나고 있던 일, 체험한 것, 행복, 사랑 그리고 고통은 말로 표현하지 않

---

* 당시 뮌헨의 상류층이 선호하던 '유리성' 전시관외 예술가들과 달리 '혁명적'인 성향을 띠던 예술가들의 모임.

고 그냥 즐기거나 감수하기만 한다면 제대로 제 빛을 발휘할 권리를 보장받지 못한다고 말했다. 그런 것들은 숨기고 마음속에 품고만 있으면 충족되지 않으며, 그것이 비밀스러울수록 그런 사실에 대해 함께 이야기를 나눌 수 있는 제3의 인물, 친구, 좋은 사람이 더욱 필요하다는 것이었다. 그리고 바로 그런 사람이 나였으며, 나는 그것을 이해하고 내 역할을 받아들였다.

헬무트가 나가고 난 뒤에 우리는 얼마간, 말하자면 그의 발걸음 소리가 아직 우리에게 들려오는 거리에 있을 동안에는 별로 대수롭지 않은 이야기를 나누었다. 그러다가 갑자기, 거의 기습적으로 그녀가 말했다.

"제레누스, 당신은 나를 나무라고, 경멸하고, 비난하시나요?"

그 말이 무슨 뜻인지 모르는 척 가장하는 일은 아무 의미도 없었을 것이다.

"무슨 말씀을, 이네스." 내가 대답했다. "당치도 않소! 난 늘 명심하고 있어요. '복수는 내 것이니 내가 갚아주리라'*라는 신의 말씀을 말이오. 나는 신이 죄에다 이미 벌을 섞어서 내리고, 죄를 벌로써 완전히 흠뻑 적시기 때문에 사실 그 두 가지는 서로 구별도 안 되고, 결국 행복과 벌은 동일한 것이 된다는 사실을 알고 있소. 부인은 분명 무척 괴로우실 거요. 내가 남의 품행을 비평하는 사람으로 적합하다면, 지금 이 자리에 있겠소? 내가 당신을 **염려하고** 있다는 점은 부정하지 않겠소. 하지만 내가 당신을 나무라는가라고 당신이 질문하지 않았더라면, 난 내 염려도 지금 이렇게 말하지 않고 혼자 속으로만 간직했을 거요."

"괴로움이란 뭔가요, 염려와 굴욕적인 위험이란 뭔가요!" 그녀가

---

* 『신약성서』 「로마서」 12장 19절.

160

말했다. "삶에서 결코 포기할 수 없는 달콤하고 필연적인 승리감에 비하면 말이에요. 경솔한 것, 빠져나가버리는 것, 세속적인 것, 신뢰할 수 없는 상냥함으로 영혼을 괴롭히는 것, 그럼에도 불구하고 진정 인간적인 가치를 지니고 있는 것에 비하면 말이에요. 이렇게 진지한 그의 가치에 매달리고, 멋 부리는 그의 행동이 진지해지도록 종용하다가, 경망스러운 것 정도는 넘어가고, 마침내, 마침내 단지 한 번만이 아니라 확실하게 보증받고 보장받고자 아무리 반복해도 충분치가 않거니와, 그의 가치에 마땅히 적합한 상태, 헌신하는 상태, 깊은 한숨을 내쉬는 열정의 상태에 빠지도록 하는 일 말이에요!"

나는 그 여인이 꼭 이대로 말했다고는 주장하지 않겠지만, 아주 비슷하게 표현한 것은 맞다. 그녀는 책을 많이 읽어 박식했고, 자신의 내적인 삶을 침묵 속에 간직하며 사는 것이 아니라 말로 표현하는 데 익숙했다. 게다가 그녀는 소녀 시절에 창작을 시도한 적도 있었다. 그녀가 쓰는 말은 잘 만들어진 정확성과 약간의 대담성을 띠고 있었다. 그런 대담성은 언어가 감정과 삶에 진지하게 다가가려고 할 때, 또 그것이 언어 속에서 인식되도록 하며 그 속에서야 비로소 진실로 살아가도록 하려고 애쓸 때는 언제나 나타나는 법이다. 그것은 일상적인 소망이 아니라 격정이 만들어내는 것이다. 이런 관점에서 격정과 오성은 서로 친근성이 있다. 하지만 또한 같은 관점에서 오성은 감동적이다. 그녀는 계속 이야기를 해나가는 동안, 가령 내가 그녀의 말 중간에 잠깐 끼어넣은 말을 간혹 건성으로 듣곤 했는데, 이때 그녀의 말에는 관능적인 희열이 넘쳐흘렀다고 나는 솔직히 말하겠다. 그런 희열은 내가 이 자리에서 그것을 직접 화법으로 재현하는 일을 주저하게 한다. 동정심과 조심스러움, 인간적인 경외심 때문에 나는 선뜻 그렇게 하지 못하겠다.

어쩌면 독자가 민망해질 수 있는 일을 꺼리는 고루한 소심함 때문일 수도 있다. 아무튼 그녀는 여러 번 같은 이야기를 반복했다. 자신이 이미 이야기했던 것이지만, 그녀가 보기에 아직 제대로 표현되지 못했다고 여겨진 것에 더욱 적절한 표현을 부여하고자 하는 갈망에 사로잡혀서 말이다. 이때 이야기의 핵심은 항상 가치와 관능적인 열정을 특이하게 동일시하는 데 있었다. 즉 내면적인 가치는 오로지 쾌락 속에서만, 말하자면 진지함이라는 면에서 분명 '가치'와 동등한 것은 쾌락 속에서만 충족되고 실현될 수 있다는 그 변함없고 진기하게 도취된 생각이 그녀 이야기의 핵심이었다. 그래서 가치가 그렇게 충족되고 실현되도록 가르치는 일은 최고의 행복이자 반드시 필요한 행복이라는 것이었다. 이처럼 **가치**와 **욕망**이라는 개념의 혼합은 그녀의 입에서 뜨겁고 우울하며, 그러면서 또 보장되지 않은 내적 만족의 억양을 띠었는데, 그런 억양의 속성을 제대로 묘사하는 일은 사실 불가능하다. 이때 욕망이 얼마나 저 깊디깊은 진지함의 요소로 나타났는지 모른다. 이른바 "사교 모임"의 가증스러운 요소에 적나라하게 대비되는 요소로 말이다. 그렇게 천박한 요소에서 저 가치가 교태를 부리고 구애를 하며 스스로를 포기한 것인데, 그런 요소는 가치 자체를 싸고 있는 껍질, 즉 사랑스러움이 요정처럼 무의식중에 드러나는 것과 같다는 말이었다. 예의 저 가치를 오로지 혼자서, 정말 오로지 혼자서, 이 단어의 가장 엄격한 의미로 오직 혼자서 차지하기 위해서는 "사교 모임"의 가증스러운 요소에서 가치를 빼앗아오고, 해방시킬 수밖에 없었다는 것이다. 요컨대 사랑스러움을 길들여서 사랑하도록 이끄는 것, 그것이 이네스 이야기의 주된 문제였다. 하지만 동시에 조금 더 추상적인 것, 혹은 머리로 생각한 것과 가슴이 요구하는 관능적인 것이 섬뜩하게 하나로 녹아버린 어떤 것도 중요했다. 말하자면 사교적인 축제의 외설성과 삶의 슬프도록 수상쩍은 속성 사이의 모순이 삶을 포옹함으로써 상쇄되었다는 생각, 삶 때문에 겪는 고통이 이 포옹에 의해 지극히 달콤하게 보상받았다는 생각이 이네스 이야기의 핵심이었던 것이다.

나 자신이 제기했던 의문 중에서, 나는 한 가지를 제외하고는 더 이상 기억하지 못한다. 나는 그녀가 상대방을 관능적인 면에서 과대평가하고 있다는 점을 지적하고, 그런 평가가 어떻게 가능한지 물었던 것 같다. 그녀가 열정적으로 매달리고 있던 사람이 그 누구보다 더 활기차고 가장 멋지며, 가장 완벽하고 지극히 갈망할 만한 가치가 있는 존재는 아무래도 아니라고 내가 조심스럽게 암시했던 기억이 난다. 또 전에 이미 전투 투입에 적합한지 결정하는 신체검사를 통해 생리학적인 기능 결함, 즉 신체의 어떤 기관이 절제된 적이 있었던 것으로 드러났다는 점도 암시했다. 이에 대해 이네스는, 그런 정도로 신체 기능을 제한하는 결함은 고뇌하는 정신의 소유자에게는 사랑스러운 존재를 오히려 더 친근하게 해준다는 의미의 대답을 했다. 그 정도의 결함이 없었다면 '정신' 쪽에서는 아예 아무런 희망도 없었을 것이라고 했다. 경박한 성격이 정신의 편에서 터뜨리는 고통의 외침에 비로소 관심을 갖도록 한 것은 바로 그런 신체적 결함이었다는 것이다. 나아가 충분히 특징적이었다고 할 수 있건대, 신체적 결함의 결과로 생긴 삶의 단축은 그 신체를 소유하고자 하는 쪽의 욕망에는 사기를 꺾는다기보다 오히려 위로하고 위안을 주며 욕망 충족을 보증하는 의미를 띤다는 것이었다…… 덧붙이건대, 그녀가 내게 자신이 사랑에 빠졌다는 사실을 처음으로 털어놓던 날 나누었던 대화의 모든 세부적인, 이상하게 마음을 압박하던 내용들이 다시 나타났다. 다만 이제는 느긋하고 거의 악의에 찬 내적 만족을 드러내는 것이 다를 뿐이었다. 가령 그는 랑에비쉐인지 롤바겐인지, 어쨌든 그녀로서는 직접 알고 지내는 사이도 아닌 사람들의 집에도 한번쯤 다시 들러줘야 할 것 같다며 달래는 투로 말을 함으로써 스스로 폭로한 것이 있다고 그녀는 말했다. 즉 다른 곳에서도 분명 똑같이 그녀의 집에 한번쯤 다시 들러줘야 한다고 말했음을 드러냈다는 것이다. 이 부분에서 그녀는 승리의 쾌재를 불렀으리라. 롤바겐 집 딸들의 '경탄스럽게 정열적인 특성'은 이네스에게 더 이상 두려움이나 고통을 야기하지 않았다. 이제 그와 입을 맞추고 있는 상황에서는, 아무 관심도 없는 사람들에게 아직 모임에서 떠나지 말아달라고 상냥하게 부탁하는 말도 한결 부드럽게 거론된 것이다. "이미 엄청나게 많은 사람들이 불행한걸요, 뭐!"라는 그 잔혹한 말에 그녀는 한숨을 쉬었지만, 이제는 그런 말에 박혀 있다고 믿었던 치욕의 가시가 그 한숨으로 부러진 셈이었다. 분명 그 여인은 자기가 인식과 고뇌의 세계에 속하기는 하지만 동시에 **여자**이고, 삶과 행복을 끌어당기는 수단을, 즉 자신의 가슴에 차 있는 오만함을 정지시킬 그 수단을 자신의 여성성 속에 품고 있다는 생각에 차 있었다. 예전에는 기껏해야 눈빛 하나로, 말 한 마디로 상대방이 자신의 어리석은 심정에 대해 잠시 생각해보도록 할 수 있었고, 일시적으로 마음을 얻을 수 있었다. 사실 아무 소용도 없이 그녀가 던진 작별의 말이었지만, 그가 그 말을 듣고서야 다시 돌아와, 작별을 취소하라고 그녀에게 조용하고 진지하게 종용하도록 할 수 있었다. 그런데 이렇게 일시적이었던 획득이 이제 소유로, 결합으로 고정되었던 것이다. 소유와 결합이 두 사람 사이에서 가능했던 한, 그늘로 가려진 모종의 여성성이 그것을 확실하게 해둘 수 있었던 한에는 말이다. 그런데 이네스가 믿지 못했던 것은 바로 이 여성성이었다. 이런 사실

164

은 그녀가 애인의 절개에 대한 자신의 불신을 숨기지 않는 데에서 드러났다. "제레누스." 그녀가 말했다. "어쩔 수 없이 일어날 일이에요. 난 알고 있어요. 그는 나를 두고 떠나버릴 거예요." 나는 그녀의 눈썹 사이에 파인 주름이 고집스러움을 드러내며 더욱 깊어지는 것을 보았다. "하지만 그렇게 되면 그는 끝장이에요! 나는 끝장이에요!"라며 그녀는 강세가 없는 소리로 덧붙였다. 나는 아드리안의 말을 생각하지 않을 수 없었다. 내가 그에게 처음으로 이들의 관계에 대해 말했을 때, 그는 "그 친구가 그 일에서 무사히 빠져나올 수 있도록 주의해야 할걸!"이라고 했었다.

이네스와 나눈 그런 대화는 나로서는 정말 희생이었다. 대화는 두 시간이나 계속됐고, 그 시간을 견뎌내기 위해서는 자기 부정, 인간적인 호감, 우정 어린 선의가 많이 필요했다. 이네스도 그런 사성을 살 의식하고 있었던 것으로 보였다. 그러나 이상했다. 나는 이렇게 말하지 않을 수 없건대, 그녀에게 바친 나의 인내심과 시간과 참을성에 대해 그녀가 감사하는 마음은 분명히 드러났지만, 이에 대한 모종의 심술궂은 자만심과 섞이며 복잡해지는가 싶더니, 어쩐지 남의 불행을 보고 즐기는 것 같은 모습을 띠었던 것이다. 그런 모습은 가끔씩 떠오르는 수수께끼 같은 그녀의 미소에서 드러났다. 나는 지금도 그 모습을 생각하면, 내가 그렇게 오랫동안 견뎌냈다는 사실에 대해 의아함을 금치 못한다. 실제로 우리는 인스티토리스가 '알로트리아'에서 모임의 신사들과 타로크 카드놀이를 하고 돌아올 때까지 앉아 있었다. 우리가 여전히 함께 앉아 있는 모습을 보자, 그의 얼굴에는 당황스러움과 함께 뭔가 추측하는 표정이 스쳤다. 그는 내게 자기를 대신해 친절하게 자리를 지켜줘서 고맙다고 말했고, 나는 다시 보게 된 그와 선 채로 인사를 나누고는 자리에 다시 앉지 않았다. 나는 여주인의 손에 입을 맞추고 그 집을 나왔다. 그리고 정말 완전히 지쳐서, 반쯤은 기분이 상하고 반쯤은 동정심이 섞인 충격에 싸여 나는 아무도 오가지 않는 거리를 지나 나의 숙소로 갔다.

XXXIII

내가 지금 기록하고 있는 전기의 배경이 되는 시대는 우리 독일인들에게는 국가적인 붕괴, 항복, 탈진 상태의 봉기, 타국인들 손에 무기력하게 내맡겨진 시대였다. 내가 지금 몸을 **담고** 있는 시대, 조용하게 은거하고 있는 중에 그런 기억들을 종이에 옮길 수 있도록 해주어야 할 이 시대는 마치 끔찍하게 부풀어 오르는 복부를 드러낸 채 조국의 파멸을 무릎에 안고 있는 꼴이다. 이런 파멸에 견주어 보면, 예전의 패배는 그저 보통 수준의 재난으로 보이고, 실패한 사업을 합리적으로 폐업 처리한 정도밖에 안 되었던 것 같다. 굴욕적으로 처리되고 끝난 것은 항상 뭔가 다른 것, 지금 우리들 머리 위에 떠 있는 징벌보다는 더 평범한 것으로 남는다. 한때 소돔과 고모라*에 내려졌던 것과 같은 징벌, 그리고 우리가 예전 첫번째 경우에서는 아직 야기하지 않았던 징벌보다 평

---

* 기독교 성서의 아브라함 시대에 등장하는 팔레스티나의 두 도시로 오늘날 인간의 사악함 및 이에 대한 신의 진노를 상징한다.

범한 것으로 말이다.

그 징벌이 점차 다가오고 있다는 사실, 이미 오래전부터 더 이상 되돌릴 수가 없다는 사실, 아직도 이 사실을 조금이라도 의심하는 사람이 있으리라고 나는 생각하지 않는다. 힌터푀르트너 사제와 나는—하느님이시여, 우리를 도우소서!—은밀하게 퍼지고 있는 이런 인식에 다다른 사람들로서 분명 더 이상 혼자가 아니다. 인식하고 있는 내용이 침묵 속에 싸여 있다는 것은 섬뜩한 사실 그 자체이다. 왜냐하면 많은 수의 현혹된 사람들 사이에서 몇몇 아는 사람들이 입에 재갈이 물려진 채 살아야 한다면, 그건 정말 섬뜩한 일이기 때문이다. 모든 사람들이 사실 이미 다 알고 있지만 모두 침묵 속에 꼼짝 못 하고 있는 상황에서 누군가 다른 사람의 눈을 보며, 숨거나 겁에 질려 마비된 그 눈을 보며 진실을 읽어내게 되면 공포의 전율은 극에 달하는 듯하다.

내가 날마다 충실하게, 조용하지만 지속적인 흥분 상태에서 전기 집필이라는 나의 과제를 완수해내려고, 내밀하고 개인적인 것에 어떤 기품 있는 형태를 부여하려고 애쓰는 동안, 나는 바깥세상에서 일어나는 일, 즉 내가 글을 쓰며 살고 있는 시대에 속하는 일을 그냥 내버려두었다. 이미 오래전부터 예상 가능했던 프랑스군의 습격이 실행되었다. 그것은 철저히 용의주도하게 준비된, 일급의 혹은 전혀 새로운 수준의 기술적이고 군사적인 성과였다. 적군이 상륙하는 지점에 우리의 방위 병력을 집결시킬 엄두도 못 냈던 만큼, 적군이 그런 성과를 거두는 걸 막을 수도 없었다. 그 지점이 여러 지점들 중 한 곳일지, 어쩌면 추측이 불가능한 다른 곳으로 또 다른 공격을 해올지, 도무지 불확실한 상황이었다. 이럴 수가, 하고 뒤늦게 땅을 쳐봤자 아무 소용이 없었다. 그리고 우리가 다시 바다로 처넣어버리기에는 너무나 많은 부대들, 탱크들,

대포들, 그 밖의 온갖 종류의 보급품들이 해변에 집결해 있었다. 셰르부르의 항구는 우리가 신뢰하듯이 독일 기술자들의 솜씨로 철저히 파괴되었는데, 총사령관과 해군 제독이 총통에게 보낸 영웅적인 무선 전신에 따르면 그 도시 또한 항복했으며, 며칠 전부터는 이미 노르망디의 도시 캉을 두고 전투가 벌어지고 있다. 우리의 우려가 맞는다면, 그것은 아마 프랑스의 수도로 향하는 길을 열기 위한 전투나 다름없다. 파리로, 즉 새로운 질서 내에서 유럽의 유원지이자 유곽의 역할이 부여되기로 정해져 있던 그곳으로 향하는 길 말이다. 이제 우리의 국가 경찰과 이들을 돕는 프랑스인들이 힘을 합해도 거의 통제할 수 없는 저항운동이 과감하게 머리를 쳐드는 그곳으로 가는 길 말이다.

그렇다. 얼마나 많은 일이 일어났는가! 내가 신경을 쓰지 않는 사이에 나의 이 고독한 글쓰기에 끼어든 일들이! 총통이 가슴 깊이 기뻐하며 이미 몇 차례나 언급했던 아군의 보복전을 위한 신(新)무기가 서부전선의 전쟁 무대에 나타난 것은 노르망디의 놀라운 상륙이 있던 날로부터 그리 오래 지나지 않았을 때였다. 그것은 로봇 로켓 병기로서 참으로 경탄할 만한 무기였다. 그런 무기는, 오직 절박한 극한 상황이 발명가의 창조력에 영감을 불어넣을 때 만들어질 수 있는 법이다. 비행기처럼 날려 보낼 수 있는 이 무인 폭탄은 프랑스 해안에서 수도 없이 발사되어 영국 남부를 강타했고, 이 모두가 착각이 아니라면, 그 폭격은 짧은 기간에 적군에게 엄청난 피해를 입혔다. 그럼 이제 그 무기가 본질적인 문제를 예방할 수 있게 될까? 하지만 운명은 필수적인 설비가 제때에 완성됨으로써 비행 포탄으로 프랑스의 습격을 쳐부수고 억제하도록 내버려두지 않았다. 그사이에 페루자 점령에 관한 소식을 읽을 수 있게 되었는데, 우리끼리 얘기하자면, 페루자는 로마와 피렌체를 잇는 지역이다. 심지어 사람들은 이탈리아 반도에서 아예 철수하는 전략적 계획에 대해 벌써 오래전부터 수군거렸다. 어쩌면 전사들을 지치게 만드는 동부 전선의 방어전을 위해 군대를 모으기 위한 조처일 테지만, 우리 병사들은 무슨 일이 있어도 동부 전선으로 파병되는 것을 원하지 않는다. 거기서는 러시아군이 물밀듯이 공격해오고 있고, 비쳅스크를 넘어 이제는 벨라루스의 수도 민스크를 위협하고 있다. 귓속말을 해대는 사람들이 안다고 하듯이, 그곳이 함락되고 나면 동부 전선에서도 더 이상 방어가 불가능할 것이다.

더 이상 방어가 불가능하다! 영혼이여, 그런 상황의 결과를 상상하지 말라! 극단적이고 실로 드물게 끔찍한 우리의 경우, 둑이—지금 막 무너지려 하고 있듯이—무너져버리고 만다면, 그래서 우리가 주변 민족들을 자극해 우리에게 적대감을 품도록 부추김으로써 발생한 한없는 증오에 대항하며 의지할 것이 없어지게 되면, 이것이 무엇을 의미하게 될지 감히 측정해보려 하지 마라! 우리 도시들 역시 공중 폭격으로 파괴되어 독일도 이미 오래전부터 전쟁의 현장이 되기는 했다. 하지만 이 나라도 정말 원래의 의미로 전쟁터가 될 수 있으리라는 생각은 우리에겐 상상할 수도 없고, 허용되지도 않는다. 어쨌든 우리의 선전 당국이 적군에 경고하는 방식은 기이하다. 우리의 땅, 성스러운 독일의 땅을 범하지 말라며, 마치 끔찍한 범행을 저지르지 말라는 듯이 **경고하고** 있으니…… 성스러운 독일의 땅이라고! 마치 거기에 뭔가 아직도 성스러운 것이 있기나 한 것처럼! 수없이 많은 법의 훼손으로 인해 이미 오래전에 철저히 더럽혀지지 않은 것처럼! 그리고 도의적으로나 실질적으로 폭력에, 그리고 징벌에 내맡겨져 있지 않은 것처럼! 올 것은 오라! 그 밖에 더 기대하고, 의도하고, 원할 수 있는 것은 아무것도 남아 있지 않다. 앵글로색슨인들과의 평화를 부르짖고, 전쟁은 이제 오직 동쪽에서 밀려오는 군대에 대항하며 지속하자고 제안하는가 하면, 무조건 항복하라는 규정을 완화해달라고, 협상하자고 요구하고 있다. 이런 와중에 그럼 누구와 협상하느냐,라는 문제 같은 것은 눈알만 굴려대는 무의미한 짓일 뿐이다. 지휘봉이 꺾여버렸다는 사실, 이제 사라질 일만 남았다는 사실을 이해하지 않으려 하고, 지금도 여전히 이해하지 못하는 것 같은 정권의 욕망에 불과한 것이다. 스스로 온 세계에 견딜 수 없는 존재가 된 채, 우리를, 독일을, 제국을—나는 한 걸음 더 나아가, 독일 정신, 모든 독일적인 것이라고 말하건대—세계가 견딜 수 없이 싫어하는 존재로 만들어버렸다는 저주를 받으며 사라져야 할 정권 말이다.

바로 이것이 현재 내가 전기를 쓰고 있는 시대 배경이다. 나는 이 배경을 간략하게 요약하는 것이 다시 한 번 독자에게 마땅히 해주어야 할 일이라고 생각한다. 이 전기 자체의 시대 배경을 염두에 두며, 나는 내가 그 이야기를 진행해온 시점에 이르기까지의 시대적 배경을 이번 장의 시작 부분에서 "타국인들 손에"라는 표현으로 명시했다. "타국인들 손에 넘어간다는 것은 끔찍하다." 파탄과 항복이 현실이 된 그 즈음에 나는 이 문장과 그 쓰라린 진실에 대해 자주 곰곰이 생각하고 처절한 고통을 겪었다. 왜냐하면 나는 가톨릭 전통에 따른 보편적인 성향으로 세상을 살아가지만, 독일 남자로서 민족적으로 특수한 형태, 내 나라의 특징적이고 고유한 삶에 대한 생생한 감정을 지니고 있기 때문이다. 그것은 말하자면 국가적 이념에 대한 감정이다. 그런 국가적 이념은 인간적인 특성이 굴절되어 나타난 형태로 다른 국가들의, 물론 분명히 동등한 권리가 있는, 인간적인 특성 내지 그 굴절 형태들에 맞서

대적하는 것이며, 오직 모종의 외적인 명성이 있을 때만, 올바른 국가의 보호 속에서만 승리할 수 있기 마련이다. 그런데 군사적으로 결정적인 패배가 가져올 유래 없이 경악스러운 결과는 바로 이런 이념이 정복되고 만다는 현실이다. 그것은 우리의 이념을 특히 언어와 맞물려 있는 낯선 이념을 통해 실질적으로 반박한다는 의미이고, 우리의 이념이 우리에겐 생소한 이념에 완전히 내맡겨진다는 것을 의미한다. 생소한 이념이란 문자 그대로 '생소한' 것이기 때문에 그런 이념에서는 분명 고유의 존재를 위해 긍정적인 것이 나타날 수 없다. 예전에 패전한 프랑스인들이 이렇게 끔찍한 체험을 맛본 적이 있다.* 그들의 협상 대표들이 승전국 독일의 요구 조건을 완화시키기 위해, 우리 군대가 파리로 입성하는 명예 혹은 '영광(la gloire)'에 매우 높은 값을 매긴 적이 있었다. 그런데 독일의 고위 정치가는, '영광'이라는 단어나 혹은 그런 단어와 동등한 의미의 어떤 단어도 우리 사전에는 없다,라고 잘라 말했다. 이것은 1870년에 프랑스 의회에서 경악에 차고 걱정스러운 목소리로 거론되었다. 그들은 '영광'이라는 개념을 알지 못하는 적군에게 자비를 겪게 될지 무자비함을 겪게 될지 알지 못하는 운명에 내맡겨진다는 것이 무엇을 의미하는지 알 수 없어 노심초사하며 애를 태웠다……

　이미 4년 동안이나 '전쟁에 동의한 사람들'의 선전 선동을 도맡아 온 자코뱅파 청교도의 도덕적 은어인 '영광'이 제1차 세계대전에서 승리의 공인된 언어가 되었던 당시에 나는 자주 예전의 프랑스인들이 겪

---

* 1870~1871년에 걸쳐 프로이센과 프랑스 간에 벌어진 보불전쟁 또는 독불전쟁을 말한다. 프랑스 황제 나폴레옹 3세의 도전으로 시작된 이 전쟁은 프로이센의 재상 비스마르크의 정략과 몰드케 장군의 전략으로 프로이센의 승리로 끝났다. 그 결과 프랑스의 나폴레옹 3세 제정은 쓰러지고, 프로이센은 1871년 독일 제국을 건설했다.

었던 절망에 대해 생각했다. 또한 항복에서 적나라한 퇴위에 이르기까지는 그다지 먼 길이 아니고, 또 패전국 입장에서는 뭘 어떻게 해야 할지 모르니 제발 승전국이 자신들의 이념에 따라 패전국을 관리해달라고 제의하기까지는 오래 걸리지 않는다는 사실이 확인됐다고 보았다. 그와 같은 동요를 프랑스인들은 48년 전에 먼저 체험했던 것이고, 이제 우리에게도 낯선 체험이 아니게 되었다. 그러나 그런 동요는 거부되기 마련이다. 패배한 쪽은 어떻게든 여전히 스스로를 책임질 의무가 있고, 외부의 조종은 단지 한 가지 목적을 위해서만, 즉 과거의 권위가 소멸하고 난 뒤에 빈 공간을 채울 혁명이 너무 극단으로 치우치는 바람에 승전국의 시민적 질서도 함께 위협받게 되는 일을 방지할 목적에서만 가능한 것이다. 그래서 1918년에 전쟁이 끝난 뒤에도 서구 국가들이 봉쇄 조처를 유지했던 까닭은, 독일의 전후 혁명을 관리해 시민적-민주적인 궤도에 머물도록 하며, 러시아-프롤레타리아적인 상태로 변질되는 것을 예방하자는 목적에서였다. 그래서 승리를 구가하던 부르주아-제국주의는 끊임없이 '무정부 상태'를 경고했고, 노동자위원회와 군인위원회 그리고 그와 비슷한 단체와의 어떤 협상도 결단코 거부했으며, 오직 **착실한** 독일과 평화를 맺을 것이라며 그런 독일만 먹을 것을 얻게 되리라고 거듭 확신시켰던 것이다. 우리 정부에서 그나마 협상에 가담한 사람들 또한 이와 같이 아버지 같은 입장에서 내려진 지시에 따랐고, 국민의회와 힘을 합해 프롤레타리아 독재에 대항했으며, 현실적으로 필요한 곡물을 공급해주겠다는 소비에트의 제의까지 거부하며 서방 승전국에 순종했던 것이다. 덧붙여 말해도 된다면, 그런 처사는 내게 전적으로 내적 만족을 주지는 않았다고 말하고 싶다. 물론 절제를 아는 교양계의 남자이자 아들로서 나는 극단적인 혁명과 하부 계급의 독재에 대해 천성적으로 경악하는 성향이 있기는 하다. 원래 태생에서부터 나로서는 무정부 상태와 천민 정치, 한마디로 말해, 문화 파괴라는 그림으로밖에는 달리 상상하기 어려운 그런 독재 말이다. 하지만 대자본가로부터 지원을 받으며 유럽의 품위를 구원했다는 독일과 이탈리아의 두 인간*이 보여준 예의 저 기괴한 일화를 회상하노라면 생각이 바뀐다. 정말이지 그들에게 결코 어울리지 않는 피렌체의 우피치 미술관을 함께 거닐면서, 한쪽이 다른 쪽에게 어떤 말로 뭘 확신시켰던가. 하늘이 그 두 인간을 명예롭게 끌어올려서 미리 예방 조치를 취하도록 하지 않았다면, 그 모든 "훌륭한 예술품"은 볼셰비즘에 의해 파괴되어버렸을 것이라고! 그 말을 생각하면, 천민 정치에 대한 내 생각이 새삼 바로잡힌다. 그리고 하위 계급의 지배라는 것이 나에게, 즉 독일 시민에게 이제 비교가 가능해진 **말짜, 쓰레기****의 지배와 비교해보면 오히려 이상적인 형태로 보일 지경이다. 내가 알기로 볼셰비즘은 예술작품을 파괴한 적이 없다. 오히려 그런 짓은 볼셰비즘으로부터 우리를 보호한다고 주장해온 자들이 자기들의 과제랍시고 행한 일이었다. 정신적인 것을 짓밟고 싶은 그들의 욕망에, 이른바 천민 정치에서는 오히려 찾아보기 힘든 그 욕망에 이 전기의 주인공 아드리안 레버퀸이 만든 작품도 자칫 희생될 뻔하지 않았던가? 그들의 집권 승리가, 그리고 이 세계를 자신들의 야비한 생각에 따라 제멋대로 휘저을 수 있는 역사의 전권이 그가 낳은 예술작품의 생명과 불멸성을 없앨 뻔하지 않았는가 말이다.

　26년 전의 나는 이른바 지식층 부르주아이자 '혁명의 아들'***이 일

---

　* 히틀러와 무솔리니를 가리킨다.
　** 히틀러를 가리킨다.
*** 제1차 세계대전 패전 직후 독일 제국 해체를 주장하던 부류.

삼던 독선적인 도덕 장광설에 대해 혐오감을 느꼈었다. 그 혐오감이 내 마음속에서는 무질서에 대한 두려움보다 더 강한 것으로 입증되었고, 예의 저 부르주아 계급이 원하지 않았던 것을 내가 원하도록 했다. 패전한 우리나라가, 고뇌를 겪어본 형제 나라 러시아에 의존하는 것 말이다. 나는 이런 생각을 하며 사회적으로 근본적인 변화를 감수할, 게다가 그렇게 모든 것을 함께 나누는 체제로 인해 생길 수 있는 혁명적인 변화를 인정할 준비가 되어 있었다. 러시아 혁명은 나에게 엄청난 충격을 주었다. 그리고 러시아 혁명의 원칙이 우리의 목덜미를 밟고 있던 권력자의 원칙보다 역사적으로 우월했던 것은 내가 보기에는 명백한 사실이다.

그때 이후로 역사가 내게 가르쳐준 것은, 당시 우리의 정복자들, 즉 이제 동쪽의 러시아 혁명군과 동맹하며 다시 정복자의 위치에 서세 될 나라들을 다른 시각으로 바라보라는 것이다. 사실 시민적 민주주의 의 어떤 계층들은, 내가 '말짜의 지배'라고 불렀던 것에 휩쓸리기 충분해 보였고, 또 지금도 그렇게 보이는 것이 사실이다. 자신들의 특권을 어떻게든 유지시키기 위해 말짜의 지배와 기꺼이 결합하면서 말이다. 그럼에도 불구하고 그들에게 지도자들이 나타나 인문주의의 후예인 나와 다르지 않게 '말짜'의 지배 체제는 결코 인류에게 부과될 수 없고 부과되어서도 안 되는 것이라며, 그런 것에 반대해 목숨을 걸고 싸우도록 자신들의 세계를 이끌어왔다. 이와 같은 지도력에 대해 그들에게 아무리 감사해도 충분치가 않다. 그리고 그것이 증명하는 바는, 서구 민주주의 제도들은 시간이 지남에 따라 진부해진 데다, 그 자유 개념은 새로운 시대의 필연적인 정신과 상치되는 면이 없지 않지만, 서구 민주주의 자체는 근본적으로 인류의 진보를 추구하고 있으며, 사회를 완벽하게 만들려는 선한 의지를 펼치는 중이라는 것이다. 또한 민주주의의 원래 속성대로 개혁, 개선, 갱신, 그리고 삶에 더 적합한 단계로 넘어갈 수 있는 능력이 있다는 점도 증명된다.

　이와 같은 모든 언급은 그냥 지나가는 말로 덧붙여둔다. 여기서 내가 전기와 관련해 기억하고자 하는 것은, 너무나 오랫동안 우리의 존재 양식 및 생활 습관이 되었던 군주 체제의 군사 국가가 패전 이전에 이미 힘을 잃기 시작해 패전과 함께 완전히 그 권위를 상실하게 되었다는 사실이다. 국가는 파탄과 실권에 이르렀고, 또 지속되는 궁핍과 통화 붕괴 상태에서 투기가 난무하고 담론은 황폐해졌으며, 시민의 자립을 보장하는 모종의 형편없고 과분한 권한 부여가 횡행하여, 너무나 오랫동안 규율 있게 운영되던 국가 조직은 결국 끝없는 토론에만 급급한 주인 없는 신하들의 무리로 해체해버리고 말았다. 이런 것들은 결코 보기 좋은 모습이 아니었다. 그리고 당시 뮌헨의 호텔 회의장에서 탄생된 어떤 '정신노동자 위원회'의 회의에서 내가 순전히 수동적인 관찰자로서 얻었던 인상을 특징적으로 표현하라면 한마디로 '민망하다'는 것이다. 내가 소설가라면, 독자에게 그런 회의의 실체를 상세히 파헤쳐주겠다. 이른바 그 회의란 예컨대 통속소설을 쓰는 작가가 나름대로 기품이 없지는 않지만 향락을 탐닉하며 친절하게도 '혁명과 인간애' 같은 주제로 연설하고, 그럼으로써 자유로운, 너무나 자유로운, 산란하고 혼란스럽기 짝이 없는 토론을 불러일으키는 곳이었고, 지극히 별난 데다 오직 그런 기회에만 잠시 밝은 곳으로 나서는 유형의 인물들, 어릿광대 같은 인간들, 미치광이들, 유령 같은 인간들, 악의적인 훼방꾼들과 엉터리 철학자들이 토론을 한답시고 날뛰던 곳이었다. 한 번 더 말하거니와, 내가 소설가라면 너무나 어찌할 바를 모르고 쩔쩔매기만 하던 위원회 모임을 괴로운 기억에서 끄집어내어 아주 선명하게 묘사하겠다. 거기에서는 인간애에 대한 찬성과 반대의 연설, 장교들에 대한 찬성과 반대의 연설, 민중에 대한 찬성과 반대의 연설이 이어졌다. 어떤 어린 소녀는 시를 한 편 읽었다. 또 제복을 입은 어떤 군인은 원고를 계속 읽으려다가 겨우 제지를 받았는데, "친애하는 남녀 시민 여러분!"이라는 말로 시작되는 그 원고는, 끝까지 읽으려면 분명 밤을 꼬박 밝혀야 했을 것이다. 화가 난 어떤 대학 졸업 준비생은 앞서 연설한 모든 사람들을 싸잡아서 신랄하게 비판하면서, 정작 자신의 구체적인 생각은 청중들에게 밝히지도 않았다. 그런 사례가 끝없이 이어지는 가운데, 남의 연설 중에 졸렬하게 소리를 지르며 우쭐대는 청중들의 태도는 소란스럽고 유치했으며 거칠었다. 회의의 사회자는 무능했고, 공기는 엄청나게 나빴으며, 결과는 0점에도 못 미칠 지경이었다. 이런 난리법석 중에는 저절로 주위를 두리번거리며 반복해 자문하게 될 뿐이었다. 여기서 괴로움에 시달리고 있는 사람은 정말 나 혼자뿐인가,라고 말이다. 그리고 결국엔 바깥 거리로 나올 수 있게 된 것이 마냥 기쁠 뿐이었다. 이미 몇 시간 전에 전차 운행이 끊긴 거리에는 공허한 총소리가 겨울밤을 울리고 있었다.

나는 이런 인상을 레버퀸에게 전했는데, 당시 그는 몸이 매우 안 좋은 상태였다. 마치 뜨겁게 달궈진 집게로 괴롭히는 것처럼 병은 그에게 굴욕적인 학대를 가했다. 그렇다고 생명에 지장을 줄 정도는 아니었지만, 건강이 심각한 상태에 이른 것 같았다. 그는 하루하루 겨우 움직이면서 그저 근근이 생활하고 있을 뿐이었다. 엄격한 섭생으로도 다스려지시 않는 위장병이 지독한 두통과 함께 나타났는데, 여러 날에 걸쳐 지속되기도 했거니와 설사 가라앉더라도 며칠 만에 다시 찾아오곤 했다. 그리고 발작이 지나가고 나면, 빛에 대한 엄청난 예민함이 가라 앉지 않은 상태에서 심한 피로감이 몰려오곤 했다. 그런 고통의 원인이 혹시 정신적인 동기, 시대의 고통스러운 체험, 즉 조국의 패배와 그에 따른 부수적인 여러 상황 때문인 것은 아닐까,라는 추측은 맞지 않다. 도시에서 멀리 떨어진 수도원 같은 시골에서 은거 생활을 하면서, 그는 시대 문제에 거의 관심을 두지 않았다. 다만 그런 일들과 관련해서는 평소에 읽지도 않는 신문을 통해서가 아니라, 엘제 슈바이게슈틸을 통해, 말하자면 무관심한 듯하면서도 참견할 건 다 하는 여주인을 통해 사정을 잘 알고 있었다. 분별력이 있는 사람들에게는 갑작스러운 충격이 아니라 오래전부터 짐작하고 있던 일이 드디어 일어난 것일 뿐이었던 그 사건이 그에게는 어깨를 한번 들썩해 보이고 말 정도의 일조차 되지 못했다. 나는 어쩌면 그 불행한 일이 지니고 있을지도 모를 긍정적인 면을 찾아보려고 애썼지만, 나의 이런 노력을 그는 내가 전쟁 초기에 개인적인 심정을 토로했을 때와 다르지 않게 대할 뿐이었다. 그가 당시에 내게 "신께서 그대의 연구(studia)를 축복해주시기를!"하며 냉정하고 회의적으로 대꾸했던 기억이 생각난다.

하지만 그럼에도 불구하고! 그의 건강 악화를 조국의 불행과 정서적으로 서로 연결시키는 일은 거의 불가능했으나 그 하나를 다른 하나와 객관적으로 연관시켜 보고 상징적으로 비교해보는 나의 경향, 어쩌면 그 두 가지가 단지 동시에 일어났다는 사실로 인해 내게 생겼을지도 모를 이런 경향은 그가 외부적인 사건들로부터 멀리 떨어져 있었다고 해서 없어질 수는 없었다. 그런 만큼 나는 내 생각을 신중하게 숨기고 있었고, 그의 앞에서 암시적으로라도 입 밖에 꺼내지 않으려고 무척 조심했다.

아드리안은 의사를 찾아가지 않았다. 왜냐하면 그는 자신의 고통이 근본적으로 익숙한 것, 그러니까 유전으로 타고난 편두통이 급성으로 심해진 것이라고 보고 싶었기 때문이다. 마침내 발츠후트의 지역 보건소 의사인 퀴르비스 박사를 불러와야 한다고 주장한 사람은 슈바이게슈틸 부인이었다. 의사는 바이로이트의 아가씨가 산통을 겪을 때 도와주었던 바로 그 사람이었다. 성격 좋은 그 남자는 편두통이 생겼을 가능성은 아예 배제했다. 왜냐하면 자주 과도하게 아픈 아드리안의 두통이 편두통 증세처럼 한쪽으로만 나타나는 것이 아니었기 때문이다. 박사는 그의 두통이 살을 도려내는 것 같은 고통을 유발하며 양쪽 눈의 안쪽과 윗부분에서 나타났고, 더욱이 다른 원인에 부수적으로 동반되는 성격을 띠는 증세라고 진단했다. 그의 진단 내용은 비록 잠정적이기는 했으나, 위궤양 같은 것이었다. 그리고 그는 환자에게 일시석인 출혈에 대비해야 한다고 했지만, 출혈은 일어나지 않았다. 어쨌든 그렇게 대비시키면서 질산은* 용액을 복용하라고 처방했다. 그러나 그것이 효험을 내지 못하자, 그는 많은 양의 키니네를 주며 매일 두 번 복용하라고 했는데, 실제로 일시적으로 통증이 완화되기는 했다. 그러나 두 주일의 간격을 두고 이틀 내내 뱃멀미와 매우 유사한 발작이 다시 일어났다. 곧 퀴르비스가 내린 진단이 흔들리게 된 동시에 또 다른 의미에서는 굳혀지기도 했다. 이제 그는 내 친구의 병이 만성 위염으로, 위의 오른쪽이 확장되면서 심해졌다고 확신하게 되었다. 게다가 이 병은 머리에 혈액 공급을 방해하는 울혈과 관련되어 있었다. 퀴르비스는 칼스바트의 광천 소금과 식이요법을 처방했다. 그의 식이요법은 가능한 한 적

---

* Höllenstein: 단어 그대로의 의미는 '지옥의 돌'이라는 뜻.

은 양을 먹는 것이어서 식단에는 거의 연한 육류만 올라왔고, 국물이 있는 것, 수프, 또 채소, 밀가루 음식, 빵은 금지되었다. 이와 같은 것은 아드리안이 앓고 있던 심각한 위산과다를 방지하기 위한 것이기도 했다. 퀴르비스는 위산 문제를 부분적으로는 신경성으로, 그러니까 중추 신경, 즉 뇌의 탓으로 돌렸다. 이렇게 하여 이것저것 추론하고 궁리하며 진행된 그의 진단에서 처음으로 뇌가 고려되기 시작했다. 위장 확대는 치유되었으나 두통과 심한 메스꺼움이 없어진 것은 아니었기 때문에 그는 통증 현상을 점점 더 뇌의 문제로 돌렸다. 이런 진단에 이르게 된 데에는 빛을 막아달라는 환자의 절박한 요구가 강하게 작용했다. 환자는 침대에 누워 있지 않을 때에도 반나절은 철저히 빛을 차단한 방에서 지냈다. 해가 있는 오전 시간이면 벌써 그의 신경은 너무나 피곤해져서, 그는 어둠을 갈망했고, 어둠을 마치 몸에 좋은 기본 원소인 것처럼 즐겼다. 나 자신도 몇 시간 동안이나 그와 이야기를 하며 수도원장 방에서 지낸 적이 종종 있었는데, 그곳은 오랫동안 익숙해지고 나서야 비로소 가구의 윤곽, 벽에 비친 희미한 외부의 빛을 구별할 수 있을 만큼 어둡게 만들어져 있었다.

그 당시 얼음 수건과 아침에 머리에 찬물 끼얹기가 처방법으로 실행되었다. 이 방법은 단순히 진정제에 해당하는 용도로 이용된 것이었지만 그 전의 처방보다 더 효과가 있었다. 하지만 이렇게 완화하는 효과로는 병세가 회복되었다고 말할 수 없었다. 엄청나게 불편한 몸 상태는 개선되지 않았고, 발작은 간헐적으로 다시 찾아왔으며, 시련을 당하던 환자는 이따금 나타나는 지속적인 증세만 아니면 발작을 참아보려한다고 말했다. 그것은 머릿속과 눈 위의 끊임없는 통증과 압박이었는데, 표현하기 매우 어려운, 머리끝에서 발끝에 이르기까지의 마비 비슷한 총체적인 느낌이었다. 또한 그것은 발성기관에도 부정적인 영향을 주는 것 같았다. 그래서 환자가 의식하든 못 하든 그의 말이 때때로 약간 느릿느릿하고, 그가 입술을 굼뜨게 움직이는 바람에 발음이 제대로 안 되는 상태였다. 나는 그가 그런 점에는 신경을 쓰지 않았다고 생각하는 편이다. 왜냐하면 그가 말을 할 때 그런 상태 때문에 방해를 받지는 않았기 때문이다. 그러나 다른 한편, 나는 가끔씩 그가 오히려 그처럼 발음이 잘 안 되는 걸 일부러 이용하고 과시한다는 인상도 받았다. 꿈을 꾸며 말을 하듯이 분명하지 않은, 그저 대충 이해되도록 말하는 것이 적절하다고 생각되는 것들에 대해 말하기 위해서 말이다. 가령 그는 안데르센의 동화 속에 나오는 작은 인어 아가씨 이야기를 내게 들려주었다. 그는 인어 아가씨를 매우 좋아하고 경탄했다. 특히 휘몰아치는 소용돌이 뒤에, 즉 해파리 숲에 있는 바다 마녀의 끔찍한 세계에 대한 매우 뛰어난 묘사를 좋아했다. 동경에 찬 아가씨는 자신의 물고기 꼬리 대신 사람의 다리를 얻어 검은 눈을 가진 왕자의 사랑으로—그녀 자신은 "가장 깊은 바다처럼 푸른" 눈을 가지고 있었다—어쩌면 사람처럼 불멸의 영혼을 얻게 되기를 기대하면서 용기를 내어 그 세계로 들어선 것이다. 왕자는 그 말없고 아름다운 인어 아가씨가 자신의 흰 다리로 걸음을 옮길 때마다 칼로 찌르는 듯한 날카로운 고통을 감수해야 하는 것과 자신이 끊임없이 인내해야 하는 것을 서로 비교하며, 인어 아가씨를 고난에 시달리는 여동생이라고 불렀다. 그리고 그녀의 태도, 그녀의 고집, 두 개의 발이 있는 인간 세계에 대한 그녀의 감상적이고 고통에 찬 동경에 대해 일종의 가족처럼 허물없으면서도 유머 있게 그리고 객관적으로 비판하기도 했다.

"바닷속에 빠진 대리석상을 숭배하는 것에서 이야기가 시작되지."

그가 말을 이었다. "토르발센*의 작품이 분명한 소년상, 인어 아가씨가 금기를 거역하고 많은 애정을 바쳤던 소년상에 대해서 말이야. 할머니는 그 물건을 뺏어버렸어야 했어. 인어 아가씨가 푸른 모래에다 장미처럼 붉은 수양버들까지 심게 놔두지 말았어야지. 일찍부터 아무것도 나무라지 않고 너무 봐주기만 한 거야. 그러니 나중에는 지나치게 과대평가한 지상의 세계와 '불멸의 영혼'에 대한 욕망을 더 이상 억제할 수 없게 된 거지. '불멸의 영혼'이라? 도대체 왜? 아주 멍청한 소망이야! 자연의 원리에 따라 꼬마 아가씨에게 주어진 대로, 죽고 나면 바다 위의 거품이 된다는 것을 아는 게 훨씬 더 위안이 되는 건데 말이지. 제대로 된 바다의 요정이라면 자기를 전혀 인정할 줄도 모르고 자기 눈앞에서 다른 여자와 결혼하는 그 얼간이 왕자를 그의 성에 있는 대리석 계단에서 유혹한 뒤 바닷속으로 끌어들여 부드럽게 익사시켰을 거야. 저 아가씨처럼 자신의 운명을 그의 멍청함이 좌지우지하도록 내맡겨버리지 않고 말이지. 그리고 아마도 그는 고통스러운 사람의 다리를 가진 그녀보다 타고난 물고기 꼬리를 가진 그녀를 훨씬 더 열정적으로 사랑했을 거야……"

그는 그저 농담일 수밖에 없는 태연한 말투로, 하지만 눈썹은 찌푸린 채, 그러면서도 겨우 반쯤 알아들을 수 있게 마지못해 입술을 움직이며, 물의 요정이 두 다리로 갈라진 인간의 형상보다 미학적으로 더나은 점들에 대해 말했다. 또 여자의 몸이 허리에서 시작해 매끈한 비늘이 덮인, 강력하고 부드러운 데다 잘 조정하여 날렵하게 전진하도록 만들어진 물고기 꼬리로 부드럽게 이어지면서 그리는 곡선의 매력에

---

* Bertel Thorvaldsen(1770~1844): 덴마크의 조각가.

대해서도 이야기했다. 이때 그는 보통 인간적인 것과 동물적인 것을 신화적으로 연결시킬 때에 늘 따라다니는 기괴한 면을 모두 부정했다. 그리고 자신은 신화적 허구라는 개념이 여기서 적절하다는 점을 인정하지 않는다는 듯이 말했다. 바다의 요정이 완벽하고 가장 매력적인 유기체의 실제와 아름다움, 그리고 필연성을 가졌다는 것이다. 그리고 아무도 그녀에게 고마워하지 않는 일이건대, 그녀가 대가를 치르고라도 다리를 마련한 후에 볼품없이 동정심을 불러일으키며 영락한 모습을 사람들이 보게 되면 예의 저 실정을 제대로 알게 될 거라고 했다. 이와 같은 인어 아가씨의 소망과 좌절은 자연의 명백한 일부분이고, 자연은 이것을 인정해야 한다고도 했다. **만약** 자연이 인정할 수 있다면 말이다. 하시민 그는 그렇다고 생각하지 않거니와, 그런 건 자신이 더 잘 알고 있다는 식으로 말을 이어갔다.

나는 아직도 그가 이와 같이 음울한 농담 투로 말하는 소리, 혹은 중얼거리는 소리가 들린다. 그의 농담 투의 말에 나도 농담하듯이 대꾸했다. 그가 자신을 짓누르던 압박에도 불구하고 그런 기분을 내는 것에 조용히 감탄하는 동시에 가슴속에는, 언제나 그랬듯이, 두려움을 품은 채 말이다. 아드리안이 퀴르비스 박사가 당시에 의무적으로 제시했던 제안들을 거부할 때, 나도 그의 거부에 그냥 동의했던 이유는 그런 감탄 때문이었다. 퀴르비스는 조금 더 높은 수준의 권위 있는 의사에게 진단을 받아보라고, 혹은 고려해보라고 권했지만, 아드리안은 대답을 회피했고 그런 제안에 대해서는 전혀 관심을 갖지 않았던 것이다. 그는 우선 퀴르비스 박사를 완전히 신뢰하고 있다고 말했다. 그뿐만 아니라, 자신이 어느 정도는 혼자서, 자신의 힘과 천성으로 병을 다스려야 한다고 확신하고 있다고도 했다. 그것은 나 자신의 느낌과도 일치했다. 나는 오히려 주변 환경을 바꿔보는 쪽을, 의사가 역시 제안했던 전지 요양 쪽을 마음에 더 두고 있었다. 하지만 미리 예상할 수 있었듯이, 그런 제안은 환자를 설득할 수 없었다. 그는 자신이 단호하게 선택하고 이미 익숙해진 집과 뜰, 교회 탑, 연못, 언덕의 생활공간은 물론 자기가 쓰던 고풍스러운 서재, 벨벳 의자에 매우 집착해, 이 모든 것을 단지 4주일간이라도 레스토랑 정식 요리(Table d'hôte), 유원지 산책로와 휴양지 음악이 있는 온천장 생활 속에서 느낄 끔찍한 기분과 바꾼다는 생각은 받아들일 수가 없었다. 무엇보다 그는 슈바이게슈틸 부인에 대한 고려를 구실로 내세웠다. 자신이 어떤 외부의 평범한 간호를 그녀의 간호보다 선호함으로써 그녀의 마음을 상하게 하고 싶지 않다는 것이었다. 자신은 그녀의 간호를 받으며 이해심 안에서, 즉 느긋하고 인간적이며 경험이 많은 어머니의 보살핌 속에서 훨씬 잘 지내고 있음을 느끼기 때문이라고 했다. 실제로 그가 가장 최근에 받은 처방대로 네 시간마다 음식물을 가져다주는 여주인의 집에서 누리던 것을 어디에서 또 누릴 수 있을지는 의문일 수밖에 없었다. 8시에는 계란 한 개와 코코아와 두 번 구운 빵, 12시에는 작은 소고기스테이크나 커틀릿, 오후 4시에는 수프와 고기와 채소 약간, 저녁 8시에는 차게 식힌 구운 고기와 차를 내주었던 것이다. 이런 방식의 섭생은 환자에게 효과가 있었다. 많은 양의 식사가 초래하는 소화열을 억제했다.

나케다이와 쿠니군데 로젠슈틸은 번갈아가며 파이퍼링에 잠깐씩 들렀다. 그들은 꽃, 병조림한 것, 박하향 초콜릿을 입힌 단것, 혹은 그 외에도 모든 것이 부족한 상황에서 어떻게든 구할 수 있는 것들을 마련해왔다. 그들에게 면회가 항상 허락된 것은 아니었고, 둘 다 단지 드물게 면회를 할 수 있었을 뿐이지만, 그것이 그 둘 중 어느 누구도 혼란스럽게 할 수는 없었다. 쿠니군데는 면회가 거절될 때면 특별히 잘 다듬어진, 가장 순수하고 품위 있는 독일어로 쓴 편지로 스스로를 위로했다. 나케다이는 물론 이런 위로를 얻지 못했다.

나는 뤼디거 실트크납, 아드리안과 같은 색깔의 눈을 가진 그 사람이 우리 친구 곁에 있는 것을 반겼다. 그가 있는 것이 친구에게 매우 위안이 되었고, 꽤 쾌활한 분위기를 마련해주었던 것이다. 그가 더 자주 친구와 함께 있기만 했으면 얼마나 좋았으랴! 하지만 아드리안의 병은 뤼디거의 친절함을 마비시키기 일쑤였던 위급 상황 중 하나였다. 누군가 자신이 와주기를 간절히 원하고 있다는 느낌은 뤼디거를 경직되게 만들고 스스로를 아끼도록 한다는 사실을 우리는 알고 있지 않는가. 이같이 독특한 정신적 기질을 합리화할 변명이 그에게 없었던 것은 아니다. 자신의 문학적 밥벌이, 즉 번역의 고된 작업에 매여서 그는 정말 그리 쉽게 빠져나올 형편이 못 되었다. 그 밖에 영양 섭취를 제대로 못 하는 형편 때문에 그 자신도 건강에 어려움을 겪고 있었다. 더욱 잦아진 장염이 그를 괴롭혔고, 또 그가 파이퍼링에 나타나면—그나마 그는 가끔 그곳에 오기는 했다—플란넬로 만든 복대를 차고 있었으며, 심지어 구타페르카*로 덮인 축축한 허리 밴드도 아마 함께 착용하고 있었을 것이다. 이것은 그에게 씁쓸한 우스갯소리나 영국식 농담(jokes)의 소재가 되었고, 아드리안도 재밋거리를 얻는 계기가 되었다. 그는 뤼디거 외에는 어느 누구와도 그렇게 육체의 괴로움을 극복하고 농담을 하며 크게 웃는 자유를 누릴 수 없었다.

물론 로데 시정부위원 부인도 시민 계급의 가구들로 가득 찬 은신

---

* Guttapercha: '고무나무'라는 뜻으로 자바 산의 적철과 식물의 수액을 사연 건조시킨 고무질로, 절연체나 치과충전제 등에 쓰인다.

처에서 가끔 건너와 아드리안을 직접 볼 수가 없으면, 슈바이게슈틸 부인에게 그의 근황에 대해 물었다. 그가 그녀를 맞이하게 되면, 혹은 둘이 야외에서 마주치게 되면, 그녀는 그에게 딸들 이야기를 했다. 그러면서 그녀는 웃을 때 앞니의 벌어진 틈을 입술로 가렸다. 그녀가 사람들을 기피하게 된 이유가 이마 위의 머리카락에 더하여 치아에도 있었기 때문이다. 클라리사는 예술가로서 자기 직업에 대한 애정이 매우 깊다,라고 부인이 전했다. 그녀의 딸은 관객이 보이던 모종의 냉정함, 비평가들의 흠집 잡기, 또 그녀가 단독으로 출연하는 장면을 즐기면서 세심하게 연기하려고 하면 무대 뒤에서 그녀에게 "빨리, 빨리!"라고 소리치며 그녀의 기분을 망치려 들던 이런저런 건방진 연출가의 잔인함 따위에는 전혀 신경을 쓰지 않고 연기하는 즐거움을 지켰다. 그런데 첼레에서 있었던 그녀의 첫 고용 기한이 끝났고, 그다음으로 이어진 자리가 그녀의 연기 경력을 더 높이 끌어올리지는 못한 상태였다. 그리고 이제 그녀는 멀리 동프로이센의 엘빙에서 젊은 애인 역할을 맡아서 연기하고 있었는데, 독일 제국의 서부로, 다시 말해 포르츠하임으로 채용되어 갈 전망이 있었다. 게다가 이곳에서 카를스루에나 슈투트가르트의 무대로 도약할 수 있는 길이 그리 멀지만은 않았다. 이런 이력에서 가장 중요했던 것은, 시골에 매여 있을 게 아니라 제때에 큰 왕립극장이나, 혹은 정신적-상징적 의미가 있는 수도 소재의 사설 극단에서 자리를 잡는 일이었다. 클라리사는 배우로서 자신이 확고한 위치를 차지할 수 있기를 기대했다. 그러나 그녀의 편지에서, 적어도 언니에게 보낸 편지에서, 그녀의 성공이 예술적인 성격을 띤다기보다 오히려 개인적인, 즉 연애와 관련되어 있다는 사실이 드러났다. 그녀를 따라다니며 구애하는 남자들이 수없이 많았고, 그녀는 그런 상황에 자신이 속수무책으로 내맡겨져 있다고 보았다. 그래서 그런 남자들을 조소하고 냉정하게 거부하는 일은 그녀 에너지의 일부를 소모시켰다. 그전에는 어떤 부유한 백화점 주인이, 참고로 말하면, 원래 나이보다는 젊어 보이는 흰 수염의 사내가 그녀를 자신의 애인으로 삼고자 집과 차와 옷을 사주어 자기 곁에서 근사하게 살도록 해주겠다고 약속한 적이 있었다. 그녀는 그런 이야기를 어머니에게 직접 전하지는 않았지만, 이네스에게 들려주었던 것이다. 그녀가 그런 제안을 받아들였더라면, 건방지게 "빨리, 빨리!"라고 소리치는 연출가가 입도 못 열게 하고, 비평가들의 소리도 바꾸어버릴 수 있었을 테지만, 그녀는 그렇게 하지 않았다. 그녀는 자신의 삶을 그런 기반 위에다 세우기에는 너무나 자부심이 강했다. 그녀에게는 단순히 자기 개인이 중요한 것이 아니라, 개성 있는 인물로서의 인격이 중요했다. 이렇게 하여 예의 저 부유한 상인은 거절을 당했고, 클라리사는 새로운 싸움을 하기 위해 엘빙으로 갔던 것이다.

뮌헨에 사는 딸 인스티토리스에 대해서 시정부위원 부인은 그다지 자세히 이야기하지 않았다. 그 딸의 삶은 덜 자극적이고, 덜 과감했으며, 더 평범했고, 더 안정적인 것으로 보였다. 어쨌든 피상적으로 보면 그랬다. 그리고 로데 부인은 분명 피상적으로 보려고 했다. 다시 말해 그녀는 이네스의 결혼을 행복하다고 평가했던 것이다. 물론 그녀의 평가는 정감 어린 그녀 자신의 피상적인 성격을 확연히 드러내 보일 뿐이었다. 그 당시에 막 쌍둥이가 태어났는데, 시정부위원 부인은 소박하게 감동에 찬 모습으로 그 일에 대해 이야기했다. 그녀가 자신의 이상에 가깝게 꾸며놓은 아이들 방으로 가끔 찾아가서 보았던 세 명의 응석꾸러기이자 백설 같은 여자아이들에 대해서 말이다. 그녀는 맏딸이 가진 불굴의 정신을 강조하며 자랑스럽게 칭찬했다. 딸이 불행한 상황에도 불구하고 불굴의 정신으로 살림을 나무랄 데 없이 잘 꾸려나간다는 말이었다. 지붕 위의 참새들도 재잘대며 떠들기에 누구나 아는 일, 즉 슈베르트페거와의 이야기가 그녀에게 정말 알려지지 않았는지, 혹은 그녀가 그냥 그 일을 모르는 척하는 것인지, 그것은 구별해낼 수 없었다. 독자도 알다시피, 아드리안은 나를 통해 이 일에 대해 잘 알고 있었다. 심지어 그는 어느 날 그 문제에 대한 루돌프의 고백을 듣기도 했다. 그것은 참으로 희한한 상황이었다.

그 바이올리니스트는 우리의 친구가 급성으로 병을 앓고 있는 동안 매우 안쓰러워했고, 절개를 지키며 충직한 친구로 행동했다. 게다가 그는 친구의 호의, 그의 애정이 자신에게 얼마나 중요한지 친구에게 보여줄 수 있는 기회를 적극 활용하려는 것 같았다. 그뿐이 아니었다. 내가 받은 인상으로는, 그는 아드리안이 아프고 쇠약해졌으며, 그가 생각한 바와 같이, 어느 정도 속수무책인 상태에 빠진 상황을 잘 이용해 자신의 끝없는 다정함과 여러 개인적인 매력으로 보강된 붙임성을 유감없이 보여줄 생각을 하고 있었다. 다소간 진지한 이유에서 그의 마음을 상하게 했거나 아프게 하고, 혹은 그의 허영심을 다치게 하고, 혹은 진실한 감정에 상처를 주었던—그의 기분이 정확히 어떠했는지 누가 알랴!—아드리안의 냉담한 성격, 냉정함, 반어적인 거절을 극복하기 위해서 말이다. 루돌프의 바람기에 대해 말을 하다 보면—그것에 대해 말하지 않을 수 없건대—필요 이상으로 한마디를 꼭 더 하게 되는 위험이 항상 있다. 하지만 한마디를 덜 해서도 안 된다. 내게는, 그러니까 나한테는, 그의 바람기가, 혹은 그의 바람기가 나타나는 모습들이 항상 절대적으로 순진한, 아니 유치한, 심지어 요괴 같은 악령의 빛을 띠고 나타났다. 나는 그 악령이 가끔씩 루돌프의 매우 예쁘고 푸른 눈에 반사되어 웃고 있는 것 같다는 생각이 들었다.

　이미 얘기한 바 있듯이, 이런 이야기는 이쯤 해두겠다. 어쨌든 슈베르트페거는 열성적으로 아드리안의 병에 신경을 썼다. 그는 자주 슈바이게슈틸 부인 집에 전화를 걸어서 그의 건강이 어떤지 물었고, 자신의 방문이 크게 방해가 안 되고 친구가 기분 전환을 하는 데 환영할 만한 일이 된다면 찾아가겠다고 제안했다. 그러다가 한번은 아드리안의 병이 조금 나아지던 며칠 사이에 그가 와도 좋다는 말을 들었다. 그는 이렇게 아드리안과 다시 만나면서 유난히 호감이 가는 모습으로 기뻐했고, 처음에는 아드리안에게 두 번이나 '너'라고 말했다. 그러다가 아드리안이 그런 말투에 긍정적인 반응을 보이지 않자 세번째에서야 말투를 고쳐 존칭을 쓰면서 성을 뺀 이름으로 부르는 것에 만족했다. 말하자면 상대방을 위로하고자, 그리고 실험적으로 아드리안도 가끔씩 성을 빼고 방문객의 이름을 불렀는데, 슈베르트페거의 경우에 일반적으로 통용되듯이 친밀하게 '루디'라고 하지는 않았을지라도 완전한 이름으로, 즉 루돌프라고 불렀으나, 이마저도 곧 그만두었다. 참고로 말하면, 아드리안은 그 바이올리니스트가 그 즈음에 거둔 나름대로의 성과를 축하해주었다. 슈베르트페거는 뉘른베르크에서 개인 연주회를 열었으며, 특히 (바이올린 독주를 위한) 바흐의 마장조 모음곡을 훌륭하게 연주함으로써 관객과 언론의 주목을 받았던 것이다. 그 덕분에 그는 오데온에서 열린 뮌헨아카데미 연주회 중 한 곳에서 솔로로 등장하게 되었고, 여기서도 그의 깔끔하고 감미로우며, 기술적으로 완벽한 타르티니* 해석이

---

* Giuseppe Tartini(1692~1770): 이탈리아의 작곡가이자 바이올리니스트.

관객의 마음을 완전히 사로잡게 되었다. 사람들은 물론 힘이 약한 그 특유의 바이올린 음조를 감수해야 했다. 그 대신 그는 음악적으로 (또한 개인적으로) 보완할 수 있었다. 그즈음 차펜슈퇴서 오케스트라의 제1바이올리니스트가 제자 지도에만 힘쓰기 위해 퇴임했는데, 바로 슈베르트페거가 그 자리로 올라가게 되리라는 것은 그의 젊은 나이에도 불구하고──그는 그의 나이보다 훨씬 더 젊어 보였는데, 게다가 희한하게도 내가 그를 처음 알게 된 때보다 더 젊어 보였다──거의 기정사실이 되었다.

이 모든 상황에서도 루디는 사생활 문제로 의기소침해 있었다. 이네스 인스티토리스와의 연애 때문이었다. 그는 아드리안과 둘이 마주 보며 신뢰에 찬 심정으로 그 관계에 대해 이야기했다. 참고로 말하면, '둘이 마주 보며'라는 표현은 꼭 맞는 말은 아니다. 다시 말해, 실제 상황을 충분히 표현한 것은 아니다. 왜냐하면 그들의 대화는 어둡게 만든 방에서 이루어져, 두 사람은 서로를 전혀 보지 못했거나, 혹은 단지 그림자 모양으로만 어렴풋이 봤기 때문이다. 그런 상황은 분명 슈베르트페거가 고민을 털어놓는 데 용기를 내게 했고, 마음의 부담을 덜어주었음에 틀림없다. 더 상세히 말하면, 그날은 1919년 1월 유난히 밝고 푸른 하늘에 해가 떠서, 눈〔雪〕이 빛을 반사하며 반짝이던 어느 날이었다. 아드리안은 루돌프가 도착하자마자, 그와 바깥에서 처음 인사를 나누면서 곧바로 너무나 지독한 두통에 시달렸다. 그래서 그는 입증된 바대로 몸 상태를 호전시키는 어두운 방에 최소한 잠시 동안만이라도 자신과 함께 있어달라고 방문객에게 부탁했다. 이렇게 해서 그들은 처음에 머물던 니케홀에서 수도원장 방으로 옮겼는데, 덧창문과 커튼으로 완전히 빛을 차단해 방은 내가 알고 있던 상태대로 되었다. 말하자면 일단 완벽한 어둠이 그들의 눈을 덮었고, 그러고 나서 그들은 가구가 서 있는 모양을 대충 구별하게 되었으며, 바깥의 빛이 약하게 스며들어오는 흔적으로 벽에 비친 희미한 빛을 알아보게 되었다. 아드리안은 비로드 의자에 앉은 채, 이런 무리한 요구를 하게 되어 미안하다는 말을 어둠 속을 향해 반복했다. 그러나 책상 앞의 사보나롤라 안락의자에 앉은 슈베르트페거는 전혀 이의가 없었다. 그런 상태가 아드리안의 몸에 좋다면, 그리고 그것이 얼마나 몸에 좋을지 충분히 상상할 수 있으므로 자기에게도 더할 나위 없이 마음에 든다고 했다. 두 사람은 목소리를 낮춰서, 심지어 소리를 죽여서 말을 주고받았다. 한편으로는 아드리안의 몸 상태가 그렇게 요구했기 때문이었고, 또 다른 한편으로는 보통 어둠 속에서는 누구나 자신도 모르게 목소리를 줄이기 때문이기도 했다. 원래 어둠 속에서는 점점 입을 다물어버리거나 대화를 쉽게 이어가지 못하게 되기 마련이다. 하지만 드레스덴 식으로 세련되고 사교적으로 훈련된 슈베르트페거는 쉬지 않고, 대화가 끊길 여지도 허용하지 않으면서 막힘없이 술술 이야기를 쏟아냈다. 지속되는 어둠 속에서 상대방의 반응을 잘 살필 수 없기 때문에 생기는 묘한 느낌에도 불구하고 말이다. 그는 위험스러운 정치적 상황, 제국의 수도에서 벌어진 전투들을 피상적으로 언급하다가, 최신 음악에 대해서도 이야기했다. 또 그는 파야*의 「스페인 정원의 밤들」, 그리고 드뷔시**의 「플루트와 바이올린과 하프를 위한 소나타」의 일부분을 아주 깔끔하게 휘파람으로 재현했다. 「사랑의 헛수고」에서 나오는 무도곡 역시 휘파람으로 불었는데, 음조가 아주 정확했다. 곧이어 꼭두각시극 「사악한 간계」 중에서 눈물을

---

* Manuel de Falla(1876~1946): 스페인의 대표적인 낭만주의 작곡가.
** Achille-Claude Debussy(1862~1918): 프랑스의 인상주의 작곡가.

흘리는 강아지의 희극적인 주제를 불었다. 그것이 아드리안에게 즐거움을 주는지 아닌지를 제대로 판단하지도 못하면서 그랬다. 마침내 그는 긴 한숨을 내쉬더니, 자기가 사실 휘파람을 불 기분이 아니라고, 그보다는 마음이 무척 무겁다고 말했다. 뭐, 꼭 마음이 무거운 것은 아니더라도, 어쨌든 화가 나고 기분이 안 좋으며 조급하기도 한 데다, 아무튼 어떻게 해야 할지 모르겠고 근심이 많다고도 했다. 그러니까 하여간 마음이 무겁다는 것인데, 왜냐고? 그런 질문에 대답하기는 물론 쉽지 않을뿐더러 사실 대답해서도 안 된다고 그는 덧붙였다. 꼭 친구 사이라면, 비밀 엄수라는 계명을 그다지 지키지 않아도 되는 사이라면 몰라도. 여자 문제는 혼자 알고 있어야 한다는 신사다운 남자의 계명은 자기도 물론 지키려고 하고, 자기는 떠버리가 아니니까 말이다. 게다가 그냥 단순한 애인도 아니라고 했다. 사람들이 자기를 그런 인물로만 본다면, 그건 아주 잘 모르고 있는 거라고 주장했다. 피상적인 플레이보이나 감상적인 셀라돈* 같은 남자로만 보는 건 끔찍하다는 것이었다. 자기는 사람이고 예술가로 신사다운 애인의 계명 따위에 대해서는 휘파람을 불어 날려버릴 거라고 호언장담했다. 이런 의미에서는 물론 휘파람을 불 기분이기는 하다면서, 자기가 지금 말하고 있는 사람은 온 세상 사람들이 다 알 듯이 그도 분명히 알고 있을 거라고 덧붙였다. 요컨대 이네스 로데, 더 정확히 말하면, 이네스 인스티토리스인데, 그녀와 자신의 관계 이야기로, 이 관계는 자기 탓이 아니라는 것이었다. "내 탓이 아니야, 아드리안. 믿어줘, 아니 믿어줘요! 내가 그녀를 유혹

---

* Seladon: 원래는 '중국의 청자'라는 뜻. 프랑스 작가 뒤르페(Honoré d'Urfé, 1568~1625)의 유명한 전원소설 『아스트레*L'Astrée*』(1610)의 주인공 이름에 따라 붙여진 것으로 감상적인 애인을 가리킨다.

한 게 아니라, 그녀가 날 유혹한 거예요. 그 작은 인스티토리스에게, 흔히 말하는 어리석은 표현을 쓰자면, 배신의 뿔을 붙여준 건 전적으로 그녀가 해낸 일이지, 내가 한 짓이 아니라구요. 어떤 여자가 여차하면 물에 빠져 죽고 말겠다는 기세로 당신에게 매달려서 애인이 되려고 한다면, 당신은 어떻게 하시겠어요? 그녀가 손에 들고 있는 당신의 겉옷을 그냥 두고 내빼겠냐구요?" 아니, 신사의 계명이란 게 있으니 그렇게 할 수 는 없는 노릇이다. 게다가 여자가 귀여운 데가 있다면 더 그렇다고 했다. 뭐, 설사 약간 불행하고 고뇌에 찬 모습으로 귀엽다 하더라도 마찬가지라며, 자기도 역시 불행하고 고뇌에 차 있는 사람이며 지쳐서 자주 근심에 빠지는 예술가이지, 철없이 구는 덜렁쇠나 늘 태양같이 밝아서 희희낙락하는 청년, 혹은 사람들이 그를 두고 어떤 사람이라고 상상하든, 어쨌든 그런 사람은 아니라고 했다. 이네스는 자기를 두고 별별 상상을 다 하는데, 그런 건 전혀 자기 모습이 아니라는 것이었다. 바로 그런 게 두 사람의 관계에 문제를 만드는 것인데, 그런 문제가 아니더라도 그 관계는 이미 끊임없이 초래되는 어리석은 상황들과 모든 점에서 조심해야 한다는 압박 때문만으로도 충분히 문제투성이였다는 것이었다. 이네스는 이 모든 것을 자기보다 더 쉽게 무시해버릴 수 있는데, 그건 그녀가 열정적으로 사랑하기 때문이라는 간단한 이유에서라고 했다. 그녀가 잘못된 상상으로 그렇게 행동할수록 그는 그런 이유를 더 분명히 털어놓을 수 있는 입장이라면서, 자기가 손해를 보고 있는 셈인데, 그 이유는 자기는 그녀를 사랑하지 않기 때문이라는 것이었다. "난 그녀를 한 번도 사랑한 적이 없어요. 아주 솔직하게 고백할게요. 난 그녀에게 항상 그냥 남매 같고 친구 같은 감정을 가졌을 뿐이라구요. 내가 그녀와 관계를 맺었던 것, 그리고 그녀가 내게 바싹 매달려서 그 어리석은 관계를 질질 끌게 두었던 것, 그런 것들은 내 입장에서는 단지 신사다운 의무의 문제였다구요." 하지만 그 점에 대해서는 신뢰감을 가지고 이런 말을 해야겠다고 그가 계속 말했다. 그러니까 열정을, 그야말로 절망적일 정도의 열정을 여자 쪽에서 노골적으로 드러내고, 남자는 그냥 신사로서의 의무만 채우고 있다면, 그건 불쾌한 상황이고 남자의 품위를 떨어뜨리는 짓이라고 말이다. 그건 어쩐지 소유 관계를 뒤바꾸는 짓이고, 사랑 관계에서 여자가 불쾌하게시리 우월한 위치를 차지하는 짓이기 때문에 이네스는 원래 남자가 당연히 여자의 몸을 다루듯이 남자인 자기를, 자기의 육체를 다룬다고 말하지 않을 수 없는 꼴이 되어버렸다는 것이었다. 게다가 자기를 혼자 차지하려는 그녀의 병적이고 안달복달하는, 그러면서 매우 부당한 질투심까지 더해지는 지경이 되었다고 했다. 이미 말했듯이, 그건 부당하다며, 왜냐하면 자기는 솔직히 이제 그녀는 꼴도 보기 싫고, 참고로 말하면, 그녀라면 그냥 지긋지긋하고, 그녀가 치근대며 들러붙는 짓이 정말 끔찍해졌다고 털어놓았다. 바로 이런 상황에서 수준 높은, 그리고 자기도 높이 평가하는 남자와 가까이 있는 것이 자신에게는 얼마나 기분을 생기 있게 해주는 일인지, 지금 눈에 잘 보이지는 않지만 자기 앞에 앉아 있는 사람은 아마 상상하기 어려울 거라는 말까지 했다. 그런 남자의 영역, 그리고 그런 남자와 생각을 주고받는다는 것이 자기에게 어떤 의미가 있는지 말이다. 사람들은 대개 자기를 잘못 평가하고 있는데, 자기는 여자들 곁에 누워 있는 것보다 차라리 그런 남자와 진지하고, 자신을 정신적으로 끌어올리며 장려해주는 대화를 나누는 것을 더 좋아한다고도 했다. 그래서 자신의 특성을 말해보라고 한다면, 꼼꼼히 검토해보건대 플라톤적인 기질이 있는 사람이라고 부르는 것이 가장 적절할 것으로 본다는 말도 했다.

그러고는 갑자기, 금방 말했던 것을 구체적으로 예증하듯이, 루디는 바이올린 연주회에 대해 이야기하기 시작했다. 그 연주회와 관련하여 자기는 아드리안이 자기를 위해 곡을 만들어주기를, 자기에게 꼭 맞게 작품을 써주기를 간절히 원한다고 했다. 가능하면 자신만이 독점적으로 연주할 수 있는 권리를 공인해주기를 바란다며, 그것이 자신의 꿈이라고 말했다! "난 당신이 필요해요, 아드리안. 나를 드높이기 위해, 나를 완성하기 위해, 나를 개선하기 위해, 그리고 다른 여러 이야기들로부터, 말하자면 나를 정화시키기 위해서 말이에요. 맹세하건대, 이게 진실이에요. 지금까지 어떤 일이나, 어떤 욕구도 내게 이보다 더 진지한 것은 없었어요. 내가 당신의 도움으로 갖기를 원하는 연주회는 이런 욕구를 그냥 지극히 압축해서, 아니, '상징적으로'라고 하고 싶네요, 아무튼 그렇게 표현하는 것일 뿐이에요. 당신은 너무나 멋지게 그 작품을 만들어낼 거예요. 딜리어스*와 프로코피예프**보다 더 훌륭하게 만들겠지요. 주(主)악곡에 나오는 아주 간단하고 선율적인 첫번째 테마를 가지고요. 카덴차 뒤에 다시 시작되는 주제 말이에요. 이렇게 하는 것이 고전적인 바이올린 연주회에서 최고의 순간이잖아요. 솔로 곡예가 끝난 뒤에 첫번째 주제가 다시 시작되면 말이에요. 하지만 당신은 전혀 그렇게 곡을 만들 필요가 없어요. 카덴차는 도대체 한 개도 만들 필요가 없다구요. 그런 건 시대에 뒤떨어진 거잖아요. 당신은 모든 관례를 파괴할 수 있어요. 악곡을 나누는 것도 말이지요. 악장 같은 건 깡그리 무시

---

* Frederick Theodore Albert Delius(1862~1934): 영국의 작곡가. 1918년 이후 매독 증상에 시달렸던 그를 본문에서 언급한 것은 비슷한 시기의 레버퀸의 병세를 암시하다.
** Sergei Prokofieff(1891~1953): 러시아의 작곡가, 피아니스트.

해도 돼요. 내 마음 같아선, 알레그로 몰토* 부분이 중간에 와도 괜찮다니까요. 이렇게 되면 진짜 악마의 전음이 될 텐데, 그럼 리듬을 가지고 신나게 곡예를 부려보는 거지요. 당신만이 할 수 있는 방식으로 말이죠. 그리고 아다지오**는 끝에 오게 할 수 있을 거예요. 앞부분의 변용이라는 의미로 말이죠. 하여간 관습을 깨뜨릴 수 있는 것은 다 해보는 거예요. 어쨌든 난 사람들의 눈이 휘둥그레지도록 능숙하게 곡을 연주해내고 싶은 거니까요. 나는 작품을 내 몸과 완전히 합체하여, 잠을 자면서도 연주할 수 있게 할 거예요. 그리고 각각의 음표마다 매번 마치 어머니처럼 돌보고 보살필 거라구요. 왜냐하면 나는 그 작품의 어머니이고, 당신은 아버지인 셈이 될 테니까요. 그러면 그 작품은 우리 둘 사이에 태어난 아이나 다름없는 거예요. 플라톤적인 아이 말이에요. 그래요, 우리의 연주회, 그것은 정말 내가 플라톤적이라는 말로 이해하는 모든 것을 충족시키는 일일 거예요."

이와 같은 내용이 당시에 슈베르트페거가 했던 말이다. 나는 이 책에서 여러 번 그에게 유리하도록 이야기를 해왔다. 그리고 지금도, 이 모든 이야기를 다시 머리에 떠올리면서도 그에 대해 온화한 마음을 품고 있다. 말하자면, 그의 비극적인 파멸 때문에 동정심을 갖게 된 셈이다. 하지만 이제 독자는 내가 그를 두고 썼던 모종의 표현들을 더 잘 이해하게 될 것이다. 내가 그의 천성에 속한다고 말했던 "요괴 같은 순진함"이나 "유치한 악령" 같은 표현들 말이다. 내가 아드리안의 입장이라면—물론 그의 입장이 되어본다는 것은 어리석은 짓이지만—나는 루돌프가 말한 것 중에서 여러 가지를 허용하지 않았을 것이다. 그것은

---

* '될 수 있는 대로 아주 빠르게' 연주하라는 지시.
** '느리게' 연주하라는 지시.

명백하게 어둠을 악용한 짓이었다. 이네스와 자신과의 관계에 대해 털어놓는 과정에서 반복적으로 지나치게 무례했던 것뿐만이 아니다. 다른 방면에서도 그는 지나치게 무례했다. 무책임하고 요괴처럼 지나치게 말이다. 어둠의 유혹을 받았기 때문에 그렇게 되었다고, 나는 말하고 싶다. 여기서 유혹이라는 개념이 아주 바르게 쓰인 것이고, 고독한 사람에 대한 너무나 거리낌 없고 무모한 접촉이라는 표현보다 더 적절해 보인다면 말이다.

하지만 '접촉'은 루디 슈베르트페거가 아드리안 레버퀸과 맺은 관계를 말해주는 명칭인 것이 사실이다. 그런 접촉은 수년간 지속됐고, 그것이 일종의 우수 어린 성과를 거두지 못했다고 할 수 없다. 상대방의 마음을 얻으려는 그런 노력이 지속되면 고독한 이는 그것을 막을 도리가 없음이 입증되었다. 그러나 그것은 구애하는 자에게 비참한 결말을 가져다주는 것으로 끝나게 된다.

XXXIV

    레버퀸은 그의 건강이 가장 악화되던 시기에 자신의 고통을 단지 "작은 인어 아가씨"가 겪는 칼에 베이는 것 같은 아픔과 비교했던 것만은 아니다. 그는 대화 도중에 또 다른 비유, 놀랍도록 세부적이고 구체적인 비유를 사용했다. 몇 달 뒤인 1919년 봄으로 기억한다. 병의 압박 증세가 기적처럼 사라지고, 그의 정신이 불사조같이, '자제력을 잃고' 라는 표현을 아끼자면, 억눌림 없이, 어쨌든 저지할 수 없이 돌진하며 거의 숨 쉴 사이도 없이 창작을 향한 최고의 자유와 놀랄 만한 힘으로 고조되던 때였다. 하지만 이때 바로 예의 저 비유가 내게 폭로했던 비밀은, 두 가지 상태, 즉 의기소침한 상태와 고양된 상태가 내적으로 그다지 엄밀하게 떨어져 있지 않았다는, 서로 아무런 연관성도 없이 분리되어 있지 않았다는 점이다. 그보다는 고양된 상태가 의기소침한 상태 속에 준비되고 있었고, 말하자면 이미 그 속에 내포되어 있었다는 것이다. 반대로, 이후 드디어 시작되는 건강과 창작의 시기가 결코 안락한 시기가 아니라, 그것대로 또 시련의 시기, 고통스러운 불안감과 곤경에 시달리던 시기였던 것처럼…… 이런 참, 나는 글을 제대로 쓸 줄모른다! 모든 것을 한꺼번에 말하려는 욕구 때문에 내가 쓰는 문장들에는 생각이 넘쳐나게 되고, 생각을 기록하려고 시작한 문장들이 오히려생각에서 멀어지게 되며, 장황하게 이야기하다가 그 생각을 놓쳐버리게 된다. 이런 비판이 독자의 입에서 나온다고 해도 그대로 받아들여야하리라. 하지만 내가 다루고 있는 시대를 생각하면 자꾸 흥분 상태에빠지게 되기 때문에, 내 생각들은 이렇게 한꺼번에 밀려들었다가 서로엉켜버리곤 한다. 독일의 권위적인 국가가 와해되고 난 뒤의 시대, 모든 논증적인 바탕이 현저히 약화된 상황을 맞은 시대 말이다. 이런 상황이 나의 생각도 그 시대적 혼란의 와중으로 휘몰아 넣어버렸고, 차분한 나의 세계관에 새로운 것들을 마구 들이댐으로써 이런 것들을 제대로 정리하는 데 어려움을 겪게 했다. 한 시대가 끝났다는 느낌, 19세기만을 포괄하는 것이 아니라 중세 말기까지 거슬러 올라가는 시대, 스콜라 신학의 구속을 파괴하던 때까지, 개인의 해방에 이르기까지, 자유의탄생 때까지 거슬러 올라가는 시대, 사실 나의 또 다른 정신적인 고향의 시대라고 해야 할 그 시대, 요컨대 시민 계급이 구축했던 인문주의의 시대 말이다. 다시 말하거니와, 이런 시대가 끝났음을 알리는 종이이미 울렸다는 느낌, 삶이 돌연변이를 겪는 것처럼 생소한 변천이 일어나고 있으며, 이 세계가 아직 이름도 없이 새롭고 불확실한 운명의 별자리에 몸을 맡기려 하고 있다는 느낌, 정신을 바짝 차리고 주의를 기울이게 하는 이런 느낌은 종전(終戰)에 의해 비로소 야기된 것이 아니었다. 그런 느낌은 이미 전쟁이 발발하면서, 즉 세기가 바뀌고 14년이 지나면서 만들어졌으며, 당시에 나 같은 사람들이 체험했던 충격, 운명에 의해 압도당한 심정의 바탕에 깔려 있었다. 그리고 시민적 인문주의를 모두 해체하는 패배가 이런 느낌을 극단으로 몰아가는 것은 놀라운 일이 아니다. 또한 예의 저 느낌이, 승리의 힘 덕분에 정신 상태가 평균적으로 훨씬 더 보수적이었던 승전국 국민들 사이에서보다 독일처럼 몰락한 나라에서 사람들의 기분을 더욱 결정적으로 좌지우지했다는 점도 놀라운 일이 아니다. 승전국 국민들은 우리처럼 전쟁을 한 시대의 획기적인 역사적 사건으로 느꼈던 것이 아니라, 다행스러운 결과로 끝나게 된 침해 정도로 이해하며, 전쟁 때문에 궤도를 벗어났던 삶이 이후에는 다시 제자리로 돌아오리라고 기대했다. 나는 그들이 그렇게 생각하는 것이 부러웠다. 특히 프랑스의 입장이 정당화되고, 그 존재가 확증된 것이 부러웠다. 최소한 겉보기로는, 승전에 힘입어 보수 성향의 시민 정신이 누리게 된 정당화와 확증 말이다. 고전적이고 이성적인 것이 승리에서 얻을 수 있었던 느낌, 그런 것 속에서 잘 보호받고 있다는 느낌이 부러웠던 것이다. 물론 그 당시 나는 우리나라에서보다 라인 강 건너편의 프랑스에 있으면 외려 내 집에 있는 것처럼 훨씬 더 마음이 편안했을 것이다. 이미 말했듯이, 우리나라에서는 수많은 새로운 것, 혼란과 두려움을 불러일으키는 것이 나의 세계관 안으로 밀려들어 왔고, 나는 양심상 그런 것들과 씨름해야만 했다. 이 점에서 나는 슈바빙에 살던 직스투스 크리트비스라는 사람의 집에서 벌어진 혼란스러운 토론의 밤이 생각난다. 나는 이 사람을 슐라긴하우펜가(家)의 살롱 모임에서 알게 되었는데, 이자에 대해서는 곧 다시 이야기하기로 하고, 여기서는 우선 다음의 내용을 언급해두고 싶다. 순전히 나의 성실한 성격 때문에 내가 그의 집에서 열린 여러 모임과 정신적 테마에 관한 협의에 자주 참여했거니와, 이런 회합들이 나에게 적잖이 나쁜 영향을 미쳤다는 것이다. 그 당시 나는 혼신의 힘을 다해, 너무나 흥분되고 자주 경악에 사로잡히기도 하면서, 한 작품의 탄생을 우정 어린 마음으로 가까이에서 직접 목격하고 있던 중이기도 했다. 그 작품은 예의 저 토론들과 일종의 대담하고 예언적인 관계가 없지 않았고, 그런 관계를 더욱 수준 높고 창의적인 차원에서 보증하고 실현했다…… 이제 내가 이 모든 상황에서도 교직자로서의 내 임무를 수행하고, 한 집안의 가장으로서 나의 책임을 소홀히 할 수 없었다는 사실을 덧붙여 말하면, 독자는 당시에 내가 음식도 제대로 먹지 못한 데다 내 몫의 과도한 노력 때문에 적잖은 체중 감소를 겪었다는 점을 이해할 것이다.

내가 이런 말을 하는 것도, 빠르게 지나가버린 위험한 시간의 경과를 특징적으로 묘사하기 위함이지, 물론 이 회고록의 배경에서 늘 그저 한 자리만을 차지할 뿐이고 중요하지도 않은 나 개인에게 독자들의 관심을 끌어볼 속셈 때문이 아니다. 사건을 전달하는 나의 열성이 가끔씩 주의산만 증세 같은 인상을 불러일으킬 수밖에 없다는 점에 대해 나는 앞에서 이미 유감의 뜻을 밝힌 적이 있다. 하지만 그런 인상은 맞지 않다. 왜냐하면 나는 내가 원래 생각했던 의도를 아주 잘 지키고 있거니와, "작은 인어 아가씨" 비유 외에도 아드리안이 가장 고통을 당하고 있던 시기에 사용한 두번째의 감동적이고 의미심장한 비유를 언급하고자 했던 사실을 잊지 않았기 때문이다.

"내 기분이 어떠냐고?"라고 그가 당시에 내게 말했다. "대략 기름 솥 안에 앉아 있는 순교자 요한 같다고 요약할까. 상당히 정확하게 그 정도로 상상하면 되네. 난 경건한 마음으로 인내하는 자로서 솥 안에 앉아 있고, 그 밑에는 활기차게 불꽃을 일렁이는 장작불이 탁탁 소리를 내며 타고 있지. 말하자면 어떤 참한 인간이 손으로 송풍기를 돌려 불을 피운 거야. 이 상황을 아주 가까이에서 보고 있는 황제 폐하의 눈앞에서 말이지. 바로 네로 황제야. 수놓은 이탈리아제 비단을 등 뒤에 대고 당당하게 앉아 있는 오스만 제국의 술탄. 치부를 가린 일종의 주머니를 차고 펄럭거리는 넓은 웃옷을 걸친 형리가 자루 달린 국자로 펄펄 끓는 기름을 내 등에다 부어대는데, 나는 엄숙하게 그 안에 앉아 있는 거지. 구이용 고기, 지옥의 구이를 굽듯이 기술적으로 내게 기름이 끼얹어지는 거야. 볼만하겠지. 정말 흥미진진한 심정으로 횡목 뒤에 몰려서 있는 관중들 사이에 자네도 끼어들어도 좋다고 초대받았네. 시의회 인물들, 초대받은 청중들, 일부는 터번을 썼고, 일부는 제대로 된 옛날 독일식 두건을 쓰고 그 위에 모자까지 갖추어 쓴 사람들 사이에 말이야. 충직한 도시 사람들이지. 그리고 그들이 풍기는 엄숙한 분위기는 도끼 창으로 무장한 병사들의 보호를 받고 있어. 어떤 사람은 지옥의 구이고기에게 무슨 일이 벌어지고 있는지 옆 사람에게 손가락질해 보이는군. 그들은 손가락 두 개를 볼에다 대고 있고, 또 두 개는 코 밑에 대고 있어. 어떤 뚱뚱한 남자가 손을 드는데, 마치 '하나님이시여, 모든 사람들을 보호하소서!'라고 말하려는 것 같군. 여자들의 얼굴에는 천진한 감동이 어려 있지. 자넨 그것이 보이는가? 우린 모두 서로 바짝 붙어 있다고. 그 장면이 인물로 충실하게 꽉 차 있거든. 네로님의 강아지도 함께 왔군. 혹시 어느 한 곳이라도 비어 있지 않게 하려고 말이야. 강아지는 화난 사냥개 핀셔의 표정을 짓고 있어. 뒷배경에는 카이저스아셰른의 탑들과 뾰족하게 튀어나온 창과 합각머리 지붕이 보이고……"

물론 그는 '뉘른베르크'라고 말했어야 옳다. 왜냐하면 그가 묘사한 장면, 즉 그가 요정의 몸이 물고기의 꼬리로 변해가는 과정을 이야기할 때처럼 아주 친근하고 명확하게 묘사했기 때문에 그의 말이 끝나기 훨씬 전에 내가 알아차린 장면은, 「요한 묵시록」을 소재로 다룬 뒤러의 목판화 시리즈 중에서 첫번째 그림이었기 때문이다. 당시 내게는 이상하게 끌어다 붙인 것처럼 보였던, 그럼에도 불구하고 즉시 어떤 예감을 불러일으켰던 저 비유를 내가 나중에 어찌 되돌아보지 않았겠는가? 아드리안의 계획, 즉 작품 구상이 그를 엄습하는 가운데 그가 만들어낸 작품, 그리고 그의 기력이 고통으로 인해 쇠약해지면서도 다시 집중해 만들어낸 그 작품이 서서히 드러났을 때, 나는 저 비유를 다시 생각해보았다. 예술가의 의기소침한 상태와 생산적으로 고양된 상태, 병과 건강은 결코 명백하게 대비되는 것으로 나뉘어 있지 않다는 내 말이 옳지 않았는가? 오히려 병을 앓고 있는 가운데, 그리고 말하자면 병의 보호 아래 건강의 요소가 작용하고 있으며, 병의 요소가 천재적인 재능을 발휘하면서 건강 속으로 옮겨지는 것이라고 했던 내 생각이 옳지 않았던가? 맞는 말이다. 나는 내게 많은 걱정과 놀라움을 안겨다주었던 우정, 그렇지만 또 나를 자부심으로 충족시키던 우정 덕분에 이런 인식을 얻게 됐다. 천재적인 재능이란, 생명력이 병을 앓으며 깊이 체험한 형태, 병에서 창조해내고 병을 통해 창의성을 띠게 된 형태인 것이다.

그러니까 「요한 묵시록」과 관련된 성악곡의 구상, 즉 그런 것을 몰래 설계하던 일은 아드리안의 생명력이 겉보기에 완전히 소진되었던 시기로 멀리 거슬러 올라간다. 그리고 그가 몇 달 뒤에 그 곡을 종이에 적으면서 드러낸 맹렬한 기세와 빠른 속도는, 나에게 늘 예의 저 비참한 상태가 마치 일종의 피난처이자 은신처 같다는 상상을 불러일으켰다. 그런 곳으로 그의 천성이 되돌아가서 남의 귀에 들리지 않고, 의심도 받지 않으며, 소외되고 우리의 건강한 생활에서 슬프게 격리된 채 은거하며 설계한 것을 키워내고 발전시켰다고 말이다. 그런 설계를 하는 데 평범하고 쾌적한 감각은 전혀 모험적인 용기를 주지 못하는 법이다. 말하자면 그런 설계는 지하 세계에서 강탈해온 것의 성격을 띠고, 그런 곳에서 갖고 나와 드러내 보인 것이 될 수밖에 없다. 그가 계획하고 있던 것이 내게 단지 차례차례로, 방문할 때마다 조금씩 드러났다는 사실은 이미 앞에서 언급한 바 있다. 그는 구상했던 것을 적고, 초안을 잡는가 하면, 모으고 연구하며 결합했다. 그것이 내 눈에 띄지 않고 숨겨져 있을 수는 없었다. 나는 경건한 내적 만족을 느끼며 그 사실을 알아차렸다. 조심스럽게 타진하는 내 질문은 몇 주 동안이나 반쯤은 장난스럽고, 반쯤은 붙임성 없이 짜증스럽게 그 섬뜩한 비밀을 보호하려는 침묵과 거부에 부딪혔다. 그는 눈썹을 찡그리며 웃기만 하거나, 다음과 같은 표현으로 내 말을 막았다. "쓸데없는 참견 말고, 자네의 그 얌전한 영혼이나 순수하게 잘 보존하게!"라거나 "이봐, 뭘 그런 걸 묻나, 그건 자네도 곧 알게 될 거야"라고. 또는 조금 더 분명하고 솔직히 털어놓을 준비를 하며, "그래, 성스러운 전율이 끓어오르고 있지. 신학적인 바이러스를 그다지 쉽게 혈액에서 뽑아내는 것 같진 않군. 생각도 못하고 있는 사이에 급격하게 재발 현상이 나타나고 말았어"라고 하기도 했다.

그런 식의 암시는, 그가 읽고 있던 책을 관찰하면서 내게 떠오르던 짐작을 뒷받침해주었다. 그의 책상 위에서 나는 기괴한 헌 책을 발견했다. 그것은 13세기의 책으로 성 바울이 체험한 성령 계시를 프랑스어로 옮긴 시였고, 그 시의 그리스어 텍스트는 4세기의 것이었다. 그 책이 어디서 생겼는지 묻는 나에게 그는 이렇게 대답했다.

"로젠슈틸이 내게 구해다 주었네. 그것이 그녀가 나를 위해 찾아낸 첫번째 진기한 물건은 아닐세. 정말 애 많이 쓰는 여인이지. 내가 '떨어져 내려온' 사람들에게 약간 호감을 가지고 있다는 점을 그녀는 놓치지 않은 거야. 내 말은, 지옥으로 떨어져 내려왔단 말일세. 이런 체험은 바울과 베르길리우스*의 아이네이아스**처럼 너무나 멀리 떨어져 있는 인물들 사이에도 가족끼리 나누는 친밀성을 만들어내지. 단테가 그 둘을 형제처럼 함께 불렀던 것을 기억하는가? 저 밑의 지옥에 있었던 둘이라고 말이야."

나는 그것을 기억하고 있었다. "유감스럽게도 자네 하숙집 딸(filia hospitalis)은 자네에게 그것을 읽어줄 수가 없군." 내가 말했다.

"없지." 그가 웃었다. "옛 프랑스어는 내가 직접 보고 읽어야 해."

그가 직접 보고 읽을 수 **없던** 시절, 즉 눈 위와 눈 깊은 곳에서 일어나던 통증 탓에 그가 책을 읽을 수 없었을 때, 클레멘티네 슈바이게슈틸이 그에게 자주 책을 읽어주어야만 했다. 말하자면 그 친절한 시골 처녀에게는 충분히 희한한 내용이었겠지만, 꼭 부적절하지만도 않은 내용들이 그녀의 입을 통해 읽혔던 것이다. 나는 수도원장 방에서 아드리안 곁에 있던 그 선한 소녀와 직접 마주친 적이 있다. 그녀는 등을 똑바로 펴고 책상 앞의 사보나롤라 안락의자에 앉은 채, 초등학생이 고지 독일어를 읽듯이 감동적으로 느릿느릿하고 부자연스러운 억양으로 무언가를 읽고 있었다. 베른하임 의자에 앉아서 쉬고 있는 아드리안에게 그녀가 변색된 고서적을 들고 메히트힐트 폰 마그데부르크***가 겪은 열광

---

* Vergilius: 기원전 1세기경의 로마 시인.
** Aeneias: 베르길리우스의 서사시 『아이네이아스Aeneias』의 주인공. 로마의 전설적인 창설자.
*** Mechthild von Magdeburg(1207~1282): 중세 독일의 신비주의 여성 철학자.

적인 체험담을 읽어주고 있었던 것이다. 그 고서적도 역시 부지런한 로젠슈틸이 구해왔을 것이다. 나는 조용히 구석에, 구석의 긴 의자에 앉았고, 꽤 오랫동안 놀라운 심정으로 그 경건하고 독특하며 서툴면서도 야릇한 낭독에 귀를 기울였다.

그런 일이 자주 있었다는 사실을 나는 그때 들었다. 클레멘티네는 교회에서 가르치는 대로 정숙한 옷차림을 하고 있었는데, 농가에서 입는 얌전한 전통 의상, 즉 올리브연두색의 모직물로 만든 복장이었다. 아가씨의 가슴을 반듯하게 펴주는 코르셋의 작고 촘촘하게 나열된 금속 단추가 목 밑까지 모두 잠겼고, 허리를 묶고 있는 뾰족한 끈은 폭이 넓고 발 위까지 닿는 긴 치마 위로 내려왔다. 거기다 유일한 장식품으로 목 가장자리 주름 장식 밑에 옛날 은화로 만든 목걸이를 걸고 있었다. 이런 복장을 한 갈색 눈의 그 소녀는 고통에 싸인 사람 곁에 앉아, 기도문을 읽는 지루한 여학생의 억양으로 그에게 책을 읽어주었던 것이다. 그녀의 신부님은 물론 그 책에 아무런 이의를 제기하지 않았을 것이다. 그것은 초기 기독교와 중세의 성령 체험에 관한 서적이자 내세에 대한 사변과 궁리가 담긴 책이었다. 가끔씩 슈바이게슈틸가(家)의 어머니가 문으로 머리를 들이밀고 딸을 살펴보았다. 그녀는 기껏해야 딸을 집안일이나 돕도록 했으면 좋겠다고 생각했던 것이지만, 두 사람에게 동의의 표시로 친절하게 고개를 끄덕여 보이고는 다시 돌아갔다. 혹은 그녀는 10분 정도 문가에 있던 의자에 앉기도 했는데, 귀를 기울여 듣고 있다가 아무 소리 없이 다시 사라졌다. 클레멘티네가 낭독했던 것은 메히트힐트의 종교적인 신비 체험 이야기가 아니면, 힐데가르트 폰 빙엔*의

---

* Hildegard von Bingen(1098~1179): 중세 독일의 수도원장, 시인, 작곡가, 철학자.

같은 이야기였다. 그도 아니면, 학식 있는 수도사였던 성 베다*의『영국 교회사Historia Ecclesiastica gentis Anglorum』를 독일어로 번역한 것이었다. 이 작품에는 내세에 대한 켈트 족의 상상, 아일랜드-앵글로색슨적인 초기 기독교에서 유래한 환상 체험 중에서 많은 부분이 전해지고 있었다. 이 모든 황홀경의 서적, 즉 최후의 심판을 알리고 영원한 벌에 대한 두려움을 교육적으로 북돋우는, 기독교 이전과 초기 기독교의 종말 신학에 관한 그런 서적들은 매우 밀집되고 반복되는 모티프로 가득 채워진 전승 문헌의 영역을 이루고 있다. 아드리안은 그 영역에 스스로를 가두고, 어떤 작품을 만들어내기 위해 자신의 정신적인 분위기를 조절하고 있었던 것이다. 그의 작품은 그 영역의 모든 요소를 하나의 초점에 모으고, 그것을 나중에 예술적인 총합의 형식으로 요약하며 경고의 소리가 울리게 하는가 하면, 냉엄한 주문에 따라 인류의 눈앞에 계시의 거울을 들이대게 된다. 그 거울 속에서 인류는 무엇이 코앞에 다가와 있는지 들여다볼 수 있도록 말이다.

"파멸의 순간이 다가온다. 종말의 순간이 다가오느니라. 종말의 기운이 깨어나 네 머리 위로 나타나도다. 보라, 재앙이 몰려오고 있다. 이미 멈출 수 없이 떠올라, 네 머리 위로 모습을 드러내도다. 그대, 이 땅의 주민이여." 레버퀸은 이런 말을 증인(testis), 목격자, 서술자가 유령같이 울리는 선율로 알리도록 한다. 그것은 하반에 깔린 낯선 화음으로 된 선율, 완전 4도 음정과 반음 낮춘 5도 음정으로 연결된 선율이었다. 그리고 그 말은 예의 저 대담하고 고풍스러운 응창을 만들어내는데, 두 개의 4성부로 나뉘어 서로 대응하는 방식의 그 합창은 매우 인상 깊

---

* Beda Venerabilis(672/673~735): 영국의 신학자.

게 그런 말을 반복하며 가사를 들려준다. 그런데 바로 그런 말이 「요한 묵시록」에 있는 것은 전혀 아니다. 그것이 다른 계층에서, 즉 바빌론 유수(幽囚)*의 예언에서, 에제키엘의 여러 이야기와 애가에서 유래하기 때문이다. 참고로 덧붙이면, 네로 시대에서 유래한 파트모스 섬의 비밀스러운 공개장은 이런 애가와 매우 이상하게 의존적인 관계를 맺고 있다. 가령 알브레히트 뒤러도 목판 조각들 중 한 작품에서 대담하게 다룬바, "책을 먹어치우다"라는 말은 거의 표현 그대로 「에제키엘서」**에서 따온 것이다. 공손하게 음식을 먹고 있는 사람의 입에 그 책(혹은 한탄, 고통의 외마디소리들이 적혀 있는 그 "서간")이 꿀처럼 달다는 세부적인 내용은 제외하고 말이다. 마찬가지로 동물을 타고 앉은 예의 저 대단한 창녀, 다시 말해 뉘른베르크의 화가가 자신이 가지고 온 베니스 제후의 어떤 정부(情婦)의 초상화 스케치를 바탕으로 재미있게 묘사한 그 여자도 「에제키엘서」에 이미 매우 광범위하고 유사하게 표현되어 있다. 실제로 종말론적인 문화가 존재하는데, 이것은 종교적으로 열광하는 사람들에게 어느 정도 고정된 환영들과 체험들을 전해준다. 어떤 사람이 열광했던 것을 다른 사람이 따라서 열광한다는 것, 말하자면 비자율적으로 남의 것을 차용하여 틀에 박힌 방식으로 황홀경에 빠진다는 것이 심리학적으로 이상한 느낌을 준다 하더라도 말이다. 아무튼 이것이 실상이고, 나는 다음과 같은 점에 대한 확인과 관련하여 그런 실상에 주의를 환기하고자 한다. 무엇과도 비교할 수 없이 뛰어난 합창곡에서 레

---

* 기원전 587년 유다 왕국이 멸망하면서 유대인들이 바빌로니아의 수도 바빌론에 포로로 잡혀간 것을 말하며, 기원전 538년에 바빌로니아를 정복한 페르시아 제국의 키루스 2세에 의해 풀려난 유대인들이 팔레스타인으로 돌아갈 때까지의 기간을 의미하기도 한다.
** 『구약성서』 「에제키엘서」 2장 8절~3장 3절 내용.

버퀸은 「요한 묵시록」에만 따라 가사를 작성한 것이 아니라, 말하자면 앞에서 이미 얘기했던 예의 저 예언적인 관습을 모두 그의 작품에 받아들임으로써 결과적으로 새롭고 고유한 묵시록을 창출하게 되고, 또 종말을 알리는 모든 예언을 그의 작품 안에 요약해 담아내게 된다는 것이다. 「형상으로 본 묵시록」이라는 제목은 뒤러에 대한 경의를 나타낸 것이며, 시각적으로 구현하는 것에다 기호적으로 정확한 것을 더해 환상적이고 정확한 세부 사항으로 꽉 채워진 공간의 특성을 강조하려는 것이다. 바로 이런 것들은 두 작품에서 공통적이다. 그러나 아드리안의 엄청난 프레스코는 저 뉘른베르크 화가가 그렸던 열다섯 개의 삽화를 따랐다고 하기에는 많은 것을 빼버리고 있다. 그의 프레스코는 그가 지독하게 예술성에 집착해 만들어낸 소리에다, 한때 뉘른베르크의 화가에게도 영감을 주었던 저 비밀스러운 문헌의 낳은 단어들을 붙이고 있기는 하다. 하지만 아드리안은 음악적 가능성, 즉 합창의 가능성, 서창(敍唱)조로 낭독하는 아리아의 가능성의 여지를 확장했다. 그는 「시편」의 음산한 부분에서 많은 것을 자신의 작곡에 포함시켰다. 가령 예의 저 마음을 사로잡는 부분, "나의 영혼은 비탄에 차 있고, 나의 삶은 지옥에 가까이 있으니"*라는 부분이나 또 외경(外經)에 나오는 지극히 의미심장한 공포의 형상들과 밀고들이 그런 것들이다. 그리고 「예레미아서」의 탄식의 노래 중에서 오늘날 이루 말할 수 없이 음탕한 효과를 내는 단편들, 그리고 통례에서 벗어난 것까지 포함시켰다. 이런 모든 것들은 다른 세상이 열리고, 보복의 날이 다가오고 있다는 전체적인 인상을 만들어내는 데 기여할 수밖에 없다. 그것은 지옥 순례에서 얻는 인

* 『구약성서』 「시편」 88장 3절.

상으로서, 그 속에는 아주 옛날의 무속 단계에서 내세에 대해 상상했던 것들과 고대 및 기독교에서 단테에 이르기까지 발전해온 상상들이 환상적으로 가공되어 있었다. 레버퀸의 음향적 그림은 단테의 시에서 많은 것을 취했다. 그리고 몸뚱이로 넘쳐나고, 엄청나게 많은 인구가 득실대는 뒤러의 판화에서는 그보다 더 많은 것을 취했다. 그 판화의 어느 곳에서는 천사들이 몰락을 알리는 나팔을 불고, 또 어느 곳에서는 카론*의 작은 배가 짐을 내리는가 하면, 망자가 부활하고, 성자들은 경배를 올리며, 악령의 탈을 쓴 자들은 뱀으로 허리를 감고 있는 미노스 왕**의 손짓을 기대하고 있고, 풍만한 몸의 저주받은 자는 작은 웅덩이에서 태어나서 히죽거리는 아들들에 의해 휘감겨 있고, 들려지고, 당겨지는가 하면, 또 한쪽 눈을 손으로 덮고 다른 쪽 눈으로는 경악에 찬 시선으로 영원한 재앙을 응시하며 소름끼치는 출발 장면을 보이고 있는 반면, 그로부터 멀리 떨어지지 않은 곳에서는 자비가 두 죄인의 영혼을 함정에서 구원 속으로 끄집어 올리고 있다. 간단히 말해, 최후의 심판에서 나타나는 몇몇 그룹과 장면 구성에서 많은 것을 취했다는 것이다.

어쨌든 나처럼 교양을 쌓은 남자가 자신에게 겁을 줄 만큼 친밀한 작품에 대해 말하려고 시도하면서, 그 작품을 미리 주어져 있고 익숙한 문화적 특징들과 비교하는 것을 용서하라. 이렇게 하는 것은 내 마음을 진정시키기 위함이고, 나는 오늘날도 여전히 그 작품에 대해 말할 때는 그렇게 내 마음을 진정시킬 필요가 있다. 내가 경악, 놀라움, 불안과 더불어 자부심을 느끼며 그 작품의 생성 과정을 함께 체험하던 그 당시

---

* 그리스 신화에서 망자를 배에 싣고 아케론/스틱스 강을 건너 저승 하데스로 인도하는 늙은 뱃사공.
** 크레타 섬의 전설적인 왕으로서 사후에 저승의 재판관이 되었다.

에도 마음의 진정이 필요했듯이 말이다. 이런 사정은 그 원인 제공자에 대한 나의 애정 어린 순종에 어울리기는 하더라도 사실 나의 정신적인 가능성을 넘어가는 체험이었고, 따라서 나는 그런 체험으로 인해 전율할 만큼 심리적인 압박을 받게 되었다. 왜냐하면 아드리안은 처음에는 당분간 은폐하고 저항하는 모습을 보이다가, 그 후 매우 빨리 자신이 하고 있는 작업으로 통하는 길을 어린 시절의 친구에게 열어주었던 것이다. 그래서 나는 파이퍼링을 방문할 때마다——물론 나는 가능하면 자주, 거의 항상 주말 동안 그곳에 들렀다——당시에 막 생성 중이던 곡의 새로운 부분을 볼 수 있었다. 때로 그것은 믿을 수 없을 만큼 엄청난 양으로 늘어났는데, 그건 곧 내가 처리해야 할 과제였다. 특히 악곡 구성에서 엄격한 법칙에 복종하는 정신적 및 기술적 복잡함을 고려해야 할 때면, 나처럼 정상적인 시민으로서 분별 있는 작업에만 익숙한 사람은 아찔할 만큼 정신이 없을 지경이었다. 그렇다, 나는 그 작품에 대해 어쩌면 단순한, 나로서는 동물적이라고 말하고 싶은 두려움을 느끼건대, 그런 두려움은 그 작품을 완성시킨 엄청나게 빠른 속도——주된 부분을 기준으로 보면 넉 달 반 만에 끝났으니, 단순한 **베껴 쓰기**같이 기계적으로 써대는 일에나 할당되었을 시간——때문에 주로 발생했다고 고백한다.

보기에도 그랬고, 그 자신이 고백했듯이 당시에 이 사람은 전혀 기쁨만 안겨다 주지는 않는, 오히려 몰아붙이듯이 연이어 떠오르는 바람에 심신을 압박하는 영감으로 인해 매우 팽팽한 긴장 상태에 있었다. 그런 영감 속에서 어떤 문제가, 즉 그가 이미 예전부터 몰두했던 작곡 **과제**가 번개처럼 갑자기 나타나는 양상은 순간적으로 번쩍 빛나는 영혼의 섬광 상태에서 그 과제를 해결하는 방식과 일치했다. 또 그런 영감은 그에게 전혀 안정감을 허락하지 않고 그를 노예처럼 구속했으며, 빠르게 떠오르는 악상들을 펜이나 연필을 들고 따를 만한 여유조치 주지 않았다. 게다가 건강이 매우 안 좋은 사람이 하루에 열 시간 이상이나 일을 하면서, 단지 짤막한 점심 휴식 시간이나 가끔씩 바깥으로 나가 집게 연못 주위나 시온의 언덕에서 산책하는 동안에만 잠시 일을 손에서 내려놓았을 뿐이다. 그 산책도 바쁘게 해치워버리는 소풍 같은 것으로, 지친 몸을 회복시키기보다 오히려 도주를 시도하는 것 같은 성격을 띠었다. 이때 너무 성급해지다가도 다시 머뭇거리는 그의 걸음걸이로 보건대, 그런 산책도 결국 휴식을 모르는 습성의 또 다른 형태에 불과했다. 내가 그와 함께 보냈던 몇 번의 토요일 저녁에 나는 그가 얼마나 자신을 제압하지 못하는지, 일부러 일상적이거나 무관심한 것들에 대해 나와 대화를 나누며 긴장을 해소하고자 하면서도 얼마나 그런 대화를 견디지 못하는지 잘 볼 수 있었다. 지금도 나는 그가 태만한 자세로 앉아 있다가 갑자기 벌떡 일어서는 것이 눈앞에 보인다. 그의 시선은 멍한 채 뭔가에 유의하는 듯이 보이고, 입술은 벌어져 있으며, 양볼에는 내 마음에 들지 않는 변덕스러운 붉은빛이 나타나는 것이 보인다. 무슨 일이었던가? 당시에 그가 '내맡겨졌던'이라고 말하고 싶을 정도로 강렬했던, 예의 저 순간적으로 번쩍이며 솟구치던 멜로디의 섬광 중 하나였던가? 나는 전혀 알고 싶지도 않은 어떤 세력들이 스스로 뱉어낸 말들을 지키기 위한 수단으로 썼던 그 영혼의 섬광이었나? 그리고 표현력이 막강한 주제들 중 하나가 그의 정신 속에서 명료해지는 순간이었던가? 아니면 「묵시록」에서 풍부하게 나타나는 주제들, 그 작품에서 항상 작곡가가 마음대로 냉정하게 사용해버리고 마는 주제들, 말하자면 작곡가의 손아귀에 쥐어진 채 그가 생각하는 대로 배열될뿐더

러 작곡의 구성 요소로 다루어지는 주제들이 떠올랐던가? 그가 "계속
말해! 그냥 계속 말해!"라고 중얼거리며 책상으로 다가서고, 오케스트
라 초안을 마구 열어젖히는 바람에 거칠게 휘둘린 종이 한 장의 아랫부
분이 찢어지는 것이 보인다. 그리고 나는 그 복합적인 표정이 어떻다고
표현해볼 생각은 하지 않겠지만, 어쨌든 그가 내 눈에는 총명하고 자긍
심에 찬 자신의 아름다운 얼굴을 일그러뜨리며 악보 쪽을 쳐다보고 있
는 것이 보인다. 어쩌면 그 악보에는 네 명의 기사를 피해 도주하다가
발을 헛디디며 넘어져서 말에 짓밟힌 인류를 대신하여 부르는 공포의
합창 초안이 적혀 있을지도 모르고, 비웃으며 투덜대는 것 같은 파곳
소리에 붙여진 "어리석은 새 같은 족속의 탄식"이라는 소름끼치는 외
침이 기록되어 있을지도 모르며, 혹은 내가 처음으로 알아차리게 된 즉
시 내 마음을 매우 감동시켰던 교창(交唱) 방식의 대창(對唱)이 연결되어
있었던 것도 같다. 「예레미야서」*의 구절에 대해 엄하게 대응하는 합창
푸가는 다음과 같다.

> 사람들은 살아가면서 왜 그리 불평을 해댄단 말인가?
> 어떤 자든 자신의 죄를 잊고 불평을 하도다!
> 그러니 우리의 본질을 살펴보고 시험하여
> 하나님께로 귀의하자!
> ……
> 우리는, 우리는 죄를 지었도다!
> 그리고 순종하지 않았도다.

---

* 『구약성서』 「예레미야서」 애가 3장 39~45절.

그러기에 하나님께서는 당연히 우리에게 화를 면해주시지 않고,

우리에게 엄청난 노여움을 쏟아내시고,

우리를 끝까지 쫓아와, 무자비하게 목 졸라 죽이셨습니다.

……

하나님께서는 우리를 흙탕물과 오물 같은 존재로 전락시키셨습니다.

이 땅의 모든 민족들 사이에서.

나는 이 작품을 푸가라고 부른다. 그런데 이것은 푸가 같은 인상을 풍기지만, 주제는 성실하게 반복된 것이 아니라 전체가 생성되면서 자체적으로 생성된 것이다. 그래서 결국 작곡가가 따르고 있는 것처럼 보이는 하나의 양식이 해체되고, 말하자면 터무니없게(ad absurdum) 되어버리고 있다. 이런 과정은 바흐 이전 시대에 있던 일종의 칸초네*와 리체르카레**가 지닌 초기의 푸가 형식을 암시하며 일어나고 있는데, 예전의 이런 곡들에서는 푸가 주제가 항상 분명하게 정의되고 유지된 것은 아니었다.

아드리안은 여기저기 살펴보는 것 같더니, 악보를 쓸 펜을 잡았다가 다시 옆으로 내려놓으며 중얼거렸다. "그래, 내일 하자." 그러고는 여전히 이마가 상기된 채 내게로 돌아왔다. 그러나 나는 그가 "내일 하자"는 말을 지키지 않고 나와 헤어진 뒤에 다시 일을 하려고 책상으로 돌아가, 대화 도중에 불현듯 떠올랐던 것을 계속 완성하게 될 것을 알고, 혹은 염려하고 있었다. 그러고 나서야 그는 잠깐이라도 잠들기 위

---

* canzone: 가요풍의 기악곡.
** ricercare: 주제를 따라 흉내 내는 기악곡으로서 푸가의 전신.

해 필요했던 루미날* 두 알을 먹고 잠자리에 들었다가, 날이 밝으면 다시 일을 시작했다. 그가 인용한 문장은 이렇다.

자 그럼, 수금(竪琴)이여, 하프여, 안녕!
나는 일찍 일어나련다.

왜냐하면 축복을 받은 건지 천벌을 받은 건지, 그는 자신에게 찾아온 예의 저 순간적으로 번쩍이며 솟구치는 영혼의 섬광 상태가 다시 일찌감치 자신에게서 거두어지게 될까 봐 두려워하면서 지냈던 것이다. 그리고 실제로 그는 작품을 끝마치기 직전에 일을 당하고 말았다. 그에게 불굴의 정신을 갖도록 요구하던 결말 부분, 그리고 낭만주의적인 구원의 음악과는 너무나 동떨어진 채 신학적으로 부정적이고 무자비한 칸초네의 특성을 너무나 가차 없이 뒷받침하는 그 끔찍한 결말 부분 직전에 그렇게 됐다. 실제로,라고 내가 말하건대, 이 수많은 음성으로 이루어진, 지극히 넓은 화음 사이에서 구르듯이 다가오는 금관악기의 소리를 막 고정시키기도 전에, 말하자면 구제의 희망도 없이 추락해버릴 심연 같은 인상을 주는 그 소리를 다 적기도 전에, 일찍부터 앓던 통증과 메스꺼움이 3주일 이상 지속되는 증상이 재발한 것이다. 그 자신의 말에 따르면, 그런 증상을 겪는 동안에는 심지어 작곡이라는 것이 무엇인지, 작곡을 어떻게 하는지에 대한 기억조차 잊을 정도였다. 바로 그 증세가 지나가고, 1919년 8월 초에 그는 다시 일을 시작했다. 그리고 햇빛이 유난히 뜨거운 날이 많았던 그 달이 다 가기 전에 모든 일이 끝

---

* 수면제.

났다. 내가 그 작품의 생성 기간이라고 생각하는 넉 달 반의 기간은 피로와 심신 쇠약으로 인해 휴식기가 시작되던 때까지를 말한다. 이 휴식기와 마지막 작업을 포함하면 정말 놀랍게도, 「묵시록」을 초안 형식으로 적어두는 데 필요했던 시간은 불과 여섯 달밖에 되지 않았다.

XXXIV
(계속)

그런데 지금까지 이야기한 것이 이제 고인이 된 친구의 작품에 대해, 즉 수천 명의 질타와 반대 비평을 불러일으켰으나, 또 수백 명이 아끼고 숭배하던 그 작품에 대해 내가 그의 전기에서 말할 수 있는 전부인가? 물론 아니다. 나는 그 작품에 대해 아직 몇 가지 더 할 말이 남아 있다. 하지만 내가 정작 하고 싶은 말은 따로 있다. 내 마음을―물론 매우 감탄하고는 있었지만―슬프게 하고 놀라게 하던, 더 정확히 말해, 겁을 먹으면서도 **관심을 갖게 하던** 그 작품의 특성과 특징에 관한 것이다. 다시 말하지만, 내가 마음먹었던 것은, 앞에서 잠깐 언급했던 직스투스 크리트비스 씨 집에서 벌어진 토론에서 내가 접했던 예의 저 보편적으로 터무니없는 주장들과 관련해 아드리안 작품의 특색을 나타내보려는 것이다. 내가 그날 저녁의 토론에서 도출된 새로운 결과를 체험한 데다 아드리안의 고독한 작품이 탄생하는 과정을 목도한 것은, 말할 것도 없이 당시 내게 일상적으로 드러나던 정신적 과로 상태를 더 심화

시켜, 실제로 내 체중이 6킬로그램 이상이나 줄어버렸다.

크리트비스는 그래픽 화가이자 책 디자이너이면서 동아시아의 색채 목판화와 도자기를 수집하는 사람으로, 도자기 분야에 대해서도 제국의 여러 도시뿐만 아니라 외국에서까지 이런저런 문화 행사에 초청을 받아 노련하고 영특한 강연을 하던 인물이었다. 그는 키가 작고 나이가 별로 드러나지 않는 신사로, 라인헤센 사투리를 심하게 썼는데 보기 드물게 정신적으로 활기를 띤 사람이었다. 특정한 신조에 구애됨이 없이 순전히 호기심에서 그는 시대의 움직임에 귀를 기울였고, 그 과정에서 그의 귀에 들어온 이런저런 것들을 "어마하게 중요하다"고 일컬었다. 슈바빙의 마르티우스 거리에 있는 그의 집 응접실은 수묵화와 채색화로 그려진 매력적인 중국 회화로(게다가 송나라 시대의 것으로!) 장식되어 있었다. 그는 자기 집이 권위 있는, 혹은 어쨌든 전문지식을 갖추고 정신적인 삶에 참여하는 사람들의 만남의 장소가 되는 것을 중요하게 생각했다. 우리의 훌륭한 도시 뮌헨은 그런 사람들을 그만큼 또 많이 품고 있었다. 크리트비스는 자기 집에서 여덟 명에서 열 명 정도의 신사들이 모여 토론하는 자리, 말하자면 내밀한 원탁(Round-table) 모임을 마련했다. 저녁 식사 후 9시경에 모임을 열어, 주인은 필요 이상의 접대비가 들지 않았고, 사람들은 모두 편하게 모여 생각을 주고받을 수 있었다. 덧붙여 말하자면, 그 자리는 늘 지적으로 높은 수준의 긴장된 분위기를 유지하지는 않았다. 대화는 자주 푸근하고 일상적인 수다로 빠지곤 했다. 그것은 크리트비스의 사교적인 성향과 상냥함 덕분에 참석자의 정신적 수준이 고르지 않아서이기도 했다. 가령 뮌헨에서 대학에 다니던 헤센-나사우 공작 집안의 두 구성원이 모임에 참석하기도 했는데, 집주인은 친절한 이 젊은이들을 일종의 감격에 찬 말투로

"멋진 왕짜님들"이라고 불렀다. 그들이 우리들보다 훨씬 더 젊었기 때문이기는 했지만, 어쨌든 사람들은 대화 중에 그들이 함께 있다는 점을 신경 쓰지 않을 수는 없었다. 나는 그들이 대화를 방해했다고 말하고 싶지는 않다. 조금 더 수준이 높은 대화는 자주 그들의 이해 능력에 별 신경을 쓰지 않은 채 진행되었고, 그들은 겸손하게 미소를 짓거나 또 진지한 표정으로 경탄하는 청중 역할을 했다. 나 개인적으로는, 오히려 독자도 이미 잘 아는 예의 저 역설의 명수인 하임 브라이자허 박사가 참석한 것이 더 곤혹스러웠다. 이미 고백한 바와 같이 나는 그를 좋아하지 않았지만, 그의 통찰력과 직관적 상황 판단력이 그런 모임에서 없어서는 안 될 필수 사항인 듯했다. 또 공장주 불링어가 초대 손님에 포함된 것도 의외였지만, 단지 고액 납세자라는 것 말고는 내세울 것도 없는 그자가 가장 중요한 문화 문제에 대해 요란스럽게 웃으며 함께 떠들어대는 것도 나를 짜증나게 하기는 마찬가지였다.

이야기를 계속하자면, 나는 이 모임의 어떤 사람에게도 마음을 터놓고 다가갈 생각을 할 수 없었고, 아무도 완전히 신뢰할 수 없었음을 고백하겠다. 여기서 가령 헬무트 인스티토리스는 예외로 한다. 그도 이 모임에 어울리지 않는 불청객으로 참석하고 있었는데, 나는 그의 부인으로 인해 그와 친구 같은 관계를 유지하고 있던 셈이었다. 그래서 물론 그의 존재가 또 다른 걱정거리를 불러일으키긴 했지만 말이다. 그뿐 아니라 운루에 박사, 그 에곤 운루에도 거부감이 느껴지는 사람이었다. 철학자이자 고생대동물학자였던 이 사람은 자신의 저서에서 태고 시대부터 구전되어온 이야기를 정당화하고 학문적으로 입증하는 일에 심층 지질학과 화석학을 매우 깊이 있고 독창적인 방식으로 접목시켰다. 그 결과 그의 이론, 말하자면 승화된 진화론에서는 발전한 인류가 이미 오래전에 더 이상 진지하게 믿지 않게 되었던 모든 것이 오히려 진실이고 사실이 되었다. 그런데 이렇게 학식 있고 사상적으로 진지하게 노력하는 남자에 대한 나의 불신은 어디에서 비롯된 것인가? 또 문학사학자 게오르크 포글러 교수에 대한 불신은 어디에서 비롯된 것인가? 그는 독일문학사를 민족의 혈통이라는 관점에서 집필해 널리 인정받았다. 그런 역사 속에서 작가란 단순히 작가이자 다방면으로 교육받은 정신의 소유자가 아니었다. 그보다는 실제적이고 구체적이며 특수한 민족적 뿌리의 순수한 생산물, 즉 작가의 존재를 보증하면서 또한 작가에 의해 입증된 민족적 근원으로서의 혈통과 풍토의 순수한 생산물로 다루어지고 평가되었다. 포글러의 책에서 이런 생각들은 매우 우직하면서 남자답게 단호하며, 흔들림 없이 확고하게 서술되어 호평을 받을 만했다. 역시 초대 받은 사람으로서 미술사학자이자 뒤러 연구가인 길겐 홀츠슈어 또한 왠지 모르게 내 마음을 편치 않게 했다. 마지막으로 이런 사정은 그 자리에 자주 참석하던 시인 다니엘 추어 회에*에게도 전적으로 해당되었다. 그는 성직자처럼 목까지 단추를 모두 꼭꼭 채운 검은 옷을 입고 다니던 마른 체형의 삼십대 남자로 옆모습은 맹금류를 닮았고, 목소리는 망치로 치듯이 탕탕거렸다. 가령, "아무렴요, 그렇고말고요, 그렇게 나쁘지 않네요, 오, 물론이지요, 그럼요, 그렇게 말할 수 있지요!"라고 말하는데, 이때 계속해서 신경질적으로 빠르게 발바닥 앞쪽을 바닥에 대고 두드려댔다. 그는 팔짱을 끼거나 한쪽 손을 나폴레옹

---

* 토마스 만의 초기 단편 「예언자의 집에서Beim Propheten」(1904)의 주인공 다니엘과 매우 유사하게 묘사된 이 인물은 세기 전환기에 독일의 젊은 지식인들 사이에서 큰 영향을 발휘하던 상징주의 시인 슈테판 게오르게(Stefan George, 1868~1933)를 연상시킨다. 이른바 '게오르게 모임(George-Kreis)'은 정신사적 내지 문화사적으로 보수적 엘리트 의식이 강한 남성 결사의 성격을 띠었다.

처럼 가슴팍에 숨기는 것을 좋아했다. 시인으로서 그의 꿈은 피 흘리는 전쟁에서 순전히 정신에 복종하는, 정신에 의해 공포와 엄격한 규율 속에 길들여진 세상을 향하고 있었다. 그는 이런 것을, 내가 알기로는 그의 유일한 작품에서, 즉 이미 전쟁 전에 거친 수제(手製) 종이에다 써서 발표한 「포고」에서 묘사한 적이 있었다. 이념에 탐닉하는 테러리즘이 서정적이고 수사적으로 분출되는 이 작품에서 그의 언어 구사력만큼은 매우 강력하다고 인정하지 않을 수 없다. 이 「포고」에 서명을 하는 사람은 '최고사령관 그리스도(Christus imperator maximus)'라는 이름의 인물로 진두지휘에 불타는 그는 세계 정복을 위해 죽음을 불사하는 군대를 모으고, 일상적 명령 투의 성명을 공포하며, 향락적이고 냉혹한 조건들을 내세워 협정을 맺는가 하면, 가난과 순결을 치켜세우고, 부조건적이고 부제한의 절대 복종을 상벽하세, 사뭇 객상을 주먹으로 내리치는 분위기로 요구하고도 만족할 줄을 몰랐다. 시는 "병사들이여!"라는 말로 끝난다. "나는 그대들이 약탈하도록 명하노라——이 세계를!"

이 모든 것들은 "멋진" 것이었고, "멋진" 것으로서 스스로를 매우 강하다고 느꼈다. 그것은 잔인하고 절대적인 아름다움의 의미에서 "멋진" 것이었으며, 시인이 스스로에게 허락하는 정신으로, 뻔뻔스러울 만큼 아무것과도 관련이 없고 농담 같으며 무책임한 정신으로 "멋진" 것이었다. 그것은 내가 아는 한 가장 극단으로 치닫는 미학적 허튼소리였다. 헬무트 인스티토리스는 물론 그런 시를 높이 평가했다. 하지만 그가 아니더라도 그 작가와 작품은 상당히 높은 명망을 누렸다. 그리고 그 두 가지에 대한 나의 반감도 사실 그다지 확실하지 않았다. 왜냐하면 크리트비스 집의 모임과 그곳에서 대변되던 터무니없는 문화 비판적 소견들에 의해 야기된 나의 기본적이고 전반적인 과민함도 그런 반 감에 함께 부정적으로 작용했기 때문이다. 나는 정신적인 책임 의식 때 문에 그런 소견에 휩쓸려들 수 없었던 것이다.

나는 가능한 한 짧게 이런 소견들의 본질적인 내용을 요약하도록 노력해보겠다. 그런 소견들이란 우리의 모임을 주최한 집주인이 "엄청 나게 중요하다"고 생각하는 것들이고, 또 다니엘 추어 회에가 "오, 물 론이지요, 그럼요, 그렇게 나쁘지 않네요, 아무렴요, 그렇고말고요, 그 렇게 말할 수 있지요!"라는 판에 박힌 소리로 추종하는 것들이다. 그런 소견들이 '그리스도의 최고사령관'에게 엄격하게 선서했던 고삐 풀린 병사들로 하여금 곧바로 세상을 약탈하도록 하지는 않았을지라도 말이 다. 그것은 물론 상징적인 시문학일 뿐이었고, 토론 모임에서는 장래의 사회학적 현실에 대한 전망이 주제였다. 그래서 현재 존재하는 것과 앞 으로 다가오는 것이 무엇인지를 구체화하는 문제가 토론되었다. 물론 이런 것들은 다니엘의 환상이 불러일으키는 금욕적이고 멋진 공포물과 이러저러한 면에서 관련이 있었다. 겉보기에는 확고하게 자리 잡은 삶 의 가치들이 전쟁으로 인해 손상되고 파괴되는 것은, 특히 그런 가치 덕분에 다른 나라에 비해 어느 정도 정신적으로 앞서가던 패전국들에 서는 매우 생생하게 감지되는 법이라고, 나 자신이 이미 저 앞에서 자 발적으로 적은 바 있다. 그와 같은 점은 매우 강하게 느껴졌고, 객관적 으로 확인되었다. 개인이 전쟁으로 인해 겪은 엄청난 가치 상실이 그런 것이다. 오늘날의 삶이 각 개인의 존재는 전혀 신경 쓰지 않고 무시해 버리는 경향이 그런 것인데, 이런 무시는 또 개인의 고통과 몰락에 대 한 일반적인 무관심의 형태로 사람들의 정서에 쌓이게 된다. 개별적 존 재의 운명에 대한 이와 같은 무시와 무관심은 이제 막 끝난 4년 동안의 피의 헌당식* 때문에 키워진 것으로 보일 수 있었다. 그러나 나는 속지 않았다. 그 밖의 여러 관점에서도 드러나듯이, 여기서도 전쟁은 이미 오래전에 시작되었던 것, 즉 삶에 대한 새로운 감각에 이미 바탕을 형성하고 있던 것을 완성시켰을 뿐이었고, 더욱 분명히 드러나게 했으며, 철저히 체험되도록 했을 뿐이었다. 하지만 그것은 칭찬이나 비난의 문제가 아니라, 객관적인 인식이자 확인이었다. 또 인식의 기쁨 자체만을 위해 열정도 없이 현실을 인식하기만 하는 데에는 항상 어느 정도 현실을 인정하는 자세가 포함되어 있기 마련이다. 따라서 어찌 시민적 전통에 대해, 다시 말해 교양과 계몽과 인간애라는 가치에 대해 가하는 비판이 그런 성찰과 관련되지 않았겠는가? 어찌 학문의 교양 있는 처신을 통해 민족들을 고양시킬 꿈에 대해 다방면에 걸쳐, 게다가 포괄적으로 가하는 비판이 그런 성찰과 관련되지 않았겠는가? 그리고 그런 비판을 가하던 사람들이, 더 정확히 말하면, 마냥 유쾌하고 흔히 자만에 찬 정신을 즐기면서 폭소를 터뜨리며 비판하던 사람들이, 교양과 강의와 학문을 담당하던 남자들이었다는 사실은 이 문제에 특별한, 즉 가볍게 자극하며 마음을 불안하게 하는 약간 왜곡된 매력을 부여했다. 그리고 패전이 우리 독일인들에게 가져다준 국가 형태, 우리의 품에 떨어진 자유, 한마디로 민주공화국이 어느 한순간에도 앞으로 추구할 새로운 것을 구현하기 위해 진지하게 받아들여져야 할 틀로 인정받지 못하고, 누구에게서든 당연히 일시적인 것으로만 여겨지며, 처음부터 의미 없는 것일뿐더러 심지어 어설픈 농담과 같다고 무시되었다는 점을 굳이 말할 필요는 없을 것이다.

---

* 제1차 세계대전을 말한다.

사람들은 (알렉시스 드) 토크빌*을 인용했다. 그는 한 개의 공동의 샘에서 두 개의 강이 흘러나오듯이 혁명에서도 그러하다고 말했다. 그 중 하나의 강은 사람들을 위해 자유롭게 설비된 체제 쪽으로 흐르고, 다른 하나의 강은 절대적인 권력 쪽으로 흘러간다고 했다. 크리트비스 집에서 대화를 나누던 신사들 중에서 "자유롭게 설비된 체제"를 믿는 사람은 더 이상 아무도 없었다. 그들은 자유라는 것이 자체적으로 내적 모순을 안고 있다고 주장했다. 즉 자기주장을 하고자 자유를, 그러니까 상대방의 자유를 제한하도록 강요받음으로써 결국 자유 자체를 해체할 수밖에 없다는 것이었다. 이것이 바로 자유의 운명이라며, 인권의 자유 를 지키려는 격정을 처음부터 포기하지 않는다 해도 그런 운명에 빠질 수밖에 없다고 했다. 그리고 시대의 경향은 자유가 이른바 자유 정당의 독재 체제를 만들어내는 변증법적인 움직임에 응하기보다, 그렇게 인 권의 자유를 위한 격정을 포기하는 방향으로 훨씬 더 기울고 있다고도 했다. 어차피 독재, 폭력을 향해 모든 것이 내달리고 있다고도 했다. 왜 냐하면 전래된 국가 및 사회 형태가 프랑스 혁명에 의해 파괴됨으로써 새로운 시대가 시작되었기 때문이라는 것이었다. 의식적이든 아니든, 인정했든 안 했든, 과거의 국가와 사회는 평준화되고 뿔뿔이 다 분쇄되 었으며, 모든 접촉으로부터 차단되어, 각 개체와 마찬가지로 의지할 데 없이 어쩔 줄 모르는 대중에 대한 폭력적인 전제 정치를 향해 가는 시 대가 시작되었다는 것이었다.

"아무렴요! 그렇고말고요! 오, 물론이지요, 그럼요, 그렇게 말할 수 있지요!"라며 추어 회에가 맞장구를 쳤고, 화급하게 발로 바닥을 쳐댔

---

* Alexis de Tocqueville(1805~1859): 프랑스의 저술가, 정치인, 역사학자로 『미국의 민 주주의』를 썼다.

다. 물론 그렇게 말할 수 있었다. 하지만 그것은 결국 서서히 나타나고 있는 야만성을 묘사하는 말이었다. 따라서 내 느낌으로는, 조금 더 걱정과 공포에 싸여 했어야 할 말이었지, 예의 저 유쾌한 내적 만족감으로 할 말은 아니었다. 그런 만족감에서 기껏 기대해볼 수 있었던 점은, 부디 그런 만족이 야만성이라는 토론 대상 자체에 해당되는 것이 아니라 그런 대상을 인식하는 데에만 한정되기를 바라는 것뿐이었다. 나는 이처럼 내 마음을 침울하게 하던 저 유쾌함에 대해 생생한 그림을 보여주고자 한다. 그 문화 비판적인 개척자들의 대화에서, 전쟁이 발발하기 7년 전에 출간된 책인 소렐*의 『폭력론 Réflexions sur la violence』이 중요한 역할을 했다는 사실은 아무에게도 놀랍지 않을 것이다. 전쟁과 무정부 상태에 대한 그의 냉엄한 예언, 그가 유럽을 전쟁으로 인한 지각 변농의 땅이라고 특성지은 것, 유럽 대륙의 민족들은 항상 오직 하나의 착상 속에서만, 즉 전쟁을 벌이는 중에만 결합할 것이라는 그의 이론, 이 모든 것들은 그의 저서가 그 시대의 책이라고 당당하게 불리는 근거였다. 또한 소렐의 또 다른 통찰과 선언은 그런 근거를 더욱 공고하게 굳혔다. 즉 대중 집단의 시대에는 국회를 통한 토론이 정치적 의지를 형성하는 수단으로서는 전혀 부적당한 것으로 증명될 것이라는 선언 말이다. 미래에는 그런 토론 대신 야만적인 구호로 정치적 활동력을 불러일으키고 활성화하도록 정해진 신화적 허구를 군중들에게 공급해야 한다고 말이다. 바로 이것이 실제로 그 책에 등장하는 극단적이며 흥분을 불러일으키는 예언이었다. 이제부터 대중적인, 혹은 그보다는 군중

---

* Georges Eugène Sorel(1847~1922): 프랑스의 철학자이자 사회주의, 국가주의, 민족주의 등을 결합한 혁명적 생디칼리슴의 창시자. 역사의 발전 과정에서 신화와 폭력이 적극적이고 창조적인 역할을 한다고 주장했다.

에 적합한 신화들이 정치적 운동의 매체가 되리라는 예언 말이다. 꾸며낸 이야기, 병적인 환상, 망상 등이 그런 매체들인데, 이런 것들은 진실, 이성, 학문과 상관이 있을 필요가 전혀 없었고, 그럼에도 불구하고 창조적이고, 삶과 역사를 결정하며, 그럼으로써 역동적인 사실이라고 증명될 수 있었다. 소렐의 책이 '폭력론'이라는 위협적인 제목을 괜히 달고 있는 것이 아니었다는 사실이 여기서 드러난다. 왜냐하면 이 책은 진실에 대립해 승리하는 폭력을 다루고 있었기 때문이다. 이 책은 진실의 운명이 개인의 운명과 아주 유사했을 뿐만 아니라 동일했음을, 말하자면 그 가치가 부정되는 운명이었음을 이해할 수 있도록 했다. 이 책은 진실과 힘, 진실과 삶, 진실과 공동체 사이의 모욕적인 대립을 펼쳐 보였다. 또 진실보다는 공동체에 우선권이 더 부여되어야 한다고, 진실의 목표는 공동체라고, 그리고 공동체를 향유하려는 자는 진실과 학문을 과감하게 떠날 준비가 되어 있고, 다른 사람의 의견에 따라 자신의 주장을 포기하는 지성의 희생(sacrificium intellectus)을 감수할 준비가 되어 있어야 한다고 암시하며 이해시켰다.

그럼 이제 상상해보라(내가 보여주겠다고 약속했던 '생생한 그림' 이야기를 할 차례이다). 이런 신사들, 다시 말해 과학자, 학자, 대학교수, 포글러, 운루에, 홀츠슈어, 인스티토리스, 거기다 브라이자허가, 내가 보기에는 너무나 끔찍한 위험을 내포하고 있는 사태에 홍겨워하고 있는 모습을 말이다. 그들은 그런 사태가 이미 완결되었다고 보거나, 혹은 필연적으로 다가오고 있다고 봤다. 말하자면 일종의 법원 공판 장면을 공상적으로 연출하는 재미를 즐기고 있었다. 그들이 상상한 공판에서는 정치적 원동력에 이용되고, 시민적 사회 질서를 파 뒤집는 데 이용되는 군중 신화들 중의 하나가 토론되고 있었다. 그 신화의 주인공

들은 "거짓"과 "위조"라는 비난에 저항해 스스로를 방어해야 했던 것
이다. 그러니까 양쪽 사람들, 말하자면 원고와 피고가 서로 부딪힐 뿐
만 아니라 쌍방 간에 너무나 어처구니없이 잘못되고 서로 엇갈리는 말
만 해대는 꼴이었다. 정말 기괴했던 것은, 거짓을 거짓이라고, 진실에
대한 파렴치한 조롱이라고 증명하도록 소집된 학문적 증인들의 엄청난
조직이었다. 즉 역동적이고 역사를 만드는 허구, 이른바 위조, 다시 말
해 공동체를 형성한다는 거짓된 믿음은 그들이 극복할 수 있는 문제가
아니었기에 그 조직이 엄청나야만 했던 웃지 못할 아이러니였다. 그런
문제들을 그런 것들에게는 중요하지도 않은 낯선 영역에서, 즉 학문적
인 영역, 따라서 성실하고 객관적인 진실의 영역에서 반박하기 위해 부
지런히 애를 쓰면 쓸수록 오히려 그런 문제들을 대변하는 자들은 더욱
조롱과 우월감에 찬 표정을 지을 수 있었기 때문에 말이다. 맙소사, 학
문, 진실이라고! 이런 말에 깔린 정신과 음조는, 토론 모임에서 수다를
떨고 있는 사람들의 머릿속에 극적으로 생생하게 묘사되는 데 결정적
으로 작용했다. 그들은 비판과 이성으로는 전혀 건드릴 수도 없고, 막
을 수도 없는 믿음에 대항하는 비판과 이성의 필사적인 돌격을 한없이
재미있어했다. 그들이 모두 합세하여 학문을 우스꽝스럽고 무기력하기
만 한 모습으로 보이게 함으로써 심지어 "멋진 왕짜님"까지 나서서 유
치한 방식으로 기가 막히게 잘 어울리며 이야기에 섞였다. 신명이 난
모임의 참석자들은 마지막 결정의 말을 해야 할, 즉 선고를 내려야 할
사법기관도 그들 자신이 했던 것과 똑같은 자기 부정을 해야 한다고 주
장하는 데 망설임이 없었다. 이에 따라 민족의 정서 속에 있고 공동체
로부터 소외되지 않기를 바라는 법학이라면 이론적이고 반공동체적인
이른바 진실의 관점을 스스로의 관점으로 삼으면 안 되었다. 법학은 현

대적이라고 입증되어야 할뿐더러, 가장 현대적인 의미에서 애국적이라고 확증되어야 했던 것이다. 그러기 위해서 법학은 예의 저 끔찍한 위조를 존중하고, 그 지지자들을 무죄라고 판결해야 하며, 학문 따위는 고개를 떨구고 낙심하며 발길을 돌리도록 조처해야만 했다.

오, 물론이지요, 그럼요, 그렇게 말할 수 있지요! 타다닥, 타다닥.

나는 명치 부분이 영 불편했지만, 모임의 흥을 깨는 사람이 될 수는 없는 노릇이었기에 나의 반감을 전혀 드러내지 못했다. 오히려 나는 전체적으로 유쾌한 분위기에 가능한 한 동조를 해야만 했다. 더구나 이런 유쾌함이 곧바로 찬성을 의미하는 것이 아니라, 최소한 당분간은, 현재 존재하는 것과 앞으로 다가올 것을 그냥 웃으며 정신적으로 인식하는 것을 의미했기 때문이다. 물론 나는 한번, "우리가 잠시 좀 진지해보자면"이라는 말과 함께 이런 문제를 생각해보자고 제안하긴 했다. 공동체의 고민거리에 신경을 많이 쓰는 사상가는, 그럼에도 불구하고 공동체를 목표로 삼기보다 진실을 궁극적인 목표로 삼는 것이 어쩌면 더 낫지 않겠느냐고 말이다. 왜냐하면 그런 사상가가 공동체에도 간접적으로, 그리고 장기적으로는 진실을 통해, 설사 그것이 혹독한 진실이더라도 도움이 되지 않겠느냐는 것이었다. 진실을 희생시키면서 공동체에 도움을 줄 거라고 생각하지만, 사실은 그런 자기 부정으로 인해 진실이 진정한 공동체의 근본 바탕을 내부에서부터 섬뜩할 만큼 해체하는 사상보다 더 도움이 되기 때문이라고 말이다. 그러나 나는 내 평생 자신의 소견을 피력하면서 그때보다 더 철저하게 싸늘한 반응 속에서 무시를 당해본 적이 없었다. 물론 내가 좀 요령 없이 내 의견을 말했다고 인정한다. 왜냐하면 그런 의견은 그 자리의 정신적 분위기에 맞지 않았고, 물론 잘 알려진, 너무나 잘 알려진, 진부해졌을 만큼 잘 알려진 이상주의의 색채를 띠었으며, 그런 이상주의는 새로운 것을 그저 방해할 뿐이었기 때문이다. 그렇게 새로운 것에 반대하여 성과도 없을 역할, 사실 지루한 역할을 하기보다는 차라리 활기차게 대화를 나누는 사람들과 어울려서 이 새로운 것에 대해 생각해보고 탐색하는 것이 더 나았으리라. 내 생각을 토론의 흐름에 융통성 있게 맞추어보고, 이제 다가오는, 이미 은밀하게 생성되고 있는 세상에 대한 모습을 토론의 맥락에서 그려보는 것이 더 현명했으리라. 이때 내 명치에서 느껴지는 기분이야 어찌 됐든 말이다.

그것은 혁명에 의해 돌연 악화되는, 예로부터 익숙한 새 세상이었다. 거기에는 개인을 중시하는 사상과 결부된 가치들, 말하자면 진실, 자유, 정의, 이성 같은 것들이 완전히 무기력해지고 배척되었거나, 지난 세기의 의미와는 매우 다른 의미를 띠게 되었다. 그런 가치들은 퇴색한 이론과 분리되어 무자비하고 가차 없이 상대화되었으며, 폭력, 권위, 신념의 독재 같은 훨씬 더 높은 심급과 관련되었다. 그렇다고 지난 시대나 혹은 그보다 더 지난 시대의 보수적인 심급 같은 것과 관련시킨 것이 아니라, 인류를 중세의 상황 속으로 되돌려놓으면서 거기다 새로운 요소를 잔뜩 가미한 것과 다름없었다. 그런 것은 반동적인 것이 아니었다. 구형(球形) 위에서는 앞으로 가나 뒤로 가나 결국 다르지 않고, 그런 길을 간다고 해서 퇴보적이라고 할 수 없듯이 말이다. 결과적으로 보수와 진보, 예전 것과 새로운 것, 과거와 미래가 하나가 되고, 정치적 우익은 점점 더 좌익과 일치했다. 어떤 조건에도 얽매이지 않는 연구, 즉 자유로운 사상은 진보를 대변한다는 생각과는 거리가 멀어져 훨씬 더 뒤처진 지루한 세계에 속했다. 그런 사상에는 폭력을 정당화하는 자유가 주어졌다. 700년 전에 신앙을 논하고 교의를 증명하기 위해 이성이 자유로웠던 것처럼 말이다. 이성은 예전에도 그런 목적으로 존재했으며, 오늘날에도 사유라는 것이 있기는 마찬가지고, 앞으로도 그럴 것이다. 그러나 **물론** 전제 조건들이 있었다──전제 조건들이 있었다고 한다면!──그것은 폭력, 공동체의 권위 같은 것들이었다. 더 정확히 말하면, 그것은 학문이 자유롭지 못하다는 생각을 결코 하지 않을 만큼 당당하게 드러나는 폭력이자 공동체의 권위였다. 학문은 주관적으로 매우 자유로웠다. 객관적인 구속은 너무나 철저하고 천역덕스러워 어떤 방식으로든 그것이 속박이라고 느껴지지 않았다. 무엇이 다가오는지 분명히 알기 위해, 그리고 그것에 대한 두려움에서 벗어나기 위해서는 그저 무조건적인 힘을 갖는 특정한 제약과 신성불가침한 조건이 어느 한 순간도 환상을 방해한 적이 없고, 개인적인 대담한 사고를 방해한 적이 없다는 점만 기억하면 됐다. 방해는커녕 그 반대로, 가령 중세 사람들은 정신적인 획일성과 통일성이 교회를 통해 무조건적인 것으로 미리 주어져 있었기 때문에, 개인주의적인 시대의 시민보다 훨씬 더 환상에 익숙했으며, 또 훨씬 더 확실하고 걱정 없이 개별적으로 자신의 상상력에 스스로를 맡겨둘 수 있었다.

오, 그랬다! 폭력은 발밑의 바닥을 단단하게 다졌고, 반(反)추상적이었다. 그러므로 나는 크리트비스의 친구들과 함께 어울리며, 오래된 것이 어떻게 이런저런 영역에서 새로운 방법으로 삶을 변화시킬 것인지 상상해보는 것이 현명했다. 예를 들면 교육자는, 오늘날 이미 초급 학년 수업에서도 철자를 우선적으로 익히고 음절별로 발음하는 법을 배우는 방식이 아니라 단어를 공부하는 방법에 열중하고, 글쓰기도 사물을 구체적인 직관을 통해 살펴보는 방식과 연결하는 경향이 있다는 것을 알았다. 말하자면 그런 것은 추상적이고 보편적인, 언어적으로 한정되어 있지 않은 표음문자를 포기하는 것이었고, 말하자면 원시 민족들의 상형문자로 되돌아가는 것을 의미했다. 나는 남몰래 이런 생각을 했다. 단어는 도대체 무슨 필요가 있고, 글쓰기는 무슨 소용이 있으며, 말은 과연 무슨 소용이 있나! 우리는 생각하는 대상들 자체에 대한, 오로지 해당 대상들에 대해서만 아주 단호한 객관성을 견지해야 할 것이다. 그리고 나는 스위프트의 풍자 하나가 생각났다. 개혁을 좋아하는 학자들이 폐를 보호하고 판에 박힌 빈말을 피한다는 명목으로 단어와 말 자체를 없애버리고 사물을 직접 보여주면서 서로 의사를 주고받기로 결정했지만, 서로 소통하기 위해서는 그런 물건들을 가능한 한 빠짐없이 다 짊어지고 다녀야 한다는 이야기였다. 이 부분은 매우 우습거니와, 특히 그런 개혁을 거부하며 말로 수다를 떠는 방법을 고집하는 사람들이 여자와, 천민, 문맹자 들이었다는 점 때문에 더 우습다. 하지만 나의 대화 파트너들은 스위프트의 학자들이 한 것처럼 그렇게까지 독자적으로 제안하지는 않았다. 그들은 거리를 두고 관찰하는 사람의 표정을 지었고, 이른바 문화적 성과물들에서 즉각 손을 뗄 용의가 있었으며, 일반적으로 이미 분명하게 두드러지는 그러한 분위기를 "어마하게 중요"하다고 풀이했다. 시대적으로 주어진 필연적인 단순화를 위해서 그렇게 한다는 것인데, 그것은 어쩌면 의도적인 재(再)야만화라고 이름 붙일 수도 있는 것이었다. 내가 무슨 얘기를 듣고 있는지 내 귀를 의심하지 않을 수 있었겠는가? 나는 웃지 않을 수가 없었고, 그 신사들이 그런 맥락에서 갑자기 치의학, 그리고 아주 구체적으로 한때 아드리안과 내가 주고받던 음악 비판적인 '썩은 치아'의 상징에 대해 이야기했을 때는 문자 그대로 몸이 움찔해질 만큼 놀랐다! 정신적으로 뿌듯하고 유쾌한 분위기 속에서, 요즘 치과 의사들에게서 점점 더 눈에 띄게 드러나는 경향이 거론될 때, 나는 그들과 함께 웃으면서도 얼굴이 붉어졌다. 치과 의사들은 신경이 죽은 치아를 전염성 이물질로 봐야 한다는 결론에 이르렀기 때문에 그 치아를 즉각 빼버리는 경향이 늘었다는 것이다. 치근 치료 기술이 오랫동안 힘들게 발전해오다가 19세기에 이미 섬세한 방법을 개발해냈는데도 말이다. 이런 내용을 통찰력 있게, 그리고 일반적인 동의를 얻으면서 말했던 사람은 특히 브라이자허 박사였다. 그의 주장에 따르면, 이때 위생적인 관점은 단념, 중단, 포기 그리고 단순화라는 일차적으로 주어진 경향을 다소간 합리화하는 것이어야 했다. 위생적 차원에서 이유를 제시한 것에는 어떤 종류의 것이든 이념 문제가 들어 있을 것이라는 의심은 적절했다. 앞으로 언젠가는, 병약자를 굳이 적절한 치료로 구해내지 않는 일을 좀더 대범하게 처리하는 방법, 말하자면 생존 능력이 없는 자나 정신박약자를 아예 죽여버리는 방법도 분명히 민족과 인종의 위생적 문제라는 차원에서 해명될 것이다. 그러나 사실은—사람들은 이 점을 부정하기커녕 오히려 강조했거니와—그보다 더 깊은 의미의 결단, 즉 시민 계급의 시대가 키워온 인간을 연약하게 만들어버리는 모든 경향들을 근절하는 조처가 핵심이 될 것이다. 그래서 엄격하고 음침한, 인간애를 조롱하는 사태 전개에 대비해 인류가 본능적으로 스스로를 건강하게 챙기는 일이 핵심이 될 것이다. 아마 중세의 기독교 문명보다 훨씬 더 뒤까지 거슬러 올라가고, 오히려 그런 문명이 발생하기 전, 즉 고대 문화가 붕괴되고 난 뒤의 어두운 시대를 다시 가져다줄 포괄적인 전쟁과 혁명의 시대에 대비하여 말이다……

XXXIV
(결말)

어떤 남자가 이와 같은 새로운 사건들을 소화하려다가 체중이 6킬로그램 이상 줄어버린 것을 사람들은 이해할까? 내가 크리트비스 집에서 있었던 모임의 결과를 믿지 않았더라면, 그리고 이 신사들이 허튼소리를 지껄인다고 확신했다면, 분명히 내 체중이 그렇게 많이 줄지 않았을 것이다. 하지만 나는 전혀 그런 확신을 하지 못했다. 오히려 그들이 충분히 인정받을 만한 감수성으로 그 시대의 맥동을 짚어냈고, 그 맥동에 따라 사실을 예언하고 있었다는 점을 나는 스스로에게 한순간도 숨기지 않았다. 다만 그들이 자신들의 소견에 대해 스스로 조금 더 경악하고, 자신들이 밝혀낸 결과에 대해 약간 도덕적인 비판을 내놓았더라면, 나는—이 말을 반복하지 않을 수 없건대—한없이 고마워했을 터이고, 내 체중은 6킬로그램 이상이 아니라 어쩌면 3킬로그램만 줄었을지도 모른다. 그들이 이렇게 말했으면 얼마나 좋았으랴. "불행하게도 사정이 이러저러한 방향으로 흘러갈 조짐이 보인다. 따라서 우리는 중재를 하고, 앞으로 다가올 것에 대해 경고하며, 그것이 오지 못하도록 막기 위해 우리가 할 일을 해야 한다"라고 말이다. 그러나 그들의 말을 의미적으로 정리하면 그렇지 않았다. "그런 일은 터질 거야, 터지고말고. 그리고 그런 일이 닥치면, 우리는 이미 그것이 가장 현안이 되고 있는 순간에 있을 거야. 재미있는 일이지. 게다가 좋은 일이야. 그냥 그 일이 다가오고 있다는 사실 때문만으로도 말이야. 그 일을 알아차리는 것만으로도 충분한 업적이고 즐겁거든. 그 밖에 또 그 일에 대응하며 뭔가를 하는 것은 우리가 할 일이 아니야." 대충 이런 것이 그 학자들의 말이었다. 하지만 인식에 대한 즐거움에는 속임수가 하나 들어 있었다. 그들은 자신들이 알아차린 내용에 호감을 가지고 있었고, 호감이 없이는 그것을 아마 전혀 알아차리지 못했을 것이라는 점이다. 이것이 바로 중요한 문제였고, 그래서 나는 화가 나고 흥분을 해서 체중 감소도 생긴 것이다.

그러나 내가 하는 말이 다 맞지도 않는다. 내가 크리트비스 모임에 의무적으로 방문한 것만으로, 그리고 내가 그곳에서 의도적으로 감수했던 어처구니없는 주장만으로 몸이 축나는 일은 없었을 것이다. 6킬로그램이었든, 혹은 단지 그 반이었든 말이다. 그 모임에서 벌어진 수다가 예술과 우정을 뜨겁게 체험하는 것에 대한—내 말은, 내게 친근한 예술작품의 생성을 체험하는 것에 대한—냉혹하고 지적인 논평으로 이어지지 않았더라면, 나는 그런 수다를 그렇게 마음에 담아두지 않았을 것이다. 친근하다는 말은 그 작품을 창조한 사람인 아드리안을 두고 하는 말이지, 작품 자체를 두고 하는 말은 아니다. 나는 그렇게 말할 수 없다. 그러기에는 나의 감정으로는 너무 낯설고 불안한 것이 바로 그 작품의 특성이다. 정말이지 고향 같은 그 시골구석에서 열에 들뜬

듯이 빠르게 만든 작품, 내가 크리트비스 모임에서 들은 내용과 특이하게 일치하는, 정신적으로 상응하는 관계에 있는 작품 말이다.

그곳 모임에서는 원래 전통에 대한 비판이 늘 토론 일정에 올라 있지 않았겠는가? 오랫동안 범할 수 없는 것으로 여겨졌던 삶의 가치들이 파괴된 결과였던 그 비판 말이다. 그리고 그런 비판은 필연적으로 전통적인 예술 형태와 예술 장르, 예컨대 시민적 삶의 영역을 차지하고 있으며, 교양의 요소였던 미학적 연극을 겨냥할 수밖에 없다는 논평이─누구의 논평이었는지 모르겠다. 브라이자허? 운루에? 홀츠슈어?─있지 않았던가? 아무튼 내가 보고 있는 자리에서 희곡 형태는 산문 형태로 교체되었고, 가극은 오라토리오로 바뀌었으며, 오페라극은 오페라칸타타로 변했다. 더 정확히 말하면, 전체 토론의 바탕을 이루고 있는 하나의 정신적인 기조에서 그렇게 되었는데, 바로 이 기조가 당시 세상에서 개인과 모든 개인주의가 처한 상황에 대해 마르티우스 거리의 집에 모인 나의 대화 파트너들이 부정적으로 내린 판결들과 아주 정확하게 일치했던 것이다. 나는 그런 기조가 심리학적인 점에는 더 이상 관심이 없이 객관적인 것, 즉 언어를 요구했으며, 그 언어는 절대적인 것과 구속적인 것 그리고 의무를 부과하는 것을 표현하고, 따라서 고전주의 이전 시대의 형식들이 띠었던 경건한 속박을 스스로에게 부과하기를 즐겼다고 말하고 싶다. 아드리안의 활동을 긴장 속에 관찰하던 중에 나는 우리가 소년 시절에 그의 선생이었던 그 수다스러운 말더듬이로부터 듣고 일찍이 각인시킨 것을 얼마나 자주 기억해야 했는지 모른다. 그것은 "화성의 주관성"과 "다성의 객관성" 간의 대립이었다. 크리트비스 집에서 이어진 곤혹스러울 만큼 명석한 대화 중에 거론되었던 구형(球形)의 길, 즉 보수와 진보, 옛 것과 새 것, 과거와 미래가 결국 하나가 되었던 그 길. 나는 그런 길이 크리트비스 모임의 대화에서 이미 실현되는 것을 보았다. 새로운 것을 가득 안은 채 바흐와 헨델의 화성적인 예술을 거슬러 올라가, 진정한 다성의 더욱 깊은 과거로 돌아감으로써 실현되는 것을 말이다.

나는 그 시절에 아드리안이 파이퍼링에서 프라이징으로 보낸 편지 한 통을 보관하고 있다. "아무도 그 수를 셀 수 없고, 모든 이교도들과 민족들 그리고 언어들이 뒤섞였으며, 왕좌와 어린 양 앞에 선 거대한 무리"(뒤러의 일곱번째 판화*를 보라)가 부르는 송가를 만들다가 쓴 그 편지에서 그는 나의 방문을 요구했고, "대(大)페로티누스(Perotinus Magnus)"라고 서명했다. 그것은 많은 의미를 암시하는 농담이자 지독한 자조가 담긴 장난스러운 신원 확인이었다. 왜냐하면 페로티누스는 12세기에 노트르담의 교회 음악장이자 성가대 단장이었는데, 작곡과 관련된 그의 지시는 초기 다성 음악의 예술을 보다 높은 차원으로 발전시키는 계기가 되었기 때문이다. 이런 농담 어린 서명이 내게는 리하르트 바그너의 서명을 매우 강하게 상기시켰다. 바그너는 「파르치팔」을 만들던 시기에 어떤 편지에서 자신의 이름에다 "개신교 관리위원장"이라는 직함을 첨가했다. 예술가에게 간절한 의미를 갖는 것이 실제로 그에게 얼마나 진지한 문제인지 묻는 것은 예술가가 아닌 사람이 보기에는 정말 모략적인 질문이다. 또 예술가가 이때 자신을 얼마나 중요하게 생각하는지, 혹시 거기엔 가장무도회 스타일의 변장 같은 가벼운 익살이나 수준 높은 장난이 얼마나 섞여 있는지 묻는 것도 모략적이기는 마찬가지이다. 하지만 이런 질문이 정말 부적절하다면, 예의 저 음악 극

---

* 알브레히트 뒤러의 목판화 「묵시록」 연작 중 일곱번째 작품인 「어린 양을 경배함」을 가리킨다.

장의 대가는 엄숙한 축성식 작품에서 어떻게 자신에게 그런 장난스러운 별명을 붙일 수 있었겠는가? 아드리안의 서명에서도 나는 매우 비슷한 것을 느꼈다. 그렇다, 나의 의문, 걱정, 두려움은 그런 느낌을 넘어 마음속으로는 그야말로 그의 활동이 정당한지까지 의심하게 되었다. 그가 완전히 몰입해서 최첨단의 기법을 동원해 재창조한 영역에 대한 권리가 시대적으로 봤을 때 과연 그에게 있는지 의심스러웠다. 간단히 말하면, 나는 내 친구가 했던 말에서, 그에 대한 애정과 한편으로는 두려운 심정으로 어떤 유미주의의 요소를 의심하고 있었다. 시민사회의 문화를 종식시키고 그것을 대처하는 그 반대의 것은 야만이 **아니라** 공동체라는 그의 말에서 느껴지는 모종의 유미주의 때문에 나는 지극히 곤혹스러운 의혹의 눈길을 보내게 되었던 것이다.

유미주의와 야만이 서로 매우 가까이 있다는 것을, 자신의 영혼 속에서 야만을 일구어내는 기능으로서의 유미주의를 나처럼 직접 체험해 보지 않은 사람은 지금 내가 하는 말을 알아들을 수 없으리라. 나는 이런 고난을 물론 스스로의 힘으로 겪은 것이 아니라 소중하고 너무나 위태로운 예술가 정신에 대한 우정의 힘으로 겪게 되었다. 세속적인 시대에 종교적인 제식(祭式) 음악을 복구하는 일은 위험성을 내포하고 있다. 예의 저 음악은 교회에서 필요한 대로 쓰였던 것이 사실이지만, 그 이전에도 다소 덜 개화된 의식에서, 가령 샤먼의 의료 활동이나 마법의 영역에서도 사용되지 않았던가. 말하자면 영적인 업무를 관리하는 사제가 아직 샤먼이고 마법사였던 시대에 말이다. 그것이 종교적 제식 문화 시대 전의, 즉 야만적인 시대의 현상이었다는 것을 부정할 수 있는가? 그러면 고도로 발전된 문화 시대에, 고립된 개인들이 다시금 공동체를 세울 야심으로 종교 의식을 복구하면서 사용하는 수단이 종교적

교화 단계에만 속하는 것이 아니라, 그 야만적 단계에도 속한다는 것은 충분히 이해되는 일이 아닌가? 레버퀸의 「묵시록」을 어떻게 연습하고 공연에 올리더라도 피할 수 없는 엄청난 어려움은 바로 이런 문제와 직접적으로 관련이 있다. 이 곡에는 낭송 합창으로 시작해 서서히 단계적으로 지극히 진기한 여러 변화를 거쳐 풍부한 성악곡으로 이어지는 앙상블들이 있다. 다시 말하면, 섬세하게 여러 단계로 나뉜 속삭임, 주고받는 대화, 반쯤은 말을 하고 반쯤은 노래하는 소리의 온갖 다양한 색조를 거쳐 가장 다성적인 노래에 이르는 합창이다. 그 합창은 단순한 소음으로, 마술 같고 광신적이며 흑인들에게서 들을 수 있는 북소리와 징의 진동 소리로 시작해 최고의 음악에 이르는 여러 음향을 동반한다. 이렇게 위협적인 작품은 인간 내면에 깊이 숨겨져 있는 야수성과 더불어 인간의 가장 섬세한 감정의 동요들을 음악적으로 폭로하려는 갈망에 휩싸여 유혈이 낭자한 야만의 원시적인 표현 형식을 사용했다는 비난 외에도, 냉혈한 같은 지성의 소산물이라는 비난의 화살을 얼마나 자주 맞았던가! 나는 '맞았다'라고 말한다. 왜냐하면 음악의 역사, 즉 음악이 없이 마력과 리듬만 있던 시대의 자연 그대로의 상태에서 출발하여 가장 복잡한 음악의 완성에 이르기까지의 모든 것을 수용하려던 아드리안의 생각이 이 작품을 어쩌면 부분적으로나 전체적으로 예의 저 비난에 내맡겨버린 것이기 때문이다.

내게 늘 인간적인 두려움을 줄 뿐만 아니라 적대적인 비판의 조소와 증오의 대상이었던 예를 하나 들겠다. 그러기 위해서는 소급해 이야기해야 할 것이 있다. 자연 상태에서 음을 변화시키는 일, 원래 원시 시대에는 여러 음높이를 넘어가는 울부짖음이었을 노래를 오직 하나의 음높이에 고정하는 일, 그리고 혼란의 상태에서 음색의 체계를 획득하는 일이 음악 예술의 첫째 관심사이자 최초의 업적이었다는 것을 우리는 모두 알고 있다. 소리를 표준화하는 척도의 정리는 우리가 음악이라고 이해하는 것의 전제 조건이자 첫번째 자기표현이었다는 점은 분명하고 또 당연하다. 그런 정리 단계에 그대로 머물러버린 것, 말하자면 자연 그대로의 격세유전처럼 음악 이전 시대에서 유래하는 야만적인 잔여물이 활주(滑奏)음, 즉 글리산도이다. 이 주법은 아주 중요한 문화적인 이유에서 지극히 조심스럽게 다루어야 하는 수단인데, 나는 거기서 항상 반문화적일뿐더러 반인간적인 악령의 힘을 듣고 느끼는 데 익숙해 있었다. 내 말은, 글리산도를 레버퀸이—'선호한다'라고 말할 수는 물론 없겠지만—특히 자주 사용한다는 것이다. 적어도 그「묵시록」에서는 그러한데, 물론 작품 속의 무서운 광경들을 표현하기 위해 그렇게 격렬한 수단을 사용해보려는 유혹을 쉽게 받게 된다는 건 충분히 이해된다. 제단에서 울려 퍼지는 4성부의 소리가 말과 기사, 황제와 교황, 또 인류의 3분의 1을 처단할 네 명의 죽음의 천사들을 풀어놓으라고 명령하는 부분에서 주제를 대변하는 트롬본 글리산도들이 얼마나 경악스러운 효과를 내는가! 나팔을 가지고 일곱 음계 혹은 음역을 한 번에 질주하듯 통과하며 만들어내는 파괴적인 소리! 주제로 등장하는 지속적인 울부짖음이란 얼마나 경악스러운가! 그리고 반복하여 지시된 팀파니 글리산도들에서 얼마나 급작스러운 음향적 공포가 일어나는가! 이런 글리산도들은 여러 다양한 음높이에서 기계 팀파니의—여기서는 북을 빠르게 연타하는 과정에 조작된—조정 기능을 이용해 만든 소리와 울림의 효과이다. 그 효과는 극도로 섬뜩하다. 가장 골수에 사무치게 공포를 불러일으키는 경우는 인간의 목소리에 글리산도를 적용한 것이다. 인간의 목소리야말로 음 배열 방식의 첫번째 대상이었고, 여러 음높이를 한 번에 휩쓰는 울부짖음의 원시적인 상태에서 해방시킬 첫 번째 대상이었는데 말이다. 그러니까 바로 이 원시적인 상태로의 회귀인 셈인데, 이것은 「묵시록」의 합창단이 일곱번째 봉인*을 뜯을 때, 태양이 검은색으로 변화할 때, 달이 핏빛으로 물들 때, 배가 전복할 때 인간들이 고함을 질러대는 역할에서 소름끼치게 구현되고 있다.

이제 내 친구의 작품에서 합창단을 다루는 방식에 대해 몇 마디 덧붙이고자 하니 양해를 바란다. 그것은 지금까지 아무도 시도하지 않았던 것으로, 성악단을 그룹으로 나누고 서로 교차시키는가 하면, 극적 대화체 형태로, 또 개별적인 외침으로 다양하게 변화를 주면서 풀어놓는 방식이다. 이런 것들은 물론 「마태 수난곡」에서 "바라밤!" 하고 단번에 응답하는 소리를 전통적인 모범으로 삼고 있기는 하다. 「묵시록」은 오케스트라의 간주를 포기하는 대신, 합창단이 여러 차례에 걸쳐 놀라울 만큼 뚜렷한 관현악의 성격을 띤다. 가령 하늘을 꽉 채운 14만 4천명**의 선택받은 사람들이 부르는 찬송가를 재현하는 합창 변주에서 그러하다. 여기서 유일하게 합창 같은 성격을 띠는 것은, 4성부 모두가 지속적으로 같은 리듬으로 진행되는 가운데 오케스트라가 그런 음부에 호응하거나 반대하며 지극히 대조적인 리듬을 구현하는 곳에 있다. 이런 작품에서 드러나는바(그리고 이 작품 하나만 그런 것도 아니거니와) 극단적으로 엄격하게 구현되는 다성부는 자주 비평가의 조롱과 증오를 불러일으키는 계기가 되었다. 하지만 늘 그렇듯이 우리는 이것을 받아들여야 한다. 적어도 나는 온순하게 놀라며 그것을 받아들인다. 즉 이 작품 전체가 역설로(그것이 역설이라면 말이다) 일관되어 있다. 여기서

---

 * 『신약성서』「요한 계시록」에서 인류의 파멸을 상징하는 마지막 봉인.
** 『신약성서』「요한 계시록」 중 최후의 심판에서 구원받는 사람의 숫자.

는 불협화음이 높고, 진지하며, 경건하고, 또 정신적인 모든 것을 표현하는 반면에, 화성과 조성 부분은 지옥 세계의, 그러니까 이런 맥락에서는 진부함과 상투어의 세계를 표현하기 위해서만 쓰인다는 역설 말이다.

그런데 나는 원래 다른 이야기를 할 생각이었다. 사실 「묵시록」의 성악 부분과 기악 부분 사이에서 이루어지는 진기한 음의 교체를 지적하고 싶었던 것이다. 여기서 합창단과 오케스트라는 각각 사람의 기관과 사물적인 기관으로 서로 분명히 대조되는 성격을 띠며 대립하고 있는 것이 아니다. 그들은 서로의 내부로 파고들어 그 속에서 함께 녹아 있다. 합창단은 악기로 이용되고, 오케스트라는 성악으로 쓰이는 것이다. 이런 식의 교체는 결국 사람과 사물 사이의 경계가 실제로 허물어진 것처럼 보일 정도로 진행된다. 이것은 분명히 예술적 통일성에 유리하다. 왜냐하면 그것도—적어도 내 기분으로는—역시 뭔가 가슴을 답답하게 압박하는, 위험스럽고 음흉한 분위기를 띠기 때문이다. 몇 가지 세부 사항을 언급하자면, 바빌론 창녀의 목소리, 지상의 왕들과 놀아나던 그 야수 위에 올라탄 여자의 목소리는 기이할 만큼 놀랍게도 가장 우아한 콜로라투라* 소프라노에게 맡겨져 있다. 그리고 그 목소리로 뛰어나게 재현된 빠른 연속음은 이따금씩 완벽하게 플루트 같은 효과를 내며 오케스트라 소리 속으로 들어가 자리를 잡는다. 다른 한편, 다양하게 소리를 낮춘 트럼펫은 기괴한 인간의 음성(vox humana)을 낸다. 또 색소폰도 그런 소리를 낸다. 색소폰은 악마의 노래, 즉 예의 저 작은 웅덩이의 아들들이 비열하게 연신 불러대는 노래를 반주하는, 작게 쪼

---

* coloratura: '색채가 있는' 이라는 뜻으로, 기교적인 장식음을 갖춘 성악을 의미한다.

개진 오케스트라들 중 여러 오케스트라에서 일역을 담당하고 있다. 조롱 투로 흉내 내는 아드리안의 능력은 그의 천성에 깔린 우울함에 깊이 뿌리를 내리고 있거니와, 이 작품에서는 매우 다양한 음악 양식을 패러디함으로써 생산적이 되고 있는 셈인데, 그렇게 변형된 양식에서 지옥의 어리석은 오만이 맘껏 날뛰며 표현되고 있는 것이다. 프랑스 인상주의 음악들이 우스꽝스러운 형태로 비틀려 있고, 시민 계급의 살롱 음악, 차이콥스키, 음악당(Music Hall), 재즈의 당김음법과 리듬상의 재주넘기 등, 이런 패러디는 마치 말을 타고 달리며 높이 매달린 작은 고리를 창으로 떼어 내려오는 유희를 할 때처럼 다채롭게 불꽃을 튀기며 지속된다. 주(主)오케스트라의 기본 음향 언어를 통해서 지속되는 이런 음향은 진지하고 어두우며 복잡한 데다 극단적으로 엄격한 특성을 띠면서 작품의 정신적인 수준을 유지한다.

계속 이야기하련다! 나는 내 친구가 남겨놓은, 아직 거의 해명되지 않은 작품에 대해 하고 싶은 말을 너무나 많이 가슴에 품고 있다. 그리고 특히 이번에는 어떤 비난에 대해서도 내 소견을 적어두는 것이 좋겠다는 심정이다. 물론 나는 그런 비난이 정말 정당하다고 인정하려면 차라리 그 전에 나의 혀를 깨물어버릴 것이기에, 그런 비난에는 해명이 가능하다는 것을 인정하고 시작하겠다. 그것은 원시적인 표현 양식을 사용한다는 비난이다. 가장 오래된 옛것을 가장 최근의 것과 결합시킨 방식에 대해 사람들은 그렇게 비난한 것이다. 하지만 작품의 특징이 되고 있는 이런 방식은 결코 방자하게 자의적인 작곡의 결과가 아니라 작품의 대상 자체가 띠는 특성일 뿐이다. 그것은 가장 새로운 것 속에 가장 오래된 것이 재현되도록 하는 세상의 비틀려버린 속성에 기인한다고 나는 말하고 싶다. 가령 예전의 음악 예술에서 리듬이라는 개념은 훗날의 음악에서 이해된 의미로는 존재하지 않았다. 노래는 언어의 법칙에 따라 운율화되었기 때문에 박자에 맞게 주기에 따라 체계적으로 진행된 것이 아니라, 오히려 자유로운 낭송의 정신에 따랐다. 그러면 우리의 가장 최근 음악의 리듬은 어떠한가? 이것도 역시 언어의 강세와 비슷하게 만들어진 것이 아닌가? 변화무쌍하게 활발한 움직임에 의해 해체되지 않았는가? 베토벤의 작품에서도 이미 리듬상의 자유를 드러내는 악곡 작법들이 있고, 그런 자유는 그 이후에 다가올 것을 짐작하게 한다. 레버퀸의 작품에서는 박자 분할 자체를 포기하는 것 외에는 모두 남아 있다. 이처럼 박자 분할이 없어진 것인데, 바로 여기에 전통을 조소하면서 동시에 고수하는 정신이 있는 것이다. 그러나 리듬은 대칭을 부시고 순건히 언어의 강세에 맞춤으로써 실제로는 박자마다 바뀐다. 나는 '각인된 것들'에 대해 이야기한 바 있다. 그런 것들은 어떻게 드러나는지 이성적으로 분명히 인식되지 않으면서, 영혼 속에서 계속 작용하고 잠재의식 속에서 결정적인 영향력을 발휘한다. 또한 형상, 그리고 바다 건너 예의 저 기이한 남자가 아무것도 예견하지 못하면서 위압적으로 음악을 다루던 이야기도 있었다. 이 기인(奇人)에 대해 또 다른 기인, 즉 아드리안의 선생이 어린 시절에 우리에게 이야기해주었고, 또한 귀갓길에는 내 친구가 너무나 오만스럽게 동의하는 의미로 그 기이한 남자에 대해 자신의 생각을 말한 적이 있었다. 바로 그 요한 콘라트 바이셀의 이야기 또한 그렇게 각인된 것들 가운데 하나였다. 왜 내가 바다 건너 에프라타의 그 엄격한 선생이자 가창법의 창시자를 이미 오래전부터 반복적으로 생각해왔다는 걸 굳이 숨겨야만 하겠는가? 물론 그의 순진하게 과감한 교육학과 레버퀸의 음악적 박학다식함, 기술, 또 정신성의 한계에 이르기까지 몰고 나간 작품 사이에는 그 둘을 극명하게 갈라놓는 하나의 세계가 놓여 있다. 하지만 친분이 있는 사람으로서 내가 보기에는, "주인 음과 하인 음", 그리고 음악적 송가 낭송을 발견했던 저 인물의 정신은 유령처럼 아드리안의 작품 속에서 출몰하고 있다.

이렇게 은밀한 내용을 발설하면서, 내 가슴을 너무나 아프게 하는 예의 저 비난, 나는 전혀 인정하지 않으며 해명하고자 하는 비난, 원시적인 표현 양식을 사용한다는 그 비난을 해명하는 데 내가 기여하고 있는가? 그런 비난은 오히려 종교적인 환상을 담고 있는 이 작품이 냉정하게 건드리는 대중적인 현대성의 어떤 특징과 관련이 있을 것이다. 조금 모욕적인 단어를 쓰자면, 현대적으로 합리화(stream-line)한 특징과 관련이 있다고나 할까. 비밀을 아는 증인(testis), 그 잔인한 사건의 증인이자 서술자, 즉 "나, 요한"을 보라. 사자 머리와 송아지 머리, 사람 머리 그리고 독수리 머리가 있는 절벽 밑의 동물들을 묘사하는 그 인물 말이다. 이 부분은 전통에 따라 테너에게, 하지만 이번에는 마치 거세된 가수의 음높이를 가진 테너에게 맡겨졌는데, 그의 차갑고 새된 목소리는 감정에 치우치지 않고 객관적인 통신원의 소리 같으며, 그가 전달한 파국적인 내용에 대해 몸서리를 치게 만들 만큼 대조를 이루고 있다. 1926년에 마인 강변의 프랑크푸르트에서 열린 '국제신(新)음악협회'의 축제에서 「묵시록」이 처음이자 당분간은 마지막으로 (클렘페러*의 지휘 아래) 공연되었을 때, 지극히 어려운 그 부분을 에르베라는 이름의 마치 거세된 남자 같은 테너가 대가다운 실력으로 불렀다. 청중의 귀를 꿰뚫고 들어오는 그의 예고와 같은 노래는 실제로 "세계의 종말에

---

* Otto Klemperer(1885~1973): 독일의 지휘자, 작곡가. 20세기를 대표하는 지휘자 중 한 사람이다.

대한 최신 보고들" 같은 효과를 냈다. 그것은 철저히 작품 정신에 내재된 것이었고, 가수는 그런 정신을 뛰어난 지적 능력으로 파악했던 것이다. 혹은 경악 속에서 이용한 기술적 편리함의 예로서 확성기의 효과를 (오라토리오에서!) 보라. 작곡가는 그런 효과를 악보 중 여러 곳에 지시해두었는데, 그 효과는 그것이 아니었다면 결코 실행되지 않았을 공간적이고 음향효과적인 뉘앙스의 차이를 성공적으로 들려주었다. 즉, 확성기를 이용해 어떤 소리들은 앞으로 끌어와 확대하고, 다른 소리들은 멀리 있는 합창단이나 오케스트라처럼 뒤로 물러나며 멀어져가도록 하는 방식으로 들려준 것이다. 그 외에도 아주 가끔 나타나는 것이지만, 순전히 지옥을 연상케 할 목적으로 사용된 재즈음을 보라. 그러면 정신적이고 심리적인 기본 분위기에서 현대적인 성향의 모양새보다 '카이저스아셰른'과 더 관계가 있는 작품, 그리고 그 본질을—좀 과감한 표현으로—고풍스러움의 폭발적인 분출이라고 부르고 싶은 작품에 대해 내가 "현대적으로 합리화한"이라는 어쭙잖은 표현을 쓴 것을 잘 이해하게 되리라.

영혼이 없이 무정하다니! 이는 근본적으로 아드리안의 창작품에 반대하며 '원시적인 표현 형식의 사용'이라는 단어를 입에 올리는 사람들의 생각이라는 사실을 나는 잘 알고 있다. 그들은 「묵시록」에서 모종의 서정적인 부분들을—혹은 그냥 '특징들'이라고 해도 될까?—눈으로 읽기만 했어도 되었으련만, 한번이라도 귀를 기울여 들어본 적이 있는가? 실내악 오케스트라의 반주에 따라 부르는 노래 부분은 너무나 절박하게 정감 어린 영혼을 얻고자 호소하는 것 같기 때문에 나보다 더 정이 없는 사람의 눈에서도 눈물이 나오도록 할 수 있을 텐데 말이다. 아무튼 허공에다 대고 그냥 내뱉어버린 것 같은 이런 나의 논박을 양해해주기 바란다. 하지만 나는 오히려 영혼에 대한 갈망을 —작은 인어 아가씨의 갈망을—영혼이 없이 무정하다고 표현하는 말에서 오히려 원시적이고 야만스러운 행위와 비인간적인 속성을 본다!

나는 충격에 사로잡힌 채 저항하는 심정으로 이 글을 기록하고 있다. 그리고 또 다른 충격이 나를 사로잡고 있다. 그것은 웃음의 지옥에 대한 기억이다. 「묵시록」 제1부의 마지막을 구성하고 있는 그 짧지만 소름끼치게 요란스러운 지옥의 웃음 말이다. 나는 그 웃음을 증오하고, 사랑하고, 두려워한다. 왜냐하면—너무나 개인적인 말투로서 "왜냐하면"이라는 표현을 양해하라!—나는 웃음을 터뜨리는 아드리안의 성향을 항상 염려했기 때문이다. 뤼디거 실트크납과 달리 나는 늘 그런 성향에 제대로 보조를 맞출 줄 몰랐다. 그리고 그것과 똑같은 염려, 그것과 똑같은 소심하고 걱정에 싸인 서투름을, 나는 50박자로 휘몰아치는 지옥의 그 유쾌한 소리를 들으면 다시 느끼게 된다. 개별적인 목소리의 낄낄거림으로 시작해 매우 빠르게 퍼져버리는, 합창과 오케스트라를 잡아채버리는, 리듬이 뒤집어지고 흐트러지는 가운데 모든 음성과 악기가 합쳐져서 전율이 일 만큼 포르티시모*로 불어나는, 의기양양하고 냉소적인 지옥의 그 희희낙락하는 소리를 들으면 그런 느낌이 든다. 여럿이 마구 질러대는 소리, 투덜거리는 소리, 날카롭게 외치는 소리, 종알거리는 소리, 거칠게 울부짖는 소리, 포효하는 소리, 껄껄거리며 웃는 소리가 소름끼치게 섞인, 비웃음과 승리에 찬 지옥의 폭소가 일시에 축포처럼 터져 나오는 소리를 들으면 말이다. 그 자체로 볼 것 같으면, 작품 전체에서 차지하는 위치 때문에 특히 강조된 이 에피소드를, 지옥

---

* 매우 센 음.

을 연상케 하는 충동적인 웃음의 이 돌풍을 나는 너무나 싫어한다. 그래서 싫은 감정을 억지로라도 참지 못했다면, 그 부분에 대한 말을 이 자리에서 끄집어내지 못할 뻔했다. 그리고 바로 그 부분이 다시금 문맥에서 정체성의 비밀인 음악의 가장 깊은 비밀을 심장을 멎게 할 것 같은 방식으로 내게 털어놓지 않았다면 말이다.

왜냐하면 제1부의 마지막에 나오는 지옥의 폭소는 기가 막히게 신비스러운 어린이들의 합창과 정반대의 짝을 이루고 있다. 이 합창은 일부 오케스트라의 반주를 받으며 곧바로 제2부를 시작한다. 반주는 우주같이 무한한 천체의 음악을 표현하는 곡으로 냉정하고 분명하며 유리처럼 투명한가 하면, 퉁명스럽게 부조화를 이루고 있지만, 그러면서도 접근하기 어렵고 초현세적이며 낯선, 그리고 희망 없는 동경으로 마음을 채우는 음의 사랑스러움을 띠고 있다. 그런데 이 작품을 부정적으로 보는 자들의 마음까지도 사로잡으며 감동을 주고 무아지경에 빠뜨린 이 곡은, 들을 수 있는 귀가 있는 사람이라면, 볼 수 있는 눈이 있는 사람이라면 알아차릴 수 있건대, 그 음악적인 본질로 보면 또다시 악마의 비웃음이다! 아드리안 레버퀸은 도처에서 같은 것을 같지 않은 것처럼 보이게 하는 기술의 대가이다. 하나의 푸가 주제를 첫번째의 응답에서 이미 리듬상으로 교묘하게 변화시키는 바람에 그 주제가 철저히 유지되고 있음에도 불구하고 더 이상 반복으로 인식되지 않도록 하는 그의 방식을 우리는 알고 있다. 바로 여기서 그런 방식이 쓰이고 있는 것이다. 그것이 여기서처럼 깊고 비밀스러우며 놀라운 효과를 내는 곳은 어디에도 없다. 모든 제한을 '넘어간다'는 착상, 신비주의적 의미의 변신, 즉 변형이라는 착상을 암시하며 변주을 울리는 모든 단어, 말하자면 변환, 변용 같은 단어는 이 자리에서 정확한 표현이라고 환영받을 수 있다. 한편, 그 이전에 느꼈던 무서움은 이제 말로 표현할 수 없는 이린이들의 합창에서 완선히 다른 상황으로 옮겨지고, 완전히 기악곡으로 바뀌며 그 리듬도 바뀐다. 다른 한편, 붕붕대고 마음을 아프게 하는 우주의 음향들과 천사들의 음향들 중에서 모든 음이 **하나도 빠짐없이** 지옥의 폭소에서도 정확하게 서로 상응하며 나타난다.

이와 같은 것이 바로 아드리안 레버퀸이다. 이것이 바로 그가 대표하는 음악이다. 그리고 그의 음악에서 드러나는 예의 저 상응하는 음의 구성은 깊은 뜻을 띤 것으로, 고차원의 비밀에 이르는 계산된 양식이다. 고통스러움으로 특징지을 수 있는 나의 우정으로 인해 나는 이와 같이 음악을 알아보게 되었다. 비록 내가 나 자신의 단순한 천성대로 어쩌면 음악 속에서 뭔가 다른 것을 보고 싶어 했을지도 모르지만 말이다.

XXXV

새로운 숫자가 한 장(章)의 머리맡에 자리를 잡고 있다. 이번 장은 내 친구의 생활 영역에서 일어난 어떤 사망 건에 관한, 인간적인 파국에 관한 보고를 담게 될 것이다. 하긴, 오 맙소사, 내가 여기에 쓴 어떤 문장 하나라도, 어떤 단어 하나라도 파국으로, 즉 우리 모두가 살아가며 마시는 공기가 되어버린 그 파국으로 둘러싸여 있지 않겠는가? 어떤 단어가, 그 단어를 적고 있는 이 손이 너무나 자주 떨리듯이, 남몰래 전율하고 있지 않으랴! 내가 적고 있는 전기의 이야기가 점점 더 다가가고 있는 파국의 진동 때문에, 그리고 동시에 세상을, 적어도 인간다운 세상, 시민 계급의 세상을 특징짓고 있는 파국의 진동 때문에 전율하지 않겠는가.

이 장에서 언급되고 있는 것은 내밀하게 인간적인, 즉 외부 세계로부터 거의 주목을 빚지 않은 파국인데, 이런 파국이 일어나게 되기까지는 여러 가지가 복합적으로 작용했다. 말하자면 남자의 비행, 여자의 나약함, 여자의 자부심과 직업상의 실패가 한데 어울린 것이다. 배우이면서 또한 눈에 띄게 위태로운 상황에 처해 있던 이네스의 여동생 클라리사 로데가 내 눈앞에서 죽은 것이나 다름없게 된 지가 이제 스물두 해가 되었다. 1921~22년 겨울 시즌이 끝나고 5월에 그녀는 파이퍼링의 어머니 집에서 어머니는 별로 생각하지도 않고 서둘러, 그리고 단호하게 독약으로 스스로의 삶을 마감하고 말았던 것이다. 자신의 자부심이 더 이상 삶을 견디지 못하게 될 순간을 대비해 그녀는 그 약을 오래전부터 준비해두고 있었다.

우리 모두에게 충격을 주었지만, 근본적으로는 책망할 수도 없는 그녀의 끔찍스러운 행동을 촉발한 사태의 전모, 그리고 그녀가 결심을 행동으로 옮긴 상황을 이곳에 간단히 보고하겠다. 뮌헨에서 클라리사의 선생이 보였던 우려와 경고는 충분히 근거가 있었으며, 그녀의 예술적 경력이 여러 해가 지나도 여전히 지방의 낮은 자리에서 더 높은 영역으로, 말하자면 당당하고 기품 있는 영역으로 상승할 기미를 보이지 않았다는 사실은 이미 언급한 바 있다. 그녀는 동프로이센에 있는 엘빙에서 바덴 지방의 포르츠하임으로 옮겨 갔다. 달리 표현하면, 그녀는 원래 있던 자리에서 꼼짝도 하지 않은, 혹은 그다지 움직이지 못한 셈이었다. 제국 내의 상대적으로 큰 극장들은 그녀에게 신경을 쓰지 않았기 때문이다. 그녀는 성공을 거두지 못했다. 아니 제대로 된 성공이라곤 거두어본 적도 없는 셈인데, 그 이유는 간단했지만 당사자에게는 너무나 이해하기 어려운 문제 때문이었다. 타고난 재능이 그녀의 의욕을 따라갈 정도는 못 됐고, 진짜 제대로 된 연극인의 피가 없다 보니 그녀의 지식과 의지가 제 힘을 발휘하도록 도움을 받지 못했으며, 무대 위에 선 그녀가 고집스러운 군중의 마음을 움직여 호응을 얻기가 힘들었기 때문이다. 그녀는 원초적이고 단순한 성향이 부족했다. 그런 성향이란 어쩔 수 없이 모든 예술에서, 특히 무대에 서는 배우들의 경우에는 분명 결정적인 것이다. 이것이 예술에, 더구나 무대 위에 서는 배우라는 직업에 명예스러운 말이 됐든, 혹은 불명예스러운 말이 됐든 말이다.

거기다 또 다른 어떤 것이 클라리사가 살아남을 기회를 흔들었다. 이미 오래전에 내 눈에 띈 바와 같이, 그녀는 무대와 삶을 그다지 잘 구분하지 못했다. 그녀는 배우였으나 어쩌면 제대로 된 배우가 아니었기 때문에 극장 바깥에서도 자신이 배우임을 강조하고 다녔다. 이와 같은 예술이 개인적으로 외면을 통해 드러난 특성은 그녀로 하여금 무대 밖에서도 얼굴 화장과 부풀린 머리 모양과 지나치게 장식을 한 모자로 마구 치장하게 했다. 그런 치장은 전혀 불필요했을뿐더러 오해를 불러일으키는 자기 연출이었다. 그것은 그녀와 우정을 나누는 사람들을 창피스럽게 했고, 일반 시민들에게는 도전적으로, 그리고 호색한들에는 고무적으로 작용했다. 물론 마지막의 반응은 순전히 엉뚱한 오해를 불러일으킨 결과였고, 전혀 의도하지 않은 것이었다. 왜냐하면 클라리사야말로 누구보다 비꼬기를 잘하고 쌀쌀맞은 인물로 냉정하고 정숙하며 고상한 인물이었기 때문이다. 이처럼 냉정하고 콧대 높게 군 것도 다 그녀의 여성성을 탐내는 사람으로부터 자신을 보호하기 위해서였을지 모르지만, 이 여성성이 다시 그녀를 이네스 인스티토리스, 즉 루디 슈베르트페거의 애인 혹은 그 예전(ci devant) 애인의 자매로서 손색이 없도록 만들기도 했다.

어쨌든 그녀를 자신의 애인으로 삼으려 했던 육십대의 꽤나 정정했던 노인 이후로도 믿음직스럽지 못한 의도를 품은 여러 풋내기들이 그녀에게 굴욕적인 퇴짜를 맞았다. 그중에는 한두 명의 공식 비평가도 끼어 있었는데, 이들은 그녀에게 도움이 될 수도 있었을 테지만 물론 그녀의 성과를 비웃으며 깎아내림으로써 자신들이 그녀에게서 겪은 패배를 앙갚음했다. 그러던 차에 마침내 운명은 그녀를 급습해, 경멸에 찬 표정으로 코를 찌푸리던 그녀의 태도를 비참하게 꺾어버렸다. 내가 '비참하게'라고 표현하는 이유는, 그녀의 처녀성을 제압한 작자가 그런 승리에 어울릴 만한 하등의 가치가 없었고, 또 클라리사 자신도 결코 그를 가치 있다고 여기지 않았기 때문이다. 사이비 악령처럼 뾰족한 콧수염을 기른 사내로 여자 꽁무니를 쫓아다니는 난봉꾼에다 무대 뒤의 단골 방문객이자 시골 플레이보이였던 그는 포르츠하임에서 변호사로 형사 사건의 변론을 맡아보고 있었다. 그는, 자신이 노리는 여자를 정복하기 위해 갖춘 것이라고는 유치하게 사람을 멸시하는 투의 장광설, 고급스러운 옷, 손등 위에 수두룩하게 난 검은 털 외에는 아무것도 없는 인간이었다. 어느 날 저녁에 공연이 끝나고, 아마 포도주 기운으로, 까칠하기만 했지 근본적으로는 경험도 없고 저항력도 없이 수줍어하기만 했던 클라리사가 그 사내의 일상적인 유혹에 굴복하고 말았다. 그녀는 곧 분노로 치를 떨며 걷잡을 수 없이 자신을 경멸하게 되었다. 왜냐하면 그녀를 유혹했던 남자가 잠깐 동안 그녀의 관능을 사로잡을 수는 있었지만, 그녀는 그 작자의 승리감이 자신에게 불러일으킨 증오 외에는 그에게서 하등의 감정도 못 느꼈던 것이다. 그리고 그 증오는 그 작자가 그녀를, 즉 클라리사 로데를 함정에 빠뜨릴 수 있었다는 사실에 대한 그녀의 놀라움을 포함하고 있었다. 이후 그녀는 맹렬히, 거기다가 경멸까지 더해 그의 탐욕을 거부했다. 그러면서 그 인간이 사람들에게 그녀가 자기 정부였노라고 떠들고 다닐까 봐 늘 두려워했는데, 그가 당시에 이미 그런 식으로 압박하며 그녀를 위협했기 때문이다.

그렇게 시달리며 실망에 차고 굴욕감에 빠져 있던 그녀에게 인간석이고 시민적인 구원의 전망이 열렸다. 그녀에게 그런 전망을 제시한 사람은 알자스 출신의 젊은 사업가로 가끔씩 사업차 슈트라스부르크에서 포르츠하임으로 건너오곤 하던 인물이었다. 많은 사람들이 모이는 자리에서 그는 그녀와 인사를 나누게 되었는데, 이 냉소적인 금발의 미녀에게 홀딱 반해버렸다. 당시에 클라리사에게 일이 전혀 없었던 건 아니었다. 그다지 내키지 않는 단역이기는 해도 두번째로 포르츠하임 시립 극장에 고용되었는데, 나이가 좀 많은 어떤 전문 희곡 단원의 호감과 추천 덕분이었다. 문학적으로도 늘 정진하던 그 역시 그녀가 무대 체질로 태어났다고는 믿지 않았을 테지만, 자유분방한 배우들 가운데서 단연 돋보여 오히려 해가 될 정도였던 그녀의 전반적인 정신적 수준과 인간적인 품격을 높이 평가할 줄 알았다. 게다가, 모르긴 몰라도, 어쩌면 그는 그녀에게 연정을 품고 있었으나 자신의 은근한 애정을 드러내고자 용기를 내기에는 실망과 포기라는 것을 너무나 잘 아는 남자였을 수도 있다.

이렇게 하여 새 공연 시즌이 시작되던 그 즈음에 클라리사는 예의 저 알자스 젊은이를 만나게 되었다. 그는 그녀가 잘못 선택한 직업 세계에서 빠져나올 수 있도록 해주고, 자기 부인으로서 그녀에게 비록 낯선 곳이긴 해도 그녀의 원래 출신인 시민 계급에 맞는 평화롭고 안정된 데다 부유하기까지 한 삶을 제공하겠다고 약속했다. 그녀는 눈에 띄게 희망에 들뜬 감정, 고마움, 게다가 (고마움의 결실이었던) 다정함을 드러내며 언니에게, 게다가 어머니에게도 편지로 앙리의 구혼 소식을 알렸고, 또 그가 원하는 결혼이 그의 집안에서 일시적으로 반대에 부딪히게 된 상황에 대해서도 알렸다. 자신이 아내로 선택한 여인과 대략 비숫한 나이에다, 집안의 기둥으로서—혹은 아마 '아들내미'로서—어머니가 유난히 아끼던 아들이자, 사업에서는 아버지의 동료였던 그는 가족들 앞에서 따뜻하지만 확고한 어조로 결혼하겠다는 자신의 소망을 피력했다. 여배우에다 떠돌아다니는 여인, 더구나 "독일 여자"에 대한 그의 시민 계급 집안의 편견을 빨리 극복하기 위해서는 그렇게 확고한 의지가 아마 꽤 필요했을 것이다. 앙리는 식구들이 그의 섬세하고 순수한 성격을 걱정하는 마음, 그가 괜히 시간만 낭비할지 모른다고 우려하는 심정을 잘 이해했다. 그가 클라리사를 집으로 데려옴으로써 쓸데없는 짓을 하는 게 아니라는 것을 식구들에게 납득시키려 했지만, 그리 쉽지 않았다. 그는 그녀를 직접 자신의 부모 집으로 데리고 와서, 자신을 낳아준 사랑하는 아버지와 어머니 그리고 시샘하는 누이들, 잔소리를 하며 나무라는 고모나 이모들에게 소개를 시키는 것이 상책이라고 생각했다. 이런 만남이 성사될 수 있도록, 그리고 가족의 승낙을 얻고 적절한 후속 조치를 하기 위해 그는 몇 주일 전부터 애를 썼다. 정기적으로 서한을 보내고, 포르츠하임에 여러 차례 체류하면서 그는 애인에게 자기가 하고 있는 일이 어떻게 진행되고 있는지 알렸다.

클라리사는 자신이 성공하리라고 확신했다. 앙리와는 원래 사회적 출신에서 동등한 신분이었는데 단지 직업 때문에 상황이 달라진 것뿐인 데다, 그녀는 그 직업을 그만둘 용의가 있었고, 걱정하는 앙리의 집안사람들도 직접 만나보면 자신의 원래 출신에 확신이 생길 것이라고 생각했다. 그녀는 편지로, 또 뮌헨을 한번 방문했을 때, 구두로 자신의 공식적인 약혼과 앞으로 기대되는 미래를 미리 알려두었다. 그 미래는 타고난 환경을 잃어버리고, 정신적인 것 혹은 예술적인 것으로 나아가고자 애쓰던 도시 명문가의 딸이 꿈꾸던 것과는 아주 달랐다. 하지만 그것은 먼 항해 끝에 찾은 항구와 같았고, 행복이었다. 그것이 시민적인 행복이기는 해도 이국적인 환경이 지닌 매력, 그녀가 옮겨 가게 될 삶의 틀이 지닌 새로운 국가적 특성 때문에 그녀에게는 받아들이기가 더 쉬워 보였던 게 분명했다. 그녀는 미래에 태어날 자신의 아이들이 프랑스어로 재잘대는 모습을 머릿속에 그려보았다.

바로 그때 그녀의 과거의 망령이 나타났다. 어리석고 아무런 의미도 없으며 아주 하찮은, 그러나 뻔뻔스럽고 무자비한 망령이 그녀의 희망을 흔들며 떠오르더니 곧장 야비하게 꺾어버렸고, 급기야 그 가련한 존재를 구석으로 밀어붙이며 죽음으로 몰아갔다. 그녀가 나약해진 순간에 예속된 적이 있던, 법을 좀 안다는 예의 저 불한당이 한 차례의 승리를 빌미로 그녀를 협박했다. 그녀가 다시 자기에게 몸을 맡기지 않는다면, 앙리의 식구들, 아니 앙리 본인이 그녀와 자신과의 관계에 대해 알게 될 것이라고 했다. 나중에 우리가 알게 된 모든 상황을 가지고 되짚어보면, 그 살인자와 희생자 사이에는 절망적인 장면이 벌어졌음에 틀림없다. 아가씨는—나중에는 무릎까지 꿇고—사내에게 자기를 보호해달라고, 풀어달라고, 자신을 사랑할뿐더러 자기도 사랑하는 남자를 배신하면서 혼자 삶의 평화를 얻으라고 강요하지 말아달라고 애원했으나 소용이 없었다. 오히려 바로 이렇게 앙리에 대한 사랑을 고백한 것이 그 파렴치범을 자극해 더욱 잔인해지도록 만들었다. 그 작자는, 그녀가 그 순간 사내에게 몸을 맡기면서 잠시나마 안정을 얻고, 슈트라스부르크로 가서 약혼할 기회를 얻어내봤자, 그것은 단지 일시적인 도피에 불과하게 될 것이라는 사실을 숨기지도 않았다. 그는 그녀를 결코 놔주지 않을 것이고, 자기가 침묵을 지켜주는 대가로 고마움을 표하는 태도를 보이라고 끊임없이 반복하여 제멋대로 요구하며, 만약 그녀가 그것을 거절하면 즉시 침묵을 깨버리겠다고 협박할 것이 뻔했다. 그녀는 간통죄를 지으며 살아가야 할 것이다. 그것은 그녀의 속물근성에 대한, 저 사내가 주장한바, 그녀가 비겁하게 시민적인 삶에 굴복한 것에 대한 적절한 단죄가 될 것이다. 어쩌다 일이 꼬여 사내가 발설하지 않고도 남편이 그녀의 간계를 꿰뚫어보게 된다면, 그녀에게는 모든 것을 정리해주는 물질을 쓸 기회는 여전히 남아 있으리라. 예전부터 장식용 물건, 즉 해골이 그려진 책 모양의 용기 속에 보관하고 있던 것 말이다. 그러면 그녀가 히포크라테스의 의약품을 자랑스럽게 소유함으로써 삶에 대해 우월감을 가졌고, 삶을 향해 섬뜩한 조롱을 던졌던 것이 괜한 객기가 아니었음이 드러나게 될 것이다. 실제로 그런 조롱은 그녀가 이제 결혼을 통해 돌아갈 준비가 되어 있다고 밝힐 예정이었던 삶과 부르주아적인 평화 협정을 맺는 일보다 그녀에게 더 잘 어울렸다.

나는 그 파렴치범이 한때 클라리사의 일탈을 강요했던 것 외에도 바로 그녀의 죽음을 노렸다고 생각한다. 놈의 비열한 허영심은 자기가 지나가는 길에 여자의 시체가 놓이기를 열망했다. 꼭 자기를 위해서가 아니라면 적어도 자기 때문에 나약한 인간이 파괴되고 죽어버리기를 원하는 탐욕이 들끓었던 것이다. 아아, 클라리사가 그런 작자의 탐욕에 굴복해야 했다니! 모든 상황이 어쩔 수 없었듯이 그녀는 그렇게 할 수밖에 없었을 것이고, 나는 그것을 이해한다. 우리 모두가 그것을 이해할 수밖에 없었다. 아무튼 일단 시끄러운 상황에서 벗어나기 위해 그녀는 다시 그의 뜻을 따랐고, 하지만 그렇게 함으로써 그 어느 때보다 속수무책으로 그의 손아귀에 붙잡혀버리고 말았다. 그녀는 자기가 일단 앙리의 식구들에게 인정을 받아 앙리와 결혼하고 나면, 자신이 (또 외국에 거주한다는 사실의 보호 아래) 협박꾼에게 맞설 수 있는 수단과 방법을 찾게 될 것이라고 기대했던 같다. 하지만 그렇게 되지 않았다. 그녀를 괴롭히던 인간은 결혼 자체가 성사되지 못하도록 훼방을 놓기로 작정했던 것이 분명했다. 클라리사의 정부를 삼인칭으로 언급하며 작성한 익명의 편지를 슈트라스부르크 가족들에게, 또 앙리 자신에게 배달되게 함으로써 놈은 악랄한 계획을 실행에 옮겼다. 그리고 앙리는 클라리사에게 그 편지를 보냈다. 자신의 조처가 정당함을 보여주기 위해서였다. 그런 정당성이 존재할 수 있기나 했다면 말이다. 왜냐하면 동봉한 그의 편지는 그녀에 대한 그의 사랑이 매우 확고한 신뢰와 맞물려 있음을 보여주지는 않았던 것이다.

클라리사는 파이퍼링에서 등기 우편을 받았다. 그녀는 포르츠하임에서 연극 시즌이 끝난 후 몇 주 동안 밤나무 뒤편의 소박한 어머니 집에 와 있었다. 때는 이른 오후였다. 시정부위원 부인은 점심 식사 후에 혼자 산책을 나갔던 딸이 빠른 걸음으로 돌아오는 것을 보았다. 집 앞의 작은 뜰에서 클라리사는 혼란스러운 표정으로 대충 건성으로 미소를 지어 보이며 어머니 곁을 지나 자기 방으로 들어갔고, 열쇠를 자물쇠에 꽂고 단번에 힘차게 돌려 채웠다. 잠시 뒤에 바로 옆의 자기 방에 있던 노부인은 옆방의 딸이 세면대에서 물로 목을 헹구는 소리를 들었다. 그것은 그녀가 삼켜버린 끔찍한 산(酸)이 그녀의 목구멍에서 일으킨 부식 작용을 좀 식히기 위한 시도였음을 오늘날 우리는 알고 있다. 그러고 나서는 잠잠해졌다. 적막은 스산한 느낌이 들 정도로 지속되었고, 약 20분쯤 뒤에 시정부위원 부인이 클라리사의 방문을 두드리며 그녀의 이름을 불렀다. 하지만 아무리 긴박하게 이름을 부르며 반복해 문을 두드려도 전혀 대답이 없었다. 겁에 질린 어머니가, 이마 위로는 더 이상 제대로 정리할 수도 없는 머리카락을 흩날리며 벌어신 치아를 고스란히 드러낸 그 노인이 본채로 뛰어 건너가서, 목소리를 억눌러가며 슈바이게슈틸 부인에게 알렸다. 경험이 많은 집주인은 남자 하인 한 명을 데리고 시정부위원 부인의 뒤를 따라갔다. 두 부인이 여러 차례 클라리사의 이름을 부르며 문을 두드리고 난 뒤에 하인은 문에 붙은 자물쇠를 부쉈다. 클라리사는 눈을 뜬 채 침대 발치에 있는 긴 안락의자에 누워 있었다. 그 가구는 내가 람베르크 거리의 집에서 보았던, 등받이와 팔걸이가 있는 1870년대 혹은 1880년대의 가구였다. 목을 헹구고 있는 동안 죽음이 그녀를 엄습하자 그녀는 급히 그 의자로 몸을 옮겼던 것이다.

"이젠 뭘 어떻게 해볼 수 없을 것 같네요, 시정부위원 부인." 반쯤 몸을 세운 채 사지를 뻗고 누워 있는 아가씨를 보며 슈바이게슈틸 부인이 손가락을 볼에 대고 머리를 가로저으며 말했다. 무슨 일이 있었는지 너무나 확실하게 말해주는 이 광경은 그날 저녁 늦게 내게 알려졌다. 여주인의 전화를 받고 프라이징에서 서둘러 온 나는 오랜 집안 친구로서 겨우 충격을 진정한 뒤, 구슬프게 흐느끼는 어머니를 위로하며 껴안아주고, 슈바이게슈틸 부인, 그리고 같이 건너온 아드리안과 함께 죽은 사람 곁을 지켰다. 클라리사의 아름다운 손과 얼굴에 드러나는 짙은 파란색 울혈 얼룩은 아마 일개 중대의 병사도 몰살할 수 있었을 양의 청산이 일으킨 급격한 질식사와 호흡기관의 급작스러운 마비를 말해주었다. 책상 위에는 예의 저 청동 용기, 즉 해골이 그려져 있고 그리스 문자로 히포크라테스의 이름이 적힌 책 모양의 용기가 속이 비고 밑바닥의 나사가 풀린 채로 놓여 있었다. 그녀의 약혼자에게 급하게 연필로 쓴 쪽지도 있었는데, 거기에는 다음과 같은 내용이 적혀 있었다.

"난 당신을 사랑해요. 한때 당신을 속인 적이 있었지만, 당신을 사랑해요(Je t'aime. Une fois je t'ai trompé, mais je t'aime)."

그녀의 젊은 약혼자는 내가 맡아 준비한 장례식에 참석하러 왔다. 그는 어떤 위로도 도움이 되지 않는, 혹은 그보다는 "미안한(désolé)" 심정이었다. 하지만 그 말은, 물론 내가 착각한 것이겠지만, 아주 진지한 의미로 들리기보다, 어쩐지 그런 상황에서 일반적으로 쓰는 표현이라는 느낌이 들었다. 나는 그가 다음과 같이 소리치며 드러낸 아픔을 의심하고 싶지는 않다.

"아아, 선생님(monsieur), 저는 그녀를 용서할 수 있을 만큼 충분히 사랑했습니다! 모든 것이 다 잘되었을 텐데. 하지만 이젠, 이렇게!(Et maintenant - comme ça!)"

그래, "이렇게!(comme ça)" 그가 그렇게 미적지근하게 가족에게 매여 있는 아들이 아니었고, 클라리사가 그에게서 든든하게 의지할 수 있는 구석을 찾을 수 있었다면, 정말 모든 것이 달라질 수 있었을 터였는데 말이다.

밤이 되자 우리는, 즉 아드리안과 슈바이게슈틸 부인과 나는 깊은 비탄에 빠진 시정부위원 부인이 뻣뻣하게 굳어버린 딸의 시신 곁에 앉아 있는 동안, 클라리사의 가족이 서명해야 하는 공식적인 부고장을 작성했다. 그 글에는 조심스러우면서도 분명한 의미를 담아야 했다. 우리는 고인이 치유 불능의 깊은 상심 끝에 사망했다는 표현을 쓰기로 의견을 모았다. 그 전에 나는 시정부위원 부인이 너무나 간절히 원했던 교회 장례식을 성사시키려고 뮌헨 교구감독을 면담하고, 그에게 우리가 쓴 글을 보여주었다. 나는 그다지 대단하게 외교적으로 말을 꺼내지는 않았다. 순진하고 신뢰에 찬 마음으로 나는 클라리사가 치욕을 안고 사느니 차라리 죽음을 택했다는 사실을 미리 널어놓았다. 하지만 진짜 루터 유형의 건장하고 무감각했던 그 성직자는 그런 이야기는 듣고 싶어 하지 않았다. 고백하건대, 나는 교회가 한편으로는 이런 사망 건에서 연락도 받지 못하는 기관이 되고 싶지는 않으면서, 또한 명예로운 선택이었을지언정 공공연한 자살을 범한 사람에게 마지막 축복을 빌어줄 의사는 없었다는 사실을 알아차리기까지 시간이 좀 걸렸다. 간단히 말하면, 체격이 좋은 그 남자가 원했던 것은 그냥 나더러 거짓말을 하라는 것이었다. 그래서 나는 지금까지 취했던 경직된 태도를 거의 어처구니없을 만큼 갑자기 바꾸게 되었다. 아직 모든 상황이 밝혀지지는 않았고, 어쩌면 향수병을 혼동해 생긴 사고였을 수 있다며, 아니 아마 그랬을 거라는 말까지 했다. 이렇게 하여 그 완고한 남자는 자신의 성스러운 단체가 장례식에 관여하는 일에 부여된 의미와 비중으로 인해 기분이 좋아져서 결국 장례식을 집전하겠노라고 말하게 되었다.

장례식은 뮌헨의 숲 공동묘지에서 로데 집안의 친구들이 모두 모인 가운데 치러졌다. 루디 슈베르트페거, 칭크와 슈펭글러, 게다가 실트크납까지도 빠지지 않고 왔다. 고인에 대한 추도는 진심에서 우러나온 것이었다. 왜냐하면 모든 사람들이 그 가련한, 새침하고 자부심이 강했던 클라리사를 좋아했기 때문이다. 이네스 인스티토리스는 짙은 검은색 상복을 입고 가냘픈 목을 앞으로 비스듬히 내민 채, 장례식장에는 나타나지 않은 어머니 대신 부드러운 품위를 지키며 사람들의 조의를 받았다. 나는 그녀의 여동생이 살아보려고 애를 쓰다 비극적으로 끝난 모습에서 그녀 자신의 운명에 대한 불길한 징후를 보지 않을 수 없었다. 말이 나온 김에 덧붙이면, 내가 그녀와 대화를 나누면서 받은 인상은, 그녀가 클라리사를 애도하기보다는 부러워했다는 것이다. 그녀 남편의 경제적 형편은 특정 분야의 사람들이 의도하고 야기한 화폐 가치의 몰락으로 인해 지속적으로 나빠지고 있었다. 사치의 흉장(胸牆), 삶에 대한 그 보호막이 걱정 많은 그녀에게서 사라질 위기에 놓였다. 영국 공원에 접한 부유한 저택을 계속 유지할 수 있을지도 이미 의문이었다. 루디 슈베르트페거로 말할 것 같으면, 그는 좋은 동료 같은 친구였던 클라리 사에게 마지막 예의를 다했으나, 가장 가까운 상주였던 이네스에게 조 의를 표한 뒤 최대한 빨리 장지를 떠나버렸다. 나는 그의 조의가 매우 의례적이며 짧았음을 아드리안에게 일러주었다.

그것은 루디가 이네스와의 관계를 끝낸 이후 아마 이네스로서는 그 애인을 처음으로 다시 보게 되는 기회였던 것 같다. 나는 그가 잔인한 방식으로 절교를 감행했을 것이라는 걱정이 든다. 왜냐하면 그녀가 애 걸복걸하며 끈질기게 그에게 매달리는 상황에서 그런 일을 보통 때처 럼 '상냥하게' 끝낸다는 것이 그리 가능하지 않았을 것이기 때문이다. 여동생의 무덤가에서 자그마하게 생긴 남편 옆에 서 있던 그녀는 버림 받은 여자였고, 여러모로 추측해보건대 끔찍하게 불행한 심정이었다. 그래도 몇몇 여자들이, 말하자면 위로와 보상의 의미로 그녀 주변에 모 이게 되었는데, 이 모임에 속하는 여인들은 이번에도 클라리사에게 예 를 다하기 위해서라기보다 부분적으로는 이네스 때문에 장례식에 참석 했다. 작지만 결속력 있던 그 모임, 동지들의 조합, 단체, 친목 클럽, 혹 은 또 뭐라고 불러야 할지 모를 그 모임에는 이네스의 가장 친한 친구 로 이국적으로 생긴 나탈리아 크뇌터리히가 속해 있었다. 또 남편과 이 혼한 루마니아 지벤뷔르겐 출신 여성 작가도 이 모임에 있었는데, 그녀 는 희극 몇 편을 쓴 인물로 슈바빙에서 보헤미아 살롱을 운영하고 있었 다. 또한 궁정배우 로자 츠비처도 있는데, 그녀는 흔히 매우 신경질적 인 인상을 띠는 배우였다. 그 밖에도 몇몇 여자들이 있지만, 여기서 이들의 성격 묘사를 모두 다 할 필요는 없을 것이다. 무엇보다 나는 누가 걱정 많은 이 여성 동맹에서 적극적으로 활동하는 회원이었는지 일일이 확실하게 알지는 못하기 때문이다.

이들을 서로 떨어지지 않도록 결합시켜준 것은——독자는 벌써 들을 준비가 다 되어 있겠지만——모르핀이었다. 그것은 대단히 강력한 접착제 같은 것이었다. 왜냐하면 이들 동반자들은 매우 두터운 동지애를 바탕으로 단지 행복감과 타락으로 이끄는 마약을 가지고 서로 돕기만 했던 것은 아니기 때문이다. 도덕적으로는 애처롭기까지 하지만 다정하고, 심지어 서로 사모하는 연대감이 그와 같은 공동의 중독증과 결점의 노예들 사이에 존재했던 것이다. 더구나 우리가 이야기하고 있는 저 경우, 이 불순한 여인들은 어떤 특정한 철학 혹은 원칙에 따라 서로 단결하고 있었다. 이네스 인스티토리스가 그 제창자였고, 다섯이나 여섯 명의 여자 친구들이 동의함으로써 이네스의 생각을 정당화했다. 말하자면 이네스는——나 자신이 이따금 그녀의 말을 직접 들었건대——고통이 인간의 존엄성에 저촉된다는, 고통을 겪는다는 건 치욕이라는 견해를 가지고 있었다. 그런데 육체적 고통이나 마음의 병으로 인한 모든 구체적이고 특별한 굴욕은 차치하고라도, 원래 삶 자체가, 존재한다는 것만으로, 본능적인 실존의 품위 없는 상태를 지속하는 것이며 천박한 수고일 따름이라는 것이었다. 그리고 이런 천박한 수고에 저항하고 그 부담감을 더는 것, 즉 자신들을 고통에서 해방시켜주는 그 축복받은 약을 신체에 공급함으로써 자유를 얻고, 마치 육체가 없는 듯이 편안한 상태를 얻는 것은 인권의 행사이자 정신적인 권리로 고상하고 자랑스럽다고 했다.

이런 철학을 가지고 그들이 자신들을 나약하게 만드는 예의 저 습관으로 인해 도덕적으로나 육체적으로 해로운 결과를 감수한 것은 분명 그들의 고상한 기품에 속했다. 그 동지들이 서로를 아끼고, 심지어 연정에 찬 존경심을 품도록 했던 것도 어쩌면 그들이 공동으로 겪게 될 조기 파멸에 대한 의식 때문이었으리라. 그들이 사교 모임에서 만날 때 서로의 눈이 황홀한 듯이 빛나고, 서로 감동에 겨워 포옹하며 키스를 나누는 모습을 관찰하는 내 마음속에는 반감이 없지 않았다. 그렇다, 나는 이렇게 스스로에게 약을 줘가며 자기 해방을 누리는 방식에 대해 내적인 관용이 없음을 고백한다. 어느 정도는 스스로 놀라워하면서 말이다. 왜냐하면 내가 보통은 도덕군자인 척하거나 편협한 비평가의 역할에 빠져 우쭐대는 사람이 전혀 아니기 때문이다. 저 잘못된 습관이 초래한 것, 혹은 그런 습관에 원래부터 내재되어 있는 것이 달콤한 기만일 수 있다는 사실이 내게 극복할 수 없는 혐오감을 불러일으켰던 것이다. 또한 나는 이네스가 그런 문란한 행위에 빠지면서 자신의 아이들에게는 원래 관심이 없었음을 증명했다는 것이 못마땅했다. 결국 그런 무관심은 뽀얗고 사치스럽게 꾸며놓은 아이들에 대한 그 모든 맹목적인 사랑도 거짓이었음을 폭로했다. 간단히 말해, 그녀가 무슨 짓을 하는지 내가 알게 되고 또 보게 된 이후로 그녀는 내 마음속 깊이 불쾌한 존재가 되었다. 그녀도 내가 내심 그녀와 관계를 끊었다는 사실을 잘 알아차렸고, 이에 대해 미소로 응했다. 불쾌하고 교활한 음흉함 속에서 드러난 그 미소는 예전에 자신이 겪던 사랑의 고통과 정욕에 대해 두 시간 동안이나 내게 털어놓으면서 나의 연민을 얻어냈을 때 그녀가 보였던 미소를 상기시켰다.

아아, 가련하게도, 그녀는 그렇게 남을 조롱하고 있을 입장이 아니었다. 왜냐하면 그녀가 품위를 잃어버리는 모습은 비참했기 때문이나.

아마도 그녀는 마약을 과다하게 복용하는 것 같았다. 약은 그녀에게 생기에 찬 쾌감을 마련해준 것이 아니라, 차마 남의 눈 앞에 나타나지 못할 지경으로 만들어버렸던 것이다. 앞에서 말했던 츠비처는 약 기운으로 더욱 뛰어나게 연기를 했고, 나탈리아 크뇌터리히도 사교적인 매력을 한층 더 발산했다. 그러나 가련한 이네스는 반쯤 의식이 없는 상태로 식사에 나타나는 일이 잦았다. 그리고 그녀는 생기 없는 눈으로 연신 꾸벅꾸벅 졸며, 여전히 잘 꾸며지고 크리스털로 번쩍이는 식탁에 앉아 있는 맏딸과 수치스러움으로 소심하게 괴로워하는 남편 곁에 와 앉곤 했다. 이런 점들에 대해 나는 한 가지 사실을 고백하겠다. 이네스가 몇 년 뒤에는 중범죄를 저지르게 되었고, 그 범죄는 모든 사람들을 경악하게 만들었으며 그녀의 시민적인 존재 방식을 종식시키고 말았다고 말이다. 하지만 그 참혹한 비행이 나를 너무 몸서리치게 했음에도 불구하고, 나는 그녀가 그렇게 쇠락해진 몸 상태에서도 그런 행동을 할 수 있는 힘과 엄청난 에너지를 회복할 수 있었다는 사실에 대해, 오래된 우정에서, 거의, 아니 확실하게 자부심을 느꼈다고 말이다.

XXXVI

오, 독일이여, 너는 몰락하고 있고, 나는 네가 품었던 희망을 회상하고 있다! 네가 (어쩌면 스스로는 공감하지 않으면서) 불러일으켰던 그 희망들을, 그 이전에 네가 겪었던, 상대적으로 격렬하지 않았던 파탄, 황제의 제국이 퇴위한 뒤에 세상이 네 안에다 심으려던 그 희망들을 말이다. 너의 고통이, 정신없이 하늘로 치솟던 저 통화 팽창이 제멋대로 날뛰었음에도 불구하고, 도무지 있을 수 없을 만큼, 걷잡을 수 없을 만큼 절망적이고 노골적으로 '부풀어 올랐음'에도 불구하고, 네가 몇 년 동안 어느 정도까지는 정당화할 수 있는 것처럼 보였던 그 희망들을 말이다.*

사실이 그렇다. 환상적이고 세계를 비웃는, 세계를 전율케 할 사건

---

* 제1차 세계대전의 패전과 함께 독일 제국은 황제 빌헬름 2세의 폐위로 끝이 나고, 독일 최초의 공화국인 바이마르공화국(1918~1933)이 출범하게 된다. 하지만 승전국들에게 엄청난 전쟁 보상금을 갚아야 했던 독일은 1914~1923년 사이에 극심한 인플레이션을 겪었다.

으로 의도된 당시의 그 난폭한 행위는 훗날 1933년부터, 더욱이 1939년부터 우리가 드러낸 행태의 도저히 믿기 어려운 점, 그 기이함, 결코 가능하다고 생각해본 적이 없던 것, 그 지독한 상퀼로트주의*를 이미 많이 띠고 있었다. 하지만 수천만의 열광, 비참한 처지를 그런 식으로 과장했던 모험은 어느 날 끝이 났고, 우리의 경제생활이 띠던 일그러진 형상은 다시 이성적인 모습으로 돌아왔다. 그리고 영혼 회복의 한 시대, 평화와 자유 속에서 누린 사회적 발전의 시대, 성숙하고 미래 지향적인 문화적 노력의 시대, 우리의 느낌과 생각을 세계의 일반적인 느낌과 생각에 선의를 가지고 맞추는 시대가 우리 독일인에게 시작되는 듯했다. 분명 그것은 타고난 모든 약점과 스스로에 대한 반감에도 불구하고 독일공화국의 생각이었고 희망이었다. 내 말은, 다른 한편으로 그것은 독일이 타국인들에게 불러일으켰던 희망이기도 했다는 것이다. 그런 희망은 독일을 유럽화 혹은 '민주화'하려는 시도, 다시 말해 독일을 여러 민족의 사회적 삶에 정신적으로 포함시킨다는 의미에서 정상화하려는 시도로서 실현 가능성이 전혀 없지 않았다(그것은 실패한 비스마르크와 그의 통일정책 이후 두번째 시도였다). 그런 가능성에 대한 선의의 믿음이 다른 나라들에서 생생하게 살아 있었다는 사실을 누가 부정하겠는가? 우리들 사이에서, 독일에서, 국내 어디에서나, 시골의 완고한 경향은 예외로 하고 이런 방향으로 나아가는 희망에 찬 움직임을 실제로 인지할 수 있었다는 사실을 누가 반박하겠는가?

---

* 프랑스어 '상퀼로트Sansculotte'는 18세기 귀족들이 입던 무릎까지 오는 바지 '퀼로트Culotte를 안 입은 사람', 즉 노동복인 긴 바지를 입은 사람이라는 의미로 프랑스 혁명(1789~1799)에 가담한 파리의 하급 노동자들을 가리키는데, 본문에서는 히틀러 집권 이후 무지하고 공격적인 집단 우민주의를 뜻한다.

나는 현세기의 20년대, 물론 특히 20년대 중반 이후의 상황에 대해 말하고 있다. 정말 진지하게 언급하건대, 그 시기에는 문화의 초점이 프랑스에서 독일로 옮겨 왔다. 그러기에 당시의 두드러진 특징이, 이미 언급한 바와 같이, 아드리안 레버퀸의 오라토리오 「묵시록」이 초연되었다는 것, 더 정확히 말하면, 처음으로 완주되었다는 점에서 드러났다. 공연의 무대가 된 프랑크푸르트가 제국에서 가장 호의적이고 솔직한 분위기의 도시 중 한 곳이기는 했지만, 물론 공연이 진행되는 도중에 노여움을 드러내는 항변이 없지는 않았다. 예술에 대한 조롱, 허무주의, 음악적 범죄성을 띤 작품이라는 비난, 혹은 그 당시에 가장 일반적이던 욕설을 들자면, '문화 볼셰비즘'이라는 분노에 찬 비난이 일었다. 그러나 그 작품과 그런 작품이 공연되는 걸 옹호하는 지적인 사람들도 있었다. 세계와 지유에 대해 우호적이며 1927년 전후에 정점에 이르렀던 그런 선의의 용기, 특히 뮌헨에서 키워진 국수주의적이고 바그너적이며 낭만주의적인 반동을 거부하는 그들의 변론은 20년대 전반부에도 이미 분명히 우리의 공적인 삶의 한 요소를 이루었다. 여기서 나는 1920년에 바이마르에서 열렸던 작곡가 축제와 이듬해 도나우에싱엔에서 열린 첫 음악 축제 같은 문화 행사를 염두에 두며 말하고 있다. 그 두 행사를 맞아—유감스럽게도 작곡가는 불참한 가운데—결코 수용력이 없지 않은, 나는 예술적이고 '공화주의적인' 성향이 있었다고 말하고 싶은 관객들 앞에서, 레버퀸의 작품들이 당시에 정신적으로나 음악적으로 새로운 입장을 취하던 다른 작품들과 함께 연주되었다. 바이마르에서는 「우주의 경이로움」이 리듬 면에서 특히 신뢰할 수 있는 부르노 발터*의 지휘

* Bruno Walter(1876~1962): 독일-오스트리아의 지휘자, 작곡가, 피아니스트.

아래 연주되었고, 바덴 지역의 축제장에서는 한스 플라트너의 유명한 인형극장과 함께 「로마인들의 행적」 중 다섯 곡 모두가 공연되었다. 그 것은 경건한 감동과 폭소를 번갈아 자아내던 초유의 체험이 되었다.

나는 1922년에 '국제신(新)음악협회'를 발족시키는 데 참여했던 독 일의 예술가와 예술 애호가들의 관심, 그리고 두 해 뒤에 프라하에서 개최된 그 협회의 행사들도 함께 회상하고자 한다. 이곳에서는 이미 아 드리안의 「형상으로 본 묵시록」 중에서 미완성 합창곡과 기악곡들이 여 러 음악 국가의 저명한 손님들로 꽉 찬 청중들 앞에서 울려 퍼졌다. 그 작품의 악보는 당시에 이미 출판되어 나와 있었는데, 더 자세히 말하 자면, 레버퀸의 예전 작품들처럼 마인츠의 쇼트 출판사가 아니라 빈의 '유니버셜 출판사본'으로 출판되었다. 그 출판사의 아직 젊은, 서른도 채 안 됐으나 중유럽의 음악계에서는 영향력이 큰 에델만 박사라는 사 장이 어느 날, 즉 「묵시록」이 아직 완성조차 되지 않은 시점에(그때는 아드리안의 병이 재발해 일을 중단하고 있던 주였다) 예기치 않게 파이퍼 링에 나타나서 슈바이게슈틸 집의 하숙인에게 출판을 맡아주겠다고 제 안했다. 그는 자신의 방문이 아드리안의 창작품을 다룬 어떤 글과 관 련이 있다고 설명했는데, 그 글은 바로 그 즈음에 빈의 급진적이고 진 보적인 음악 잡지 『새 시대의 시작』에 발표된 것으로 헝가리 음악학자 이자 문화철학자 데지데리우스 페헤르가 쓴 것이었다. 페헤르는 문화 계가 레버퀸의 음악에 주의를 기울여야 한다고 보고, 그 음악의 지적인 수준과 종교적 내용, 예술가의 자긍심과 절망, 또 영감을 주는 것에 불 경스러울 정도로 철저히 빠져버린 영리함 등을 진솔하게 표현했었다. 그리고 그의 진솔함은 모종의 사실에 대해 그가 느꼈던 부끄러움 때문 에 더욱 강해졌다. 그것은 평론을 쓰고 있던 그가 그렇게 흥미롭고 감동적인 음악을 스스로 발견한 것이 아니라는, 즉 자신의 내적인 감각과 능력에 따라 그 특성을 알아차린 것이 아니라는 부끄러움이었다. 사실 그 자신도 외부의 힘, 혹은 그의 표현을 빌리면, 위로부터 내려온 힘의 덕을 보았다고 했다. 말하자면 우주에 비견할 만한 영역, 어떤 박학다식함보다도 더 높은 영역, 즉 사랑과 믿음의 영역에서, 한마디로, 영원히 여성적인 것의 영역에서 전해진 힘 덕분에 예의 저 특성에 주목하게 되었다는 것이다. 요컨대 그 평론의 대상에 딱 어울리게도 분석적인 것을 서정적인 것과 섞어낸 페헤르의 글은 그 배후에 어떤 여인이 있었음을 넌지시 내비쳤는데, 바로 그 여인이 섬세한 감각과 지성을 겸비한 채 자기가 알고 있는 것을 적극적으로 알리는 인물로 그에게 실질적인 영감을 주었던 것이다. 그리고 에델만의 방문이 빈에서 발표된 평론에 자극을 받은 것으로 드러났기 때문에 그의 방문 역시 간접적으로는 예의 저 부드럽고 숨겨진 채로 남은 여인의 에너지와 애정이 행동으로 옮겨진 결과라고 할 수 있었다.

그런데 단지 간접적으로만 그랬을까? 나는 그렇다는 확신이 서지 않는다. 음악을 취급하는 그 젊은 사업가에게도 "우주에 비견할 영역"에서 직접적인 자극, 암시, 지시가 전달됐을 가능성이 있다고 나는 생각한다. 나의 이런 추측은, 예의 평론이 마치 신비한 비밀이라도 있는 것 같은 말투로 전달했던 것보다 더 많은 내용을 그 젊은이가 알고 있었다는 사실로 더욱 강해졌다. 다시 말하면, 그가 **이름**을 알고 있었고, 또 그 이름을 언급했다는 사실이었다. 이름을 곧바로 언급했다거나 아예 처음부터 미리 언급하고 이야기를 시작했다는 건 아니지만, 서로 이야기를 나누고 있는 동안, 다시 말해 대화가 끝날 무렵에 이름이 언급됐던 것이다. 에델만은 자신의 방문이 거의 거절낭한 섯이나 다름없이 되어버렸음에도 결국 방문 허락을 받아낼 수 있게 된 뒤, 레버퀸에게 현재 진척 중인 작품 이야기를 좀 해달라고 부탁했고, 오라토리오에 대해 듣게 되었다―처음으로 들었던가? 나는 그렇게 생각하지 않는다!―그리고 마침내 그는 아드리안이 쓰러질지도 모를 만큼 아팠음에도 불구하고 니케홀에서 그에게 악보의 많은 부분을 연주해주도록 설득할 수 있었다. 에델만은 연주를 듣고 즉석에서 그 작품을 '출판사본'으로 편집하여 출판하기 위해 사들였고, 계약서는 바로 그다음 날 뮌헨의 호텔 '바이에른 호프'에서 완성되어 배달이 되었다. 그런데 그가 뮌헨으로 돌아가기 전에, 프랑스어에서 차용한 빈 식 말투로 아드리안에게 물었던 것이 있다.

"마이스터, 당신은 아시는지요?"―심지어 그가, "마이스터께서는 아시는지요?"라는 표현을 썼다고 나는 생각한다―"폰 톨나 부인을 말씀입니다."

나는 이제 어떤 한 인물을 내 보고서에서 소개할 참이다. 소설가라면 독자에게 절대 제시하면 안 되는 방법일지도 모르겠지만 말이다. 왜냐하면 **눈에 띄지 않는 상태**라는 것은 예술적인 것에, 따라서 소설의 전개 조건에 분명히 모순되는 것인데, 바로 폰 톨나 부인이 눈에 띄지 않는 인물이기 때문이다. 나는 이 인물을 독자의 눈앞에 보여줄 수 없고, 그녀의 외모에 대해 조금이라도 확실하게 말할 수 없다. 나는 그녀를 한 번도 본 적이 없거니와, 내가 아는 사람들 중에서 어느 누구도 그녀를 본 적이 없었기 때문에 그녀에 대한 묘사도 전혀 전해 들은 바가 없었다. 에델만 박사, 그리고 그녀와 같은 나라 사람으로『새 시대의 시작』잡지에 글을 썼던 사람만이라도 그녀와 알고 지내는 사이라고 자랑할 만했는지는 불확실한 채로 접어두겠다. 아드리안으로 말할 것 같으면, 그는 당시에 빈에서 온 방문객이 묻는 말에 아니라고 대답했다. 자기는 그 부인을 모른다고 한 것이다. 그리고 그녀가 누구냐고, 그의 쪽에서 묻지도 않았다. 그래서 에델만도 그녀가 누구인지는 설명하지 않고 이렇게 대꾸만 했다.

"어쨌든 당신은,"―혹은 "마이스터께서는"―"그녀보다 더 따뜻한 숭배자를 얻기는 힘들 겁니다."

에델만은 그녀를 '모른다'는 아드리안의 말을 조건부의, 즉 예의를 지키며 부정된 진실로 보는 것이 분명했다. 어쨌든 아드리안은 그렇게 대답할 수밖에 없었다. 왜냐하면 그 헝가리 귀족 부인과 그의 관계에서는 직접적인 만남이 전혀 없었고―덧붙이자면―양쪽의 암묵적인 합의에 따라 그런 만남은 결코 없어야 한다는 것이었기 때문이다. 그가 수년 전부터 그녀와 서신을 주고받았다는 사실, 서신에서 그녀가 아드리안의 작품을 가장 명석하고 정확하게 알고 있는 인물이자 신봉자이며, 또한 그를 보살펴주는 친구이자 조언자요, 그의 존재를 무조건 떠받드는 후원자임이 드러났다는 사실, 그리고 그의 편에서는, 고독이 그런 일을 가능하게 할 수 있거니와, 그의 성향이 허락하는 한 최대한의 신뢰를 가지고 이야기를 전했다는 사실, 이런 사실들은 다른 문제에 속한다. 나는 여인들의 가난한 영혼에 대해 말한 바 있다. 그들의 영혼은 사리사욕이 없는 헌신으로, 분명 영원히 지속될 그 남자의 삶 속에서 소박한 자리 한 곳을 정복했다. 여기에 세번째로, 그리고 아주 다른 특성을 지닌 여인의 영혼이 있는데, 그녀는 사욕이 없다는 점에서 예의 저 단순한 여인들보다 뒤지지 않을 뿐만 아니라 오히려 그들을 능가한다. 어떤 직접적인 접근도 금욕적으로 포기함으로써, 즉 은거 상태, 신중함, 부담 주지 않는 태도, 눈에 띄지 않는다는 세율을 절내 깨지 않고 지킴으로써 그랬다. 이런 태도가 서투른 소심함에서 비롯된 것이 아니라고 할 수 있는 이유는 그녀가 '세상'의 여인이었다는 데 있다. 그녀는 파이퍼링의 은둔자에게도 정말 세상을 대변했다. 그가 좋아하고 필요했으며 견딜 수 있었던 세상, 거리를 두고 있는 세상, 지적으로 보호해주는 심정으로 멀리 떨어져 있는 세상 말이다……

나는 내가 알고 있는 이런 보기 드문 존재에 대해 이야기하고 있다. 마담 드 톨나는 부유한 미망인이었다. 기사답지만 방탕했던 그녀의 남편은 부도덕함 때문에 몰락한 것이 아니라 경마를 하다 추락해 사망했고, 그녀는 아이 없이 혼자 남겨졌다. 그녀는 페스트에 있는 큰 저택의 소유주였고, 수도에서 몇 시간 떨어진 데다 슈툴바이센부르크에서 가까운 곳, 플라텐 호수와 도나우 강 사이에 있는 매우 큰 시골 귀족의 영지, 그리고 앞에서 언급했던 플라텐 혹은 발라톤 호수에 성 같은 별장을 소유하고 있었다. 18세기에 전해져서 편리하게 수리된 호화로운 저택 주변의 영지는 광활한 밀밭 외에도 넓게 펼쳐진 사탕무 재배지를 포함했고, 그 농작물은 영지에 있는 자체의 정제 공장에서 가공되었다. 이런 거주지들, 즉 시내 주택, 영주의 성, 여름 별장 중 어떤 곳에도 여주인은 어떤 의미에서든 '오래' 머무는 법이 없었다. 아주 대부분의 경우, 혹은 '거의 항상'이라고 말할 수도 있건대, 그녀는 여행 중이었다. 보아하니 그녀는 그런 거주지들을 좋아하지 않았고, 그런 것들에 얽힌 근심과 괴로운 기억들 때문에 멀리하다가 아예 지배인들과 건물 관리인들의 감독에 맡겨버렸다. 그리고 자신은 파리, 나폴리, 이집트, 스위스의 엥가딘 계곡 지대에서 지냈으며, 장소를 이동할 때는 처녀 하인 한 명, 또 숙소를 마련하고 여행 책임자 역을 맡은 남자 직원 한 명, 그리고 오직 그녀를 돌봐주는 일에 몰두하는 의사가 동행했다. 이 점에서 그녀의 건강이 신중을 요하는 상태였음을 추론해볼 수 있었다.

하지만 그녀가 이리저리 옮겨 다니는 일이 건강 때문에 문제가 되는 것 같지는 않았다. 그리고 직관, 예감,—누가 알겠는가만—아주 민감한 지성, 비밀스러운 감정이입, 영혼의 근친성에서 비롯된 열렬한 태도로 그녀가 어디에나 예기치 않게 나타났다는 흔적이 있었다. 아드리안의 음악을 조금이라도 연주해보려고 감행하는 곳이면 어디든 그 여인은 현장에 있었고, 눈에 띄지 않게 관중들 사이로 섞여들곤 했다는 사실이 드러났다. 뤼베크(조롱받은 오페라 초연에), 취리히, 바이마르, 프라하 등에서 말이다. 그녀가 남의 눈길을 끌지 않으며 얼마나 자주 뮌헨에, 즉 그의 거주지에서 가까운 곳에 있었는지 나는 알지 못한다. 하지만 그녀는 파이퍼링도 알고 있었고, 가끔씩 은연중에 드러난 바대로, 아드리안이 있던 지역, 그의 가장 가까운 주변을 몰래 둘러보기도 했다. 그리고 내가 잘못 생각하고 있는 것이 아니라면, 그녀는 바로 수도원장 방의 창문 밑에도 서 있다가, 누구의 눈에도 띄지 않은 채 사라진 적도 있었다. 이런 이야기는 참으로 감동적이지만, 그보다 더욱 희한하게 내게 감동을 줄뿐더러 성지 참배나 순례 같은 상상을 더욱 강하게 불러일으키는 일이 있다. 그것은 역시 훨씬 나중에야, 그리고 다소 우연히 드러난 사실로, 그녀가 카이저스아셰른을 찾아갔으며, 오버바일러 동네와 부헬 농장까지도 잘 알고 있었다는 점이다. 그러니까 그녀는 아드리안이 유년기를 보낸 곳과 그가 후에 선택한 생활 테두리 사이에 존재한—내게는 언제나 약간 침울한 기분을 유발했던—유사성을 익히 알고 있었다는 것이다.

내가 잊어버리고 언급하지 않은 것이 있다. 마담 드 톨나가 사비나 산지에 있는 예의 저 장소, 즉 팔레스트리나 또한 빠뜨리지 않고 방문했으며, 마나르디 집에서 머무르며, 마나르디 부인과 분명 진심으로 급속도로 친해졌다는 사실이다. 일부는 독일어로, 일부는 프랑스어로 쓴 편지에서 그녀는 마나르디 부인을 "무터* 마나르디" "메르** 마나르디"라고 불렀다. 그녀는 이와 똑같은 명칭을 슈바이게슈틸 부인에게도 붙였다. 그녀는 슈바이게슈틸 부인을—그녀의 말에서 드러났듯이—보았지만, 상대방의 눈에 띄지는—혹은 관찰되지는—않았다. 그럼 그녀 자신은 뭐라고 불렸던가? 어머니 역할을 하는 이런 인물들의 대열에 가담해 그들을 자매라고 부르는 것이 그녀의 생각이었던가? 아드리안 레버퀸과의 관계에서 어떤 명칭이 그녀에게 적당한가? 어떤 명칭을 그녀가 원하고 요구하는가? 수호의 여신? 에게리아?*** 유령 같은 연인? 그녀가 (브뤼셀에서) 그에게 보낸 첫번째 편지에는 경모의 의미를 담은 선물로 **반지** 한 개가 들어 있었다. 나는 그렇게 생긴 반지는 그때까지 한 번도 본 적이 없었다. 그렇다고 이런 사실이 물론 큰 의미를 갖지는 않는다. 왜냐하면 내가 보석에 대해서는 문외한이기 때문이다. 그 반지는—내가 보기에는—평가할 수 없을 만큼 매우 가치가 있고, 뛰어나게 아름다운 장식품이었다. 세공한 반지 자체는 아주 오래된 르네상스 시기의 작품이었다. 그리고 보석은 밝은 연두색의 우랄 에메랄드를 면이 넓게 자른 특제품으로 겉모습만으로도 대단히 훌륭해 보였다. 그 반지가 한때 어떤 고위 성직자의 손을 장식했으리라는 것도 충분히 가능한 일이었다. 반지에 새겨진 이교도적인 문구는 그런 상상에 거의 어긋나지 않았다. 값진 에메랄드의 단단한 곳에, 그 위쪽 연마면에 지극히

---

* Mutter: '어머니'라는 뜻의 독일어.

** mere: '어머니'라는 뜻의 프랑스어.

*** 고대 로마 신화 속의 신성한 숲에서 선행을 베푸는 물의 요정.

고운 그리스어 칠자로 두 행의 시가 새겨져 있었는데, 독일어로 옮기면 대략 다음과 같다.

    얼마나 엄청난 진동이 아폴로의 월계수 덤불을 뒤흔들며 지나가는가!
    들보를 온통 떨게 하도다! 불경한 자들이여, 도주하라! 달아나라!

이 시행이 칼리마코스*의 「아폴론 송가」의 시작 부분이라는 것을 밝혀내는 일은 내게 어렵지 않았다. 신이 성전에 현현할 때 나타나는 징조를 엄숙한 공포심에 싸여 묘사한 시였다. 글자는 아주 작은 크기였으나, 선명함을 완벽하게 유지하고 있었다. 그 밑에 새겨진 장식용 그림 같은 상징은 약간 희미하게 지워진 것처럼 보였다. 가장 적절한 두 구인 확대경으로 살펴보면, 그 상징은 날개를 단 뱀같이 생긴 괴물로 드러났으며, 쭉 뻗은 혀는 화살의 형상을 띠고 있었다. 내게 그와 같은 신화적 환상은 크리세 섬의 필록테테스**가 화살에 맞은 상처, 혹은 뭔가에 물린 상처를, 그리고 아이스킬로스***가 언젠가 화살에 부여했던 명칭으로 "싯싯 소리를 내는 날개 달린 뱀"이라고 했던 것을 상기시켰다. 그밖에도 포이보스****가 쏜 화살들과 태양광선 사이의 관계도 생각이 났다.

아드리안이 그 주목할 만한, 비록 낯설지만 함께 느끼는 먼 곳의

---

* Kallimachos(기원전 320/303?~기원전 245): 고대 그리스의 시인, 학자.
** Philoctetes: 그리스 신화의 영웅. 헤라클레스가 준 화살로 트로이의 왕자를 쏜 활의 명수.
*** Aschylos(기원전 525/524~기원전 456/455): 고대 그리스의 대표적인 비극 작가.
**** 활의 신 아폴론의 별칭.

사람으로부터 그에게 전해진 선물에 대해 어린아이처럼 기뻐했고, 별 생각 없이 그것을 받아들였으며, 다른 사람들 앞에서는 반지를 절대 끼지 않았지만 작업할 때는 늘 끼는 관례 혹은 '의례'라고 해야 할지, 어쨌든 그런 규칙을 지켰다는 사실을 나는 입증할 수 있다. 내가 알기로, 그는 「묵시록」을 전부 마무리할 때까지 그 보석을 왼손에 끼고 있었다.

그는 그 반지가 결합, 구속, 게다가 예속의 상징이라고 생각했을까? 분명 그는 그것에 대한 생각 자체를 하지 않았고, 작곡할 때 손가락에 끼웠던, 눈에 보이지 않는 사슬과도 같은 귀중한 반지를 볼 땐 그것이 자신의 고독을 '세상'과 연결해주는 고리 이상이라고 여기지 않았다. '세상'은 그의 눈에는 특징이 없고, 개인적으로 윤곽이 거의 드러나지 않으며, 개인적 특징에 대해서도 그는 나보다 훨씬 덜 궁금해하는 것 같았다. 그 여인의 외모에 뭔가가 있어서, 그것이 아드리안에 대해 그녀가 가졌던 관계의 근본 원칙, 즉 눈에 띄지 않고, 피해 가며, 결코 마주치지 않는다는 원칙을 해명해줄 근거가 되는지 자문해본 적이 있다. 그녀가 추하거나, 마비되었거나, 신체적으로 기형이거나, 어떤 피부병 때문에 모습이 일그러졌다거나 하는 것 말이다. 하지만 나는 그렇다고 생각하지 않는다. 그보다는 만약 어떤 손상이 있었다면 그것은 영혼 쪽이었고, 그 때문에 보호될 필요가 있는 것이라면 무엇이든 이해해줄 수 있게 된 것이라고 생각한다. 그녀의 파트너 역시 예의 저 원칙을 바꿀 생각은 결코 하지 않았으며, 그들의 관계에는 순수하게 정신적인 것을 엄격히 고수하는 것만이 허락되어 있다는 생각에 말없이 순응했다.

나는 "순수하게 정신적인 것"이라는 진부한 표현을 쓰는 것이 탐탁지 않다. 이런 표현은 뭔가 색깔이 없이 무미건조하고 맥 빠진 어감이 있는데, 이런 것은 멀리서 눈에 띄지 않게 행하는 충정과 보살핌의 저 유용한 활동에 어울리지 않는다. 그렇게 멀리 떨어져 있던 인물의 매우 진지하고 음악적이며, 전반적으로 유럽적인 교양은 「묵시록」 작품을 준비하고 또 쓰는 동안에 유지되던 편지 교환에서 매우 실용적인 부분을 뒷받침해주고 있었다. 작품의 가사를 만들 때 내 친구는 자극을 받았고, 또한 구하기 쉽지 않은 자료를 갖출 수 있게 되었다. 나중에 밝혀진 바와 같이, 바울의 환상을 옛 프랑스어 시행으로 옮겨놓은 자료의 출처도 바로 그 "세상"이었고, 그녀로부터 그에게로 전해졌다. 우회로를 돌고 중간에 전해주는 사람을 통하기는 했지만, 그녀는 그를 위해 힘차게 활동했던 것이다. 『새 시대의 시작』 잡지에 지적인 통찰이 빛나는 비평문이 발표되도록 조처를 취했던 사람 역시 그녀였다. 물론 그 잡지가 당시에 레버퀸의 음악을 경탄에 찬 말로 다룰 수 있었던 유일한 곳이기는 했지만 말이다. '유니버설 출판사'가 당시 작업 중인 오라토리오를 확인할 수 있었던 것도 그녀의 부추김에서 시작됐다. 1921년에 그녀는 도나우에싱엔에서 「로마인들의 행적」이 음악적으로 완벽하게 연출되는 귀한 공연이 될 수 있도록 플라트너의 인형극단에 익명으로 상당한 기부금을 쾌척했는데, 아무도 기부금의 출처를 밝혀내지 못했다.

　'쾌척하다'라는 단어와 그 단어에 속하는 포괄적인 몸짓을 생각하여, 나는 '쾌척했다'라는 표현을 고수하고 싶다. 아드리안은 저 상류사회의 여인이 그의 고독한 삶에 가져다줄 수 있는 것을 '쾌척했다'는 사실을 의심할 필요가 없었다. 그것은 그녀의 재력이었고, 분명하게 느낄 수 있었던 바와 같이 그녀의 재력은 비판적인 양심 때문에 그녀에게 짐이었다. 비록 그녀가 재력이 없는 삶을 겪어본 적이 없고, 아마 재력 없이는 살아가지도 못했을 테지만 말이다. 자신이 가진 것에서 가능한 한 많이, 자신이 제공하고자 감행할 수 있는 최대한 많은 것을 그 창조적인 인간의 제단에 헌납하는 것이 부인된 적 없는 그녀의 욕구였다. 아드리안이 원하기만 했다면, 그의 삶은 하루아침에 그가 낀 보석의 수준으로 바뀔 수 있었을 것이다. 그가 그 보석을 끼고 있는 모습은 수도원장 방을 감싸고 있는 사면의 벽 외에 누구도 본 적이 없었지만 말이다. 그도 나처럼 자신의 생활 방식이 그렇게 변화할 가능성이 있다는 점을 잘 알고 있었다. 하지만 그가 단 한 순간이라도 그런 가능성에 관심을 두지 않았다는 사실은 굳이 언급할 필요가 없을 것이다. 엄청난 재산이 그의 발아래에 놓여 있고, 제후처럼 살기 위해서는 그저 그 재산을 취하기만 하면 된다고 생각해보는 일이 늘 뭔가 감격스러운 데가 있다고 생각하던 나와는 달리, 그는 물론 결코 그런 생각을 하지 않았다. 다만 한번은, 그가 예외적으로 파이퍼링을 떠나 어차피 여행 중이었을 때, 거의 제왕적인 삶을 일시적으로 살짝 맛본 적은 있었다. 그리고 나는 그가 그런 삶의 방식을 오랜 기간 동안 누릴 수 있게 되기를 은근히 바라지 않을 수 없었다.

그것은 20년 전의 일인데, 그가 마담 드 톨나의 상시적이고 지속적이며 영구히 유효한 초대에 응함으로써 일어났다. 그녀가 없을 때는 원하는 만큼 오랫동안 그녀 소유지 중 한 곳을 거처로 쓰라는 제안을 그가 따른 것이다. 당시에, 그러니까 1924년 봄에 그는 **빈**에 있었다. 그곳 명예의 전당에서 그리고 이른바 『새 시대의 시작』 잡지의 밤 행사' 중 어느 저녁 프로그램과 관련해 루디 슈베르트페거가 자신이 오랫동안 소망하다가 마침내 얻어낸 바이올린 콘서트 곡을 처음으로 연주하여—각별히 그 자신의 입장에서는—매우 큰 성공을 거두었다. 내가 "각별히"라고 한 것은, "특히"라는 의미로 쓴 표현이다. 왜냐하면 연주자의 재능에 집중된 관심은 작품의 원래 의도에서 비롯된 것이었기 때문이다. 곡을 만든 음악적인 필적이야 누가 보아도 분명했지만, 그 곡은 레버퀸의 가장 훌륭하고 자랑스러운 작품에 속하는 것이 아니라, 적어도 부분적으로는 뭔가 붙임성 있게 상냥한 것, 뭔가 수준을 가볍게 낮춘 것, 차라리 뭔가 품위를 깎아내린다고 말하고 싶은 것을 내포하고 있었으며, 이제는 저 세상에서 침묵하고 있는 사람의 입에서 나온 예전의 어떤 예언을 생각나게 했다. 아무튼 작품 연주가 끝나자, 아드리안은 신나게 박수를 쳐대는 청중들 앞에 잠시 모습을 드러내기를 거절했고, 사람들이 그를 찾으려고 했을 때에는 이미 연주장을 떠나고 없었다. 우리는, 그러니까 행사 주최자로서 행복에 겨워 얼굴이 환하게 빛나던 루디와 나는 아드리안을 나중에 헤렌 거리에 있는 작은 호텔의 레스토랑에서 만났다. 슈베르트페거는 자신이 링 호텔* 같은 곳에 거처를 마련하는 것이 격에 맞는다고 생각한 반면에, 그는 작은 호텔에서 짐을 풀었던 것이다.

아드리안이 두통을 앓았기 때문에 공연 후의 축하연은 짧았다. 그가 다음 날 곧바로 슈바이게슈틸의 집으로 돌아가지 않고 여자 친구 '세상'의 헝가리 영지를 방문함으로써 그녀에게 기쁨을 주기로 결정했는데, 나는 그것을 당시 그의 생활이 약간 느긋해진 배경 탓으로 이해했다. 그녀가—눈에 띄지 않은 채—빈에 머물고 있었으므로 그 영지에 없다는 전제 조건이 충족되어 있었다. 그는 자신의 갑작스러운 방문을 알리기 위해 영지로 전신을 보냈다. 짐작건대, 그 이후 영지와 빈의 한 호텔 사이에 모종의 연락이 빠르게 오갔을 것이다. 아드리안은 영지로 떠났고, 그와 동행한 사람은 유감스럽게도 내가 아니었다. 나는 연

---

* 빈의 최고급 호텔.

주회에 참석하고 싶어도 도저히 직업상의 의무에서 벗어날 수가 없었다. 이번에는 그와 눈동자 색깔이 같은 뤼디거 실트크납이 함께 간 것도 아니었다. 그의 방식대로 그는 빈으로 갈 생각을 전혀 안 했거니와 여행할 비용도 없었을 것이다. 누구나 알 수 있듯이 아드리안과 동행한 사람은 루디 슈베르트페거였다. 그는 그렇게 잠시 들르는 여행에 함께 할 시간이 있었으며, 게다가 바로 현장에 있었던 것이다. 그리고 방금 아드리안과 함께 행복하게 예술적인 작업을 마쳤고, 쉽게 지치지 않는 그의 거리낌 없는 태도 자체가 바로 그 시점에 아드리안의 신뢰를 얻는 성공—불행이 드리워진 성공—으로 절정을 이루었던 것이다.

이렇게 하여 마치 여행에서 돌아온 군주처럼 대접을 받은 아드리안은 루디와 함께 품위 있게 화려한 저택, 톨나 성의 열여덟번째(dix huitième) 홀들과 거실에 머물면서 열이틀을 보냈다. 또한 마차를 타고 제후국 크기의 영지를 도는가 하면 플라텐 호수의 쾌적한 물가로도 나갔는데, 이때 터키인도 섞인 몹시 겸손한 하인들의 시중을 받았다. 그리고 다섯 개 국어로 쓰인 장서를 갖춘 도서관과 음악 홀 무대 위에 있는 두 대의 멋진 피아노, 또 저택용 오르간과 그 외 온갖 호사품을 이용했다. 그가 나중에 내게 들려준 이야기로는, 그곳의 방문객으로서 그와 루디의 눈에는 영주에게 속한 마을이 극심하게 가난해 아주 옛날, 혁명 전 시대의 생활수준에 머물러 있는 것처럼 보였다고 했다. 그들을 안내해주던 영지 지배인 또한 동정에 찬 표정으로 고개를 가로저으며 들려준 이야기에 따르면 놀랍게도 마을 주민들은 일 년에 단지 한 번 크리스마스에나 고기를 먹을 수 있었고, 수지로 만든 초조차 켤 수가 없어서 해가 지면 문자 그대로 닭들과 함께 잠자리에 들었다는 것이다. 이와 같이 부끄러움을 유발하는 모든 여건, 그 심각한 문제성에 대해 습관과 무지가 사람들을 그냥 무감각하게 만들어버리는 상황, 예컨대 마을의 거리가 형언할 수 없이 더러운 것이나 작은 오두막 안이 지독하게 비위생적이라는 상황을 어느 정도라도 바꿔보려는 시도는 아마 혁명적인 행위가 되었을 것이다. 그런 것은 어떤 개별적인 인물이, 더구나 한 여인이 감행할 수 있는 일이 아니었다. 어쨌든 마을의 그런 광경은 아드리안의 눈에 띄지 않는 여자 친구가 자신의 소유지에 체류하기를 싫어하게 된 이유 중 하나라고 추측해볼 수 있다.

덧붙이건대, 나는 이렇게 약간 기이한 에피소드에서 대략적인 그림 이상의 것을 내 친구의 엄격한 삶에 붙여 넣을 수 있는 사람이 아니다. 그의 곁에 있었던 사람은 내가 아니었고, 설사 그가 나에게 자기 곁에 있으라고 했다 하더라도 있을 수가 없었을 것이다. 그의 곁에 있었던 사람은 슈베르트페서였다. 그러면 상세한 보고를 할 수 있을 것이다. 그러나 그는 세상을 떠나고 없다.

XXXVII

　앞에서 그랬듯이, 나는 이번 장(章)에도 따로 숫자를 붙일 것이 아니라 앞 장의 연속으로, 단연 앞 장에 여전히 속하는 장으로 표시하는 것이 더 나을지도 모르겠다. 별도의 장으로 나누어서 이야기를 끊지 말고 계속 이어가는 것이 옳을 것이다. 왜냐하면 여전히 '세상'의 장, 그녀가 나의 영면한 친구와 가졌던 관계 혹은 비(非)관계의 장이 진행되고 있기 때문이다. 하지만 이제 여기서 그녀는 모든 신비스러운 비밀 엄수를 포기하여, 더 이상 깊이 베일로 가려진 수호의 여신이자 값비싼 상징물의 발신자가 아니다. 그보다는 단순한 사고방식으로 귀찮게 굴고, 어떤 고독한 사람도 조심스럽게 지켜주지 않으며, 경솔하게 참견하는 데도 불구하고 내게는 매력적인 유형의 인물인 사울 피텔베르크, 즉 그 국제적인 음악 관련 사업가이자 연주회 개최자로 체화되어 나타난 것이다. 그는 어느 늦은 여름날, 내가 마침 현장에 있었을 때, 그러니까 토요일 오후에(일요일이 내 아내의 생일이었기 때문에 나는 집으로 돌아

갈 예정이었다) 파이퍼링에 잠깐 들러 우리에게, 즉 나와 아드리안에게
아마 한 시간가량 어이없을 만큼 재미있는 장면을 연출해주었다. 이어
그는—용무와 제안에 관한 것인 한에서—자신의 원래 목적을 이루지
는 못했지만 불쾌한 기색도 없이 되돌아갔다.

때는 1923년이었다. 그러니까 그 남자가 유난히 일찍 깨어나서 아
드리안을 알아보았다고 할 수는 없다. 그래도 그는 프라하의 공연들,
프랑크푸르트의 공연들을 기다리며 마냥 앉아 있지는 않았다. 그런 공
연들은 아직 그리 멀지 않은 미래에 예정되어 있었던 것이다. 하지만
바이마르 공연은 이미 지나갔고, 도나우에싱엔 공연도 지나갔다. 레버
퀸의 젊은 시절 작품이 스위스에서 공연된 사실은 아예 거론하지 않더
라도 말이다. 이제 뭔가 높이 평가해 선전할 만한 건이 있음을 짐작하
는 일은 더 이상 놀라운 예언자의 직감에 속하는 일도 아니었다. 더욱
이 「묵시록」도 이미 인쇄되어 나왔기 때문에 나는 사울 씨가 충분히 그
작품을 살펴보았을 거라고 생각한다. 그러니까 어쨌든, 그 남자는 중대
하고 긴박한 사안의 냄새를 맡은 것이다. 그는 그 일에 끼어들어서 유
명인의 명성을 쌓는 일에 관여하고 싶었다. 자기 손으로 천재를 세상으
로 끌어내고, 그의 매니저로 행세하며 자기가 드나드는 상류 사교계의
호기심 많은 사람들 앞에 그 천재를 내보이고 싶었다. 그와 같은 일을
드디어 시작할 목적으로 그는 아드리안이 고통 속에서 창조에 몰두하
고 있던 은신처로, 말하자면 아무런 거리낌 없이 쳐들어온 것이다. 그
과정은 다음과 같다.

나는 이른 오후에 파이퍼링에 도착해 있었다. 그리고 우리, 즉 아
드리안과 나는 차를 마신 후, 그러니까 4시가 조금 지나서 들판으로 함
께 산책을 나갔다가 돌아오는 길에 농상 뜰의 느릅나무 곁에 세워진 자

동차 한 대를 보고 의아하게 생각했다. 그것은 일반적인 승합자동차가 아니라 사적인 분위기를 물씬 풍기는 차로서, 기사를 포함해 운수업체로부터 몇 시간씩 혹은 하루씩 빌려 쓰는 차종이었다. 기사는 입고 있는 제복에서도 자기가 지체 높은 주인을 모시고 있다는 걸 드러내며 자동차 옆에 서서 담배를 피우고 있었다. 그는 우리가 그 옆을 지나가자 만면에 미소를 띠며 차양 달린 모자를 들어 올려 인사를 했다. 아마 자신이 우리에게 모셔온 별난 손님의 장난질을 생각했으리라. 집 대문에서 슈바이게슈틸 부인이 우리에게 다가서며, 명함을 손에 들고 놀란 어투로 목소리를 낮춰 말했다. 어떤 "사교계의 남자"가 와 있다는 전갈이었다. 그 단어는 특히 속삭이는 소리로 전달되었기 때문에 주인이 그냥 일단 집 안에 들여놓은 사람의 신분을 간단히 규정하는 말로는 내가 듣기에 뭔가 기이하게 유령 같고 불가사의한 분위기를 내포하고 있었다. 이어 슈바이게슈틸 부인이 안에서 기다리고 있는 사람을 "이상한 수리부엉이"라고 불렀다는 사실이 예의 저 범상치 않은 명칭을 설명하는 데 도움이 될지 모르겠다. 그녀는 그가 자기를 "친애하는 마담(Scher Madam)"이라고 하더니, 또 "귀여운 엄마(petite Maman)"라고 불렀다고 했다. 그리고 클레멘티네의 볼을 살짝 꼬집기도 했다는 것이다. 그녀는 그 사교계의 남자가 떠날 때까지 일단 아이를 방에다 숨겨두었다며, 그래도 그가 뮌헨의 자동차를 타고 왔기 때문에 그냥 쫓아버릴 수는 없었다고 했다. 지금 그가 큰 거실에서 기다리고 있다는 것이다.

우리는 미심쩍은 표정으로 서로 명함을 돌려보았고, 명함은 명함 주인에 대해 궁금했던 모든 정보를 전해주었다. "사울 피텔베르크. 음악 기획(Arrangements musicaux). 유명 예술가들의 대리인(Représentant de nombreux artistes prominents)." 나는 아드리안을 보호하기 위해 그 자리에 있었다는 것이 기뻤다. 아드리안이 그 '대리인'에게 혼자 내맡겨져 있는 상황을 생각하기는 정말 싫었다. 우리는 니케홀로 건너 갔다.

피텔베르크는 벌써 출입문 근처에 서 있었다. 그리고 아드리안이 나를 거실로 먼저 들어가게 했음에도 불구하고 그 남자의 모든 주의력 은 곧장 아드리안에게로 쏠렸다. 심지어 그는 뿔테 안경을 쓴 눈으로 나를 한번 슬쩍 보고는 뚱뚱한 상체를 옆으로 굽혀서, 자기가 두 시간 의 자동차 운행비까지 지출하며 만나고자 했던 내 뒤에 서 있는 사람을 엿보았다. 창조적인 정신이 온몸에 서려 있는 인물과 단순한 김나지움 교수를 구별해내는 일이 물론 대단한 재주는 아니다. 하지만 아무리 그 렇다 하더라도 재빠르게 감을 잡는 그의 능력, 내가 먼저 들어왔는데도 중요한 사람이 아니라는 것을 이미 알아차리고, 자기가 만나보고자 했 던 사람에게 관심을 쏟는 그의 기민성은 뭔가 인상적인 데가 있었다.

"친애하는 마이스터(Cher Maître)." 그는 미소를 띠고, 딱딱한 억 양이기는 하지만 대단히 유창하게 수다를 떨기 시작했다. "저는 얼마 나 행복한지 모르겠습니다. 선생님을 만나뵙게 되어 얼마나 감동스러 운지 모르겠습니다! 저같이 별것 아닌 사람이 위대한 인물을 만나뵙 는 일은 항상 감동적인 경험이지요. 반갑습니다, 교수님(comme je suis heureux, comme je suis ému de vous trouver! Même pour un homme gâté, endurci comme moi, c'est toujours une expérience touchante de rencontrer un grand homme. – Enchanté, Monsieur le professeur)"이 라고 그는 마지막에 한마디 덧붙이며 내게 건성으로 손을 내밀었다. 그 것은 아드리안이 나를 소개했기 때문이었고, 곧이어 그는 자기가 염두 에 두고 있는 사람에게로 다시 몸을 돌렸다.

"이렇게 불쑥 찾아와서 죄송합니다, 친애하는 무슈 레버퀸(Vous maudirez l'intrus, cher Monsieur Leverkühn)." 그는 이름의 세번째 음절에 강세를 두고 말했다. 마치 그의 이름을 '르 베르퀸Le Vercune'이라고 쓸 것처럼 말이다. "하지만 저로서는 뮌헨에 한번 왔는데 이 기회를 절대 놓칠 수야(Mais pour moi, étant une fois à Munich, c'était tout à fait impossible de manquer)…… 오, 저는 독일어로도 말합니다." 그는 그 전과 똑같은, 매우 편안하게 들리는 딱딱한 발음으로 말을 끊었다. "훌륭하지는 않고, 모범적이지는 않지만 소통하기에는 충분합니다. 그건 그렇고(du reste), 선생님께서 프랑스어를 완벽하게 구사하실 거라고 저는 확신합니다(je suis convaincu). 베를렌의 시를 작곡하셨다는 사실이 그것을 가장 잘 증명해주지요. 하지만 어쨌든 결국(Mais après tout) 우린 지금 독일 땅에 있으니까요. 독일 땅처럼, 고향 땅처럼, 개성이 넘치는 땅에 말씀이지요! 마이스터께서 아주 현명하게도 이렇게 갇혀 지내시는 전원 풍경에 저는 흠뻑 빠졌습니다…… 아, 예, 물론이죠(Mais oui, certainement). 앉아서 얘기하지요. 감사합니다, 대단히 감사합니다(merci, mille fois merci)!"

그자는 마흔 살쯤 되는 뚱뚱한 남자였다. 배가 나온 것은 아니었지만, 팔다리가 살이 찌고 뽀얬으며, 통통한 흰 손에다, 얼굴은 반질반질하게 면도가 되어 있고 통통했으며, 턱은 이중으로 두둑한가 하면, 뿔테 안경 뒤로 뚜렷하게 그려진 활 모양의 눈썹과 지중해의 윤기가 가득한 쾌활하고 아몬드같이 갸름한 눈이 보였다. 숱이 많지 않은 머리카락에 비해 그의 치아는 희고 좋아 보였는데, 그가 연신 미소를 띠고 있었기 때문에 항상 치아가 드러났다. 그는 여름철에 어울리게 세련된 옷차림을 하고 있었다. 허리 부분이 손질되고 푸르스름한 줄무늬 플란넬 양복을 입고, 거기에 맞춰 아마와 황색 가죽으로 만든 구두를 신고 있었다. 슈바이게슈틸 어머니가 그에게 부여했던 명칭이 틀리지 않았음은 그의 행동에서 드러나는 편안한 태평스러움, 그 상쾌한 가벼움으로 재미있게 밝혀진 셈이었다. 그런 가벼움은 그의 빠른 말투, 쉽게 말끝을 흐리는가 하면 항상 매우 높고 가끔씩 고음 성부에서 시작하는 말투에서도 드러나는 독특함이었다. 그것은 그의 전체 동작에서도 마찬가지였는데, 그의 뚱뚱한 몸집에 견주어 뚜렷하게 모순을 일으키면서도 동시에 그런 몸집과 다시금 조화롭게 어울리기도 했다. 그의 피와 살이 된 그 가벼움을 나는 '생기를 돋우는' 특성이라는 말로 표현하고 싶다. 그의 가벼움을 보고 있으면, 실제로 나는 삶을 너무 쓸데없이 어렵게 생각하고 있는 게 아닌가, 하는 우습게도 위로가 되는 느낌이 들었기 때문이다. 그의 가벼운 분위기는 항상 이런 뜻을 전하려는 것 같았다. "근데, 안 될 게 뭐야? 그래서 어쨌다는 건데? 그건 별게 아니야! 그냥 즐겁게 살자고!"라고 말이다. 그러면 다른 사람도 얼떨결에 그의 이런 사고방식을 따르고자 애를 쓰게 되었다.

하지만 내가 지금도 여전히 생생하게 남아 있는 기억으로 그의 말을 전하게 되면, 그가 그저 얼간이에 불과했다는 점에 대해서는 한 점의 의혹도 남지 않을 것이다. 나는 그가 완전히 혼자서만 말을 하도록 내버려두는 방식으로 그의 말을 전달하는 것이 가장 나을 것이다. 왜냐하면 아드리안이나 내가 경우에 따라 대꾸하고 이의를 제기한 것이 거의 아무런 역할도 하지 못했기 때문이다. 우리는 농가 홀에 핵심적인 가구로 비치되어 있던 묵직하고 긴 탁자의 끝부분에 자리를 잡았다. 아드리안과 나는 옆으로 나란히 앉고, 방문객은 우리 맞은편에 앉았다. 그는 자신이 원하는 것과 의도를 그리 오래 숨기지 않고 곧바로 본론으로 들어갔다.

"마이스터Maître"라고 그가 말했다. "저는 선생님께서 체류지로 선택한 이렇게 멋지게 한적한 곳에 선생님이 꼭 집착해야 하는 이유를 완벽하게 이해합니다. 오, 저는 모두 봤습니다. 언덕, 호수, 교회 마을, 또 품위 있고 어머니같이 듬직하고 엄중한 인물이 있는 아주 품위 있는 이 집(et puis, cette maison pleine de dignité avec son hôtesse maternelle et vigoureuse), 마담 슈바이게슈틸! 그런데 이 이름이 의미하는 것은, '나는 침묵할 줄 알아. 조용, 조용!'이라는 거죠. 정말 매력적이에요(Mais ça veut dire: 'Je sais me taire. Silence, silence!' Comme c'est charmant)! 선생께서는 이곳에서 지내신 지가 얼마나 오래됐나요? 10년? 줄곧 이곳에서 사셨나요? 거의 줄곧? 놀랍군요(C'est étonnant)! 오, 충분히 이해할 수 있습니다! 하지만 그럼에도 불구하고, 생각 좀 해보세요(figurez-vous), 저는 선생님을 납치하러 왔습니다. 선생님께서 일시적으로 절개를 버리시라고 유혹하려고요. 선생님을 내 외투 위에 모시고 하늘을 날며 이 세상의 부귀영화를 보여드리려고요. 그뿐인가요. 그런 것을 선생님의 발아래에 깔아드리려고요…… 저의 이 야단스러운 표현법을 용서하세요! 이런 표현은 정말 우습게 과장됐습니다(ridiculement exagérée). 특히 '영화(榮華)'로 말할 것 같으면 말씀이지요. 그건 그리 오래된 얘기가 아니까요. '영화'라는 것이 그렇게 만만한 게 아니지요. 저는 소시민의 아들로서 말씀드리는 겁니다. 지독하게 나쁜 환경이라고까진 말할 수 없더라도, 아주 소박한 환경 출신입지요. 폴란드 중부의 루블린 출신인데, 정말 별 볼일 없는 유대계 집안이었어요. 제가 유대인이란 말씀입니다. 피텔베르크는 정말 후진 폴란드-독일-유대계 이름이지요. 그런데 제가 그 이름을 전위적인 문화 선구자의 이름으로 만들었고, 위대한 예술가들과 어울리는 친구의 이름으로 만들었다고도 할 수 있습니다. 이건 순수한 사실이에요. 명백하고 반박의 여지가 없는 사실이라고요(C'est la vérité pure, simple et irréfutable). 그 이유는, 내가 어릴 때부터 높은 것, 정신적이면서 재미있는 것을 얻으려고 노력했기 때문이지요. 특히 새로운 것을 얻으려고 했어요. 일단 스캔들을 일으키는 것, 하지만 명예롭고 미래가 약속되는 스캔들을 일으키는 것, 나중에는 최고의 값이 매겨지고 굉장한 유행이 되면서 예술이 될 것 말입니다. 제가 다 알고 있는 얘기를 하지요? 태초에 스캔들이 있었느니라(A qui le dis-je? Au commencement était le scandale).

다행히 그 지독하게 형편없는 루블린은 저 멀리 뒤로 물러나 있습니다. 저는 벌써 20년 이상 파리에 살고 있어요. 아시겠어요? 게다가 소르본 대학에서 일 년 동안 철학 강의를 수강했단 말입니다. 하지만 시간이 지나면서(á la longue) 내겐 좀 지루해지더군요. 철학에는 스캔들이 없을 것 같아서가 아닙니다. 오, 천만에요, 철학이 스캔들을 일으킬 수 있고말고요. 하지만 철학은 내겐 너무 추상적이에요. 그리고 형이상학이라면 차라리 독일에서 공부하는 것이 더 나을 거라는 막연한 느낌이 들더라구요. 이 점에 대해서는, 여기 앞에 계신(vis-à-vis) 존경하는 우리 교수님께서 제 말이 옳다고 하실 겁니다…… 그다음으로 저는 아주 작은, 특수한 목적의 대중 극장을 운영했는데, 대략 백 명 정도를 위한 작은 동굴(un creux, une petite caverne) 같은 거였습니다. '우아한 고등사기꾼 극장'으로 불렸구요(nommé 'Théâtre des fourberies gracieuses'). 아주 멋진 이름 아니에요? 하지만 어떡하겠어요, 그 사업은 경제적으로 더 유지할 수가 없게 되어버렸어요. 몇 개 안 되는 관객석은 너무 비싸서, 결국 모두 선물로 주지 않을 수가 없었으니까요. 어쨌거나 우리가 정말 도발적이었던 것만은 사실이라고, 제가 선생님께 말씀드릴 수 있습니다(je vous assure). 하지만 영국인들이 말하듯이, 너무 지성적(highbrow)이었어요. 제임스 조이스, 피카소, 에즈라 파운드,* 그리고 클레르몽-토네르** 공작 부인만 관객으로 참석하는 것으로는 충분치가 않지요. 한마디로 말해(En un mot), '우아한 고등사기꾼(die Fourberies gracieuses)' 극장은 매우 짧은 공연 시기 후에 결국 문을 닫지 않을 수 없었습니다. 그래도 제게는 그 실험이 아무런 성과가 없지는 않았어요. 왜냐하면 어쨌든 그게 저를 파리 예술계의 거물들, 화가, 음악가, 작가 들과 연결해주었으니까요. 이 자리에서조차 저는 이런 말씀을 드려도 된다고 보는데, 파리에서는 현재 활력에 찬 세상의 맥박이 뛰고 있습니다. 그것이 제게도, 극장장으로서의 신분을 지닌 제게도 그 예술가들이 드나들던 수많은 귀족들의 살롱 출입을 허용해준 겁니다……

어쩌면 선생님께서 궁금해하실지 모르겠네요. 어쩌면 이렇게 말씀하실지 모르겠군요. '저 사람이 그걸 어떻게 해냈을까? 폴란드 시골 출신의 작은 유대 소년이 그 진액 중의 진액(crème de la crème) 사이에서 어울리는 일을 어떻게 해냈을까?'라고 말씀입죠. 아, 선생님들, 그것보다 더 쉬운 일은 없습니다! 턱시도에 나비넥타이 매는 법을 얼마나 빨리 배우나요? 계단을 몇 개 내려가야 하는데도 완벽하게 느긋한 태도로 살롱에 들어서는 법을 얼마나 빨리 배우지요? 그리고 팔은 어떻게 해야 할지도 전혀 아무런 걱정거리도 안 되는 척하는 법을 배

* Ezra Pound(1885~1972): 미국의 시인.
** Elisabeth de Clermont-Tonnère(1875~1954): 프랑스의 여성 작가.

우는 건 또 어떻구요. 그러고 나서는 그냥 계속 '마담'이라고만 말하면 되는 거예요. '아, 마담, 오, 마담, 어떻게 생각하세요, 마담? 마담께서는 음악을 대단히 좋아하신다고 들었습니다만(Ah, Madame, Oh, Madame, Que pensez-*vous*, Madame, On me dit, Madame, que vous êtes fanatique de musique)?' 이 정도가 전부인 것이나 다름없습니다. 사람들은 이런 일들을 멀리서 바라보곤 엄청나게 과대평가한다니까요.

요약하면(Enfin), '사기꾼들' 극장 덕분에 얻은 인간관계는 제게 많은 도움이 됐고, 제가 우리 시대의 음악 공연을 위한 기획 사무실을 열었을 때는 더 늘어났지요. 가장 좋은 건, 제가 제 자신을 찾았다는 겁니다. 왜냐하면 선생님께서 지금 여기 저를 보시는 바와 같이, 저는 매니저거든요. 천성적으로 타고난 매니저고, 어쩔 수 없는 매니저 말이에요. 제능, 천재, 흥미롭고 훌륭한 인물을 띄우고, 그들을 위해 북을 쳐대며 사교계를 열광시키는 일, 꼭 열광이 아니라면 자극이라도 하는 일은 저의 욕망이고 저의 자부심이며, 거기서 저는 만족과 즐거움을 찾는 겁니다(j'y trouve ma satisfaction et mes délices). 왜냐하면 우리는 이런 욕망에서 일치하니까요(et nous nous rencontrons dans ce désir). 사람들은 흥분하고 싶은 겁니다. 도전을 받고, 찬성과 반대로 나뉘어서 그냥 터져버리고 싶은 거예요. 그들에겐 신문에 실을 풍자화와 끝없이 지껄여댈 수 있는 테마를 대주는(qui fournit le sujet) 재미있는 야단법석보다 더 고마운 게 없다니까요. 파리에서 명성을 얻으려면 악평을 불러일으키면 돼요. 성공한 초연이 진행되는 방식은 이렇지요. 공연 시간 동안 모든 사람들이 여러 차례 자리에서 뛰어 일어나고, 대부분의 사람들이 소리를 질러대는 겁니다. '이건 모욕이야! 파렴치해! 비열한 조소야!(Insulte! Impudence! Bouffonnerie ignominieuse!)'라고 말이지요.

반면에, 내막을 아는 예닐곱의 내부자들(initiés), 에릭 사티,* 몇몇 초현실주의자들, 버질 톰슨**은 칸막이 특별석에 앉아서, '이 얼마나 정밀한가! 이 얼마나 대단한 정신인가! 이건 신적일 만큼 대단해! 정말 최고야! 브라보! 브라보!(Quelle précision! Quel esprit! C'est divin! C'est suprême! Bravo! Bravo!)'라고 소리를 지르고 말이죠.

제가 선생님들(messieurs)을 놀라게 해드리지 않았는지 걱정입니다. 마이스터 르 베르퀸(Maître Le Vercune)은 놀라지 않으시더라도, 교수님은 혹시 놀라셨을 것 같은데요. 하지만 첫째로, 제가 얼른 첨가하고 싶은 말씀은, 지금까지 한 번도 그런 연주회의 밤이 예정 시간보다 일찍 중단된 적이 없다는 거예요. 그중에서 가장 격분한 사람들에게도 사실 그렇게 중단되는 게 중요한 문제는 아니거든요. 오히려 그 반대이지요. 그들은 격분할 수 있는 기회가 반복적으로 생기기를 원하는 겁니다. 연주회가 그들에게 제공하는 즐거움은 바로 그 점에 있으니까요. 그리고 덧붙여 말씀드리면, 희한하게도 소수의 전문가들이 늘 우월한 권위를 보여준다는 거예요. 둘째로는, 진보적 성격을 띤 모든 행사가 꼭 제가 언급한 대로 진행되어야 한다는 것은 절대 아닙니다. 보도 매체를 통해 충분히 준비하고, 어리석은 사람들에게는 사전에 충분히 주의를 주고 나면 아주 품격 높은 행사가 진행된다고 보장할 수 있지요. 특히 요즈음에는 과거의 적대적인 국가에 속하는 사람, 가령 독일인을 소개하는 것이라면, 완벽하게 정중한 청중의 태도를 기대할 수 있습지요……

바로 이런 건강한 기대에 제가 드리는 제안이, 저의 초대가 기반

---

* Erik Satie(1866~1925): 신(新)음악, 재즈 및 대중음악에 영향을 준 프랑스 작곡가.
** Virgil Thomson(1896~1989): 미국의 작곡가.

을 두고 있는 것입니다. 어떤 독일인, 자신의 천재성을 통해 세상에 속하게 되고, 음악 발전의 정상으로 행진해가는 '독일치'!(un boche qui par son génie appartient au monde et qui marche à la tête du progrès musical!) 이런 거야말로 오늘날 호기심, 편견 없는 자세, 속물근성(snobisme), 청중의 훌륭한 교육에 대한 극도의 매혹적인 도전이에요. 이런 예술가가 자신의 민족적인 특징, 독일적인 속성을 부정하지 않을수록, 그리고 청중들이 '아, 이건 아주 독일적이야, 예컨대 말이지(Ah, ça c'est bien allemand, par exemple)!'라는 소리를 지를 수 있는 기회를 많이 제공할수록 더욱 매력적이라구요. 왜냐하면 친애하는 마이스터(cher Maître)께서는 그렇게 하시니까요. 그렇게 말하지 못할 이유가 없기 않나요(pourquoi pas le dire)? 선생님은 그런 기회를 가시는 곳마다 주시지요. 처음에는 뭐 그다지 그렇지도 않으셨지요, 그 「해양 인광(Phosphorescence de la mer)」과 선생님의 희극 오페라 시절에는 말씀이에요. 하지만 나중에 작품이 나올 때마다 점점 더 그런 기회를 주셨잖아요. 분명 선생님께서는 제가 선생님의 특히 지독히 엄격한 규율을 보며 드리는 말씀이라고 생각하실 거예요. 선생님은 예술을 엄격하고 네오클래식풍의 규칙 체계 속에 묶어두시잖아요(et que vous enchaînez votre art dans un système de règles inexorables et néo-classiques). 이런 철통 같은 속박 안에서, 우아하지는 않더라도 정신과 대담함을 띠며 움직이려고 스스로를 강요하면서 말이지요. 하지만 이게 제가 말씀드리고자 하는 것이라면, 동시에 저는 그 이상의 의미로 말씀드리는 겁니다. 제가 선생님이 가지신 독일의 특성(qualité d'Allemand)이라고 함으로써 말씀입죠. 제 말의 의미는, 그러니까 뭐라고 표현해야 하나요? 일종의 사각형처럼 정확하고 곧은 특성, 리듬상의 묵직함, 비유연성, 고풍스럽게 독일적인 특성인 투박함(grossièreté). 실제로, 우리끼리 하는 말이지만(en effet, entre nous), 그런 특성은 바흐의 경우에도 찾아볼 수 있으니까요. 제 비평을 나쁘게 생각하실 건가요? 아니지요, 저는 확신해요(Non, j'en suis sûr)! 그렇게 하시기에 선생님은 너무 위대하시죠. 선생님께서 다루시는 주제들, 그것은 거의 예외 없이 짝수 값으로 구성되어 있지요. 2분음, 4분음, 8분음으로 말씀입죠. 이런 것들은 당김음으로 이어지고 다음 음으로 연결되기는 하지만, 그러면서도 자주 기계적으로 진행되고, 발을 굴러대거나 망치로 두드려대는 식으로 유연함이 없고 우아함이 없는 모양새를 계속 띤단 말씀이에요. 이건 매혹적인 수준의 '독일치'의 양식입니다(C'est 'boche' dans un degré fascinant). 제가 그걸 나쁜 의미로 말한다고 절대 생각하지 마세요! 이건 한마디로 엄청나게 특징적(énormément caractéristique)이에요. 그리고 제가 준비하고 있는 국제적인 음악 콘서트 시리즈에서 이런 음표는 반드시 있어야 하고요……

보세요, 여기 이렇게 제가 마법의 외투를 펼칩니다. 저는 선생님을 파리로, 브뤼셀로, 안트베르펜으로, 베니스로, 코펜하겐으로 모시고 갈 거예요. 사람들은 최고로 집중된 관심을 가지고 선생님을 맞이할 거구요. 제가 선생님께 일급 오케스트라와 솔리스트를 제공하겠습니다. 선생님은 「해양 인광」 「사랑의 헛수고」 중의 곡들, 「우주의 경이로움」을 지휘하시는 거예요. 선생님은 프랑스와 영국 시인들의 텍스트를 이용한 선생님의 가곡 작품을 피아노로 반주하시는 거예요. 그러면 독일인이, 어제까지 적국이었던 나라 사람이 자기들의 텍스트를 선택해 통 큰 모습을 보여주었다고, 온 세상이 감격할 거예요. 통이 크고 변덕스러운 이 코즈모폴리터니즘(ce cosmopolitism généreux et versatile)! 크로아티아 출신의 제 여성 친구인 마담 마야 드 스트로치-페치치*는 오늘날 어쩌면 세계에서 가장 아름다운 소프라노 목소리를 가지고 있는데, 선생님의 이런 곡들을 부르는 걸 영광으로 생각할 거예요. 키츠 시에 곡을 붙인 송가의 기악 부분을 위해서는 제네바의 플론잘리 4중주단이나 브뤼셀의 '프로 아르테' 4중주단과 계약을 성사시키겠습니다. 최고 중의 최고이지요. 만족하세요?

뭐라고요, 지휘를 안 하시겠다고요? 정말 안 하시겠다는 겁니까? 피아노도 안 치시겠다고요? 선생님의 가곡 반주를 거절하시겠다는 겁니까? 좋습니다. 친애하는 마이스터, 끝까지 말씀 안 하셔도 충분히 이해할 수 있습니다(Cher Maître, je vous comprends à demi mot)! 완성된 것에 신경을 쓰는 일은 선생님의 방식이 아니라는 거지요. 선생님께는 한 작품을 완성하는 일이 곧 그것을 연주하는 것이나 다름없고, 악보로 적어두는 일로 모든 게 끝났다는 거 아닙니까. 그래서 그 작품을 연주하지도 않으시고, 지휘하지도 않으시지요. 왜냐하면 선생님께서는 곧바로 곡을 또 고치실 테니까요. 그것을 장단조의 상호변이와 변주곡으로 해체해버리거나, 계속 발전시키다가, 어쩌면 망쳐놓으실 것이니까요. 저는 너무나 잘 이해합니다! 하지만 손실은 있겠네요(Mais c'est dommage, pourtant). 그렇게 되면 연주회는 선생님의 개인적인 매력 면에서는 결정적인 손실을 입게 될 테니까요. 아, 뭐, 우린 어떻게든 그 문제를 해결할 수 있겠지요! 세계적으로 유명한 오케스트라의 (d'orchestre) 지휘자를 연주자로 찾아보도록 합시다. 그렇게 오래 찾지 않아도 될 거예요! 마담 드 스트로치-페치치의 상임 반주자는 그 가곡

---

* Maja de Strozzi-Pečič(1882~1962): 크로아티아의 소프라노 가수.

의 반주(Accompagnement)를 맡을 겁니다. 그러면 마이스터, 선생님께서는 그냥 오시기만 하면, 그냥 그 자리에 참석만 해주시고 청중들이 볼 수만 있게 해주시면, 그럼 아무것도 잃을 건 없고 소득만 있을 거예요.

물론 이건 조건이에요. 아, 안 됩니다(ah, non)! 선생님께서 참석하시지 않고(in absentia), 작품만 제게 맡겨버리시면 안 돼요! 선생님이 직접 나타나시는 것은 절대로 필요한 사항입니다. 특히 파리에서(particulièrement à Paris) 말이지요. 거기선 음악적 명성이 서너 군데 살롱에서 다 만들어져요. '마담, 음악에 관한 당신의 판단이 정확하다는 사실은 누구나 다 알고 있습니다(Tout le monde sait, Madame, que votre jugement musical est infaillible)'라고 몇 번쯤 말씀해주시는 데 무슨 비용이 드나요? 한 푼도 안 들지요. 그리고 선생님은 재미있는 일도 많이 겪으실 거예요. 사회적인 관심을 불러일으킬 사건이 될 내 행사는 댜길레프* 씨의 러시아 발레단 초연 바로 다음 순서가 될 거예요. 물론 **만약** 내가 기획하는 행사가 그다음 순서로 있게 된다는 전제로 말씀이지요. 그러고 나면 선생님은 매일 저녁 초대를 받으실 겁니다. 보통은 고상한 파리의 사교계를 뚫고 들어가는 것보다 어려운 일은 없습니다. 하지만 예술가에게는 오히려 그것보다 더 쉬운 일도 없다니까요. 이제 막 명성을 얻기 시작하는, 전대미문의 천부적인 능력이 드러나기 시작하는 단계에 있다고 하더라도 말이죠. 호기심은 어떤 장애물도 없애주고, 모든 독점권을 이겨내는 법이거든요……

하기야 고상한 사교계와 그 호기심에 대해서 제가 뭐 이렇게 얘기를 많이 할 필요는 없겠지요! 이런 이야기를 해서 선생님의 호기심

---

* Sergei Pavlovich Dyagilev(1872~1929): 러시아의 무용가이자 예술 운동가. 20세기 초에 특히 러시아 발레를 서방에 널리 알린 인물이다.

에 불을 붙이는 일에 성공하지 못하고 있는 것이 눈에 잘 보이네요, 친애하는 마이스터(cher Maître). 제가 그 일에 어떻게 성공하겠습니까? 저는 사실 진지하게 그런 시도를 전혀 하지도 않은 걸요. 고상한 사교계가 선생님께 무슨 상관이 있겠어요? 우리끼리 하는 말이지만(Entre nous), 그게 저하고는 무슨 상관이 있겠어요? 뭐, 사업상, 이런저런 것 정도지요. 하지만 내적으로는? 그래도 **그다지** 많이 상관이 있지는 않아요. 여기 이런 환경, 이 파이퍼링, 그리고 마이스터, 선생님과 함께 있다는 사실은, 제가 저 건방지고 피상적인 사교계를 대할 때 갖는 무관심, 무시하는 심정을 제게 의식시키는 데 적잖이 기여하지요. 말씀해보세요(Dites-moi donc), 선생님은 잘레 강변의 카이저스아셰른 출신이 아니신가요? 이 얼마나 진지하고 품위가 있는 태생이냐 말입니다! 그리고 저로 말할 것 같으면, 저는 루블린이 고향입니다. 역시 품위 있고 연륜이 쌓인 곳이지요. 바로 그런 곳에서야말로 진지함(sévérité)이라는 기금을 이미 챙겨가지고 태어나는 셈이지요. 그리고 엄숙한 심성과 약간은 삐딱한(un état d'âme solennel et un peu gauche)…… 아이고, 어느 누구보다도 저야말로 선생님 앞에서 고상한 사교계를 찬양할 생각이 없습니다. 하지만 파리는 선생님께, 아폴론의 정신으로 맺어진 선생님의 형제들, 선생님처럼 야심차게 노력하는 사람들과 친구들, 화가들, 작가들, 발레 스타들, 특히 음악가들 사이에서 가장 흥미롭고 고무적인 친분을 쌓을 기회를 제공할 거라니까요. 유럽의 체험과 예술적 실험의 최고봉들, 이들 모두가 저의 친구들이고, 선생님의 친구가 될 준비가 되어 있어요. 작가 장 콕토,* 안무가 마신,** 작곡가 마누엘 데 파

---

* Jean Cocteau(1889~1963): 프랑스의 작가, 연출가, 화가.
** Leonide Massine(1895~1979): 러시아의 무용가, 안무가.

야, 최신 음악의 대가 여섯이 모인 '레 시스',* 이 모든 수준 높고 재미 있는 모험과 조롱의 영역, 그것이 오직 선생님을 기다리고 있다니까요. 선생님은 원하시는 즉시 그들의 세계에 속하시게 되는 거예요……

제가 선생님의 표정에서, 이점에 대해서도 확실한 거부감을 읽고 있는 것이 맞습니까? 하지만 친애하는 마이스터(cher Maître), 정말이 지 여기서는 어떤 소심함도, 어떤 당황스러움(embarras)도 적절하지가 않아요. 그렇게 모든 것을 단절하는 감정에 나름대로 이유가 있기는 하 겠지만 말씀이지요. 저는 그 이유를 밝혀낼 생각이 전혀 없습니다. 그 런 이유가 있으리라는 정중한, 저로서는 '교양 있는'이라고 하고 싶은 가정만으로 제게는 충분하고도 남아요. 여기 이 파이퍼링, 여기 이 이 상하고 은둔적인 피난처(ce refuge étrange et érémitique)는, 말하자면 나름대로 흥미로운 정신적인 사정이 있겠지요. 파이퍼링 말씀이죠. 저 는 묻지 않겠습니다. 저는 모든 가능성을 대략 짐작해보지요. 별난 가 능성도 포함해 모든 것을 솔직하게 고려하지요. 좋습니다(Eh bien), 뭐 가 더 있겠어요? 무한하게 편견이 없는 영역에 직면했다고, 그것이 당 황해야(embarras) 할 이유가 되나요? 그 나름대로도 얼마든지 이유가 있어서 편견이 없는 상태인데요? 오, 나 참(Oh, la, la)! 취향을 결정하 는 천재들과 상류 사교계의 대예술가들의 모임은 대개 온통 괴상하고 반쯤 미친 사람들(demi-fous excentriques), 영혼이 병든 사람들과 교활 하게 갈고닦은 죄의 불구자들로 구성되곤 하잖아요. 매니저란, 일종의 간호사지요. 뭐, 그런 거예요(c'est une espèce d'infirmier, voilà)!

자, 좀 보세요. 제가 얼마나 형편없이 제 일을 하고 있는지 말씀이

---

* Les Six: 5명의 남성과 1명의 여성으로 이루어진 프랑스 작곡가 그룹. 처음에는 에릭 사 티, 후에는 장 콕토가 정신적 지주 역할을 했다.

지요. 도대체 이렇게 서툰 방식으로 일하다니(dans quelle manière tout à fait maladroite)! 제가 이런 것을 깨닫는다는 사실 외에는 제 편을 들어주는 게 아무것도 없네요. 선생님께 용기를 불어넣어드린다는 의도였는데, 오히려 선생님의 자부심을 건드리고 있는 걸 보면, 나 자신에게 불리하도록 일을 하고 있군요. 왜냐하면 저는 물론 혼자서는 이렇게 말하거든요. 선생님 같은 분은, 아니 저는 '선생님 같은 분'에 대해 말할 것이 아니라 단지 선생님에 대해 말해야겠지요. 그러니까 선생님은 스스로의 존재를, 스스로의 운명(destin)을 너무 드문 경우라고 보고, 그것이 너무나 신성해서 다른 사람의 경우와 같이 놓고 보지 못하시지요. 선생님은 다른 사람들의 운명(destinée)에 대해서는 전혀 관심이 없이 그저 선생님 자신의 운명에만, 유일무이한 것으로서의 그 운명에만 관심을 집중하는 겁니다. 잘 알고 있어요. 이해합니다. 선생님은 모든 일반화, 배열화, 종속화가 지닌 과소평가의 경향을 싫어하시지요. 개인의 경우는 다른 어떤 경우와도 비교될 수 없다고 고집하십니다. 개인관념을 중시하는 고독의 오만을 신봉하시지요. 그 나름의 필연성이 있는 오만이겠지만 말입니다. '다른 사람들이 살 때, 내가 사는 것인가?'* 저는 이런 질문을 어디에선가 읽은 적이 있는데, 어디에서 읽었는지는 확실하지가 않네요. 분명히 아주 유명한 곳이었겠지만요. 선생님 같은 분들은 명백하게 드러내놓고, 혹은 속으로 모두 그렇게 묻지요. 그냥 순전히 친절함 때문에, 더욱이 겉으로만 서로를 인식하면서요. 물론 **만약** 서로를 인식하거나 한다면 말이지요. 볼프, 브람스 그리고 브루크너는 수년간 같은 도시에서, 즉 빈에서 살았지만 내내 서로를 피했고, 내

---

* 괴테의 『서동 시집』에 나오는 구절이다.

가 알기로는 어느 누구도 다른 사람과 마주친 적이 없었어요. 그들이 서로에 대해 평가한 것을 두고 보건대, 서로 마주쳤더라면 참 불편했겠지요. 그건 비판적인 동료의식이 드러나는 평가가 아니라, 혼자이기 위한 부정의 평가, 완전한 전멸(anéantissement)의 평가였지요. 브람스는 브루크너의 교향곡을 가능한 한 낮춰 보고, 그것을 기형적으로 거대한 뱀이라고 불렀어요. 마찬가지로 브루크너도 브람스를 지극히 보잘것없다고 여겼고요. 그는 라단조 협주곡의 첫번째 테마는 정말 훌륭하다고 봤지만, 브람스가 이후 두 번 다시는 그 곡과 어느 정도 비슷하게라도 괜찮은 곡을 만들어내지 못했다고 했거든요. 선생님 같은 분들은 서로에 대해서는 도통 관심이 없다니까요. 볼프에게는 브람스가 최악으로 지루하기 짝이 없는 인물(le dernier ennui)이었어요. 선생님은 빈의 『살롱지』에 실린 브루크너의 제7번 교향곡에 대한 볼프의 비평을 보신 적이 있나요? 거기엔 이 남자가 지닌 의미 자체에 대한 의견을 쏟아놓았지요. 그가 '지능이 부족한 수준'이라고 비난을 했다 이겁니다. 뭐, 어느 정도 근거는 있지만요(avec quelque raison). 브루크너는, 흔히 단순하고 아이처럼 순진한 기질이었다고 하지만, 장엄한 지속저음* 음악에 빠져 있었고 유럽적인 교양의 문제에는 완전히 백치였으니까요. 하지만 볼프가 서신에서 도스토옙스키에 대해 밝힌 글들은, 한마디로 어이가 없는데(qui sont simplement stupéfiants), 이런 걸 보면 오히려 볼프 자신의 정신 상태가 의심이 간단 말이지요. 그가 미처 완성시키지도 못한 오페라 「마누엘 베네가스」에 붙인 가사, 회르네스 박사라는 사람이 만든 그 가사를 그는 기적 같은 작품이라고, 셰익스피어풍이라

---

* Generalbaß: 통주저음, 계속저음이라고도 한다. 특히 바로크 시대 대부분의 기악곡과 성악곡에서 저음부에 지속적으로 베이스 반주를 곁들이는 방식이다.

고, 시의 정점이라고 했지요. 그러고는 친구들이 의혹을 제기하면, 아주 잡아먹을 듯이 상스럽게 덤벼들었다니까요. 말이 나온 김에 덧붙이면, 그는 남성 합창단을 위한 송가 「조국에게」를 작곡한 것으로도 모자라서 그 곡을 독일 황제에게 바치려고 했어요. 선생님은 이 문제를 어떻게 생각하시나요? 그런데 황제에게 직접 청원하려던 것이 거부당했습니다! 이건 좀 불쾌하지 않겠어요? 비극적으로 당혹스러운 일이지요(Tout cela est un peu embarrassant, n'est-ce pas? Une confusion tragique).

비극적이에요, 선생님. 제가 이렇게 말하는 이유는, 세상의 불행이 정신의 부조화, 어리석음, 몰이해에서 연유한다고 생각하기 때문입니다. 정신의 영역들을 서로 갈라버리는 몰이해 말이에요. 바그너는 자기 시대에 등장한 회화의 인상주의를 서투른 그림이라고 헐뜯었습니다. 평소의 그 남자답게, 이 영역에서 지독하게 보수적이었던 거죠. 그런데 사실은 그 자신의 화성 작품들이 인상주의와 너무나 관련이 있었고, 인상주의를 향해 나아가는가 하면, 불협화음의 측면에서는 자주 인상주의적인 화음을 넘어서고 있었어요. 자신의 욕심 때문에 파리의 어설픈 화가들과 티치아노*를 서로 이간질시켰구요. 티치아노가 진짜라고 하면서 말이죠. 잘하는 짓이지 뭡니까(A la bonne heure). 하지만 바그너의 예술적 취향은 사실 오히려 필로티**와 장식적인 부케를 창안해낸 마카르트,*** 또 티치아노 사이쯤에 있었을 거예요. 그건 오히려 렌바흐****에게

---

* Vecellio Tiziano(1488/1490?~1576): 16세기 이탈리아 베니스의 화풍을 대표한 화가.

** Karl Theodor von Piloty(1826~1886): 독일의 화가.

*** Hans Makart(1840~1884): 오스트리아의 화가, 장식예술가.

**** Franz von Lenbach(1836~1903): 독일의 화가.

문제가 되었는데, 이 사람이 또 바그너에 대해 이해했던 수준은, 「파르치팔」을 저속한 경음악이라고 부르는 정도였지요. 그것도 바그너의 면전에다 대고 말입니다. 아아, 이 모든 것이 얼마나 우울합니까(Ah, ah, comme c'est mélancolique, tout ça)!

신사분들, 제가 너무 본론에서 벗어났군요. 하지만 이 말은, 제 원래 계획에서 벗어났다는 뜻입니다. 저의 이 수다스러움은, 저를 이곳으로 오게 했던 계획을 제가 포기했다는 사실의 표현으로 봐주세요! 그 계획은 실현이 불가능하다고 납득이 됐습니다. 마이스터께서는 제 마법의 외투에 오르시지 않겠지요. 저는 선생님의 매니저로서 선생님을 세상에 소개하지 않을 겁니다. 선생님께서 그 일을 거부하시니까요. 그리고 이 일은 제게 실제보다 더 큰 실망을 주겠지요. 솔직히(Sincèrement), 사실 그것이 실망이기는 한지 자문하고 있습니다. 파이퍼링에 실무적인 목적으로 올 수 있겠지요. 하지만 그런 목적이란 항상 그리고 어쩔 수 없이 부차적인 의미라는 겁니다. 매니저라 할지라도 일차적으로는 위대한 분에게 인사하려고(pour saluer un grand homme) 오니까요. 사업상으로 실패했다고 해서, 이런 즐거움을 감소시킬 수는 없지요. 특히 긍정적인 내적 만족감의 상당 부분이 실망에서 비롯된 거라면 말씀입니다. 뭐, 그런 거지요, 친애하는 마이스터(cher Maître). 무엇보다 선생님께서 그렇게 접근하기 어려운 분이라는 점이 제게는 내적 만족감을 주네요. 말하자면 그걸 이해하는 덕분에, 그렇게 무뚝뚝하신 모습에 대해 저도 모르게 생기는 호감 덕분에요. 그러니 저는 저의 이해 관심사에 거스르는 일을 하는 것이지요. 하지만 그렇게 할 겁니다. 인간으로서,라고 말하고 싶군요. 인간이라는 말이 너무 광범위한 카테고리가 아니라면 말씀이지요. 어쩌면 저는 좀더 특별한 말로 제 의사를 표현해야겠군요.

선생님의 그 혐오감(répugnance)이 얼마나 독일적인 특색을 내포하는지, 마이스터 스스로는 아마 모르실 겁니다. 그런 혐오감, 심리학적으로(en psychologue) 말해도 된다면, 오만과 열등감, 멸시와 두려움이 독특하게 혼합되어 만들어진 것이지요. 그런 혐오감은 세상의 살롱에 대해 진지한 속성을 띤 사람의 복수심이라고 표현하고 싶네요. 그런데 저는 유대인입니다. 예, 피텔베르크, 이건 명백하게 유대인 이름이지요. 저는『구약성서』를 몸에 품고 태어난 셈입니다. 독일 정신보다 덜 진지하지도 않다는 거지요. 사실 화려한 왈츠(Valse brillante)에 대해서는 취약하도록 만드는 것이 이런 기질이지요. 저 바깥세상에는 화려한 왈츠만 있고, 진지함은 오직 독일에만 있다고 믿는 것은 독일적인 미신이긴 해요. 하지만 유대인으로서도 근본적으로는 세상에 대해 회의적입니다. 그만큼 독일 정신에 더 친밀감을 갖게 되는 거구요. 물론 그러다가 여러 발길질을 불러들이는 위험을 감수하면서도 말입니다. '독일적'이라는 말이 특히 의미하는 바는 민중적이라는 것이잖아요. 그런데 누가 유대인의 민중적인 속성을 믿겠습니까? 어디 안 믿기만 하나요. 그런 민중성을 가져보려고 집요하게 덤비면 머리를 몇 대 쥐어박히는 건 덤이겠지요. 우리 유대인들은 독일적인, 즉 근본적으로 반유대주의적인(qui est essentiellement anti-sémitique) 특성을 모두 두려워해야 해요. 그러니 물론 우리로서는 세상 편에 서야 할 이유가 충분한 거지요. 우리가 유흥과 만인의 주목을 끌 만한 일을 꾸며주는 그 세상 말입니다. 그렇다고 우리가 허풍선이라거나 멍청하다는 뜻은 아니고요. 우린 구노의「파우스트」와 괴테의『파우스트』를 잘 구별할 줄 압니다. 우리가 프랑스어로 말한다고 해도 그렇지요, 그리고 또……

신사분들, 저는 이미 포기를 했기 때문에 이 모든 말씀을 드리는 겁니다. 사업상으로는 우리 이야기가 끝났잖아요. 전 이제 곧 떠날 겁니다. 저 출입문 손잡이를 벌써 손에 잡고 있는 거나 다름없어요. 우린 벌써 일어선 거예요. 전 떠나려고(pour prendre congé) 몇 마디 더 수다를 떨고 있고요. 구노의 「파우스트」는 말이죠, 선생님들, 누가 그 작품에다 대고 코를 찡그리겠습니까? 저는 아니고, 다행히 선생님들도 아니라는 걸 알겠네요. 주옥같은, 예, 마가렛 진주(une marguerite) 같은 작품이지요. 지극히 매력적인 음악적 착상으로 가득하잖아요. 제가 살펴보도록 해주세요(Laisse-moi, laisse-moi contempler).* 매혹적이에요! 마스네**도 역시 매혹적이지요. 그 사람도 역시(lui aussi) 그래요. 그는 교육자로서 특히 매력적이었음에 틀림없어요. 음악 학교 교수로서 말이지요. 그 점에 대한 여러 이야기들이 알려져 있습니다. 그에게서 작곡을 배우는 학생들은 처음부터 자신만의 곡을 쓰도록 자극을 받아야 한다는 거였지요. 오류가 없는 악곡을 쓰기 위한 학생들의 기교적인 능력이 충분하든 못 하든 상관없이 말씀입니다. 인간적이지 않아요? 독일적이지는 않지만 인간적이죠. 어떤 소년이 막 작곡한 가곡 한 편을 가지고 그에게로 왔습니다. 금방 만든 것이고, 어느 정도 재능을 보여주는 것이었어요. '와, 이것 보게(Tiens)!' 하고 마스네가 말했어요. '정말 참 괜찮군. 이봐, 자넨 분명 사랑하는 귀여운 여자 친구가 있겠지. 이걸 그녀에게 연주해주게. 분명 그녀의 마음에 들 것이야. 그러면 그 다음 것은 분명 다시 나타날 걸세'라고 말이지요. '다음 것'이라는 말을

---

* 구노의 오페라 「파우스트」 제3막에서 마가렛이 파우스트에게 키스를 허락하며 부르는 노래. 「당신의 얼굴을 살펴보도록 해주세요」.
** Jules Massenet(1842~1912): 프랑스의 오페라 작곡가.

어떤 의미로 이해해야 할지는 분명하지가 않아요. 아마 모든 것이 가능하겠지요. 사랑과 관련해서나 예술과 관련해서나 말이지요. 마이스터, 선생님께서는 제자가 있으신가요? 그 제자들은 분명 그다지 편안하지 않을걸요. 하지만 선생님은 제자가 한 명도 없으시지요. 브루크너는 몇명 있었어요. 그 자신이 일찍부터 음악, 그리고 그 대단히 어려운 부분들과 씨름을 했습니다. 야곱이 천사와 씨름했듯이 말이지요. 바로 그런 것을 브루크너는 자기 제자들에게도 요구했어요. 수년 동안 제자들은 그 신성한 작업을, 즉 화음과 엄격한 악곡 작법의 기본 요소들을 연습해야 했습니다. 마침내 가곡 하나를 부르는 일이 그들에게 허용되기까지 말이지요. 그런데 이 음악 선생은 사랑스럽고 귀여운 여자 친구와는 전혀 아무런 관계도 없었어요. 비록 사람은 단순하고 어린아이같이 순진한 심성을 가지고 있지만, 음악은 최고의 인식을 비밀스럽게 계시하는 일, 신에 대한 예배였던 겁니다. 그리고 음악을 가르치는 자리는 사제의 자리이고요……

얼마나 존경할 만합니까! 꼭 인간적인 건 아니지만, 매우 주목할 만하지요!(Comme c'est respectable! Pas précisément humain, mais extrèmement respectable!) 사제의 민족인 우리 유대인들은, 비록 파리의 살롱에서 아양을 떨고 있다 할지라도, 독일 정신에 매혹됐다고 느껴야 하지 않을까요? 그리고 독일 정신에 따라 세상과 귀여운 여자 친구를 위한 음악에 반어적인 목소리로 반대해야 되는 게 아닐까요? 민족성이란 우리에겐 소수 인종 학대를 유발하는 건방진 심성일 겁니다. 우리는 국제적입니다. 그러나 우리는 친독일적이지요. 이 세상에서 그 외어느 민족도 흉내 내지 못할 만큼 독일적인 것의 편이라구요. 이 지상에서 독일 정신과 유대 정신의 역할이 친속 관계에 있나는 점을 인지하지 않을 수 없다는 사실만으로 이미 그렇습니다. 놀라운 유사성이지요 (Une analogie frappante)! 그 둘은 똑같이 증오, 경멸, 두려움, 질투의 대상이고, 둘 다 똑같이 낯선 느낌을 주며 상대방을 놀라게 하고, 또 낯설어졌어요. 요즘 국수주의 시대라는 말을 하고 있습니다. 하지만 사실은 단지 두 개의 국수주의만 있지요. 독일인의 국수주의와 유대인의 국수주의 말입니다. 그것들에 비하면 다른 모든 국수주의는 아이들 장난이에요. 가령 아나톨 프랑스* 같은 인물의 철저한 프랑스 정신이 독일인의 고독에 비하면 순전히 상류 사교계의 특성에 불과하듯이 말입니다. 그리고 유대인의 선민의식과 비교해도 그렇고요…… 프랑스라는 이름은 국수주의적인 전쟁 별명(nom de guerre)이지요. 어떤 독일 작가도 자신을 '도이칠란트'**라고 부르기는 참 어려울 겁니다. 그런 이름은 기껏해야 무슨 전함(戰艦)에나 붙지요. 그는 '도이치'***라는 단어 정도로 만족해야 할 거예요. 그러고는 거기다 유대인의 이름을 붙인다면, 오, 라! 라!(oh, la! la!)

신사분들, 이번에는 정말 출입문의 손잡이를 잡을 겁니다. 저는 벌써 밖에 있는 것이나 다름없어요. 딱 한 가지만 더 얘기하고요. 독일인들은 유대인들이 친독일적인 성향을 띠는 것을 그냥 둬야 할 겁니다. 독일인들은 국수주의, 오만함, 어떤 민족과도 비교될 수 없다는 고착된 관념, 자기를 다른 민족과 나란히 세워 동렬에 놓는 행위에 대한 증오, 세상으로 이끌려지고 사회적으로 가담하는 것에 대한 거부, 이런 것들 때문에 스스로를 불행으로, 정말 유대인이 겪은 불행으로 몰고 갈 거라

---

* Anatole France(1844~1924): 프랑스의 소설가.
** Deutschland: 독일(국가).
*** Deutsch: 독일적, 독일인의.

고, 제가 선생님들께 보장하지요(je vous le jure). 독일인들은 유대인들이 독일인과 사회 사이에서 매개자(médiateur) 역할을 하려는 것을 허용해야 할 거예요. 매니저, 공연기획자, 독일 정신을 가지고 사업을 하려는 유대인들 말입니다. 유대 남자는 그런 일을 하기에 아주 적절한 사람이에요. 유대인을 몰아내서는 안 될걸요. 유대인은 국제적이고, 또 친독일적이라니까요…… 하지만 모든 게 소용없군요. 정말 유감천만입니다!(Mais c'est en vain. Et c'est très dommage!) 그런데 내가 아직도 무슨 소리를 하고 있는 거야? 전 이미 오래전에 떠난 거나 다름없어요. 자, 친애하는 마이스터, 즐거웠습니다! 제 사명은 실패했군요(Cher Maître, j'etais enchanté. J'ai manqué ma mission). 하지만 정말 즐거웠습니다. 교수님, 안녕히 계세요. 교수님도 저를 너무 안 도와주셨어요. 하지만 저는 불만을 품을 생각이 없습니다(Mes respects, monsieur le professeur. Vous m'avez assisté trop peu, mais je ne vous en veux pas). 슈바이-게-슈틸 부인에게도 진심으로 인사 전해주십시오. 아듀, 아듀(Mille choses à Madame Schwei-ge-still. Adieu, adieu)……"

XXXVIII

　나의 독자들이 들어서 알고 있는 바와 같이, 아드리안은 루디 슈베르트페거가 수년간 끈질기게 생각하고 있다가 털어놓은 부탁을 들어주면서, 루디에게 딱 맞는 바이올린 협주곡을 써주었다. 또 바이올린 연주자를 빛나게 해주는 매우 뛰어난 그 작품을 슈베르트페거에게 개인적으로 선사했거니와, 게다가 초연 때에는 그를 동행해 빈까지 가기도 했다. 내가 그곳에 대해 이야기하게 되면, 아드리안이 몇 달 후, 그러니까 1924년 말경에 베른과 취리히에서 있었던 재공연에도 참석했다는 사실을 서술할 것이다. 그 전에 내가 저 앞의 장에서 이 작곡의 특성을 두고 했던 발언, 어쩌면 건방지고, 어쩌면 내게 적합하지 않은 그 발언을 지극히 진지한 문제와 관련해 다시 더 이야기하고 싶다. 나는 예의 저 작품이 음악적인 경향에서 뭔가 붙임성 있게 상냥하면서도 대가다운 연주자의 기교를 자랑할 수 있도록 맞추어준 속성 때문에 레버퀸의 가차 없이 극단적이고 양보를 모르는 전체 작품의 테두리에서 좀 벗어난다는 의미로 말했었다. 나는 후세가 이와 같은 나의 '판정'에—맙소사, 나는 이 단어를 증오한다!—동의하리라고 믿지 않을 수 없다. 내가 여기서 하고 있는 일은, 어떤 현상에 대한 정신적인 주석을 후세에 전달해주는 것일 뿐이 아닌가. 그렇게 하지 않으면 후세는 그런 현상에 접근할 수 있는 열쇠가 없게 될 테니 말이다.

예의 저 작품에서 특별한 점은, 우선 전체 3악장으로 이루어진 작품에 조표가 없다는 것이고, 하지만 이렇게 표현해도 된다면, 세 개의 조성이, 즉 내림 나장조, 다장조, 라장조가 작품 속에 짜 넣어져 있다는 것이다. 그중에서, 음악가라면 이미 알아보았듯이, 라장조가 일종의 2차 도미넌트, 즉 제5음에서 얻어진 3화음 장조이고, 내림 나장조는 하속 3화음을 이루고 있으며, 다장조는 정확히 그 중간에 위치하고 있다. 이런 조성 사이에서 예술성이 매우 풍부하게 연주됨으로써 그중 어느 조성도 가장 오랫동안 뚜렷이 효력을 발휘하지 않고, 각 조성이 그냥 여러 음들 사이에서 비례에 의해 암시되고 있을 뿐이다. 넓은 영역에 걸쳐 세 조성은 모두 겹치다가, 마침내 다장조가 승리하고 모든 청중들을 흥분시키면서 명백하게 드러난다. '느리게 애정을 가지고(Andante amoroso)'라고 적혀 있으며, 끊임없이 조롱의 경계에 닿아 있는 달콤함과 부드러움의 특성을 보이는 첫번째 악장에는 주도화음이 있는데, 이 화음은 내가 듣기로는 약간 프랑스적인 분위기를 띤다. '도-솔-미-시-레-올림 파-라'가 그것인데, 이 화음은 바이올린의 높은 파음과 더불어 예의 저 세 개의 주된 조성으로 이루어진 3화음을 내포하고 있음이 드러난다. 말하자면 이 화음 속에 작품의 정신은 물론 세번째 악장에서 나타나는 핵심 테마의 정신, 즉 다양한 변주의 연속을 통해 다시 수용되는 그 핵심 테마의 정신도 들어 있다. 그것은 그 자제의 빙식에서 매우 멋진 선율을 들려주는 성공적인 작품이고, 열광적인 소리가 나는 가운데 큰 곡선을 그리며 움직여가면서 감각을 빼앗는 기악곡의 가창풍 선율이다. 이런 선율은 뭔가 드러내 보여주며 과시하는 면을 분명히 지녔고, 거기다가 연주자를 고려해주는 의미에서 호의가 없지 않은 멜랑콜리도 띤다. 이 창작품의 특징적이고 매혹적인 점은, 일종의 최고 정점에 이른 선율적 흐름이 예기치 않게, 그리고 부드럽게 강조되며 한 단계 더 나아간 음으로 상승한다는 것이다. 그런 음의 단계에서 이 작품은 매우 세련되게, 어쩌면 너무나 세련되게 되흘러 오면서 노래를 마친다. 그것은 이미 육체적으로 효과를 내는, 머리와 어깨를 사로잡는, "천상처럼 숭고한 것"을 스치는 아름다움의 징후 중 하나이고, 그런 징후를 드러내는 일은 오직 음악만이 할 수 있을 뿐 그 밖의 어떤 예술도 할 수 없다. 그리고 변주곡 악장의 마지막 부분에서 나타나는 그 테마의 총합주 찬미곡은 명백한 다장조로 넘어간다. 이렇게 요란스럽게 연주되기에 앞서 그 시작은 대담하고 극적인 낭독조 노래의 성격을 띤다. 이것은 베토벤의 가단조 현악4중주 중 마지막 악장에 있는 기반음 바이올린의 서창을 뚜렷하게 상기시킨다. 다만 거기서는 뛰어난 악절 다음에 선율의 축제 분위기와는 다른 것이 따르기는 한다. 그리고 이런 선율의 축제 분위기에서 열광적인 것의 패러디는 매우 진지한 의미의, 따라서 어쩐지 모욕하는 것 같은 열정이 되는 것이다.

나는 레버퀸이 이 곡을 작곡하기 전에 베리오*나 비외탕** 또는 비

---

* Charles-Auguste de Bériot(1802~1870): 벨기에의 바이올리니스트, 작곡가.
** Henri Vieuxtemps(1820~1881): 벨기에의 작곡가, 19세기의 대표적 바이올리니스트 중 한 인물.

에니아프스키*의 곡들에서 바이올린 주법을 자세히 연구했다는 사실을 알고 있다. 그는 그들의 방식을 반쯤은 정중하게 받아들이면서 동시에 풍자하는 식으로 응용하고 있다. 참고로 덧붙이건대, 이때 그는 연주자가 연주 기교 면에서 따라가기에는 매우 어려운 연주 기법을 요구했는데, 특히 지극히 자유분방하고 대가적인 중간 악장에서 두드러졌다. 역동적이고 유쾌한 이 악장에서는 타르티니의 소나타 「악마의 트릴」에서 인용한 부분이 나타나는 바람에 우리의 선량한 루디는 작곡가의 주문을 충족시키기 위해 자기가 할 수 있는 모든 솜씨를 남김없이 발휘해야 했다. 그래서 그가 연주를 마치고 나면, 위로 마구 뻗어가려는 그의 금발 곱슬머리 밑에는 매번 땀방울이 맺혔으며, 그의 귀엽고 수레국화처럼 파란색 눈 속의 흰자위에는 붉은 혈관이 드러났다. 하지만 물론 그런 수고에 대해 얼마나 많은 보상이 있었던가 예의 저 정신적으로 고양된 의미에서의 '연애 행각'을 할 수 있는 기회가 이 한 작품 속에서 그에게 얼마나 많이 허락되어 있던가. 나는 작곡가의 면전에다 대고, 이 곡은 "살롱 음악의 예찬"이라고 말했다. 물론 그가 이런 말을 기분 나쁘게 생각하기보다는 그냥 미소로 듣고 넘기리라 생각하고 한 말이었다.

나는 이 혼종의 작품을 생각할 때마다 어떤 대화 하나를 기억하게 된다. 대화의 장소는 뮌헨의 비덴마이어 거리에 있는 공장 경영주 불링어의 저택, 그가 지은 화려한 임대주택의 2층이었다. 그 집의 창문들 아래로는 이자르 강이 잘 정돈된 하상(河床)을 따라 변질되지 않은 계곡의 물소리를 전해주며 흐르고 있었다. 부유한 그 남자의 집에서는 7시

---

* Henryk Wieniawski(1835~1880): 폴란드의 작곡가, 바이올리니스트.

경이면 15인분의 정식 식사가 제공되곤 했다. 결혼할 기회를 노리며 예의범절을 과시하는 여집사의 지휘 아래 잘 훈련된 하인들의 도움을 받으며 집주인은 손님을 융숭하게 대접했다. 그 집의 모임에는 대개 금융계와 상업계의 사람들이 나타났다. 하지만 집주인인 블링어가 허풍을 떨며 지식인 사회에 끼어드는 것을 좋아한다는 점은 잘 알려진 사실이다. 그래서 편리하게 꾸며진 그의 집에서는 예술가와 학자들이 함께 섞이는 저녁 모임도 열렸다. 어느 누구도, 고백하건대 나도 마찬가지로, 그가 손님 접대를 위해 마련한 미식(美食)의 즐거움, 그리고 그의 살롱에 모인 사람들이 정신을 북돋우는 대화를 할 수 있도록 제공된 세련된 분위기를 굳이 거부할 이유가 없었다.

그날은 자네트 쇼이를, 크뇌터리히 부부, 실트크납, 루디 슈베르트페거, 칭크와 슈펭글러, 동전 수집가 크라니히, 출판업자 라트브루흐와 그 부인, 여배우 츠비처, 부코비나 출신으로 빈더-마요레스쿠라는 이름의 여성 희극 작가, 거기에다 나와 나의 사랑하는 아내가 자리를 같이했다. 그리고 아드리안도 왔다. 그는 나 외에도 실트크납과 슈베르트페거가 끈질기게 설득한 끝에 우리의 청을 따라주었던 것이다. 나는 누구의 부탁이 결정적이었는지는 구태여 알아볼 생각이 없거니와, 나의 말이 그렇게 설득력이 있었으리라고는 결코 상상하지 않는다. 아드리안은 함께 있으면 항상 편안한 느낌을 주던 자네트와 같은 탁자에 앉았고, 그 외에도 익숙한 얼굴들이 그를 둘러싸고 있었기 때문에 자기가 설득당한 것을 후회하지 않는 것 같았다. 오히려 그가 머물렀던 세 시간 동안 그는 아주 마음이 편해 보였다. 거기서 다시 내가 쾌활한 기분으로 조용히 관찰할 수 있었듯이, 그런 모임에서 사람들은 이제 서른여덟 살밖에 되지 않은 사람을 대하면서, 자신도 모르는 사이에 이성적으로는 도무지 설명할 수 없이 공손해지고 다소 어려워하며 정중한 태도를 보였다. 나로서는 이런 현상을 바라보는 일이 내심 재미있었다고 말하고 싶다. 하지만 한편으로는 가슴이 답답하고 걱정에 잠기기도 했다. 왜냐하면 사람들이 그런 태도를 보인 까닭은 말로 표현할 수 없는 아드리안의 낯설음과 고독한 분위기 때문이었기 때문이다. 그것은 당시에 점점 더 증가하던—바로 그 시기에 더욱 뚜렷이 느껴지고 더욱 거리감을 불러일으키면서—그를 둘러싸고 있던 분위기, 마치 그가 혼자서만 살고 있는 땅에서 온 사람 같은 느낌을 줄 수도 있었던 분위기였다.

앞서 언급한 바와 같이, 그날 저녁에 그는 정말 편안하게 대화도 잘 나누었다. 이 점에 대해 나는 불링어의 앙고스투라*로 맛을 낸 샴페인 칵테일과 기가 막히게 맛있는 팔츠산(産) 포도주가 어느 정도 한몫을 했다고 본다. 그는 이미 건강이 좋지 않은 슈펭글러와(그의 병고는 이제 심장을 괴롭혔다) 이야기를 나누고, 다른 모든 사람들과 함께 레오 칭크의 광대짓을 보며 웃었다. 식사가 진행되는 도중에 칭크는 몸을 의자에 기댄 채, 문직물로 만든 큰 냅킨을 마치 침대보처럼 펴서 우스꽝스럽게 생긴 코 밑까지 끌어다 덮고, 그 위에다 양손을 태평스럽게 포갰다. 그것보다 더욱 아드리안을 유쾌하게 해주었던 것은, 그 익살꾼이 불링어가 취미로 그린 정물 유화를 가리키며 유감없이 발휘한 완벽한 재주였다. 칭크는 집주인의 그림에 대해 사실상 아무런 평가도 하지 않으면서, 또 다른 사람들이 평을 해야 하는 어색한 상황을 막아주었다. 그는 지극히 여러 의미로 이해될 수 있는 "히야, 굉장해요"라는 말을 수없이 연발하며, 평범할 뿐인 그 그림을 모든 방향에서 살펴보는가 하면, 심

---

* Angostura: 쓴맛의 칵테일용 술.

지어 한 번 뒤집어보기도 했던 것이다. 덧붙이건대, 이와 같이 예의상 놀라는 척하면서 사실 아무 의미도 없는 감탄사를 뱉어내는 것은, 근본적으로 비호감형인 그 남자가 자신의 활동 영역인 그림 그리기나 카니발 순례 수준을 넘어서는 대화에 참여하는 기술이기도 했다. 심지어 그는 미학과 윤리에 대한 대화에서도 잠시 동안 그런 기술을 발휘했다. 나는 지금 그 대화를 소개하려고 마음먹고 있다.

그 대화는 축음기로 음악을 감상한 뒤에 약간 느슨해진 분위기에서 진행되었다. 사람들이 담배를 피우며 달콤한 향이 나는 술을 계속 즐기고 있는 동안에 집주인이 우리에게 커피를 대접한 데 이어 그런 감상 시간을 마련해주었던 것이다. 그 당시는 축음기 음반이 아주 긍정적으로 발전하기 시작하던 때였다. 불링어는 값비싼 축음기를 돌리며 흥겨운 곡을 여러 개 들려주었다. 내가 기억하기로는, 우선 구노의 「파우스트」 중에서 훌륭하게 연주된 왈츠가 흘러나왔다. 그러자 밥티스트 슈펭글러는 왈츠가 들판에서 추는 민속춤의 가락으로는 분명 너무 세련되고 살롱 분위기를 낸다고 꼬집지 않고는 못 배겼다. 이런 양식은 베를리오즈의 「환상 교향곡」 중 매혹적인 무도곡에 훨씬 더 잘 어울린다는 데 사람들의 의견이 일치하고, 그 작품도 집에 있는지 묻게 되었다. 하지만 그 음반은 없었다. 그 대신 슈베르트페거가 절대 실수하는 법이 없는 휘파람으로 멜로디를 불었는데, 그야말로 바이올린 소리에 가깝게 깨끗하고 훌륭한 연주였다. 박수가 나오자 그는 자기 방식대로 옷 안에서 어깨를 움직여 추스르고 얼굴을 약간 찡긋하며 한쪽 입가를 밑으로 내리면서 웃었다. 그다음으로는 프랑스적인 것과 비교하기 위해 빈 양식, 가령 라너*와

---

* Joseph Lanner(1801~1843): 오스트리아의 작곡가, 바이올리니스트. 왈츠의 발전에 기여했다.

요한 슈트라우스 2세*의 작품을 주문했고, 우리를 초대했던 집주인은 자신이 갖추고 있는 음반을 가지고 기꺼이 주문에 따랐다. 마침내 어떤 부인이—나는 그녀가 라트브루흐 부인, 즉 출판사 사장의 아내였다는 것을 지금도 잘 기억하고 있다—이 모든 경박한 곡들을 가지고 우리들 가운데 앉아 있는 위대한 작곡가를 지루하게 하는 게 아닌지, 생각 좀 해봐야 하지 않겠느냐고 말했다. 그리고 그녀는 좌중에서 걱정에 찬 목소리의 동의를 얻었는데, 정작 아드리안은 그게 무슨 말인지 의아해하며 여기저기 물어보려는 눈치였다. 왜냐하면 그는 라트브루흐 부인의 질문을 이해하지 못했던 것이다. 사람들이 그에게 질문을 다시 반복해 들려주자, 그는 펄쩍 뛰며 아니라고 말했다. 무슨 그런 말씀을! 아니라고, 그건 오해라며, 나름대로 이렇게 대가적인 곡들에 대해 어느 누구도 자기만큼 재미를 느낄 수가 없을 것이라고 했다.

　"여러분은 제가 누린 음악 교육을 과소평가하시는 겁니다"라고 그는 말했다. "여린 감성의 어린 시절에 내게는 선생님이 한 분 계셨지요." (그리고 그는 아름답고 섬세하며 깊은 미소를 띠고 나를 건너다보았다.) "세상의 모든 음악을 머릿속에 가득 채워서 마구 쏟아내던 열렬한 음악 신봉자셨습니다. 그분은 모든, 그야말로 일정하게 조직된 소리라면 어떤 소음에라도 푹 빠져 있었기 때문에 음악적인 문제에서 그 어떤 잘난 척하는 태도나 오만한 입장은 그분에게서 배울 수 없었지요. 아주 수준 높고 엄격한 양식을 아주 잘 알고 있던 분이었지요. 하지만 그에게 음악이란, 그냥 음악이었어요. 그것이 음악이기만 하다면 말이지요. 그리고 괴테가 '예술은 무게 있고 훌륭한 것을 다룬다'라고 한 말에 대

---

* Johann Baptist Strauss(1825~1899): 오스트리아의 작곡가. 왈츠의 대표자.

하여 그분은 이의를 제기하며, 가볍고 경쾌한 것도 훌륭하다면 역시 무게가 있다고 하셨지요. 그런 생각은 내게도 어느 정도 남아 있습니다. 난 그분에게서 그것을 배웠으니까요. 물론 나는, 무게 있고 훌륭한 것에 매우 정통해야만 가볍고 경쾌한 것도 견뎌낼 수 있다는 의미로 항상 그의 말을 받아들였지요."

방 안에는 침묵이 흘렀다. 따지고 보면, 그는 거기서 친절하게 제공된 음악을 좋아할 권리가 있는 사람은 오로지 자신밖에 없다고 말한 셈이다. 사람들은 그것을 그런 의미로 이해하지 않으려고 애썼지만, 그가 그런 의미로 이야기했다고 의심했다. 실트크납과 나는 서로를 쳐다보았다. 크라니히 박사는 "흠" 하는 소리를 냈고, 자네트는 낮은 목소리로 "대단하셔(Magnifique)!"라고 말했다. 레오 칭크는 언짢게 압도당하여 내심 심술궂은 심정으로 "음, 굉장해요!"라는 감탄사를 터뜨렸다. "아드리안 레버퀸다운 거예요!" 슈베르트페거가 소리쳤는데, 여러 잔의 적포도주(Vieilles Cures)를 마셔서 얼굴이 벌게졌지만, 그것 때문만은 아니었다. 나는 그가 내심 마음이 상했음을 알았다.

"혹시 선생은 우연히라도 생상*의 「삼손」 중에서 데릴라의 「내림라장조 아리아」를 소장하고 계시진 않습니까?" 아드리안이 계속 말을 이었다. 그 질문은 불링어에게 했던 것이다. 불링어는 다음과 같이 대꾸를 할 수 있어서 너무나 만족스러웠다.

"저한테 그 아리아가 없겠어요? 제 안목을 어떻게 보시고! 여기 있소이다. 내가 선생에게 확실히 보장하건대, 절대 '우연히' 갖게 된 게 아닙니다!"

---

* Camille Saint-Saens(1835~1921): 프랑스의 작곡가, 피아니스트, 오르가니스트, 음악학자.

316

그 말에 대해 아드리안의 대답은 이랬다.

"아, 잘됐네요. 그 곡이 생각났습니다. 왜냐하면 크레춰마르가, 나의 선생님이신데, 오르간 연주자로서 푸가 전문가셨지 뭡니까. 그 곡에 아주 독특한 열정을 바치면서 정말 좋아하셨기 때문이에요. 선생님은 간혹 그 곡에 대해 크게 웃어버릴 수도 있었지만, 그렇다고 그런 웃음이 그분의 감탄에 반대되는 건 아니었어요. 어쩌면 그분은 단지 그 곡에서 드러나는 작곡법상의 전형적인 속성만을 감탄하셨을 겁니다만. 자, 조용해요(Silentium)!"

전축 바늘이 작동하기 시작했다. 불링어는 그 위로 무거운 덮개를 내렸다. 스피커의 격자무늬 부분을 통해 자신감 있는 메조소프라노가 울려 나왔는데 정확한 발음에는 크게 신경을 쓰지 않은 듯했다. "네 노랫소리에 내 가슴이 뛰노라(Mon cœur s'ouvre à ta voix)"라는 가사는 이해가 되었지만, 그다음에는 거의 알아들을 수가 없었다. 유감스럽게도 오케스트라의 반주는 조금 낑낑거리며 우는 소리를 냈지만, 노래는 따뜻하고 부드러우며 은근한 행복감을 느끼게 할 만큼 호소력이 있었다. 마찬가지로 선율도 아리아에서 동일하게 만든 절 두 개의 중간에 와서야 완전히 아름다움을 발휘하기 시작했고, 또 매혹적으로 그 아름다움을 완성시켰다. 특히 두번째 절정에서 그러했다. 여기서는 이제 아주 낭랑한 소리의 바이올린이 풍부한 선율을 즐거운 분위기로 함께 끌어갔으며, 애처롭게 부드러운 끝막에서 선율의 마지막 음들을 반복했다.

사람들은 깊은 감동에 젖었다. 어떤 부인은 수놓은 외출용 손수건으로 눈을 가볍게 닦았다. "멍청하게 아름답군!" 불링어는 미학자들 사이에서 오래전부터 애용되고 있는 상투어를 사용했다. 그런 표현은 '아름다운'이라는 열광에 찬 평가를 거친 전문가의 말투로 다시 냉성하세상대화하는 것이었다. 바로 그곳에서 그 말은 아주 정확하게, 그 단어의 의미대로 적절히 쓰였다고 할 수 있을 것이다. 그리고 그것이 아마 아드리안을 유쾌하게 해주었는지도 모른다.

"그것 보세요!" 그가 웃으면서 소리쳤다. "진지한 남자가 오락 작품을 숭배할 수 있다는 것을 이제 이해하시겠지요. 그것은 정신적인 아름다움으로서가 아니라, 관능적인 아름다움으로서 표본이 될 만할 겁니다. 하지만 어쨌든 결국 관능적인 것을 두려워하지도 말고 부끄러워하지도 말아야 한다는 거지요."

"아니요, 어쩌면 부끄러워해야 할 겁니다." 동전 전시관 관장 크라니히 박사가 말했다. 천식 때문에 숨소리가 휘파람 소리를 내기는 했지만, 그는 늘 그러하듯이 지극히 명확하고 확실하며 분명한 발음으로 알아듣기 좋게 말했다. "어쩌면 예술에서는 그래야 할 겁니다. 실제로 이 분야에서는 관능적일 뿐인 것을 두려워하고 부끄러워해도 된다는, 혹은 그렇게 하라는 거잖소. 왜냐하면 괴테가 규정한 바에 따르면, 그것은 천박한 것이니까요. '정신에 호소하지 않으면서, 관능적인 흥미만을 불러일으키는 것은 모두 천박하다'라는 거니까요."

"아주 품위 있는 말이군요." 아드리안이 대꾸했다. "그 말에 반대되는 것을 조금이라도 지적하기 전에 그 말의 여운이 좀 울리게 두는 것이 좋겠지요."

"그럼 선생은 무엇을 지적하시겠소?" 학자 선생이 따지듯 물었다.

아드리안은 어깨를 들썩해 보이며 입을 움직였는데, 그 입 모양은 대략 "사실들이 그러한 걸 난들 어찌 하겠느냐"라는 의미를 표현했다. 그러고 나서 그는 다음과 같이 말했다.

"이상주의는 정신이 단지 정신적인 것에 의해서만 감동받는 것은

318

전혀 아니라는 점에 주의하지 않아요. 정신은 관능적인 미의 동물적인 우울함에 의해서도 지극히 깊은 감동을 받을 수 있단 말이지요. 게다가 외설적인 것에도 이미 경의를 표한 바 있지요. 사실 필리네는 결국 풋내기 창녀에 불과하지만, 빌헬름 마이스터는 그 인물을 만들어낸 작가*와 전혀 동떨어지지 않은 인물인데 그녀에게 존경심을 보였고, 그렇게 함으로써 결국 관능적인 순수함이 비천하다는 생각도 솔직하게 부정되는 것이지요."

"이중적인 것에 대해 친절하고 관대한 것이"라고 동전 수집가가 대꾸했다. "그런 것들이 우리의 위대한 괴테의 성격 중에서 가장 모범적인 특징이라고 여겨진 적은 없소. 덧붙이건대, 만약 우리의 정신이 천박하고 관능적인 것 앞에서 눈을 감아주면, 혹은 심지어 눈을 찡긋거려주기까지 한다면, 문화를 해칠 위험이 존재한다고 볼 수 있을 거요."

"보아하니 우리는 위험에 대해서 서로 다르게 생각하고 있군요."

"그냥 나를 겁쟁이라고 하시지 그래요!"

"이런, 참! 두려움과 질책을 드러내는 기사는 비겁한 사람이 아니라 그냥 한 명의 기사인 거죠. **내가** 단호하게 방어하고 싶은 건, 예술의 도덕성 문제에서 관대함을 보여야 한다는 것뿐입니다. 내가 보기로는, 그런 관대함을 우린 음악에서보다 다른 예술 분야에서 훨씬 더 기꺼이 베풀거나 누리고 있는 것 같군요. 이런 상황이 음악에는 명예로울지 모르지만, 음악이 영위할 수 있는 삶의 영역을 위협적으로 좁히는 거죠. 만약 엄격하게 정신적이고 도덕적인 잣대를 들이대면, 딩동딩동 같은 소리로 이어지는 그 모든 곡들 중에서 뭐가 남겠습니까? 바흐 음악 중

---

* 소설 『빌헬름 마이스터의 수업 시대*Wilhelm Meisters Lehrjahre*』의 작가인 괴테를 말한다. 필리네는 이 소설에 등장하는 여성이다.

에서 분파된 몇 개의 순수한 곡들이겠지요. 어쩌면 들을 만한 곡은 도대체 아무것도 남지 않을 거예요."

그때 하인이 엄청나게 큰 차 쟁반 위에 위스키와 맥주, 소다수를 담아 가지고 왔다.

"누가 여기서 좌중의 흥을 깨는 사람이 되고 싶겠소." 크라니히가 마지막으로 한마디 덧붙였고, 불링어가 요란하게 "브라보!"를 외치며 그의 어깨를 탁 쳤다. 내가 보기에, 그리고 손님들 중 아마 한두 명에게 이들의 대화는 정신적인 면에서 지극히 평범한 사람과 고통 속에서 깊은 체험을 한 인물 사이에서 순식간에 촉발된 결투처럼 보였다. 내가 이런 사교 모임의 장면을 이곳에 끼워 넣은 이유는, 아드리안이 그 당시 작곡하고 있던 바이올린 협주곡과 이런 장면의 관련성을 내가 강하게 느꼈기 때문일 뿐만 아니라, 그 협주곡을 써달라고 끈질기게 졸랐으며, 그 곡이 여러 차원에서 큰 성공을 의미했던 젊은 청년 슈베르트페거 개인과 이 장면의 관계가 당시의 내게 불가피하게 떠올랐기 때문이기도 하다.

예의 저 현상, 말하자면 사랑이라는 현상 일반에 대해 그저 딱딱하고 무미건조하며 지나치게 골똘히 생각하게 되는 것은 아마도 나의 운명인 듯하다. 아드리안이 어느 날 내게 그 특징을 '자아'와 '비자아' 간의 관계가 놀랍고 항상 조금은 부자연스럽게 변화하는 것이라고 정리했던 바로 그 현상 말이다. 비밀 자체에 대한 일반적인 경외감이 주는 심리적인 압박감에 개인적인 경외감의 압박까지 더해지자, 나는 불길한 비밀로 둘러싸인 그 사랑의 변화에 대해 입을 다물게, 혹은 말을 아끼게 된다. 그 자체로 반은 경이롭고, 또 개별적인 존재가 지닌 완결성에 모순되는 사랑이라는 현상이 당시에 겪게 된 변화 말이다. 내가 넌 지시 내비치고 싶건대, 이런 문제에서 내가 무엇이든 보고 또 이해하도록 해주는 것은 바로 고전어문학자로서 나의 신분에서 비롯된─말하자면 보통은 오히려 삶에 적대적이고 삶을 우롱하는 일에 적합한 특성에서 연유하는─특수하게 능란한 재주이다.

어쨌든 지칠 줄 모르는 데다 무엇으로도 말릴 수 없는 친밀감이 결국 가장 냉담한 성격을 꺾고 승리하게 된 것은 분명한 사실이고, 이제 나는 그 이야기를 인간적인 자제력을 모아 보고할 것이다. 그것은 양극을 이루는─나는 이 단어를 강조하건대─두 파트너의 극단적인 차이, 그들 사이에 정신적인 거리가 뚜렷한 상황에서 오직 하나의 특정한 성격만을 띨 수 있었던 승리였고, 또 항상 이런 의미로 요마 같은 쪽이 추구했던 승리였다. 내가 보기엔, 슈베르트페거의 연애 기질로 보아 이와 같은 특별한 생각과 경향은 처음부터 한 사람이 붙임성을 내세워 다른 사람의 고독을 정복하는 데에 의식적이든 무의식적이든 내포되어 있었음이 분명하다. 그렇다고 그런 정복에 좀더 고결한 동기가 부족했다는 말은 아니다. 오히려 그 반대였다. 구애자 슈베르트페거가 자신의 천성을 보충하기 위해서는 아드리안의 우정이 자신에게 매우 필수적이라고, 자신의 능력을 매우 촉진하고 고양하며 개선할 것이라고 말했을 때, 그는 정말 진심이었다. 다만 그는 너무나 비논리적어서, 아드리안의 우정을 얻어내고자 자신의 타고난 연애 기질이라는 수단을 이용했으면서, 정작 자신이 자극했던 친구의 우수 어린 애착이 연애의 아이러니한 특징을 드러내면 마음이 상했던 것이다.

이 모든 것에서 내게 가장 진기하고 충격적이었던 것은, 사랑에 정복당한 인물이 자기가 홀려 있다는 사실을 모르고 있으며, 실제로는 전적으로 상대방에게 있던 주도권이 자신에게 있다고 생각한다는 사실을 두 눈으로 확인한 것이다. 다시 말해 아드리안은 슈베르트페거가 어쩌다 크게 신경을 쓰지 않으며 내보인 관심과 호의, 혹은 유혹이라는 단어가 더 어울리는 그런 호의에 대해 너무나 터무니없이 놀라는 것 같은 모습을 보였던 것이다. 심지어 그는 자기가 멜랑콜리나 그 밖의 감정 따위에 현혹되지 않고 당황하지 않는 것이 **놀라운 일**이라는 말까지 했다. 나는 이런 식의 '놀람'이 아주 예전의 어느 날 저녁에 슈베르트페거가 그의 방에 나타나 그가 없으면 너무 지루하다면서 사람들이 있는 모임으로 돌아가자고 청하던 때까지 거슬러 올라간다는 점을 거의 의심하지 않는다. 하지만 이른바 이런 '놀라운 일'에는 내가 이미 몇 번이나 칭찬했던바, 훌륭하고 예술적으로 자유로우며 예의 바른 불쌍한 루디 특유의 성격도 항상 작용하고 있었다. 불링어 집에서 저녁 대화가 있었던 시기에 아드리안이 슈베르트페거에게 쓴 편지가 지금 남아 있다. 슈베르트페거는 그 편지를 없앴어야 했지만, 부분적으로는 숭배하는 마음에서, 또 부분적으로는 물론 자신의 승리에 대한 전리품으로 그것을 보관해두었던 것이다. 나는 이 편지를 직접 인용하지는 않겠다. 그리고 이 편지를 그냥 인간적인 증서라고 부르고 싶다. 편지는 어떤 상처를 노출하는 것처럼 보이고, 또 편지를 쓴 사람은 그 편지에 내비친 쓰라린 솔직함을 아마 커다란 모험이라고까지 여겼던 것 같다. 그런데 그것은 모험이 아니었다. 그리고 모험이 아니었음이 드러난 방식은 참으로 감동적이었다. 편지 수신자는 곧바로, 서둘러서, 상대방을 불안하게 하는 어떤 지체도 없이 파이퍼링을 방문했고, 이어 자신의 마음을 털어놓았으며, 매우 진지하게 감사하는 마음을 확인시켰다. 이때 그는 단순하고 대범하며 천진난만하고 부드러운 태도를 보이면서, 상대방을 위해 어떤 부끄러움이든 예방하려고 애썼다…… 나는 그런 노력을 칭찬해야만 한다. 그렇게 하지 않을 수 없다. 그리고 슈베르트페거를 인정하는 심정으로 짐작건대, 바로 이때 바이올린 협주곡 작곡과 헌정이 결정되었을 것이다.

그 일이 아드리안을 빈으로 데려갔던 것이다. 또한 루디 슈베르트페거와 함께 그를 헝가리 영주의 성으로 데려갔다. 두 사람이 그곳에서 돌아왔을 때, 루돌프는 그때까지 어린 시절 때문에 오로지 나에게만 부여되었던 특권을 누렸다. 그와 아드리안이 서로를 '너'라고 불렀던 것이다.

XXXIX

불쌍한 루디! 너의 미숙한 악령의 승리는 짧았다. 왜냐하면 너의
악령은 그것보다 더 깊고 더 강한 액운을 띤 악령의 영역에 갇혀 있었
기 때문이다. 그 악령은 너의 악령을 매우 빠르게 꺾어버리고, 일그러
뜨리며, 파괴해버리고 말았다. 비운의 "너"! 푸른 눈의 단순하고 순진
한 네가 친구에게서 "너"라는 의미를 얻어낸 것은 원래 네게 맞지 않는
일이었고, 또한 마지못해 네게 "너"의 의미를 부여했던 친구도─어쩌
면─행복감을 느낄 수 있던 굴욕이었지만, 그런 의미 부여로 인해 그
에게 생겨난 굴욕 때문에 복수하지 않을 수 없었다. 복수는 고의가 아
니었고, 즉각적이었으며, 냉정하고, 은밀하게 일어났다. 이제 그 이야
기를 하겠다. 그 이야기를 한다.

1924년의 마지막 며칠 동안 베른과 취리히에서는 성공적인 바이올
린 협주곡의 재공연이 열리고 있었다. 스위스 '실내 오케스트라'의 두
번째 행사와 함께 열렸는데, 오케스트라의 지휘자 파울 자허 씨가 슈

베르트페거를 매우 좋은 조건으로 초대했던 것이다. 그러면서 작곡가도 함께 참석함으로써 공연에 특별한 명성을 실어주었으면 좋겠다는 바람을 잊지 않았다. 아드리안은 그럴 생각이 없었다. 그러나 루돌프는 어떻게 부탁하면 그를 설득할 수 있는지 알고 있었다. 당시에 그 젊은 "너"는 자신의 밝은 미래를 약속하며 다가올 기회를 얻기 위해 길을 닦을 만한 힘을 충분히 가지고 있었다.

독일 고전음악과 동시대의 러시아 음악을 포함한 프로그램의 중심에 있던 협주곡은 모든 능력을 발휘하는 솔리스트의 집중 덕분에 두 도시에서, 즉 베른의 음악 학교에서나 취리히의 음악당에서 작품의 정신적인 특성과 관객의 마음을 사로잡는 특성을 다시 증명해 보였다. 비평계는 양식이, 게다가 수준이 통일되지 않은 점을 알아차렸다. 청중들도 빈 사람들보다 조금 더 냉담한 태도를 보였지만, 공연에 갈채를 보내주었을 뿐만 아니라 이틀간의 저녁 공연에서 작곡가가 꼭 나타나기를 기대했다. 아드리안은 자신의 곡을 연주한 사람의 손을 잡고 여러 차례 박수갈채에 감사를 표함으로써 연주자에게 호의를 보였다. 이와 같은, 말하자면 오직 두 번의 돌발 사건, 혹은 대중들 앞에서 그 고독한 친구가 자신의 개인적인 본래 모습을 포기하는 장면을 나는 직접 보지 못했다. 나는 그 일에서 제외되어 있었던 것이다. 취리히에서 열린 두번째 연주회를 보고 내게 그 이야기를 해준 사람은 자네트 쇼이를이었다. 마침 그 도시에 머물고 있던 그녀는 아드리안과 사적인 거주지에서도 만났는데, 그곳에는 그와 슈베르트페거가 숙박객으로 머물고 있었다.

그들은 호숫가 근처 뮈테가(街)에 위치한 라이프 부부의 집에서 만났다. 이 부부는 부유하지만 자녀가 없었으며, 예술을 좋아하고 이미 노년에 이른 사람들이었다. 오래전부터 이들은 여행 중인 저명한 예술가들에게 무료로 쾌적한 숙소를 제공하고, 사교적으로 담소를 나누며 접대하는 일을 즐거움으로 여겼다. 남편은 예전에 비단 사업을 하다가 이젠 쉬고 있는 사업가로 전통적이고 민주적이며 성실하고 강직한 전형적인 스위스인이었다. 그의 한쪽 눈은 의안(義眼)이었는데, 그것은 수염이 있는 그의 얼굴 표정에 모종의 경직된 분위기를 자아냈다. 하지만 그는 그런 외모와는 영 딴판으로 매우 자유분방한 인물이어서, 여주인공이나 익살스러운 역할을 하는 여배우들과 자신의 살롱에서 은밀하게 재미를 즐기기도 했다. 또 때때로 그는 자기 집에 모인 손님들 앞에서 첼로 연주도 꽤 잘했는데, 이때 부인이 피아노 반주를 맡았다. 그녀는 독일 제국 출신으로 한때 성악에 몰두한 적이 있었다. 그녀는 남편보다 유머는 부족했지만, 활기차고 손님을 후대하는 시민 계급의 안주인이었다. 그래서 유명인들에게 숙소를 제공하고, 일상사에 신경을 쓰지 않는 그들의 거장다운 성향이 자기 집에서 얼마든지 발휘되도록 돌봐주는 일에 만족을 느낀다는 점에서 남편과 똑같았다. 그녀의 우아한 방에 있는 한 탁자는 유럽의 저명인사들이 헌정한 사진들로 빼곡했고, 이들은 모두 손님을 후대하는 라이프 부부에게 신세를 졌다며 감사의 뜻을 전한 사람들이었다.

바로 그 부부가 슈베르트페거를 집으로 초대했다. 그때는 그의 이름이 아직 신문에 나오기도 전이었다. 하지만 예술가들에게 아낌없이 베푸는 후원자로서 노사업가는 곧 다가올 음악 행사에 대해 다른 어떤 사람들보다 먼저 소식을 듣고 있었던 것이다. 그리고 그들은 아드리안이 온다는 소식을 접하자마자 지체 없이 아드리안을 함께 초대했다. 그들의 집은 넓었고, 손님용 방이 많았던 것이다. 실제로 베른에서 도착한 아드리안과 슈베르트페거는 그곳에서 벌써 자네트 쇼이를 만나게 되었다. 매년 한 번씩 그랬듯이 그녀는 주인과 친분을 나누며 그 집에서 두어 주간 묵고 있었다. 그러나 연주회가 끝나고, 그 집의 모임에 속했던 소수의 사람들이 식당의 한 자리에 모인 만찬회에서 그녀는 아드리안을 자기 옆 자리에 앉히지 못했다.

자리의 상석에는 집주인이 앉았다. 그는 아주 멋지게 세공된 유리잔으로 알코올이 없는 음료수를 즐기며, 옆에 앉은 시립극장의 자극적인 소프라노 가수와 경직된 표정을 지은 채로 농담을 주고받았다. 그녀는 힘이 넘치는 여인으로 그날 저녁이 흘러가는 동안 움켜진 주먹으로 가슴을 자주 쳐댔다. 오페라의 또 다른 회원으로는 바리톤의 주인공이 있었는데, 그는 발트 제국 출신으로 키가 크고 목소리가 우렁찼지만 지적으로 대화를 나누는 남자였다. 그 밖에도 물론 연주회 주최자인 지휘자 자허, 또 음악당의 상임지휘자 안드레아에 박사, 『신(新)취리히 신문』의 뛰어난 음악 전문 연구원 슈 박사가 있었으며, 이들 모두 부인을 동반했다. 식탁의 다른 쪽 끝에는 건장한 라이프 부인이 아드리안과 슈베르트페거 사이에 앉아 있었다. 이들의 왼쪽과 오른쪽 옆에는 젊은 혹은 아직은 젊다고 할 프랑스계 스위스 아가씨로 직장생활을 하는 고도 양과 그녀의 아주머니가 앉아 있었다. 매우 선량하고 거의 러시아인 같은 인상을 풍기며 희미한 코밑수염이 보이는 이 노부인을 마리(이것은 고도의 이름이다)는 "나의 아주머니(ma tante)" 혹은 "이자보 아주머니"라고 불렀다. 여러 가지 정황으로 미루어 보아 노부인은 말 상대도 해주고 가사도 돌보는 일종의 고급 시녀 역할을 하며 조카딸과 함께 살고 있는 모양이었다.

바로 이 아가씨의 모습을 소개해야 하는 것이 내 임무인 듯하다. 왜냐하면 그로부터 얼마 뒤 나는 특별한 이유 때문에 오랫동안 그녀를 상세히 살펴볼 기회가 있었기 때문이다. 어떤 인물의 특징을 말할 때 '호감 가는'이라는 말이 꼭 필요하다면, 바로 이 아가씨를 묘사하는 경우에 그렇다. 그녀는 머리부터 발끝까지 모든 인상에서, 말 한 마디 한 마디와 매번의 미소에서, 그녀의 본성을 표출하는 매 순간 호감이라는 단어에 내포된 은근하고 지나침이 없으며 미학적이고 도덕적인 의미를 모두 충족시켰다. 나는 그녀가 이 세상에서 가장 아름다운 검은 눈을 가졌다는 사실을 제일 먼저 말하고 싶다. 흑옥처럼, 타르처럼, 잘 익은 블랙베리처럼 까만 두 눈은 그렇게 크지는 않지만, 시원시원하고 검으면서도 투명하며 순수하게 치켜뜨는 모양으로 눈썹 밑에서 빛났다. 곱고 균형이 잘 잡힌 눈썹 색은 화장술로는 쉽게 만들어낼 수 없는 것이었고, 부드러운 입술의 자연스럽고 적당하게 생기를 띤 붉은색도 마찬가지였다. 그 아가씨의 모습에서 인위적인 데라곤 찾아볼 수 없었으며, 여기저기 그리고 색을 입힌 화장의 흔적이라곤 전혀 찾아볼 수 없었다. 자연스럽고 소박한 편안함은, 가령 그녀의 목덜미로 무겁게 내려오면서 귀를 드러내는 짙은 갈색의 머리카락이 이마와 부드러운 관자놀이에서 뒤로 넘겨진 모습에서 드러났다. 그것은 또한 손의 외형적 특징이기도 했다. 지적으로 아름답고, 너무 작지 않으면서도 갸름한 그 손의 관절은 흰 비단 블라우스의 소맷부리가 단정하게 싸고 있었다. 그녀의 목도 이런 식으로 매끄러운 옷깃으로 둘러싸여 있었다. 목은 가늘고 기둥처럼 둥글며, 실제로 조각상처럼 아름다운 모양으로 옷깃 위로 솟아 있었다. 그 모습은 상앗빛 얼굴의 사랑스럽게 뾰족하고 갸름한 모습과 어울려 더욱 아름다웠으며, 얼굴에서는 섬세하고 예쁘게 생긴 데다 생기 있게 열린 콧구멍 때문에 작은 코가 유난히 눈에 들어왔다. 그녀가 미소를 짓는 일도 그다지 흔치 않았지만, 크게 웃는 경우는 더욱 드물었다. 어쩌다 웃게 되면 투명해 보이는 관자놀이 부분에 매번 일종의 감동스러운 분위기의 피로감이 엿보였고, 촘촘하고 고르게 난 치아의 윤기가 드러났다.

아드리안이 잠시 결혼할 생각을 품었던 연인의 모습을 생생하게 전하기 위해 내가 애정과 열성을 다해 애쓰는 것을 독자들은 이해할 것이다. 내가 처음 그녀를 보았을 때, 마리는 남국풍의 강렬한 외모를 어느 정도는 의식적으로 부각시키는 사교 모임용 흰색 비단 블라우스 차림이었다. 그 후로는 그녀에게 더 잘 어울리는 수수한 일상복이나 라크 허리띠와 진주모 단추가 달린 짙은 스코틀랜드 천의 여행복을 주로 입고 있었다. 또한 그녀가 흑연과 색연필을 가지고 제도판에서 작업을 할 때 입는 무릎 길이의 작업복 차림을 한 것도 본 적이 있다. 그녀는 디자이너였던 것이다. 아드리안은 이미 그 전에 라이프 부인을 통해 그 사실을 알고 있었다. 그녀는 설계 디자인 예술가로 '게테 리리크Gaîté Lyrique' 극장이나 유서 깊은 '테아트르 뒤 트리아농 극장Théâtre du Trianon' 같은 파리의 소규모 오페라 무대와 뮤지컬 무대를 위해 인물, 의상, 장면 배경을 구상하고 완성했으며, 그녀의 작품은 재단사와 장식 미술가들의 작업에서 원본으로 쓰였다. 제네바 호숫가의 니옹 출신인 그녀는 이런 일을 하면서, 이자보 아주머니와 일 드 파리Ile de Paris에 있는 집의 아주 작은 공간에서 살고 있었다. 그녀는 유능하고, 독창적이며, 복식사에 대한 전문 지식을 갖춘 데다 뛰어난 감각까지 겸비해 어느새 명성이 점점 커가는 중이었다. 그런 직업적인 배경은 그녀가 취리히에 머물 때만 있었던 것이 아니다. 그녀는 오른쪽에 앉은 사람에게 자신이 몇 주 뒤에 뮌헨으로 갈 것인데, 그곳의 극장이 그녀에게 현대적 양식의 회극을 위한 설비를 위임할 것이라고 이야기해주었던 것이다.

아드리안은 고도와 여주인 사이에서 양편에 적절히 관심을 기울이는 모습을 보였고, 그의 건너편에서는 피곤하지만 행복한 루디가 "나의 아주머니(ma tante)"와 우스갯소리를 나누고 있었다. 노부인은 웃을 때면 선량한 눈물을 아주 쉽게 흘리고, 자주 조카딸에게 몸을 굽히며, 옆 사람에게 들은 수다 중에서 자기 생각으로는 조카딸이 반드시 들어두어야 할 이야기를 축축한 눈과 마치 흐느끼는 것 같은 목소리로 반복해 들려주었다. 그러면 마리는 아주머니에게 친절하게 고개를 끄덕여 보였는데, 분명 아주머니가 그렇게 재미있게 시간을 보내는 것을 기뻐하는 것 같았다. 또 그녀는 이렇게 아주머니를 유쾌하게 해준 사람을 일종의 감사와 칭찬이 담긴 눈길로 쳐다보았고, 그는 자신의 농담을 다른 사람에게 전달하고 싶어 하는 노부인의 욕구를 수차례 더 자극하려고 신경을 썼다. 아드리안이 묻는 말에 따라, 고도는 자신이 파리에서 하는 일에 관해, 그리고 그가 부분적으로만 아는 프랑스 발레의 최근 작품, 즉 풀랑크, 오리크, 리에티*의 작품에 대해 그와 대화를 나누었다. 그리고 라벨의 「다프니스와 클로에」, 드뷔시의 「유희」, 골도니**의 「기분 좋은 여인들」에 붙인 스카를라티의 음악, 치마로사***의 「비밀스러운 결혼」과 샤브리에의 「형편없는 교육」에 관한 대화를 주고받으며 편안한 분위기를 만들었다. 이런 곡들 중에서 한두 가지 작품을 위해 마리는 새로운 장치들을 구상했는데, 그녀의 좌석 명패에다 대고 연필로 대충 그려가며 각 장면의 처리를 이해하기 쉽게 설명했다. 그녀는 사울 피텔

---

* Francis Poulenc(1899~1963): 프랑스의 피아니스트, 작곡가.
  Georges Auric(1899~1983): 프랑스의 작곡가.
  Vittorio Rieti(1898~1994): 이집트의 작곡가.
** Carlo Goldoni(1707~1793): 이탈리아의 희극 작가, 가극 각본 작가.
*** Domenico Cimarosa(1749~1801): 이탈리아의 오페라 작곡가.

베르크를 잘 알고 있었다. 아, 물론이에요! 그녀가 반짝이는 치아의 윤기를 드러내고, 진심 어린 웃음이 그녀의 관자놀이를 매우 사랑스럽게 움직이던 순간은 바로 이런 때였다. 그녀는 독일어를 힘들지 않게 구사했는데, 매력적인 외국 억양이 약간 섞여 있었다. 목소리는 따뜻하고 호감을 사는 음색을 띠었으며, 노래에 어울리고, 노래하기에 좋은 '바탕'을 타고났음이 확연히 느껴졌다. 그것은 음역과 음색에서 엘스베트 레버퀸의 목소리와 비슷했을 뿐 아니라, 그녀가 말하는 것을 듣고 있으면 정말 가끔씩 아드리안의 어머니 목소리를 듣는 것 같은 느낌이 들었다.

그곳에서처럼 열다섯 명이나 되는 모임에서는 식사 후 지정된 식탁 좌석이 해체되고 나면 원래 자리에서 이탈하는 사람들이 생기고, 대화 상대자들도 바뀌기 마련이다. 아드리안은 만찬이 끝난 뒤로는 마리 고도아 거이 한마디도 나누지 않았다. 자허 씨, 안드레아에 씨, 슈 씨, 그리고 자네트 쇼이를이 취리히와 뮌헨의 음악적 용무에 대해 이야기를 나누며 그를 오랫동안 붙들어놓았다. 그사이에 파리의 부인들은 오페라 가수들, 집주인 부부, 슈베르트페거와 함께 값비싼 세브르 도자기 세트로 차려진 식탁에 둘러앉아서, 나이 많은 라이프 씨가 진한 커피를 연거푸 마셔대는 모습을 놀라워하는 시선으로 쳐다보고 있었다. 그는 스위스 식의 튀는 말투로, 의사의 권고에 따라 자신의 심장을 보강하고 쉽게 잠들기 위해 마시는 것이라고 해명했다. 세 명의 숙박인은 외부에서 온 손님들이 돌아가고 난 뒤에 곧바로 각자의 방으로 돌아갔다. 고도 양은 그녀의 아주머니와 함께 '호반의 에덴(Eden au Lac)' 호텔에 며칠 더 묵었다. 다음 날 아침에 아드리안과 뮌헨으로 돌아가려던 슈베르트페거가 그 부인들에게 뮌헨에서 다시 만나게 되기를 희망한다고 매우 활기차게 말했을 때, 마리는 잠시 머뭇거리다가, 아드리안이 다시

한 번 그 소망을 반복하자 그때서야 친절하게 동의했다.

연회석에서 내 친구의 오른쪽에 앉았던 매력적인 취리히 여인이 우리의 수도에 도착했다는 소식, 또 그녀가—아드리안이 그녀에게 숙소를 추천했다고 말한 적이 있었기 때문에 우연은 아니건대—아드리안 자신이 이탈리아에서 돌아와서 며칠 묵었던 곳과 같은 슈바빙의 여관, 즉 '기젤라 여관'에 그녀의 아주머니와 함께 짐을 풀었다는 소식을 내가 신문에서 읽었을 때는 1925년 들어 첫 몇 주가 지난 때였다. 예정되어 있던 초연에 대한 관객의 관심을 높이기 위해 극장에서 신문 기사를 통해 광고를 냈던 것이다. 이어서 곧 그 소식은 슐라긴하우펜 씨의 초대를 통해 우리에게 확인되었다. 토요일 저녁 슐라긴하우펜 씨 집에서 그 유명한 설계 디자이너와 함께 저녁 모임을 갖는다는 것이었다.

내가 이 만남을 바라보며 느꼈던 긴장은 표현할 수 없을 정도였다. 기대, 호기심, 기쁨, 불안이 내 마음속에서 깊은 흥분 상태로 섞였다. 왜 안 그랬겠는가? 아드리안이 예의 저 스위스 연주 여행에서 돌아와 내게 특히 마리와 만난 이야기를 했고, 그녀의 목소리가 그의 어머니의 목소리와 비슷했다고 태연하게 단정하는 등 그녀 개인에 대해 설명했으며, 그 밖에도 내가 그런 이야기에 곧바로 솔깃하도록 했기 때문은 아니었다. 혹은 그런 것 때문만은 아니었다. 그는 물론 내게 열광적으로 그녀 이야기를 해주지는 않았다. 그 반대로 그의 말은 조용하고, 오히려 성의가 없었으며, 이때 그의 표정도 별 변동이 없고 시선은 멀리 방 안을 향하고 있었다. 하지만 그와 처음으로 인사를 나누고 나서, 그녀가 아드리안에게 강렬한 인상을 남겼다는 점은 분명했다. 그가 그 아가씨의 성과 이름을 익숙하게 기억하고 썼기 때문이다. 나는 아드리안이 조금 큰 모임에서 이야기를 나눈 사람의 이름을 기억하는 경우가 드물었다고 이미 이야기한 바 있다. 그리고 고도에 관해 그가 전하는 말은 단순한 언급 차원을 확실히 넘어섰다.

그러나 내 가슴을 너무나 특이하게, 기쁨과 회의를 동시에 불러일으키며 뛰게 했던 다른 어떤 것이 더 있었다. 내가 파이퍼링을 다시 방문했을 때, 아드리안이 자신이 다른 어느 곳에서보다 그곳에서 가장 긴 기간을 살았으며, 어쩌면 곧 자신의 외적 삶에 변화가 찾아올지 모르겠다는 의미의 발언을 했던 것이다. 외톨이 생활도 아무튼 곧 끝이 났으면 좋겠고, 실제로 곧 끝을 낼 생각을 하고 있다는 식의 말이었다. 간단히 말해, 그것은 그가 결혼할 생각을 하고 있다는 의미 외에 다른 의미로 해석할 수 없는 발언들이었다. 나는 용기를 내어 그의 암시가 취리히에 체류했을 때 참석했던 사교 모임에서의 우연한 만남과 관련이 있는지 물어보았다. 그의 대답은 다음과 같았다.

"자네가 추측하려 드는 걸 누가 말리겠나? 말이 나왔으니 하는 말인데, 이 좁은 방에서 그런 이야기를 하기는 좀 그렇지. 내가 혼동하는 게 아니라면, 자네가 예전에 내게 유사한 고백을 했던 곳이 고향의 시온 산 위였지. 이런 이야기를 하려면 적어도 롬뷔엘에는 올라가야 하는데 말이야."

내가 어리둥절해하는 모습을 상상해보라!

"이야"라고 내가 말했다. "이거야말로 대단한 화젯거리이고 감동적인 이야기군!"

그는 내게 흥분하지 말라고 조언했다. 자기가 마흔 살이 된다는 사실은 결국 교제 기회를 놓치지 말라는 경고로서 충분하다고 말이다. 나는 더 이상 질문을 하고 싶지 않았고, 일단 두고 볼 생각이있다. 하지만 혼자 속으로는, 그의 결혼 계획이 슈베르트페거와의 요사스러운 결합에서 풀려남을 의미한다는 점에서 기쁜 마음이 드는 것을 숨기지 않았다. 나는 그가 생각하는 결혼이 그렇게 풀려나기 위한 의식적인 수단이라고 기꺼이 이해하고자 했다. 이 점에 대해 바이올리니스트이자 휘파람 불기를 좋아하는 친구가 어떤 태도를 취할지는 부차적인 문제였고, 그다지 걱정할 일도 아니었다. 왜냐하면 그는 애들이나 가질 만한 명예욕을 충족했고, 연주회도 이미 가졌기 때문이다. 나는 그가 그런 승리 후에 아드리안 레버퀸의 삶에서 다시 이성적인 자리로 돌아와야 한다는 내 생각에 동의하리라고 생각했다. 다만 내 머릿속을 계속 떠돌던 것은 아드리안이 자신의 결혼 계획에 대해 이야기하는 이상한 방식이었다. 그것은 그가 마치 그런 계획의 실현이 오로지 자신의 의지에만 달렸다는 듯이, 마치 아가씨의 동의는 전혀 신경 쓸 것이 없다는 듯이 말한다는 사실이었다. 단지 선택만 하면 된다는, 오로지 자신이 선택했다는 말만 하면 된다고 믿는 그의 자의식이야 내가 수긍하지 않을 도리가 있었겠는가! 하지만 내 가슴속에는 이렇게 믿는 그의 단순함 때문에 오히려 두려움이 생겼다. 그런 단순함은 나 자신에게조차 고독과 낯설음의 표현으로 보였다. 그런 고독과 낯설음이야말로 그가 지닌 신비로운 후광을 구성하고 있는 것들이었고, 또 도대체 이 남자가 여자의 사랑을 얻어내는 능력을 타고나기나 했나,라고 나도 모르게 의심하도록 했던 요인들이다. 솔직히 그 자신이 근본적으로 그런 사랑의 가능성을 믿었을까라는 의심조차 들었다. 그래서 그가 의도적으로 자신의 성공이 당연한 듯이 행동하는 것 같은 느낌이 자꾸만 들었던 것이다. 그렇게 선택받은 아가씨가 그녀와 연관된 그의 생각들과 의도를 일단 짐작이라도 했는지는 불분명한 채로 남았다.

그것은 내가 마리 고도와 직접 인사를 나누게 되었던 브리에너 거리의 저녁 살롱 모임이 끝난 뒤에도 내게는 여전히 불분명했다. 그녀가 얼마나 내 마음에 들었는지는, 앞에서 내가 그녀를 묘사했던 말에서 추측하라. 내가 이미 아는 바대로 아드리안이 보고 적잖이 민감하게 반응했던 그녀의 눈빛의 부드러운 어두움, 또 그녀의 매력적인 미소, 그녀의 음악적인 목소리만 그녀에 대한 내 마음을 사로잡은 게 아니었다. 그녀의 본질이 드러내는 다정하면서도 지적인 신중함, 키들거리는 여자들과는 거리가 먼 객관성, 단호함, 게다가 독립적이고 직업을 가진 여자의 쌀쌀맞음까지도 내 마음을 끌었다. 그녀가 아드리안의 반려자가 된다는 상상은 나를 흐뭇하게 했다. 그리고 나는 그녀가 그에게 불러일으킨 감정이 충분히 이해된다고 생각했다. 그가 자신만의 고독 속에서 멀리했던 '세상'이 그녀를 통해 그와 만났던 것이 아니겠는가? 예술가적이고 음악적인 관점에서 무엇을 '세상'이라고, 즉 독일적이지 않은 것이라고 지목하더라도 말이다. 지극히 진지하고 친절한 형상으로 나타나 신뢰감을 불러일으키고, 채워지지 않은 것을 보충해주겠다고 약속하면서, 결합을 시도할 수 있는 용기를 북돋우며 그와 만났던 것이 아니랴? 그래서 그가 음악적인 신학과 수학적인 수의 마법으로 이루어진 자신의 오라토리오의 세계를 헤쳐 나와 그녀를 사랑했던 것이 아니겠는가? 비록 내가 그들이 함께 있는 것을 직접 본 것은 단지 일시적이었지만, 두 사람이 함께 같은 공간에 머물고 있음을 보자 내게는 희망에 찬 흥분이 일었다. 언젠가 한번은 사교 모임에서 어쩌다 마리, 아드리안, 나 그리고 다른 한 사람이 한자리에 앉게 되었을 때, 나는 곧바로 그 자리를 떠나면서 다른 한 사람도 자기가 어디로 가야 할지를 알 만큼 판단력이 있기를 기내해보기도 했다.

슐라긴하우펜 집에서의 저녁은 정찬이 아니라, 기둥이 있는 살롱 옆의 식당에 가벼운 음식들이 뷔페처럼 차려진 9시 모임이었다. 사교 모임의 모양새는 전쟁 이후 근본적으로 바뀌었다. 리데젤 남작 같은 인물이 여기에 나타나서 '우아한' 것을 지지하는 일 따위는 더 이상 없었다. 피아노를 치던 그 기사는 이미 오래전부터 역사의 공식 석상에 나타나지 않았다. 또 실러의 증손자를 자처하던 폰 글라이헨 루스부름 씨도 더 이상 찾아볼 수 없었다. 아주 대단한 독창력을 발휘해 꾸며냈지만 결국 실패에 그치고 말았던 그의 사기 행각이 범죄로 확인되면서 그는 세상에서 쫓겨나 니더바이에른의 영지에만 머물게 됨으로써 거의 자발적인 구금자 신세로 전락하고 말았기 때문이다. 그의 사기 행각은 거의 믿을 수 없을 만큼 황당한 사건이었다. 남작의 말대로라면, 그는 값비싼 장신구 한 개를 전문가의 손에 맡겨 개조할 생각으로 잘 포장해서 매우 높은 액수로, 다시 말해 원래의 값 이상으로 보험에 가입한 뒤 외지에 있는 어떤 보석상에게 보냈는데, 소포가 보석상에게 도착했을 때 보석상은 소포 안에서 죽은 쥐 한 마리 외에는 아무것도 발견하지 못했다. 발신인이 혼자 속셈으로 그 쥐에게 부여했던 과제를 쥐가 무능력하게도 수행하지 못했던 것이다. 보아하니 원래 착상은, 그 설치류 동물이 소포 포장지를 물어뜯고 나와 도망가리라는 생각이었던 것 같다. 값비싼 패물이 도무지 어찌 된 영문인지 모르게 생겨난 구멍으로 빠져서 분실되었다는 환상을 불러일으킴으로써 보험금이 지불되도록 말이다. 그러나 문제의 동물은 출구를, 즉 결코 넣은 적이 없는 값비싼 보석 목걸이의 분실을 설명할 수 있었을 출구를 만들어내지 못한 채 죽어버리고 말았다. 그 사기극을 창안해낸 사람은 자신이 말할 수 없이 창피스럽게 웃음거리가 되었다고 보았다. 아마도 그는 그런 사기극을 어떤 문화사 책에서 주워 읽은 모양인데, 결국 자신의 독서로 인한 희생자가 되어버렸다. 하지만 일반적인 관점으로 보면, 그 시대의 도덕적 혼란도 그의 기발한 착상을 함께 키운 책임이 있는지도 몰랐다.

어쨌든 우리의 여주인, 즉 처녀 시절에 귀족의 성(姓) 폰 플라우지히로 불리던 그녀는 여러 가지를 포기해야만 했고, 세습귀족 신분과 예술가 신분을 서로 결합시킨다는 자신의 이상을 거의 완전히 단념하지 않을 수 없었다. 예전 시절을 상기시키는 사람들은 과거에 궁전에 드나들다가 이제 그녀의 모임에 나오는 궁전 귀부인들 정도였고, 이들은 자네트 쇼이를과 프랑스어로 대화를 나누곤 했다. 그리고 연극 극장 스타들 외에 이런저런 가톨릭-민족당원, 심지어 명망 있는 어떤 사회민주당 의원과 새로운 정부의 몇몇 고위급 간부들도 볼 수 있었다. 그나마 그런 간부들 중에는, 근본적으로 아주 호탕하고 무슨 일이든 벌일 준비가 된 폰 슈텡엘 씨처럼 성에 '폰von'을 달고 다니는 집안의 사람들이 아직 있기는 했다.* 그러나 이미 '자유주의적인' 공화국을 싫어해서 적극적인 행동을 도모하는 모종의 불순분자들도 있었다. 그들의 이마에는 독일의 치욕을 보복하려는 계획, 그리고 다가오는 미래의 세계를 대변하겠다는 야욕이 뻔뻔스럽게 드러나 있었다.

어쨌든 나의 관심사는 오직 하나뿐이었다. 어떤 관찰자가 그 자리에 있었다면, 아드리안보다 오히려 내가 마리 고도, 그리고 그녀의 선한 아주머니와 함께 있는 것을 더 많이 보았으리라. 아드리안은 분명히 그녀 때문에 모임에 왔고, 또 모임 초에 곧바로 눈에 띄게 기뻐하며 그녀에게 재회의 인사를 보냈었다. 하지만 그러고 나서는 자기를 좋아하

---

* 'von'은 귀족 출신임을 뜻하는 표시다.

는 자네트, 그리고 바흐 음악에 매우 정통하고 바흐를 존경하는 사회민주당 의원과 주로 이야기를 주고받았다. 아드리안이 내게 털어놓은 모든 이야기를 고려하면, 독자들은 내가 상대방에 대한 호감과 무관하게 그 앞에서 바짝 정신을 집중하고 있었음을 이해할 것이다. 루디 슈베르트페거도 우리와 함께 있었다. 이자보 아주머니는 그를 다시 보게 되어서 무척 좋아했다. 취리히에서처럼 그는 자주 그녀가 크게 웃도록—그래서 마리도 미소를 짓도록—해주었다. 하지만 그는 침착한 대화를 방해하지 않았다. 대화는 파리와 뮌헨의 여러 예술적 사건들을 중심으로 이어졌고, 또 정치적이고 유럽적인 문제, 독일과 프랑스의 관계가 언급되었다. 그러다 대화가 끝날 무렵, 말하자면 이미 이별을 고한 아드리안이 그저 몇 분간 선 채로 대화에 끼어들었다. 그는 늘 발츠후트로 가는 11시 기차를 타야 했던 것이다. 그래서 그날 저녁 리셉션에 그가 참여했던 전체 시간은 고작 한 시간 반 정도밖에 되지 않았다. 다른 사람들은 조금 더 오래 남아 있었다.

이와 같은 일은, 이미 말한 바와 같이, 토요일 저녁에 있었다. 며칠 뒤, 목요일에 나는 전화로 그의 목소리를 들었다.

XL

아드리안은 프라이징으로 내게 전화를 했다. 내게 부탁할 것이 하나 있다는 것이었다(그의 목소리는 낮고 약간 단조로웠는데, 나는 두통 때문이 아니었나 싶었다). 그는 '기젤라 여관'에 묵고 있는 숙녀들에게 뮌헨을 좀 소개하고 안내해야 되지 않을까,라는 느낌이 든다고 했다. 그들을 데리고 근교로 소풍을 가볼까 하는데, 마침 겨울 날씨도 좋지 않으냐는 것이었다. 자기가 이런 생각을 떠올린 건 아니고, 원래는 슈베르트페거의 제안이었는데, 자기가 그 제안을 다시 끄집어내어 곰곰이 생각해봤다는 것이다. 그래서 노이슈반슈타인 성*이 있는 퓌센이 어떨까 싶은데, 어쩌면 오버아머가우로 나갔다가 그곳에서 썰매를 타고 에탈 수도원으로 가보는 것이 더 나을지도 모르겠다고도 했다. 개인적

---

* Schloss Neuschwanstein: 루트비히 2세(1845~1886)가 1869년부터 독일 바이에른 주 남쪽에 중세 기사들의 성을 모델로 짓게 한 성으로, 오늘날까지 독일에서 가장 유명한 관광지 중 하나로 남아 있다.

으로는 그 수도원이 좋은데, 어쨌든 진기하고 구경할 만한 린더호프 성을 지나서 가는 것이 괜찮지 않겠느냐는 것이었다. 그리고 그는 내 생각은 어떠냐고 물었다.

나는 그런 생각 자체가 좋고, 소풍 목적지로 에탈이 적당하겠다고 대답했다.

"물론 자네 식구들이 같이 가야 하네." 그가 말했다. "자네와 자네 안사람 말일세. 우린 토요일에 가기로 했네. 내가 알기로는, 이번 학기에 자네가 토요일에는 수업이 없지. 그럼, 다음 주 토요일로 정하지. 그때 눈이 너무 지독히 녹아버리는 날씨가 아니라면 말이야. 실트크납에게도 내가 이미 얘기를 다 해놓았네. 그런 걸 열광적으로 반기는 사람이니까. 자기는 스키를 타고, 그걸 썰매에 묶겠다고 하더군."

나는 그 모든 것을 아주 좋은 일이라고 생각했다.

그런데 다음과 같은 점을 이해해주었으면 좋겠네,라고 그가 계속해서 말했다. 이미 말했듯이, 소풍 계획은 원래 슈베르트페거가 내놓은 것이지만, 자신으로서는 기젤라 여관의 숙녀들이 그런 인상을 받지 않기를 원하는데, 그 바람에 대해 내가 이해해주리라는 것이었다. 자기는 루돌프가 기젤라 여관을 찾아가 숙녀들에게 소풍을 가자고 말하는 것을 원치 않으며, 자기가 직접 그렇게 하고 싶은 마음이 어느 정도 있다고 했다. 뭐, 꼭 너무 직접 하는 것은 아니더라도 말이다. 그래서 혹시 내가 그를 위해 이 일을 재치 있게 처리해주면 좋겠다면서, 내가 다음 번에 파이퍼링에 올 때, 그러니까 모레 시내에서 숙녀들을 방문해, 말하자면 그의 말을 전하는 사람으로서, 뭐 그냥 암시적으로만 그런 사람임을 드러내면 되겠지만, 초대를 전달하는 방식으로 처리하면 되지 않겠느냐는 것이었다.

"자네가 그렇게 우정 어린 봉사를 해준다면, 내가 신세를 많이 지는 것이지." 그는 이상하게 경직된 말투로 끝을 맺었다.

나는 그의 말에 대해 반문을 하려다가 그만두었다. 그리고 그가 바라는 대로 하겠다고 약속을 하고, 그와 우리 모두를 위해 소풍을 가게 된 것이 아주 기쁘다고 확실히 말해두었다. 당연히 나는 기뻤다. 전에 그가 내게 털어놓았던 결혼 계획을 어떤 식으로 추진하며, 그와 관련된 일을 어떻게 진척시킬 것인지, 나는 이미 혼자 진지하게 자문해보았기 때문이다. 그가 선택한 아가씨와 함께 있을 수 있는 지속적인 기회들을 그냥 운에 맡겨둔다는 것은 내가 생각하기에 그다지 권장할 만한 일이 아닌 것으로 보였다. 여러 상황은 운이라는 것이 작용할 수 있는 여지를 그다지 남겨주지 않았다. 일이 성사되도록 어떻게든 후원이 필요하고, 일을 벌이기 시작하는 것이 필요한데, 바로 이 소풍 계획이 그 시작이었다. 슈베르트페거가 정말 그런 소풍을 처음으로 생각해낸 걸까? 아니면 아드리안이 그냥 슈베르트페거가 생각해낸 것이라고 핑계를 댄 것인가? 자신의 천성과 삶의 분위기와는 전혀 다르게 갑자기 사람들과 어울리며 썰매 타기 소풍을 생각해낼 만큼 사랑에 빠진 남자의 역할이 민망해서? 실제로 내게는 그런 생각이나 하고 있는 아드리안의 모습이 그의 품위와는 전혀 어울리지 않는 것으로 보였고, 그래서 나는 그가 예의 저 발상의 책임을 그 바이올리니스트에게 돌린 것이기보다는 진실을 말한 것이기를 바랐다. 그러면서도 나는 이 요사스러운 자칭 플라톤주의자가 도대체 소풍 계획에 흥미가 있기나 한가,라는 의문을 완전히 잠재우지는 못했다.

그런데 반문을 해볼 필요는 있었는가? 나는 사실 되물어보고 싶은 것이 한 가지 있다. 자신이 마리를 보고 싶어 한다는 점을 그녀가 알아주기를 바란다면, 아드리안은 왜 직접 그녀에게 연락을 취하지 않았는가,라는 것이다. 왜 그녀에게 전화를 하거나, 아니면 아예 뮌헨으로 차를 타고 나가 그 숙녀들이 있는 곳을 방문해 자신의 제안을 알려주지 않았는가 말이다. 그 당시에 내가 아직 못 알아차렸던 것은, 사실 아드리안 생각의 핵심은 어떤 경향, 어떤 특정한 발상, 말하자면 나중에 하게 될 일을 위한 예행연습에 있었다는 점이다. 연인에게—나는 그 아가씨를 이렇게 부를 수밖에 없다—누군가를 대신 **보내** 애정을 **전하려는** 성향, 다른 사람으로 하여금 자기 대신 그녀 앞에서 말하도록 시키려는 성향 말이다.

일단 예행연습을 위해 그가 자신의 말을 전해달라고 털어놓은 사람이 나였던 것이다. 그리고 나는 기꺼이 내게 맡겨진 일을 마무리했다. 당시 내가 마리를 만났을 때 그녀는 옷깃이 없는 스코틀랜드 블라우스 위에 흰 작업복을 입고 있었는데, 그 옷이 아주 잘 어울렸다. 그녀는 제도판 옆에 앉아 있었으며, 두껍고 비스듬하게 놓인 그 나무판에는 전기등이 나사로 조여져 부착되어 있었다. 그곳에서 그녀는 내게 인사를 하기 위해 몸을 일으켰다. 우리는 두 숙녀가 빌려 쓰고 있던 작은 거실에서 20분쯤 마주 앉아 있었다. 두 사람은 자신들을 향한 관심에 무척 적극적으로 반응하며 소풍 계획을 몹시 반겼다. 그 계획에 대해 나는 내가 그 일을 생각해낸 것은 아니라고만 말했다. 그 말은 내가 친구 레버퀸에게 가는 길이라는 말을 언급한 후에 바로 이어서 한 말이었다. 그들은 우리가 그렇게 기사답게 안내해주지 않으면 뮌헨의 유명한 주변 지역, 그러니까 바이에른의 알프스 지방에 대해 뭔가 알게 될 기회가 아마 영영 없을 것이라고 말했다. 우리가 만나고 출발하는 날과 시간이 정해졌다. 나는 아드리안에게 만족할 만한 전달 내용을 가지고 갈 수 있었고, 작업복을 입은 마리의 호감 가는 모습에 대해 칭찬을 섞어가며 자세히 보고도 했다. 그는 내게—내가 듣기로는—아이러니가 섞이지 않은 말투로 고맙다고 했다.

"그래, 믿을 만한 친구가 있다는 건 좋은 일이긴 해."

수난극 행사로 유명한 마을로 가는 기찻길은 가르미쉬-파르텐키르헨 구간의 길과 대부분은 같은 길이고, 마지막에 가서야 그곳과 갈라졌으며, 발츠후트와 파이퍼링을 지나갔다. 아드리안은 목적지로 가는 길의 중간쯤에 살고 있었기 때문에 그를 제외한 다른 사람들, 즉 슈베르트페거, 실트크납, 파리 손님들, 나의 아내와 나만 약속된 날 10시경에 뮌헨 중앙역에서 모이게 되었다. 일단은 친구가 없는 상황에서 우리는 평평하고 아직 얼어붙은 땅을 기차를 타고 달리며 여행을 시작했다. 그 시간은 소시지나 치즈를 없은 빵과 티롤 허포도주로 차려진 아침 식사 덕분에 덜 지루했다. 내 아내 헬레네가 준비해온 아침 식사를 하는 동안, 실트크납은 자기가 너무 적게 얻어먹게 될까 봐 걱정된다는 듯이 일종의 열성을 유머 있게 과장함으로써 우리 모두를 한참 웃게 했다. "크나피에게"라고 그가 말했다(이와 같이 그는 자신의 이름을 영어화해서 불렀고, 다른 사람들도 일반적으로 그를 그렇게 불렀다). "크나피에게 너무 빠듯하게 주시지 말고, 넉넉히 주세요!"* 자연스럽고 노골적이며 장난삼아 강조된 욕구를 과시하면서 얻어먹기에 집착하는 그의 모습은 실제로 정말 우스꽝스러웠다. "야아, 너 참 기가 막히게 맛좋다!" 그는 반짝이는 눈빛으로 빵을 씹으면서 신음 소리를 냈다. 이때 그의 농담은 일차적으로는 고도 양을 염두에 두고 한 것임이 분명하다.

---

* 실트크납이라는 이름에 붙은 크납knapp은 '빠듯한, 불충분한'의 의미.

그녀가 우리 모두의 마음에 들었듯이 물론 그의 마음에도 들었다. 그녀는 좁은 갈색 모피 끈으로 가장자리에 장식 처리가 된 올리브색 겨울옷을 입고 있었는데, 그 모습이 무척 보기가 좋았다. 그리고 일종의 고분고분하고 상냥한 마음으로—이제 무슨 일이 벌어질지 내가 잘 알고 있었으니까—나는 그녀의 검은 눈을, 속눈썹의 검은색 안에서 역청탄 같으면서도 밝은 빛을 발하는 그 눈을 바라보면서 연신 경탄을 금치 못했다.

그리고 들뜬 마음으로 소풍을 가고 있는 일행들에게 인사를 받으며 아드리안이 발츠후트에서 우리가 탄 기차에 올랐을 때, 나는 이상한 전율을 느꼈다. 이 단어가 나의 느낌을 제대로 표현할 수 있다면 말이다. 어쨌든 뭔가 전율 같은 것이 내 느낌에 섞여 있었다. 왜냐하면 그때서야 비로소 내가 의식하게 된 사실이 있었기 때문이다. 즉 우리가 앉아 있던 열차 칸에, 그러니까 그 좁은 공간에(칸막이가 있는 별도의 칸이 아니라 긴 통로로 열린 이등실이었지만), 검은 눈의 여인, 푸른 눈의 친구, 그리고 그와 같은 눈의 친구, 말하자면 그 매혹과 무신경함, 흥분과 태연함을 풍기는 눈들이 **그의** 눈앞에 모두 모여 있었고, 소풍날 내내 함께 모여 있게 될 것이라는 사실이었다. 그 소풍날은 말하자면 이와 같은 인물 구도의 운세에 놓여 있게 되었고, 어쩌면 그런 구도가 의도된 것이었으며, 따라서 사정을 아는 사람이라면 그런 구도를 보면서 그날의 원래 의미를 알아차릴 수 있었을 것이다.

아드리안이 나타난 후로 바깥의 경치가 좀더 의미심장해진 것은 물론 당연했다. 그리고 여전히 멀리 떨어져 있기는 했지만, 눈에 덮인 높은 지대가 우리 쪽을 내려다보고 있는 광경이 나타나기 시작했다. 실트크납은 이런저런 정상의 암벽을 구별하며 그 이름을 늘어놓음으로써 좌중의 분위기를 끌어갔다. 바이에른의 알프스 산지에 솟아 있는 봉우리 중에서 장대하고 숭고할 만큼 큰 봉우리는 없다. 하지만 순수한 눈에 덮인 멋진 겨울 풍경이 대담하고 진지한 형상으로 솟아 있는가 하면, 숲속의 협곡과 넓은 공간을 교대로 보여주며 펼쳐졌고, 우리는 기차를 타고 그 풍경 안으로 빠져들었다. 그런데 그날은 춥고 흐린 데다 눈까지 쏟아질 기미가 보였는데, 저녁녘에나 갤 것 같았다. 그럼에도 우리는 대부분 바깥 풍경에 시선을 향하고 있었고, 심지어 대화 중에도 그랬다. 마리는 취리히에서 함께 체험했던 일, 음악당에서 저녁 공연으로 열렸던 바이올린 협연으로 화제를 돌렸다. 나는 아드리안이 그녀와 대화를 나누는 모습을 관찰하고 있었다. 그는 실트크납과 슈베르트페거 사이에 앉은 그녀의 건너편에 자리를 잡았고, 고도의 아주머니는 헬레네와 나에게 수다를 쏟아놓느라 여념이 없었다. 나는 아드리안이 마리의 얼굴, 그녀의 눈을 바라볼 때 너무 노골적으로 보지 않으려고 매우 애를 쓰는 모습을 분명히 볼 수 있었다. 루돌프는 그 푸르고 순진한 눈으로 아드리안이 이처럼 깊은 생각에 빠져 있는 모습, 이처럼 심사숙고하며 눈을 피하는 모습을 바라보고 있었다. 아드리안이 아가씨 앞에서 그 바이올리니스트를 매우 힘주어 칭찬한 것은 뭔가 위로와 보상의 의미를 담고 있지 않았던가? 그녀는 음악에 대한 평가에서 겸허하게 말을 아꼈기 때문에 그냥 공연에 대한 이야기만 언급했는데, 아드리안은 공연의 솔리스트가 그 자리에 있다고 해서 자기가 그의 연주를 명연주자의 연주다운 완성된 수준에다, 한마디로 말해 비할 데 없이 탁월하다고 말하지 못할 이유는 없다고 했다. 그러더니 루디가 밟아온 예술가로서의 발전 과정 일반에 대해, 그리고 의심의 여지없는 밝은 그의 미래에 대해 아주 따뜻한, 게다가 칭찬하는 말까지 몇 마디 덧붙였다.

자신에 대한 칭송을 듣고 있던 루디는 계속 듣고 있기가 민망한 듯했다. 그는 "에이, 별 소릴!" 혹은 "좀 그만해!" 하고 소리쳤다. 그는 우리 마이스터가 무척 과장하고 있다고 확증하듯 말을 하면서도, 너무나 만족스러워서 얼굴이 빨개졌다. 마리의 면전에서 그렇게 칭찬을 받는 상황이 분명 그를 매우 흡족하게 했다. 그런 칭찬이 바로 아드리안의 입에서 나왔다는 사실에 기쁨이 더 컸기에 슈베르트페거는 이에 대한 감사를 아드리안의 표현법에 대한 감탄에다 실어 나타냈다. 그것은 고도가 「묵시록」이 프라하에서 단편적으로 공연된 적이 있다는 이야기를 전해 듣고 기사에서 읽기도 했다면서 작품에 대해 물었을 때였다. 아드리안은 거부 반응을 보였다.

"그런 경건한 죄에 대한 이야기는 그만둡시다!" 그가 말했다.

루디는 그 말에 열광했다.

"경건한 죄!" 그가 환호하며 아드리안의 말을 반복했다. "들으셨지요? 그가 어떻게 말하는지? 그는 말을 어떻게 해야 하는지 안다니까요! 우리 마이스터는 아주 대단한 인물이에요!"

그러면서 그는 자기가 늘 하는 방식대로 아드리안의 무릎을 눌렀다. 그는 상대의 팔 윗부분이나 팔꿈치, 어깨 같은 데를 잡거나 건드리며 말하는 습관이 있었다. 그는 심지어 내게, 그리고 여자들에게도 그렇게 했는데, 여자들은 보통 그런 접촉을 싫어하지 않았다.

오버아머가우에서 우리는 용마루와 발코니에 목각 장식이 많고 이상적인 분위기로 꾸며놓은 농가들, 사도들과 구세주와 성모의 집들이 있는 잘 가꿔진 마을을 돌며 이리저리 산책했다. 친구들이 근처에 있는 칼바리아 산*을 올라가고 있는 사이에 나는 잠시 떨어져 나와, 내가 잘 알고 있던 운송업체에서 썰매 한 대를 주문했다. 나는 점심 식사 때 어떤 레스토랑에서 다른 여섯 사람들과 다시 만났다. 그곳에는 춤을 출 수 있는 무대가 마련되어 있었는데, 투명한 바닥이 작은 탁자들로 둘러싸인 데다 밑에서는 조명이 비쳤다. 그곳은 아마 성수기에, 물론 연주가 있는 시기에 관광객들이 몰리는 곳이었으리라. 그런데 우리가 갔을 때는 다행히도 거의 비어 있었다. 우리를 제외하곤 단지 두 팀이 멀리 떨어진 곳에 앉아 식사를 하고 있었다. 한쪽은 몸이 불편한 것 같은 어떤 신사와 사회복지부녀회 단체복을 입은 간호사였고, 다른 한쪽은 겨울 스포츠를 즐기러 온 사람들이었다. 평평한 무대 위에서는 다섯 명으로 된 작은 오케스트라가 손님들에게 살롱 음악을 연주했다. 연주가들은 곡이 바뀌는 사이사이에 오랫동안 느긋하게 쉬곤 했는데, 아무도 그것을 섭섭해하지 않았다. 그들이 연주한 곡이 수준도 낮았거니와, 연주마저 맥 빠지고 형편없었던 것이다. 그래서 구운 닭고기를 먹고 난 뒤에 루디 슈베르트페거가 더 이상 참지 못하고 자신이 제대로 한 수 가르쳐줄 결심을 하게 되었는데, 이때 그의 태도는 정말 전형적이었다. 그는 바이올리니스트에게서 악기를 빼앗아 들고 손으로 몇 번 돌려보는가 하면, 어디서 만들어진 악기인지 확인하고 나더니 아주 대범하게 즉흥 연주를 해보였다. 이때 그가 '자신의' 바이올린 협주곡 카덴차의 몇 대목을 끼워 넣으며 연주하는 바람에 우리 모두가 웃음을 터뜨렸다. 그곳 식당의 악사들은 놀라 입을 다물지 못했다. 그리고 루디는 그런 곳에서 생업에 매달리는 일보다 분명 더 높은 경력을 꿈꾸었을 피아니스트, 눈이 피곤해 보이는 어떤 청년에게 드보르작의 「유머레스크」

✝ 예수가 십자기를 지고 올라가 죽음을 맞은 고난의 길을 본떠서 쌓은 언덕.

를 반주할 수 있느냐고 물었다. 그러고는 그 평범한 바이올린으로 풍부한 앞꾸밈음과 우아한 갈롭,* 멋진 중음주법(重音奏法)**이 있는 가장 아름다운 곡을 너무나 대담하고 탁월하게 연주한 덕에 식당 안에 있던 모든 사람들로부터, 그러니까 우리들, 옆 탁자에 앉은 손님들, 놀란 악사들, 게다가 두 명의 종업원들로부터도 커다란 박수를 받았다.

실트크납이 질투심으로 내게 소곤댔듯이, 그것은 근본적으로 상투적인 익살이었다. 하지만 극적이고 매력적인 것은 사실이었고, 한마디로 말해 '상냥한' 것으로 아주 전형적인 루디 슈베르트페거의 방식이었다. 우리는 예상보다 더 오래 커피와 용담주를 마시며 그곳에 앉아 있었는데, 나중에는 완전히 우리끼리만 남게 되었다. 게다가 투명한 바닥판 위에서 간단히 춤도 췄다. 실트크납과 슈베르트페거는 고도 양과 또나의 선한 아내 헬레네와 번갈아가면서, 뭔지도 모를 의례에 따라 그위에서 이리저리 춤을 추었다. 행동을 절제하며 제자리에 앉아 있던 나머지 세 명의 호의 어린 눈길을 받으면서 말이다. 바깥에서는 이미 썰매가 기다리고 있었다. 그것은 두 마리 말이 끄는 썰매로, 모피 덮개가 잘 갖추어져 있고 자리도 넓었다. 내가 마부 옆에 자리를 잡고, 실트크납은 스키를 타며(마부가 스키를 가져왔다) 마차에 매달려 가려던 계획을 실행에 옮겼기 때문에 나머지 다섯 명은 불편함이 없이 썰매 안에 자리를 잡았다. 그런 좌석 배치는 그날의 프로그램 중에서 가장 잘 계획된 부분이었다. 단지 뤼디거의 씩씩하고 남자다운 발상이 나중에 두고두고 그를 괴롭히게 된 점을 제외하면 말이다. 얼음같이 차가운 바람에 노출된 채, 울퉁불퉁한 바닥 탓에 이리저리 내동댕이쳐지고 눈가루

---

* 4분의 2 박자의 빠르고 활기찬 원무.
** 바이올린 현의 여러 음을 한 번에 짚어 화음을 만들어내는 주법.

를 뒤집어쓰는 바람에, 그는 하복부 동상, 즉 그를 여러 날 동안 침대에 붙들어놓으며 쇠약하게 만든 장염 종류의 병에 걸려버린 것이다. 하지만 그것은 나중에야 비로소 드러난 불운이었다. 나 개인적으로는 나지막한 방울 소리를 들으면서 따뜻하게 몸을 감싼 채 깨끗하고 세찬 공기를 뚫고 미끄러지듯 나아가는 것을 특히 좋아했는데, 다른 사람들도 그런 상황을 즐기는 듯했다. 내 등 뒤에 아드리안이 마리와 서로 마주보고 있다는 생각은 호기심, 기쁨, 걱정, 그리고 간절한 소망으로 자극받은 내 심장을 뛰게 했다.

린더호프, 루트비히 2세*의 이 작은 로코코 성은 기가 막히게 아름다운 숲과 산의 고독한 분위기 속에 놓여 있었다. 사람들과의 접촉을 피하는 왕으로서는 이곳보다 더 동화 같은 은신처는 찾을 수 없었을 것이다. 그런 장소가 풍기는 매력은 매우 유쾌한 분위기를 자아내겠지만, 세상을 등진 왕의 멈출 줄 모르던 건축 욕구가—즉 자신의 왕국을 찬미하고픈 충동의 표현이—명백히 드러낸 그의 미적 감각은 결국 세상에 적응하지 못하던 그의 당혹감을 말해준다. 우리는 정차를 하고, 성 관리인의 안내를 받으며 넘칠 듯이 장식이 많은 호화로운 회의실을 걸었다. 그곳은 그 환상의 성에서 '거실' 용도로 건축되었는데, 정신질환을 앓던 왕은 그곳에서 제왕적 위엄의 상념으로만 가득 찬 나날을 보내면서, 폰 뷜로우**에게 연주를 하도록 했으며, 기분을 좋게 해주

---

* Ludwig II(1845~1886): 섬세한 감각이 매우 뛰어났던 왕으로, 일상으로부터 도피하여 여러 아름다운 건축물을 축성하고 예술(특히 바그너 음악)에 심취한 채 고립된 삶을 살다가, 끝내 정신질환 판정을 받고 왕권을 삼촌 루이트폴트에게 넘기고 요양 중 남부 바이에른의 슈타른베르크 호수에서 익사한 것으로 알려져 있다. 특히 민중들의 호감과 지지를 많이 누린 그는 오늘날까지 '동화 속의 왕'으로 남아 있다.
** Hans von Bülow(1830~1894): 독일의 피아니스트, 지휘자.

는 카인츠*의 목소리에 귀를 기울였다. 보통 제후들의 성에서 가장 큰 공간은 옥좌가 있는 알현실이다. 그러나 이곳에는 알현실이 없다. 그런 것 대신 침실이 있고, 그 넓이는 낮에 머무는 곳의 작은 규모와 비교하면 엄청나게 크다. 그리고 바닥에서 높이 올려 배치해 엄숙한 분위기가 나는 호화로운 침대는 그 과장된 넓이 때문에 길이는 상대적으로 짧게 보이는데, 마치 시체를 안치하는 침상처럼 팔이 여러 개 달린 금촛대로 둘러싸여 있었다.

분별력 있는 관심을 가지고, 하지만 남몰래 고개를 가로저으며 우리는 모든 것을 찬찬히 관찰하고, 이어 밝아오는 하늘을 보며 에탈 쪽으로 계속 썰매를 타고 갔다. 그곳은 베네딕트 대수도원과 수도원 소속의 바로크 성당으로 인해 건축 기술 면에서 높은 명성을 누리고 있는 곳이었다. 우리의 대화는 썰매를 계속 타고 가는 동안은 물론 수도원 맞은편 대각선 부분에 위치한 말끔한 호텔, 즉 우리가 만찬을 즐기게 된 곳에서도 줄곧 이어졌다. 그것은 흔히 말하듯이 '불행한'(그런데 도대체 왜 '불행하다'고 하는가?) 왕, 그러니까 우리가 방금 잠시나마 접할 수 있었던 그 기이한 삶의 주인공에 대한 이야기였음을 나는 기억하고 있다. 토론은 교회를 관람하는 동안에만 끊겼고, 전반적으로는 루트비히 왕의 이른바 정신착란, 권력 행사 불능, 폐위와 금치산 선고에 관한 루디 슈베르트페거와 나 사이의 논쟁으로 이어졌다. 나는 그런 것들이 부당하고, 잔인한 속물근성, 게다가 정치와 후계자 문제가 낳은 작품이라고 단언함으로써 루디를 크게 놀라게 했다.

왜냐하면 그의 입장은 대중적으로 내려온 견해일 뿐만 아니라 속

---

* Josef Kainz(1858~1910): 오스트리아 연극배우. 독일어권에서 가장 유명한 배우들 중 한 사람으로 평가받는다.

된 시민 계급의 공식화된 견해와도 아주 가까웠기 때문이다. 그의 표현대로 왕이 '제대로 미친' 상태였고, 그를 정신과 전문의와 정신병원 간호사들에게 넘겨준 조처, 그리고 정신적으로 건강한 섭정 통치를 투입한 조처는 국가를 위해 절대적으로 필요했다는 것이다. 그는 이와 다른 의견이 어떻게 가능한지 도무지 이해할 수 없는 눈치였다. 그리고 어떤 견해가 자기에게 너무나 생소할 때면 하던 평소 습관대로, 그는 분개한 표정으로 입술을 삐죽 내민 채, 내가 말을 하고 있는 동안 푸른 눈으로 내 오른쪽 눈과 왼쪽 눈을 번갈아가며 뚫어지게 쳐다보았다. 그 이야기가 그때까지 내 관심사가 거의 아니었음에도 불구하고 내가 달변이 되는 것을 나 자신이 약간 놀라운 심정으로 인지했다고 말하지 않을 수 없다. 하지만 나는 그 문제에 대해 혼자 나름대로 단호한 의견을 갖게 되었다고 생각했다. 정신착란이란 매우 불확실한 개념인데, 속물들은 그런 개념을 너무 임의로, 너무 쉽게 의혹을 자아낼 수 있는 기준에 따라 적용한다고 나는 설명했다. 그런 작자들은 자신의 야비함 따위는 아랑곳하지 않고 아주 재빠르게 이성적인 행동의 기준과 경계를 정하며, 그런 경계를 넘어서는 경우는 미친 짓으로 치부해버린다고 말이다. 하지만 온통 공손한 사람들로 둘러싸여 절대적인 권한을 누리는 왕의 존재 양식은 원래 어떤 비판이나 책임으로부터도 해방되어 있고, 그래서 그런 양식의 품위를 펼쳐나가면서 하나의 독자적인 존재 양식이 될 수 있는 권한, 일반 남자라면 아무리 부유하더라도 결코 기대할 수 없는 권한을 부여받았다고 했다. 그런 존재 양식은 왕의 환상적인 성향, 신경쇠약 상태의 욕구와 혐오감, 그리고 다른 사람들을 의아하게 만드는 열정과 욕망이 독특하게 작용할 수 있는 여지를 갖게 되는 법인데, 실제로 자부심을 가지고 그런 여지를 온전히 이용하게 되면, 바로 이것이 아주 쉽게 정신착란이라고 해석된다고 했다. 이 같은 왕의 지위에 미치지 못하는 평범한 사람이 루트비히 왕처럼 자연 풍광의 장려함이 잘 드러나는 곳에서 황금 같은 고독을 누릴 자유를 부여받기나 했는가 말이다! 물론 여기 있는 성들은 사람들을 꺼리는 왕의 특성을 말해주는 기념물이지만, 사람을 꺼리는 심리가 일반적으로 정신 이상 증상이라고 보는 시각이 우리 인간의 평균적인 특성을 평가하는 방법으로 허용되지 않는다면, 그런 심리가 왕의 존재 양식에서 나타날 수 있을 때는 왜 꼭 그런 시각이 허락되어야 하는가 말이다.

그런데 전문 교육을 받았고 적임자로 임명된 여섯 명의 정신과 의사들은 왕이 완전히 정신착란 상태에 빠졌다는 결론을 공식화했고, 그를 격리 수용하는 조처가 반드시 필요하다고 선언했다!

하지만 순종적인 그 학자들이 그런 짓을 한 이유는, 바로 그런 짓을 하라고 임명되었기 때문이라고 나는 계속 주장했다. 그래서 그들이 맡은 일을 해냈을 때는, 정작 루트비히 왕을 그 전에 한 번도 본 적이 없고, 의학적으로 '진찰'한 적도 없으며, 그와 말 한 마디도 나눈 적이 없었던 것이라고 했다. 물론 음악과 시에 대해 설사 왕과 대화를 한 번 나누었다 하더라도, 어차피 그런 속물들은 왕이 정신착란을 앓고 있다고 확신했을 거라고도 했다. 이런 자들의 알맹이도 없는 발언을 근거로 사람들은, 분명 규범을 벗어나기는 하지만 그렇다고 결코 미치지는 않은 왕에게 자결권을 빼앗아버리고 그를 정신병 환자로 취급했으며, 문 손잡이를 떼고 창문에도 창살을 친 호숫가 성 안에 가두어버린 것이라는 말이었다. 그가 그 상황을 견디지 못해서 자유 아니면 차라리 죽음을 택하고, 이때 옥리나 다름없는 의사를 함께 죽음으로 끌고 간 사건은 존엄성에 대한 그의 감각을 말해주는 것이지, 정신착란이라는 진단이 옳음을 확인해주는 게 아니며, 또 맞서 싸울 태세까지 갖추며 그를 따르던 그의 주변 사람들의 태도도 그런 진단의 신빙성을 떨어지게 하고, 농촌 주민들이 자신들의 '키니'*에게 바치는 열광적인 애정도 마찬가지라고 했다. 농부들은 밤에 왕이 오로지 혼자서, 모피를 걸치고 횃불을 켠 채 선두 기사가 이끄는 황금빛 썰매 안에 앉아 온 산을 돌아다니는 것을 보았을 땐 미친 왕을 본 것이 아니라, 비록 농부답게 거칠기는 하지만 자기들 나름의 심정으로 꿈꾸던 왕을 본 것이었다고도 했다. 그리고 왕이 계획했던 대로 수영을 하며 호수를 건너는 일에 성공했다면, 그들은 건너편에서 건초용 쇠스랑과 도리깨를 들고 의사들과 정치가들에 대항하며 왕을 지켰을 거라고도 했다.

하지만 왕의 낭비벽은 확실히 병적이었고, 더 이상 용인될 수 없는 문제였다고요. 그리고 그가 집권 능력이 없었던 것은, 한마디로 정치를 하기 싫어하는 성향에서 기인한 것이구요. 환상 같은 삶에 빠져 사는 그는 꿈에서나 왕이었지, 이성적인 규범에 맞게 왕으로서 해야 할 국가 운영을 거부했는데, 그래가지고야 어디 한 국가가 존재할 수 있겠느냐고요.라며 루디가 대꾸했다.

에이, 모두 허튼소리요, 루돌프. 그냥 평범한 수준의 수상이라면 현대적인 연방국가 하나쯤은 얼마든지 이끌어 가는 법이오. 비록 왕이 너무나 섬세한 감정의 소유자이다 보니, 수상과 그의 내각 동료들의 역겨운 얼굴을 도무지 견뎌내지 못하더라도 말이오. 루트비히 왕에게 그의 고독한 취미를 계속 허용했더라도 바이에른 왕국은 멸망하지 않았을 거요. 애초에 어떤 왕의 낭비벽이라는 말 자체가 무의미하고 그저 떠들

---

* '왕'이라는 뜻의 독일어 '쾨니히'를 바이에른 방언 투의 애칭으로 줄인 말.

어대는 허튼소리이며 속임수요 핑계니까요. 제아무리 돈을 많이 썼다 해도, 어쨌든 돈이 나라 안에 남아 있지 않은가 말이오. 동화 속 건축물 같은 것들을 지은 덕분에 석공들과 도금사들이 호사하고 있는 것일 뿐만 아니라, 온 세상에서 몰려온 사람들의 낭만적인 호기심 덕분에 입장료와 관람료로도 그런 성들은 이미 오래전에 제값을 하고도 남았고, 오늘 우리도 이렇게 광기를 좋은 사업으로 개발하는 일에 직접 기여한 거구요……

"루돌프, 난 당신을 이해하지 못하겠소. 당신은 내 변호 연설에 놀라서 볼을 잔뜩 부풀리고 있지만, 오히려 나야말로 당신의 생각을 놀라워하고 이해하지 못할 권리가 있는 사람이오. 어떻게 하필 당신이…… 내 말은, 예술가로서 그리고 또, 어쨌든 간단히 말해 하필 당신이……"
나는 내가 그의 생각에 놀라워해야 하는 이유를 표현할 말을 찾았지만, 적당한 말이 없었다. 내가 장광설을 늘어놓다가 혼란에 빠진 이유는 또 있었다. 나는 말을 하면서도 내내 아드리안 앞에서 내가 그런 말을 할 권리가 없다는 느낌이 들었기 때문이다. 그런 말은 그가 했더라면 좋았을 텐데 말이다. 아니다, 내가 그 말을 한 것이 더 나았다. 왜냐하면 혹시 그가 슈베르트페거 편을 들어줄 수 있지 않을까, 하는 걱정이 나를 괴롭혔기 때문이다. 나는 친구 대신, 그리고 그를 위해, 그의 정신에 걸맞게 말함으로써 그런 불상사를 미리 막아야 했다. 그리고 마리 고도 역시 나의 변호를 그런 의미로 이해하고, 아드리안이 그날의 소풍을 성사시키고자 그녀에게 파견했던 나를 그의 대변인으로 보는 것 같았다. 왜냐하면 그녀는 내가 논쟁에 열중하고 있는 동안 나보다는 아드리안을 건너다보았기 때문이다. 마치 자신이 내 말이 아니라 그의 말을 듣고 있는 것 같은 표정으로 말이다. 하지만 아드리안의 표정은 계속 나의 토론

열기를 약간 놀리는 듯했다. 그가 띠고 있던 수수께끼 같은 미소는 대변자라는 나의 신분을 무조건 보증하는 입장과는 거리가 멀었다.

"진실이란 게 무엇이겠어." 마침내 그가 말을 꺼냈다. 그러자 뤼디거 실트크납이 재빠르게 그의 말에 동의했다. 진실이라는 건 여러 관점을 내포하고 있고, 루트비히 같은 경우에는 의학적이고 자연주의적인 관점이 어쩌면 가장 우월한 관점은 아니며, 그렇다고 또 완전히 무효라고 부정될 수도 없는데, 또 자연주의 진리관에서는 희한하게도 피상적인 것이 우울증과 연결된다고 한 것이다. 하지만 이런 말이 "우리 루돌프"를 공격하는 건 아니라는 것이었다. 어쨌든 루돌프는 우울증이 있는 사람은 아니니까,라고 실트크납이 덧붙였다. 그러나 그런 말이 한 세기 전체, 말하자면 피상적인 우수에 대한 확연한 호감이 특징이었던 19세기를 규정하는 말은 될 수 있을 것이라고도 했다. 이때 아드리안이 갑자기 소리 내어 웃었다. 물론 의외의 소리를 듣고 놀라서 웃은 것은 아니었다. 그의 앞에서 우리는 그를 둘러싸고 거론되는 모든 생각과 관점이 그의 내면에 모여 있다는 느낌을 계속 가졌고, 또 그가 조소를 띤 표정으로 듣기만 하면서, 어떤 생각과 관점이든 그것을 말하고 대변하는 일은 각자의 인간적인 심신 상태에 맡겨두고 있다는 느낌도 줄곧 들었다. 어쨌든 시작된 지 아직 얼마 안 된 젊은 20세기는 좀더 고상하고 정신적으로 쾌활한 삶의 분위기를 개발하게 되었으면 하는 희망이 언급되었다. 그런 조짐이 있는지 없는지의 문제에 대해 서로 연관성 없는 설명이 오가는 중에 대화는 흐지부지하다가 결국 맥이 끊겨버렸다. 기본적으로 겨울 산의 공기 속에서 보낸 그 모든 활기찬 시간이 흐르면서 피곤함이 몰려왔다. 우리는 기차 시간도 챙겨야 했으므로 마부를 불렀다. 그리고 아주 화창하게 모습을 드러낸 하늘 아래에서 썰매는 우리를 조그마한 역으로 실어갔고, 승강장에서 우리는 뮌헨으로 가는 기차를 기다렸다.

돌아오는 시간은 조용하게 흘러간 편이었다. 잠에 빠져들던 연로한 아주머니를 고려해서라도 그렇게 되었다. 실트크납은 가끔씩 그녀의 조카딸과 목소리를 낮춰 이야기를 했다. 나는 슈베르트페거와 대화를 나누면서, 그가 조금 전의 나의 반론으로 인해 마음이 상하지는 않았음을 확인했다. 아드리안은 헬레네에게 일상적인 것들에 대해 물었다. 그리고 전혀 기대하지 않았던 일이고, 나는 혼자 거의 즐거운 기분으로 감동을 받은 일이 있었는데, 그가 발츠후트에서 우리를 두고 떠나지 않고 기꺼이 우리의 손님들, 즉 파리의 숙녀들이 뮌헨까지 돌아가는 데 동행하며 데려다주겠다고 나선 것이다. 중앙역에서 다른 사람들은 모두 숙녀들과 아드리안에게 작별 인사를 하고 각자 갈 길을 갔다. 반면 그는 아주머니와 조카딸을 택시에 태워 슈바빙의 여관으로 데려갔다. 그것은 기사 정신을 발휘한 행동으로, 나는 그가 그날이 끝나가는 시간을 오로지 그 검은 눈의 아가씨와 함께 보냈겠구나,라고 생각했다.

그리고 아드리안에게 익숙한 11시 기차가 비로소 그를 그의 소박한 고독 속으로 되돌려주었다. 그곳에 도착한 그는 멀리서부터 지극히 높은 휘파람 소리를 냄으로써 아직 잠을 자지 않고 배회하는 카슈페를-주조에게 자기가 돌아왔음을 알렸다.

XLI

나와 공감하는 독자들과 친구들이여, 나는 계속해서 이야기하겠다. 독일의 머리 위에 비운이 덮쳤다. 폐허가 된 우리의 도시에서는 시체를 뜯어 먹고 비대해진 쥐들이 날뛰고, 러시아군의 대포 소리가 베를린을 향해 굴러오는가 하면, 앵글로색슨인들의 라인 강 도강은 어린애 장난처럼 쉬웠다. 적군의 의지와 결합한 우리 자신의 의지가 그런 결과를 초래한 것 같다. 파멸의 순간이 다가오노라. 종말의 순간이 다가온다. 그 순간은 이미 멈출 수 없이 떠올라, 네 머리 위로 모습을 드러내고 있다, 그대, 이 땅의 주민이여. 하지만 난 계속 이야기하겠다. 앞에서 서술했던, 나에게는 의미 있던 소풍이 끝나고 불과 이틀 뒤에 아드리안과 슈베르트페거 사이에 무슨 일이 일어났는지, 그리고 그 일이 어떻게 일어났는지, 나는 그것을 **알고 있다.** 내가 '그곳에 함께 있지' 않았기 때문에 알 턱이 없다고 누군가 수십 번 이의를 제기한다 하더라도 말이다. 그렇다, 난 그곳에 함께 있지는 않았다. 그러나 또한 내가 그곳에 있었던 것이나 다름없다는 점도 이제 영적인 차원에서 사실이다. 왜냐하면 나처럼 어떤 이야기를 체험하고, 지금 이 이야기의 경우처럼 처음부터 끝까지 다시 겪게 된 사람은 그런 이야기에 대해 지극히 내밀하게 관련된 속사정으로 인해 결국 숨겨져 있는 이야기에 대해서도 눈으로 보고 귀로 들은 증인이 되기 때문이다.

아드리안은 헝가리 여행을 함께 했던 루디에게 전화해 파이퍼링으로 좀 와달라고 부탁했다. 가능한 한 빨리 좀 오라고, 그와 함께 상의해야 할 매우 긴급한 사안이 있다고 말했다. 루돌프는 늘 그렇듯 곧장 달려왔다. 전화 연락이 간 건 오전 10시였다. 그때는 아드리안이 일을 하는 시간이었으므로 그 자체로 사실 특별한 돌발 사건이었다. 그리고 오후 4시에 벌써 그 바이올리니스트가 나타났다. 거기다가 그는 저녁에 차펜슈퇴서 오케스트라의 정기 연주회에서 연주를 해야 했는데, 아드리안은 이 점은 생각조차 못 했다.

"네가 오라니까 왔어. 그런데 무슨 일이야?" 루돌프가 물었다.

"오, 곧 얘기할게." 아드리안이 대답했다. "네가 왔다는 사실이 일단 중요해. 너를 보게 되어 좋네. 게다가 보통 때보다 더욱 좋군. 바로 이 점을 기억해둬!"

"네가 나한테 할 말에는 무슨 금쪽같은 배경이 있겠지." 루돌프가 놀라우리만치 귀여운 어법으로 대꾸했다.

아드리안이 산책을 가자고 제안했다. 걸으면서 하기 좋은 얘기라는 것이었다. 슈베르트페거는 즐거운 마음으로 동의했고, 다만 시간이 많지 않은 점을 유감스러워했다. 왜냐하면 자기는 공연 시간에 늦지 않기 위해 6시 기차를 타러 다시 역에 나가야 한다고 했다. 아드리안은 이마를 치며, 자기가 미처 그 생각을 하지 못했다고 사과했다. 그래도 어쩌면 슈베르트페거가 자기 이야기를 듣고 나면 그 점을 좀더 이해할 수 있을 거라고도 했다.

해빙기의 날씨가 시작되었다. 삽질하여 옆으로 치워둔 눈에서 물이 새어 나오면서 엉겼으며, 길은 질퍽질퍽해지기 시작했다. 두 친구는 빗물을 막기 위해 신발 위에 착용하는 덧신을 신고 있었다. 루돌프는 짧은 모피 재킷을 아예 벗지 않았고, 아드리안은 허리띠가 달린 낙타털 외투를 입고 있었다. 그들은 집게 연못을 마주 보며 연못가 쪽으로 발을 옮겼다. 아드리안은 오늘 저녁 공연 프로그램이 무엇이냐고 물었다. 이번에도 주요 연주곡(pièce de résistance)은 브람스의 「1번 교향곡」인가? 또다시 「10번 교향곡」이야? "그래도 기뻐해라. 넌 아디지오에서 흡족한 연주를 해낼 테니까." 그러고 나서 그는 자기가 브람스에 대해 알기 훨씬 전인 소년 시절에 피아노를 치며, 마지막 악장에 나오는 '상만주의 전성기의 호른 테마와 거의 똑같은 모티프를 생각해낸 적이 있다고 말했다. 16분음표 다음에 점 8분음표가 있는 리듬의 트릭 같은 것은 없었지만, 멜로디에서 아주 동일한 정신을 띠었다고 말이다.

"재미있네." 슈베르트페거가 말했다.

그럼, 토요일의 소풍은? 아드리안은 슈베르트페거가 그날 재미있었는지, 다른 사람들도 재미있었다고 생각하는지 물었다.

"그날보다 더 재미있기는 힘들 거야." 루돌프가 단언했다. 자기는 다른 모든 사람들도 그날의 재미있는 추억을 잘 간직했을 거라 확신한다고 말했다. 도가 지나치게 나대다가 이제 병석에 누워 있는 실트크납은 제외하고 그럴 거라는 것이다. "그 친구는 숙녀들과 함께 있을 땐 항상 너무 명예욕에 불탄단 말이야." 말이 나온 김에, 그는, 즉 루돌프는 동정심을 가질 이유가 없다고 했다. 왜냐하면 뤼디거가 자기에게 너무 무례하게 굴었기 때문이라는 것이다.

"그 사람은 네가 농담을 이해하는 사람이란 걸 알고 있어."

"나도 이해는 하지. 하지만 제레누스가 이미 왕에 대한 충성심으로 내 입을 그렇게 맹렬히 막아버렸는데, 뤼디거까지 나를 놀릴 필요는 없었잖아."

"선생이 원래 그렇지. 선생이 뭐든 훈계조로 말하고 남의 생각을 첨삭하려고 하는 건 그냥 둬야 해."

"그래, 붉은 잉크로 그어대면서 말이야. 하지만 지금 당장은 그 둘 다 내겐 전혀 관심 밖이야. 나는 여기 네 곁에 있고, 넌 내게 이야기할 게 있으니까."

"그렇지. 우린 소풍에 대해 이야기를 하고 있으니까, 사실 이미 본론에 와 있어. 네가 마음만 먹으면, 지금 내가 네게 크게 신세지도록 할 수 있는 일에 와 있다고."

"신세라고? 무슨 일인데?"

"너, 마리 고도에 대해 어떻게 생각해?"

"마리 고도? 그 여자라면 아마 누구나 마음에 들어하겠지! 너도 분명히 마음에 들지?"

"마음에 든다는 말은 꼭 적당한 표현이 아니고. 네게 고백하는데, 그녀는, 이미 취리히에서부터 진지한 의미로 내 생각에서 떠나질 않아. 그녀와의 만남을 그냥 일회적인 일로 여기기가 힘들어진단 말이야. 곧 그녀를 떠나보낸다는 생각, 그녀를 어쩌면 두 번 다시 보지 못할 것이라는 생각을 견디기가 너무 힘들어. 나는 그녀를 항상 보고 싶고, 그렇게 봐야 할 것 같고, 항상 내 주변에 두고 싶고, 또 그렇게 돼야 할 것 같은 기분이야."

슈베르트페거는 걸음을 멈추고 그런 말을 한 사람을 쳐다보았다. 처음에는 한쪽 눈을, 그러고는 다른 쪽 눈을 번갈아 바라보았다.

"정말이야?" 그가 다시 걸으면서 말하고는 고개를 숙였다.

"그래." 아드리안이 확인해주었다. "난 내가 너를 믿고 이런 말을 한다고 네가 화내지 않으리라고 확신하고 있어. 그렇기 때문에 난 그런 걱정도 안 하고 이렇게 털어놓는 거야."

"그래, 그런 걱정은 말고!" 루돌프가 중얼거렸다.

그리고 아드리안이 다시 말했다.

"모든 것을 인간적으로 봐줘! 난 이제 몇 년 뒤면 마흔 살이야. 친구로서 넌 내가 남은 인생을 이 수도승의 방에서 보내기를 바라? 다시 말하지만, 나를 인간으로 봐줘. 지금까지 소홀했다는, 늦었을지도 모른다는 어떤 두려움을 가지고 조금 더 따뜻한 집을 그리워하고, 정말 문자 그대로 마음에 드는 동반자를 원하고, 한마디로, 좀더 순하고, 좀더 인간적인 삶의 공기를 요구하게 되는 상황이 엄습할 수 있는 존재 말이야. 안락함 때문만은 아니야. 좀더 유복한 생활을 하고 싶어서만은 아니지. 무엇보다 자신이 하고 있는 일에 대해 재미를 느끼고 힘을 얻고자, 자신의 미래 작품에 인간적인 내용을 담아두고자 새로운 삶에서 훌륭하고 위대한 것을 기대하게 되기 때문이기도 해."

슈베르트페거는 몇 걸음 걷는 동안 침묵했다. 그러고 나서 그는 풀이 죽은 소리로 말했다.

"넌 지금 네 번이나 '인간'이나 '인간적'이라는 말을 했어. 내가 세어봤지. 네가 솔직히 얘기하니까 나도 솔직히 말하는데, 네가 그 단어를 쓰면, 네가 그 단어를 너 자신과 관련해서 쓰면, 내 마음속에서는 뭔가가 오그라들어. 그런 단어를 네 입으로 말하는 건 너무나 믿을 수 없을 만큼 부적절하게 들리고, 또, 그래, 또 부끄러움을 느끼게 한단 말이야. 이런 말을 해서 미안해! 지금까지 네 음악은 비인간적이었어? 그렇다면 네 음악이 훌륭한 건 결국 그 비인간적인 속성 덕분인 거야. 별로 아는 것도 없으면서 이렇게 말해서 미안해! 하지만 나는 인간적으로 영감을 받은 네 작품은 듣고 싶지 않아."

"싫어? 정말 그렇게 싫어? 하지만 넌 이미 그런 곡을 세 번이나 사람들 앞에서 연주했잖아? 그런 곡을 네게 헌정하도록 해놓고 무슨 말이야? 난 네가 내게 무자비한 말을 하려고 작정한 게 아니라는 걸 알고 있어. 하지만 내가 오직 비인간적인 성향만 가진 사람이며, 내게는 인간성이 없다고 알려주는 건 무자비하다고 생각하지 않아? 무자비하고 경솔하다고 생각 안 해? 무자비한 건 항상 경솔한 데서 오듯이 말이야. 놀랍도록 끈질기게 나를 찾아와서는 나로 하여금 인간적인 것에 마음을 열게 하고, 나와 서로 '너'라고 부르는 사이로 바꾸어놓은 사람이, 내가 인생에서 처음으로 인간적인 따뜻함을 찾아볼 수 있었던 사람이 지금 내가 인간성과 무관하다고, 무관해야 한다고 말하고 있는 거야?"

"그건 지금 와서 생각해보면 그냥 임시방편으로 그랬던 것 같아."

"설사 임시방편이었다 해도 그렇잖아? 그게 인간적인 것을 연습하던 것이었고, 인간적인 것으로 향하는 전 단계였다 해도 그렇지 않겠어? 전 단계였다고 해서 독자적인 가치를 잃어버릴 게 전혀 없으니까 말이야. 내 인생에 한 사람이 있었는데, 그가 단호하게 참고 견뎌낸 과정은 결국 죽음조차 극복한 과정이었다고 말할 수 있을 거야. 나의 내면에서 인간적인 것을 자유롭게 풀어놓고, 내게 행복을 가르쳐주었으니 말이야. 사람들은 어쩌면 그 점에 대해 아무것도 모르고, 그것을 어떤 전기에도 쓰지 않을지도 모르지. 하지만 그렇다고 그것이 그의 공로를 허물어버리고, 비밀스럽게 그에게 돌아가야 할 명예를 축소시키겠어?"

"넌 상황을 내게 아주 기분 좋은 쪽으로 뒤집을 줄 안단 말이야."

"내가 그걸 뒤집는 게 아니야. 원래 있는 그대로 그렇다고 하는 거지!"

"사실은 내 이야기를 하는 게 아니고, 마리 고도 이야기잖아. 네 말처럼 그녀를 항상 보려면, 그녀를 항상 네 주변에 두려면 그녀를 아내로 맞이해야 하는 거잖아."

"그것이 내가 바라는 것이고, 나의 희망이지."

"오! 그녀는 네 생각을 알고 있어?"

"아니, 모를까 봐 걱정이야. 그녀에게 내 감정과 소망을 알려주는 표현 수단이 내게는 없는 것 같아서 걱정이지. 특히 다른 사람들이 있는 데서는 말이야. 그들 앞에서 아첨을 떠는 사람 노릇이나 하고, 사랑에 고민하는 남자 역할을 하는 것은 좀 난처하니까."

"왜 그녀에게 직접 찾아가지 않는 거야?"

"어쩌면 그녀는 전혀 기대하지 않는 고백과 청혼을 가지고, 서툴게 다짜고짜 기습하듯이 그녀를 찾아가는 짓은 하기 싫어서. 그녀의 눈에는 난 아직 그저 흥미로운 외톨이일 뿐이지. 난 그녀가 당황해할까 봐 두렵고, 또 그렇게 당황하다가 결국 내 청혼을—어쩌면 성급하게—거절할까 봐 두려워."

"왜 그녀에게 편지를 쓰지 않는 건데?"

"짐작건대 그렇게 하면 그녀를 더 당혹스럽게 할 것 같으니까. 그녀가 답장을 써야 할 텐데, 나는 그녀가 글 쓰는 일에 익숙한지 모르겠단 말이지. 그녀가 거절을 해야 한다면, 나를 배려하려고 얼마나 애를 쓰겠어! 그리고 그렇게 애쓴 배려가 내게는 또 얼마나 고통스럽겠냐고!

나는 그런 편지 교환이 띠는 추상적인 성격이 두렵기도 해. 내가 보기에는, 그런 성격이 내 행운을 위태롭게 할 것 같아. 나는 마리가 완전히 혼자서만, 말하자면 다른 사람의 개인적인 인상과 생각에, 아니 개인적인 압박 수단이라고 말하고 싶은데, 아무튼 그런 것에 영향을 받지 않고, 쓰여 있는 편지글에 글로 답하는 모습을 상상하는 건 싫어. 네가 보다시피, 나는 그녀를 직접 찾아가는 것도 꺼려지고, 우편을 이용하는 방법도 꺼려져."

"그럼 어떤 방법을 생각하는데?"

"이런 어려운 걱정거리를 안고 있는 상황에서 네가 내게 큰 도움이 될 수 있을 거라고 내가 말했잖아. 난 널 그녀에게 보내고 싶어."

"나를?"

"너를, 루디. 네가 나를 위해, 사실 내 영혼을 구제하기 위해,라고 말하고 싶은 심정이 간절하지만, 아무튼 나를 위해 중개자 역할을 해달라고 하면 이상하게 들리까? 후세는 어쩌면 그 공로를 알지 못할 수도 있고, 어쩌면 또 알게 될지도 모르지만 말이야. 말하자면 네가 나와 삶 사이에서 통역사로서 행복을 얻는 일에 내 대변인 역할을 맡아 그런 공로를 완성시킨다면 말이지. 이게 나한테 떠오른 생각이야, 작곡할 때 갑자기 떠오르는 착상 같은 거지. 물론 이런 착상이 순전히 새로운 건 아니라는 걸 언제나 처음부터 가정해야 해. 악보로 말할 것 같으면, 완전히 새로운 것이 어떻게 있겠어! 하지만 지금 여기서 이런 일도 생기듯이, 이런 맥락과 이런 빛에 비춰보면, 이미 존재했던 것도 새롭고, 어쩌면 일생에서 처음 있는 일처럼 새롭고 독창적이며 유일한 것일지도 몰라."

"새로운지 아닌지, 그런 건 내게 걱정거리도 아니야. 네가 말하고 있는 내용만으로도 너무나 새로워서 나를 놀라게 하고 있어. 내가 네 말을 제대로 이해하는 거라면, 나더러 널 위해 마리에게 가서 대리 구혼자 역할을 하라, 네 대신 그녀에게 청혼을 하라는 거야?"

"내 말을 제대로 이해했어. 내 말을 잘못 알아들었을 리도 없지만. 네가 내 말을 그렇게 쉽게 이해한다는 사실이 이미 이번 일이 얼마나 자연스러운지를 말해주는 거야."

"그렇게 생각해? 그런데 왜 네 친구 제레누스를 보내지 않는 거야?"

"내 친구 제레누스를 놀림감으로 만들고 싶은 모양이네. 제레누스를 사랑의 전령으로 상상하는 게 재미있나 본데, 방금 우리가 '개인적인 인상과 생각'에 대해 얘기했잖아. 마리가 결정을 내릴 때 도움을 줄 수 있는 요인들 말이야. 그녀가 제레누스처럼 딱딱한 표정이 구애가가 하는 말보다 네가 하는 말에 더 솔깃해할 거라고 믿는다 해서 놀라워할 필요 없어."

"아드리, 난 지금 농담하고 싶은 심정이 전혀 아니야. 네가 네 인생에서 내게 부여한 역할, 게다가 후세 사람들 앞에서 부여한 그 역할을 생각하면 감동적인 데다 숙연해지기까지 하니 말이야. 내가 차이트블롬 얘기를 꺼낸 이유는, 그가 나보다 훨씬 오래전부터 네 친구였기 때문이야."

"그래, 더 오래된 친구지."

"그래 좋아, 그냥 시간적으로만 더 오래된 친구라고 말하고 싶은 거지. 하지만, 바로 '그' 점이 오히려 그에게 과제의 부담을 덜어주고, 그런 일을 더 유능하게 해내도록 할 수 있다고 생각하지 않아?"

"이봐, 그 친구는 이제 그만 세쳐두는 게 어때? 그 친구는 그냥 내가 보기에 사랑 문제와는 아무런 상관이 없는 스타일이야. 내가 속을 털어놓은 사람, 이제 모든 것을 아는 사람, 옛날식 표현으로, 내 마음의 책에서 가장 비밀스러운 장들을 펼쳐 보인 사람은 바로 너지, 그 친구가 아니잖아. 이제 네가 그녀에게 가서 그녀도 그런 장들을 읽도록 해줘. 그녀에게 내 이야기를 해주고, 나에 대해 좋은 말을 해주고, 내가 그녀에게 품고 있는 감정, 그 감정과 똑같은 소망, 즉 삶을 위한 소망을 조심스럽게 밝혀줘! 그녀를 부드럽고 쾌활하게, 그러니까 너의 그 상냥한 방식으로 유혹해서, 그녀가, 음, 뭐랄까, 그녀가 나를 사랑할 수 있을지 생각해보도록 해주라고. 그렇게 해주겠어? 넌 완전히 긍정적인 대답을 가지고 돌아올 필요는 없어, 없고말고. 약간의 희망 정도면 네 임무를 충분히 다한 셈이야. 내 삶을 나와 함께 나눈다는 생각이 그녀에게 아주 싫거나, 터무니없지 않다는 정도의 대답만 내게 가져온다면, 그다음엔 내가 나설 시간이 되는 거지. 그러면 내가 직접 그녀와 그녀의 아주머니에게 이야기를 하겠어."

그들은 롬뷔엘을 왼편에 두고, 그 뒤편에 있는 작은 가문비나무 숲을 가로질러 걸었다. 나뭇가지에서 물방울이 떨어졌다. 그러고 나서 그들은 마을 언저리에서 다시 돌아가는 길로 꺾어들었다. 그들이 마주친 한두 명의 품팔이꾼과 농부가 슈바이게슈틸 집에서 오래전부터 머물고 있는 손님의 이름을 부르며 인사를 했다. 잠시 침묵을 지키고 나서 루돌프가 다시 말하기 시작했다.

"너는 내가 그곳에서 너에 대해 좋게 말하는 것쯤은 쉬운 일이라고 믿어도 돼, 아드리. 네가 그녀 앞에서 나에 대해 아주 좋게 이야기했기 때문에 더 쉽지. 하지만 난 네게 아주 솔직하게 말하고 싶어. 네가 나한테 솔직하듯이 말이야. 마리 고도를 어떻게 생각하느냐고 네가 물었을 때, 나는 곧바로 그녀라면 누구 마음에나 다 들 거라고 이미 준비되어 있는 대답을 했지. 이런 대답에는 그냥 당장 듣고 알 수 있는 것보다 더 많은 뜻이 들어 있어. 네가 아까 옛날 시처럼 표현했듯이, 네가 네 가슴 속의 책을 펼쳐서 내가 읽게 하지 않았더라면, 나도 너에게 내 심정을 절대 고백하지 않았을 거야."

"넌 내가 진심으로 흥미진진해하며 네 고백을 기다리고 있는 게 보이겠지."

"사실 넌 이미 내 고백을 들은 거야. 그 처녀, 그래 넌 이 표현을 안 좋아하지. 그럼 그 아가씨, 마리는 내게도 아무렇지도 않은 사람이 아니야. 내가 '아무렇지도 않은 사람이 아니다'라고 하면, 그 말로 정작 의도하는 뜻이 다 표현된 것은 아니겠지. 그 아가씨는 내가 지금까지 여성성이라는 점에서 봤던 사람들 중에서 가장 상냥하고, 가장 사랑스러운 존재란 말이야. 이미 취리히에서 그랬어. 그때 내가 연주를 했잖아. 난 **너의 곡**을 연주했고, 마음이 따뜻해지고 감수성이 풍부한 상태였어. 거기서 벌써 그녀는 나를 매료시켰어. 그리고 또 여기서, 너도 알지, 소풍은 내가 제안했잖아. 또 그 사이에 간혹, 넌 모르고 있지만, 난 그녀를 만나보기도 했어. 그녀와 그녀의 이자보 아주머니와 함께 기젤라 여관에서 차를 마셨는데, 우린 무척 화기애애한 분위기에서 이야기를 나누었지…… 다시 말할게, 아드리. 난 단지 오늘 우리 대화 때문에, 오직 우리 쌍방 간의 솔직한 심정 때문에 이런 이야기를 털어놓는 것이라고 말이야."

레버퀸은 잠시 말이 없었다. 그러고 나서 그는 아주 특이하고 여러 의미를 묘하게 풍기는 목소리로 말했다.

"아니, 그건 몰랐군. 네 심정에 대해 몰랐고, 차 마신 것에 대해서도 몰랐어. 우스꽝스럽게도 나는 너도 역시 피와 살을 가진 사람이고, 우아하고 아름다운 것의 매력을 외면하느라 석면으로 몸을 돌돌 감은 사람이 아니라는 것을 잊고 있었던 것 같군. 그러니까 네가 그녀를 사랑한다는 거잖아. 혹은 네가 그녀를 향한 사랑에 빠졌다고 해두지. 하지만 네게 하나만 물어보자. 지금 상황이 우리의 의도가 서로 부딪히고 있다는 의미와 같나? 넌 그녀에게 네 아내가 되어달라고 부탁할 참이었다는 거야?"

슈베르트페거는 곰곰이 생각을 하는 듯했다. 그가 말했다.

"아니, 그것까지는 아직 생각 안 해봤어."

"안 해봤어? 그럼 그녀를 그냥 유혹할 생각이었어?"

"넌 무슨 말을 그렇게 해, 아드리안! 그렇게 말하지 마! 아니, 그런 생각도 안 했어."

"그래, 그럼 내가 너한테 말하지. 네가 한 고백, 너의 솔직하고 고마운 고백은 내 부탁을 포기하라고 촉구하기보다, 오히려 내가 내 부탁을 더욱 확고하게 유지하도록 하기에 적당하다고 말이야."

"무슨 의미야?"

"여러 의미에서 하는 말이야. 난 너를 이번 사랑의 봉사를 위해 선택했어. 왜냐하면 네가 이런 일에서는 다른 사람, 가령 제레누스 차이트블롬이라고 해보자, 그 친구보다 훨씬 더 소질이 뛰어나니까. 그에게 없는 것이 너에게서 내비칠 테고, 나는 그것이 내가 지금 바라고 기대하는 일에 유리하다고 생각하니까 말이지. 이런 건 애초에 당연한 것이고. 이제 보니, 게다가 넌 내 감정을 어느 정도까지는 함께 나누고 있잖아. 물론 네가 나한테 보장한 바와 같이, 나의 결혼 의도까지 함께 나누지는 않지만 말이지. 어쨌든 넌 너 자신의 감정을 가지고 이야기하게 될 거야. 나를 위해, 그리고 나의 의도를 위해서 말이지. 난 너보다 더 적당하고, 더 기대했던 구애자를 생각할 수가 없어."

"네가 이 문제를 그런 시각으로 본다면 뭐."

"내가 오직 그런 시각으로만 본다고 생각하지 마! 난 그 문제를 희생자의 시각에서도 보니까. 넌 내게 그걸 요구할 수 있어. 나한테 요구해! 얼마든지 강하게 요구하라고! 왜냐하면 그 말은 너는 희생자가 희생자라고 인정된 상태에서 희생할 생각임을 의미하니까. 너는 내 인생에서 중요한 역할을 한다는 정신으로 희생을 치르는 거야. 네가 나의 인간성을 회복시키며 얻은 공로를 마저 충족시키면서 말이야. 그런 공로는 어쩌면 세상에는 비밀로 남을 수 있겠지. 어쩌면 그렇지 않을 수도 있고. 내 말에 동의해?"

루돌프는 다음과 같이 대답했다.

"그래, 가볼게. 그리고 최선을 다해 네가 원하는 일을 할게."

"그 일을 위한 내 악수는 네가 나중에 떠날 때 받게 될 거야." 아드리안이 말했다.

그들은 다시 집으로 돌아왔다. 슈베르트페거에게는 아직 친구와 함께 니케홀에서 가벼운 식사를 할 수 있는 시간이 남아 있었다. 게레온 슈바이게슈틸이 그를 위해 마차를 준비했다. 루돌프가 아드리안에게 너무 애쓰지 말라고 만류했음에도 불구하고 아드리안은 탄탄하게 스프링 장치가 된 작은 마차에 함께 자리를 잡고, 그를 기차역까지 데려다주었다.

"그래, 이렇게 데려다주는 게 당연해. 이번에야말로 특히 더 당연하지." 아드리안이 말했다.

기차는 파이퍼링에 멈춰 서기에 문제가 없을 만큼 충분히 서행하며 다가왔다. 그리고 창문을 밑으로 열어놓은 채 그들은 악수를 나누었다.

"아무 말도 하지 마." 아드리안이 말했다. "잘 가라. 늘 그렇듯 상냥한 마음으로 잘 지내!"

그는 가려고 몸을 돌리기 전에 팔을 들었다. 기차와 함께 떠나가는 사람을 그는 두 번 다시 보지 못했다. 그로부터 단지 한 장의 편지를 받았는데, 아드리안은 어떤 답장도 할 생각을 하지 않았다.

XLII

그로부터 열흘쯤 뒤 내가 아드리안의 집에 다시 갔을 때, 그는 이미 슈베르트페거의 편지를 받았으면서 내게는 그 편지에 대해 아무런 말도 하지 않겠다고 단호하게 말했다. 그는 아주 심각한 타격을 입은 사람처럼 표정이 창백했다. 그렇게 보였던 이유는 특히, 물론 이미 얼마 전부터 내가 그에게서 관찰해온 경향, 즉 걸을 때 머리와 상체를 약간 옆으로 기울이는 버릇이 더욱 눈에 띄게 두드러졌기 때문이다. 그러나 그는 지극히 조용했고, 심지어 냉정했다. 혹은 냉정한 듯이 행동했다. 그리고 그는 자신에게 감행된 배신에 대해 어깨만 한번 들썩해 보이면서, 그것을 폄하하며 태연하게 무시한 점에 대해 내게 변명하고 싶은 것처럼 보이기도 했다.

"내가 도의적으로 분개하고 분노를 폭발시켜야 한다고 자네가 기대하진 않았겠지. 성실하지 못한 친구였어. 뭐가 더 있겠어? 난 세상사가 흘러가는 것에 대해 그다지 분노하지 않아. 기분 나쁜 일이기는 하지. 우리 측근이 우리의 진심을 등진다면, 누구를 더 믿어야 할지 묻게 되기도 하고. 하지만 어쩌겠어? 요즘 세상에는 친구란 게 이런 걸. 내게 남은 것은 수치심뿐이야. 그리고 내가 얻어맞을 짓을 했다는 깨달음이지."

나는 그가 무엇을 수치스러워하는지 물었다.

"어리석은 행동." 그가 대답했다. "너무 어리석어서 어린아이의 행동을 생생하게 떠올리게 되지 뭔가. 자기가 새 둥지를 찾아놓고 너무 좋아서 그걸 다른 아이에게 가르쳐주는 어리석은 아이 말이야. 그 다른 아이는 새 둥지가 있는 곳으로 가서, 친구 몰래 그것을 훔쳐가버리는 거고."

내가 다음의 말 외에 또 무슨 말을 할 수 있었겠는가.

"친구를 신뢰했다고, 자넨 그것을 죄악이며 불명예라고 하지 않겠지. 그런 죄와 불명예는 훔쳐간 도둑의 몫이잖은가."

그의 자책에 내가 더 많은 설득으로 대응할 수 있었더라면 좋았을 텐데! 하지만 나는 내심 그가 자책하는 것이 옳다고 인정할 수밖에 없었다. 왜냐하면 그의 태도, 즉 자신을 위해 대신 말하게 하고 구혼하게 한 그 모든 일을 하필 루돌프를 시켜서 했다는 것은 가식적이고 부자연스러우며 무책임하게 보였기 때문이다. 내가 한때 헬레네에게 내 마음을 직접 밝히는 대신, 내 마음을 전하라고 매력적인 친구 한 명을 보냈다고 상상만 해봐도 아드리안의 행동 방식이 얼마나 수수께끼처럼 허무맹랑한지 알 수 있다. 하지만 그의 후회를 부채질해서 뭣하랴? 그의 말, 그의 표정에서 보이던 것이 후회였다면 말이다. 그는 친구와 애인을 갑자기 한꺼번에 잃어버렸다. 본인의 잘못으로 그렇게 되어버렸다고 말할 수밖에 없는 노릇이었다. 다만 여기서 무의식적인 과실이라는 의미에서 잘못이라고, 매우 언짢은 경솔함이었다고, 우리가, 아니 **내가** 확신할 수 있기만 했다면 얼마나 좋았으랴! 곰곰이 생각하다 보면 자꾸만 슬그머니 떠오르던 의심, 즉 어쩌면 그는 정작 무슨 일이 일어나게 될지 다소간 예견했고, 그 일이 그의 의도대로 일어났다는 의심만 없었어도! 아드리안이 루돌프가 '발산하던' 힘, 즉 부정할 수 없이 관능적인 그의 매력을 자기를 위해 발휘되도록 하여, 원하는 것을 얻으려는 생각을 할 수 있었다고 정말 진지하게 기대해도 되었는가? 그가 그런 생각을 가지고 모든 일을 진행시켰다는 말을 믿어도 되었는가? 가끔씩 나는, 그가 무리하게 다른 사람에게 희생을 요구하는 것처럼 내세웠지만, 사실은 자신을 가장 큰 희생자로 선택했다는 추측이 떠올랐다. 그는 사랑스러움의 면에서 서로에게 어울리는 사람들을 의도적으로 결합시키려고 했고, 스스로는 포기하며 자신의 고독 속으로 되돌아올 생각이 아니었던가 말이다. 하지만 이런 생각은 그보다는 나의 사고방식과 닮아 있었다. 겉보기의 과실, 다시 말해 그가 저질렀다고 주장하는 소위 어리석음에는 마치 너무나 부드러운, 너무나 가슴 아프고 관대한 종류의 모티프가 깔려 있는 듯이 생각하는 것은 내게, 그리고 그에 대한 나의 존경심에나 어울렸을 것이다! 그 사건은 나로 하여금 진실과 직면하도록 만들었다. 나의 선량함이 감당해낼 수 있는 것보다 더 혹독하고, 더 냉정하며, 더 잔인하게 진실과 마주보도록 했다. 그래서 나의 선량함이 차가운 전율에 떨며 그 앞에서 마비되어버리고 말았다. 입증되지 않은 채, 침묵에 싸여 있는, 하여 오직 경직된 눈빛으로만 인식 가능한 진실과 마주 보게 했던 것이다. 나로서는 그 진실에 대해 뭐라고 언급할 입장이 아니므로 그 진실은 계속 침묵에 싸일 테니까 말이다.

나는 슈베르트페거가 자신이 아는 한 가장 올바른 의도로 마리 고도를 찾아갔으리라고 확신한다. 하지만 마찬가지로 그런 의도가 처음부터 가장 확고한 바탕 위에 지탱하고 있었던 것이 아니라, 원래 그 자체에서부터 위태로운 상태였기 때문에 쉽게 느슨해지다가 해체되며 변질될 준비가 되어 있었다는 점도 확신한다. 아드리안이 자신의 인간성과 삶을 위해 슈베르트페거가 지닌 중대한 의미를 그에게 주지시킴으로써 슈베르트페거의 허영심이 잔뜩 고무되었을 것이다. 또 그가 이제 막중한 임무를 띠고 파견되는 상황은 바로 자신의 그 중대한 의미에서 비롯된다는 생각을 그는 분명하게 받아들였을 것이다. 하지만 자신에게 정복되었던 친구의 변심, 또 이제 자신을 단지 욕망의 수단과 도구로만 사용하려는 것에 질투에 찬 모욕감을 느끼고 마음이 흔들리기도 했을 것이다. 나는 그가 내심 몰래 **자유**를 느꼈을 것이라고 생각한다. 다시 말해, 요구하는 바가 많은 친구의 배신에 신의로 응답해야 하는 구속에서 벗어났다고 느꼈을 것이다. 이 점은 내게 아주 확실했다. 또한 다른 사람을 위해 사랑의 심부름을 가는 길엔 유혹이 따른다는 것도 분명했다. 특히 연애 행각의 광신자인 경우에는 분명히 그랬다. 그의 도덕 개념으로는, 연애 행각이나 그런 행각과 닮은 데가 있는 일을 하러 간다는 의식 자체가 마음을 편하게 해주는 뭔가를 띠고 있을 수밖에 없었던 것이다.

내가 루돌프와 마리 고도 사이에서 일어난 일을 파이퍼링에서 있었던 대화처럼 그대로 옮길 수 있다는 것을 의심하는 사람이 있는가? 내가 '그곳에 함께 있었음'을 의심하는 사람이 있는가? 나는 없다고 생각한다. 하지만 그 과정을 상세하게 개진하는 것은 누구를 위해서도 필요하지 않을뿐더러 바람직하지도 않다고 본다. 그 불행한 결과는, 일단—내가 아니라 다른 사람들에게—흥미를 유발했는데, 독자도 나중에 나의 견해에 동의하겠지만, 단지 한 번의 대담이 가져다준 결실은 아니었다. 두번째 대담이 필요했기 때문이다. 루돌프는 첫번째 대담 후에 마리가 그에게 했던 작별 인사 방식 때문에 두번째 대담을 신청할 수밖에 없는 입장이었다. 그가 여관 건물의 작은 앞뜰로 들어설 때 마주친 사람은 이자보 아주머니였다. 그는 그녀의 조카딸이 안에 있느냐고 묻고, 제삼자의 용건 때문에 왔는데, 조카딸과 둘이서만 몇 마디 나눌 수 있도록 허락해달라고 부탁했다. 노부인은 미소를 지으며 그들이 거실이자 작업실로 쓰던 곳으로 그를 안내했다. 그녀의 미소에 섞인 꾀 많은 표정은 제삼자라는 그의 말을 믿지 않고 있음을 드러냈다. 루돌프가 들어서자, 마리는 놀란 표정으로 친절하게 인사를 건네고, 아주머니에게도 그의 방문을 알리겠다는 표정을 지었다. 하지만 그럴 필요가 전혀 없다는 그의 말에 그녀는 점점 더 눈에 띄게 유쾌함이 강조된 감탄의 표정을 지어 보였다. 루돌프는 자기가 이곳에 있다는 사실을 아주머니가 알고 있으며, 그가 아주 중요하고 매우 진지하며 좋은 용건으로 조카딸과 대화를 마치고 나면 올 것이라고 말했다. 그러자 그녀는 뭐라고 대꾸했던가? 물론 농담이 섞인 지극히 일상적인 말이었다. "무슨 용건인지 정말 궁금하네요"라거나, 혹은 그와 비슷한 말이었다. 그리고 나서 그녀는 무슨 일이 됐든 설명을 하려면 일단 편안히 앉으라고 손님에게 권했다.

그는 그녀에게 다가가서, 제도판 곁으로 끌어다놓은 안락의자에 앉았다. 그가 약속을 어겼다고는 어느 누구도 말할 수 없다. 그는 약속에 충실했고, 그 약속을 성실하게 이행했다. 그는 그녀에게 아드리안에 대해, 그의 중요한 의미에 대해, 관객들에게 아직은 서서히 인식되고 있는 그의 위대함에 대해, 또 그 뛰어난 남자에 대한 자신의, 즉 루돌프의 존경심과 감동에 대해 이야기했다. 그는 그녀에게 취리히 이야기를 꺼냈고, 슐라긴하우펜 집에서 가졌던 만남과 산속에서 소풍을 하며 보낸 날에 대해서도 언급했다. 그는 자신의 친구가 그녀를 사랑한다고 고백했다. 그런데 그런 일은 어떻게 하는가? 여자에게 다른 사람의 사랑을 어떻게 하면 고백할 수 있나? 이때 그녀에게 몸을 기울이는가? 그녀의 눈을 들여다보나? 허락을 부탁하면서 그녀의 손을 잡나? 기꺼이 제삼자의 손이 잡게 되도록 해주겠다고 미리 선언했던 그 손을? 나는 모르겠다. 나는 단지 소풍에 초대한다는 말을 전달해보았을 뿐, 청혼의 말을 전달해본 적은 없다. 내가 알고 있는 것은, 그녀가 자신의 손을, 루돌프가 잡고 있던 상태에서든, 혹은 자연스럽게 자신의 무릎 위에 올려놓고 있던 상태에서든, 급히 빼버렸다는 것, 그리고 순간 희미한 홍조가 남쪽 나라 사람 특유의 창백한 볼 위를 살짝 덮은 데다, 그녀의 검은 눈빛에서 웃음기가 사라져버렸다는 것이 전부이다. 그녀는 무슨 말인지 이해하지 못했다. 이해하고 있는 건지 정말 확신할 수 없었다. 그녀는 자기가 제대로 이해하고 있는지 물었다. 지금 자신에게 레버퀸 박사를 위해 청혼을 하고 있는 것이냐고. 루돌프는 그렇다고 대답했다. 자기는 책임진 바에 따라, 우정 때문에 그 일을 하고 있다고도 했다. 아드리안이 매우 부드러운 감정에서 자기에게 그 일을 부탁한 것이고, 자기는 친구의 부탁을 거절하면 안 된다고 생각했다는 것이다. 어쩌면 참, 대단하시군요,라고 그녀가 확연히 냉정하게, 분명히 느낄 수 있을 만큼 조소를 담아 대답했는데, 그런 대답은 그의 당황스러움을 진정시키는 데에는 전혀 맞지 않았다. 그는 자신의 입장과 역할이 상식을 벗어나 좀 유별나다는 생각을 그제야 비로소 제대로 의식했으며, 거기에 그녀로서는 모욕적으로 느낄 만한 점이 있을 수 있다는 걱정이 함께 섞였다. 동시에 그녀의 태도, 너무나 의외의 상황에 놀라는 그녀의 태도에 그는 깜짝 놀라면서도 은근히 기뻤다. 그리고 자신의 태도를 정당화하기 위해 그는 말을 더듬으며 얼마간 더 노력했다. 그 친구 같은 인물의 부탁을 거절하는 일이 얼마나 어려운지 그녀는 모른다며, 새로운 감정이 아드리안의 인생에 전환점을 가져온 데 대해 자신도 어느 정도 책임감을 느꼈다. 왜냐하면 바로 자기가 아드리안에게 스위스로 함께 여행을 가자고 했고, 그럼으로써 그녀, 즉 마리와의 만남을 초래했기 때문이라는 것이었다. 사실 바이올린 협주곡은 자기에게 헌정된 작품인데, 결국 그 곡을 수단으로 하여 우리 작곡가가 그녀를 보게 되었다는 사실은 참 희한한 일이라고도 했다. 아무튼 자신의 책임의식이 아드리안의 소망을 충족시켜주기로 결심하게 만들었다는 점을 그녀가 이해해주기 바란다는 말도 잊지 않았다.

이 부분에서 그가 부탁을 하며 그녀의 손을 잡으려 했는데, 그녀는 얼른 다시 손을 뒤로 뺐다. 그녀는 다음과 같이 대답했다. 그가 더 이상 애쓰지 않았으면 좋겠다는 것이었다. 그가 맡은 역할을 자기가 이해하고 못 하고는 전혀 중요하지 않으며, 자신이 그의 우정 어린 기대를 수포로 돌아가게 해서 유감이라고도 했다. 하지만 그에게 일을 부탁한 사람의 인품에 대해 물론 깊은 인상을 받지 않은 것은 아니더라도, 그 사람에 대한 자신의 존경심은 지금 자기에게 뛰어난 달변으로 제안된 결합을 뒷받침해줄 감정과는 전혀 무관하다고 말했다. 레버퀸 박사와 인사를 나누게 된 것은 자신에게 영광이고 기쁨이었지만, 이제 자기가 그에게 들려줘야 할 소식은 유감스럽게도 앞으로 그와의 어떤 만남도 불편할 뿐이기에 배제할 것이라는 말이라고 했다. 자신은 충족되지 못할 소망을 찬성하고 전달한 사람도 이같은 상황의 변화를 함께 받아들여야 한다고 생각할 수밖에 없어서 정말 유감이라고도 했다. 이렇게 갑작스러운 일들 이후에는 서로 다시 보지 않는 것이 더 낫고 마음도 편할 것이 분명하다는 것이었다. 이로써 자기는 그에게 친절하게 이별을 고한다고 말했다. "아듀, 무슈Adieu, monsieur!"

"마리!" 하고 그가 다시 매달렸다. 그러나 그녀는 그가 자신의 이름을 안다는 것에 놀라움을 드러낼 뿐이었고, 이별의 말을 재차 반복했다. 나는 그 말을 그녀의 목소리가 띤 음색으로 너무나 또렷이 귓속에 담고 있는 것이나 다름없다. "아듀, 무슈Adieu, monsieur!"

루돌프는 돌아갔다. 겉보기에는 찬물을 뒤집어쓴 푸들의 꼴을 하고 있었지만, 속으로는 행복할 만큼 만족스러웠다. 아드리안의 결혼 생각은 애초부터 그랬듯이 허무맹랑한 것으로 증명되었다. 그런데 그녀는 결국 루돌프가 그런 생각을 그녀에게 전하겠다고 나섰다는 사실을 매우 못마땅하게 생각했다. 그녀는 그 점에 대해 매혹적일 만큼 예민하게 반응했다. 그는 아드리안에게 방문 결과를 보고하려고 서두르지 않았다. 자신도 그 아가씨의 매력에 대해 무관심하지 않다는 진심 어린 고백을 이미 했기 때문에 아드리안 앞에서 떳떳할 수 있게 된 것이 얼마나 기뻤는지 모른다! 그다음으로 그가 한 일은, 책상에 앉아서 고도에게 보낼 편지를 쓰는 일이었다. 그는 자신이 그녀의 "아듀, 무슈!"라는 인사말로는 살지도 못하고 죽지도 못한다고 썼다. 자기는 죽느냐 사느냐의 문제로 그녀를 다시 봐야 한다고 했다. 말하자면 그 편지로써 온 영혼을 담아 그녀에게 보내는 질문을 전달하기 위해서인데, 즉 그녀는 한 남자가 다른 남자에 대한 존경심 때문에 그의 소망을 사심 없이 대변함으로써 자신의 감정을 희생하고 넘어서버릴 수 있다는 점을 정말 이해하지 못하는가라는 것이었다. 그리고 나아가, 너무나 억제되고 충실하게 통제되었던 자신의 감정이, 이제 다른 사람은 받아들여질 가망이 없다는 사실이 드러나자마자 자유롭게, 더욱이 환호에 차서 터져 나오는 것을 그녀는 이해하지 못하겠는가라고도 물었다. 자기가 오직 스스로에게만 저질렀던 배신을 그녀가 용서해주기 바란다며, 자기는 그런 자기 배신을 후회할 수는 없지만, 이제 그녀에게 하고 싶은 말을 하게 되면, 그것은 더 이상 어느 누구에 대한 배신도 의미하지 않게 된다는 사실이 너무나 행복하다고 말했다. 그리고 그는 자기가 그녀를 사랑한다고 썼다.

이런 식이었다. 가히 재간이 없지 않았다. 물론 연애에 들뜬 기분에 고무되어 쓴 글이었지만, 또한 내 생각으로는, 아드리안을 위한 구애를 한 뒤라서 자신의 사랑 고백이 결국 자기 쪽에서의 청혼과 결부된다는 생각, 즉 연애 생각으로만 가득 찬 그의 머리가 가반저으로는 결코 빠져들지 않을 청혼과 연결된다는 점을 확실히 의식조차 못 하며 쓴 글이었다. 그 편지의 수취를 거부했던 마리에게 이자보 아주머니가 편지 내용을 읽어주었다. 루돌프는 편지에 대한 답장을 받지 못했다. 그러나 그가 단지 이틀 후에 기젤라 여관의 객실 하녀에게 부탁해 아주머니를 찾았을 때, 그는 거절당하지 않았다. 마리는 시내에 가고 없었다. 그가 지난번에 방문을 하고 돌아간 뒤에 조카딸이 그녀의 가슴에 얼굴을 묻고 조금 눈물을 쏟았노라고, 노부인이 그에게 익살 섞인 비난과 함께 털어놓았다. 내 생각으로는, 그것은 꾸며낸 이야기였다. 게다가 아주머니 자신이 조카딸의 자존심을 강조했다. 그녀는 감수성이 매우 풍부하지만, 자존심이 강한 아가씨라는 것이었다. 자기로서는 그에게 조카딸과 다시 대화를 나눌 기회에 대한 확실한 희망을 줄 수 없지만, 그가 마리에게 자신의 행동 방식의 고결함을 똑똑히 보여주는 것이

싫지 않다는 것만큼은 알아주었으면 좋겠다고 덧붙였다.

다시 이틀이 지난 후에 그는 또 그곳에 왔다. 그리고 마담 페르블랑티에,—이것이 아주머니의 이름이었고, 그녀는 과부였다—그녀가 조카딸에게로 갔다. 그곳에서 그녀는 꽤 오래 머물렀으나, 마침내 돌아와서는 그에게 용기를 주기 위해 눈을 찡긋해 보이면서 들어가라고 했다. 물론 그는 손에 꽃을 들고 있었다.

내가 무엇을 더 이야기해야 하는가? 나는 아무에게도 중요하지 않을 그 장면의 세부 사항을 자세히 묘사하기에는 너무 늙었고, 또 슬프다. 루돌프는 아드리안의 청혼을 제시했건대, 이번에는 자신을 위해 그렇게 했다. 그 아첨쟁이가 결혼 생활을 한다는 건 내가 돈 후안 같은 바람둥이가 되는 것만큼이나 부적절했는데 말이다. 하지만 아무것도 예정되어 있지 않았을뿐더러 난폭한 운명에 의해 금방 파괴된 결합의 미래에 대해, 그런 결합이 누릴지 모를 행복의 전망에 대해 생각해보는 건 쓸데없는 짓이다. 마리는 여자의 마음을 사로잡는 '상냥한 목소리'의 이 남자를 사랑해보기로 마음먹었다. 그의 예술가적인 가치와 안정적인 활동 전망에 대해서는 진지한 쪽의 사람을 통해 너무나 따뜻하게 보증되고 확인되어 있었다. 그녀는 루돌프를 잡아두고, 그를 묶어두며, 제멋대로 사는 그를 길들일 수 있다고 생각했다. 그래서 그에게 손을 내주었고, 그의 키스를 받았다. 그리고 루디가 사랑에 빠졌다는, 오케스트라의 제1바이올리니스트와 마리 고도가 신랑 신부가 되었다는 유쾌한 소식이 우리의 모든 지인들 사이에 퍼지기까지는 스물네 시간이 걸리지 않았다. 보충하여 들리는 말로는, 그가 차펜슈퇴서 오케스트라와의 계약을 해지하고, 파리에서 결혼한 뒤 그곳에서 이제 막 창단 중이던 새로운 음악 단체, 즉 '오케스트르 심포니크Orchestre Symphonique'

에서 일할 생각이라고 했다.

그가 파리에서 환영받을 것은 분명했다. 마찬가지로 그를 놓아주기 싫어하던 뮌헨에서 그의 이적 문제에 대한 논의 역시 아주 천천히 진행됐다. 그나마 다음 차펜슈퇴서 연주회에서 그가 연주하는 것을—그것은 그가 파이퍼링에서 공연 직전에 가까스로 돌아와 참여했던 공연 이후 첫 공연이었다—사람들은 일종의 고별 공연으로 이해했다. 그 밖에 지휘자 에드슈미트 박사가 마침 그날 저녁을 위해 특별히 객석을 다 채울 만큼 인기 있는 베를리오즈와 바그너의 곡을 프로그램에 올려두었기 때문에, 흔히 하는 말로, 뮌헨 시민이 모두 다 모였다. 객석에 수많은 낯익은 얼굴들이 보였고, 내가 자리에서 몸을 일으키면 이곳저곳을 향해 여러 번 인사를 해야 했다. 슐라긴하우펜 부부와 그들의 살롱을 찾는 단골손님들, 라트브루흐 부부와 실트크납, 자네트 쇼이를, 츠비처, 빈더-마요레스쿠와 그 밖의 여러 사람들이 왔다. 물론 모두, 무대 왼쪽 앞자리에서 자신의 악보대 곁에 앉아 있는 새신랑 루디 슈베르트페거를 보고 싶은 마음에 온 사람들이었다. 참고로 덧붙이면, 그의 약혼녀는 그 자리에 참석하지 않았다. 들리는 바로, 그녀는 벌써 파리로 돌아갔던 것이다. 나는 이네스 인스티토리스에게 몸을 굽혀 인사했다. 그녀는 혼자 있었다. 다시 말해, 그녀는 크뇌터리히 부부와 함께 있었지만, 그녀의 남편은 없었다. 음악에 관심이 없었던 그녀의 남편은 아마 '알로트리아'에서 저녁 시간을 보내고 있었으리라. 그녀는 음악당에서 상당히 뒤쪽에 앉아 있었는데, 입고 있는 옷이 너무 간소해서 거의 궁핍해 보일 지경이었다. 그녀는 가느다란 목을 비스듬히 앞으로 빼고, 눈썹은 높이 치켜들었으며, 조그마한 입은 불길한 심술을 드러내듯이 뾰족하게 내밀고 있었다. 그녀가 내 인사에 답례할 때, 나는 그녀가 자신의 방에서 예의 저 긴 저녁 대화를 나누면서 나의 인내심과 연민을 너무나 잘 이용한 것에 대해 아직도 심술궂게 승리감에 찬 미소를 짓고 있는 것 같은 불쾌한 인상을 지울 수가 없었다.

슈베르트페거로 말할 것 같으면, 그는 얼마나 많은 호기심에 찬 눈들이 자기를 향하고 있을지 잘 알면서, 연주회 내내 거의 객석 쪽을 쳐다보지 않았다. 그가 보통 객석을 바라보았을 법한 시간에 그는 자신의 악기 소리를 들어보거나 악보를 넘기고 있었다. 공연의 마지막은, 바그너의 「뉘른베르크의 명가수」 서곡이 장식했는데, 힘차고 재미있게 연주되었다. 페르디난트 에드슈미트가 오케스트라 단원들을 일어나게 하고, 제1바이올리니스트에게 감사하며 손을 내밀었을 때, 그렇지 않아도 크고 요란스러운 박수 소리가 더욱 우렁차게 커졌다. 이런 의식(儀式)이 진행되는 동안, 나는 벌써 내 외투를 찾을 걱정을 하면서 위쪽 중앙 통로에 나와 있었다. 나는 아직 사람들이 덜 몰려들 때 옷 보관소에서 내 옷을 돌려받았다. 나는 귀갓길, 즉 내가 묵던 슈바빙의 숙소로 가는 길의 적어도 일부분만이라도 걸어서 갈 작정이었다. 연주회장 앞에서 나는 크리트비스 집 모임에서 본 신사인 길겐 홀츠슈어 교수를 만났는데, 그 뒤러 전문가도 조금 전에 연주회장에 있었다. 그는 그날 저녁의 프로그램에 대해 그의 시각에서 비판적으로 시작된 대화에 나를 끌어들였다. 베를리오즈와 바그너를, 그 프랑스적인 기교의 대가와 독일적인 마이스터의 특성을 이렇게 함께 편성한 것은 몰취미한 짓일 뿐만 아니라 정치적인 경향을 제대로 숨기지도 못한 것이라고 그는 혹평했다. 그것은 너무 노골적으로 독일-프랑스 간의 의사소통과 평화주의 분위기를 풍긴다는 것이었다. 마찬가지로 그 에드슈미트 같은 인물은 공화주의자인데다 민족적인 면에서 신뢰할 수 없는 자로 알려져 있다고도 했다. 이런 생각은 저녁 내내 그를 불쾌하게 했는데, 유감스럽게도 오늘날 모든 것이 정치이고, 더 이상 정신적인 순수성은 없다고 개탄했다. 그런 순수성을 다시 회복하기 위해 한 치의 의혹도 없이 독일적인 신조를 가진 남자들이 무엇보다 뛰어난 오케스트라의 지휘부터 맡아야 한다고 주장했다.

나는 그에게 모든 사안을 정치화하는 사람은 바로 그 자신이고, '독일'이라는 말도 오늘날 정신적인 순수성과 전혀 같은 뜻이 아니라 하나의 정당 표어에 불과하다고 말하지는 않았다. 나는 그냥 기교가 뛰어난 아주 많은 음악가들이, 프랑스인이든 아니든, 국제적으로 매우 인기 있는 바그너 예술에도 속한다고만 주장했다. 그리고 나는 그즈음 홀츠슈어가 잡지 『예술과 예술가』에 발표한 고딕건축의 공간 비율 문제에 관한 논문 이야기를 함으로써 화제를 돌려 그의 기분을 풀어주었다. 그 논문에 대한 나의 정중한 말들은 그를 매우 행복하고 부드러우며 비정치적이고 유쾌하게 만들었으며, 나는 그가 이렇게 기분이 좋아진 틈을 이용해 그에게 작별 인사를 한 뒤 왼쪽으로 가는 그를 등지고 내가 갈 방향인 오른쪽으로 접어들었다.

나는 곧 튀르켄 거리 위쪽을 지나 루트비히 거리에 도착해서는, 왼쪽에서 개선문을 향해 이어진 조용한 기념비 거리를(수년 전부터 물론 아스팔트가 깔려 있었다) 따라 걸었다. 저녁 하늘은 흐리고 매우 온화했으며, 내가 입은 겨울 외투는 시간이 지날수록 몸을 약간 눌렀다. 그리고 나는 테레지아 거리의 전차 정거장에 멈춰 선 채, 어떤 노선이든 슈바빙으로 가는 전차를 기다렸다. 마침내 전차 한 대가 오기까지 보통 때와 달리 왜 그렇게 시간이 오래 걸렸는지 모르겠다. 하긴 차량 운행 도중에 차가 막히거나 운행이 지연되는 일은 흔히 있는 일이다. 드디어

다가오는 전차는 마침 내가 내심 기대하던 10호선이었다. 아직도 내겐 그 전차가 펠트헤른할레 역에서 다가오는 모습이 보이고, 그 소리가 생생하게 들린다. 바이에른 식의 이 파란 뮌헨 전차는 매우 무겁게 만들어졌는데, 그래서인지 혹은 철로라는 그 특수한 바닥 재질 때문인지 보통 매우 심한 소음을 낸다. 전기 불꽃이 열차의 바퀴 밑에서 끊임없이 섬광처럼 번쩍이는 데다, 이런 현상이 열차 위의 접속 활대에서는 더욱 심해서, 그곳에서는 차가운 불꽃이 날카로운 소리를 내며 맹렬히 터지는 가운데 먼지처럼 날아 흩어졌다.

전차가 멈춰 서고, 나는 앞쪽 승강대에서 승차하여 안쪽으로 들어갔다. 들어가면서 왼쪽 미닫이 출입문 바로 곁에, 분명 누가 방금 내리는 바람에 비어 있는 자리를 발견했다. 전차는 만원이었고, 게다가 뒷문 옆에는 두 명의 신사가 통로에 서서 손잡이 끈을 잡고 있었다. 아마도 승객의 대부분은 연주회가 끝나고 귀가하는 관객이었을 것이다. 그들 중에서 내가 앉아 있는 건너편의 긴 좌석에 슈베르트페거가 바이올린 케이스를 무릎 사이에 세운 채 앉아 있었다. 분명 그는 내가 전차 안으로 들어오는 것을 보았을 테지만 내 시선을 피했다. 그는 외투 안에 흰 비단 머플러를 두르고 있었는데, 그것이 연미복 나비넥타이를 덮었다. 하지만 그는 평소 습관대로 모자를 쓰지 않고 있었다. 곱슬곱슬하게 위로 솟은 금발의 루돌프는 잘생기고 젊어 보였다. 얼굴은 방금 마무리한 공연으로 인해 고양된 빛을 띠고 있었는데, 말하자면 그 명예로운 흥분 속에서 푸른 눈이 약간 부어오른 듯이 보이기까지 했다. 하지만 그것조차도 그에게는 완벽하게 휘파람을 불 수 있는 약간 삐죽 내민 입술만큼이나 잘 어울렸다. 나는 그다지 용의주도한 편이 아니다. 그래서 차 안에 내가 아는 사람들이 더 있다는 사실을 시간이 지나면서야

차츰차츰 의식하게 되었다. 나는 크라니히 박사와 인사를 나누었는데, 그는 슈베르트페거가 있는 쪽에 있었지만 그와 멀리 떨어진 뒷문가에 자리를 잡고 있었다. 그리고 나는 어쩌다 몸을 앞으로 굽히다가 뜻밖에 이네스 인스티토리스를 발견하고 놀랐다. 그녀는 나와 같은 편의 몇 좌석 건너 중간쯤에서 슈베르트페거를 비스듬히 마주보고 앉아 있었다. 내가 놀랐다고 한 이유는, 그녀의 집은 그 전차가 가는 방향에 있지 않았기 때문이다. 하지만 나는 다시 몇 자리를 건너서 그녀의 친구, 즉 슈바빙의 외곽 지역에, '그로서 비르트'*가 있는 곳보다 더 뒤편에 살고 있는 빈더-마요레스쿠 부인을 알아보았기 때문에 이네스가 그녀의 집에서 저녁 차를 마시기로 했나 보다,라고 짐작했다.

그제야 나는 왜 슈베르트페거가 그 잘생긴 머리를 주로 오른쪽으로 돌리고 있는지, 그래서 내게는 약간 밋밋한 옆모습만 보였는지 이해하게 되었다. 그가 아드리안의 분신이라고 여겼을지도 모를 남자를 못 알아본 척하는 것만이 그의 의도가 아니었던 것이다. 나는 혼자서 그를 비난했다. 그가 하필 그 전차를 타고 갔기 때문이었다. 그것은 어쩌면 정당하지 못한 비난이었을 것이다. 왜냐하면 그가 꼭 이네스와 동시에 그 차를 탔다고 할 수는 없었기 때문이다. 그녀는 나와 마찬가지로 슈베르트페거보다 나중에 탔을 수도 있고, 혹은 상황이 그 반대였다면, 그가 그녀를 보았다고 해도 재빨리 도망가기는 힘들었을 것이다.

우리가 대학교를 지나고, 펠트 방한화를 신은 차장이 막 내 앞에 서서 10마르크를 받고 통행증을 내 손에 쥐여주는 순간에 믿을 수 없는 일이, 누구도 전혀 예상하지 못했던, 한동안 도무지 파악도 제대로

---

* Großer Wirt: '큰 요식업체'라는 뜻. 뮌헨 외곽의 자연 속에 위치하고, 레스토랑과 숙박 시설 및 양조장을 겸하고 있는 명소.

안 되는 일이 벌어졌다. 차 안에서 난데없이 총이 발사된 것이다. 낮고 날카로우며 내동댕이치는 것 같은 폭음이 연달아, 세 발, 네 발, 다섯 발, 정신을 못 차릴 정도로 마구 연이어 빠르게 터졌다. 그리고 저 건너편에서 슈베르트페거가 쓰러졌다. 바이올린 케이스를 양손으로 움켜쥔 채 처음에는 그의 오른쪽에 앉아 있던 숙녀의 어깨 위로, 그다음에는 무릎 위로 쓰러진 것이다. 숙녀는 그의 왼쪽에 앉아 있던 여인과 마찬가지로 기겁을 하며 그에게서 몸을 비켰다. 그사이에 전체적인 소란이 일었고, 침착하게 상황에 대처하기보다는 혼비백산하여 탈출하는 모습들과 비명 속에 전해지는 엄청난 공포가 전차를 꽉 메웠다. 앞쪽의 전차 운전사는, 왜 그랬는지 누가 알랴만, 미친 듯이 연달아 경적을 울려댔다. 아마도 경찰을 부를 작정이었을 것이다. 하지만 경적음을 들을 수 있는 거리 안에는 아무도 없었다. 많은 승객들이 바깥으로 나가려 하고, 또 다른 사람들은 호기심에서든 아니면 뭐든 해보려는 의욕에서든 승강대에서 안으로 들어오려고 했기 때문에 멈춰 선 전차 안에서는 거의 위험스러울 지경으로 사람들이 서로 밀고 밀리는 아수라장이 벌어졌다. 통로에 서 있던 두 신사가 나와 함께 이네스에게로 몸을 던졌지만, 이미 때는 늦었다. 우리는 그녀에게서 권총을 '빼앗을' 필요도 없었다. 그녀가 권총을 떨어뜨렸던 것이다. 아니 그보다는, 던져버렸던 것이다. 더 자세히 말하면, 그녀의 희생자가 누워 있는 쪽으로 던져버렸다. 그녀의 얼굴은 백지장처럼 창백했고, 광대뼈 위로 뚜렷하게 드러난 새빨간 반점이 보였다. 그녀는 눈을 감고 있었는데, 뾰족하게 오므린 입으로 넋이 나간 듯 미소를 지었다.

사람들이 그녀의 팔을 잡고 있어서, 나는 급히 루돌프에게로 달려갔다. 그는 그사이에 완전히 텅 비어버린 긴 의자에 쓰러져 있었다. 건너편 긴 의자에는 그가 쓰러지면서 덮친 부인이 의식을 잃은 채 피를 흘리며 누워 있었다. 그녀는 팔에 총탄이 스쳐가면서 가벼운 찰과상을 입었음이 드러났다. 루돌프 곁에는 여러 사람들이 서 있었는데, 그중 크라니히 박사가 그의 손을 잡고 있었다.

"이 무슨 경악스럽고 생각 없는, 비이성적인 짓인가 말이야!" 얼굴이 창백해진 그는 그 특유의 명료하고 학자답게 정확한 발음으로, 하지만 천식 기운이 섞인 목소리로 말했다. 그는 "경악스럽고"라는 단어를, 우리가 보통 주변에서, 혹은 연극배우들 사이에서도 흔히 들을 수 있듯이 "경악쓰럽고"라고 발음했다. 그러면서 그는 자기가 의사가 아니라 그저 동전학자라는 사실이 이렇게 유감스러울 때가 없었다고 덧붙였다. 그러자 정말 그 순간 내게는 동전학이 모든 학문 중에서 가장 쓸모없는 학문 같아 보였고, 물론 말이 안 되지만, 어문학보다 더 쓸모없는 것 같았다. 현장에 의사는 실제로 한 사람도 없었다. 그렇게 많은 연주회 관객들 중에도 없었다. 의사들 중 많은 수가 유대인이기 때문에라도 의사들은 보통 음악적인데 말이다. 나는 루돌프의 몸 위로 내 몸을 굽혔다. 그는 살아 있음을 드러내는 움직임을 보였으나, 처참한 상태였다. 그의 한쪽 눈 밑으로 총탄이 들어간 자국이 피로 물들어 있었다. 또 다른 총탄은 그의 목과 허파와 심장의 관상동맥을 파고 들어간 것으로 나타났다. 그는 무슨 말을 하려고 머리를 들었으나, 곧바로 입술 사이에서 피거품이 솟아 나왔고, 그 부드럽고 도톰한 입술이 내겐 갑자기 감동스러울 만큼 아름다워 보였다. 그의 눈이 뒤틀리더니, 머리가 심한 충격을 받으며 나무판 위로 다시 떨어졌다.

그 사람에 대한 고통에 찬 연민이 얼마나 나를 압도하다시피 온몸에 밀려들었는지 나는 말로 표현할 수가 없다. 나는 내가 나름대로 늘 그를 좋아했다는 것을 느꼈다. 나는 그에 대한 나의 연민이 그 불행한 여인, 완전히 무너져버려서 분명 동정을 받을 만한 여인에 대한 연민보다 훨씬 더 진심에서 우러나왔다고 고백하지 않을 수 없다. 고통으로 인해, 그리고 고통을 마비시키고 도의심을 무너뜨리는 악습으로 인해 그렇게 추악한 범행을 저지를 준비가 되어 있던 여인 말이다. 나는 그 두 사람을 잘 아는 사람이라고 좌중에 설명하고, 중상자를 대학교 안으로 옮기는 것이 좋겠다고 말했다. 학교의 건물 관리인이 있는 곳에서 전화로 구급차와 경찰을 부를 수 있고, 내가 알기로는 그곳에 작은 응급실이 있다는 말도 했다. 나는 범인도 역시 그곳으로 데려가라고 지시했다.

이 모든 지시는 그대로 시행되었다. 우리, 즉 열심히 거들고 있던 안경 낀 젊은 청년과 나는 불쌍한 루돌프를 전차 밖으로 들어 날랐다. 그 전차 뒤에는 벌써 두세 대의 전차가 밀려 서 있었다. 그중 한 대의 전차에서 그제야 의사 한 명이 작은 왕진 가방을 들고 내려서 우리에게로 급히 건너오더니, 전혀 쓸데없게도 환자 옮기는 일을 지휘했다. 기자 한 명도 다가와 취재를 했다. 1층에 있는 학교 건물 관리인을 초인종으로 불러내는 일이 얼마나 힘들었는지 생각하면 지금도 괴로울 지경이다. 의사는 비교적 젊은 남자로 모든 사람들에게 자신을 소개한 뒤, 의식을 잃은 중상자를 소파 위에 눕히고 응급처치를 시도했다. 구급차는 놀랄 만큼 빨리 현장에 도착했다. 그러나 루돌프는 시립병원으로 옮기는 도중에 숨을 거두었다. 의사가 진찰을 한 뒤에 곧바로 내게 '유감스럽지만 십중팔구는' 그렇게 될 것이라고 말했듯이 말이다.

나로서는 나중에 도착한 경찰들과 그들에게 체포되어 경련하듯이 흐느끼는 여인에게로 가서 경감에게 그녀의 사정을 알려주고, 그녀를 정신병원으로 이송하는 게 좋겠다고 말하는 도리밖에 없었다. 그러나 그 일은 그날 밤에는 허용되지 않았다.

내가 이와 같은 임무를 마치고 자동차가 한 대 지나가기를 살피면서, 아직 남아 있는 괴로운 일을 하기 위해 나섰을 때 교회에서 자정을 알리는 종소리가 들렸다. 그 일이란 바로 프린츠레겐트 거리에 있는 이네스의 집으로 가는 일이었다. 나는 내가 할 수 있는 한 가장 조심스럽게 그녀의 자그마한 남편에게 돌발적인 사건에 대해 알리는 것이 내 책임이라고 생각했다. 이젠 더 이상 차를 탈 필요가 없게 되었을 만큼 멀리 걸어온 뒤에야 비로소 차가 나타났다. 내가 그 집에 도착했을 때는 현관문이 잠겨 있었다. 초인종을 누르자 계단에 불이 켜지고, 인스티토리스가 직접 내려왔다. 그리고 문 앞에서 자신의 부인이 아니라 나를 발견하게 되었다. 그는 숨을 헐떡이며 입을 열 때 이랫입술을 이에 바짝 끌어다 붙이는 독특한 습관이 있었다.

"아니, 어떻게?" 그가 말을 더듬었다. "선생이 여기? 무슨 일로…… 나한테 무슨 용무가……"

나는 계단 위에서 거의 아무 말도 하지 않았다. 위에 있는 그의 거실, 즉 내가 한때 이네스에게서 듣기 거북한 고백을 들었던 그곳에서 나는 몇 마디 준비의 말을 하고 난 뒤, 그에게 내가 본 것을 이야기했다. 내가 말을 마치자, 그때까지 내내 서 있던 그가 등나무 안락의자 중 한 곳에 재빨리 앉았다. 하지만 그는 이미 오랫동안 괴롭도록 위태로운 분위기 속에서 살아온 남자의 절제된 모습을 보여주었다.

"그랬군요." 그가 말했다. "올 것이 왔군요." 그가 마냥 불안한 심정으로 이런 일이 벌어질 것을 이미 예상하고 있었음이 분명해 보였다.

"집사람에게 가봐야겠습니다." 그가 말을 하고 다시 일어났다. "바라건대, 사람들이 내가 거기서(그것은 경찰서 유치장을 의미했다) 아내와 이야기할 수 있도록 해주겠지요."

그날 밤에 나는 그에게 그런 바람에 대해 큰 희망을 안겨줄 수는 없었다. 하지만 그는 그렇게 시도해보는 것이 자신의 의무라고 힘없는 목소리로 말하고, 외투를 걸치고는 급히 집을 나섰다.

이네스의 흉상이 받침대 위에서 고상하고 불행한 시선을 던지고 있는 거실에 혼자 남겨진 채, 나의 생각이 향한 곳은, 독자는 내 말을 믿겠지만, 바로 그 전에도 이미 자주, 이미 끊임없이 계속 향하던 곳이었다. 가슴 아픈 소식을 아직 한 군데 더 알려야 하는 과제가 남아 있다는 생각이 들었던 것이다. 하지만 이상하게 경직된 느낌이 내 손발을 붙들어 매고, 심지어 얼굴 근육까지 덮치는 바람에 나는 수화기를 들고 파이퍼링과 연결해달라고 말하기가 너무 힘들었다. 이게 아니지. 나는 겨우 수화기를 잡았으나, 그것을 손 안에 든 채 팔을 늘어뜨리고 전화선에서 교환원 아가씨의 나지막하고 해저에서 울려나오는 것 같은 소리를 듣고만 있었다. 하지만 이미 병이 날 것 같을 만큼 피로해진 상태에서 떠오른 어떤 생각이 결국 내 계획을 수포로 돌아가게 했다. 내가 지금 전혀 쓸데없이 한밤중에 슈바이게슈틸 집에 비상경보를 울려대려고 한다는 생각, 아드리안에게 내가 보고 겪은 이야기를 들려주는 것은 **불필요**하다는 생각, 게다가 내가 그렇게 함으로써 어느 정도든 스스로를 우스꽝스러운 사람으로 만들 것이라는 생각이 들었던 것이다. 그래서 나는 수화기를 다시 내려놓았다.

XLIII

내 이야기는 종반을 향해 서둘러 가고 있다. 모든 것이 그렇다. 모든 것이 몰려들고 달려들며 종말을 향해 돌진하고 있다. 세상은 파멸의 징조 속에 놓여 있다. 적어도 우리 독일인들이 보기에는 그렇다. 천년의 우리 역사가 반박되고, 불합리한 역사였다고 논증되었으며, 이런 결론에 따라 불길하게 빗나간 역사이자 오류였다고 입증되었다. 그리하여 마침내 무의 상태, 절망의 한가운데, 유례없는 파산 지경, 엄청난 굉음과 함께 타오르는 불꽃 속의 지옥행 길에 이르렀다. 정당한 목적을 향해 가는 모든 길은 그 길의 어떤 구간에서도 정당하다는 독일의 격언이 인정하려는 것이 정말 사실이라면, 이런 재앙으로—나는 이 단어를 가장 엄격하고 가장 종교적인 의미로 사용하건대,—접어들었던 길은 모든 곳에서, 그 길의 모든 지점과 전환점에서 불길했다는 점도 인정되어야 한다. 이런 논리에 동의하는 일이 애국심에 괴로운 상처를 주더라도 말이다. 이렇게 감당할 길 없이 불길한 상황을 어쩔 수 없이 인정하는 것은 사랑을 부정하는 것과 같은 의미는 아니다. 단순한 독일인이자 학자인 나는 많은 독일적인 것을 사랑했다. 별로 대단하지는 않은 삶이지만, 매력적인 것에 몰두하고 헌신할 줄 아는 나의 삶은 주목할 만한 어떤 독일적인 인간성과 예술성에 대한 사랑, 내가 자주 놀라며 혼란에 빠졌던 사랑, 그렇게 항상 근심스럽지만 영원히 성실한 사랑에 바쳐졌다. 하지만 그러한 인간성과 예술성의 비밀스럽고 죄 많은 특성, 그리고 끔찍한 작별의 모습은 이런 사랑으로 달라질 게 전혀 없다. 누가 알겠는가만, 어쩌면 자비의 여운에 불과할지도 모를 사랑 말이다.

부득이 함께 연루된 채 엄청난 불행을 기다리며, 그리고 인간으로서는 도저히 상상할 수 없는 그 불행의 후유증을 예견하며 나는 프라이징의 작은 방에 틀어박혀 있다. 그리고 끔찍하게 파괴된 우리 뮌헨의 참상을 보지 않으려고 피해 있다. 쓰러져 나뒹구는 동상들이나 구멍이 뚫려 텅 빈 눈으로 내다보고 있는 건물 전면의 광경을 차마 볼 수 없어서 말이다. 그런 건물의 전면은 그 뒤에 아무것도 안 남았음을 억지로 숨기면서도, 기껏 숨기고 있던 것을 다시 명백히 드러내려는 것 같다. 이미 포석을 뒤덮고 있는 폐허 더미에 건물의 잔해만 더 보태고 있으니 말이다. 대다수 민중들과 같은 믿음이 있었던 내 아들들의 어리석음에 대한 연민으로 내 가슴이 오그라들고 있다. 내 아들들은 굳은 믿음이 있었고 환호했으며, 희생했고 싸웠건만, 이미 오래전부터 그들과 같은 부류의 수백만 군중들처럼 경직된 눈빛으로 각성의 혹독함을 맛보고 있다. 너무나 어찌할 바를 모르는 당황스러움을 겪고, 엄청난 절망을 겪도록 예정된 그 각성의 쓴맛을 삼키고 있다. 하지만 그런 영혼의 번민도 그들을 나에게로, 즉 내 아들들이 믿은 것을 믿을 수 없었고 그들이 행복이라고 생각한 것을 함께 나눌 수 없었던 내게로 데려다주지는 못하리라. 게다가 그들은 자신들의 번민이 내 잘못 때문에 생겨났다고 주장하게 될 것이다. 내가 그들의 사악한 꿈을 함께 꾸었더라면, 모든 사정이 마치 지금까지와 다르게 흘러가기라도 했을 것처럼 말이다. 아 하느님, 이들을 도우소서. 나는 내 육신을 돌봐주는 늙은 아내 헬레네와 단둘이 있다. 그리고 간혹 지금 쓰고 있는 전기에서 그녀의 소박한 심성이 별 무리 없이 견뎌낼 수 있는 장들을 그녀에게 읽어준다. 파멸이 난무하는 와중에 나의 모든 생각은 이 전기를 끝마치는 일에 쏠려 있다.

종말에 대한 예언, 이른바 「형상으로 본 묵시록」이 가슴을 찌르며 장대하게 울려 퍼졌다. 그것은 마인 강변의 프랑크푸르트에서 1926년 2월에, 즉 내가 보고해야 했던 끔찍한 사건이 일어나고 대략 1년이 지난 후였다. 부분적으로는 이 사건으로 인한 상실 때문에 아드리안은 원래도 잘 나서지 않는 태도를 애써 바꾸지 못했고, 결국 분노에 찬 고함과 어리석은 비웃음과 함께 엄청나게 세인의 주목을 끌었던 역사적인 공연에 참석하지 못했다. 그는 그 작품을, 가혹하고 자긍심에 찬 자신의 삶을 상징하는 두 개의 대표적인 작품 가운데 한 작품을 한 번도 듣지 않았다. 물론 '듣는다'라는 표현에 대해 그가 하던 말에 견주어보면, 그것은 그다지 크게 유감스러워해서는 안 될 일이다. 연주회에 가려고 휴가를 낼 수 있었던 나 말고는, 우리의 지인들 중에서 오직 착한 자네트 쇼이를만이 연주를 들었다. 그녀는 재정 상태가 좋지 않음에도 불구하고 공연을 보려고 프랑크푸르트로 갔고, 나중에 파이퍼링에서 친구에게 프랑스어와 바이에른 말이 섞인 그녀 특유의 사투리로 공연에 대해 보고했다. 당시에 그는 그 우아한 시골 아가씨가 자기 곁에 있는 것을 특히 좋아했다. 그녀는 아드리안 곁에서 그의 마음을 편하게 해주고 안정감을 주었으며, 일종의 보호하는 힘을 발휘하고 있었다. 실제로 나는 수도원장 방 한쪽 구석에서 그가 그녀와 **손을 맞잡고** 앉아 있는 모습을 본 적이 있다. 아무런 말도 없이, 보호받고 있는 사람의 표정으로 말이다. 그렇게 손을 맞잡고 있는 모습은 원래 그답지 않았다. 그것은 내가 감동을 넘어 기쁜 마음으로 알아차린 하나의 변화였지만, 은근히 격정을 불러일으키기도 했다.

　당시에 그는 자신과 같은 색깔의 눈을 가진 뤼디거 실트크납이 곁에 있는 걸 어느 때보다 더 좋아했다. 실트크납은 늘 그랬듯이 남의 마음에 드는 일을 하는 데 인색했다. 하지만 그 남루한 신사는 일단 나타나면, 아드리안이 특히 일을 할 수 없을 때 걷기 좋아했던 들판 먼 곳까지 기꺼이 함께 걸었다. 뤼디거는 씁쓸하고 우스꽝스러운 익살로 그 산책길을 재미있게 할 줄도 알았다. 몹시 가난했던 그는 당시에 소홀하게 방치했다가 결국 무너져가는 치아 때문에 많은 고생을 하고 있었다. 그는 무엇보다 도무지 신뢰할 수 없는 의사들 얘기를 연신 늘어놓으며, 이들이 처음에는 우정으로 치료를 해주는 척해놓고 나중에는 갑자기 감당할 수도 없는 요구를 해댔다고 투덜거렸다. 그는 분할불 제도나 놓쳐버린 진료 일정 때문에 속상했던 이야기도 했고, 또 이런 불만에도 불구하고 그를 '도와주려는' 다른 의사를 찾아가 그자가 자신을 절대 만족시킬 수도 없고 만족시키려 들지도 않을 걸 알면서도 치료를 맡길 수밖에 없었던 일 등을 이야기했다. 예전에 의사가 통증과 함께 아직 남아 있는 치근 위에다 거대한 브리지를 소름끼치게 억지로 눌러 끼웠는데, 얼마 가지도 않아 그 치근이 브리지의 무게 때문에 문제를 일으키기 시작하면서 결국 인공 치아 장치의 무시무시한 해체가 예고되었고, 그 결과는 나중에도 절대 다 못 갚을 새로운 빚이 될 것이라고 했다. "붕-괴-하고-있어." 그가 소름끼치게 큰 소리로 선언했다. 그리고 그는 아드리안이 그 모든 불행에 대해 눈물이 나도록 웃는 것을 전혀 아무렇지 않게 생각했을 뿐만 아니라, 오히려 그런 반응이 나오도록 의도했던 것 같았고, 자신도 허리를 굽혀가며 소년처럼 웃어댔다.

위태로운 상황에서 억지 유머를 풀어놓는 뤼디거가 곁에 있어주는 것이야말로 당시 고독한 아드리안에게는 꼭 필요한 일이었다. 유감스럽게도 우스꽝스러운 이야기를 해줄 재주가 없던 나로서는 그에게 이런 만남을 마련해주는 것으로 내가 할 수 있는 일을 했다. 나는 대개 완강하게 버티는 뤼디거를 달래 파이퍼링으로 아드리안을 방문하도록 독려했다. 왜냐하면 아드리안이 그해 내내 일을 전혀 하지 못하고 있었기 때문이다. 어떤 착상도 떠오르지 않고 정신이 미동도 하지 않았던 것은 그에게 너무나 큰 괴로움과 굴욕감을 안겨주었으며, 그를 불안감에 휩싸이게 한다는 것이 내게 보낸 그의 편지에서 드러났다. 그런 상태가 그를 덮친 것이, 그가 그나마 내게 설명해주었던 바와 같이, 프랑크푸르트 공연에 가지 못할 주된 이유가 되었다. 더 나은 것을 만들 수 없는 상태에서 이미 끝난 것과 관계하는 일은 불가능하다는 것이었다. 과거를 견뎌내는 유일한 방법은 현재의 무기력감을 의식하며 어리석게 과거를 찬탄하고 인정하는 것이 아니라, 지금에야말로 과거보다 더 자신감을 느끼는 것뿐이라고 했다. "너무 황량해서 거의 황당할 지경이야"라고 그가 내게 프라이징으로 보낸 편지에서 자신의 심신 상태를 표현했다. "개처럼 사는 비참한 생활" "견딜 수 없는 목가적 분위기에 싸여 아무런 기억도 없는 식물 같은 삶"이라는 말까지 했다. 그런 삶을 모욕하는 것만이, 한심하지만 유일하게 명예를 지키는 길이라며, 그런 생활은 그가 오직 그 둔감한 상태에서 빗어나기 위해 새로운 전쟁과 혁

명 혹은 그와 비슷한 외부의 소동이 일어나기를 바라도록 할 것 같다고
도 했다. 작곡에 대해서 그는 이제 더 이상 문자 그대로 전혀 아무런 생
각도 나지 않고, 작곡이란 것을 도대체 어떻게 하는 건지, 희미한 기억
조차 없다는 것이었다. 그리고 이제 그는 두 번 다시 **단 하나의** 음표도
쓸 수 없음을 확신한다며, "지옥이 나를 불쌍히 여기기를!" "나의 불쌍
한 영혼을 위해 기도해주게!"라는 말까지 썼다. 이와 같은 표현들은 내
가 받은 서한들에 반복적으로 나타났다. 그런 것들은 나를 너무나 심각
한 탄식에 빠지게 했지만, 또 나를 다시 고양시켜주기도 했다. 왜냐하
면 결국 역시 어린 시절에 함께 놀던 친구인 나만이 그런 고백의 글을
받는 역할을 할 수 있고, 그 외에는 이 세상 어느 누구도 그 역할을 대
신 할 수 없다고 스스로 말할 수 있었기 때문이다……

　나는 답장에서 그를 위로하고자 애쓰며 그에게 다음과 같은 점들을
환기시켰다. 자신의 현재 상황을 넘어서 생각하는 일은 인간에게 너무
나 힘든 법이고, 인간은 그 상황을 이성에 따라 보기보다는 항상 감정
에 따라 보며, 그것이 늘 존재하는 운명이라고 보는 성향이 있다. 말하
자면 다음 모퉁이를 바라볼 능력이 없는 것인데, 이런 건 어쩌면 행복
한 상황에서보다 나쁜 상황에서 더 그러할 것이다. 너의 피로감은 네가
최근에 겪은 끔찍한 실망을 생각해보면 충분히 이해가 되는 일이다, 등
의 점들을 거론한 것이다. 이렇게 쓰다가 나는 나약한 마음과 '시적인'
감상에 휩쓸려, 그의 정신이 맞고 있는 일종의 휴한기 상태를 "겨울에
쉬고 있는 대지"와 비교했다. 그런 대지의 품안에서 삶은 새로운 싹을
틔울 준비를 하며, 남의 눈에는 띄지 않지만 계속 움직이고 있다고 말이
다. 나 자신이 느끼기에도 그런 비교는 허용의 범위를 넘어설 만큼
알맹이 없이 선량하기만 한 발상이었다. 그것은 아드리안의 존재가 띠

고 있는 극단적인 특성에, 다시 말해 창조적인 폭발과 속죄하며 겪는 침체가 서로 교체되던 당시 그의 상황에 어울리지 않았다. 그의 건강이 다시 나빠지는 징후도 창조력의 침체와 함께 나타났는데, 건강 문제는 다른 침체 상태의 원인이라기보다는 동반 현상으로 보였다. 심각한 편두통 발작이 그를 어둠 속에 가두어놓았고, 위염, 기관지염, 인후염이 특히 1926년 겨울 동안 그를 차례대로 돌아가며 괴롭혔으며, 그것만으로도 그가 프랑크푸르트 연주회로 떠나는 것을 불가능하게 했을 것이다. 그것은 그의 또 다른, 인간적으로 보아 더욱 긴급한 여행을 불가능하게 했다. 항변의 여지도 허용하지 않고 명백하게 드러나는 증상에 이어 의사의 절대적인 지시에 따라 그 여행은 포기될 수밖에 없었다.

그러니까 동시에, 거의 같은 날에 막스 슈바이게슈틸과 요나탄 레버퀸이 둘 다 일흔다섯의 나이로 그해 말경에—기이한 심정으로 말하건대—영면했던 것이다. 아드리안이 오랫동안 묵었던 오버바이에른의 하숙집 아버지이자 가장, 그리고 저 위 부헬 농장의 친아버지 말이다. 그에게 저 '사색가'의 조용한 사망을 알리는 어머니의 전보가, 다른 지방어를 쓰기는 했지만 역시 조용하고 생각이 많던 애연가의 관 옆에 서 있던 아드리안에게 전달되었다. 막스 슈바이게슈틸은 가계의 짐을 이미 오래전부터 점차 상속자인 게레온에게 맡겼었다. 요나탄 레버퀸이 그와 같은 짐을 아마 아들 게오르크에게 맡겼다가 이제 최종적으로 물러나며 사망하게 되었듯이 말이다. 아드리안은 엘스베트 레버퀸도 슈바이게슈틸 어머니가 그랬던 것처럼 조용하고 침착하게, 또 인간적인 것에 사려 깊게 동의하며 그 죽음을 의연히 받아들였을 것이라고 확신할 수 있었다. 아버지의 장례식에 가기 위해 작센-튀링엔 지방으로 떠나는 일은 당시 그의 상태로는 생각할 수 없다. 하지만 그는 일요일에 열이 나고 매우 기운이 없었음에도 불구하고 의사의 경고를 거역하며, 파이퍼링의 마을 교회에서 거행된 자신의 하숙집 주인의 장례식에 참석하겠다고 고집을 부렸다. 장례식에는 인근의 전 지역에서 많은 사람들이 찾아왔고, 나도 망자에 대한 마지막 예의를 차림과 동시에 저기 다른 곳의 망자에게도 예의를 갖춘다는 심정으로 장례식에 임했다. 그리고 우리는 걸어서 함께 슈바이게슈틸 집으로 돌아왔다. 노인이 떠나갔음에도 불구하고 그의 파이프 담배 향기가 거실의 열린 문 사이로 흘러나오고, 또 복도 벽에 깊이 파고들면서 이전과 다름없이 집 안 공기를 가득 채우고 있음을 그다지 놀랍다고 생각하지 않으면서 우리는 묘한 감동을 느꼈다.

"이런 향기는 오랫동안 이렇게 지속될 거야." 아드리안이 말했다. "한참 동안, 어쩌면 이 집이 서 있는 동안. 부헬에서도 오랫동안 이렇겠지. 우리가 이 세상에 머문 뒤의 기간은 좀더 짧거나 좀더 길겠지만, 불멸성이라고 불리겠지."

그때는 크리스마스가 지난 뒤였다. 두 아버지는 이미 세상을 반은 등지고, 반은 소원해진 상태에서 크리스마스를 가족과 함께 보냈다. 그리고 이제 일조량이 점점 늘어나듯이, 새해 벽두에 이르자 벌써 아드리안의 건강이 눈에 띄게 좋아졌다. 짓누르며 이어지던 질병의 고통이 더 이상 계속되지 않았다. 그는 일생의 계획이 좌절되려던 위기, 또 그런 좌절과 결부되어 있던 충격적인 손실을 정신적으로 넘어선 것 같았다. 그의 정신은 부활했다. 그는 폭풍처럼 밀려오는 착상들 사이에서 신중함을 유지하기가 어려웠을 것이다. 그해, 1927년은 실내악에서 풍요롭고 경이로운 수확을 이룬 해가 되었다. 우선 세 개의 현악기와 세 개의 목관악기 및 피아노를 위한 앙상블을 작곡했는데, 나는 이 곡을 느긋하게 배회하는 분위기의 작품이라고 말하고 싶다. 아주 느리고 환상 속을 헤매는 주제들을 지니고 있는데, 그 주제들이 매우 다양하게 손질되고 화음으로 처리되면서 결코 분명하게 반복되지 않는다. 나는 이 작품의 특성, 즉 폭풍처럼 앞으로 나아가는 동경, 그 음색의 낭만성을 얼마나 좋아하는지 모른다! 그것은 가장 엄격하고 현대적인 방식으로 만들어진 주제를 들려주지만, 사실상의 '재현부'가 없을 정도로 눈에 띄게 변화된 형식의 작품이었다. 1악장은 '환상'이라고 명시되어 있고, 2악장은 강렬하게 상승하며 두각을 드러내는 아다지오이며, 3악장은 피날레로서 가볍게, 거의 유희적으로 시작해 대위법으로 점점 더 눈에 띄게 압축되면서도 동시에 점점 더 비극적이고 진지한 특성을 띠다가, 마지막으로는 장송곡과 유사한 어두운 에필로그로 끝난다. 피아노는 결코 화음을 맞추는 보조악기가 아니라 피아노 협주곡에서처럼 솔로로 등장한다. 그 점에서 바이올린 협주곡의 양식이 작용한다고 할 수 있을 것이다. 내가 가장 깊이 감탄하는 점은, 음의 결합 문제를 해결한 대가적인 능력이었다. 어느 한 군데에서도 관악기가 현악기를 덮지 않고, 오히려 현악기에게 끊임없이 소리의 공간을 비워주며 그 소리와 서로 대체하고 있다. 그리고 다만 몇 군데에서만 현악기와 관악기가 협주를 하게 된다. 이런 인상을 요약하면, 확고부동하고 친숙한 결말로부터 나와 점점 더 멀리 떨어진 영역으로 계속 유혹을 받으며 끌려가는 느낌이 든다는 것이다. 아무튼 모든 것이 기대하고 있던 것과 다르게 진행되는 것이다. "나는 소나타가 아니라 장편소설 하나를 쓰려고 했지"라고 아드리안이 내게 말했다.

이와 같은 음악적인 '산문'의 경향은 현악 4중주에서 최절정에 이른다. 어쩌면 레버퀸의 가장 밀교적인 작품인 이 곡은 앙상블 음악에 곧바로 이어 탄생했다. 보통 실내악이 주제로나 모티프와 관련한 작업의 집합장이라면, 이런 작업이 여기서는 도발적으로 보란 듯이 기피되었다. 모티프 상의 관련성, 전개, 변주가 도무지 없었고, 반복도 없었다. 겉으로 보기에는 완전히 자유로운 방식으로 새로운 것이 끊임없이 따라 나왔다. 음색이나 음향의 유사성에 의해, 혹은 거의 더 두드러지는 바로, 대비에 의해서 말이다. 전통적인 형태는 흔적도 없었던 것이다. 이와 같이 겉보기에 무질서한 경향을 띤 작품에서 마이스터 작곡가는 마치 칸타타 「파우스트 박사의 탄식」, 즉 그의 작품 중에서 가장 서로 연관성이 많은 음으로 연결된 작품을 쓰려고 깊이 숨을 들이마시며 준비를 하는 것 같았다. 4중주에서 그는 오로지 자신의 귀에만, 말하자면 착상의 내적 논리에만 따랐다. 여기서 다성부 작곡법은 극도로 고조되고, 각 성부는 매 순간 매우 독립적이다. 여러 부분은 중단되지 않고 연속적으로 연주될 수 있음에도 불구하고, 그 전체가 매우 명확하게 서로 분리된 박자를 통해 표현되었다. 모데라토*라고 표시된 첫번째 부분은 네 개의 악기가 매우 신중한, 정신적으로 집중된 대화를 나누며 '서로 상의하는' 형상을 닮았다. 그것은 역동적인 변화가 거의 없이 진지하고 조용하게 진행되는 교환 같은 것이다. 그다음에는 마치 정신 착란 상태에서 속삭이는 듯한 소리를 내는 프레스토** 부분이 따르는데, 이 부분은 네 개의 모든 악기가 약음기를 사용해 연주한다. 그다음에는 느린 악장이 앞부분보다 더 짧게 구성되었으며, 여기서는 비올라가 주도 성부를 맡는 가운데 다른 악기들이 끼어들며 반주를 함으로써 성악

---

* '보통 빠르기로' 연주하라는 뜻.
** '빠르게' 연주하라는 뜻.

의 한 장면을 떠오르게 한다. 마지막으로 '알레그로 콘 푸오코'* 부분에서는 다성부 작곡법이 길게 형상화되며 펼쳐진다. 나는 이 결말보다 더 자극적인 것은 들어본 적이 없다. 여기서는 마치 온 사방에서 불꽃이 혀를 날름거리는 것 같은 느낌이 든다. 급한 연속음과 전음들이 결합해 마치 완전한 오케스트라를 듣는 것 같은 인상을 받게 된다. 넓은 음역을 완전히 이용하고, 각 악기가 낼 수 있는 가장 뛰어난 음향을 충분히 이용함으로써 실내악의 일반적인 한계를 파괴하는 유성음의 특성이 얻어진 것이다. 나는 비평가들이 이 4중주곡에 대해, 이것은 철저히 위장된 오케스트라곡이라는 반론을 제기할 것이라고 믿어 의심치 않는다. 하지만 그런 비평은 옳지 않을 것이다. 총보를 잘 살펴보면, 현악 4중주가 표현할 수 있는 가장 섬세한 요소들이 이용되었다는 사실을 알 수 있다. 물론 아드리안은 실내악과 오케스트라 양식이 고전적인 경계로 유지될 수 없는 것이고, 색조의 해방 이래로 그 두 가지는 서로 경계를 넘어서고 있다는 자신의 견해를 여러 차례 내게 말했다. 이 두 계통의 특성을 띠는 것, 혼합과 교환을 애호하는 성향은, 「묵시록」에서 성악과 기악을 다룰 때 이미 예고된 바 있듯이, 그의 경우에는 틀림없이 증가하고 있었다. "나는 철학 강의를 들으면서"라고 아드리안이 말했다. "경계를 정한다는 말은 이미 그 경계를 넘어선다는 뜻임을 배웠지. 난 항상 그런 의미를 따랐어." 그가 말한 것은 칸트에 대한 헤겔의 비판이었다. 그의 말은, 그의 창작이 얼마나 깊이 정신적인 것에 의해—그리고 예전에 각인되었던 것에 의해—결정되었는지 보여준다.

그리고 마침내 바이올린과 비올라와 비올론첼로를 위한 3중주곡이

---

* '빠르고 격렬하게' 연주하라는 뜻.

있다. 이것은 거의 연주가 불가능해 사실 오직 세 명의 대가들만 기껏해야 기술적으로 겨우 연주할 수 있는 곡이다. 이 곡은 그 구조적인 광란, 말하자면 두뇌의 성과로, 그리고 예상하지 못한 음의 혼합으로 놀라움을 자아낸다. 전대미문의 것을 갈망하는 작곡가의 귀, 즉 조합 능력이 유례없이 뛰어난 환상의 소유자가 세 가지 악기에서 얻어낸 음의 혼합으로 말이다. "참 기이하겠지만, 만족스럽게 됐어"라고 아드리안이 유쾌한 기분으로 그 곡의 특징을 규정했다. 그는 앙상블 음악을 만들면서 이미 그 곡을 적기 시작했고, 머릿속에 담아두었다가 완성시켰다. 4중주곡에 대한 작업이라는 부담을 안고서, 즉 4중주곡 자체만으로도 이미 한 사람의 조직력을 오랫동안, 그리고 완전히 소모시킬 것이 분명하다고 생각했어야 했는데 말이다. 그것은 새로운 과제들을 완성해내기 위한 영감, 요구, 실행, 철회가 한없이 서로 얽힌 상태였고, 문제들은 이미 그 해결책과 함께 들이닥쳐서 서로 엉키어 소동을 벌이는 것 같은 상태였다. "일종의 밤인데," 아드리안이 말했다. "연신 터져대는 번개의 섬광 때문에 어두워지지 않는 밤이야."

"약간 부드럽지 못하고 흥분에 들뜬 종류의 조명이지"라고 그가 덧붙였다. "그럴 수밖에. 나 자신이 흥분에 들떠 있으니까. 이 곡은 나를 저주한 것이고, 내가 죽어도 온몸이 떨게 할 거야. 착상이란 건 말일세, 친구, 악마같이 불량스러운 것이야. 착상의 볼은 뜨겁게 달아올라 있는 법이라서, 우리 자신의 볼도 우리에겐 거북한 방식으로 뜨겁게 달구어버리는 거지. 행복과 고문 사이의 차이는 인문주의자의 막역한 친구로서 언제나 확실하게 구별할 수 있어야 할 텐데……"그리고 그는 자기가 얼마 전에 겪었던 평화로운 무능력 상태가 현재의 피곤한 상태와 비교해 더 바람직했던 게 아닌가 하는 생각이 가끔씩 든다고 말했다.

나는 그가 고마워할 줄을 모른다고 나무랐다. 놀라움에 차서, 눈에는 기쁨의 눈물을 담고, 또 사랑하는 마음으로 몰래 전율하며 나는 한 주 한 주 그가 종이에 적어온 것을 읽고, 또 들었다. 그가—아주 깨끗하고 정확하게, 게다가 침착하지 못하다는 흔적이 전혀 없이 아담하게—종이에다 옮겨놓은 기록을 말이다. 그가 표현했듯이, "그의 정신과 큰 뇌조(雷鳥)의 수컷"*이(그는 이 단어를 "수뇌조"라고 적었다) 그에게 몰래 얘기해주고 요구했던 것을 말이다. 그는 단숨에, 혹은 더 정확한 말로 표현하자면, 숨도 쉬지 않고 그 세 작품을 써버렸다. 그중 한 곡만으로도 그것이 탄생한 해에 깊은 의미를 부여하기에 충분했을 것이다. 그리고 실제로 그가 4중주곡 중에서 마지막으로 작곡한 「렌토」**를 완성한 바로 그날 또 3중주곡을 적기 시작했다. 내가 두 주일간이나 그에게 갈 수 없었을 때, 그는 "일이 잘돼가고 있어"라고 편지를 보내왔다. "내가 마치 크라카우에서 대학에 다닌 것 같아." 나는 처음에 그게 무슨 말인지 알아듣지 못하다가, 나중에야 그것이 16세기에 마법을 공개적으로 가르치던 크라카우*** 대학교 얘기라는 것이 기억났다.

이와 같이 옛날식 어투로 양식화한 그의 표현에 내가 주의 깊게 귀를 기울였다는 점을 확실히 말할 수 있다. 그는 그런 식으로 표현하는 것을 예전에도 항상 좋아하기는 했지만, 이제는 그 어느 때보다 자주—혹은 나도 "무시로"라고 표기해야 하랴?—그의 편지 속에서, 그리고 그가 구두로 표현하는 독일어에서 눈에 띄게 드러났다. 왜 그런지

---

    * 민간신앙에서 보통 악령과 관련이 있는 의미를 띠는데, 여기서도 초인간적인 생명력, 창조력을 상징한다.
  ** '느리게' 연주하라는 뜻.
*** Krakau: 폴란드의 옛 수도 '크라쿠프'의 독일식 이름.

는 이제 곧 밝혀질 것이다. 내가 본 첫번째 암시는, 어느 날 그의 책상 위에 있던 악보 한 장이 내 눈에 띄었을 때 나타났다. 그는 거기에 굵은 펜으로 다음과 같이 써놓았다.

"이 같은 통한이 파우스트 박사(Doctor Faustus)의 마음을 움직여, 그가 자신의 탄식을 기록하게 하도다."

그는 내가 무엇을 발견했는지 보고는, "우리 사형께서 무슨 쓸데없는 참견을 하시는고!"라는 말과 함께 내 눈앞에서 종이를 치워버렸다. 그는 자기가 계획하고, 다른 사람의 관여 없이 혼자 조용히 실행에 옮기려고 생각하던 것을 이후에도 나에게 오랫동안 비밀로 했다. 하지만 바로 그 순간부터 나는 내가 무엇을 알고 있는지 분명히 알게 되었다. 실내악의 해인 1927년이 「파우스트 박사의 탄식」을 구상한 해이기도 했다는 점에는 의심의 여지가 없다. 믿기지 않는 소리일지 모르겠지만, 여러 과제와 씨름하는 가운데, 너무나 복잡해 그런 과제들을 해낸다는 것은 오로지 극도로 절대적인 정신 집중 아래서만 생각할 수 있는 상황에서, 그의 정신은 이미 동시에 앞을 내다보고, 시험하며, 건드려보면서 두번째 오라토리오의 징조를 띠고 있었던 것이다. 가슴을 짓누르며 으스러뜨리는 이 한탄의 작품이 띤 징조를 말이다. 하지만 이 작품이 진정으로 시작되기까지는 아직 사랑스러우면서도 그의 가슴을 찢으며 관심을 온통 사로잡는 일생일대의 돌발 사건 하나가 남아 있었다.

XLIV

랑엔잘차에 있던 아드리안의 여동생 우르줄라 슈니이데마인은 한 해 한 해, 다시 말해 1911년, 1912년, 1913년에 걸쳐 세 아이를 낳고 폐가 약해져서 하르츠 산맥에 있는 어떤 요양원에서 몇 달을 지냈던 적이 있었다. 이후 폐첨 카타르는 완치가 된 듯했고, 막내아들 네포무크가 태어날 때까지 10년 동안 우르줄라는 가족들에게 아무런 걱정 없이 일하는 아내이자 어머니였다. 비록 전쟁 동안, 그리고 그 후의 궁핍한 시기가 그녀의 건강을 활짝 피게 두지는 않았지만 말이다. 단순한 코감기로 시작해서 나중에는 꼭 기관지로 내려갔던 잦은 감기가 그녀를 괴롭혔는가 하면, 그녀의 겉모습은 (호의적으로 즐겁고 사려 깊은 표정 때문에 잘 드러나지 않았지만) 고통스러워 보이지는 않았더라도 연약하고 조금 창백해 보였다.

그런 중에도 1923년의 임신은 그녀의 활력을 해치기보다는 오히려 더 증진시키는 것 같았다. 그러나 물론 산후에 그녀의 건강은 매우 더

디고 힘들게 회복됐고, 10년 전에 요양원 체류를 야기했던 심한 발열 증세가 다시 나타났다. 이때도 이미 특수 치료를 위해 다시 가사 일을 중단해야 한다는 소견이 나왔지만, 내가 확신하며 추측건대, 심리적으로 몸에 좋은 일, 즉 어머니로서 겪는 행복, 세상에서 가장 평화롭고 착하며 사랑스럽고 돌보기 쉬운 갓난아기였던 막내둥이 아들에게 느끼는 기쁨으로 그녀의 병세는 완화되었다. 그리고 몇 년 동안 그 용감한 여인은 활기를 띠고 건강을 유지했는데, 1928년 5월에 다섯 살 난 네포무크가 매우 심하게 홍역을 앓게 되자, 몹시도 사랑하던 아이를 밤낮으로 근심에 싸여 돌보다가 심각하게 기력을 잃고 말았다. 그녀 자신이 병을 얻어 열이 크게 오르내리는가 하면 기침이 그칠 기미를 보이지 않자, 담당 의사는 무조건 요양원에 입원해 치료할 것을 강하게 요청하며, 적당히 낙관적으로 얘기해주는 법 없이 아예 처음부터 반년을 요양 기간으로 책정했다.

이런 형편 때문에 네포무크 슈나이데바인이 파이퍼링으로 오게 되었다. 왜냐하면 열일곱 살의 누나 로자는, 한 살 어린 에체힐이 안경 가게에서 일했듯이(열다섯 살의 라이문트는 아직 학교에 다니고 있었다), 자연스럽게 어머니가 집을 비운 사이에 아버지를 위해 가사를 돌보는 일을 맡게 되었는데, 여러 가지 형편으로 미루어 보건대 너무나 바빠서 어린 동생까지 돌볼 수는 없을 것 같았던 것이다. 우르줄라는 아드리안에게 편지를 써서 사정을 이야기했다. 회복기에 있는 아이가 오버바이에른의 시골 공기 속에서 얼마간 지내게 된다면, 의사도 매우 다행스러운 해결법이라 할 것이라고 말이다. 그리고 아드리안의 여주인이 적당한 기간 동안 어린아이의 엄마 혹은 할머니 역할을 맡아주었으면 하는 생각에 동의하도록 잘 얘기해달라고 썼다. 엘제 슈바이게슈틸은, 게

다가 클레멘티네까지 적극 나서는 가운데, 기꺼이 그 일을 맡을 준비가 되어 있었다. 이렇게 해서 그해 6월 중순에 요하네스 슈나이데바인이 아내를 동행해 하르츠 산맥으로, 즉 그녀에게 이미 한 번 효력을 발휘했던 주데로데 근처의 요양원으로 가고 있는 동안, 로자는 막냇동생을 데리고 남쪽으로 내려와서 외삼촌의 두번째 부모의 집 품에 맡겼다.

나는 남매가 농가에 도착했을 때 그곳에 있지 않았지만, 아드리안이 그 장면을 설명해주었다. 온 집안사람들, 즉 어머니, 딸, 장남, 하녀와 하인들이 어린아이에게 완전히 매료되어 기쁨에 빠져 크게 웃으며 아이를 에워싸고 서서, 너무나 귀여운 그 모습에 도무지 질릴 줄 몰라했다. 물론 특히 여자들이 그랬고, 그중에서도 민중적인 하녀들이 무조건 아이에게 빠져들었다. 그들은 정말 어쩔 줄 몰라 하며 손을 꼰 채 꼬마 신사에게 허리를 굽히는가 하면, 그의 곁에 쭈그리고 앉아 귀여운 사내아이 때문에 '아이고, 이런, 세상에'를 연발하며 감탄했다. 아이의 누나는 너그러운 미소를 띠고 이런 광경을 바라보고 있었다. 그녀는 당연히 예상했던 일이 일어났다는 표정, 그리고 자기 집안의 막내둥이에 대한 일반적인 애정 공세에 익숙한 표정을 지었다.

네포무크, 혹은 가족들이 부르는 이름으로 '네포', 혹은 이미 아이가 옹알거리기 시작하면서부터 자음을 기묘하게 잘못 말해 자신을 부르는 이름이 된 '에코'는 매우 소박한 여름옷 차림이었는데 도회지풍으로 꾸민 구석이 거의 없었다. 짧은 팔의 작은 흰 면 셔츠에다 아주 짧은 아마직 바지를 입고, 맨발에 낡은 가죽신을 신고 있었다. 그럼에도 불구하고 아이를 바라보면 마치 귀여운 요정 왕자를 보고 있다는 느낌밖에 들지 않았다. 다리가 날씬하고 잘생긴 아이의 작은 모습은 완벽하게 귀여웠다. 꾸밈없이 흐트러진 금발로 덮인 삭고 갸름한 머리는 말로 표현할 수 없이 깜찍하고, 얼굴 표정은 어린아이답게 천진난만하기는 해도 뚜렷하고 완성된 모습을 띠고 있었다. 더욱이 긴 속눈썹이 달린 아주 맑은 푸른색 눈은 말로 표현할 수 없이 귀엽고 순수했는데, 동시에 깊고 짓궂은 표정으로 위를 올려다보았다. 예의 저 동화 속 인물 같은 인상, 사랑스럽게 작고 우아한 세계에서 온 방문객이라는 인상을 불러일으키는 것은 단순히 이런 것들만은 아니었다. 빙 둘러서서 웃으면서 나지막한 환호 소리와 감동의 한숨을 내뱉는 어른들 사이에서 어린아이가 보이는 행동도 그랬다. 교태, 그리고 자신의 매력을 아는 표정이 물론 아주 없지 않은 미소, 뭔가 사랑스럽게 가르쳐주고 전달해주려는 선의를 담은 대답과 해명, 작은 목에서 나오는 은방울 같은 귀여운 목소리, 그리고 그런 목소리로 하는 말은 사람들의 마음을 사로잡았다. "먹어"와 "머거"같이 잘못 발음하는 어린아이의 말투가 섞인 아이의 말은 아버지에게서 물려받고 일찍이 어머니에게서 배운 것으로, 약간은 신중하고 약간은 점잔을 빼며 느릿느릿하고 의미심장한 스위스 억양을 띠고 있었다. 가령 혀를 굴려서 내는 '에르R' 소리도 그랬고, "이상-해"나 "더러-워"처럼 익살스럽게 중간 음절에서 잠깐 멈추는 말투도 그랬다. 내가 다른 어린아이들에게서는 본 적이 없었던 것으로 그 꼬마 신사는 이런 말을 할 때 작은 팔과 꼼지락거리는 손으로 설명하는 동작을 곁들였는데, 그것이 자주 설명에 꼭 맞지가 않아서 아이의 말의 의미를 오히려 흐려버리고 알아듣기 어렵게 했지만, 아주 우아하고 모호하게 의미심장한 손짓이 되곤 했다.

일단 여기까지가 네포 슈나이데바인, 혹은 모든 사람들이 곧 그가 말하는 방식으로 불렀듯이 '에코'에 대한 이야기이다. 서투르게나마 비슷하게라도 전달할 수 있는 표현으로, 아이를 보지 못하는 독자에게 나름대로 묘사를 한 것이다. 나보다 먼저 이미 얼마나 많은 작가들이 가시성을 성취하기에는, 즉 개성 있는 인물의 정확한 상을 그려내기에는 언어가 아무 쓸모가 없다는 점에 대해 한숨을 내쉬었던가! 말이란 칭찬하고 찬미하기 위해 만들어진 것이다. 말은 놀라고, 감탄하고, 축복하며, 또 눈에 나타나는 것을 곧바로 자극된 감정에 따라 특징짓는 힘을 부여받았지만, 그것을 회상하고 재현하는 힘은 없다. 그러니 꼬박 17년이 지난 오늘날 나는 그 아이를, 내게도 너무나 진기하고 천상적이며, 현세적이지만은 않은 유쾌함으로 내 마음을 채워주던 그 아이를 생각하면 눈물이 난다고 고백함으로써, 그 사랑스러운 대상을 위해 인물 묘사로 할 수 있는 것보다 더 많은 것을 할 수 있을 것이다.

어머니의 안부를 묻는 말, 또 여행과 대도시 뮌헨에 갔던 일에 대한 질문에 아이가 깜찍한 몸짓을 섞어가며 했던 대답은 이미 언급했듯이 뚜렷하게 스위스 억양을 담고 있었고, 귀여운 목소리의 은방울 같은 음색에는 방언이 많이 섞여 있었다. 가령 집 대신 "지비", "정말 좋은 것" 대신 "증말 조은 거", "조금" 대신 "쬐끔" 같은 것이 그랬다. "그러니까"라는 말을 특히 잘 사용하는 버릇도 눈에 띄었는데, 가령 "그게, 그러니까, 귀여웠어"라거나 그와 비슷하게 다른 말과 결합해 썼다. 또 예전에 쓰던 말 중에서 잊히고 더 쓰지 않는 기품 있는 말도 아이가 하는 말 중에 섞여 있었다. 예컨대 아이는 뭔가 더 이상 기억이 나지 않는 것을 말할 때, "생각이 안 닿아"라고 했다. 또 "다른 새 시무니('신문'이라는 말이다) 소식은 난 몰라"라고 했다. 하지만 사람들이 자기를 둘러싸고 모여 있는 상황을 그만 끝내고 싶어서 그렇게 말한 것일 뿐이라는 사실을 누구나 눈치챌 수 있었다. 왜냐하면 그 말 다음에 아이의 귀여운 입술에서 다음과 같은 말이 나왔기 때문이다.

"에코는 여기 지붕 바깥에 더 오래 있는 거이 안 좋다 생각 들어. 에코가 인제는 지비 안에 들어가서 아찌한테 인사해야 착한 거야."

이 말과 함께 그는 작은 손을 누나 쪽으로 내밀었다. 자기를 집 안으로 데려가라는 뜻이었다. 그런데 그 순간, 휴식 후에 여러 준비를 마친 아드리안이 조카딸에게 환영 인사를 하기 위해 직접 마당으로 나왔다.

그는 젊은 아가씨에게 인사를 건네고, 그녀가 어머니와 닮았다는 자기 생각을 언급한 뒤에 말했다. "그리고 이 아이가 우리 집의 새 동무인가?"

그는 네포무크의 손을 잡고는, 하늘색 미소를 머금은 채 자신을 올려다보는 별 같은 눈의 깜찍한 빛을 들여다보며 곧바로 생각에 빠진 것 같았다.

"허어, 그래"라는 말밖에 그는 할 수 없었다. 그러면서 그는 아이를 데려온 조카딸에게 천천히 고개를 끄덕여 보이고, 다시 아이에게로 고개를 돌렸다. 누구에게나 그의 동작은 눈에 띌 수밖에 없었다. 어린 아이에게도 마찬가지였다. 그리고 에코가 그냥 확인하는 말을─이것이 그가 외삼촌에게 했던 첫번째 말이다─했을 때, 그것은 건방진 소리로 들리는 것이 아니라 뭔가 상대방을 고려해주면서 숨겨주려는 의도, 천진난만하게 달래주려는 의도, 그리고 그 상황이 단순하고 친근한 것이라고 해석해주려는 의도를 담고 있었다.

"그치, 아찌도 내가 와서 기쁜 거야."

모두 웃음을 터뜨렸다. 아드리안도 웃었다.

"그래, 그게 내가 하고 싶은 말이다!" 그가 대답했다. "그리고 너도 우리 모두를 알게 되어서 기쁘기 바란다."

"참 재미로운 만남이야요." 꼬마 소년이 기이하게 말했다.

둘러서 있던 사람들이 다시 웃음을 터뜨리려고 했지만, 아드리안은 그들을 향해 고개를 가로저으며 손가락을 입에 댔다.

"그렇게 큰 웃음소리로 아이를 혼란에 빠지게 하면 안 돼요." 그가 조용히 말했다. "웃어야 할 이유도 아니고요. 어머니는 어떻게 생각하세요?" 그가 슈바이게슈틸 부인에게로 몸을 돌렸다.

"아니고말고!" 그녀는 과장되게 확고한 목소리로 대답하고, 앞치마의 뾰족한 끝을 눈에 갖다 댔다.

"그럼, 이제 들어가자꾸나." 아드리안은 결정을 내리고, 네포무크를 데려가려고 다시 아이의 손을 잡았다. "물론 우리 손님들을 위해 뭐 좀 먹을 것이 준비됐겠지요?"

먹을 것이 준비되어 있었다. 니케홀에서 로자 슈나이데바인은 커피를, 어린 동생은 우유와 케이크를 대접받았다. 그의 외삼촌은 탁자에 함께 앉아 그가 매우 귀엽고 꼼꼼하게 먹고 있는 모습을 바라보았다. 그 자리에서 그는 조카딸과 몇 마디를 나누었지만, 그녀가 하는 말에는 그다지 귀를 기울이지 않았다. 그는 예의 저 요정을 쳐다보는 일에 열중하며, 깊은 감동을 드러내지 않으려고, 그렇게 함으로써 상대방에게 부담을 주지 않으려고 애를 쓰고 있었던 것이다. 말이 나온 김에 덧붙이면, 그것은 쓸데없는 걱정이었다. 왜냐하면 에코는 말없는 감탄과 홀린 것 같은 시선에 대해서는 전혀 신경을 쓰지 않는 것 같았기 때문이다. 케이크 한 조각, 또 병조림된 것을 먹으며 귀엽게 떠올린 고마움에 찬 눈을 쳐다보지 않는 것은 어차피 죄가 되었을 것이다.

이윽고 꼬마 신사가 "됐서"라는 음절을 말했다. 누나가 설명한 바와 같이, 그 말은 예전부터 '배부르다' '충분히 먹었다' '더 이상 안 먹겠다'라는 표현으로, "나는 디 먹었어"라는 말을 줄여서 쓰던 유아기의 말이었는데, 그때까지 계속 쓰고 있었다. "됐서!"라고 아이가 말했다. 그리고 슈바이게슈틸 어머니가 손님을 후대하여 아이에게 뭐든 좀더 먹게 하려고 하자, 아이는 모종의 우월한 이성을 드러내며 선언했다.

"에코는 그냥 고만둘래."

아이는 졸음이 온다는 신호로 조그마한 손을 들어 눈을 비볐다. 사람들이 아이를 침대로 데려갔고, 아이가 잠을 자는 동안 아드리안은 서재에서 네포무크의 누나와 이야기를 나누었다. 그녀는 단지 사흘간 그곳에 머물렀다. 랑엔잘차에서 그녀가 맡은 책임 때문에 집으로 가야 했던 것이다. 그녀가 떠나갈 때 네포무크는 조금 울었지만, 누나가 다시 자기를 데려갈 때까지 항상 "사랑스럽게" 있겠다고 약속했다. 오, 하느님, 아이가 마치 약속한 말을 안 지키기라도 했던 것처럼 말이다! 마치 아이가 그 약속을 지키지 않을 능력이 있기라도 한 것처럼 말이다! 아이는 슈바이게슈틸 농가뿐만 아니라 마을 안은 물론 발츠후트 시까지 행복의 기운을, 마음이 따뜻하고 부드러워지며 늘 즐겁게 만드는 기운을 퍼뜨렸다. 이것은 그 아이와 늘 함께 다니는 것에 집착하는 슈바이게슈틸 가족, 즉 어머니와 딸이 어느 곳에서나 똑같이 매혹된 반응을 예견하며 아이를 어디로 데리고 가든 마찬가지였다. 약국에서든, 소상인의 가게에서든, 신발 가게에서든 아이가 매혹적인 몸짓과 매우 의미심장하게 느릿느릿한 억양으로 자기가 외운 시행 몇 마디를 암송하게 되면 말이다. 그것은 '슈트루벨페터'* 이야기에 나오는 온몸에 불이 붙은 꼬마 파울린에 관한 시행, 혹은 놀이를 하다가 너무나 더러운 모습

---

* Struwwelpeter: 1845년에 프랑크푸르트 정신과 의사 하인리히 호프만이 발간한 어린이 교육용 그림책 주인공. 독일의 대표적인 어린이 그림책으로 주로 아이들이 부주의한 행동으로 낭패를 당하는 이야기를 담고 있다.

으로 집에 돌아오는 바람에 '오-리-부인'과 '오-리-남편'이 의아하게 생
각하고, 심지어 돼지조차 '이상-해' 하는 요헨에 관한 시행이었다. 파
이퍼링의 신부 앞에서 아이는 손을 모으고—아이는 손을 자신의 작은
얼굴 높이까지 올리고 얼굴에서 조금 띄었다—기도의 말을, 더 정확히
말하자면, "세속에서의 죽음 앞에서는 아무것도 소용이 없느니라"*라는
말로 시작하는 이상한 옛날 기도를 했다. 신부는 너무나 감동을 받은
나머지 그저, "아이구, 너 하느님의 귀여운 아들아, 너 은혜 받은 아이
야!"라는 말밖에 할 수가 없었다. 신부는 흰 손으로 아이의 머리를 쓰
다듬고, 곧이어 아이에게 알록달록한 양 그림을 선물했다. 학교 선생에
게도, 그가 나중에 말한 바와 같이, 그 아이와 이야기를 할 때는 "아주
다른" 느낌이 들었다. 시장이나 골목에서는 거의 모두가 "클레멘티네
처녀" 혹은 슈바이게슈틸 어머니에게 물었다. 도대체 어떻게 이런 아이
가 하늘에서 떨어졌느냐는 것이었다. 사람들은 놀라서, "아이고, 얘 좀
봐라! 이 아가 좀 봐!"라고 하거나, 신부가 했던 말과 크게 다르지 않게,
"아이고, 너 귀여운 아가야, 너 엄청 천복을 받은 애야!"라고 했다. 그리
고 대개 여자들은 네포무크 곁에서 걸핏하면 무릎을 꿇으려고 했다.

　내가 그다음에 농장에 들렀을 때는 네포무크가 도착한 지 벌써 열
나흘이 지났을 때였다. 아이는 그곳 생활에 익숙해졌고, 인근에서 유명
인사가 되어 있었다. 처음에 나는 먼발치에서 아이를 보게 되었다. 아
드리안은 집 모퉁이에서 아이를 내게 보여주었다. 아이는 집 뒤의 텃밭
에서 딸기밭과 채소밭 사이 바닥에 혼자 앉아 있었다. 귀여운 한쪽 다
리를 뻗고 다른 한쪽은 반쯤 세웠으며, 이마 위에는 머리카락 가닥이

---

* 독일 르네상스의 대표적인 화가로 목판화 「묵시록」 연작을 만든 뒤러의 글에서 인용.

나누어져 있었다. 보아하니, 외삼촌이 선물한 그림책을 조심스러운 호감을 가지고 들여다보고 있었다. 아이는 책을 무릎 위에 올려놓고 오른손으로 책 가장자리를 잡고 있었다. 그런데 책장을 넘기던 귀여운 왼쪽 팔과 손이 그렇게 넘기는 동작을 무의식중에 유지하면서, 손바닥을 편 채 기가 막히게 우아한 몸짓으로 책 옆에서 허공에 뜬 상태로 멈추었다. 그 순간 나는 세상 어떤 아이도 그렇게 매력적인 모습으로 앉아 있는 것을 본 적이 없다는 느낌이 들었고(나 자신의 아이들이 그런 모습을 보여주는 것은 꿈에도 생각할 수 없었다!), 아마 하늘 위의 어린 천사가 바로 이런 식으로 찬송가 책장을 넘길 것이라는 생각을 했다.

그 꼬마 마법사와 인사를 나눌 수 있도록 우리는 아이에게로 다가 갔다. 나는 교육적인 입장에서, 모든 것이 소박하고 평범한 일상사임을 확인할 작정으로, 아무튼 내 감정에 대해서는 아무것도 눈치채지 못하게 할뿐더러 아이의 마음에 들 만한 말은 안 하기로 결심하며 아이와 인사를 나누었다. 나는 얼굴에 무뚝뚝한 주름을 잡고 매우 낮은 목소리를 골라, 알려진 바와 같이 탁하고 보호자 티를 내는 느긋한 음조로 말했다. "그래, 얘야?! 늘 착하게 지내겠지?! 우리 아기가 여기서 뭘 하고 있나?!" 나는 그런 식으로 행동하고 있는 동안 스스로에게 한없이 우스꽝스러운 느낌이 들었다. 그런데 정작 기가 막혔던 것은, 그 아이가 그것을 알아차렸고, 나 자신에게 떠오른 느낌을 확실히 함께 느꼈으며, 그래서 나 대신 부끄러워하면서 자그마한 머리를 숙이고 마치 웃음을 참으려는 사람처럼 입을 아래로 당겼다는 점이었다. 이런 모습이 나를 너무나 당황하게 만드는 바람에 나는 그 이후 오랫동안 민망해 더 이상 아무런 말도 못 했다.

아이는 아직, 대개 소년들이 하듯이 어른을 만나면 자리에서 일어나 절을 할 줄 아는 나이가 아니었다. 이 세상에서 아직 새로운 존재, 말하자면 반은 낯설고 미숙한 존재에게 허용되는 다정스러운 특권과 아무 조건 없는 신성화가 어울리는 존재가 있다면, 이 아이가 바로 그런 존재였다. 아이는 우리에게 "내려와"라고 말했다(스위스 사람은 '앉다'와 '눕다'라는 말 대신 "내려오다"나 "내려놓다"라고 한다). 우리는 그렇게 했다. 풀밭에 앉아 그 요정을 우리 둘 사이에 두고 함께 그림책을 들여다보았다. 그 책은 서점에서 제공된 아동 서적 중에서 가장 괜찮은 책 중 하나였다. 영국식 취향으로 케이트 그리너웨이*풍의 그림이 있었고, 꽤 다듬어진 운문시가 첨가되어 있었다. 네포무크는(나는 아이를 항상 그렇게 부르며 '에코'라고 하지 않았는데, 어리석게도 내게는 그런 애칭이 아이의 연약함을 시적으로 조장하는 듯이 보였던 것이다) 그 시들을 거의 모두 외우고 있었고, 우리에게 '읽어'줄 때 깜찍한 손가락을 아주 엉뚱한 자리에 대고 행을 따라 움직였다.

희한한 일은, 나 역시 지금까지 그 '시'를 외우고 있다는 사실이다. 단지 내가 그것을 한 번—혹은 그게 여러 번이었던가?—그 아이의 귀여운 목소리로, 그리고 상상을 초월하는 그 아이의 억양으로 들었기 때문이다. 세 명의 오르간 연주자들이 어느 길모퉁이에서 마주쳤는데, 그중 한 사람이 다른 한 사람을 너무나 싫어해서 어느 누구도 서 있던 자리에서 물러나지 않았다는 이야기를 나는 지금도 아주 똑똑히 기억하고 있다. 나는 모든 아이들에게 그 이야기를 다시 들려줄 수 있을 테지만, 에코가 이야기하는 것과는 비교도 할 수 없다. 너무나 듣기 좋은 아이의 목소리가 전해주는 것으로, 싸우는 연주자들 때문에 모든 이웃이

---

* Kate Greenaway(1846~1901). 영국의 수채화가, 어린이책 삽화가.

무엇을 견뎌내야 했는지 말이다. 생쥐들은 금식을 하며 버텼고, 큰 쥐들은 집을 떠나버리고 말았어요! 마지막 구문은 다음과 같다.

음악회를 끝까지 들은 친구는,
어떤 어린 강아지였어요.
그리고 그 강아지가 집으로 돌아왔을 때는,
그만 병이 나버렸어요.

우리는 어린 네포무크가 목소리를 슬프게 낮추고, 강아지가 병이 났다고 말하면서 걱정에 싸여 머리를 가로젓는 모습을 봐야만 했다. 혹은 그 아이가, 작고 묘하게 생긴 어떤 두 사람이 바닷가에서 서로 인사하는 이야기를 할 때 보여준 우아하고 고귀한 태도를 관찰해야 했다.

좋은 아침입니다, 전하!
오늘은 수영하기가 좋지 않습니다.

그것은 여러 이유에서 좋지 않다는 것이었다. 첫째로, 오늘은 물이 몸에 닿는 감촉이 너무 안 좋았고, 기온이 겨우 5도밖에 되지 않는데다, 또 그 외에도 "스웨덴에서 손님 셋이" 왔기 때문이라고 했다.

범고래, 톱상어, 그리고 상어,
아주 가까운 곳에서 그 셋이 수영하고 있답니다.

아이는 이 은밀한 경고를 너무나 귀엽게 읊고, 눈을 너무나 크게 뜨며 예의 저 불청객 셋을 열거하는가 하면, 또 그들이 아주 가까운 곳에서 수영을 하고 있다는 소식을 전할 때는 차분하고 으스스한 분위기를 조성하는 바람에 우리 둘은 크게 웃음을 터뜨렸다. 이때 아이는 우리 얼굴을 들여다보며, 우리가 쾌활하게 웃는 모습을 장난기 어린 호기심을 가지고 살폈다. 내가 보기로는, 특히 내가 웃는 모습을 살피는 것 같았다. 왜냐하면 아이는 예의 저 재미없이 무뚝뚝하고 무미건조한 내 교육적 태도가 그렇게 웃는 가운데, 나 자신을 위해 좀 느긋하게 부드러워지는지 살펴볼 생각이었던 것 같다.

나 참, 정말 그렇게 되었다. 나는 처음에 시도했던 그 어리석은 교육적 태도를 이후 두 번 다시 보이지 않았다. 다만 어린이 나라, 요정 나라에서 파견된 그 작은 사신을 계속 확고한 목소리로 '네포무크!'라 부르고, 아이의 외삼촌과 이야기를 나누는 자리에서만 '에코'라고 했다. 아드리안은 부인네들이 그랬듯이 '에코'라는 이름을 썼던 것이다. 하지만 나는 교육자이자 교사로서 정말 흠모할 만한 사랑스러운 아이를 바라보며 약간 걱정스럽고 불안할 뿐만 아니라 당황스러워할 수밖에 없음을 독자는 이해할 것이다. 그런 사랑스러움도 결국 시간의 흐름에 내맡겨져 있고, 성숙해지면서 세속적인 것에 빠져버리도록 결정되어 있지 않은가. 얼마 가지 않아 기한이 지나면, 미소를 머금은 저 두 눈의 푸른 하늘색은 다른 세계로부터 주어진 그 원초적인 순수함을 상실하고 말리라. 아이의 독특하게 두드러진 순진함이 드러내는 귀여운 천사의 용모, 즉 약간 갈라진 턱, 또 아이가 평안한 상태에서 희미하게 내비치는 젖니들을 드러내며 미소를 지으면 조금 더 도톰해지는 매력적인 입, 그리고 곱고 작은 코에서 시작해 그 입의 양끝으로, 입과 턱 부분을 작은 뺨과 가르며 내려오는 양쪽의 부드럽게 둥그스름한 얼굴 윤곽이 떠올리는 저 천사의 용모는 다소간 평범한 사내아이의 얼굴이 될 것이고, 우리는 아이를 객관적이고 무미건조하게 대해야 할 것이다. 그리고 그렇게 취급당한다고 해서 네포는 더 이상 나의 저 교육적인 태도를 자기 쪽에서 관찰하며 반어적인 표정을 띨 이유가 없게 될 것이다. 하지만 어쨌든 여기에는 뭔가 있었다―예의 저 요정의 조롱은 그것을 안다는 표현 같았다―시간과 시간의 비천한 작품을, 이 귀여운 모습으로 나타난 현상 위에 군림하는 시간의 권력을 믿지 못하게 하는 무엇이 있었다. 그것은 그 현상이 희한하게 그 자체로 완성된 상태, 이 지상에서 바로 **그 아이의** 현상이 갖는 유효성, 위에서 내려온 존재라는 느낌, 그리고 반복하건대, 그 현상이 불러일으키는바 그것이 사랑스러운 사신(使臣)의 신분이라는 느낌, 그리고 이성이 모든 논리를 초월해 우리의 기독교적 색채를 머금은 꿈속으로 빠져들도록 하는 느낌이었다. 그 현상은 누구든 불가피하게 성장할 수밖에 없음을 부정할 수는 없었지만, 시간을 초월하는 신비한 것, 동시적인 것, 나란히 존속하는 것에 대한 상상의 영역으로 피하여 존속했다. 그런 곳에서는 성인 남자가 된 그리스도의 형상이 어머니의 팔에 안긴 아기 예수의 모습과 모순을 일으키지 않는다. 그 아이는 늘 존재하며, 기도하는 성자들 앞에서 항상 작은 손을 십자 성호의 표시로 들어 올리는 그리스도인 것이다.

이 무슨 감상에 빠진 소리람! 하고 독자는 말할 것이다. 하지만 나는 내가 체험한 것을 묘사하고, 공기처럼 가볍게 부유하는 어린아이의 존재가 늘 나를 어찌해야 할지 모를 만큼 사로잡아버린다는 사실을 고백하는 것 외에 달리 도리가 없다. 나는 아드리안의 행동을 본받았어야 했는데―본받으려고 시도도 했지만―말이다. 교사가 아니라 예술가였던 그는 어떤 것을 있는 그대로 받아들이며, 그 변화 가능성에 대한 생각은 하지 않는 것이 분명했다. 다르게 표현하자면, 그는 아무도 멈출 수 없이 변화하는 것에 변화와 무관한 현존의 성격을 부여했고, 그만큼 표상을 믿었다. 그것은 모종의 침착함과 내적 평정심에서 오는 믿음이었으며(적어도 내게는 그렇게 보였다), 그 믿음은 표상에 익숙하기 때문에 여러 표상들 중 가장 비세속적인 표상으로도 흐트러지지 않았다. 가령 요정 왕자 에코가 왔다. 그래 그럼, 우린 그를 그의 천성에 따라 다루어야 할 뿐이지 그 밖의 일로 야단법석을 떨 건 없었다. 내가 보기에, 아드리안은 그런 입장인 것 같았다. 물론 그는 나처럼 얼굴에 주름을 잡은 표정을 짓거나, "그래, 애야?! 늘 착하게 지내겠지?" 같은 통속적인 말을 하는 인물이 전혀 아니다. 하지만 다른 한편, "아이고, 너 축복받은 아가야"라며 황홀경에 빠지는 일도 저기 바깥세상의 단순한 사람들에게 맡겨둔다. 그 아이에 대한 그의 태도는 명상에 잠긴 미소 혹은 진지하기도 한 부드러움을 띠면서, 아첨도 없고 과장된 찬사도 없으며, 게다가 다정스러움도 없었다. 실제로 나는 그가 어떤 방식으로든 그 아이를 사랑스럽게 만져주는 것을 한 번도 본 적이 없고, 아이의 머리를 쓰다듬어주는 것도 거의 보지 못했다. 다만 그가 아이와 손을 마주 잡고 함께 들판으로 산책 가는 것을 좋아했다는 것, 그건 사실이다.

하지만 물론 그의 태도가 어린 조카에 대한 그의 애정을 판단하는 데 혼란을 일으킬 수는 없었다. 나는 그가 어린 조카를 첫날부터 매우 사랑했으며, 아이의 출현이 그의 삶에서 밝은 시대를 열어주었다고 분명히 인지했다. 그 아이의 귀엽고, 날아갈 듯이 가벼우며, 말하자면 흔적도 없이 걷는, 그러면서도 위엄 있는 옛날식 표현을 쓸 줄 아는 요정의 매력이 얼마나 깊이, 진심으로부터, 행복하게 그의 마음을 차지하고, 그의 날들을 채워주었는지는 아주 명백했다. 비록 그가 아이를 단지 몇 시간씩만 자기 주변에 두었으며, 어린 꼬마를 돌보는 일은 당연히 여자들에게 돌아갔을뿐더러, 어머니와 딸이 집안의 다른 많은 일을 처리해야 했기 때문에 아이가 자주 혼자 안전한 곳에서 놀기도 했지만 말이다. 아이는 홍역 후유증으로 갓난아기들처럼 잠을 많이 잤다. 낮에 쉬는 시간으로 정해진 오후 시간이 아닐 때에도 어디에서건 자주 잠을 잤다. 잠이 오면, 아이는 밤에 잠자리에 들기 전에 하듯이 "잘 자!"라고 말하곤 했다. 그런데 그 말은 아이가 보통 누군가와 헤어질 때면 항상 쓰던 인사였다. 현재 시간과 상관없이 한자리에 있다가 자기가 떠나갈 때, 혹은 다른 사람이 가면, 아이는 "아듀" "안녕"이라는 말 대신 "잘 자!"라고 말했다. 그것은 음식을 다 먹고 확인하며 늘 하는 "됐서!"라는 말과 짝을 이루었다. 아이가 풀밭에서든 의자에서든 잠들기 전에 "잘 자!"라고 말할 때는 그 조그마한 손도 내밀었다. 나는 아드리안이 뒤뜰에서 아주 좁은, 단지 세 개의 판자를 못으로 연결해 만든 작은 벤치에 앉아 자신의 발치에서 잠든 에코를 지키고 있는 모습을 본 적이 있었다. "잠들기 전에 아이가 내게 조막손을 내밀었어." 그가 나를 알아보고 고개를 들어 쳐다보면서 알려주었다. 내가 방금 전에 자기에게 온 것을 그는 알아차리지 못하고 있었던 것이다.

엘제와 클레멘티네 슈바이게슈틸이 내게 알려준 것은, 그들이 알고 있는 아이들 중에서 네포무크가 가장 얌전하고, 가장 온순하며, 가장 밝은 아이라는 것이었다. 그 말은 아이의 아주 어린 시절에 관해 전해 들은 이야기와 일치했다. 실제로 나는 아이가 아프다고 눈물을 흘리는 것은 본 적이 있어도, 아이들이 버릇없이 구는 상황에서 하듯이 흐느끼며 울거나 큰 소리로 엉엉거리거나, 혹은 소리를 질러대는 것을 들어본 적이 없다. 그와 같은 것은 그 아이의 경우에는 상상할 수가 없는 일이었다. 가령 적절하지 않은 시간에 하인과 함께 말을 보러 가는 일, 혹은 발트푸르기스와 같이 외양간에 들어가는 일이 거부되거나 금지되면, 아이는 그것을 흔쾌히 받아들이며 희망을 주고 달래는 말을 했다. "쬐끔 나중에, 아마 내일쯤"이라고 말이다. 그런 말은 자신을 위로하려고 하는 말이라기보다, 분명 아쉬운 마음을 가지고 자신의 청을 들어주지 못하는 사람을 위로하는 말 같았다. 게다가 그런 말을 하면서 아이는 상대방을 쓰다듬어주곤 했는데, 그런 태도가 전하려는 뜻은 분명했다. "너무 마음에 담아두지 마! 다음에는 네가 마음에도 없는 일은 억지로 안 해도 되고, 내가 여기 들어가는 걸 허락해줘도 될 거야"라고 말이다.

네포무크가 수도원장 방에 있는 외삼촌에게로 가면 안 될 때도 마찬가지였다. 아이는 외삼촌에게 매우 마음이 끌렸다. 아이가 아드리안을 몹시 따르고 그와 함께 있으려고 애를 쓴다는 점은 내가 아이와 처음으로 인사를 나누던 때, 즉 아이가 그곳에 온 지 열나흘이 지나면서 벌써 뚜렷이 드러났다. 물론 그것은 아드리안과 함께 있는 것이 특별하고 흥미로웠던 반면에, 자기를 돌봐주는 여인들과 함께 있는 것은 평범했기 때문이기도 했다. 덧붙이건대, 그 남자, 즉 자기 엄마의 오빠가 파이퍼링의 농부들 사이에서 유일무이하고 존경받는 인물이었을뿐더러 조심스러운 주목을 받는 위치에 있다는 사실이 어떻게 아이의 눈에 띄지 않았겠는가! 다른 사람들의 조심스러운 태도야말로 자신은 외삼촌과 함께 있어도 된다는 어린아이의 공명심을 고무했을지도 모른다. 하지만 아드리안이 아이가 의도하는 것을 제한 없이 허용해주었다고 말할 수는 없다. 그는 며칠씩 아이를 보지 않았고, 아이를 자기 방에 들어오지 못하게 했으며, 아이를 피하는 것처럼 보이기도 했는가 하면, 그가 분명히 좋아하는 아이의 모습을 자신이 보지 못하도록 스스로 금지하는 것 같았다. 물론 그러고 나서 그는 다시 아이와 오랜 시간을 함께 보냈고, 이미 말한 바와 같이, 아이의 작은 손을 잡고 산책을 갔다. 같이 걷는 여린아이가 감당할 수 있을 만큼 걸으며 함께 침묵을 지키거나, 혹은 간단한 대화를 나누었고, 에코가 왔던 계절의 잔뜩 촉촉하게 물기 오른 자연과 길 위로 퍼지는 서양갈매나무, 라일락 향기, 또 재스민 향기 사이를 지나갔다. 혹은 좁은 길에서는 가볍게 나풀거리는 에코를 앞서 가도록 하는가 하면, 벌써 추수를 기다리며 누렇게 익어 우거진 호밀밭 사이를 걷기도 했다. 그때 고개 숙인 이삭을 지고 있는 호밀 줄기는 네포무크의 키만큼이나 자라서 부식토 위로 솟아 있었다.

나도 "땅바닥 위로"라고 표현하는 것이 더 나았을 것이다. 왜냐하면 네포무크가 그렇게 말했으니까. 그는 "젖비"가 그날 밤에 땅바닥을 "상큼하게 건드렸다"라며 만족스러워했다.

"젖비라고, 에코?" 그의 외삼촌이, "상큼하게 건드리다"라는 표현은 아이들이 쓰는 말로 기꺼이 받아들이며 물었다.

"응, 하늘비." 그의 산책 동반자가 좀더 상세한 말로 확인해주며, 더 이상은 토론하고 싶어 하지 않았다.

"생각 좀 해봐, 그 아이가 '상큼하게 건드리는 젖비'라는 말을 하더라고!" 우리가 다음번에 만났을 때 아드리안이 눈을 크게 뜨고 내게 들려주었다. "진기하지 않나?"

나는 우리의 중세 독일어 '젖비(Rein)'나 '하늘비(Reigen)'가 수 세기에 걸쳐, 즉 15세기에 이르기까지 '비(Regen)'라는 단어 대신 쓰였고, 또 '상큼하게 건드리다(erkicken)'나 '상큼하게 올리다(erkücken)'라는 말도 같이 살펴보자면, 그것은 중세 고지 독일어에서 '상쾌하게 원기를 북돋우다(erquicken)'와 함께 사용되었다는 사실을 친구에게 가르쳐줄 수 있었다.

"그러니까, 그게 아주 예전에 쓰던 말이거든." 아드리안은 약간 멍한 표정으로 인정하며 고개를 끄덕였다.

그가 도시로 나가야 할 때는, 어린 조카에게 줄 선물을 들고 돌아왔다. 온갖 종류의 동물들, 상자에서 튀어오르는 난쟁이, 타원형 철로 위를 돌면 신호등이 깜박이는 모형 열차, 마술 상자 같은 것들이었다. 마술 상자 속에서 가장 재미있는 것은 붉은 포도주가 담긴 병이었는데, 병을 뒤집어 세워도 포도주가 흘러나오지 않았다. 에코는 이런 선물을 받고 물론 기뻐했지만, 그것을 가지고 놀 때는 오래가지 않아 "됐어"라고 말했다. 그는 외삼촌이 개인 용품들을 보여주며 설명해주는 것을 훨씬 더 좋아했다. 항상 똑같은 것을 늘 다시 보여줘도 좋아했다. 아이들의 끈기와 반복 욕구는 그들이 좋아하는 놀이에서 가장 커지기 마련이다. 가령 상아를 깎아서 만든 편지 개봉용 칼이 있었고, 비스듬한 회전축을 도는 지구의가 있었는데, 그 위에는 여러 개로 찢겨서 서로 떨어져 있는 대륙과 깊이 파인 만(灣), 또 진기하게 생긴 호수들과 푸른색으로 빈 공간을 채우고 있는 대양이 보였다. 그 밖에도 종을 치게 되어 있는 상자 안의 시계도 있었는데, 그 추가 내려가면 손잡이를 이용해 다시 휘감아 올리게 되어 있었다. 이런 것들은 꼬마 손님이 몹시 시험해보고 싶어 하는 독특한 물건들 중 몇 가지였다. 아이는 날씬하고 우아한 자태로 그런 물건들의 주인이 있는 방으로 들어서며, 귀여운 목소리로 이렇게 묻곤 했다.

"내가 와서 언짢아졌어?"

"아니, 에코. 별로 언짢치 않아. 하지만 시계추는 이제 반밖에 안

내려갔네."

이런 경우에 아이가 요구하는 것은 음악 상자였다. 그것은 내가 선물한 것이었다. 내가 아이에게 그것을 가져다주었다. 그것은 작은 갈색 상자로, 밑바닥에서 기계 장치를 감게 되어 있었다. 그러면 작은 금속 꼭지로 뒤덮인 음 재생 장치가 빗살 모양의 몸체에 붙은 조율된 빗살과 맞닿아 돌아가면서 소리를 냈다. 처음에는 빠르고 고운 소리로, 그러고 나서 좀 느리게 지친 듯이, 화음이 잘 맞는 짧은 비더마이어풍의 멜로디 세 개가 흘러나오면, 에코는 항상 변함없이 홀린 것 같은 표정으로 귀를 기울여 듣곤 했다. 이때 아이의 두 눈은 재미와 놀라움과 몽상에 깊이 빠진 표정이 섞여서 잊을 수 없는 모습을 남겼다.

네포무크는 외삼촌의 필적, 아이의 눈에는 그저 작은 깃발과 깃털 같은 것으로 장식되고 활 모양의 곡선과 선으로 연결된 데다, 희고 검은 색의 신기한 표시들을 오선지 위에 흩어놓은 것일 뿐인 그 필적도 즐겨 들여다보았으며, 그 모든 표시들이 무슨 이야기를 하는지 설명해달라고 했다. 우리끼리 하는 말이지만, 그것은 그 아이의 이야기였다. 나는 네포무크가 그것이 자신의 이야기임을 어렴풋이 알아차렸는지, 말하자면 마이스터의 설명을 듣다가 예감하게 되었음이 그 아이의 눈에 드러났었는지 알고 싶다. 어쨌든 바로 그 아이가 우리들 중에서 어느 누구보다 먼저, 당시에 아드리안이 몰래 만들고 있던 「템페스트」*에서 「아리엘의 노래」 총보 초안을 '들여다 볼' 수 있었던 것이

---

* "The Tempest"(1623): 셰익스피어의 희곡. 밀라노 공작인 주인공 프로스페로가 동생의 모략으로 딸 미란다와 함께 섬으로 쫓겨났다가 그곳에서 마법의 도움으로 적들을 물리치고 다시 고향으로 돌아오는 내용. 마녀 시코락스가 소나무 틈에 끼워둔 공기의 정령 아리엘을 프로스페로가 풀어준 뒤, 아리엘은 프로스페로를 돕게 되고, 미란다는 나폴리 왕자 페르디난드와 결혼하게 된다.

다. 이 작품을 작곡하며 아드리안은 첫번째 노래 「이 노란 모래로 내려오라(Come unto these yellow sands)」를 유령처럼 떠돌아다니며 뿔뿔이 흩어진 자연의 소리로 채웠다. 그리고 그 곡을 순수하게 사랑스러운 두번째의 노래 「벌이 꿀을 빠는 곳에서 내가 꿀을 빠노라(Where the bee sucks, there suck I)」와 하나로 통일시켰다. 이것은 소프라노, 첼레스타,* 약음기를 사용한 바이올린, 오보에, 낮은 트럼펫, 그리고 하프의 고음 플루트 음전을 위한 것이었다. 정말이지, "귀엽게 유령이 출몰하는" 이 소리를 듣는 사람은, 그 소리를 읽으면서 단순히 정신의 귀로 듣기만 해도, 작품 속의 페르디난드처럼 이렇게 물을 것이다. "음악은 어디에 있는 것일까? 하늘에? 땅 위에?"라고 말이다. 왜냐하면 음을 결합해 작곡하는 사람은 거미줄처럼 가늘고 낮게 속삭이는 것 같은 직물에다, 공중에서 떠다니는 어린아이처럼 귀엽고 혼란스러운 아리엘의—나의 귀여운 아리엘의(of my dainty Ariel)—가벼움만 짜 넣은 것이 아니라, 언덕과 시냇물과 작은 숲으로 이루어진 요정의 세계 전체를 담아낸 것이다. 가령 프로스페로의 묘사에 따르면, 나약하고 작은 마이스터이자 반은 인형인 요정들은 달빛 속에서 심심풀이 놀이를 하고, 먹이를 피하는 양에게 먹이를 빙글빙글 돌려주는가 하면, 한밤중의 버섯을 채취하고 있다.

에코는 악보 속에서 개가 "멍멍"거리고, 수탉이 "꼬끼오" 하는 부분을 끊임없이 다시 보려고 했다. 아드리안은 못된 마녀 시코락스와 마녀의 작은 하인 이야기를 아이에게 들려주었다. 하인은 마녀의 야비한 지시에 복종하기에는 마음이 너무나 여리고 정신이 맑았기 때문에 마

---

* Celesta: 건반이 있는 피아노 형태의 타악기.

녀는 그를 가문비나무 틈에 꼼짝 못하게 끼워버렸고, 그런 궁지 속에서 12년간이나 가련하게 지내던 그를 드디어 선한 마술사가 와서 풀어주었다는 것이다. 네포무크는 그 꼬마 요정이 나무 틈에 끼었을 때 몇 살이었고, 12년 뒤에 풀려나서는 몇 살이었는지 몹시 궁금해했다. 하지만 아이의 외삼촌은, 그 꼬마 요정은 나이라는 것이 없어서 갇혀 있기 전이나 그 후나 늘 공중에 떠다니는 귀여운 아이로만 남아 있었다고 했으며, 이런 설명은 에코를 만족시키는 것 같았다.

수도원장 방의 주인은 그 외에 다른 동화도 기억나는 만큼 기꺼이 들려주었다. 난쟁이 룸펠슈틸첸, 팔라다, 라푼첼, 노래하며 뛰어다니는 종달새* 이야기를 들려줄 때면, 네포무크는 당연히 외삼촌의 무릎 위에 앉고 싶어 했다. 이때 아이는 옆으로 앉아서 간혹 작은 팔로 외삼촌의 목을 껴안았다. 그리고 한 가지 이야기가 끝나면, "그러니까, 참말 신기하고 재미있는 이야기야"라고 말했다. 하지만 아이는 이야기가 끝나기도 전에 외삼촌의 가슴에 머리를 묻고 잠이 든 적이 더 많았다. 그러면 아드리안은 오랫동안 움직이지 않고 앉아서, 잠자고 있는 아이의 머리카락 위에 턱을 살짝 올리고 있었으며, 그러다 어느 순간에 집안의 여인들 중 한 사람이 들어와 에코를 데리고 나가곤 했다.

이미 말한 바와 같이 아드리안은 며칠씩 에코와 떨어져 있었다. 그

---

* Rumpelstilzchen: 그림 형제의 동화집에 나오는 난쟁이. 사랑하는 여인을 도와주었으나 버림받는다.
  Falada: 그림 형제의 동화집에 나오는 공주의 말. 불운에 빠진 공주를 구한다.
  Rapunzel: 그림 형제의 동화집에 나오는 공주. 마녀에게 붙잡혀 지내다가 왕자를 만나고 풀려난다.
  Löweneckerchen: 그림 형제의 동화집에 나오는 종달새. 불행한 공주를 도와 행복하게 살 수 있도록 한다.

가 일에 열중하고 있었기 때문이든, 혹은 편두통이 그를 조용한 곳, 게다가 어두운 곳으로 몰아넣어서든, 혹은 그 외에 또 어떤 이유에서든 말이다. 그러나 그가 에코를 보지 못한 날이 막 지나고 나면, 저녁에 아이가 잠들기 전에 조용하고 거의 아무도 알아차리지 못하는 사이에 아이에게로 건너가서 밤 기도를 하는 모습을 즐겨 지켜보았다. 침대에 바로 누워 있는 아이는 손바닥을 펴서 가슴 앞에 모은 채, 자기를 돌보는 여인들 중 한 사람 혹은 두 사람, 즉 슈바이게슈틸 부인 및 그녀의 딸과 모두 함께 밤 기도를 올렸다. 그것은 특이한 기도로서, 에코는 하늘처럼 푸른 두 눈을 천장을 향해 뜨고 아주 인상 깊게 기도문을 낭송했다. 아이는 매우 많은 기도문을 알고 있었기 때문에 이틀 밤 연거푸 같은 기도문을 낭송하는 경우가 거의 없었다. 또 특이한 점은, 아이가 "하나님"을 항상 "하나아님"처럼 발음한다는 것이었고, "이띤 사람" "어떤 것" "아무리"에다 초성 S를 덧붙여 말한다는 것이었다. 그래서 아이는 다음과 같이 말하게 되었다.

> S어떤 사람이 하나아님의 계명 속에서 살면,
> 그 사람 안에 하나아님이 계시고, 그가 하나아님 안에 계시도다.
> 나를 하나아님의 손에 맡기나니,
> 평안히 쉴 수 있도록 도와주소서, 아멘.

혹은,

> S사 무리 큰 죄라 할지라도,
> 하나아님의 자비는 힌이 없도나.

나의 죄는 크게 중하지 않으니,

하나아님께서는 충만한 자비 속에서 미소 짓도다, 아멘.

혹은, 기도가 예정설로 뚜렷이 채색되어서 아주 희한해진 경우도
있다.

누구라도 죄 때문에 포기되어서는 아니 되리.

그는 아직 좋은 일을 더 하려니,

누구의 선행이더라도 사라지지 않으리라.

지옥에 떨어질 운명이 아니라면.

오, 나와 내가 말하는 (사랑하는) 사람들은,

축복받을 운명으로 창조되었기를! 아멘.

그리고 또 간혹,

태양이 마귀를 비춰주네,

하지만 후에는 착한 이를 구별해놓네.

주여, 이 몸이 세상에서 착하게 살게 하소서,

이 몸이 죽음으로 죄를 갚을 때까지. 아멘.

혹은 마지막으로,

기억하라, 어떤 사람이 다른 사람을 위해 기도하면,

그럼으로써 그는 스스로를 구원하리라.

에코는 온 세상을 위해 기도하나니,

하나아님께서 에코도 두 팔에 안으소서. 아멘.

바로 이 기도는 나 자신이 아이에게서 직접 듣고서 너무나 큰 감동을 받았는데, 그는 내가 듣고 있는 것을 못 알아차렸을 것이라고 생각한다.

"어떻게 생각하나?" 아드리안이 바깥에 나와 내게 물었다. "신학적 사변으로 궁리하는 것에 대해서 말이야. 저 아이는 아예 천지 만물을 위해 기도하고 있어. 저 아이도 분명히 밝혔듯이, 자신도 그 속에 함께 포함되어 있기 위해서 말이지. 그런데 저 경건한 아이는 자기가 다른 사람을 위해 기도함으로써 자신을 돕는다는 사실을 도대체 알고 있을까? 사심이 없다는 것도, 그것이 자신에게 유용하다는 것을 기억하는 순간에 무효가 되어버리지 않나 말이야."

"거기까지는 자네 말이 맞아." 내가 대답했다. "하지만 저 아이는 자신을 위해서만 기도하고 싶은 것이 아니라 우리 모두를 위해 기도함으로써 그런 상황을 사심이 없는 순수한 상태로 다시 바꾸고 있어."

"그래, 우리 모두를 위해." 아드리안이 조용히 말했다.

"그건 그렇고, 우린 저 아이가 마치 스스로 이런 기도문을 모두 생각해냈다는 듯이 말하고 있군." 내가 계속 말했다. "자넨 아이가 어디서 그것을 알게 됐는지 물어본 적이 있나? 아버지에게서? 아니면 누구에게서 듣고 알았대?"

대답은 이랬다.

"오, 아니야. 난 그 질문은 더 이상 추적하지 말고 그대로 두는 게 좋겠어. 내가 생각하기로는, 그 아이는 어차피 모른다고 할걸."

슈바이게슈틸 집의 여인들도 그렇게 생각하는 것 같았다. 내가 알기로는, 그들도 아이에게 어떻게 그런 저녁 기도를 알게 되었는지 한번도 물은 적이 없었다. 나는 멀리 떨어져 살기에 그들과 함께 직접 듣지 못했던 기도문들은 그들에게 들어서 알고 있다. 네포무크 슈나이데바인이 우리 곁을 떠나 더 이상 이 세상에 없던 시기에 내가 그들에게서 그 기도문들을 듣게 되었던 것이다.

XLV

우리는 그를 빼앗겨버렸다. 그 진기하고 거대운 존재를 이 세상에서 빼앗겨버렸다. 오, 하느님 맙소사, 내가 목격한 가장 이해할 수 없는 그 잔인함, 지금까지도 내 가슴을 쓰라린 비난으로 들끓게 할뿐더러 격노하게 하는 이 잔인함을 표현하기 위해 왜 나는 완곡한 단어를 찾고 있어야 하는가. 아이는 끔찍하게 난폭하고 분노에 찬 어떤 힘에 붙잡혀 있다가 불과 며칠 만에 급사해버렸다. 어떤 병 때문에, 이미 오래전부터 근처에 한 번도 나타난 예가 없던 병 때문에 말이다. 하지만 그 병이 너무나 격렬하게 나타났기 때문에 크게 놀란 선량한 퀴르비스 박사는 아이들이 홍역이나 백일해 회복기 동안에 그 병에 걸리기 쉽다고 말했다.

변화된 건강 상태의 첫번째 징후를 함께 계산하면, 전체 과정은 두 주일도 채 안 되는 사이에 벌어졌다. 그중 첫째 주에는 아무도—나는 '아무도'라고 생각한다—곧 다가올 끔찍스러운 상황을 예상할 수 없있다. 그때는 8월 중순이었는데, 들판에서는 추가로 투입된 일손이 거드는 가운데 추수가 한창 진행되고 있었다. 네포무크는 두 달간 온 집 안의 기쁨이었다. 그러다 코감기가 찾아와 아이의 눈에서 빛나던 귀엽고 밝은 빛이 흐려졌다. 아이의 식욕을 떨어뜨리고, 기분을 저하시키며, 우리가 아이를 알게 된 이래로 자주 보이던 혼수상태를 악화시켰던 것도 물론 단지 이 성가신 질환이었다. 아이는 자신에게 제공되는 모든 것에 "됐서"라고 말했다. 음식, 놀이, 그림 보기, 동화 듣기에서 "됐서"라고 말하며, 작은 얼굴을 고통스러운 표정으로 찡그리고 몸을 돌려버렸다. 곧이어 빛과 소리를 견디지 못하는 증세가 나타났고, 그것은 그때까지 보이던 불쾌한 기분보다 더욱 큰 우려를 자아냈다. 아이는 마당으로 들어오는 자동차의 소음, 사람들의 목소리를 너무나 엄청나게 크게 느끼는 것 같았다. "좀 조용히 이야기해!"라고 아이는 부탁했고, 예를 보여주려는 듯이 스스로도 속삭이며 말했다. 사랑스럽게 소리를 내는 음악 상자조차도 더 이상 들으려 하지 않았으며, 고통에 찬 목소리로 재빨리 "됐서, 됐서!"라고 말하며 직접 기계를 꺼버리고는 괴로움에 찬 눈물을 흘리며 울었다. 그렇게 아이는 마당과 텃밭에서 예의 저 한 여름 날의 햇볕을 피해 방으로 들어와, 그곳에 웅크리고 앉아 눈을 비볐다. 아이가 행운을 기대하며 자신을 사랑하는 한 사람에게 가 있다가, 또 다른 사람에게로 옮겨 가서 목을 껴안는가 하면, 곧 다시 아무런 위로도 얻지 못하고 모든 사람을 포기하는 모습을 보고 있기란 그야말로 너무나 견디기 힘들 지경이었다. 그렇게 아이는 슈바이게슈틸 어머니에게 매달렸다가, 클레멘티네에게 매달리고, 또 하녀 발트푸르기스에게 매달렸다가, 나아지지 않는 절박한 심정에 쫓기다시피 여러 차례나 외삼촌에게로 왔다. 아이는 외삼촌의 가슴을 파고들다가, 외삼촌의 부드러운 위로의 말에 귀를 기울이며 그를 올려다보고, 희미하게 미소를 띠기도 했다. 하지만 다시 조그마한 머리를 점점 깊이, 그리고 더욱 깊이 떨어뜨리다가, "잘 자!"라고 중얼거렸다. 그 말과 함께 아이는 외삼촌의 품에서 미끄러지듯 내려가 일어선 뒤 조용히 비틀거리며 외삼촌의 방을 떠났다.

의사가 아이를 살펴보기 위해 왔다. 그는 아이에게 콧구멍에 떨어뜨려 넣는 코감기 약을 주고 강장제를 처방했지만, 어쩌면 더 심각한 병의 출현이 예고되는 것일 수 있다는 추측을 숨기지 않았다. 그는 수도원장 방에 있는 자신의 오랜 환자에게도 이런 우려를 알렸다.

"그렇게 생각하시오?" 아드리안은 얼굴이 새파래지며 물었다.

"이번 일은 내겐 영 수상쩍어 보여요." 의사가 말했다.

"수상쩍다고요?!"

의사가 썼던 표현이 너무나 깜짝 놀란, 거의 끔찍한 어조로 반복되었기 때문에 퀴르비스는 자신의 말이 어느 정도나 지나쳤나, 하고 자문해볼 정도였다.

"글쎄요, 뭐, 내가 말한 의미에서 그렇다는 거요." 그가 대답했다. "선생 자신도 그다지 안 좋아 보이는데. 아마 이 꼬마를 마음에 많이 담고 계신가 봐요?"

"오, 그럴 수밖에요"라는 대답이 따랐다. "이건 책임의 문제란 말이오, 의사 양반. 이 아이는 좀 건강해지라고 여기 시골의 우리에게 맡겨진 거란 말입니다……"

"병의 모양새라는 말을 쓸 수 있다면" 하고 의사가 대꾸했다. "그런 모양새로 보아, 현재로서는 달갑지 않은 진단을 내려야 할 뚜렷하고 구체적인 근거가 전혀 안 나타나고 있어요. 내일 다시 오겠소."

그는 그다음 날 다시 왔고, 이제는 병명을 확실하게 말할 수 있었다. 그 전에 네포무크는 갑작스럽게 돌발적으로 터져 나오는 듯이 구토를 일으켰고, 동시에 그나마 크게 심각하지 않은 정도의 열과 함께 두통이 시작되었는데, 두통은 불과 몇 시간 사이에 견딜 수 없을 정도로 심해진 것으로 드러났다. 의사가 왔을 때 이미 침대로 옮겨져 있던 아이는 양손으로 작은 머리를 붙잡고 비명을 질렀다. 그 비명은 듣고 있는 사람 누구에게나—온 집 안 어디에서나 다 들렸다—고문이었다. 비명은 자주 숨의 마지막 순간까지 길게 이어지는 바람에 아이가 숨이 넘어갈 것 같았다. 그사이에 아이는 둘러서 있는 사람들에게 조그마한 손을 내밀고, "도와줘! 도와줘! 오, 머리 통증이야! 머리 통증이야!" 하고 애원했다. 그러고 나서 새로 시작된 끔찍한 구토가 아이의 온몸을 갈가리 찢어놓았고, 그 바람에 아이는 경련을 일으키며 뒤로 넘어가듯 쓰러지고 말았다.

퀴르비스가 아이의 눈을 살폈다. 동공은 아주 작게 오그라들어 있었고, 눈은 사시처럼 곁눈질을 하는 경향을 보였다. 맥박이 빨라졌다. 이제 근육 수축과 목덜미의 마비가 시작되는 것이 분명했다. 그것은 체레브로스피날 메닝기티스Cerebrospinal-Meningitis, 즉 뇌막염이었다. 그 선량한 남자는 곤란한 듯이 어깨 쪽으로 머리를 움직이며 병명을 말했다. 자신의 학문인 의학이 이처럼 불행하게 맞닥뜨린 병 앞에서 엄청난 무력감을 고백할 수밖에 없는 처지를 조금이라도 부정하고픈 실낱같은 희망을 버리지 않은 채 말이다. 하지만 그런 무력감에 대한 암시는 그의 제안, 즉 그래도 어쩌면 아이 부모에게 전보로 소식을 전하는 것이 좋겠다는 말에 담겨 있었다. 적어도 엄마가 옆에 있으면, 어쩌면 어린 환자의 마음을 진정시키는 효과가 있을 거라고 말이다. 그 외에도 그는 수도 뮌헨에서 데려온 내과 의사 한 명의 투입을 요구했다. 유감스럽게도 심각하지 않다고 할 수 없는 환자의 사례에 대한 책임을 그와 함께 나누고 싶다는 것이었다. "나는 평범한 의사요." 그가 말했다. "지금은 더 권위 있는 전문가의 투입이 필요합니다." 나는 그의 말에 상심 어린 반어가 섞여 있었다고 생각한다. 어쨌든 척수 천자(穿刺)는 확진을 위해 곧바로 꼭 필요하고, 또 환자의 통증을 좀 완화시키기 위한 유일한 방법이었기 때문에 그는 용기를 내어 자기가 직접 그 일을 시행하고자 했다. 창백해졌지만 아직 건장하고, 언제나 그렇듯이 인간적인 모습에 충정을 다하는 슈바이게슈틸 부인은 침대에 누워 신음하고 있는 아이가 턱과 무릎이 거의 닿을 정도로 몸을 굽히도록 붙잡았고, 벌어진 척추골 사이로 퀴르비스가 주사를 끼워 척수관까지 밀어 넣자, 그 관에서 액체가 한 방울씩 나왔다. 거의 즉시 엄청난 두통이 가라앉았다. "통증이 다시 시작되면," 하고 의사가 말했다——그는 통증이 몇 시간 뒤에 다시 나타나리라는 것을 알고 있었다. 왜냐하면 뇌실액을 빼냄으로써 압력을 줄이는 것은 그 정도까지밖에 지속되지 않기 때문이다——그러면 반드시 써야 할 얼음주머니 외에도 자기가 처방해 읍내에서 사오게 한 클로랄*을 주라고 지시했다.

네포무크는 척수 천자 후에 빠져들었던 지친 잠에서 깨어나, 새로 시작된 구토와 작은 몸에 이는 전신 경련과 머리가 터져버릴 것 같은 통증 때문에 다시 가슴을 찢는 듯이 비통한 한탄과 함께 날카로운 소리를 질러댔다. 그것은 전형적이고 발작적인 '뇌수종 절규'였다. 그런 절규에는 오직 의사만이 정서적으로 어지간히 무장이 되어 있을 뿐이다. 왜냐하면 의사는 그런 것을 '전형적'이라고 이해하기 때문이다. 전형적

---

* Chloral-Medizin: 수면 진통제.

인 것은 사람을 냉정하게 해주는 반면, 개인적인 차원으로 이해한 것만이 우리를 정신도 못 차릴 만큼 당황하게 만드는 법이다. 이것이 학문의 평정심이다. 그래서 시골의 학문 추종자인 퀴르비스는 자기가 처음에 처방했던 브롬 조제품과 클로랄 조제품에서 조금 더 효과가 있는 모르핀 사용으로 아주 신속하고 거리낌 없이 넘어갔다. 그는 집안사람들 때문에도—나는 특히 한 사람을 염두에 두고 있다—그러하거니와, 고통 받는 아이에 대한 동정심에서도 그런 결심을 했을 것이다. 단지 스물네 시간마다 액체 추출이 허용되었는데, 그중 두 시간 동안만 병세가 호전되었다. 그 외 스물두 시간 동안 아이는 소리를 지르고 저항하며 고문을 당했다. **바로 그** 아이가 떨리는 작은 손을 마주 잡고, "에코는 사랑스러울 거야, 에코는 사랑스러울 거야!"라고 말을 더듬으며 고문을 당했다. 네포무크의 상태를 본 사람에게는 어쩌면 부수적인 증세가 더 끔찍했다고 나는 덧붙여 말하고 싶다. 그것은 천상의 아름다움을 지닌 그의 눈이 점점 더 사시처럼 곁눈질을 했다는 것인데, 그런 증상은 목덜미 마비에 따른 눈 근육의 마비로 해명될 수 있었다. 바로 그것이 귀여운 얼굴을 끔찍할 만큼 낯설어 보이게 했고, 특히 괴로움에 시달리던 아이가 곧 사로잡혀버린 이갈이 현상과 함께 마치 신들린 것 같은 느낌을 주었다.

다음 날 오후에 뮌헨에서 온 고문(顧問) 자격의 권위자 폰 로텐부흐를 게레온 슈바이게슈틸이 발츠후트에서 마차로 실어왔다. 퀴르비스가 제안했던 의사들 중에서 아드리안이 전문가의 명성에 따라 로텐부흐를 선택했던 것이다. 그는 키가 크고, 상류사회에서 노련함을 키웠으며, 왕정 시대에는 개인적으로 귀족 칭호를 받았는데, 많은 환자들의 방문을 받으며 비싼 진료비를 받는 의사로 항상 끊임없이 검진을 하듯이 눈

을 반은 감고 있었다. 그는 퀴르비스의 모르핀 사용을 비판했다. 왜냐
하면 그건 "아직은 전혀 나타나지도 않은" 혼수상태가 벌써 있는 것처
럼 보이도록 하기 때문이라는 것이었다. 그는 코데인*만을 허용했다.
보아하니 그에게 특히 중요했던 것은, 병의 각 단계에서 나타나는 증세
를 완전히 없애버리지 않음으로써 병의 진행 과정을 정확히 파악할 수
있는 것이었다. 말이 나온 김에 덧붙이면, 진료를 마친 그는 자신을 매
우 잘 떠받들어주는 시골 동료 의사를 위해 그의 지시는 적절했다고 확
인해주었다. 낮에 햇빛을 차단하고, 식힌 머리를 높여주며, 어린 환자
를 조심스럽게 만지고, 피부는 알코올로 닦아주며, 농축 음식을 주되,
음식물 투입을 위해 아마도 코에 호스를 끼우는 것이 불가피할 것이라
고 했다. 그는 아마 자기가 아이의 부모 집에 와 있는 것이 아니라는 생
각 때문인지 솔직하고 분명한 말로 위로를 했다. 모르핀에 의해 앞당겨
진 것이 아닌 정상적인 의식의 혼미 상태가 곧 나타나서 빠르게 악화될
것이라고 말이다. 그렇게 되면 아이는 좀 덜 고통스러울 것이며, 결국
전혀 고통을 못 느끼게 될 것이라고 했다. 이런 이유 때문에 아주 증상
이 심한 경우에도 너무 손을 쓰려고 하면 안 된다고도 했다. 그는 직접
두번째 천자를 시행하는 친절을 베풀고 난 뒤에 점잖게 작별 인사를 하
고 떠난 후 두 번 다시 오지 않았다.

　나로 말하면, 슈바이게슈틸 어머니로부터 매일 전화로 가련한 환자
의 병세를 전해 듣다가, 발병이 완전히 심각해진 이래 나흘째 되던 날
토요일에 파이퍼링에 도착했다. 그때는 아이의 작은 몸을 고문대에 묶
는 것 같은, 눈알은 위를 향해 돌아가게 하는 격렬한 발작이 이는 가운

---

* Codein: 신통제 및 기침약.

데 이미 혼수상태가 시작되었고, 아이의 절규는 멎어 있었으며 단지 이 갈이 증세만 남아 있었다. 밤을 지새운 모습이 역력한 데다 너무나 울어서 눈이 퉁퉁 부어 있던 슈바이게슈틸 부인은 집 대문에서 나를 맞으며 곧바로 아드리안에게 가보라고 강력하게 권했다. 그 불쌍한 아이는 나중에 봐도 늦지 않는다고 하면서 말이다. 그리고 어젯밤부터는 그 불쌍한 아이의 부모도 이미 아이 곁에 와 있다고 했다. 하지만 레버퀸 박사는 내 위로가 필요하다며, 그의 건강 상태가 좋지 않다고 했다. 나니까 솔직히 하는 말이지만, 가끔은 그가 넋이 나간 듯이 이상한 소리를 하는 것 같다는 것이었다.

나는 불안한 심정으로 아드리안에게로 갔다. 그는 책상에 앉아 있었는데, 내가 들어서자 그냥 흘깃, 말하자면 무시하듯이 쳐다볼 뿐이었다. 그는 내가 깜짝 놀랄 만큼 창백했고, 눈은 집안 모든 사람들처럼 붉었으며, 입은 다문 채 아랫입술 안쪽 어디에선가 혀를 기계적으로 이리저리 움직였다.

"자넨가?" 내가 그의 곁으로 다가가서 그의 어깨 위에 손을 올리자, 그가 말했다. "여기서 뭘 하려고? 여긴 자네한테 어울리는 곳이 아니야. 성호라도 긋든지. 이마에서 어깨로. 어렸을 때 자넬 지키기 위해서 배웠던 대로 말이야!"

내가 위로와 희망의 말을 몇 마디 시작하자, 그가 소리쳤다.

"집어치워!"라며 그가 거칠게 내 말을 끊었던 것이다. "인문주의자의 그런 허튼소리는! 그놈이 아이를 데려가고 있어. 간단히 끝장내겠다는 거였어! 그런데 그렇게 야비한 방법으로 더 간단하게는 끝장을 못 내나 보지."

그는 벌떡 뛰어 일어나더니, 벽에다 몸을 기대고 뒷머리를 벽 널빤지에 세게 눌렀다.

"아이를 데려가라, 이 흉측한 괴물아!" 그는 내 등골을 오싹하게 만드는 목소리로 외쳤다. "아이를 데려가, 이 비열한 것아! 하지만 서둘러라, 이 나쁜 놈, 내게 이것마저도 허용하지 않겠다면 데려가라고! 난 어떻게 생각했냐 하면," 이때 그가 갑자기 조용하고 친밀한 태도로 내게 몸을 돌리더니 앞으로 걸어 나와 멍한 시선으로 나를 바라보았는데, 나는 그 시선을 결코 잊을 수 없다. "그놈이 이건 허용할 것이라고 생각했어. 어쩌면 이것만은 허용하리라고. 하지만 아니야, 그놈이 어떻게 자비를 베풀겠어! 자비라고는 전혀 모르는 놈이! 그리고 바로 이걸 짐승같이 노발대발하며 짓밟아야 한다는 거잖아! 아이를 데려가, 이 찌꺼기만도 못한 놈아!" 그는 절규를 하며 다시 나한테서 떨어져서, 마치 십자가로 가는 듯이 뒷걸음질을 쳤다. "네놈의 세력으로 꽉 잡고 있는 아이의 몸을 가져가! 하지만 그 아이의 사랑스러운 영혼만은 내게 남겨두는 것으로 얌전히 만족해야 할 거다. 그게 바로 네놈의 무기력을 드러내고, 네놈의 가소로운 꼴을 드러내는 거야. 그 꼴을 한 네놈을 난 영겁의 세월 동안 비웃어줄 거다. 내가 있는 곳과 그 아이가 있는 곳 사이에 영원의 세월이 놓여 있다 하더라도, 나는 그 아이가 한때 네놈은 쫓겨났던 그곳에 있다는 것을 알 거야! 이 더러운 놈! 그 사실이 바로 내 혀를 축여줄 물이 되고 신을 향한 구원의 찬양이 되며, 너에겐 가장 비참한 저주 속에 내뱉은 비웃음이 되고 말 거다!"

그는 손으로 얼굴을 덮고, 돌아서서 널빤지를 입힌 벽에 이마를 기댔다.

내가 뭐라고 말해야 좋은가? 난 무엇을 해야 하는가? 저런 말에 어떻게 대응해야 하나?

"이보게, 우선 진정해. 자넨 지금 너무 흥분해 있어. 너무나 큰 고통이 자네에게 말도 안 되는 상상을 떠오르게 하는 거야"라는 정도로 일단 말했다. 그리고 영혼과 관련된 것에 대한 경외심 때문에, 특히 아드리안과 같은 인물의 경우라면 더욱 그러하기에, 육체적으로 진정시키고 붙들어 매는 식의 방법으로 집에 있는 브로무랄*을 쓸 생각은 하고 싶지도 않았다.

애원하며 위로하는 나의 말에 그는 다시 이렇게 대답할 뿐이었다.

"그만, 집어치워, 성호나 그으라고! 저기 위에서 벌어지고 있는 일이니까. 너 혼자만을 위해 긋지 말고, 나를 위해서, 그리고 내가 저지른 짓에 대해서도 성호를 그어줘! 어떻게 그렇게 어리석은 짓을, 어떻게 그렇게 끔찍한 죄악을, 어떻게 그렇게 파렴치한 범죄를 저질렀단 말인가!" 그리고 그는 다시 책상에 앉아 주먹을 움켜쥔 양손으로 관자놀이를 눌렀다. "우리가 아이를 오게 했던 것, 내가 그 아이를 내 가까이에 오게 놔두었던 것, 내가 아이를 바라보며 좋아했던 것 말이야! 아이들은 몸이 연약하다는 걸 알았어야지. 아이들은 나쁜 영향을 너무나 쉽게 받는 법인데……"

그제야 소리를 지르고, 분노하며 그에게 말을 못 하도록 막은 것은 정작 나였다.

"아드리안, 그만해!" 내가 소리쳤다. "네게 무슨 짓을 하고 있는 거야! 왜 무자비한 운명 때문에 터무니없는 자책을 하면서 스스로를 괴롭히느냐고! 그 사랑스러운, 어쩌면 이 세상에서는 너무 사랑스러운 아이가 어디에 있더라도 그 아이를 쫓아가서 잡아챘을 수 있는 운명 말이

---

* Bromural: 진정제 및 수면제.

야! 그 운명이 우리 가슴을 찢을 수는 있겠지만, 우리의 이성을 빼앗아 가게 둘 수는 없어. 자넨 그 아이에게 사랑과 선행을 베푼 것 말고는 한 게 없잖나……"

그는 손을 내젓기만 했다. 나는 그의 곁에 한 시간쯤 앉아 있으면서 가끔 그에게 조용히 몇 마디를 건넸고, 그는 중얼거리듯이 대답을 했지만, 그건 거의 알아들 수 없는 말이었다. 그리고 나는 환자를 좀 봐야겠다고 말했다.

"그러든지." 그가 대답하고, 냉정하게 덧붙였다.

"하지만 아이한테 그때처럼 말하지 마라. '그래, 애야, 늘 착하게 지내겠지' 운운하는 말. 우선, 그 아이는 네 말을 듣지 못하기 때문이고, 그다음으로는 그 따위 말투는 인문주의적인 취향에도 도무지 안 맞을 테니까."

내가 가려고 하는데, 그가 내 성을 부르면서 나를 붙들어 세웠다. "차이트블롬!" 그 소리도 역시 매우 엄하게 들렸다. 그리고 내가 돌아서자 그가 말했다.

"난 결정했어. **그것이 있어선 안 돼.**"

"무엇이 있어선 안 된다는 거야, 아드리안?"

"선하고 고귀한 것"이라고 그가 내게 대답했다. "선하고 고귀한 것임에도 불구하고 인간적인 것이라고 부르는 것. 그것 때문에 인간들이 서로 싸우고, 성채를 공략하고, 욕심을 채운 자들은 환호하며 온 세상에 널리 알리게 되는 것, 그것이 있어선 안 돼. 그것은 철회될 거야. 내가 그것을 철회할 거야."

"난 자네 말을 잘 이해하지 못하겠는데, 아드리안. 뭘 철회하겠다는 건가?"

"제9번 교향곡." 그가 대답했다. 그러고 나서는 내가 아무리 기다려도 더 말이 없었다.

혼란스럽고 원망에 찬 심정으로 나는 저 운명의 방으로 올라갔다. 창문이 열려 있는데도 약품 냄새가 나고, 습기가 약간 느껴지면서도 깨끗하고 무미건조한 병실 분위기가 그곳을 채우고 있었다. 창문이 열려 있었지만 덧창문은 조그마한 틈만 남기고 내려져 있었다. 네포무크의 침대는 여러 명의 사람들로 둘러싸여 있었다. 나는 그들에게 손을 내밀면서도, 눈은 막 죽어가는 아이를 향하고 있었다. 아이는 옆으로 누었는데, 몸을 웅크리고 팔꿈치와 무릎을 몸에 바짝 붙이고 있었다. 새빨간 뺨으로 아주 깊이 숨을 쉬는가 싶다가도, 그다음 숨을 쉴 때까지는 한참 오랫동안 기다려야 했다. 눈은 완전히 감겨 있지 않았으나, 속눈썹 사이로 보이는 것은 홍채의 푸른색이 아니라 검은색뿐이었다. 그것은 같은 크기는 아니더라도 점점 더 커지다가 별 모양으로 색을 내는 부분까지 다 차지해버린 동공이었다. 그래도 그 빛나는 검은색을 볼 수 있을 때는 그나마 괜찮았다. 약간 벌어진 눈이 간혹 하얗게 되어버렸다. 그러면 아이는 작은 두 팔로 옆구리를 더 눌렀고, 이갈이와 동시에 일어나는 경련은 작은 팔다리를 뒤틀었다. 어쩌면 아이가 그런 고통을 더 이상 크게 느끼지 못하는지는 몰라도, 보고 있기에 끔찍한 광경이었다.

아이 엄마가 흐느껴 울었다. 나는 아까도 그녀의 손을 잡아주었지만, 다시 그 손을 힘주어 잡았다. 그렇다, 그녀가 와 있었다. 우르젤, 부헬 농장의 갈색 눈을 가진 딸이자 아드리안의 여동생, 이제 서른일곱이 된 그녀의 비탄에 찬 얼굴에서 예전 그 어느 때보다 더 분명하게 요나탄 레버퀸의 아버지로서의 모습이, 그의 옛날 독일인의 용모가 내 눈에 띄어서 가슴을 뭉클하게 했다. 그녀와 함께 그녀의 남편도 와 있었다.

그는 전보를 받고, 주데로데에서 아내를 데리고 왔던 것이다. 요하네스 슈나이데바인은 금발의 수염과 네포무크의 푸른 눈을 가진 데다, 크고 잘생겼으며 소박한 남자였다. 그의 말투는 정직하고 의미심장한 분위기를 풍겼는데, 우르줄라가 일찍이 그 말투를 배웠고, 그 리듬은 우리가 요정의 목소리에서, 에코의 소리를 듣고 알게 된 것이었다.

계속 환자를 돌보느라 왔다 갔다 하던 슈바이게슈틸 부인 외에 그 방 안에는 곱슬곱슬한 머리숱이 많은 쿠니군데 로젠슈틸이 있었다. 그녀는 그곳의 방문이 허가된 어느 날 찾아왔다가 아이와 알게 되었고, 열정적인 심정으로 아이를 자신의 서글픈 가슴속에 담게 되었다. 그 당시에 그녀는 사업가의 & 표시가 찍힌 자신의 별 멋없는 회사의 편지지에 자기가 받은 인상에 대해 모범적인 독일어로 아드리안에게 긴 편지를 타이핑해 보냈었다. 그래서 그녀는 나케다이를 물리치고, 슈바이게슈틸의 여인들, 그리고 나중에는 우르젤 슈나이데바인과 교대해 아이를 돌볼 수 있는 권한을 얻어냈다. 그녀는 얼음주머니를 바꿔주었고, 아이를 알코올로 닦아주었으며, 아이에게 약과 미음을 떠 넣으려고 애를 쓰는가 하면, 밤에는 아이의 침대 곁을 마지못해, 그리고 드물게 다른 사람에게 맡겼다……

우리, 즉 슈바이게슈틸 가족들, 아드리안, 그의 친척들, 쿠니군데와 나는 니케홀에서 말없이 저녁 식사를 했는데, 그러는 가운데에도 여자들 중 누군가는 환자를 들여다보기 위해 자주 자리에서 일어났다. 내키지는 않았지만, 일요일 아침에 나는 벌써 파이퍼링을 떠나야 했다. 월요일에 되돌려줘야 하는 라틴어 과제를 한 무더기나 교정해야 했던 것이다. 나는 아드리안에게 좋은 말을 해주며 부드럽게 인사했다. 그리고 그가 나를 보낼 때의 모습은 그 전날 나를 맞이했을 때의 모습보다 더 내 마음에 들었다. 일종의 미소를 지으며 그가 영어로 이렇게 말했다.

"이제는 자연의 원소로 돌아가라. 자유를 맞이하며, 잘 가거라 (Then to the elements. Be free, and fare thou well)!"* 그는 말을 끝내고 내게서 재빠르게 몸을 돌렸다.

네포무크 슈나이데바인, 에코, 그 아이, 아드리안의 마지막 사랑은 열두 시간 뒤에 평안하게 영면에 들었다. 부모는 작은 관을 가지고 고향으로 돌아갔다.

---

* 셰익스피어의 희곡 「템페스트」 마지막 장에서 프로스페로가 자신을 위해 일하던 공기의 정령 아리엘에게 자유를 주며 하는 말.

XLVI

거의 4주 동안이나 나는 이 기록을 계속 써나가지 못했다. 일단은 앞 장에서 이야기한 회상을 마무리하고 난 뒤에 밀려든 극도의 정신적인 피로 때문에 글이 중단되었다. 하지만 그와 동시에 이제 서로를 공격하고, 그 논리적인 흐름에 따라 이미 예견된, 어떤 식으로는 열망하기도 했으나 이제는 회의적인 전율을 자극하는 일상의 사건들 때문에 중단되기도 했다. 슬픔과 경악 때문에 기진맥진하고 이해할 능력이 없어진 우리 불행한 민족은 무감각한 숙명론에 빠져서 그 사건들을 받아들이고 있건대, 오랜 슬픔과 경악으로 인해 피곤해진 나의 감정도 어쩔 도리 없이 그런 사건들의 영향을 받고 있었다.

이미 3월 중순 이래로—지금은 운명의 해인 1945년 4월 25일이다—이 나라 서부에서는 우리의 저항이 눈에 띄게 철저히 해체되기 시작했다. 공공 언론은 이미 반쯤은 정부의 규제에서 벗어나 객관적으로 진실을 알리고 있다. 적군의 라디오 보도와 피난민들의 이야기를 통해 키워진 소문은 이제 검열 따위는 아랑곳하지 않게 되었고, 급속도로 퍼지는 파멸의 세부적인 형편을 제국의 땅 중에서 아직은 파멸에 빠지지 않은 곳, 아직 해방되지 않은 곳으로 날라주다가 내가 있는 이 한적한 곳까지 들어오고 있다. 멈출 수 있는 것은 이제 더 이상 아무것도 없다. 모두가 항복하고, 모두가 뿔뿔이 흩어지고 있다. 박살이 나고 기가 꺾인 우리의 도시들은 익을 대로 익은 자두처럼 저절로 허물어져 떨어졌다. 다름슈타트, 뷔르츠부르크, 프랑크푸르트는 끝장이 났고, 만하임, 카셀, 게다가 뮌스터까지, 그리고 라이프치히도 벌써 적군의 명령에 복종하고 있다. 어느 날 영국인들이 브레멘에 나타났고, 미국인들이 오버프랑켄의 농장에 나타났다. 뉘른베르크, 한때 현명하지 못한 사람들의 가슴을 부풀게 하던 그 국가적인 축제의 도시가 항복하고 말았다. 권력과 부와 부정을 일삼던 정권의 책임자들 사이에서는 미친 듯이 자결이 잇따르고 있다.

쾨니히스베르크와 빈을 장악함으로써 오데르 강을 건너는 데 아무런 방해를 받지 않게 된 러시아의 백만 대군은 이미 모든 국가기관이 철수하고 폐허로 변한 제국의 수도로 진군했고, 중무장한 포병대를 동원해 벌써 오래전에 공중 폭격으로 집행했던 일을 완결했으며, 현재는 도시 중심가로 접근하고 있다. 그러나 작년에 그나마 아직 남아 있는 핵심, 즉 미래를 구해내고자 필사적으로 애를 쓰던 애국자들의 암살 시도에서 목숨을 건졌던, 그래봤자 기껏해야 미친 듯이 불안하게 흔들거리고 떨리는 목숨을 가까스로 건져 도망쳤던 그 소름끼치는 사내*가 병

---

* 히틀러. 1944년 7월 20일에 독일군 대령 슈타우펜베르크 백작(Claus Schenk Graf von Stauffenberg, 1907~1944)이 설치한 폭탄은 히틀러에게 부상만 입혔으며, 이 사건으로 주로 귀족, 장교, 고급 관료 등으로 구성된 반나치운동 가담자들 중 200명 이상이 희생

사들에게 명령했다. 베를린을 공격하는 적군을 피바다로 물들게 하고, 항복이라는 말을 꺼내는 장교는 그가 누구더라도 총살해버리라고 말이다. 실제로 그런 명령은 여러 곳에서 집행되었다. 이와 동시에 역시 이상하고 더 이상 제정신이 아닌 독일어 라디오 방송들의 전파가 천공을 헤매고 있다. 민간인들을 들먹이는 것으로도 모자라서 심지어 비밀경찰의 앞잡이들을 중상모략의 희생자들이라며 승전국의 호의를 받아야 할 대상자들로 추천하는 방송국도 그렇고, 또 자칭 '베어볼프'*로 불리는 저항운동에 대한 소식을 전한답시고 떠들어대는 방송국도 마찬가지이다. 그런데 이 단체는 광란의 열기에 휩싸인 청소년들의 모임으로, 숲속에 숨어 있다가 밤이면 튀어나와 벌써 여러 차례 이른바 침입자들을 용감하게 살해함으로써 조국을 위해 공로를 세웠다고 자랑하는 작자들로 구성되어 있다. 오, 이런 슬프고 기괴한 꼴이라니! 민족의 감성에 녹아 있는 그 거친 동화가, 그 무서운 전설이 새삼스럽지도 않은 반향을 얻으며 이렇게 마지막 순간까지 다시 생생하게 환기되었다.

그러는 가운데 대서양 건너편에서 온 어떤 장군은 바이마르 시민들을 줄 세워 그곳의 집단수용소 화장장 앞에서 돌아보도록 했다. 그리고 이제 폭로된 그간의 반인륜적인 만행, 그가 시민들에게 직접 눈으로 확인하라고 강요한 그 만행에 대해—부당하게,라고 해야 하랴?—그들도 공동 책임이 있다고 선언했다. 겉으로만 멀쩡하게 자기 일이나 하며 다른 일은 외면했던 이 시민들, 화장장에서 불에 탄 인육의 악취가 바람

당했다.

* Werwolf: '늑대인간'이라는 뜻. 원래 신화나 전설에서 늑대로 변할 수 있는 인간을 가리키나, 여기서는 제2차 세계대전 말기 빈독일 연합국 군대에 점령된 지역에서 연합군에 대한 게릴라 공격으로 독일군을 지원하던 부대를 가리킨다.

에 실려 그들의 코에 와 닿았는데도 아무것도 몰랐다고 하는 이 시민들에게 말이다. 그들은 그것을 뵈야 할 것이다. 나도 그들과 함께 보셌다. 무디고, 혹은 공포에 몸을 떨며 줄지어 서 있는 그들의 정신 속에 나도 합류해 그들의 눈을 통해 보겠다. 애초부터 모든 것을 파괴할 작정으로 결성되었던 천박한 권력이 독일을 두꺼운 벽으로 둘러싸인 지하 고문실로 전락시켜버렸고, 이제 그 고문실이 파헤쳐졌다. 그리고 우리의 치욕이 세상의 눈앞에, 타국의 위원회 소속 위원들 앞에 적나라하게 드러났다. 이제 이들에게는 도처에서 믿을 수 없는 광경들이 소개될 것이고, 이들은 자기 나라에 전할 것이다. 그들이 본 것은 인간의 상상력으로 머릿속에 그려낼 수 있는 모든 상상을 뛰어넘을 만큼 끔찍했다고 말이다. 나는 '우리의 치욕'이라고 말하고 있다. 모든 독일적인 특성, 독일적인 정신도 포함해 독일 사상, 독일 말이 함께 불명예스럽게 웃음거리가 되었고, 엄청나게 혹평을 받아야 하는 상태로 추락해버렸다고 말한다면 지나치게 우울한 소리일까? 이제 미래에 그 어떤 형태로든 '독일'이 인간적인 문제에 감히 입을 열어도 될지 자문하는 것은 병적인 죄의식인가?

이제 여기 적나라하게 드러나고 있는 것은 인간 본성이 빠질 가능성이 있는 어두운 면모 그 자체라고 해도 좋다. 나쁜 짓을 저지른 독일의 인간은 어쨌든 수만, 수십만이고, 그것을 보고 인류가 전율하고 있다. 독일어로 존재했던 것은 무엇이라도 역겨운 것, 악한 것의 예로 남아 있다. 이와 같이 잔혹한 실패의 역사를 가진 민족에 속한다는 사실은 어떠할 것인가? 자신에게 미쳐버린, 정신적으로 다 타버리고 만 민족, 이미 실토한 바와 같이 자율적인 주권 행사 앞에서 쩔쩔매는 민족, 막강한 타국의 식민지가 되는 것을 최상이라고 여기는 민족에 속한다는 것은 어떠할 것인가? 주변의 모든 나라에서 엄청나게 팽창된 증오에 부딪혀 자국의 국경을 넘어 나오지 못할 것이기 때문에, 한때 유대인 거주 지역 안의 유대인들이 그랬던 것처럼, 고립되어 갇힌 채 살아가게 될 민족, 의젓하게 남 앞에 설 수 없는 민족에 속한다는 것이 말이다.

저주가 있으라! 이 모든 파멸을 초래한 자들에게 저주가 떨어지기를 바라노라! 원래는 성실하고 정직한 생각을 하는 사람들, 단지 너무 명민하고 너무 이론 속에 사는 인간 유형을 악의 세계로 데려갔던 그 파괴자들에게! 이렇게 저주를 하면 얼마나 위안이 되고, 이 저주가 자유롭고 아무런 거리낌이 없는 가슴에서 우러나오는 것이라면 얼마나 위안이 될 것인가! 지금 우리가 죽음의 고통 속에 헐떡거리고 있는 형국으로 체험하고 있는 피의 국가가 엄청나게 큰 범죄를, 루터 식으로 말해 '스스로 떠맡아 목에 걸었다'라고 대담하게 주장하는 애국심은, 내가 양심적이라고 생각했던 것보다 더 대범해 보인다. 으르렁거리며 소리를 질러대는 현장에서, 인권을 말소하는 선언 앞에서 행복에 겨운 환희가 민중을 열광시키는 국가, 요란스러운 깃발을 들고 번쩍이는 눈빛을 띤 우리의 청년들이 절대적인 자부심과 굳건한 믿음을 가지고 행진하는 국가, 그런 국가는 우리의 민족성에는 너무나 낯설고 억지로 강요된 것이며, 우리 민족성의 뿌리에는 원래 없던 것이라고 주장하는 애국심 말이다. 하지만 그런 국가권력은 그 야비한 말과 행동에서 드러났듯이, 원래는 정말 우리의 민족성에 내재되어 있던 신조와 세계관이 단지 왜곡되고 천박해지며, 야비하게 변질되어 현실화된 것이 아니었던가? 기독교적이고 인도적인 사람이라면 조심스럽게, 우리의 위대한 인물들의 면모에, 즉 독일 정신을 실제로 구현했던 수많은 인물의 면모에 두드러지게 나타난다고 보는 그 신조와 세계관 말이다. 나는 이렇게 묻고도 싶다. 아니, 내가 너무 많이 묻고 있는가? 하지만 아아, 다음과 같은 점은 하나의 물음 이상의 의미를 담고 있을 것이다. 이렇게 패배한 우리 민족이 이제 넋이 나간 눈빛으로 무(無)의 상태에 직면하게 된 이유는, 우리 스스로 우리의 정치적 형태를 찾아보려고 마지막이자 가장 강력하게 노력했던 것이 이처럼 끔찍한 실패로 끝장나고 있기 때문이라는 점 말이다.

*

시간이란 얼마나 독특하게 연결되는가. 내가 이 글을 적고 있는 시간은 이 전기의 역사적 공간을 이루고 있는 시간과 연결된다! 왜냐하면 내 주인공의 정신적인 삶의 마지막 몇 해, 즉 그의 결혼 계획이 실패로 끝나고 친구를 잃었으며, 그에게 찾아온 너무나 경이로운 아이를 빼앗기고 난 뒤에 이어진 1929년과 1930년이라는 두 해는 그 이후에 이 나라를 장악했다가 이제는 피와 화염 속에서 파멸하고 있는 세력이 이미 떠오르고 번져나가던 시대에 속했기 때문이다.

아드리안 레버퀸에게 그 당시는 엄청나고 극도로 흥분된, 감히 기괴하다고까지 말하고 싶은, 그리고 호의를 가진 주위 사람들을 일종의 열광 속으로 마구 끌어들일 정도의 창조적인 활동을 선보이던 몇 해였다. 그리고 그런 활동이 어쩌면 그가 겪은 아픔, 즉 삶의 행복이자 사랑의 기회를 박탈당한 상처에 대한 대가와 보상을 의미했다는 인상은 억누를 길이 없었다. 나는 '몇 해'라고 말하지만, 사실 그 말은 맞지 않다. 그중에서 불과 일부분, 즉 첫해의 후반 여섯 달과 그다음 해의 몇 달이면 충분했다. 그의 작품을, 사실상 역사적으로 뭔가 마지막의 것이자 가장 강력한 것을 만들어내기까지 말이다. 그것은 심포니 칸타타 「파우스트 박사의 탄식」이었다. 내가 이미 언급했듯이, 그 작품에 대한 계획은 네포무크 슈나이데바인이 파이퍼링에 머물기 전으로 거슬러 올라간다. 나는 이제 이 작품을 나의 부족한 말로 다루어보려고 한다.

그 전에 조금 살펴봐야 할 것은, 당시에 마흔넷이었던 창작자의 개인적인 심신 상태, 끊임없이 긴장하며 관찰하던 내 눈앞에 드러난 그의 외형과 삶의 방식이다. 여기서 내게 먼저 떠오르는 것은, 내가 이 전기에서 이미 일찍부터 쓰려고 했던 사실이다. 그것은 아드리안의 얼굴이 면도를 말끔히 한 상태에서는 어머니의 얼굴과 닮은 점을 너무나 분명히 드러냈었는데, 얼마 전부터 희끗희끗하지만 전체적으로 어두운 색깔을 띤 수염 때문에 변해 있었다는 사실이다. 말하자면 일종의 팔자수염이었는데, 좁다란 윗입술 수염이 내려와 있고, 뺨이 다 드러나지는 않지만 턱에 숱이 훨씬 더 많았으며, 턱에서도 중간보다는 옆쪽에 더 많았기 때문에 아래쪽으로 뾰족하게 뻗은 턱수염은 아니었다. 이와 같이 얼굴의 일부분을 가린 모습이 불러일으키는 낯선 인상은 그런대로 받아들일 만했다. 왜냐하면 그의 얼굴이 뭔가 정신적으로 독특하게 고통을 안고 있는, 게다가 어쩐지 그리스도 같은 모습을 띠게 된 원인이 그 수염이었기 때문이다. 이런 모습에는 또 그가 머리를 점점 더 어깨쪽으로 기울이는 경향도 아마 함께 작용했을 것이다. 나는 이런 모습을 좋아하지 않을 수 없었고, 그런 것 때문에 오히려 호감을 더 느껴도 된다고 생각했다. 그 표정은 나약함을 암시하는 것이 아니라 극단적인 활동력과 건강함에서 나온 것이 분명했기 때문이다. 아드리안도 확실히 왕성해진 활동력에 대해 내게 자주 이야기해주곤 했다. 그럴 때 그는 약간 느린, 가끔은 머뭇거리면서, 또 가끔은 약간 단조로운 말투로 이야기했다. 그런 말투는 내가 새로 확인한 것으로, 나는 그것을 창작력이 내포된 신중함의 표시, 영감이 폭발적으로 떠오르는 가운데 자신을 통제하는 표시로 기꺼이 해석했다. 그에게 오랫동안 희생을 요구했던 위염, 목 질환, 고통스러운 편두통 발작 같은 고약한 육체적 증세는 말끔히 사라지고 없었다. 그는 밝은 낮 시간과 일할 수 있는 자유가 자신에게 보장되리라고 확신했고, 스스로 자신의 건강이 완벽하다고, 승리에 차 있다고 단언했다. 그리고 그가 매일 다시 작품에 몰두하기 전부터 넘치는 환상적인 에너지는 너무나 뚜렷이 그의 눈에서도 나타났는데, 그런 모습을 보고 있는 나는 매우 뿌듯한 느낌이 들면서도, 혹시나또다시 상태가 나빠지지나 않을까 걱정이 될 정도였다. 예전에 그의 눈은 대개 위의 눈꺼풀로 반쯤 가려져 있었으나, 이제는 아래위의 눈꺼풀 사이가 훨씬 더 커졌을뿐더러 거의 지나치게 벌어지는 바람에 홍채 위에 한 줄기의 흰자가 보였다. 이런 현상은 뭔가 위협적인 요소를 내포했을 수 있다. 더구나 그렇게 확대된 시선에서 일종의 경직 상태 혹은 정체 상태라고 해야 할까, 어쨌든 그런 상태가 드러날수록 더욱 위협적이었을 가능성이 있다. 나는 예의 저 정체 상태의 속성이 무엇일지 오랫동안 이리저리 추측해보다가, 그것은 완전히 둥글지는 않고 약간 불규칙하게 옆으로 늘어난 동공이 항상 같은 크기로 경직됨으로써 조명이 어떻게 바뀌더라도 영향을 받지 않을 듯이 보이기 때문이라는 생각에 이르렀다.

지금 나는, 말하자면 비밀스럽고 내적인 부동성에 대해 이야기하고 있는데, 이런 속성은 매우 주의 깊게 관찰하는 사람의 눈에만 띄는 것이었다. 또 다른, 훨씬 눈에 더 잘 띄는 외적인 현상은 그런 부동성과 모순을 일으켰다. 친절한 자네트 쇼이를에게도 그것이 눈에 띄었다. 그녀가 한번은 아드리안을 방문하고 나서, 나도 이미 알고 있다는 걸 모른 채 내게 그런 현상에 대해 관심을 가져보라고 말했던 것이다. 그것은 그 근래에 생긴 습관이었는데, 가령 뭔가를 곰곰이 생각할 때처럼 특정한 순간에 눈동자가 빠르게 이리저리—더 자세히 말하면, 양쪽으로 아주 넓은 거리를—왔다 갔다 한다는 것이었다. 흔히 하는 말로, 눈을 '굴린다'는 것인데, 많은 사람들을 놀라게 만들겠다는 생각이 들 정도로 심했다. 그래서, 내가 그것을 단순하게 생각하기로 한 것도 있지만,—지금 나로서는 무척 기이하다고도 볼 수 있는 특징을 당시에는 그가 엄청난 긴장 속에서 만들고 있던 작품 때문이라고 간단히 생각한 것 같은 느낌이 든다—그가 사람들을 놀라게 할지도 모른다는 우려 때문에 나 외에는 거의 아무도 그를 볼 수 없다는 사실이 내게는 은근히 안심이 되었다. 실제로 그는 도시에서 열리는 어떤 사교 모임도 방문할 생각을 하지 않았다. 초대 제의가 오면 성실한 그의 집 여주인이 전화로 거절했고, 혹은 아예 답을 하지 않았다. 필요한 물품을 사기 위해 뮌헨으로 나가던 일조차 그만두었다. 그래서 이제 우리 곁을 영원히 떠나버린 아이를 위해 장난감을 사러 갔던 것이 마지막 도시 방문이었다고 할 수 있다. 그가 전에 사람들 사이에서 어울리고, 저녁 모임이나 공적인 행사에 참가할 때 입던 옷들은 이제 옷장에 걸린 채 더 이상 꺼낼 일이 없게 되었다. 그의 복장은 집 안에서 입는 가장 간단한 옷차림이었다. 그렇다고 결코 실내용 가운 차림은 아니었다. 그는 그 가운을 절대 입지 않았을뿐더러 아침에도 입지 않았고, 다만 밤에 침대에서 일어나 한두 시간 의자에 앉아 있을 때만 잠시 걸쳤다. 당시 그가 늘 입던 옷은 간편하게 입을 수 있는 부드러운 괴깔 모직 상의였다. 단추를 목까지 잠그고 입었기 때문에 넥타이가 필요 없었던 옷을 그는 역시 넓고 다림질하지 않은, 작은 체크무늬 바지에 받쳐 입었다. 역시 같은 옷차림으로 그는 당시에 폐 건강에 필수적이었던 산책을 하는 습관이 있었다. 그와 같은 외견이 그의 모습에서 자연스럽게 풍기는, 정신적인 것에서 우러나온 고귀함에 가려지지 않았다면, 그가 자신의 외모를 완전히 등한시했다고까지 말할 수도 있었을 것이다.

하긴 누구를 위해 그가 억지로 그런 신경을 써야 했겠는가? 그는 자네트 쇼이를 가끔 만나며, 그녀가 가져온 17세기의 음악을 함께 면밀히 검토했다(나는 「트리스탄」의 한 부분을 구문 그대로 미리 보여주는 자코포 멜라니*의 샤콘**을 두고 하는 말이다). 그리고 가끔씩 그와 같은 색의 눈을 가진 뤼디거 실트크납을 만나서 웃었다. 이럴 때 나는 이제 같은 눈을 가진 사람 혼자만 남아 있을 뿐, 검은 눈을 가진 사람과 푸른 눈을 가진 사람은 사라져버리고 없다는 슬프고 쓸쓸한 생각을 하지 않을 수 없었다…… 그리고 마지막으로, 내가 주말에 그에게 가게 되면 나를 보게 되었는데, 그런 것들이 전부였다. 게다가 그가 어떤 사람과 함께 있을 수 있던 시간도 단지 짧은 시간에 불과했다. 왜냐하면 그는 일요일도 빼지 않고(그는 일요일을 한번도 '성스러운' 날로 지켜본 적이 없었다) 하루에 여덟 시간씩 일을 했던 것이다. 더구나 그중 오후에는 한 시간 동안 어둠 속에서 쉬는 시간이 끼어 있었기 때문에 내가 파이퍼링을 방문할 때면 상당히 오랫동안 나 혼자 있었다. 그렇다고 마치 내가 그런 방문을 후회하기라도 한 것처럼 들린다면, 천만에 말씀이다! 나는 그와 가까운 곳에 있었고, 아픔과 전율을 느끼면서도 내가 아끼는

---

* Jacopo Melani(1623~1676): 이탈리아의 작곡가, 바이올리니스트.
** 8박자의 저음 주제를 가진 4분의 3박자의 춤곡으로, 바로크 시대의 대표적인 기악변주곡.

작품이 생성되는 과정에 가까이 있었다. 그 작품은 지금까지 15년 내내 사장되고 금지되며 비밀에 부쳐진 채 최고의 작품으로 남아 있었으며, 이제 우리가 감수해야 하는 파괴를 동반한 해방에 의해 다시 소생하게 될지도 모른다. 지하 형무소의 자식들인 우리가 독일의 해방을——바로 그 자기 해방을——기념하는 아침 서곡으로서 환희의 노래인 「피델리오」 「제9번 교향곡」을 꿈꾸던 몇 해가 있었다. 하지만 이제 오직 다른 한 곡만이 우리에게 도움이 될 것이고, 오로지 이 곡만이 우리의 영혼에서 우러나오는 소리로 불릴 것이다. 그것은 바로 지옥의 아들이 부르짖는 비탄이다. 즉, 인간에게서 출발하여 끊임없이 더 확장되다가, 말하자면 우주까지 사로잡는, 지상에서 연주된 적이 있는 모든 것들 중에서 가장 끔찍한 인간의 비탄이자 신의 비탄이 그것이다.

비탄, 비탄! 나의 애정 어린 열의가 유례없다고 일컫는, 깊은 심연에서 나오는 절규(De Profundis).* 하지만 그럼에도 불구하고 창조적인 관점에서 보면, 음악사적으로나 개인적인 완성의 관점에서 보면, 자신의 모든 걸 다 바친 대가와 보상으로 탄생한 이런 작품에는 환희에 찬 극도의 승리감 같은 것이 깃들어 있지 않을까? 그것이 바로 예의 저 '돌파'를 암시하지 않는가? 우리가 예술의 운명, 예술의 현실과 처지에 대해 숙고하고 설명할 때 그렇게 자주 하나의 문제라고, 하나의 모순된 가능성이라고 이야기한 바 있는 바로 그 '돌파'를 암시하지 않는가 말이다. 그것은, 굳이 말하고 싶지는 않지만 정확성을 기한다는 차원에서 언급하자면, 표현의 재취득, 표현의 복구를 암시하지 않는가? 정신성

---

* De Profundis: 원래 참회의 시편들 중 하나인 『구약성서』 「시편」 제130편을 가리킨다. 오스카 와일드(Oscar Wilde, 1854~1900)가 수감 중에 동성의 애인 알프레드 더글러스를 생각하며 쓴 서간집 제목이기도 하다.

과 양식이 엄격하게 지배하는 단계에서 다시금 감정이 가장 높고 가장 깊은 소리를 내도록 하는 방식의 복구를 암시하지 않는가? 정신과 양식의 엄격함이 일단 달성되어야 했던 이유는, 계산적으로 유지됐던 냉정함이 결국 의미심장한 영혼의 소리로, 또 피조물 특유의 방식에 따라 속마음을 털어놓는 다정함으로 바뀌는 놀라운 일이 일어날 수 있도록 하기 위해서가 아니었던가 말이다.

나는 지금 질문 형식을 취하고 있지만, 이것은 구체적인 대상과 관련된 것에서나 예술적이고 형식적인 것에서 충분히 해명될 수 있는 어떤 사실의 상황을 묘사하는 방식일 뿐이다. 즉 비탄이 그것이다. 게다가 끊임없이 지속되고 지칠 줄 모르며 강조된 비탄, 가장 고통스러운 비탄, 즉 '이 사람을 보라(Ecce Homo)'*로 묘사되고 가시면류관을 쓴 그리스도 수난상의 몸짓으로 드러나는 비탄의 이야기이다. 비탄은 표현 그 자체이다. 모든 표현이 사실 비탄이라고 대담하게 말할 수 있다. 음악이 그 현대사 초기에 음악 자체가 곧 표현이라고 이해하는 순간 비탄이 되었듯이, '나를 죽게 하소서(Lasciatemi morire)'**라는 비탄이 되었듯이, 아리아드네의 비탄, 요정들의 조용히 메아리치는 비탄의 노래가 되었듯이 말이다. 심포니 칸타타 「파우스트 박사의 탄식」이 양식상으로 몬테베르디와 17세기에 매우 뚜렷하고 확실하게 접목하고 있다는 사실은 결코 우연이 아니다. 17세기 음악이야말로—역시 분명한 이

---

* 『신약성서』「요한복음」 19장 1~9절에 묘사된바, 로마 총독 빌라도가 죄 없이 핍박을 받는 예수를 가리키며 그의 죽음을 요구하는 군중들에게 한 말. 특히 니체(Friedrich Nietzsche, 1844~1900)는 자신의 한 후기 저서에 이 같은 제목을 붙이고 자신의 삶과 철학이 정당함을 설파했다. 본문에서는 레버퀸의 삶이 예수와 니체의 삶에 비유되고 있다.
** 몬테베르디(Claudio Monteverdi, 1567~1643)의 오페라 「아리아나L'Arianna」(1608)에서 유일하게 전해지는 곡 「아리아드네의 비탄Lamento d'Arianna」 중 한 부분.

유에서—에코 효과를 간혹 매너리즘이 될 정도로 선호했던 것이다. 에코, 즉 자연의 소리로서의 인간의 소리를 되돌려주는, 인간의 소리를 자연의 소리**라고** 밝히는 그것은 근본적으로 비탄이며, 인간에 대한, 그리고 인간의 고독을 고지하려는 시도에 대한 자연의 슬픔에 찬 비탄, "아아, 그래!"이다. 거꾸로, 요정의 비탄이 에코와 유사하듯이 말이다. 그래서 레버퀸의 마지막이자 최고의 창작품에서는 바로크 시대에 가장 애용되던 에코가 말할 수 없이 우울한 효과와 함께 자주 사용되었던 것이다.

그의 창작곡처럼 기괴한 비탄의 작품은 필연적으로 표현이 풍부하고 의미심장한 작품, 표현의 작품이라고 말하고 싶다. 그리고 이로써 그것은 해방의 작품이다. 그 작품이 수세기를 거슬러 올라가 접목한 초기 음악이 표현을 향한 해방을 추구했듯이 말이다. 다만 이 작품이 차지하는 발전 단계에서 변증법적인 진행 과정에 의해, 가장 엄격하게 구속되어 있는 상태에서 감정이 자유로운 언어로 구현되는 급격한 변화가 탄생하고, 말하자면 구속되어 있는 상태에서 자유가 탄생하는 셈이다. 그리고 그러한 변증법적인 진행 과정은 그 논리에서 마드리갈* 작곡가들의 시대보다 한없이 더 복잡해지고, 한없이 더 깜짝 놀라게 하며 기가 막히게 훌륭해 보인다. 나는 여기서 독자들에게 예전의 한 대화를 생각해보라고 말하고 싶다. 내가 이미 오래전 어느 날, 부헬에서 아드리안의 여동생이 결혼식을 올리던 날, 소구유 연못을 따라 산책하던 중에 아드리안과 함께 나누었던 대화 말이다. 그때 그는 두통에 시달리며, '엄격한 악곡 작법'이라는 착상을 개진했었다. 그것은 가곡 「오 사

---

* 14세기 이탈리아에서 생긴 자유로운 형식의 합창곡.

랑스러운 아가씨여, 당신은 얼마나 가혹한지」에서 멜로디와 화음이 다섯 음으로 된 기본 모티프, 즉 철자 상징 '시-미-라-미-내림 미(h-e-a-e-es)'의 변화에 의해 결정된 것과 같은 방식에서 전개된 것이었다. 그는 동일하게 고정시킨 재료에서 극도의 다양성을 더 발전시키는 양식 혹은 기술의 '마방진'을 보게 했었다. 그런 기술 속에는 주제와 무관한 것이 더 이상 없었고, 항상 동일한 것의 변형이라고 증명되지 못할 것은 없었다. 이런 양식 내지 기술은 전체 구조 속에서 각 음에 맡겨진 모티프 기능을 충족하지 않는 어떤 음도, 단 하나의 음이더라도 허용하지 않는다고 했다. 그래서 자유로운 음은 더 이상 하나도 없는 것이라고 말이다.

그런데 내가 레버퀸의 「묵시록」 오라토리오를 설명하려고 애쓰면서, 가장 기쁨으로 가득 찬 것이 가장 소름끼치는 것과 본질적으로 같은 특성을 지녔다고, 어린 천사들의 합창이 지옥의 흉측한 비웃음소리와 내적 동질성을 띤다고 말하지 않았던가? 이미 거기에는, 이렇게 진술을 하고 있는 사람이 왠지 모르게 으스스한 기분으로 깜짝 놀라건대, 후에 칸타타 「파우스트 박사의 탄식」에서 일반적이 되고 전체 작품을 휩쓸며, 이렇게 말해도 될지 모르겠지만, 주제적인 것이 전체 작품을 완전히 지배하도록 하는 으스스한 함축성에 대한 형식 면의 유토피아적 공상이 실현되어 있었다. 이와 같은 거대한 '비가(Lamento)'는(그 길이는 약 한 시간 15분이다) 정말 비역동적이고 발전이 없으며 극적이지 않다. 마치 물에 던져진 돌 덕분에 동심원이 연달아 생겨서 점점 더 커지지만, 극적 요소가 없이 항상 똑같기만 한 것처럼 말이다. 비탄의 엄청난 변주곡은—반대로 환희의 여러 변주가 있는 「제9번 교향곡」의 마지막 악장과 부정적으로 유사하건대—둥근 고리 모양을 이루며 확대되고, 그 고리들 중에서 각 고리는 다른 고리를 끊임없이 끌어당기고 있다. 다시 말해 악장들, 큰 변주들이 그런 것들로서 책의 텍스트 단위 혹은 장(章)에 해당하고, 그 자체에서 다시 변주의 연속일 뿐인 것이다. 하지만 모든 변주는 결국 테마로 되돌아간다는 의미에서 모든 음들의 지극히 조형적인 기본 형상으로 되돌아가고, 그런 기본 형상은 가사의 특정한 부분에 의해 주어져 있다.

우리가 기억하다시피, 최고 마법사의 삶과 죽음에 대해 이야기하는 예전의 민중 서적에서, 다시 말해 그 일부분을 레버퀸이 단지 약간만 의식적으로 손질해 자신의 작품에서 악장들을 만들기 위한 자료로 썼던 문헌에서 파우스트 박사는 모래시계의 시간이 다 흘러버리자 친구들과 가깝게 지내던 젊은이들, 이른바 "석사들, 학사들, 그리고 다른 대학생들"을 비텐베르크 근처의 마을 림리히로 초대한다. 그곳에서 그는 그들에게 온종일 아낌없이 대접하고, 밤에는 또 그들과 "구즈베리주(酒)"를 나눠 마신 뒤, 후회로 가득한, 그러나 점잖은 연설로 자신의 운명을 밝히며, 그 운명이 이제 곧 실현된다고 알린다. 이렇게 '대학생들을 향한 파우스트의 연설(Oratio Fausti ad Studiosos)'에서 그는 친구들이 이제 교살당해 죽은 자신을 발견하게 되거든 가엽게 여기고 땅에 잘 묻어달라고 부탁한다. 왜냐하면 자신은 악하면서도 선한 기독교인으로 죽기 때문이라는 것이다. 자신이 깊이 후회한 덕분에, 또 마음속으로는 항상 자신의 영혼을 위한 자비를 기대하고 있기 때문에 좋은 기독교인이며, 또한 자신이 끔찍한 파멸을 겪게 되고, 악마가 자신의 몸을 가지려고 할뿐더러 가져가야 하는 사정을 알고 있는 만큼 나쁜 기독교인이라고 말이다. "왜냐하면 나는 악하면서도 선한 기독교인으로서 죽으니까"라는 이 말은 변주곡의 일반적인 주제를 이루고 있다. 그 음절을 세어보면 열두 음절이고, 반음 음계의 모든 열두 개 음이 그 주제에 주어져 있으며, 생각할 수 있는 모든 음정이 그 속에서 서로 유사하다. 솔로를 대신하는—「파우스트 박사의 탄식」에는 솔로가 없다—합창단에 의해 주제의 자리에서 원전 그대로 제시되기 전에, 그 주제는 이미 오래전부터 음악적으로 존재하며 효과를 내고 있다. 중간까지는 점점 증가하다가, 몬테베르디의 비가가 띠는 정신과 조성에서 점점 약해지면서 말이다. 그 주제는 소리를 내는 모든 음의 바탕을 이루고 있다. 혹은 더 정확히 말하면, 거의 조성이나 다름없이 모든 음의 뒤에 숨어 있고, 매우 다양한 형태들의 동질성을 만들어낸다. 「묵시록」에서 수정처럼 맑은 천사의 합창과 지옥의 부르짖음 사이에서 지배하는 그 동질성, 그리고 이젠 모든 것을 포괄하게 된 동질성 말이다. 그래서 주제와 무관한 어떤 것도 허용하지 않는 지극히 엄격한 형식이 드러나도록 말이다. 그런 형식 내에서 소재의 질서가 완벽하게 구성되고, 거기엔 더 이상 자유로운 음이 하나도 없기 때문에 가령 푸가의 착상은 아무런 의미도 없게 되어버리고 마는 것이다. 그리고 이제 그런 동질성은 조금 더 숭고한 목적을 위해 이용된다. 왜냐하면, 오, 이 얼마나 놀랍고 지독한 악마의 농담인가! 바로 형식의 철저함 덕분에 언어로서의 음악이 해방된 것이다. 어떤 의미에서는, 즉 좀더 대략적이고 음의 소재와 관련된 의미에서는 작곡이 시작되기도 전에 이미 모두 끝나버린 것이다. 그리고 작곡은 이제 완전히 자유롭게 하고 싶은 대로 할 수 있다. 달리 표현하면, 스스로를 표현에 맡겨두면 되는 것이다. 구성적인 것과 전혀 무관하게, 혹은 작곡의 가장 완벽한 엄격함 속에서 다시 얻어진 표현으로서 말이다. 「파우스트 박사의 탄식」을 창작한 작곡가는 미리 조달되어 있는 재료 내에서 거침없이, 이미 주어져 있는 구성체에는 신경 쓰지 않고 주관성에 스스로를 맡겨버릴 수 있다. 이렇게 하여 이것은 그의 가장 엄격한 작품이고, 치밀한 계산에서 나온 작품이며, 동시에 전적으로 표현이 풍부한 작품이다. 몬테베르디와 그의 시대의 양식으로 되돌아가는 것이야말로 내가 '표현의 재구성'이라고 불렀던 것이다. 그 최초의 원초적인 현상 속에 나타난 표현, 비탄으로서의 표현 말이다.

　예의 저 해방된 시대의 표현 수단은 이제 이 작품에서 모두 제시되어 있고, 그중 나는 이미 에코 효과를 지적했다. 그것은 특히 매우 변화무쌍하고, 말하자면 완성된 작품에 맞는 효과이다. 그런 작품 속에서는 모든 변주 자체가 이미 이전에 있던 것의 에코이다. 좀더 높은 위상으로 제시된 주제의 마지막 단계를 반향하는 음으로 이어가고, 계속적으로 반복하는 양상이 없지 않는 것이다. 오르페우스*의 비탄조가 조용히 상기되고, 그 어조는 파우스트와 오르페우스를 저승의 마법사로서 서로 형제가 되도록 해준다. 파우스트가 헬레나, 즉 그에게 아들을 낳아줄 여인을 부르는 에피소드에서 그렇게 된다. 마드리갈의 음조와 정신에 대한 수많은 암시들이 일어나고, 하나의 악장 전체, 마지막 밤의 식사에 모인 친구들의 위로는 마드리갈 형식으로 쓰였다.

　또 한편, 이 작품에는 음악에서 표현을 위해 생각할 수 있는 모든 수단들이 그야말로 개괄이라는 의미에서 제시되어 있다. 물론 기계적인 모방으로서, 복고로서 제시되어 있는 것이 아니라, 음악사에서 때때로 기록되었던 모든 표현 기법상의 특색들을 의식적으로 맘껏 이용하는 것과 같다. 그런 특색들은 여기서 일종의 연금술적인 정제 과정을 거쳐 감정 표현의 기본 유형으로 정화되고 결정체로 만들어진다. "아

---

* 그리스 신화에 나오는 인물로, 몬테베르디의 오페라 「오르페오 L'Orfeo」의 주인공.

아, 파우스트, 이 무모하고 매정한 가슴을 가진 자여! 아아, 이성, 자기 의지, 오만, 자유의지가 뭔지……"와 같은 말에는 깊은 한숨이 들어 있다. 리듬을 살리기 위한 수단이기는 하지만 걸림음을 많이 썼고, 멜로디의 반음계법, 악절이 시작되기 전의 불안한 총체적 침묵, 예의 저 '나를 죽게 하소서'에서처럼 나타나는 반복들, 음절의 연장, 낮아지는 음정들, 약해지는 낭송이 있다. 이런 것들은 반주 없이(a cappella) 아주 강력하게 울려 퍼지는 비극적인 합창의 투입 때처럼 엄청난 대비 효과를 나타내면서, 오케스트라가 웅장한 발레 음악과 환상적으로 다양한 리듬의 질주로 묘사한 파우스트의 지옥 순례 다음에 이어진다. 지옥의 희희낙락하는 분위기의 축제 뒤에 나오는 강렬하게 압도하는 비탄의 폭발이라는 대비 효과를 내면서 말이다.

춤-푸리오조*로 표현된 파멸에 대한 이와 같이 거친 착상은 「형상으로 본 묵시록」의 정신을 가장 많이 상기시킨다. 그 외에도 소름끼치는, 나는 주저 없이 '냉소적'이라고 말하고 싶은 지속적인 스케르초**가 생각난다. 여기서는 "악령이 상심한 파우스트를 기이하고 조롱에 찬 농담과 격언으로 괴롭히고 있다." 그 끔찍하게 들리는 소리, "그러므로 입을 다물고, 고통을 겪고, 피하고, 견디라. 너의 불행을 다른 사람에게 하소연하지 말라. 이미 너무 늦었도다. 신에 대한 믿음도 상실했으며, 너의 불행은 매일 밀려오고 있다"라는 부분과 함께 말이다. 덧붙이자면, 레버퀸의 후기 작품은 그가 삼십대에 썼던 작품과 별로 공통점이 없다. 그것은 예전에 비해 양식 면에서 혼용이 없이 더 순수하고, 전체적인 음색이 더 어두우며, 패러디가 없다. 그리고 과거로 되돌아가

---

* Tanz-Furioso: 미친 듯이 격렬한 곡.
** Scherzo: 밝고 동적인 악곡.

는 경향에서 더 보수적이지는 않지만, 더 부드럽고, 선율이 더 아름다우며, 다성부 작곡법보다 대위법을 더 많이 사용했다. 내가 하고 싶은 말은, 종속적인 성부들이 독자성을 띠면서도 주도 성부를 더 배려한다는 것이다. 주도 성부는 흔히 긴 선율의 연결 부호로 이어져서 흐르고, 모든 것을 발전시키는 출처로서의 그 성부의 핵심이 예의 저 12음계의 "왜냐하면 나는 악하면서도 선한 기독교인으로 죽으니까"를 만들어내고 있다. 이 전기에서 이미 오래전에 미리 말했던 것은, 「파우스트 박사의 탄식」에서도 예의 저 철자 상징, 즉 내가 가장 먼저 알아차린 헤타이라-에스메랄다-음형 '시-미-라-미-내림 미(h-e-a-e-es)'가 매우 자주 멜로디와 화성에 대한 이해를 결정하고 있다는 점이다. 말하자면, 악마에게 영혼의 소유권을 양도하고 약속하는 곳, 피의 협정에 관해 거론되고 있는 곳이면 어디에서나 그러하다.

특히 「파우스트 박사의 탄식」이 「묵시록」과 구별되는 점은 규모가 큰 오케스트라 간주곡들에 있다. 이런 곡들은 때로는 작중 인물에 대한 작품의 입장을 단지 포괄적으로만 암시하면서, "그런 것이야" 같은 말로 표현하기도 하고, 또 때로는 지옥 순례의 으스스한 발레 음악처럼 줄거리의 일부를 대변하기도 한다. 공포를 불러일으키는 이런 춤의 관현악 편곡은 단지 관악기와 지속적인 반주 체계로만 이루어져 있는데, 두 개의 하프, 쳄발로, 피아노, 첼레스타, 종과 타악기로 구성된 반주 체계는 일종의 '지속저음(Continuo)'으로서 끊임없이 등장하며 작품 전체를 관통하고 있다. 각 합창곡은 오로지 이런 음으로만 반주되고 있다. 다른 곡에서는 거기다 관악기가 첨가되고, 또 다른 곡에서는 현악기가 첨가된다. 그 밖에 또 다른 곡들은 순전히 오케스트라 반주만 있다. 피날레는 오로지 오케스트라로만 이루어져 있다. 이것은 질주하는 듯한 음의 지옥 순례 뒤를 이어 힘차게 시작되는 비탄의 합창이 서서히 넘어가게 되는 교향곡의 아다지오 악장이다. 말하자면, 그것은 「환희의 찬가」*가 갔던 길을 거꾸로 되밟아 나오는 셈이다. 교향악이 성악의 환호로 넘어가는 과정을 창조적으로 완전히 뒤집어버린 것이다. 이것은 '철회'를 의미한다……

나의 가련하고 위대한 친구! 그가 남긴 유작, 몰락을 그린 그의 작품, 그렇게 처절한 몰락을 예견하며 선취한 작품을 살펴보면서, 나는 그가 저 사랑스럽던 아이가 죽어가고 있을 때 내게 했던 말을 얼마나 자주 떠올렸던가! 그것이 있어선 안 된다고, 선한 것, 기쁨, 희망, 그것이 있어서는 안 된다고, 그것은 철회될 것이라고, 그것을 철회해야만 한다고! "아아, 그것이 있어선 안 돼"라는 그 말, 거의 음악적인 지시와 명령처럼 「파우스트 박사의 탄식」에서 합창곡과 기악곡의 악장 위에 적혀 있는 모습은 얼마나 가슴을 울리는가! 그 탄식은 '슬픔에 부치는 노래'의 모든 박자와 음의 억양에 얼마나 철저히 포함되어 있는가! 이 곡은 베토벤의 「제9번 교향곡」을 겨냥하며, 가장 우울한 의미에서 그 반대의 곡으로 쓴 작품이 분명하다. 이 작품이 「제9번 교향곡」을 형식 면에서만 부정의 의미로 수차례나 바꾸어버리는, 거부된 상태로 뒤집어서 철회하는 것이 아니다. 그 속에는 종교적인 것을 거부하는 특성 역시 들어 있다. 그렇다고 나는 '종교의 부정'이라는 의미로 말할 수는 없다. 유혹하는 자를 다루고, 배반을 다루며, 저주를 다루는 작품이 종교적인 작품이 아니면 무엇이랴! 내가 말하고 싶은 것은, 적어도 내가 예컨대 파우스트 박사가 생의 마지막 시간에 친구들에게 했던 "다정스러

---

* 베토벤의 9번 교향곡 「합창」의 가사로 쓰인 실러의 시.

운 부탁"에서 보게 되는 전회(轉回)와 역전, 자부심에 찬, 쓰디쓴 의미의 전도(顚倒)이다. 친구들에겐 잠자러 가라고, 그리고 **마음 편히 잠자며** 아무런 걱정도 하지 말라면서 하던 부탁 말이다. 칸타타 「파우스트 박사의 탄식」과 관련하여 보았을 때, 이와 같은 지시는 겟세마네 동산에서 예수가 "나와 함께 깨어 있으라!"고 한 말을 의식적이고 의도적으로 뒤집은 것이라는 점을 우리가 어찌 알아보지 못하랴. 그리고 또 이별을 앞둔 파우스트가 친구들과 "구즈베리주"를 나누어 마시는 것도 분명 종교 의례적인 특성이 있다. 그것은 최후의 만찬을 또 다른 형태로 구상한 것이다. 그리고 이것은 유혹이라는 착상을 뒤집으려는 의도와 연결되어 있는데, 파우스트가 구원의 사상을 오히려 유혹이라고 거부하고 있는 것이다. 그것은 악마와 맺은 계약을 공식적으로 지켜야 한다거나, 어차피 "너무 늦었다"라는 생각 때문만이 아니라, 그가 구원을 받아서 갈 수 있다는 세계의 실재성을 믿지 않거니와, 그런 세상의 경건성을 거짓이라고 믿고 영혼 속 깊이 경멸하기 때문이다. 이것은 이웃에 사는 선한 노의사와 만나는 장면에서 훨씬 더 분명하고, 훨씬 더 두드러지게 부각되어 있다. 그는 경건한 심정으로 파우스트를 교화하려고 애쓰며 자기 집으로 오게 하지만, 아드리안의 칸타타에서는 분명한 의도로 유혹하는 인물로 그려져 있다. 이것은 사탄이 예수를 유혹하는 장면을 뚜렷이 떠오르게 한다. 예수가 사탄에게 '썩 물러가거라(Apage)'라고 소리쳤다면, 저 칸타타의 파우스트는 거짓되고 맥 빠진 신의 백성으로 돌아가기를 자부심과 절망스러운 '싫다!'라는 말로 거부하는 것이 분명히 드러난다.

그리고 또 다른, 그리고 최종의, 정말 최종의 의미 전도를 진심으로 기억하지 않을 수 없다. 그런 전도는 이 끝없는 비탄의 작품을 종결하는 마지막 부분에서 조용히 감성을 어루만진다. 그것은 이성을 능가하며, 또 음악에게만 주어진 바의 뜻깊은 무언의 특성을 띤 채로 느껴진다. 나는 우리의 칸타타에서 관현악곡으로 이루어진 마지막 악장을 말하고 있다. 합창이 서서히 사라져가는 이 악장은 잃어버린 자신의 세계에 대한 신의 비탄, 창조자가 "나는 그렇게 할 생각이 아니었느니라"라며 근심에 차서 탄식하는 소리처럼 들린다. 내가 보기로는, 작품이 끝나가는 이곳에서 슬픔이 극단적으로 강조되기에 이르렀고, 극단적인 절망이 표현되었다. 나는 이것이 아무것도 인정하려 하지 않는 작품 정신, 즉 치유될 수 없는 아픔을 약화시키는 구성이라고 말하지 않겠다. 만약 표현 자체와 소리의 울림에 주어진 위로, 즉 피조물에게 자신이 겪는 아픔을 표현할 수 있는 소리가 주어졌다는 위로와는 다른 어떤 위로를 그 작품은 마지막 음에 이르기까지 제공하고 있다고 말하고자 한다면, 그런 주장이 나올 수 있겠지만 말이다. 아니다, 어두운 음으로 구성된 이 음악적 시(詩) 작품은 마지막 순간까지 희망을 주지 않고, 화해나 미화를 허용하지 않는다. 하지만 철저하고 냉정하게 구성된 작품에서 오히려 표현이―비탄으로서의 표현이―생성된다는 예술적 모순에 사실 종교적 역설이 상응하고 있다는 점은 무엇을 말하는가? 매우 나지막한 의문의 형상을 띠기는 하지만, 지극히 심각한 구제불능 상태에서 희망이 움트고 있다는 종교적 역설이 말이다. 그것은 희망이 없는 상태를 넘어서서 나타나는 희망, 즉 절망의 초월일 것이다. 희망에 대한 배신이 아니라, 믿음을 넘어가는 기적일 것이다. 작품의 마지막 부분을 들어보라. 그 마지막 부분을 나와 함께 들어보라. 악기 그룹이 차례로 소리를 멈추고 마지막으로 남아 있는 것, 작품을 마지막 음으로 끝내는 것은 첼로의 높은 솔 음이다. 그 마지막 언어는 피아니시모 페르마테*로

서서히 사라져가면서 살며시 스쳐 지나가는 마지막 소리이다. 그러고
는 아무것도 없다. 침묵과 완전한 어둠만이 있을 뿐이다. 하지만 여운
을 남기며 침묵 속에 걸려 있는 음, 이제는 더 이상 없는 음, 오직 영혼
만이 아직 귀를 기울이고 있는 음이다. 슬픔을 종결한 음이었던 그 음
은 이제 더 이상 그런 음이 아니다. 그 음은 의미를 변화시키고, 어두운
밤의 한가운데 하나의 불빛으로 서 있다.

＊ Pianissimo-Fermate : '매우 약하게 음을 늘여서' 연주하라는 지시.

XLVII

"나와 함께 깨어 있으라!" 신의 아들이요 인간의 아들인 예수의 위기를 드러내는 이 당부의 말을 아드리안은 작품 속에서 고독하고 더욱 남자다우며 자부심에 찬 말로, 즉 그의 파우스트가 "마음 편히 잠자며 아무런 걱정도 하지 말라!"는 말로 뒤집어놓고 싶어 했다. 하지만 인간적인 것은 남아 있다. 도움을 요구한 것은 아닐지라도 적어도 같은 인간으로서 함께 있어달라는 본능적인 요구가 남아 있는 것이다. 그것은 "나를 두고 떠나버리지 말라! 나의 마지막 시간에 내 주변에 있어달라!"는 부탁이다.

그러기에 레버퀸은, 1930년의 전반부가 거의 끝나갈 무렵인 5월에 여러 경로를 이용해 한 차례의 모임이 될 만큼의 사람들을 파이퍼링의 자신의 거처로 초대했다. 그의 모든 친구와 지인들, 게다가 그가 별로 잘 알지 못하거나 또 전혀 모르던 사람까지 모두 30명에 가까운 많은 사람들이었다. 일부에게는 카드를 써서 보냈고, 일부에게는 나를 통해서 연락했으며, 그중에서 개별적으로 초대된 사람들은 다른 사람들에게도 초대 사실을 전해달라고 부탁받았다. 하지만 또 어떤 사람들은 소박한 호기심에서 스스로 왔다. 다시 말해, 그들은 나를 통해서든, 혹은 우리와 가깝게 지내며 모임에 속했던 다른 사람을 통해서든 자신들도 참가하게 해달라고 부탁했던 것이다. 왜냐하면 아드리안이 카드에 적어서 알린 내용은, 자기가 막 끝낸 신작 합창 교향곡에서 특징적인 몇 부분을 골라 호의적인 친구들의 모임에서 피아노로 연주함으로써 작품을 간략히 소개하고 싶다는 것이었기 때문이다. 그런 연주에 관심을 보인 사람들 중에는 그가 원래 초대할 생각을 하지 않았던 사람들도 꽤 있었던 것이다. 예를 들면 슐라긴하우펜 부부를 통해 온 주연급 여배우 타냐 오를란다와 테너 쾨엘룬트 씨, 실트크납의 뒤를 따라 들어온 출판업자 라트브루흐와 그의 부인이 그런 사람들이었다. 덧붙여 말하면, 아드리안이 친필로 쓴 카드를 보내서 초대한 사람들 중에는 밥티스트 슈펭글러도 있었다. 아드리안이 알고 있어야 했는데 그때 생각하지 못했던 것은, 슈펭글러가 한 달 보름 전에 이미 사망했다는 사실이다. 기지가 넘치던 그 남자는 겨우 사십대 중반에 유감스럽게도 심장병으로 쓰러져 작고하고 말았던 것이다.

고백하건대, 나는 그 행사 전반에 걸쳐 기분이 좋지 않았다. 왜 그랬는지는 말하기가 쉽지 않다. 내적으로나 외적으로 대부분 그에게는 매우 거리가 먼 사람들을 자신의 가장 고독한 분위기의 작품을 들려준다는 목적으로 자신의 은거지로 그렇게 많이 불러들인다는 것은 사실 아드리안에게 도무지 어울리지 않았다. 그런 일은 그 자체로 내 마음에 들지 않았거니와, 내가 보기에 그에게 낯선 행동 방식이었으므로 이것도 그 자체로 내게 불쾌감을 불러일으켰다. 어쨌든 이유는 무엇이었건

간에 내 마음이 그랬다—나는 그 이유를 암시했다고 생각한다—나는 그가 자신의 피난처에 혼자 있다고 생각할 수 있는 상황이 진심으로 더 좋았다. 그리고 인간적인 마음으로 그에게 존경심을 가지고 잘 따르는 그의 집주인 식구들과 우리들 몇몇, 즉 실트크납, 사랑스러운 자네트, 그를 숭배하던 여인들인 로젠슈틸과 나케다이, 그리고 나 자신만 그를 지켜보는 것이 훨씬 더 좋았다. 이제 다양하게 섞인, 그에게 익숙하지 않은 많은 사람들의 눈이 세상을 멀리한 그에게로 쏠리게 되는 것보다 말이다. 하지만 그 자신이 이미 꽤 많이 시작해놓은 일에 내가 직접 나서서 그의 지시에 따르고, 전화를 돌리는 일 외에 내가 할 수 있는 일이 무엇이 있었겠는가? 거절하는 사람은 아무도 없었다. 이미 말한 바와 같이, 오히려 그 반대로 참가 허락을 추가로 요청하는 경우만 더 있었다.

내가 그런 모임을 그다지 반기지 않기만 했던 것은 아니었다. 조금 더 고백하건대, 나 스스로는 심지어 그 모임에 참석하지 말까 하는 생각까지 했다는 사실을 기록해두고자 한다. 하지만 걱정에 찬 책임의식이 그런 생각을 가로막았다. 싫든 좋든 나는 무조건 거기에 있어야 하고 모든 것을 감독해야 한다는 의식 때문이었다. 그래서 나는 모임이 이루어진 토요일 오후에 헬레네와 함께 뮌헨으로 갔고, 그곳에서 발츠후트-가르미쉬 구간용 여객열차를 탔다. 우리는 실트크납, 자네트 쇼이를, 쿠니군데 로젠슈틸과 함께 같은 칸막이 객석칸에 앉았다. 그 밖의 사람들은 다른 칸으로 흩어져서 자리를 잡았다. 다만 슐라긴하우펜 부부, 즉 슈바벤 사투리가 심한 늙은 은퇴자와 처녀 때 이름이 폰 플라우지히인 그의 부인은 자신들의 가수 친구들과 자동차를 타고 갔다. 우리보다 먼저 도착한 그들의 자동차는 우리가 파이퍼링에 내렸을 때 훌륭한 봉사에 쓰였다. 자동차는 작은 기차역과 슈바이게슈틸 농가를 여러 번 오가면서, 걸어서 가는 것을 좋아하지 않는 손님들을 몇 명씩 나누어서 태워다 날랐던 것이다(뇌우가 멀리서 나지막하게 신호를 보내며 지평선에 걸려 있기는 했지만, 날씨는 아직 괜찮았다). 왜냐하면 기차역에서 집까지의 수송은 준비되어 있지 않았기 때문이다. 헬레네와 내가 슈바이게슈틸 부인을 찾았을 때, 그녀는 부엌에서 클레멘티네의 도움을 받으며 매우 급하게 그렇게 많은 사람들을 위한 가벼운 식사로 커피, 넓게 잘라 버터를 바른 빵, 시원한 사과주스를 준비하고 있었다. 그녀는 우리에게 이렇게 갑작스럽게 사람들이 몰려올 것에 대해 아드리안이 미리 한마디도 안 해주었다고 적잖이 당황한 모습으로 설명했다.

그러는 사이에 저 밖에서는 목줄을 찔렁거리며 개집 앞에서 이러저리 날뛰는 늙은 주조 혹은 카슈페를이 미친 듯이 짖어대는 소리가 멈출 줄 몰랐는데, 더 이상 손님이 도착하지 않고 모든 사람들이 니케홀에 모였을 때야 비로소 잠잠해졌다. 그곳에 앉을 자리를 마련하기 위해 남녀 하인들은 가족들이 쓰는 거실과 심지어 위층의 침실에서 의자를 날라 왔다. 앞에서 이미 언급한 사람들 외에 그 자리에 참석한 사람들을 대략 기억나는 대로 언급하겠다. 부유한 불링어, 사실은 아드리안이나 나나 둘 다 좋아하지는 않았지만 아드리안이 작고한 슈펭글러와 함께 초대했을 화가 레오 칭크, 이제는 홀아비나 다름없이 되어버린 인스티토리스 박사, 또렷한 발음으로 말하는 크라니히 박사, 빈더-마요레스쿠 부인, 크뇌터리히 부부, 그리고 인스티토리스가 데리고 온 사람들로 푹 꺼진 볼로 농담을 일삼는 초상화가 노테봄과 그 부인이 있었다. 거기다 직스투스 크리트비스와 그의 토론 모임, 즉 지층 연구가 운루에 박사, 포글러 교수와 홀츠슈어 교수, 검은 상의에 단추를 꼭꼭 다 채워

입은 시인 다니엘 추어 회에, 게다가 꼬치꼬치 따지기를 좋아하는 하임 브라이자허까지 와 있어서 나를 못마땅하게 했다. 전문 음악인은 오페라 가수들 외에 차펜슈퇴서 오케스트라의 지휘자 페르디난트 에드슈미트가 대표했다. 또 글라이헨 루스부름 남작이 그 자리에 참석했다는 사실에 나는 매우 놀랐고, 분명 나만 놀랐던 것은 아니었을 것이다. 내가 알고 있는 한, 그는 생쥐 사건 이후 처음으로 비만하지만 우아한 오스트리아 출신의 부인과 함께 사교 모임에 다시 나타난 것이었다. 알고보니, 아드리안이 이미 일주일 전에 그의 성으로 초대장을 보냈었다. 너무나 기묘한 사건으로 체면을 구겼던 그 실러 손자는 사회적으로 복귀할 수 있는 특별한 기회에 아마도 매우 기뻐했을 것이다.

이미 얘기한 바와 같이, 대략 30명쯤 되는 사람들이 모였다. 이들은 일단 기대에 찬 모습으로 농가 홀에서 여기저기에 선 채 서로 인사를 나누는가 하면, 호기심에 찬 말들을 주고받았다. 나는 뤼디거 실트크납이 너무 오래 입고 다녀서 해진 운동복 차림으로, 참석자 중 적지 않은 숫자의 여성들에게 둘러싸여 있던 모습이 떠오른다. 무대극 가수의 극명하게 두드러지는 듣기 좋은 목소리가 들렸고, 크라니히 박사가 천식 기운은 섞였으나 이성적으로 말하는 소리, 불링어가 허풍을 떠는 소리가 들렸는가 하면, 또 이런 모임과 더불어 이제 기대되는 것은 "아주 어마하게 중요"하다며 크리트비스가 보증하는 소리, 그리고 추어 회에가 발바닥 앞쪽을 바닥에 대고 탁탁 쳐대면서, "아무렴요, 그렇고말고요. 그렇게 말할 수 있지요!"라고 열광적으로 긍정하며 덧붙이는 소리가 들렸다. 글라이헨 남작 부인은 자신과 남편이 당했던 이해하기 어려운 불행에 대해 공감을 구하면서 이리저리 돌아다녔다. 여기저기서 그녀는, "아시다시피 우리가 그 불쾌한 일을 겪었잖아요"라고 말했다.

나는 아드리안이 이미 한참 전에 방에 와 있다는 사실을 많은 사람들이 전혀 알아차리지 못하고, 그를 못 알아봤기 때문에 마치 그를 여전히 기다리고 있는 것처럼 대화하고 있는 모습을 처음부터 주시하고 있었다. 아드리안은 등을 창문 쪽으로 돌린 채 보통 때와 같은 복장으로 홀 중앙의 육중하고 타원형으로 생긴 탁자, 즉 우리가 언젠가 예의 저 사울 피텔베르크와 함께 자리를 잡았던 탁자 곁에 앉아 있었다. 하지만 많은 손님들이 저기 저 신사는 누구냐고 내게 물었으며, 내가 처음에는 기이하다는 듯이 의아한 표정을 짓다가 사실을 일러주자, 그제야 "아, 그렇군요!"라며 갑자기 알아차리는 소리를 냈다. 이어서 그들은 그날 자신들을 초대한 주인에게 서둘러서 인사를 했다. 내가 지켜보는 가운데 그가 얼마나 많이 변해 있었으면 그런 일이 벌어질 수 있었으랴! 위로 치켜세운 그의 콧수염이 물론 많이 작용했다. 그 사람이 아드리안이라는 사실을 여전히 믿을 수 없어 하던 사람들에게 나는 그 점도 언급했다. 그가 앉아 있던 의자 곁에는 숱이 많은 곱슬머리의 쿠니군데 로젠슈틸이 오랫동안 마치 보초처럼 똑바로 서 있었고, 그래서 메타 나케다이는 눈에 띄지 않으려고 가능한 한 멀리 방 한구석에 가 있게 되었다. 하지만 쿠니군데는 얼마 뒤에 자기가 서 있던 자리를 비켜줄 만큼 공정한 여인이었으며, 그러고 나면 아드리안을 존경하는 또 다른 영혼으로서 나케다이가 그 자리를 차지했다. 뚜껑이 열린 채 벽에 붙어 있는 타펠클라비어의 악보대 위에는 「파우스트 박사의 탄식」 총보가 펼쳐져 있었다.

나는 손님들 중 이 사람 혹은 저 사람과 대화를 나누고 있는 사이에도 친구를 계속 바라보고 있었기 때문에 그가 나에게 머리와 두 눈썹으로 일러주는 암시에 주의하는 일을 그르치지 않았다. 그의 눈짓은 나더러 모인 사람들을 각자 자기 자리에 앉도록 하라는 뜻이었다. 나는 즉시 그의 뜻에 따랐다. 근처에 있는 사람들에게는 그런 의미로 부탁의 말을 건넸고, 멀리 서 있는 사람들에게는 신호를 보냈으며, 심지어 내키지는 않았지만 손뼉까지 쳐가며, 레버퀸 박사가 강연을 시작하고 싶어 한다는 말을 전하기 위해 조용히 해달라고 부탁했다. 사람은 자신의 얼굴이 창백해지면 그것을 느끼게 되는 법이다. 그의 얼굴에서 모종의 망연자실한 표정이 풍기는 냉기가 느껴졌고, 또 이때 이마에 맺힐지도 모르는 땀방울 역시 그런 냉기를 띠게 되었다. 그래서 그날 단지 약하게, 조심스럽게 주변을 향해 손뼉을 치고 있던 내 손은, 지금 막 그 끔찍한 기억을 적고자 하는 두 손처럼 떨렸다.

사람들은 상당히 신속하게 내 말에 따랐다. 주변은 빠르게 조용해지며 질서정연해졌다. 아드리안과 함께 슐라긴하우펜 노부부가 탁자 곁에 앉았고, 거기에 자네트 쇼이를과 실트크납 그리고 내 아내와 내가 자리를 나누었다. 그 밖의 사람들은 방의 양쪽에서 자유롭게 배열을 이루며 여러 다양한 가구, 그림이 그려진 나무의자, 말총 안락의자, 소파 등에 나누어 앉았고, 또 몇몇 남자들은 벽에 기댄 채 서 있었다. 그런데 아드리안은 모든 사람들의, 그리고 나의 기대를 채워줄 표정을 짓지 않았을뿐더러 연주하기 위해 피아노로 다가갈 기미도 보이지 않았다. 그는 두 손을 포개고 앉아서 머리는 옆으로 기울였으며, 두 눈은 그냥 약간 위로 치켜뜬 채 자기 앞만 보고 있었다. 그리고 마침내 완전히 조용해지자, 그는 내가 그때 처음으로 그에게서 들어본, 약간은 단조롭고 또 약간은 중간중간 끊어지는 말투로 주변 사람들에게 말하기 시작했다. 그것은 내가 처음에 보기로는 인사말의 의미 같았고, 또 시작 단계에서는 실제로 그런 인사말이었다. 내키지 않은 심정으로 덧붙이건대, 그는 말을 하는 동안 자주 실언을 했고, 또—나로서는 초조한 상황이라서 손톱을 손바닥에 누르며 주먹을 쥐게 되었거니와,—실수를 정정하려는 시도를 하다가 다시 실수를 범했으며, 그래서 나중에는 이런 실수를 더 이상 염두에 두지 않고 그냥 넘어가버렸다. 덧붙여 말하면, 나는 사실 그가 쓰던 갖가지 이상한 표현들 때문에 그렇게 놀라고 안타까워하지 말았어야 했다. 왜냐하면 그는 글을 쓸 때에도 흔히 그랬듯이 말을 할 때에도 부분적으로 예전에 쓰던 독일어 어법 같은 것을 즐겨 사용했기 때문인데, 이런 경우 결함이 있고 완전하지 않은 문장이란 항상 문제가 있어도 허용될 만한 사정이 있기 마련인 것이다. 우리말이 미개한 단계에서 벗어나 문법적으로나 정서법 면에서 어느 정도 정리된 지 뭐 얼마나 되겠는가!

아드리안은 매우 조용히 숭얼거리며 말을 하기 시작했다. 그래서 아주 일부 사람들만 그의 말을 알아듣고 어떻게든 나름대로 이해했으며, 혹은 그의 말을 익살스럽게 던지는 형식적인 농담으로 여겼다. 왜냐하면 그의 말은 대략 다음과 같았기 때문이다.

"존경스럽고, 특별스럽게 사랑스러운 형제들과 자매들이여."

그 말에 이어 그는 잠시 동안 침묵했다. 곰곰이 생각하는 듯, 팔꿈치를 세워 손으로 뺨을 받치고 있었다. 그리고 다음에 이어진 말 역시 그가 익살스럽게 이야기를 시작하는 말로, 그리고 유쾌하게 기분을 북돋우는 말로 이해가 되었다. 그의 얼굴에서 드러나는 무표정, 눈빛에서 드러나는 피곤함, 창백함은 물론 그런 식의 이해와 전혀 어울리지 않았음에도 불구하고 그 순간 호의적인 웃음이 너무 쉽게 코에서 나는 소리로, 혹은 숙녀들의 킬킬대는 소리로 홀 안에 퍼졌다.

"우선적으로"라고 그가 말했다. "나는 그대들에게 감사를 전하려

하오. 그대들의 호의와 우정을 받을 자격이 내게 없소만, 모두들 걸어서나 차를 타고 여기까지 들어옴으로써 호의와 우정을 내게 증명해 보이고자 했소. 내가 이 은신처의 쓸쓸한 곳에서 그대들에게 우편물을 써서 불렀고, 또 나의 진심으로 충성스러운 조교이자 특별한(special) 친구를 통해 부르고 초청하도록 했기 때문이오. 우리의 청소년 시절부터 시작해 학창 시절을 떠올리게 하는 친구지요. 할레에서 대학에도 함께 다녔으니까요. 하지만 그 이야기는, 그리고 거기서 공부할 때 어떻게 이미 오만과 전율이 시작됐는지는 나중에 밝히리다.”

이 말 끝에 많은 사람들이 싱긋이 웃으며 나를 쳐다보았다. 그러나 내 소중한 친구가 그렇게 부드러운 추억으로 나를 회상하는 것이 그에게는 전혀 어울리지 않았기 때문에 나는 마냥 감동하며 미소를 지을 수가 없었다. 하지만 내 눈에 눈물이 고이는 것을 보았다는 점이 대부분의 사람들을 재미있게 했다. 지금도 불편한 심정으로 기억하는 것은, 레오 칭크가 눈에 띄는 나의 감동을 희화화하기 위해 스스로도 자주 조롱거리로 삼았던 그 큰 코를 손수건에 대고 요란스럽게 풀었고, 그럼으로써 또 몇 사람의 낄낄대는 웃음소리를 얻어냈다는 것이다. 아드리안은 그것을 알아차리지 못하는 듯했다.

“나는” 하고 그가 계속해서 말했다. “무엇보다 맨 먼저 그대들에게 사가를 해야 하오.”(그는 실수한 말을 수정하여 “사과”라고 하려 했지만, 다시 “사가”라고 반복했다.) “그리고 그대들에게 부탁하건대, 우리 개 때문에 부담스러워하지 말라는 것이오. 우리 프래스티기아르,* 이 개가 아마 주조라고 불릴 텐데 사실은 이름이 프래스티기아르라오. 이 개가

---

* Prästigiar: 원래 파우스트가 데리고 있던 영리한 개의 이름.

고약하게 뛰어 일어나서 그대들 귀에다 엄청나게 짖어대고 으르렁댔다고 말이오. 그대들은 나 때문에 수고와 노고를 아끼지 않았으니, 우리는 개만 알아들을 수 있는 아주 높은 음의 호각을 그대들에게 미리 하나씩 손에 쥐여주었어야 했는데 말이오. 초청받은 좋은 친구들만 오는 중이라고, 자기가 보초를 서는 사이에 내가 무엇을 했고, 그 모든 세월 동안 내가 어떻게 일을 했는지 나한테서 몹시 듣고 싶어서 오는 중이라고 우리 개가 이해하도록 말이오."

호각 얘기가 나오자 다시 군데군데에서 예의 섞인 웃음이 약간 흘러나왔다. 비록 조금 의아한 기색은 띠었지만 말이다. 하지만 그는 계속해서 말을 이었다.

"이제 나는 그대들에게 친근하고 기독교인다운 부탁 하나를 하겠소. 그대들은 내가 하는 진술을 나쁜 의미로 받아들여서 추측하지 말고 잘 이해해주기 바라오. 왜냐하면 나는 선하고 정직한 그대들, 죄가 없지는 않지만 그저 평범하고 대수롭지 않은 죄만 지은 그대들, 그래서 내가 진심으로 경멸하면서도 몹시 부러워하는 그대들에게 전적으로 같은 인간으로서 고백을 하고 싶은 진정한 욕구를 느끼기 때문이오. 모래시계가 내 눈앞에 있는데, 나는 이제 준비를 해야 하오. 모래가 완전히 다 흘러내리면, 마지막 모래알이 좁은 곳을 빠져나가고 '그자'가 나를 데려가게 될 테니 말이오. 나는 '그자'에게 나 자신의 피로써 너무나 큰 대가를 치르고 나를 넘겨주겠다고, 내가 몸과 영혼을 바쳐 영원히 그의 것이 되겠노라고, 그의 손아귀와 통제 속에 떨어지겠노라고 서약했소. 모래시계가 다 흘러나와 남은 것이 없어지고, 그가 제공한 거래물인 시간이 흘러서 끝나게 되면 말이오."

이 부분에서 다시 한 번 여기저기서 코웃음이 나왔으나, 무례한 행동에 대해 하듯이 머리를 가로저으며 구강에서 혀를 차는 소리도 들렸다. 그리고 몇몇은 어두운 표정으로 아드리안을 살피는 듯이 쳐다보기 시작했다.

"그러니까, 이제 알겠지요." 탁자 곁에 앉은 아드리안이 말을 이었다. "선하고 경건한 그대들, 씬 안에서 평범한 죄를 짓고 사는 그대들."(다시 한 번 그는 말실수를 수정하여 "신"이라고 말했지만, 그러고 나서는 다시 먼저처럼 말했다.) "씬의 자비와 관용 속에서 편히 쉬고 있는 그대들. 왜냐하면 나는 이 이야기를 너무나 오랫동안 나 혼자 그냥 구겨 넣어두었지만, 더 이상은 그대들 앞에서 삼가며 묻어두지 않으려 하오. 내가 이미 스물한 살 때부터 악마와 혼인을 했고, 위험스러움을 알면서, 충분히 생각한 끝에 용기와 자긍심과 대담한 마음으로, 왜냐하면 이 세상에서 명성을 얻고 싶었기 때문에, 그와 계약하며 동맹을 맺었다는 사실을 말이오. 그러니까 내가 24년의 기한 동안 만들어낸 모든 것, 그리고 사람들이 당연히 미심쩍은 시선으로 바라보던 모든 것은 오직 악마의 도움으로 이루어졌으며, 독(毒)을 가진 천사가 주조한 악마의 작품이라는 사실을 말이오. 왜냐하면 난, 볼링을 하려는 자는 먼저 볼링핀을 세워야 하는 법이다,라고 생각했던 거요. 그리고 오늘날 한 사람은 악마를 섬겨야 한다고 생각한 거요. 대단히 고상한 것과 위대한 작품을 만들기 위해서는 악마가 아닌 어느 누구도 필요하지 않고, 또 공모자로 얻을 수도 없기 때문이라고 말이오."

이제 홀 안에는 극도로 팽팽한 적막만 흘렀다. 여전히 여유를 가지고 귀를 기울이는 사람들은 소수였으며, 이와 달리 많은 사람들이 눈썹을 치켜세웠고, 얼굴 표정에는 '무슨 이야기를 하려는 거야? 여기 지금 무슨 상황인 거야?'라는 의문이 고스란히 드러났다. 아드리안이 자신의 말은 예술가를 신비화하기 위한 것임을 드러내고자 한번쯤 미소를 짓거나 눈을 깜빡거리기라도 했다면 모든 사정이 그럭저럭 괜찮았을 것이다. 하지만 그는 그렇게 하지 않았고, 창백하고 진지한 표정으로 앉아 있었다. 몇몇은 저 사람의 말이 도대체 무슨 뜻이며, 당신은 이 상황을 어떻게 책임질 것인가,라고 묻는 시선을 내게로 보냈다. 어쩌면 그때 내가 개입해 모임을 해산했어야 옳았는지도 모르겠다. 하지만 내가 무슨 이유를 대며 그렇게 할 수 있었겠는가? 뭐든 그저 아드리안의 체면을 깎고 희생시킬 이유밖에 없었다. 나는 그 사건이 그냥 일어나도록 둘 수밖에 없음을 느꼈다. 아드리안이 곧 자신의 작품을 연주하기 시작하고, 말보다는 음악을 들려주기를 바라는 소망을 품은 채로 말이다. 나는 말이 지닌 분명함보다는 아무것도 말하지 않으면서 모든 것을 말하는 음악의 장점을, 말하자면 다른 형식으로 비유하지 않고 직설적으로 다 드러내는 고백의 조야함에 비해 우리를 보호해주고 구속하지 않는 예술의 특성 자체를 그때보다 더 강하게 느껴본 적이 없었다. 하지만 그런 고백을 중단시키는 일은 내가 아드리안 앞에서 느끼는 경외심에도 어긋나거니와, 무엇보다 내가 계속 들어보고 싶은 마음이 너무나 간절하기도 했다. 나와 함께 듣고 있던 사람들 중에서 그런 말을 들을 가치가 있는 사람은 지극히 소수라 할지라도 상관이 없었다. 나는 마음속으로 다른 사람들에게 말했다. 어차피 아드리안이 당신들을 모두 같은 인간으로서 초대한 것이니까, 그냥 끝까지 참고 들어보라!

곰곰이 생각하느라고 잠시 말을 끊고 나서, 친구는 다시 시작했다.

"사랑스러운 형제자매여, 내가 악마와의 계약을 위해 선서하고 계약서를 작성하기 위해 숲속의 갈림길에 서서 수많은 동그라미를 그려대며 악마를 불러내는 조잡한 주술이 필요했다고 생각하지 마오. 성 토마스가 이미 가르치기를, 악마와 결탁하려면 악마에게 나타나달라고 간청하는 주문이 필요한 것이 아니라, 악마에게 충성하겠다는 맹세를 굳이 할 필요 없이 그냥 아무 짓이나 벌여놓으면 되니까 말이오. 왜인고 하니, 그냥 나비 한 마리, 알록달록한 나비 해타이라 에스메랄다가 있었을 뿐이오. 그 나비가 접촉을 통해 나를 매혹시켰다오. 젖가슴을 드러낸 그 마녀가 말이오. 온몸이 훤히 비치는 벌거숭이 나비가 좋아하는 어둑어둑한 나뭇잎 그늘 속으로 뒤쫓아가, 날아갈 때 바람에 날리는 꽃잎 같은 그 나비를 그곳에서 붙잡게 되었고, 붙잡힌 나비의 경고에도 불구하고 나비와 함께 쾌락을 맛보았으며, 그렇게 하여 일이 성사된 것이오. 왜냐하면 그녀가 처음에 나를 매혹시켰듯이 다시 나를 매혹시켰고, 사랑을 나누는 가운데 나를 용서했다오. 그 순간 나는 비결을 알게 되었고, 악마와의 계약은 이루어졌던 것이오."

나는 놀라서 몸을 움찔했다. 그 순간 청중석에서 끼어드는 목소리가 들렸던 것이다. 발로 바닥을 탁탁 치며 요란스럽게 자신의 의견을 말하던 신부복의 시인 다니엘 추어 회에의 목소리였다.

"아름답네요. 아름다운 데가 있어요. 아무렴요, 그렇다마다요, 그렇게 말할 수 있지요!"

몇몇 사람이 '쉬잇'이라는 소리를 냈고, 나도 추어 회에를 못마땅한 듯이 돌아보았다. 하지만 사실은 그가 한 말에 대해 내심 고마웠기 때문이다. 왜냐하면 그의 말은 어리석기 짝이 없기는 했으나, 우리가 아드리안에게서 들은 것을 다행스럽고 인정된 관점에서, 말하자면 미학적 관점에서 볼 수 있도록 해주었던 것이다. 비록 미학적 관점이 적절치 않았을뿐더러 나를 매우 화나게 했음에도 불구하고 나 자신에게도 모종의 안도감을 준 것은 사실이었다. 왜냐하면 나는 '아, 그렇군요'라는 안도 섞인 반응이 그곳에 모인 사람들 사이에서 퍼져나가는 듯한 분위기를 느꼈기 때문이다. 그리고 어떤 숙녀, 즉 출판업자 라트브루흐의 부인은 추어 회에의 말로 인해서 분명 다음과 같은 발언을 할 용기를 얻었다는 생각에 이르렀던 것 같다.

"지금 시를 듣고 있다는 생각이 드네요."

아아, 하지만 그렇게 생각하는 것도 오래가지 않았다. 좋게 생각하는 해석은 마음은 편할지라도 근거가 없었다. 아드리안의 말은 시인 추어 회에가 순종, 폭력, 피, 세계의 약탈에 대해 떠들어대던 화려한 말과는 전혀 상관이 없었던 것이다. 그것은 조용하고 창백한 모습으로 진지하게 털어놓은 말이었고, 한 인간이 마지막 영혼의 위기에 이르러 같은 인간인 다른 사람들을 불러놓고 들려주려는 고백이요 진실이었던 것이다. 물론 그것은 어리석은 신뢰에서 나온 행동이었다. 왜냐하면 '같은 인간들'이란 그런 진실과 마주쳤을 때 섬뜩한 공포와 그에 따른 결정이 아닌 다른 반응을 보이는 사람들이라는 의미도 아니고, 그럴 수 있는 존재로 만들어지지도 않았기 때문이다. 그 진실을 시라고 생각하는 일이 더 이상 불가능해지자 이구동성으로 그 문제에 대해 쏟아놓으려던 결정 말이다.

아무튼 추어 회에의 말이 우리를 초청한 아드리안에게는 인식조차 되지 않은 것 같았다. 그가 잠시 말을 끊을 때면 곧 깊이 명상에 빠지기 때문에 그런 말참견에는 신경을 쓰지 않게 되는 것이 분명했다.

"이것을 기억해두오." 그가 다시 말하기 시작했다. "특별히 존경스럽고 사랑스러운 친구들이여. 그대들은 신에게 버림받은 사람이자 절망에 빠진 인간과 시금 함께 있다는 사실을 말이오. 그의 시신은 신성화된 장소로 옮겨지고, 경건하게 생명을 다한 기독교도들 곁에 있을 수 없으니, 썩은 시체가 될 운명으로 비참하게 죽은 짐승의 가죽을 벗기는 곳으로 보내져야 하오. 그대들에게 내가 미리 말해두건대, 그대들은 항상 그의 시신이 얼굴을 아래로 향하고 관에 엎드려 있는 것을 발견하게 될 것이오. 그리고 그대들이 시신을 다섯 번이나 돌려 눕힌다 해도, 그것은 다시 엎어져 있을 것이오. 왜냐하면 내가 독나방과 쾌락을 나누기 훨씬 전에 내 영혼은 이미 오만과 자부심에 차서 사탄을 향해 다가가고 있었기 때문이오. 내가 타고난 시간은 이미 어린 시절부터 '그자'에게 관심을 쏟도록 정해져 있었소. 그대들이 분명 알다시피, 인간은 축복을 받거나 지옥으로 떨어지도록 만들어지고 예정되어 있는데, 나는 바로 지옥으로 가야 하는 운명을 타고났던 거요. 그렇기 때문에 나는 나의 교만함에 적당히 사탕발림을 하여 할레 대학에서 신학을 공부했소. 하지만 신에 대한 생각 때문에 그렇게 한 것이 아니고 다른 자 때문이었지요. 신에 대한 나의 학문은 이미 악마와의 은밀한 결합의 시작이었고, 신이 아니라 '그자'에게, 신에 예속되어 대단한 일을 해낼 수 있는 악마에게 다가가는 위장된 행군이었소. 악마에게 가려는 것은 아무도 멈출 수가 없고, '그자'가 다가오는 것도 막을 수 없소. 그래서 신학 대학에서 라이프치히로, 음악으로 넘어가는 길은 단지 작은 한 걸음에 불과했고, 나는 오로지 형상들(figuris), 표식들(characteribus), 결탁해 만든 초상들(formis coniurationum), 혹은 그 외 또 어떤 명칭으로 불리든, 오직 악마의 주술과 마법에 몰두했소.

요컨대, 절망에 찬 나는 경솔했던 것이오. 나는 분명 훌륭하고 민첩한 머리와 재능을 가졌더랬지요. 자비롭게도 신으로부터 나에게 내려진 것이었어요. 그것을 성실하고 겸손한 마음으로 좋게 이용할 수 있었을 테지만, 나는 너무나 냄새를 잘 맡아낸 거요. 악마의 도움이 없이,

그리고 가마 밑에서 타오르는 지옥의 불꽃이 없이 경건하고 정신이 말짱한 방식으로는, 정직한 방식으로는 어떤 작품도 만들 수 없게 되어버렸고, 예술이 불가능하게 되어버린 시대이다,라는 것을…… 그렇지요, 그래요, 사랑스러운 친구들이여, 예술이 중단되고 너무나 어렵게 되어버렸으며 스스로를 조롱하는 상황, 모든 것이 너무나 어렵게 되어버리고, 신이 만든 불쌍한 인간은 궁지에 몰려서 어쩔 줄을 몰라 하는 상황, 그것은 아마 시대 탓일 거요. 하지만 그런 상황을 극복하여 돌파구를 만들기 위해 악마를 반갑게 맞이하는 사람은 자신의 영혼을 꾸짖고, 시대의 책임을 스스로 떠맡아 목에 걸고 저주받은 자가 되는 것이오. 그러고는, '정신을 차리고 주의하라!'라고 하는 거니까 말이오. 하지만 많은 사람들이 이런 일을 하지 않소. 그리고 이 세상에서 반드시 필요한 바대로 세상에 있는 것이 조금 더 나아지라고 현명하게 살펴보기보다, 그리고 아름다운 작품에 다시 삶의 바탕과 성실한 적응 법을 마련해주는 질서가 인간 세계에서 만들어지도록 사려 깊게 행동하기보다, 인간은 해야 할 일은 안 하고 지옥과도 같은 도취 속으로 이탈해버리고 있소. 그러므로 그는 자신의 영혼을 바쳐버리고, 죽은 짐승의 가죽을 벗기는 곳에 내맡겨지는 것이오.

이와 같이, 너그럽고 사랑스러운 형제자매여, 나는 그런 일을 감수했고, 강령술(nirgromantia), 찬가(carmina), 주문(incantatio), 마법의 묘약(veneficium), 그리고 또 그 단어나 이름이 어떻게 일컬어지든, 이런 것들이 모두 나의 일이요, 내가 원하는 것이었소. 또한 나는 곧 '그 자'와, 그 치욕스러운 자, 그 뚜쟁이와 라틴 홀에서 대화를 시작하게 되었소. '그 자'와 많은 대화를 나누었고, 지옥의 특성, 근본, 핵심에 대해 아주 여러 가지를 알 수밖에 없었소. '그 자'는 내게 시간도 팔았지요.

24년의 긴 시간을 말이오. 그리고 이 기한 동안 나와 약속하고 혼약을 맺었으며, 또 위대한 것을 이룩하기로 언약하고 솥 밑에 많은 불을 지피며, 내가 작품을 만들 능력을 얻을 것이라고 했소. 비록 작품이 너무나 어렵게 되었고, 그런 것을 고려하지 않기에는 내 머리가 너무나 영리하며 조롱에 차 있었지만 말이오. 물론 나는 그 대가로 이미 그 당시에 칼로 도려내는 듯한 아픔을 겪어야 했소. 마치 작은 인어 아가씨가 발에서 느꼈던 아픔 같은 것이었어요. 그녀는 나의 여동생이자 귀여운 신부로서 히피알타라는 이름을 가졌지요. '그자'는 내가 함께 잠자리를 나눌 여인으로 그녀를 내 침대로 데려왔으니까요. 그래서 나는 그녀를 얻고자 애쓰기 시작했고, 점점 더 사랑하게 되었소. 그녀가 물고기 꼬리를 달고 왔든, 혹은 사람의 발로 걸어왔든 말이지요. 자주 그녀는 꼬리를 달고 왔소. 말하자면 그녀가 사람 다리를 가졌을 때 느꼈던 칼로 도려내는 듯한 아픔이 그녀에게는 쾌감보다 더 견디기 힘들었으니까요. 나는 그녀의 연약한 몸이 비늘로 뒤덮인 꼬리로 너무나 사랑스럽게 이어지는 것을 매우 좋아했다오. 하지만 나의 열광은 순수한 인간 형상에서 더욱 컸지요. 그래서 그녀가 사람의 다리를 가지고 내 곁에서 함께 어울리게 되면, 나로서는 더욱 큰 쾌감을 느꼈소."

이 말이 끝나자 강연장 안에서는 동요가 일었고, 누군가 자리에서 일어났다. 슐라긴하우펜 노부부가 우리가 앉아 있던 탁자에서 몸을 일으켰는데, 주변 사람에게는 눈길도 한 번 주지 않고 남편이 부인의 팔꿈치를 잡은 채 의자 사이를 조용히 지나서 문밖으로 나가버렸다. 그 후 채 2분도 지나지 않아 마당에서 큰 소란에 이어 덜거덕거리는 소리와 함께 자동차 모터가 돌기 시작하는 소음이 들리고, 우리는 그들이 떠나간다는 사실을 알 수 있었다.

그들이 떠나버린 일은 많은 사람들에게 불안한 생각을 불러일으켰다. 왜냐하면 그 부부가 가버림으로써 많은 사람들이 기차 정거장까지 타고 나갈 수 있기를 기대했던 차편을 잃게 되었기 때문이다. 그러나 남아 있던 손님들 사이에서 그들처럼 떠나고 싶어 하는 분위기는 없었다. 사람들은 무엇에 사로잡힌 듯이 꼼짝 않고 앉아 있었다. 밖에서 차가 떠나고 조용해지자 추어 회에가, "아름답네요! 오, 물론이지요, 그럼요, 아름다워요!"라며, 다시 최종적으로 정리하는 투로 말했다.

　　나도 친구에게, 시작하는 말은 그만 충분하다고 생각하고 이제 우리에게 그의 작품을 연주해달라고 부탁하고자 막 입을 열려고 하는 순간, 그가 예기치 않은 소란에는 아랑곳하지도 않고 자기가 하던 인사말을 계속했다.

　　"그러고 나서 히피알타는 임신을 했고 내게 아들 하나를 낳아주었는데, 그 아이에게 내 영혼이 온통 의지했소. 매우 경건했던 그 작은 아들은 익숙한 모든 것을 넘어서는 매력을 지녔고, 아주 멀고도 오래된 나라에서 전해져온 아이 같았소. 하지만 그 아이는 피와 살이 있었고, 또 내가 어떤 인간도 사랑하면 안 된다는 조건에 합의했기 때문에 '그자'가 동정심도 없이 아이를 죽여버렸고, 그렇게 하기까지 나 자신의 눈을 이용했소. 왜냐하면 그대들도 알겠으나, 어떤 인간의 영혼이 나쁜 과정을 거쳐 나쁜 짓을 하도록 움직여지고 나면, 그 시선도 독을 품고 살기를 띠게 되는 거요. 특히 아이들에게 그렇지요. 그래서 귀여운 격언들을 많이 알고 있던 나의 어린 아들은 8월의 달빛이 뜨는 날에 멀리 떠나버리고 말았소. 나는 그 정도의 연정은 내게 허용된다고 생각했는데 말이오. 그런 일이 있기 전에도 이미 내가 그렇게 생각한 적이 있었소만. 악마와 결탁한 수도사로서 나는 여자가 아닌 사람이면 자유로이 사랑해도 된다고 말이오. 그 친구는 내가 자기를 친근하게 '너'라고 부르게 하려고 한없이 친밀하게 애썼는데, 그래서 내가 마침내 그의 구애를 허용하게 되었던 거요. 하지만 그래서 난 그를 죽여야만 했고, 악마의 강요와 지시에 따라 죽음으로 보내버렸소. 왜냐하면 악마(magisterulus)는 내가 결혼할 생각을 한다는 것을 알아차렸고, 그래서 분노에 가득 찼던 거요. '그자'는 결혼이 내가 자기와 맺은 계약을 깨는 짓이고, 내가 다시 삶과 화해를 하려는 책략이라고 짐작했던 거요. 그래서 '그자'는 바로 그 계획을 사용하도록 내게 강요했던 것이오. 내가 한없는 친밀함을 느끼던 친구를 냉정하게 살해하도록 말이오. 그러하니 나는 지금 그대들 앞에 살인자로서 앉아 있기도 하다는 것을 오늘 이 자리에서 모두에게 자백할 생각이었소."

이 부분에서 손님들 가운데 또 다른 한 그룹이 방을 떠났다. 자그마한 헬무트 인스티토리스는 창백한 표정으로 아랫입술을 치아에 바짝 붙인 채 말없이 항의하며 일어났고, 그의 친구들인 초상화가 노테봄, 그리고 매우 시민적인 인상을 주고 우리가 '어머니의 젖가슴'이라고 부르곤 했을 정도로 젖가슴이 불룩한, 그의 아내가 자리를 떴다. 그러니까 이들이 아무런 말도 없이 밖으로 나가버린 것인데, 아마 밖에서까지 말이 없었던 것 같지는 않았다. 왜냐하면 그들이 나가고 몇 분 되지 않아서 슈바이게슈틸 부인이 조용히 들어왔기 때문이다. 그녀는 앞치마를 두르고, 팽팽하게 바짝 당겨 손질한 흰 가르마 머리로 들어와서는 손을 포갠 채 문 가까이에 머물러 섰다. 그리고 아드리안이 이야기하는 것을 귀 기울여 들었다.

"친구들이여, 나는 정말 엄청난 죄를 지었다오. 살인자였고, 사람에게 적대적이었으며, 악마와의 정분에 빠져 있었소. 그러니 나는 그런

486

짓 외에는 딴 생각을 하지 않고 부단하게 열심히 일하는 사람으로서 전력을 다했으며, 한 번도 시어본 적이 없었소."(또다시 그는 곰곰이 생각하는 듯하더니 "쉬어본 적"이라고 말을 고쳤다. 하지만 그러고 나서는 여전히 "시어본 적"이라고 말했다.) "잠도 자지 않고 몹시 애를 써서 힘든 걸 만들어냈지요. 사도의 말에 따르면, '힘든 일을 하려는 자는 어려움을 겪는 법이니라'라고 하잖소. 왜냐하면 신이 우리의 믿음 없이 우리를 통해 놀라운 기적을 이루지 못하듯이 악마도 마찬가지니까요. 단지 수치심과 정신의 냉소만 두고, 그리고 시간이 흘러가는 중에 작품에 방해가 될 수 있는 모든 것을 '그자'가 나에게서 옆으로 치워버렸소. 그외의 것은 내가 스스로 알아서 해야 했지요. 비록 기이한 기름 같은 것을 쏟아부어야 했지만 말이오. 왜냐하면 나한테는 자주 오르간이나 소형 오르간 같은 유쾌한 악기가 떠오르는네나, 또 하프, 라우테,* 바이올린, 트롬본, 피리, 크룸호른,** 미니피리, 4성을 가진 모든 것이 마구 이어지니까, 내가 제대로 알고 있지 않았더라면 하늘에 와 있다고 믿어야 할지도 모를 지경이었으니까요. 난 그렇게 경험한 것을 많이 적어두었지요. 또 자주 어떤 아이들이 내 방에 와 있었어요. 악보를 보고 내게 모테트***를 불러주던 사내아이들과 여자아이들이 그러면서 매우 영리하

---

  * Laute: 16세기에서 18세기까지 유럽에서 널리 쓰이던 기타와 비슷한 현악기. 현의 수는 6줄, 8줄, 10줄, 13줄 등 다양하며, 이탈리아형과 독일형이 있다.
 ** Krummhorn: 원통형 파이프에 리코더와 같은 방식으로 구멍이 뚫려 있고, 리드는 위에 공기 구멍이 있는 목제 뚜껑에 싸여 있는 목관악기로 끝이 아래에서 위로 휜 (krumm) 모양을 하고 있다.
*** Motette: 중세 르네상스 시대에 유행했던 성악곡의 하나로, 원래 '언어'(프랑스어 mot)로 된 성부만을 가리키다가 지금은 악곡 전체를 가리킨다. 특히 바로크 시대 이후 엄격한 성악 푸기 등의 양식에 지속저읍 반주 내지 다른 악기의 반주를 첨가한 바로크 모테트는 독일어 가사로 된 종교적 다성 합창곡을 가리킨다.

게 미소를 짓고 서로 시선을 주고받았지요. 모두 아주 귀여운 아이들이
었어요. 가끔씩 그 아이들의 머리카락이 마치 뜨거운 공기 때문인 듯이
날아올랐고, 그러면 그 아이들은 귀여운 손으로 머리를 매만졌어요. 아
이들은 보조개가 있었고, 작은 루비들이 거기에 매달려 있었지요. 콧구
멍에서는 가끔씩 누런 벌레들이 돌돌 말려 나와서 가슴 쪽으로 내려왔
다가는 사라졌어요."

이런 말들이 다시 한 번 몇몇 청중들에게는 홀을 떠나가야 할 신호
가 되었다. 그들은 학자들로서 운루에, 포글러, 홀츠슈어였는데, 나는
그들 중에서 한 사람이 나갈 때 두 손목 끝으로 관자놀이를 누르는 것
을 보았다. 그러나 그들이 논쟁을 벌일 수 있도록 자주 장소를 제공하
던 직스투스 크리트비스는 정신이 번쩍 든 표정으로 자기 자리에 앉아
있었다. 여럿이 나가고도 여전히 20여 명의 사람들이 남아 있었듯이 말
이다. 하지만 그중에서 여러 명은 벌써 선 채로 도망갈 준비를 하고 있
기는 했다. 레오 칭크는 냉소적으로 기대에 찬 표정으로 눈썹을 위로
치켜세우고 있었고, 그가 다른 그림을 평가해야 할 때면 말하던 버릇대
로 "음, 굉장해요!"라고 말했다. 레버퀸 주위에는 마치 그를 보호하려
는 듯이 몇몇 여자들이 무리를 지어 모여 있었다. 쿠니군데 로젠슈틸,
메타 나케다이, 자네트 쇼이를이 그 세 명이었다. 엘제 슈바이게슈틸은
그들과 좀 떨어진 곳에 머물렀다.

그리고 우리는 계속 들었다.

"이와 같이 사악한 자는 24년 동안 충실하게 자신의 말을 지켰고,
최후의 작품까지 모두 완성되었지요. 살인과 간음을 해가며 나는 그것
을 완성시켰어요. 신의 자비에서 보면, 어쩌면 나쁜 짓을 하며 만든 것
이 좋을 수도 있을 거요. 나는 모르겠소. 어쩌면 또 신이 살펴보실지

도 모르지요. 내가 힘든 것을 찾아 나섰고, 몹시 애를 썼다는 것, 어쩌면, 어쩌면 내가 그렇게 열심히 일을 하고 모든 것을 끈기 있게 만들어냈다는 점을 평가해 정상 참작을 해주실지도 몰라요. 하지만 나는 그렇게 말할 수 없소. 그렇게 되리라고 기대할 용기도 없고 말이오. 나의 죄는 용서받을 수 있기에는 너무나 크다오. 그리고 나는, 깊은 후회 속에서 자비와 용서의 가능성에 대해 믿지 않는 것이 영원한 관용의 신에게 오히려 가장 매력적인 것이었으면, 하는 궁리에 빠짐으로써 그 죄를 극단적으로 키웠어요. 그런 건방진 궁리가 자비심을 완전히 불가능한 것으로 만들어버린다는 점을 깨닫고 있으면서도 말이지요. 하지만 바로 그런 생각에 입각해 나는 계속 궁리했고, 이런 극도의 타락이 자비로운 신에게는 그 자비의 무한성을 증명할 수 있는 가장 큰 자극이 될 수밖에 없다는 계산을 산출해냈지요. 뭐 그런 식으로 계속된 것인데, 그러니까 난 저 위 천상의 자비로움과 사악하게 경쟁을 벌인 것이오. 자비 혹은 나의 궁리 중에서 무엇이 마지막으로, 더 끝없이 이어지게 될까, 하고 말이오. 이제 그대들은 내가 저주받은 자라는 것을 보았을 것이오. 나를 위해서는 어떤 자비도 없소. 왜냐하면 나는 철저히 궁리하며 계산함으로써 모든 자비와 용서의 가능성을 미리 파괴하기 때문이오.

그러나 너그럽고 사랑스러운 형제자매여, 내가 한때 나의 영혼을 팔아 사들인 시간이 이제 모두 지나가버렸기 때문에 나는 나의 마지막 순간이 오기 전에 그대들을 소집했소. 그대들에게 나의 종교적인 죽음을 숨기지 않으려 했던 것이오. 부탁건대, 이 점에서 그대들은 나를 호의로 기억해주고, 또 내가 가령 초대하는 것을 잊어버렸던 다른 사람들에게도 나를 위해 형제처럼 인사를 전해주며, 그 밖에도 나를 전혀 나쁘게 여기지 말기를 부탁하오. 이 모든 것을 말하고 고백했으니, 작별 인사로 내가 악마의 사랑스러운 악기에서 몰래 들은, 그리고 부분적으로는 영리한 아이들이 나에게 불러주었던 작품 중에서 몇 대목을 그대들에게 연주해드리리다."

그가 일어났는데, 마치 죽은 자처럼 얼굴이 창백했다.

"이 남자는" 하고 고요함 속에서 정확한 발음으로, 비록 천식 기운이 섞이기는 했지만 명확하게 말하는 크라니히 박사의 목소리가 들렸다. "이 남자는 정신 이상자입니다. 이미 오래전부터 의심의 여지가 없었어요. 우리의 모임에 정신의학 전문가가 없다는 점이 아주 유감이오. 나는 고(古)동전학 전문가로서 이곳이 확실히 내 영역 밖이라고 느껴지는군요."

그 말과 함께 그는 나가버렸다.

레버퀸은 앞에서 말했던 여자들과 실트크납, 그리고 헬레네와 나에게 둘러싸인 채 갈색 타펠클라비어 앞에 가서 앉더니, 오른손으로 총보의 종이를 폈다. 우리는 그의 뺨에서 눈물이 흘러내려 건반 위로 떨어지는 것을 보았다. 그는 눈물에 젖은 건반을 매우 심한 불협화음으로 치기 시작했다. 이때 그는 마치 노래를 할 것처럼 입을 열었다. 그러나 영원히 내 귀에 남아 있는 외마디 비탄의 소리만이 그의 입술 사이에서 튀어나왔다. 그는 악기 위로 몸을 굽혀서 마치 악기를 감싸 안기라도 할 것처럼 팔을 펼치더니, 갑자기, 마치 누가 그를 밀어내기라도 한 것처럼 의자에서 옆으로 넘어지며 바닥 위로 쓰러졌다.

슈바이게슈틸 부인은 누구보다 더 멀리 떨어져 서 있었는데도, 가까이에 있던 우리보다 더 빨리 그의 곁에 와 있었다. 우리는, 왜 그랬는지는 모르지만, 순간적으로 멈칫하며 그를 보살피지 못했던 것이다. 그녀는 의식을 잃은 아드리안의 머리를 들고, 어머니의 팔로 그의 상체를 받치면서, 고개를 돌려 방 안쪽을 향해, 즉 여전히 입을 벌린 채 넋을 놓고 둘러서 있는 사람들에게 소리쳤다.

"빨리 나가요, 죄다 모조리! 당신네들은 이해심도 없잖아요. 당신네 도회지 사람들 말이야요. 지금 여기선 이해심이 필요해요! 이 불쌍한 남자는 영원한 자비 이야기를 많이 했는데, 그걸로 충분한지 난 모르겄소. 하지만 진실한 이해심, 그러니까 인간적인 이해심, 내 말 아시겄소, 그런 이해심은 어떤 일에서건 그걸로 충분한 법이야요!"

추서

끝이 났다. 연로한 한 남자가 몸을 앞으로 숙이고, 자기가 글을 쓰던 시대의 끔찍한 사건들과 또한 자신이 쓴 글의 대상이었던 끔찍한 사건들 때문에 거의 삶의 의욕을 상실한 채, 생생한 기억에서 되살려내 적은 잔뜩 쌓인 원고 더미를, 자신이 최선을 다해 완성한 작품을, 예전의 기억과 더불어 현재의 사건으로 넘치는 그 몇 년간의 결과물을 막연한 만족감 속에 바라보고 있다. 하나의 과제가 처리되었다. 그 과제를 수행하기에 나는 천성적으로 적합한 남자도 아니었고, 선천적인 재능을 지녔던 것도 아니지만, 애정과 충정과 증인이라는 신분 때문에 그 사명을 부여받았다. 애정과 충정과 증인 신분이 실행해낼 수 있는 것, 친구에게 바친 헌신이 해낼 수 있는 것, 그런 만큼은 실행되었다. 나는 이로써 과제가 잘 마무리되었다고 할 수밖에 없다.

내가 이 회고록을, 즉 아드리안 레버퀸의 전기를 적기 시작하던 당시에는 집필자가 처한 사정 때문에, 그리고 그 주인공의 독특한 예술성

492

때문에 이 전기가 언젠가 공식적으로 공개될 전망이 전혀 없었다. 그런데 이제, 즉 한때 이 대륙과 또 그 이상을 손아귀에 움켜쥐고 있던 괴물 같은 국가가 방탕한 축제를 즐길 만큼 즐기고 난 지금, 그 주역들이 의사들에게 명령해 독극물 주사를 맞고 자기들 몸에 휘발유를 뒤집어 씌워 불을 붙이게 함으로써 자신들의 흔적조차 남지 않도록 해버린 지금, 다시 말하건대, 친구에게 바친 봉사와 헌신으로 만들어진 내 작품의 출판을 이제는 생각해볼 수 있을 것 같다. 그러나 독일은 저 범죄자들이 의도한 대로 철저히 파괴되었기 때문에 이 나라가 어떤 문화 활동이라도 할 수 있는, 말하자면 단 한 권의 책이라도 찍어낼 수 있는 능력이 곧 다시 생기리라고는 기대할 엄두도 못 내고 있다. 실제로 나는 이미 가끔씩 이 원고가 미국으로 갈 수 있는 방법과 길을 생각해봤다. 일단 그곳 사람들에게 영어 번역서로 제공될 수 있도록 하기 위해서 말이다. 그렇게 하는 것이 고인이 된 내 친구의 뜻에 그다지 어긋나지는 않을 것 같다는 생각이 든다. 물론 나는 내 책이 예의 저 문명 세계에서 불러일으킬 객관적인 불쾌감에 대한 우려도 생기거니와 다른 예견 때문에도 걱정이 앞선다. 영어로 번역하는 일이 적어도 어떤, 너무나 근원적으로 독일적인 부분에서는 불가능한 일로 드러나리라는 것이다.

또한 이제 내가 몇 마디 말로써 위대한 작곡가가 보낸 마지막 삶의 순간에 대해 해명하고 내 원고에 마침표를 찍고 나면, 나의 몫이 될 일종의 공허감도 예견된다. 흥분되고 심신을 소모하던 작업이었지만, 그래도 나는 이 일을 그리워할 것이다. 지속적인 책임 이행으로서의 이 작업은 내가 일을 하며 여러 해를 견디고 넘길 수 있도록 도와주었다. 그 세월은 완전히 여유가 있는 상황에서라면 오히려 훨씬 더 견디기 어려웠을 것이다. 그리고 앞으로 이 일 대신에 할 만한 일을 찾아보지만,

일단은 아무런 성과가 없다. 내가 11년 전에 교직을 떠난 이유들이 역사의 굉음 속에서 사라져버린 것은 사실이다. 독일은 자유로워졌다. 파괴되고 금치산 선고를 받은 나라를 자유롭다고 말할 수 있는 한에서는 그렇다. 그리고 내가 교직으로 돌아가는 데에는 이제 곧 아무런 장애물도 없을지 모른다. 힌터푀르트너 사제는 이미 가끔씩 나에게 그 점을 언급한 바 있다. 내가 다시 문화 사상을 인문계 상급학생들의 가슴에다 심어주게 될 것인가? 인간의 정신적 깊이에 내재된 신성함에 대한 경외감이 신적인 이성과 분별력으로 거행되는 도의적인 예배와 함께 어우러져 **하나의** 경건함으로 융합된다고 믿는 문화 사상을 말이다. 하지만 아아, 내가 걱정하는 것은, 그 야만스러웠던 10년 동안에 새로운 세대가 자라났는데, 내가 그들의 언어를 거의 이해하지 못하듯이 그들도 나의 언어를 이해하지 못한다는 점이다. 내 나라의 젊은이들이 내게 너무나 낯설어져서 내가 아직도 그들의 선생이 될 수 있을지 걱정스럽다. 그뿐이 아니다. 독일 자체가, 이 비운의 나라가 내게는 낯설거니와, 아주 완전히 낯설어져버렸다. 바로 내가 소름끼치는 파멸을 확신하며 이나라의 죄로부터 소극적으로 물러나 있음으로써, 고독 속으로 숨어버림으로써 그렇게 된 것이다. 내가 그렇게 한 것이 잘한 일이었는지 자문을 해야 하지 않을까? 또한 내가 실제로 그렇게 하기는 했는지 다시금 물어야 하지 않을까? 나는 비통하게 위대한 한 인간에게 그의 죽음에 이르기까지 애착을 가졌고, 사랑하는 내 가슴에 끊임없이 두려움을 안겨주었던 그의 삶을 서술했다. 어쩌면 이런 충정은 내가 경악을 금치 못하며 내 나라의 죄과를 멀리했던 일의 변명이 될지도 모른다는 느낌이 든다.

　아드리안이 당시 피아노를 치다가 마비성 쇼크가 와서 열두 시간 동안 무의식 상태에 빠진 후 다시 정신을 차린 상황을 상세히 이야기하는 일은 그에 대한 나의 경외감 때문에 차마 못 하겠다. 그는 의식을 되찾은 것이 아니라, 자신이 원래 지녔던 개성이 다 타버려 껍질에 불과하고, 아드리안 레버퀸이라는 이름을 가진 인물과는 본질적으로는 더 이상 아무런 상관도 없는 '낯선 자신'으로 다시 나타났다. '조발성 치매(Demenz)'이라는 단어는 원래 자신으로부터의 이런 이탈, 말하자면 자기로부터의 소외라는 의미일 뿐인 것이다.

　나는 그가 파이퍼링에 계속 머물러 있지 못했다는 것까지는 말하겠다. 뤼디거 실트크납과 나는 퀴르비스 박사가 신성제를 사시고 닉행을 할 수 있도록 준비시킨 아드리안을 님펜부르크의 폰 회슬린 박사 폐쇄 병동이 있는 신경과 전문 병원으로 데려가기 위해 뮌헨으로 옮기는 어려운 책임을 맡았고, 그곳에서 아드리안은 석 달 동안 머물렀다. 경험이 많은 그 전문가의 예측이 곧바로 가차 없이 일러주었던바, 아드리안은 정신질환을 앓고 있으며 병세는 점점 악화될 뿐이라고 했다. 그러나 그의 병은 진행되는 과정에서 자연스럽게 가장 전형적인 증상을 곧 멈출 것이고, 적절한 치료를 해주면 더 희망적이지는 않더라도 조금은 더 평온한 단계로 넘어갈 수 있다고도 했다. 바로 이 소식이 실트크납과 나로 하여금 얼마간의 상의 끝에 그의 어머니, 즉 부헬 농가에 살고 있는 엘스베트 레버퀸에게 당분간은 상황을 알리지 않기로 결정하게끔 했다. 그녀가 아들의 삶에 일어난 파국에 대해 알게 되면 곧바로 아들에게 달려오리라는 것은 분명했다. 그러므로 그의 병세가 어느 정도 진정되는 국면이 기대된다면, 굳이 그의 어머니로 하여금 전문적인 치료로도 여전히 나아지지 않은 아들의 모습을 보며 도저히 견딜 수 없는 충격에 빠지도록 하는 것은 비인간적일 것 같았다.

그녀의 아이! 아드리안 레버퀸은 다시 그 이상 무엇도 아닌 바로 그 아이가 되었던 것이다. 그 노부인이 어느 날—계절이 가을로 접어들고 있었다—아들을 튀링엔의 고향으로, 그가 어린 시절을 보낸 곳, 그의 외적인 삶의 테두리가 이미 오래전부터 너무나 희한하게 유사했던 그곳으로 데려가려고 파이퍼링에 왔을 때 말이다. 이제 그는 아무런 힘이 없는 미숙한 아이, 자신의 남성성이 당당하게 비상하던 것에 대해 더 이상 아무런 기억도 없는, 혹은 그의 내면 깊은 곳에 숨겨지고 묻혀버려 어슴푸레한 기억만 가진 아이, 예전에 한때 그러했듯이 그녀의 앞치마에 매달려 있는 아이였고, 또 그녀가 예전처럼 기다리고, 직접 부리고, 꾸짖고, 그의 '버릇없음'을 나무라야 했던, 혹은 나무라는 것이 허용되었던 아이였다. 자신의 근원으로부터 대담하고 반항적으로 해방을 획득한 정신의 소유자가 세계를 훌쩍 넘어가며 현기증이 날 정도로 멀리 높게 날아갔다가, 삶의 의욕을 상실한 채 어머니와 관계된 곳으로 되돌아오는 것보다 더 끔찍하게 감동적이고 가련한 것은 생각할 수 없다. 하지만 오해의 여지가 전혀 없는 인상에서 얻은 나의 확신은, 바로 이 모성이 그와 같은 비극적인 귀향을 접하면서 엄청난 비탄을 느끼면서도 한편으로는 묘한 만족감을 느끼기도 했다는 것이다. 영웅인 아들의 이카로스* 비행이, 즉 어머니의 보호를 넘어서 성장한 아들의 대단하고 남성적인 모험이 어머니에게는 근본적으로 불경스럽고 이해할 수

---

* Icaros: 그리스 신화에 나오는 인물. 밀랍으로 붙인 날개를 달고 자유를 만끽하던 그는 지나친 자만심에서 하늘 높이 날아오르다가 태양열에 밀랍이 녹으며 추락해 사망한다.

없는 과오이다. 그 와중에 또 항상 어머니는, 본래의 관계에서 멀어지고 엄격해진 정신의 말, "여인이여, 내가 그대와 무슨 상관이 있나요!"* 라는 말을 속으로 가슴 아파하며 듣는다. 그리고 쓰러진 자, 파멸한 자, "불쌍하고 사랑하는 아이"에게 그녀는 모든 것을 용서하며 그를 다시 자신의 품안으로 거둬들인다. 아이가 그곳을 떠나버리지 않았더라면 좋았을 것이라는 생각만 하면서 말이다.

나는 아드리안이 빠져든 정신적인 어둠의 심연에서는 이와 같은 부드러운 굴욕으로 인한 전율이, 그런 굴욕에 대한 직관적인 불만이 그의 자긍심의 잔재로 생생하게 살아 있었다고 믿을 근거가 있다. 정신이 완전히 힘을 잃은 덕분에 그 지친 영혼이 얻기도 하는 편안함을 울적한 심정으로 누리며 거기에 몸을 맡기기 전에 말이다. 이와 같은 본능적인 분노와 어머니로부터 도망가고자 하는 충동의 징후는, 적어도 부분적으로, 그가 시도했던 자살 기도였다. 그것은 엘스베트 레버퀸이 아들의 건강이 안 좋다는 소식을 듣고 그에게로 오고 있는 중임을 우리가 그에게 말해주었을 때 일어났다. 그 사건의 진행 과정은 이러했다.

내가 가끔씩, 그리고 몇 분간만 친구를 볼 수 있었던 폰 회슬린 박사의 병원에서 그가 석 달 동안 치료를 받은 뒤 안심할 정도, 말하자면 '더 나아진 정도'라고 하지는 않겠지만 안심할 정도에 다다랐고, 그래서 의사는 환자가 조용한 파이퍼링에서 사적으로 간호를 받는 데 찬성하게 되었다. 재정적 이유 또한 찬성 쪽에 힘을 실었다. 이렇게 하여 모두에게 익숙한 환경이 다시 환자를 받아들이게 되었다. 그곳에서 그는 처음에는 자신을 그곳으로 데려온 간호인의 감시를 견뎌야 했다. 하지

---

* 『신약성서』 「요한복음」 2장 4절: 예수가 어머니 마리아에게 하는 말.

만 그의 태도는 이런 감시를 철회해도 무리가 없을 것 같았다. 그래서 그를 돌보는 일은 당분간 다시 농장 사람들, 특히 슈바이게슈틸 부인의 손에 전적으로 맡겨졌다. 그녀는 게레온이 건장한 며느리를 집으로 데려온 이후로(반면에 클레멘티네는 발츠후트 역장의 아내가 되었다) 계속 자신의 거처에만 머무르며, 이미 오래전부터 그녀에게는 신분 높은 아들 같았던 다년간의 하숙인을 풍부한 인간성으로 보살펴줄 여유가 있었다. 아드리안은 그녀에게만큼은 다른 어느 누구에게도 보이지 않던 신뢰를 보였다. 그녀와 서로 손을 맞잡고 수도원장 방이나 집 뒤의 정원에 앉아 있는 일이 그에게는 가장 만족스러웠던 것이 분명했다. 내가 처음으로 파이퍼링에서 그를 다시 방문하게 되었을 때 그는 그런 모습으로 앉아 있었다. 내가 들어갈 때 나를 바라보던 그의 시선엔 뭔가 절박하고 혼란스러운 모습이 드러나 있었는데, 곧바로 몽롱한 불쾌감을 드러내며 무표정해지는 바람에 내 마음을 아프게 했다. 그는 내가, 정신이 말짱하던 시기의 자신의 동반자임을 알아보는 것 같았지만, 그런 자신을 상기하지 않으려 했다. 친구가 왔으니 좋은 말로 한마디만 대답해주라고 노인이 부드럽게 설득하자, 그의 표정이 더욱더, 실로 매우 위협적으로 어두워지기만 했기 때문에 나는 슬픈 마음을 억누르며 돌아서 나오는 도리밖에 없었다.

그러다 그의 어머니에게 사건의 경과를 조심스럽게 알리는 편지를 써야 할 순간이 왔다. 그 편지를 더 이상 미루는 것은 어머니로서 그녀의 권리를 무시하는 처사일 것이기 때문이었다. 그런 만큼 그녀가 온다는 연락을 담은 전보도 하루도 안 걸려서 도착했다. 이미 언급한 바와 같이, 나는 아드리안에게 그녀가 곧 도착한다는 소식을 알렸다. 덧붙이자면, 그가 그 소식을 납득했는지는 확신하지 못했다. 그런데 한 시간 뒤, 모두 그가 단잠을 자고 있다고 착각하고 있던 사이에 아드리안은 돌연 집을 몰래 빠져나갔고, 집게 연못가에서 상의를 벗어버리고 급속도로 깊어지는 물속으로 들어가 이미 목까지 잠겼을 때에야 비로소 게레온과 하인에게 겨우 붙잡혔다. 그가 물속으로 막 사라질 참이었는데, 하인이 그 뒤를 따라 몸을 던져 그를 물가로 데리고 나왔다. 아드리안을 농가로 다시 데려오는 동안 그는 여러 번 반복해 연못물이 차갑다고 길게 이야기를 늘어놓았고, 자주 목욕도 하고 수영도 했던 물에 익사하기란 아주 어렵다고 덧붙였다. 그러나 그는 집게 연못에서는 목욕이나 수영을 한 적이 없었고, 다만 소년 시절에 고향의 연못, 즉 소구유 연못에서 수영을 했던 것이다.

거의 확신에 가까운 나의 예상으로는, 실패로 돌아간 그의 도피 시도의 배경에는 신비주의적인 구원 사상, 즉 숭고대 신학 중에서도 특히 초기 신교에서 자주 찾아볼 수 있는 사상이 깔려 있었다. 악마의 주술사들은 "육신을 희생함으로써" 경우에 따라 자신의 영혼을 구원받을 수 있다는 가정이 그것이었다. 보아하니 아드리안은 특히 이 생각에 따라 행동했는데, 그가 그 행동을 끝까지 하도록 우리가 내버려두지 않았던 것이 옳은 일이었는지는 신만이 알 수 있다. 그러하기에 정신착란 상태에서 일어나는 모든 일을 무조건 막을 수만은 없는 노릇이다. 아무튼 아드리안의 삶을 구해내는 의무는 그냥 아무나 실행한 것이 아니라, 오직 어머니의 뜻에 따라 행해진 것이다. 어머니란 아들을 죽은 육체 상태로 안기보다는 차라리 미숙한 채로 되찾기를 원하는 법이라는 점은 의심의 여지가 없기 때문이다.

아드리안의 어머니, 갈색 눈 외에도 가르마를 타서 팽팽하게 단장한 흰머리가 돋보이는, 요나탄 레버퀸의 홀로 남은 배우자가 길 잃은 자기 아이를 어린 시절로 다시 데려갈 작정을 하고 왔다. 재회의 순간 아드리안은 자신이 어머니라고 부르며 친근한 호칭으로 대하던 그 여인의 가슴에 오랫동안 몸을 떨며 안겨 있었다. 반면 그는 그 자리에서 비켜나 있던 다른 여인을 어머니라고 부르며 그녀에게는 존칭을 써왔던 것이다. 이제 어머니는 평생 동안 노래를 부르는 데에는 쓰지 않았으나 여전히 듣기 좋은 목소리로 그에게 말을 건넸다. 그러나 아드리안이 아는 뮌헨의 간호사가 다행히 두 모자를 동반해 중부 독일로 북쪽을 향해 가는 여정 동안, 알 수 없는 어떤 계기로 인해 아들이 어머니에게 분노를 터뜨리는 일이 벌어졌다. 그것은 어느 누구도 예상하지 못한 분노의 발작이었는데, 이로 인해 레버퀸 부인은 여정의 거의 반에 해당하는 나머지 거리를 다른 칸에서 앉아 가며 환자는 간호사에게만 맡겨둘 수밖에 없었다.

그것은 일회적으로 일어난 돌발 사건이었고, 그와 비슷한 일은 결코 두 번 다시 반복되지 않았다. 그들이 바이센펠스에 도착해 어머니가 아들에게 다시 다가갔을 때 이미 그는 사랑스러움과 기쁨을 드러내며 그녀와 합류했다. 또 이후 그는 집에서 그녀가 가는 곳마다 그 뒤를 따라다녔으며, 단지 어머니만이 할 수 있는 헌신으로 완벽하게 그를 돌보던 그녀에게 지극히 말을 잘 듣는 아이였다. 부헬 집에서도 몇 년 전부터 며느리가 살림을 맡아보고 있었고, 이미 손자 둘이 자라고 있었는데, 여기서 아드리안은 소년 시절에 형과 함께 나누어 쓰던 위층의 방에서 지냈다. 그리고 이젠 느릅나무 대신 다시 늙은 보리수가 있었는데, 그 가지가 그의 방 창문 밑에서 가볍게 움직였다. 그는 자기가 태어난 계절에 경이롭게 퍼지는 보리수 꽃향기에 깊은 감수성의 기미를 드러냈다. 농장 사람들은 그가 혼자 멍하게 앉아 시간을 보내도록 조용히 놔두었는데, 그는 나무 밑 그늘에서 둥근 벤치에 자주 앉아 있었다. 떠들썩한 목소리의 마구간 하녀가 한때 어린 우리들과 함께 돌림노래를 연습했던 그곳에서 말이다. 그가 몸을 움직여 운동을 하도록 하는 일은 어머니가 맡았다. 그녀는 아들의 팔짱을 끼고 조용한 주변 지역을 함께 산책했다. 그는 마주치는 사람들에게 인사로 손을 내밀곤 했는데, 어머니는 그것을 말리지 않고 인사를 받은 사람과 서로 너그럽게 고개를 끄덕여 보였다.

나로 말할 것 같으면, 나는 그 소중한 남자를 1935년에 다시 보았다. 그때 나는 이미 퇴임을 하여 그의 쉰번째 생일에 애도하는 심정의 하객으로 부헬 농장을 찾았다. 보리수는 꽃을 피웠고, 그가 그 밑에 앉아 있었다. 손에 꽃다발을 들고 내가 그의 어머니 곁에 있던 그에게로 다가설 때 내 무릎이 떨렸던 것을 나는 고백한다. 그가 내 눈에는 더 작아진 것처럼 보였는데, 구부린 그의 자세 때문이었는지도 모른다. 그런 자세에서 그는 홀쭉해진 얼굴로, '이 사람을 보라(Ecce Homo)'로 묘사된 가시면류관의 그리스도 수난상을 닮은 용모로, 시골 사람같이 건강한 피부색에도 불구하고 고통스럽게 벌린 입과 멍한 눈으로 나를 올려다보았다. 그가 파이퍼링에서 나를 마지막으로 보았을 때도 기피하는 기미를 보였는데, 이제는 늙은 어머니가 몇 마디 귀띔을 해주었는데도 불구하고 나에 대해서는 더 이상 어떤 기억도 하지 못하는 것이 분명해 보였다. 내가 그날의 의미, 내가 온 이유에 대해 그에게 말한 것 중에서 그는 분명히 아무것도 이해하지 못했다. 내가 들고 있던 꽃이 유일하게 잠시 동안 그의 관심을 자극하는 것 같았지만, 그러고 나서는 꽃도 주의를 끌지 못한 채 그냥 놓여 있었다.

나는 1939년에 다시 한 번 그를 보게 되었다. 그것은 폴란드가 정복되고 난 뒤로, 여든의 노모가 겪어야 했던 아들의 죽음이 있기 1년 전이었다. 당시에 그녀는 계단을 오르며 나를 그의 방으로 데려갔다. 그녀가 내게 용기를 불어넣으며, "어서 들어오게, 쟤는 자네를 못 알아 봐!"라고 말하면서 방 안으로 들어섰고, 그러는 사이에 나는 온통 두려움에 차서 문턱에 서 있었다. 방의 뒤편에서, 발끝 쪽이 내가 서 있던 방향으로 향해 있어서 얼굴도 보였던 긴 안락의자 위에 그가 가벼운 양모 이불을 덮고 누워 있었다. 그것은 한때 아드리안 레버퀸이었던 인물의 모습이었다. 그리고 지금은 그가 남긴 불멸의 작품만 그렇게 불리고 있다. 내가 항상 좋아했던 그의 섬세한 두 손은 창백해진 채 중세의 무덤 형상에서처럼 가슴 위에서 깍지를 끼고 있었다. 더욱 두드러지게 회색빛으로 변한 수염이 야위어서 좁아진 얼굴을 아래위로 더욱 길게 보이도록 했기 때문에 그의 얼굴이 이제 눈에 띄게 엘 그레코*가 그린 귀인의 얼굴과 닮아 보였다. 그것은 너무나 모욕적인 자연의 장난이었다! 위대한 인간의 정신이 몰래 사라져버린 상태에서 자연은 오히려 최고의 정신성을 형상화하는지도 모른다고 말하고 싶을 지경이다! 눈은 구덩이같이 움푹 꺼진 곳에 내려가 있고, 눈썹은 더욱 더부룩해졌으며, 눈썹 밑으로는 마치 유령이 이루 말할 수 없이 진지하고 위협적으로 살피는 것 같은 시선이 나를 올려다보는 바람에 나는 온몸에 전율을 느꼈다. 그러나 그는 일 초 뒤에 벌써, 말하자면 자신의 내면으로 주저앉아 버렸고, 그래서 눈동자가 위로 향하면서 반은 눈꺼풀 아래로 사라진 상태에서 불안정하게 이리저리 헤맸다. 아드리안의 어머니가 그냥 가까이 들어서라고 반복해서 권했지만, 나는 도저히 그렇게 할 수가 없었

* El Greco(1542~1614): 그리스 태생의 스페인 화가.

고, 끝내 눈물을 흘리며 몸을 돌리고 말았다.

애정과 긴장과 공포와 자부심 속에서 보낸 나 자신의 삶에 본질적인 내용을 채워주던 한 삶의 잔재가 소멸해버리고 말았다는 소식은 1940년 8월 25일에 이곳 프라이징에서 내게 전해졌다. 오버바일러의 작은 공동묘지의 아직 열려 있던 묘 옆에는 식구들 외에 나와 함께 자네트 쇼이를, 뤼디거 실트크납, 쿠니군데 로젠슈틸, 메타 나케다이, 그리고 그 밖에 알아볼 수 없도록 베일로 얼굴을 가린 어떤 낯선 여인이 있었는데, 그 여인은 흙덩어리가 구덩이에 놓인 관 위로 떨어지는 동안 자취를 감추고 말았다.

당시에 독일은 오만방자하게 밀어붙인 끝에 얻은 대승리에 취해 두 뺨을 홍분으로 붉게 물들인 채 몸을 가누지도 못할 만큼 들떠 있었다. 일찍이 자신의 피로써 서명을 했던 계약서 하나의 힘을 빌려 그 내용을 지키며 세계를 얻어내려 하고 있었던 것이다. 하지만 이제 독일은 무너지고 있다. 악령들에게 잡힌 채, 한쪽 눈 위에는 손을 얹고 다른 한쪽 눈으로는 무서운 사건을 뚫어지게 쳐다보면서 끝없이 이어지는 절망에서 절망으로 빠져들고 있다. 언제 이 나라가 그 절망의 심연에서 끝에 도달하게 될 것인가? 언제 마지막 절망의 상태에서 믿음을 초월한 기적이 희망의 빛을 열어주게 될 것인가? 외로운 한 남자는 손을 포개고 말한다. 신께서 부디 너희 불쌍한 영혼에 자비를 베푸시기를, 나의 친구여, 나의 조국이여.

독자에게 다음과 같은 점을 알리는 일이 필요할 것 같다. 제22장에서 서술된 작곡법, 즉 12음 기법, 혹은 음열 기법이라고 불리는 작곡법은 실제로는 동시대 작곡가이자 이론가인 아르놀트 쇤베르크의 정신적인 재산이고, 내가 그것을 자유롭게 고안해낸 음악가, 즉 내 소설의 비극적인 주인공에게 특정한 관념적 맥락에서 전용하여 썼다는 것이다. 그 밖에도 이 소설의 음악 이론적인 부분은 여러 개별적인 사항에서 쇤베르크 화성론의 도움을 받았음을 밝혀둔다.*

토마스 만

---

* 12음 기법을 창안한 오스트리아 작곡가이자 음악이론가인 쇤베르크(Arnold Schönberg, 1874~1951)가 제기한 논쟁(1948~1950) 끝에 토마스 만이 사과의 의미로 1951년부터 『파우스트 박사』(1947)에 추가한 부분.

캘리포니아의 파우스트

왜 여전히 토마스 만을 읽어야 하는가?

토마스 만(Thomas Mann, 1875~1955)은 북부 독일의 대표적인 한자자유도시 뤼베크Lübeck의 유서 깊은 사업가 집안에서 3남 2녀 중 둘째 아들로 태어났다. 아버지 토마스 요한 만(Thomas Johann Heinrich Mann, 1840~1891)은 성공한 사업가로 경제·금융부서 시정부위원(Senator)으로도 활동했고, 어머니 율리아 만(Julia Mann, 1851~1923, 원래 성은 다 질바-브룬스da Silva-Bruhns)은 브라질에서 커피와 사탕수수 농장을 크게 경영하던 뤼베크 출신 독일인 아버지와 포르투갈계 브라질인 어머니 사이에서 태어나 모친이 산고로 사망하자 6세부터 독일의 조모에게 보내져 양육되었으며, 다정다감한 성격에 예술적인 감각이 뛰어났던 것으로 알려져 있다. 특히 이들은 훗날 토마스 만의 작품에 자주 등장하는 '시민적인' 아버지와 '예술적인' 어머니로, 그 사이에서 태어난 주인공의 태생적 배경으로 거론된다.

일찍부터 반시민적인 기질을 드러내던 첫째 아들 하인리히 만 (Heinrich Mann, 1871~1950, 소설가)과 달리 차분하고 건실해 보였던 둘째 아들 토마스 만은 가업을 이어가리라 기대되었지만, 토마스 역시 네 살 위의 형과 마찬가지로 일찍부터 예술에 관심을 기울였다. 아버지의 유언에 따라 회사가 해체된 뒤 어머니는 중세풍의 시민적이고 좁은 도시 뤼베크를 떠나 자유로운 예술의 대도시 뮌헨으로 이주해 가고, 혼자 고향 하숙집에 남은 토마스는 학생 잡지를 공동 간행하며 글을 썼다. 이 잡지에 실은 소품 산문 「환상Vision」(1893)이 현재까지 전해지는 그의 첫 발표작이다.

토마스는 (9년제) 김나지움을 졸업 2년 전에 '중등 수료증Mittlere Reife'(대학 수학 자격증 '아비투어'보다 아래 단계)만 받고 떠나면서, 고향을 완전히 등지고 어머니가 있는 뮌헨으로 옮겨 갔다. 아직 성년이 되지 못한 그는 아버지의 유언대로 실용적인 직업 분야에서 견습 사원으로 일하기도 했으나, 곧 그만두고 기자가 되고자 대학에서 청강을 했다. 이 때 수강과목은 '경제학' '문화와 세계사' '독일 신화학' '미학 기초' '셰익스피어 비극' 등이었고, 그다음 학기에는 '예술사' '19세기 독일역사' '중세 독일문학' 등을 수강했다. 그리고 21세가 되어 정기적으로 아버지 유산의 이자를 받을 수 있게 되면서 사실상 자유로운 집필 생활이 시작됐다. 그는 꾸준히 단편 작품들을 발표한 데 이어, 1901년 10월에는 자기 집안의 가족 연대기를 바탕으로 한 작품으로 훗날 노벨문학상(1929)을 받게 해준 장편소설 『부덴브로크가의 사람들. 어느 가문의 몰락 Buddenbrooks. Verfall einer Familie』을 출간하며 일약 명성을 얻게 되었다.

1901년 초부터 토마스는 에렌베르크 형제(형 카를Carl은 음악가이자 작곡가, 동생 파울Paul은 화가)와 교류를 시작했는데, 그중 특히 파울 에렌베르크(『파우스트 박사』에서 레버퀸이 사랑했던 친구 루돌프 슈베르트 페거의 모델)에게 깊은 애정을 느끼게 되었고, 이는 이후 토마스 만의 삶과 작품에 실로 지대한 영향을 끼쳤다. 그는 자신의 감정을 '극복'하고자, 체험의 문학화를 택했다. 말하자면 체험한 열정을 작품의 핵심 모티프나 구성 요소로 '승화'하고, 같은 맥락에서 1903년부터는 뮌헨의 문화·예술계 고급 사교모임에 출입하며, 문학에 전념하기 위해 결혼을 생각하기 시작했다. 상대방은, 정기적인 모임에 대저택을 제공했던 뮌헨의 갑부이자 예술후원자였던 수학교수 알프레드 프링스하임(Alfred Pringsheim, 1850~1941)과 당대 유명 여성운동가 헤드비히 돔(Hedwig Dohm)의 딸이자 전직 배우였던 헤드비히 프링스하임(Gertrude Hedwig Anna Pringsheim, 1855~1942)의 막내딸 카티아(Katia, 1883~1980)였다. 그녀는 1901년에 뮌헨에서 대학 수학 자격증을 취득한 최초의 여성으로 뻬어난 미모와 영민함을 갖춘 데다, 1903년에 여성도 대학 입학이 가능해지자 거의 첫번째로 여대생이 된 인물이다. 화려한 집안 배경에다 개인적인 매력까지 갖추었던 그녀는 뮌헨의 뭇 청년들로부터 구애를 받고 있었기에 너무 진지하고 '뻣뻣했던' 북독일 출신 토마스 만의 청혼을 처음엔 받아들이지 않았으나, 그의 끈질긴 고백과 설득 끝에 결국 1905년 결혼에 이른다. 이후 카티아 만은 학업을 중단하고 평생 완벽하게 남편을 '내조'하며 만능 비서 역할(원고 타이핑, 출판사와의 거래, 재정 관리 등)과 3남 3녀를 키우는 데에만 집중했다. 훗날 자녀들도 대부분 글을 쓰게 되자, 그녀는 "이 집안에서 한 사람만이라도 글을 쓰지 않아야 될 것 같아서" 자신은 글을 쓰지 않는다며, 노년의 유일한 회고록도 인터뷰 형식으로만 남긴 바 있다. 결국 토마스 만이 자신의 감정 혼란을 피해 일종의 '도피처'로 택했던 결혼과 능력 있는 부인의 보조가 없었더라면, 오늘날 전해지는 그의 업적과 명망은 존재하기 어려웠을 것이다.

토마스 만과 그의 형 하인리히 만의 관계, 말하자면 '형제간의 특이한 라이벌 관계'는 또 다른 방식으로 토마스의 삶과 작품에 많은 영향을 끼쳤다. 네 살 위의 형이 일찍부터 독자적인 삶을 추구한 것이 동생에게 은연중에 영향을 미쳤을 것은 분명한데, 1889년 하인리히가 김나지움 8학년 때 학교를 그만두고 잠시 서점 실습을 거쳐 (피셔) 출판사 견습 사원으로 일하며 대학 강의를 수강한 일련의 과정은 동생인 토마스가 훗날 거쳐 간 과정과 상당히 유사하다. 토마스는 작가 생활을 시작하던 초기에 형과 함께 이탈리아에 체류하며, 그들의 가족 연대기로 준비했던 『부덴브로크가의 사람들』도 함께 쓸 생각을 했을 만큼 형에게 친밀감을 보였으나, 둘 사이엔 오래가지 않아 갈등의 싹이 트기 시작했다. 특히 파울 에렌베르크에 대한 토마스 만의 감정 문제가 복잡해지던 시기부터 형제간의 서신에서 드러난 이들의 언쟁은 서로에게 상처를 주기에 충분했다. 가령 형은 동생의 '연약하고 감상적인' 성격과 문체를, 동생은 형의 작품을 지배하는 거친 격정이나 가벼운 언어를 꼬집었다. 현실적으로도 형은 프랑스적인 민주주의를 신봉했던 반면, 동생은 친군주적 보수주의를 드러내다가 제1차 세계대전 중에 집필한 에세이 『어느 비정치적인 인간의 성찰*Betrachtungen eines Unpolitischen*』(1918)에서는 노골적으로 형을 "[문화적 깊이가 부족한] 문명 작가(Zivilisationsliterat)"라고 비난하기에 이른다. 이후에도 형이 한 차례 결혼에 실패하고, 게다가 출생 경위도 불명확한 하층계급 출신의 넬리 크뢰거(Nelly Kröger, 1898~1944, 자신을 냉정하게 거부하는 만 집안에 적응하지 못하고 남편과 미국 망명 생활 중 자살했다)와 교제하다 재혼까지 한 것을 토마스 만은 결코 용납하지 않았다. 비록 이들이 동시대 독일문학을 대변하는 두 거장으로 때때로 서로 화해를 시도하기도 하고, 미국 망명 중에는 동생이 형을 실질적으로 크게 도와주기도 했으나, 두 사람 사이의 긴장 관계가 완전히 풀어진 적은 없었다. 모든 면에서 남편의 편에 서 있던 카티아 만이, 미국 망명시절에 하인리히가 그녀에게 "나와 토마스 둘 중에서 토마스가 나보다 더 위대한 것은 분명하다"라고 말했다고 밝힌 바 있는데, 이 말은 오히려 형제간의 오랜 경쟁 관계 및 아우의 '조바심'을 확인해준다. 또한 이런 상황은 하인리히 만이 토마스 만으로 하여금 개인적으로나 작가로서 형을 넘어서고자 애쓰도록 만드는 끊임없는 자극이 되었음을 말해준다. 말하자면 하인리히 만은 또 다른 방식으로 동생 토마스 만의 "위대함"을 만들어준 셈이다.

자녀들의 역할과 의미 또한 토마스 만에게 매우 특별했다. 그는 3남 3녀를 두었으나, 아이들의 교육에는 전혀 관여하지 않고 관심도 두지 않았다. 아이들은 어머니의 자유로운 성향 덕분에 비교적 개방적인 분위기에서 개성 있게 성장했지만, 아버지의 서재에 허락 없이 들어갈 수 없었을 뿐만 아니라, 매일 오전으로 정해져 있던 집필 시간이면 절대 조용해야만 했다. 토마스 만이 다섯째 아이 엘리자베트(Elisabeth Veronika, 1918~2002, 생태학자, 작가)가 태어난 1918년에야 비로소 그녀를 "막내이지만 [자신이 남자로서 낳은] 첫 아이"라고 한 것은 시사하는 바가 크다. 불과 1년 뒤에 그는 여섯째 미하엘(Michael Thomas, 1919~1977, 음악가, 문학연구가)을 낳았는데, 이는 토마스가 원하지 않았던 일이었다 (훗날 미하엘이 이 사실을 알고 충격을 받아 자살했다는 추측을 불러일으키기도 했다). 누구보다 장녀 에리카(Erika Julia Hedwig, 1905~1969, 배우, 작가, 편집자)와 장남 클라우스(Klaus Heinrich Thomas, 1906~1949,

작가)의 역할과 의미는 결코 간과할 수 없는 부분이다. 일찍부터 역시 예술의 길에 들어섰던 이들은 우선 1933년 5월 나치 정권의 분서 사건이 일어나기도 전에 당시 유럽의 여러 나라를 돌며 강연을 하고 있던 아버지에게 위험을 경고하며 독일로 돌아오지 말 것을 종용했다. 특히 에리카는 압류된 부모의 집에 위험을 무릅쓰고 숨어들어 대(大)장편소설 『요셉과 그의 형제들*Joseph und seine Brüder*』의 육필 원고를 포함해 여러 작품의 원고와 중요 서류들을 빼내오는 공적을 세우기도 했다. 또한 에리카와 클라우스는 아버지가 (적지 않은 재정적 기반을 포함해 그동안 축적된 삶의 많은 부분을 잃게 될) 완전한 망명을 결정하지 못하고 망설일 때에도 나치 정권의 정치적·도덕적 만행을 들어 아버지를 설득했다. 결국 두 자녀의 노력으로 토마스 만은 스위스를 거쳐 체코슬로바키아 시민권을 취득한 뒤, 1938년에는 미국으로 망명했다. 이후에도 에리카는 아버지가 미국에서 강연할 원고를 영어로 번역하고, 여러 공식 일정을 소화할 수 있도록 능숙한 매니저로 활약했으며, 아버지가 사망한 뒤에는 저작권 관리자로서, 편집자로서 아버지를 위한 일에 매진했다. 그러나 클라우스는 작가로서 평생 아버지의 그늘에서 벗어나지 못하는 불행을 겪었으며, 자신에 대한 아버지의 "지독한 차가움"을 토로하기도 했다. 결국 그는 1949년에 프랑스 칸에서 자살하고 만다. 아들의 사망 소식을 접한 토마스 만이 일기에 적은 단 몇 줄의 반응, 즉 "제 어미와 에리카에게 그런 식으로 고통을 안겨준 무책임함"에 대한 질책은 '위대한' 인물 뒤에 가려진 많은 사람들의 희생을 다시 한 번 돌아보게 한다.

토마스 만이 미국으로 망명하여 이른바 "캘리포니아의 괴테(Goethe in Californien)"로 추앙받게 되기까지 또 한 여성의 역할이 절대적이었다는 사실은 지금까지 잘 알려지지 않았다. 그녀는 독일계 이주민의 후손으로, 미국 최초의 여성 기자 중 한 명이자 인권운동가였을 뿐만 아니라, 『워싱턴포스트』 신문의 공동 소유주였던 아그네스 E. 마이어(Agnes E. Meyer, 1887~1970)이다. 독일 문화와 문학에 깊이 심취해 있던 그녀는 토마스 만이 1938년에 미국에 안전하게 망명해 정착할 수 있도록 실질적인 도움을 주었다. 이후에도 그가 프린스턴 대학의 교수직을 얻어 안정적인 생활을 하며 루스벨트 미국 대통령을 포함해 미국 상류사회의 여러 유명 인사들과 교류하고, 연합군 편에서 독일 국민들에게 나치의 만행을 알리는 BBC 방송 "독일 청취자들이여!(Deutsche Hörer!)"나 수많은 강연 등을 통해서 '독일의 양심'을 대변하는 작가로 존경받게 된 데에는 분명 아그네스 마이어의 도움이 결정적이었다. 반면 토마스 만은 그녀를 "나의 여자 친구"라고 부르며 온갖 호의는 받아들이면서도, 실세로는 인간적으로나 직업적으로 그녀를 매우 무시했음이 그의 일기장에 고스란히 남아 있다. 간혹 드러나는 여러 실망스러운 순간에도 변함없는 신의를 바치며 "캘리포니아의 괴테" 신화를 가능하게 했던 아그네스 E. 마이어야말로 '위대한 남성'이 만들어지기까지 '여성'의 희생을 보여주는 대표적인 사례가 될 것이다.

토마스 만은 1941년에 캘리포니아의 퍼시픽 팰리세이즈Pacific Palisades로 이주해, 이듬해에는 그곳에 대저택을 건축하고(1942~52년 거주. 2016년에 철거될 위기를 맞았으나 독일인들이 나서 '토마스 만 하우스'라는 명칭의 문화원으로 개원했다), 1944년에는 미국 시민권도 취득했다. 그러나 1945년에 루스벨트 대통령이 사망한 뒤 전후 냉전 체제에 함몰되는 미국 정치에 대한 그의 실망도 커지기 시작했다. 특히 1951년에 공화당 상원의원 조지프 매카시 그룹으로부터 공산주의자로 몰리면서 유럽으로 돌아갈 구상을 하다가, 1952년에 스위스로 이주했다. 이처럼 독일로 완전히 돌아오지는 않았지만 국내외적으로 여전히 많은 활동을 하던 그는 1955년 5월 20일에 고향 도시 뤼베크의 명예시민으로 추앙받기도 했으나, 그해 7월 중순에 갑작스럽게 동맥경화증 증상을 보이다가 8월 12일 취리히 호수 서쪽에 위치한 킬히베르크Kilchberg 자택에서 영면했다.

독일 현대문학의 대표적 작가인 토마스 만이 남긴 주요 작품으로는, 단편 및 중편 소설 「키 작은 프리데만 씨Der kleine Herr Friedemann」(1897), 「토니오 크뢰거Tonio Kröger」(1903), 「트리스탄Tristan」(1903), 「베니스에서의 죽음Der Tod in Venedig」(1912), 「마리오와 마술사Mario und der Zauberer」(1930), 「뒤바뀐 머리들Die vertauschten Köpfe」(1940), 「속임당한 여자Die Betrogene」(1953) 등이 있고, 또 장편소설 『부덴브로크가의 사람들』(1901), 『대공 전하König liche Hoheit』(1909), 『마의 산Der Zauberberg』(1924), 『요셉과 그의 형제들Joseph und seine Brüder』 4부작(1933~43), 『바이마르의 로테Lotte in Weimar』(1939), 『파우스트 박사Doktor Faustus』(1947), 『선택받은 인간Der Erwählte』(1951), 『고등 사기꾼 펠릭스 크룰의 고백Bekenntnisse des Hochstaplers Felix Krull』(1954) 등이 있다. 그 밖에도 일일이 거론하기 어려울 정도로 수많은 국내외 강연들과 문학적·철학적·음악적·문화심리학적·역사적 혹은 정치적 에세이와 서간들, 그리고 수십여 년에 걸쳐 기록한 일기장들이 전해지고 있다. 또한 지금까지 가장 많은 작품이 영화로 만들어진 작가로도 기록되고 있는 토마스 만의 탁월한 문학적 상상력과 다양한 모티프의 (작곡가가 음을 조합하듯이) 섬세하고 직감적인 연결 능력, 특유의 구상적인 언어 및 다중적인 의미 구성

512

은 여전히 다양한 관점에서 읽히고 분석될 여지를 남기며 독자들의 지적 호기심을 자극하고 있다. 더욱이 모더니즘 시대의 그의 작품에서 드러나는 자기 아이러니나 패러디, 예술의 분야를 넘나드는 상호매체성, 젠더 문제 등은 오늘날 포스트모더니즘의 핵심 담론을 선취한 면도 없지 않다. 우리 시대에 여전히 그의 작품을 읽어야 하는 이유도 여기에 있다.

왜 파우스트인가?

제2차 세계대전의 비극이 절정에 달하다가 마침내 종전을 맞던 시기, 즉 1943년에서 1947년까지 토마스 만, "캘리포니아의 괴테"는 미국 망명지에서 소설 『파우스트 박사』를 집필했다. 이로써 16세기 전반의 루터 시대부터 20세기 전반까지의 독일 정신사 및 문화사를 한차례 결산한 지극히 '독일적인' 작품이 탄생한 것이다. 이런 배경을 갖는 작품이라면 지독한 현학성을 띠는 것이 당연할지도 모른다. 하지만 『파우스트 박사』는 국내의 정치적 혼란에 떠밀려 조국을 등져야만 했던 독일의 대표적 '지식인' 예술가가 조국의 몰락을 우려하면서도 동시에 기원해야만 했던 기구한 운명과 내적으로 맞물려 있다는 점에서 실로 자기 고백적인 속성이 강하다. "한 친구가 전하는 독일 작곡가 아드리안 레버퀸의 삶"이라는 부제가 붙은 이 전기소설의 서술자 차이트블롬이 스스로를 소설가가 아닌 전기 기록자라고 누누이 강조하는 이유도 이와 무관하지 않다. 그것은 작품의 주인공인 허구적 작곡가 레버퀸이 마치 실제 인물이며, 독일 정신사의 배경에서 구성된 그의 삶 역시 현실에 기초한 것처럼 보이기 위한 작가의 서술 전략과 상통한다. 결국 건실한 인문학자 차이트블룸과 뼛속 깊이 '비시민적인' 예술가 레버퀸이 띠는 상반된 속성들은 작가 토마스 만 자신의 내적 단면들을 각각 드러낸다.

예의 '사실적인 허구성', 혹은 '허구적인 사실성'은 작품 속에서 크게 두 층위로 나뉜 서사적 시간에 의해 유지된다. 한편, 전기 기록자 차이트블룸에 의해 '서술되는 시간'은 허구적 전기의 주인공 레버퀸이 걸어가는 삶의 노정(1885~1940)을 따라 구체화된다. 다른 한편, 전자가 '서술하는 시간'은 후자의 삶을 회고하며 전기를 기록하는 시간(1943~45)이다. 이와 같은 서사의 이중 구조는 두 인물의 독특한 관계로 인해 서로 맞물리거나 연결되어 있다. 어린 시절부터 많은 세월을 함께 거쳐온 두 인물 중 두 살 연상에다 평범한 인문학 교수인 차이트블룸은 자신과 달리 지극히 냉철하고 카리스마 넘치는 레버퀸에 대한 무조건적인 애정으로 친구의 곁을 지켰으며, 또 그의 삶을 회고하며 기록으로 남긴다. 이 작품은 어린 시절부터 음악의 원리를 너무나 일찍 터득했던 친구가 대학에서는 (마치 음악 내지 이에 대한 지배 능력으로부터 도피하듯이) 신학 내지 악마학을 선택했다가, 다시 운명처럼 음악 세계로 돌아와 작곡에 손을 대기 시작하면서 (상상 속의) 악령과 계약을 체결해 평생 사랑을 포기하는 대가로 얻은 24년간(1906~30)의 거의 광적인 자기 몰두와 천재적인 창작 과정이 그 내용이다. 이 기간의 첫 단계는 독일이 제1차 세계대전(1914~18)에 열광하다 패배하고 독일제국의 황제가 폐위된 뒤 바이마르공화국이 수립되는 과정에서 혼란을 겪는 동시에 희망을 품으며 결정적인 '돌파구'를 꿈꾸던 때와 맥을 같이한다. 또 점점 더 폭발적으로 분출되는 천재적 악상의 시기가 지나갈수록 악화되는 레버퀸의 뇌질환은 히틀러의 집권(1933)과 맞물려 있고, 마침내 정신착란과 분열에 빠져드는 때는 나치 정권의 광기가 제2차 세계대전과 국가적 몰락으로 치달는 시점과 겹친다. 그리고 마침내 현실 인식 능력을 완전히 잃어버린 주인공이 사망하고, 1945년까지 독일의 패망 과정을 고스란히 겪는 것은 죽은 친구의 전기를 기록하며 '이중의 고통'을 견뎌내야 하는 차이트블롬의 몫이다. "외로운 한 남자는 손을 포개고 말한다. 신께서 부디 너희 불쌍한 영혼에 자비를 베푸시기를, 나의 친구여, 나의 조국이여"(503쪽).

이처럼 지극히 개인주의적인 천재 예술가 레버퀸의 존재가 시대적·역사적인 현상으로 연결되는 과정에 간간이 펼쳐지는 독일 문화사 내지 정신사의 '리뷰'는 그야말로 매우 광대하다. 그것은 모든 영역에서 로마 교회 중심의 단일한 사고와 가치가 지배했던 중세까지 거슬러 올라가고, 또 이에 반발하며 신과의 '개인적'이고 직접적인 접촉을 시도했던 루터의 담대한 인간성 담론과 파우스트의 (악령과의 결탁도 마다하지 않은) 초인간적인 창조성 추구를 넘어, 개인의 (신적인) 주관성과 자율성에 심취했던 인문주의를 거친 후, 19세기 말 니체에 의한 신의 거세에 이르기까지, '독일 정신'의 끊임없는 자아 해방과 자기 신격화가 어느덧 자기 함몰의 덫에 걸리고 '새로운 인간'의 시대를 갈구하게 되는 긴 과정에 대한 성찰이다.

토마스 만은 이 모든 과정을 (간접적으로든 직접적으로든) 고스란히 겪는 그의 문학적 자아 레버퀸의 운명을 통해 '독일(인)'의 운명을 그려내고 있는 것이다. 이때 특히 (그의 평생의 정신적인 지주로서) 니체를 파우스트─레버퀸의 모습에서 뚜렷이 부활시키고 있다는 점은 이 작품에 내재된 '구원'의 희망과 맞물려 있다. 말하자면 '너무나 비범하기에 죄 없이 죄를 짓는 삶을 살다가 스스로 끔찍한 고통 속에 죽음을 맞이함으로써 더 이상 아무도 그런 삶과 죽음을 반복하지 않아도 되도록 한 순교자적인 인간'은 무릇 예수의 행적을 철저히 좇는 '신에 대한 모방(Imitatio Dei)'으로서의 '독일적인' 존재 방식을 대변한다. '독일 정신'에 대한 이와 같은 해석은 작가 토마스 만 자신의 '자기 탐구'이며, 동시에 이 작품에서 그려진 독일인의 친자연적인 낭만주의, 즉 문명에 대한 깊은 회의와 비이성주의, 혹은 특유의 '내면성(Innerlichkeit)'에 내재된 빛과 그림자의 냉정한 패러디 역시 작가의 자기 패러디이기도 하다.

작품 내적으로나 외적으로 실로 다층적이고 다중적인 구조의 『파우스트 박사』가 요구하는 높은 수준의 문화심리학적 이해와 미학적 감각은 독자들에게 쉽지 않은 도전이자 동시에 많은 재미를 제공한다. 무엇보다 독일의 매우 폭넓은 정신사적·문화사적 세부 지식, 지극히 복합적인 작품 소재와 모티프의 섬세한 연결은 독서의 즐거움을 자극하고 충족시키기에 충분하다. 넓게는 독일인 특유의 개인주의적인 종교성과 파우스트 정신, 또 인문주의 사상과 발전사, 삶과 예술 및 예술가에 대한 독특한 관념을 넘어, 서구/독일 음악과 그 이론에 대한 깊은 감각과 이해, 음악적 언어의 문학어로의 직감적인 전환, 또한 세기 전환기 유럽 및 독일의 역사적 사건과 독일의 정신적 지형, 그리고 좁게는 작가 토마스 만의 개인적 삶과 관련된 주요 인물들과 장면들, 기타 여러 다양한 요소들이 모두 생생한 모습으로 소환되기 때문이다. 바로 이러한 것들을 (마치 작곡을 하듯이) 매우 체계적으로 서로 조화시키고 연결하는 작가적 상상력과 서술을 따라가다 보면, 독자는 어느덧 깊은 감동과 충격을 번갈아 체험하게 될 것이다.

물론 저 유명한 '토마스 만적인' 문체, 즉 끝없이 이어지는 특유의 장문과 다중적인 의미로 해석이 가능한 사변적인 언어유희들, 게다가 자주 의도적으로 반복되는 중언부언 등은 우리말 번역자에게는 '고통' 그 자체를 안겨다주기 일쑤이다. 기본적으로 병렬적인(paratactically) 문장의 우리말과 달리 종속적인(hypotactically) 문장에다 그 중첩까지 가능한 독일어의 구조뿐만 아니라, 우리말로 대체되기 어려운 수많은 개념들과 표현들은 거의 극복할 수 없는 과제처럼 보인다. 더욱이 작가의 문체는 서술자의 특성이나 서술되는 인물 및 사건의 '역사성'과 함께 궁극적으로는 작품 주제를 부각시키기 위한 장치이기 때문에 번역문에서 임의로 재단하거나 '쉽게 풀어쓰는' 방식은 적지 않은 문학적 위험을 동반하기 쉽다. 이와 같은 문제들은, 토마스 만의 작품 전체가 띠는 형식이나 주제의 여러 특징들을 집대성했다고도 할 수 있는『파우스트 박사』의 우리말 번역이 지금까지 드물 뿐만 아니라, 적지 않은 오역을 양산해온 현실과도 무관하지 않을 것이다. 이번 번역 역시 원문의 문체에 내포된 중요한 의미를 다치지 않기 위해서라면 '번역투'의 표현을 피하지 않았고, 오역의 위험도 완전히 벗어났다고 할 수는 없겠다.『파우스트 박사』같은 실로 다층적인 대작을 번역투나 오역 없이 옮기는 것이 가능하기는 할까…… 오랜 '고심과 진통' 끝에 마침내 출판하게 된 원고에 대해 일단 독자들의 식견을 기대해본다.

이 번역본이 출간되기까지 한결같은 지원을 해준 '대산문화재단'에 감사드리고, 우리말 다듬기에 조언을 아끼지 않으신 '문학과지성사' 편집부 외국문학팀에게도 진심으로 고마운 마음을 전한다.

동선동 연구실에서
김 륜 옥

작가 연보

1875   6월 6일 북독일의 대표적인 한자자유도시 뤼베크Lübeck의 유서 깊
            은 사업가 집안에서 3남 2녀 중 둘째 아들로 출생.

1891   아버지가 사망하고, 유언에 따라 회사 해체.

1892   어머니가 가장 어린 세 자녀들을 데리고 뮌헨으로 이주. 김나지움
            학생이었던 토마스 혼자 남아 학교 교사의 집에서 하숙 생활 시작.

1893   파울 토마스Paul Thomas라는 가명으로 학생 잡지 『봄의 폭풍: 예
            술, 문학, 철학 월간지Frühlingssturm: Monatsschrift für Kunst, Litteratur und
            Philosophie』의 간행위원회에서 활동하며, 2호집에 소품 산문 「환상
            Vision」 발표.

1894   김나지움 7학년 때 학교를 그만두고 뮌헨의 어머니 집으로 이사.
            아버지의 유언대로 '남독 화재보험 은행'의 견습 사원이 되었으나
            몰래 작품을 써 첫 단편 「타락Gefallen」을 잡지 『사회Gesellschaft』에 발
            표.

1895   기자가 되고자 뮌헨 공과대학에서 두 학기 동안 청강.

1896   성년이 되자 아버지가 남긴 유산의 이자를 정기적으로 받으며 작
            가로서 독립. 역시 작가였던 형 하인리히를 따라 이탈리아 로마에

서 함께 체류. 단편 「행복을 향한 의지Der Wille zum Glück」를 풍자 주간지 『짐플리치시무스Simplicissimus』에 발표. 단편 「환멸Enttäuschung」집필.

1897   형과 팔레스트리나에서 머물며 작품을 씀. 첫 장편 『부덴브로크 가의 사람들Buddenbrooks. Verfall einer Familie』 집필 시작. 단편 「죽음 Der Tod」을 『짐플리치시무스』에 발표하고, 「키 작은 프리데만 씨Der kleine Herr Friedemann」와 「어릿광대Der Bajazzo」를 문예지 『신 독일 조망Neue Deutsche Rundschau』에 발표.

1898   뮌헨에서 독립해 거주하며 약 2년간 『짐플리치시무스』 편집부에서 근무. 단편 「토비아스 민더니켈Tobias Mindernickel」을 『신 독일 조망』에 발표. 첫 단편집 『키 작은 프리데만 씨』 출간.

1899   단편 「옷장Der Kleiderschrank」과 「보복당하다Gerächt」를 각각 『신 독일 조망』과 『짐플리치시무스』에 발표.

1900   단편 「루이스헨Luischen」을 잡지 『사회』에 발표. 1년간의 군대 생활 시작. 발목 건초염(腱鞘炎)으로 군병원에 입원했다가 입대 3개월 만에 복무 능력 부족 판정으로 제대.

1901   카를 에렌베르크Carl Ehrenberg, 파울 에렌베르크Paul Ehrenberg 형제와 교류하기 시작. 특히 파울과 매우 가깝게 교유. 작가 자신의 가족사를 바탕으로 집필된 『부덴브로크가의 사람들』을 두 권으로 출간. 피렌체에 있던 형 하인리히 방문.

1902   단편 「신의 칼Gladius Dei」을 주간지 『시대Die Zeit』에 발표.

1903   단편집 『트리스탄Tristan』 출간. 단편 「굶주린 사람들Die Hungernden」과 중편 「토니오 크뢰거Tonio Kröger」, 단편 「신동Das Wunderkind」을 각각 『미래Die Zukunft』 『신 독일 조망』 『신 자유 프레스Neue Freie Presse』에 발표 (마지막 두 편은 중단편집 『트리스탄』에도 실림). 뮌헨의 대부호이자 수학교수 알프레드 프링스하임Alfred Pringsheim과, 유명 여

성운동가 헤드비히 돔Hedwig Dohm의 딸이자 전직 배우였던 헤드비히 프링스하임 부부가 저택에서 개최하던 문화·예술 사교모임에 출입하기 시작.

1904   단편 「어떤 행복Ein Glück」과 「예언자의 집에서Beim Propheten」를 각각 『신 조망Die Neue Rundschau』과 『신 자유 프레스』에 발표. 프링스하임의 막내딸 카티아Katia에게 청혼한 뒤 우여곡절 끝에 약혼.

1905   유일한 희곡 「피오렌차Fiorenza」를 『신 조망』에 발표. 결혼, 첫딸 에리카Erika Julia Hedwig 출생. 결혼 생활과 예술의 부조화를 소재로 단편 「힘겨운 시간Schwere Stunde」을 『짐플리치시무스』에 발표.

1906   부인과 쌍둥이 처남의 관계를 바탕으로 집필한 근친상간 이야기 「벨 중족의 피Wälsungenblut」를 『신 조망』에 발표했다가 장인의 반대로 취소. 장남 클라우스Klaus Heinrich Thomas 출생.

1908   단편 「일화Anekdote」를 잡지 『3월März』에 발표.

1909   단편 「열차 사고Das Eisenbahnunglück」를 『신 자유 프레스』에 발표. 차남 골로(Golo: Angelus Gottfried Thomas, 1909~1994, 작가 및 역사가) 출생. 자신의 결혼을 소재로 구성한 장편 『대공 전하Königliche Hoheit』 출간.

1910   장편 『고등 사기꾼 펠릭스 크룰의 고백Bekenntnisse des Hochstaplers Felix Krull』 집필 시작. 차녀 모니카(Monika, 1910~1992, 작가) 출생.

1911   단편 「야페와 도 에스코바는 어떻게 서로 치고받게 되었나Wie Jappe und Do Escobar sich prügelten」를 잡지 『남독 월간지Süddeutsche Monatsbefte』에 발표.

1912   중편 「베니스에서의 죽음Der Tod in Venedig」을 『신 조망』에 발표.

1913   장편 『마의 산Der Zauberberg』 집필 시작.

1915   제1차 세계대전 중 보수적 반민주주의 사상을 담은 에세이집 『어느 비정치적인 인간의 성찰Betrachtungen eines Unpolitischen』 집필 시작.

1918	삼녀 엘리자베트Elisabeth Veronika 출생. 『어느 비정치적인 인간의 성찰』을 출간했으나, 집필 중 자신의 보수성이 지닌 문제점도 인식.
1919	단편집 『신사와 개Herr und Hund』 출간. 삼남 미하엘Michael Thomas 출생. 본 대학교에서 명예 철학박사학위 수여.
1922	에세이 『독일 공화국에 대하여Von deutscher Republik』 강연 및 출간. 공화주의자로 정치적 입장 변화.
1923	어머니 사망. 『부덴브로크가의 사람들』 영화화 논의.
1924	장편 『마의 산』을 두 권으로 출간.
1925	단편 「무질서와 이른 고뇌Unordnung und frühes Leid」를 『신 조망』에 발표.
1926	4부작 『요셉과 그의 형제들Joseph und seine Brüder』 집필 시작.
1929	노벨문학상 수상(특히 『부덴브로크가의 사람들』이 높이 평가됨).
1930	이집트 및 팔레스타나 '시찰여행'. 단편 「마리오와 마술사Mario und der Zauberer」를 『벨하겐&클라징 월간지Velbagens und Klasings Monatshefte』에 발표.
1933	바그너 강연을 위해 네덜란드 방문. 나치정권의 위협에 대해 두 자녀 에리카와 클라우스가 강력하게 경고하여 독일로 돌아오지 못하고 스위스로 옮겨 가 망명생활 시작. 『요셉과 그의 형제들』 1부 『야곱의 이야기Die Geschichte Jaakobs』 출간.
1934	『요셉과 그의 형제들』 2부 『젊은 요셉Der junge Joseph』 출간. 첫번째 미국 여행.
1936	『요셉과 그의 형제들』 3부 『이집트의 요셉Joseph in Ägypten』 출간. 체코슬로바키아 시민권 취득. 나치정권에 의해 독일 국적이 박탈됨. 본 대학은 명예 철학박사 자격 취소.
1938	네번째 미국 여행 중 망명. 막강한 후원자 아그네스 E. 마이어Agnes E. Meyer의 도움으로 프린스턴 대학 객원교수로 활동.

1939	제2차 세계대전 발발. '괴테 소설'『바이마르의 로테*Lotte in Weimar*』출간.
1940	첫 손자 프리돌린(Friedolin, 심리학자 및 작가, 막내 미하엘의 아들 '프리도*Frido*'를 말한다.『파우스트 박사』에 등장하는 에코의 모델) 출생. 매달 영국 BBC 방송을 통해 독일 청취자들에게 히틀러의 만행을 알리는 프로그램 "독일 청취자들이여!(Deutsche Hörer!)"시작(총 25회). 단편집『뒤바뀐 머리들*Die vertauschten Köpfe*』스톡홀름에서 출간.
1941	캘리포니아 퍼시픽 팰리세이즈*Pacific Palisades*로 이주, 저택 건축 (1942~52 거주).
1943	4부작『요셉과 그의 형제들』4부『부양자 요셉*Joseph der Ernährer*』출간. 뉴욕에서 출간된 소설집『십계명. 도덕적인 코드에 대한 히틀러의 전쟁에 관한 열개의 짧은 소설*The Ten Commandments. Ten Short Novels of Hitler's War against the Moral Code*』에 단편「율법Das Gesetz」을 번역하여 게재(독일어판은 1944에 출간).
1944	미국 시민권 취득.
1947	장편『파우스트 박사*Doktor Faustus*』출간. 본 대학이 명예 철학박사 자격 재부여. 전후 첫 유럽 여행. 루스벨트 사망(1945년) 이후 시작된 미국의 냉전 체제에 낙담.
1949	장남 클라우스 사망. 괴테 탄생 200주년 기념으로 프랑크푸르트와 바이마르 방문.
1950	형 하인리히 사망.
1951	장편『선택받은 인간*Der Erwählte*』출간. 미국 공화당의 매카시 진영으로부터 공산주의자로 몰리며 크게 실망해 유럽으로 복귀 구상.
1952	스위스 취리히 근교 에르렌바흐*Erlenbach*에 거주.

1953   중편 「속임당한 여자Die Betrogene」를 잡지 『머큐리Merkur』에 발표하
        고 단행본으로도 출간.

1954   취리히 호수 근처 킬히베르크Kilchberg에 주택 구입 및 이사. 장편
        『고등 사기꾼 펠릭스 크룰의 고백』 1부 출간(미완 작품으로 남음).

1955   3월 뤼베크 시 명예시민 추대식에서 연설. 5월 슈투트가르트와 바
        이마르에서 실러 사망 150주년 기념 연설. 8월 12일 80세로 취리
        히 주립병원에서 사망.

세계문학과 한국문학 간에 혈맥이 뚫려,
세계−한국문학의 공진화가 개시되기를

21세기 한국에서 '세계문학'을 읽는다는 것은 무엇을 뜻하는가? 자국문학 따로 있고 그 울타리 바깥에 세계문학이 따로 있다는 말인가? 이제 한국문학은 주변문학이 아니며 개별문학만도 아니다. 김윤식 · 김현의 『한국문학사』(1973)가 두 개의 서문을 통해서 "한국문학은 주변문학을 벗어나야 한다"와 "한국문학은 개별문학이다"라는 두 개의 명제를 내세웠을 때, 한국문학은 아직 주변문학이었다. 한데 그 이후에도 여전히 한국문학은 주변문학이었다. 왜냐하면 "한국문학은 이식문학이다"라는 옛 평론가의 망령이 여전히 우리의 의식을 장악하고 있었기 때문이다. 그렇게 생각하고 그렇게 읽고, 써온 것이었다. 그리고 얼마간 그런 생각에 진실이 포함되어 있는 것도 사실이었다. 그러나 천천히, 그것도 아주 천천히, 경제성장이나 한류보다는 훨씬 느리게, 한국문학은 자신의 '자주성'을 세계에 알리며 그 존재를 세계지도의 표면 위에 부조시키고 있었다. 그런 와중에 반대 방향에서 전혀 다른 기운이 일어나 막 세계의 대양에 돛을 띄운 한국문학에 위협적인 격랑을 밀어붙이고 있었다. 20세기 말부터 본격화된 '세계화'의 바람은 이제 경제적 재화뿐만이 아니라 어떤 나라의 문화물도 국가 단위로만 존재할 수 없게 하였던 것이니, 한국문학 역시 세계문학의 한 단위라는 위상을 요구받게 되었던 것이다.

그러니 21세기 한국에서 세계문학을 읽는다는 것은 진정 무엇을 뜻하는가? 무엇보다도 세계문학이라는 개념을 돌이켜 볼 때가 되었다. 그동안 세계문학은 '보편문학'의 지위를 누려왔다. 즉 세계문학은 따라야 할 모범이고 존중해야 할 권위이며 자국문학이 복종해야 할 상급 문학이었다. 그리고 보편문학으로서의 세계문학의 반열에 올라간 작품들은 18세기 이래 강대국의 지위를 누려온 국가의 범위 안에서 설정되기가 일쑤였다. 이렇게 해서 세계 각국의 저마다의 문학은 몇몇 소수의 힘 있는 문학들의 영향 속에서 후자들을 추종하는 자세로 모가지를 드리워왔던 것이다. 이제 세계문학에게 본래의 이름을 돌려줄 때가 되었다. 즉 세계문학은 보편문학이 아니라 세계인 모두가 향유할 수 있도록 전 세계 방방곡곡에서 씌어져서 지구적 규모의 연락망을 통해 배달되는 지구상의 모든 문학이라고 재정의할 때가 되었다. 이러한 재정의에는 오로지 질적 의미의 삭제와 수량적 중성화만 있는 게 아니다. 모든 현상학적 환원에는 그 안에 진정한 가치를 향해 나아가고자 하는 지향성이 움직이고 있다. 20세기 막바지에 불어닥친 세계화 토네이도가 애초에는 신자유주의적 탐욕 속에서 소수의 대국 기업에 의해 주도되었으나 격심한 우여곡절을 겪으며 국가 간 위계질서를 무너뜨리는 평등한 교류로서의 대안-세계화의 청사진을 세계인의 마음속에 심게 하였듯이, 오늘날 모든 자국문학이 세계문학의 단위로 재편되는 추세가 보편문학의 성채도 덩달아 허물게 되어, 지구상의 모든 문학들이 공평의

체 위에서 토닥거리는 게 마땅하다는 인식이 일상화까지는 아니더라도 최소한 정당화되고 잠재적으로 전망되는 여건을 만들어내게 되었던 것이다.

또한 종래 세계문학의 보편문학적 지위는 공간적 한계만을 야기했던 게 아니다. 그 보편문학이 말 그대로 보편성을 확보했다기보다는 실상 협소한 문학적 기준에 근거한 한정된 작품 집합에 머무르기 일쑤였다. 게다가, 문학의 진정한 교류가 마음의 감동에서 움트는 것일진대, 언어의 상이성은 그런 꿈을 자주 흐려왔으니, 조급한 마음은 그런 어둠 사이에 상업성과 말초적 자극성이라는 아편을 주입하여 교류를 인공적으로 촉진시키곤 하였다. 이제 우리는 그런 편법과 왜곡을 막기 위해서, 활짝 개방된 문학적 관점을 도입하여, 지금까지 외면당하거나 이런저런 이유로 파묻혀 있던 숨은 걸작들을 발굴하여 널리 알리고 저마다의 문학을 저마다의 방식으로 감상할 수 있는 음미의 물관을 제공해야 할 것이다. 실로 그런 취지에서 보자면 우리는 한국에 미만한 수많은 세계문학전집 시리즈들이 과거의 세계문학장을 너무나 큰 어둠으로 가려오고 있었다는 것을 절감한다.

이와 같은 인식하에 '대산세계문학총서'의 방향은 다음으로 모인다. 첫째, '대산세계문학총서'의 기준은 작품의 고전적 가치이다. 그러나 설명이 필요하다. 이 고전은 지금까지 고전으로 인정된 것들에 갇히지 않는다. 우리가 생각하는 고전성은 추상적으로는 '높은 문학성'을 가리킬 터이지만, 이 문학성이란 이미 확정된 규칙들에 근거한 문학성(그런 문학성은 실상 존재하지 않거니와)이 아니라, 오로지 저만의 고유한 구조를 통해 조직되는데 희한하게도 독자들의 저마다의 수용 기관과 연결되는 소통로의 접속 단자가 풍요롭고, 그 전류가 진해서, 세계의 가장 많은 인구의 감성을 열고 지성을 드높일 잠재적 역능이 알차게 채워진 작품의 성질을 가리킨다. 이러한 기준은 결국 작품의 문학성이 작품이나 작가에 의해 혹은 독자에 의해 일방적으로 결정되는 것이 아니라, 세 주체의 협력에 의해 형성되며 동시에 그 형성을 통해서 작품을 개방하고 작가의 다음 운동을 북돋거나 작가를 재인식시키며, 독자의 감수성을 일깨워 그의 내부에 읽기로부터 쓰기로의 순환이 유장하도록 자극하는 운동을 낳는다는 점을 환기시키고 또한 그런 작품에 대한 분별을 요구한다.

이 첫번째 기준으로부터 두 가지 기준이 덧붙여 결정된다.

둘째, '대산세계문학총서'는 발굴하고 발견한다. 모르거나 잊힌 것을 발굴하여 문학의 두께를 두텁게 하고, 당대의 유행을 따라가기보다는 또한 단순히 미래를 예측하기보다는 차라리 인류의 미래를 공진화적으로 개방할 수 있는 작품을 발견하여 문학의 영역을 확장할 것을 목표로 한다. 이는 또한 공동선의 실현과 심미안의 집단적 수준의 진화에 맞추어 작품을 선별한다는 것을 뜻한다.

셋째, '대산세계문학총서'가 지구상의 그리고 고금의 모든 문학작품들에게 열려 있다면, 그리고 이 열림이 지금까지의 기술 그대로 그 고유성을 제대로 활성화시키는 방식으로 진행되는 것이라면, 이는 궁극적으로 '가장 지역적인 문학이 가장 세계적인 문학'이라는 이상적 호환성을 추구한다는 것을 가리킨다. 이는 또한 '대산세계문학총서'의 피드백에도 그대로 적용될 것이다. 즉 '대산세계문학총서'의 개개 작품들은 한국의 독자들에게 가장 고유한 방식으로 향유될 터이고, 그럴 때에 그 작품의 세계성이 가장 활발하게 현상되고 작용할 것이다.

이러한 기준들을 열린 자세와 꼼꼼한 태도로 섬세히 원용함으로써 우리는 '대산세계문학총서'가 그 발굴과 발견을 통해 세계문학의 영역을 두텁고 넓게 하는 과정 그 자체로서 한국 독자들의 문학적 안목과 감수성을 신장시키는 데 기여할 것을 기대하며, 재차 그러한 과정이 한국문학의 체내에 수혈되어 한국문학의 도약이 곧바로 세계문학의 진화로 이어지게끔 하기를 희망한다. 이는 우리가 '대산세계문학총서'를 21세기의 한국사회에서 수행하는 근본적인 소이이다. 독자들의 뜨거운 호응을 바라마지않는다.

'대산세계문학총서' 기획위원회

대 산 세 계 문 학 총 서